Heike Stöhr
Der Pesthändler

HEIKE STÖHR

Der Pesthändler

Historischer Roman

dtv

Von Heike Stöhr
sind bei dtv außerdem erschienen:
Die Fallstricke des Teufels
Die Handschrift des Teufels
Die Arglist des Teufels

Originalausgabe 2021
4. Auflage 2024
© 2021 dtv Verlagsgesellschaft mbH & Co. KG
Tumblingerstraße 21, 80337 München
verlag@dtv.de
Umschlaggestaltung: zero-media.net, München
unter Verwendung von Motiven von
akg-images/Fototeca Gilardi/FLORILEGIUS
Satz: Fotosatz Amann, Memmingen
Gesetzt aus der Adobe Jenson
Druck und Bindung: Druckerei C.H.Beck, Nördlingen
Printed in Germany · ISBN 978-3-423-21955-6

Personenübersicht

Personen, die meiner Fantasie entsprangen, sind kursiv gesetzt. Alle anderen sind historisch verbürgt. Sie lebten und arbeiteten tatsächlich im 16. Jahrhundert in Pirna, Sachsen und Böhmen. Von manchen sind nur Name und Beruf nachgewiesen, andere hinterließen umfangreiche Zeugnisse ihres Wirkens.

Im Baderhaus
Valentin Arnold: Bader
Conrad Arnold: sein jüngerer Bruder, ebenfalls Bader
die Arnoldin: ihre Mutter
Agnes: eine alte Magd

Im Hause Eckel
Thomas Eckel: der ermordete Hausherr
Magdalena Eckel: seine zweite Ehefrau
Justina: Eckels Tochter
Liese: eine aufgeweckte, junge Magd

In der Türmerwohnung St. Marien
Christoph Werner: Türmer und Spielmann
Jörg: sein Sohn
Lene: seine jüngste Tochter

AUF DEM NIKOLAIFRIEDHOF
Jobst Bolz: Schinder und später auch Totengräber
Fritz und *Conz*: die Gehilfen des Totengräbers
Nickel: der Schwestersohn von Fritz

IN DER FRONFESTE
Meister Henel: Fronbote/Fronmeister
Jorge: Fronknecht
Meister Bolz: Henker aus Dresden, Pirna gehörte zu seinem
»Einzugsgebiet«

IM RATHAUS
Wenzel Hennigke: erster Bürgermeister
Paul Meißner: zweiter Bürgermeister
Georg Seiler: Richtherr
Brosius Moller: Ratsherr

Mathes Meißner: Gerichtsschreiber, Seilers Neffe

IM BÖHMISCHEN JOACHIMSTHAL
Georgius Agricola: Stadtarzt, Apotheker und Universalgelehrter
Martin: sein junger Knecht
Barthel Bach: Freund Agricolas, ehemaliger Stadtschreiber von
Joachimsthal
Matthes Schmied: Steiger
die Fiedlerin: Bäuerin
Strunz: ihr Bruder, Schreiber des Schichtmeisters
Wenzel Fiedler: ihr jüngster Sohn

KAPITEL 1

Valentin hatte Durst, und in seinem linken Schuh
drückte ein Kiesel. Er war auf dem Weg nach Hause,
doch jetzt war es an der Zeit für eine kurze Rast.
Abseits der Straße entdeckte er eine alte Linde. Im Schatten der
ausladenden Krone ließ er sich nieder, holte eine Tonflasche aus
seinem Ranzen und entkorkte sie mit den Zähnen. Obwohl das
Wasser darin so warm wie Kuhpisse war, trank er es in gierigen
Schlucken. Anschließend schüttelte er den Stein aus seinem
Schuh. Dabei fiel ihm auf, dass durch das Loch im Strumpf, das
am Morgen noch die Größe einer Erbse gehabt hatte, mittlerweile zwei seiner Zehen hervorschauten. Misstrauisch inspi-
zierte er die Schuhsohle, die an manchen Stellen bereits dünn
wie Papier geworden war. Aber in seiner Vaterstadt, die er mit
Gottes Hilfe noch heute Abend erreichen würde, gab es genug
Schuster, die sich seines strapazierten Schuhwerks annehmen
konnten. Und das Loch im Strumpf würde er selbst stopfen, so
wie er es in den Jahren seiner Wanderschaft stets getan hatte.
Valentin lehnte sich an den Baumstamm und gähnte. In der
Hitze flirrte die Luft über dem Feld.

Obwohl der Herbstmond bereits begonnen hatte, brannte
die Sonne auch an diesem Tag wieder erbarmungslos vom
Himmel. Es schien, als wolle der Sommer überhaupt kein Ende
nehmen, Land und Leute verdarben unter seiner Glut. Seit
Wochen wanderte Valentin nun schon über staubige Landstraßen, doch überall hatte sich ihm ein ähnliches Bild geboten:

Auf den Weiden vertrocknete das Gras, Wälder gingen in Flammen auf, und selbst große Flüsse wie der Rhein führten so wenig Wasser, dass man sie vielerorts zu Fuß überqueren konnte.

Valentin schloss die Augen, aber das Gefühl der Beklommenheit, das er seit ein paar Tagen verspürte, wollte einfach nicht weichen. Mit jeder Meile hatte es zugenommen, und nun lastete es auf seiner Brust wie ein Mühlstein.

Viel Wasser war die Elbe hinabgeflossen, seit er seine Vaterstadt verlassen hatte. Damals war es ihm leichtgefallen zu gehen. Aber während er im Schatten der Linde dem Gesang der Grillen lauschte, weilten seine Gedanken bei Conrad, seinem jüngeren Bruder. Sie waren im Streit auseinandergegangen, und Valentin fragte sich, ob er so lange fortgeblieben war, weil er fürchtete, Conrad könnte ihm noch immer nicht verziehen haben. Doch mittlerweile mehrten sich die Zeichen, dass daheim Schlimmeres auf ihn warten könnte als die Auseinandersetzung mit seiner Vergangenheit.

Valentin öffnete die Augen, als über seinem Kopf lautes Krächzen ertönte. Zwei Raben hockten im Geäst, denen sich soeben ein dritter hinzugesellte. Die Vögel hüpften umher und schlugen mit den Flügeln. Es sah aus, als hätten sie eine Entdeckung gemacht. Valentin erhob sich, und während er den Baum umrundete, verstärkte sich der süßliche Geruch, den er schon seit einer Weile in der Nase gehabt hatte. Wieso hatte er nicht gleich begriffen, was das bedeutete? Diesen Geruch wie von überreifem Obst, das bereits in den Zustand der Fäulnis überging, kannte Valentin nur allzu gut, und er wusste, was ihn erwartete, noch bevor er die zusammengesunkene Gestalt am Boden entdeckte. Für den flüchtigen Betrachter sah es aus, als würde sich der Bettler ausruhen. Sein Oberkörper lehnte am Stamm der Linde, doch sein Kopf war zur Seite gesunken und gab den Blick frei auf eine hühnereigroße Beule unterhalb des rechten Ohres. Seine Finger umklammerten noch das kleine

Holzkreuz mit der zerrissenen Schnur, doch über sein Gesicht und die besudelten Kleider krabbelten bereits schillernde Fliegen. Es gab nichts, was ein Bader hier noch tun konnte! Valentin wandte sich ab und murmelte ein Gebet. Es widerstrebte ihm, den Toten so zurückzulassen. Doch das letzte Dorf lag schon einige Meilen hinter ihm, und er bezweifelte, dass sich dort jemand finden ließ, der ihm helfen würde, eine Pestleiche unter die Erde zu bringen. Valentin bekreuzigte sich. Möge Gott der armen Seele gnädig sein!

Während er seine Habseligkeiten zusammenpackte, versuchte er zu verstehen, warum ihn der Anblick derart erschütterte. Schließlich hatte er dem Schwarzen Tod schon so oft ins Gesicht geblickt, dass er davon überzeugt war, dessen abscheuliche Fratze besser zu kennen als die meisten. Hastig schulterte er seinen Ranzen. Wollte er Pirna noch erreichen, bevor die Stadttore geschlossen wurden, musste er seinen Weg nun ohne weitere Verzögerung fortsetzen. Doch bereits nach wenigen Schritten stockte sein Fuß. Beinah gegen seinen eigenen Willen drehte sich Valentin um und sah zurück. Aus der Ferne bot die Linde ein malerisches Bild, und niemand, der hier vorbeikam, würde ahnen, dass unter ihrem grünen Dach der Tod Einzug gehalten hatte. Valentin schob seinen Hut in die Stirn und kratzte sich im Nacken. Es war alles andere als christlich, die sterblichen Überreste des armen Teufels dort zurückzulassen, aber daheim wartete die Mutter. Der Brief, in dem sie Valentin vom Tod des Vaters berichtet hatte, war viele Wochen unterwegs gewesen, und fast genauso lange hatte ihr Sohn gebraucht, um zu Fuß von Flandern nach Sachsen zu gelangen. Schon seit Tagen träumte Valentin davon, endlich wieder in einem Bett zu schlafen anstatt in einer Scheune oder gar auf freiem Feld. Und gewiss würde die Mutter zur Feier seiner Rückkehr ein Huhn schlachten! Valentin lief das Wasser im Mund zusammen, während er sich vorstellte, wie sie den gebratenen Vogel mit einer köstlichen Soße und frisch gebackenem Brot auf den Tisch stellen würde. In den Dörfern, durch die er in den letzten Tagen gekommen war, wurden Reisende in den Schänken kaum noch bewirtet, und mancherorts hatte er sogar Schwierigkeiten gehabt, etwas Brot zu bekommen. Wegen der Gerüchte über eine Pest im Böhmischen war man Fremden gegenüber misstrauisch geworden. Nein, es war gewiss keine gute Idee, zurückzugehen und auf einem der Gehöfte um Hilfe bei der Beerdigung eines Bettlers zu bitten, den der Schwarze Tod geholt hatte! Valentin dachte an die Raben, die sich im Wipfel der Linde niedergelassen hatten; sie würden die Rolle der Totengräber gern übernehmen. Ihn schauderte bei der Vorstellung, wie sie sich als Erstes über die weichen, ungeschützten Teile am Gesicht des Toten hermachen würden. Füchse, Ratten und anderes Getier würden das schaurige Werk später vollenden. Ob es ihnen bekommen würde, war eine andere Frage. Es war allgemein bekannt, dass Tiere sich ebenso mit der Seuche infizieren konnten wie der Mensch, und nicht umsonst herrschte in Pestzeiten vielerorts das Verbot, Vieh frei umherlaufen zu lassen. Valentin seufzte. Als Bader wusste er, wie wichtig es war, eine Pestleiche möglichst rasch zu begraben: Nur so konnte man die Lebenden vor der weiteren Verbreitung der Krankheit schützen.

Was machte es schon, wenn er dafür noch eine weitere Nacht unter freiem Himmel verbringen musste. Ach, zur Hölle mit der Pest, dachte er, während er bereits zum Dorf zurückmarschierte.

Wie erwartet, hatte Valentin seine liebe Not damit, in dem kleinen Weiler eine einsichtige Seele zu finden, die bereit war, ihn bei seinem Vorhaben zu unterstützen. Der Bauer im ersten Gehöft wünschte ihn zum Teufel, der Hufschmied drohte ihm Prügel an, und der Dorfschulze hetzte seinen Hund auf ihn, als Valentin ihm vorwarf, das Amt nicht zum Wohle der Gemeinde zu verwalten. Erst im letzten Gehöft, das ein wenig abseits der

Dorfstraße lag, erteilte die Bäuerin ihrem jungen Knecht den Befehl, den Fremden zu begleiten. Bevor sie sich mit Hacke und Schaufel auf den Weg machten, steckte die Frau dem Jungen noch ein Tuch zu, das mit Essig getränkt war. »Das bindest du um, wenn du bei der Linde ankommst. Und dass du mir den Toten ja nicht anfasst!« Sie deutete auf Valentin. »Lass ihn das machen.«

Valentin verbrachte die Nacht in einer verfallenen Scheune. Da er sein letztes Stück Brot bereits vor seiner Rast an der Linde verzehrt hatte, erwachte er noch vor dem Morgengrauen vom Knurren seines Magens. Kein Frühstück zu haben, sinnierte er, während er sich im verblassenden Licht der Sterne auf den Weg machte, hat immerhin den Vorteil, dass man keine Zeit damit vertrödelt, es zu verspeisen.

Die Sonne war gerade aufgegangen, als Valentin unten im Elbtal die turmbewehrten Mauern seiner Vaterstadt erblickte. Auf dem Felsen darüber erhob sich die Silhouette des herzoglichen Schlosses, und unmittelbar darunter ragte der achteckige Turm der Marienkirche aus dem Häusermeer. Valentins scharfen Augen gelang es schon bald, die zierlichen Giebel unterhalb der Turmhaube auszumachen. Aus der Ferne wirkten sie zart wie Brüsseler Spitze. Doch Valentin wusste, dass allein die Kreuzblumen, die sie krönten, mannshoch waren.

Trotz der frühen Stunde begegneten ihm nun immer öfter Fuhren, die bis obenhin mit Hausrat und kleinen Kindern beladen waren. Frauen und Mädchen begleiteten die Wagen zu Fuß, manchmal zerrten sie noch Ziegen und Schafe hinter sich her. Ihre Väter und Brüder hatten sich, in Ermanglung eines Zugtieres, meist selbst vor die Karren gespannt. Sie trugen die schlichte Alltagstracht einfacher Leute, und ihre Gesichter waren von Angst gezeichnet.

»He, Kamerad!«, rief ihm ein baumlanger Zimmermannsgeselle zu, der sein Werkzeug auf dem Rücken trug. »Kehr um! Du rennst in dein Verderben. In Pirna wütet die Pest!«

Valentin blieb stehen. Obwohl ihm der Schweiß zwischen den Schulterblättern herablief, fröstelte es ihn. »Hab Dank für deine Warnung! Aber ich muss in die Stadt. Die Mutter und der Bruder erwarten mich dort.«

»Dann geb's Gott, dass du die Deinen noch am Leben findest!« Der Zimmermann bekreuzigte sich, bevor er seinen Weg fortsetzte.

Valentin rückte die Riemen seines Ranzens zurecht. Die Gerüchte entsprachen also der Wahrheit. Die Pestwelle, die von Böhmen elbabwärts schwappte, hatte Pirna erreicht. Er holte Luft und zwang sich weiterzugehen. Der Schwarze Tod gehörte zu jenen Krankheiten, die vor allem in der wärmeren Jahreszeit immer wieder ihre Opfer forderten. Doch jeder wusste, wenn die Menschen ihre Häuser verließen und in Scharen flohen, lag das nicht nur an ein paar Toten. Nein, dann hatte ein großes Sterben begonnen!

Schon bald erreichte Valentin die Nikolaivorstadt. Dort waren die Tore der meisten Gehöfte geschlossen, die breite Straße dazwischen wirkte wie leergefegt. Selbst das Stadttor, an dem um diese Tageszeit stets allerlei Volk aus und ein ging, fand Valentin unbewacht. Da weit und breit niemand zu sehen war, dem er seine Papiere weisen konnte, und der Schlagbaum offenstand, betrat er nach kurzem Zögern die hölzerne Brücke, die über den Stadtgraben führte. Ein unheimliches Gefühl überkam ihn, als er unter dem Gewölbe des Torhauses statt rumpelnder Wagenräder und klappernder Pferdehufe nur den dumpfen Klang der eigenen Schritte vernahm.

Auch jenseits des Tores, auf der Dohnschen Gasse, wo sonst immer viele Menschen unterwegs waren, begegneten ihm nur wenige Passanten. Eilig hasteten sie aneinander vorbei, die meisten hatten sich Tücher vor Mund und Nase gebunden.

Auf den Baustellen ruhte die Arbeit. Lediglich am Wasserkasten vor der Schmiedegasse waren ein paar Mägde damit beschäftigt, ihre Eimer zu füllen. In der Schuhgasse hatten die Handwerker die Türen ihrer Werkstätten geschlossen, an einigen Häusern waren sogar die Fenster vernagelt.

Wenn Valentin sich nicht täuschte, war Dienstag – Markttag. Doch die Läden vorm Rathaus waren verschlossen, die Fleisch- und Brotbänke lagen verwaist, und offenbar kamen nicht einmal mehr die Bauern aus den umliegenden Dörfern in die Stadt, um ihr Gemüse zu verkaufen. Umso mehr wunderte sich Valentin über die Menschenansammlung vor einem Haus an der Ecke zur Kirchgasse. Die Leute redeten durcheinander und gestikulierten aufgeregt. Er wollte näher treten, blieb aber stehen, als er inmitten der Gaffer einen blonden Mann erkannte.

Neidlos musste Valentin anerkennen, dass sein Bruder in den letzten Jahren ein stattliches Mannsbild geworden war. Conrad hatte die muskulöse Statur ihres Vaters geerbt, und der modisch kurz geschnittene Bart ließ ihn reifer erscheinen.

Neben Conrad stand ein hagerer Mann mit stechend schwarzen Augen. Trotz der Wärme war er in einen dunklen Mantel aus gutem Tuch gekleidet, und auf seinem Kopf trug er ein Barett aus teurem Samt. Da ihn zwei Stadtwachen mit aufgepflanzten Hellebarden flankierten, musste er wohl einer der zwölf Ratsherren sein.

Mit klopfendem Herzen schob sich Valentin weiter nach vorn, und weil er ebenso hochgewachsen war wie sein Bruder, gelang es ihm rasch, die Ursache der allgemeinen Erregung auszumachen.

Zu Conrads Füßen lag ein Mann, der Länge nach auf dem Pflaster ausgestreckt. Sein Bauch, der sich unter der pelzverbrämten Schaube abzeichnete, erinnerte Valentin an den gestrandeten Wal, den er letztes Jahr in Hamburg gesehen hatte.

Doch im Gegensatz zu dem Kerl hier hatte die gewaltige Kreatur noch ein wenig gelebt.

Während der hagere Ratsherr ungeduldig an seinem Bart zupfte, band Conrad sich ein Tuch vor den Mund und zog ein Paar Lederhandschuhe aus seinem Gürtel. Nachdem er sie über seine Hände gestreift hatte, beugte er sich über die Leiche. Mit geübten Griffen entblößte er den Hals des Toten.

Ein Raunen wogte durch die Reihen der Schaulustigen. »Den hat die Pest geholt!«, verkündete ein grauhaariger Steinmetz mit Grabesstimme. Die dralle Magd neben ihm bekreuzigte sich.

Conrad richtete sich auf. Er zog die Handschuhe aus und verstaute sie umständlich in seinem Gürtel.

»Nun, Bader, was sagt Ihr?«, erkundigte sich der Ratsherr. »Ist es nun die Pest oder ist sie es nicht?«

Conrad nahm das Tuch ab, knüllte es zusammen und wischte sich damit über seine Stirn. Er räusperte sich. »Ja, Richter Seiler. Meister Eckel starb ohne jeden Zweifel an der Pest!«

Valentin runzelte die Stirn. Wenn ihn seine Augen nicht trogen, gab es durchaus Zweifel an dieser Diagnose. Doch um das richtig beurteilen zu können, musste er die Flecken am Hals des Toten aus unmittelbarer Nähe betrachten. Als der Richtherr Conrad beiseitenahm, drängte Valentin sich durch die aufgeregt tuschelnden Menschen. Er ging in die Knie und schob mit der Spitze seines Wanderstabes den Pelzkragen des Toten zur Seite. Während er die dunklen Male begutachtete, bestätigte sich sein Verdacht. Auch Conrad hätte erkennen müssen, dass sie keineswegs Anzeichen für eine Pesterkrankung waren – schließlich hatte der Vater ihnen den Unterschied oft genug erklärt.

Valentin rieb sich das Kinn. Er konnte nicht glauben, dass sein Bruder bei einer so wichtigen Angelegenheit wie einer öffentlichen Leichenschau absichtlich eine falsche Diagnose stellen würde. Aber falls Conrad sich geirrt hatte, dann musste er seinen Fehler unverzüglich korrigieren.

Als Valentin sich erhob, begann sich die Menge bereits zu zerstreuen. Suchend ließ er die Augen über den Markt wandern, konnte seinen Bruder aber nirgendwo entdecken. Nur der hagere Ratsherr stand noch immer an derselben Stelle, und während er den beiden Wachen Befehle erteilte, verweilte sein aufmerksamer Blick für einen Moment bei Valentin.

Kapitel 2

Vom Markt bis zur Badergasse war es nur ein kurzer Weg. Als Valentin sein Vaterhaus erreicht hatte, fragte er sich dennoch, ob er sich möglicherweise verlaufen haben könnte. Das Haus mit der schmalen Fassade und dem spitzen Giebel war verschwunden, und Valentin stand vor einer breiten Hausfront mit sechs Fenstern und einem hohen Torbogen in der Mitte. Das hölzerne Tor war verschlossen, doch daneben befand sich eine schmale, blau gestrichene Tür. Der eiserne Türklopfer, nach dem Valentin griff, hatte die Form einer Schlange, die in ihren eigenen Schwanz biss. Es dauerte eine Weile, bis im Haus Schritte erklangen, und als die Tür sich öffnete, blickte Valentin in das Gesicht einer fremden Frau. Sie trug das schlichte Kleid einer Magd.

»Wenn Ihr zu Meister Arnold wollt, dann müsst Ihr später wiederkommen«, beschied sie ihm.

Es dauerte einen Augenblick, bis Valentin begriff, dass hier nicht von seinem Vater die Rede war. »Ich bin Valentin Arnold«, erklärte er. »Der Bruder des Meisters.«

Sie stieß einen überraschten Laut aus, dann betrachtete sie ihn eingehend von Kopf bis Fuß. »Ihr habt die Augen Eurer Mutter«, sagte sie, während sie die Tür freigab.

»So ist es!« Valentin lachte. »Und außerdem die Füße meines Vaters.«

Die Magd konnte seinem Scherz nicht viel abgewinnen. Stattdessen verzog sie missbilligend das Gesicht, als Valentin die saubergefegten Sandsteinplatten der Vorhalle mit staubigen Schuhen betrat. Doch er scherte sich nicht darum, stellte seinen Wanderstock in die Ecke neben der Tür, nahm den Ranzen vom Rücken und legte ihn zusammen mit seinem Hut auf eine Truhe. »Wo finde ich meine Mutter?«, wollte er wissen.

»Sie ist im Kräutergarten.« Die Magd zeigte auf eine Tür hinter der Treppe zum oberen Stockwerk.

Als Valentin in den Hof trat, begriff er, warum ihm der Anblick des Hauses so fremd vorkam. Das Baderhaus war in den letzten Jahren erweitert worden. Der Vater hatte offenbar das Haus des alten Hartmann, ihres Nachbarn auf der rechten Seite, erworben. Um beide Häuser miteinander zu verbinden, hatte er nicht nur die Fassade neu verputzt, sondern auch die Dächer abtragen und einen gemeinsamen Dachstuhl errichten lassen. Das neue Dach zeigte nun mit der Traufseite zur Gasse, was dem größeren Anwesen ein respektables Aussehen verlieh. Dort, wo einst der Hof der Hartmanns gewesen war, hatte die Mutter ihren langgehegten Traum von einem eigenen Kräutergarten wahr gemacht. Valentin lächelte, als er sah, wie sie ihre Finger über die flaumigen Salbeiblätter gleiten ließ, bevor sie einige Zweige abpflückte. Sie legte ihre Ernte in den flachen Korb an ihrem Arm und ging langsam weiter. Vor dem Borretsch blieb sie stehen. Valentin konnte das Summen der Bienen, die in den blauen Blütensternen nach Nektar suchten, ebenso deutlich hören wie den leisen Gesang seiner Mutter. »Warum weinst du, schönes Kind, warum weinst du, schöne Blume?«

Die Mutter war eine große schlanke Frau mit zupackenden Händen. Fünfzig Lebensjahre hatten in ihrem Gesicht Spuren hinterlassen, dennoch fand Valentin es immer noch schön. Als sie den Kopf hob und ihren Sohn erblickte, brach ihr Gesang ab. Sie ließ den Korb fallen und schlug sich die Hände vor den Mund. Ihre ungewöhnlichen silbergrauen Augen füllten sich mit Tränen.

Valentin lächelte verlegen, während er auf sie zuging.

»Valentin?« Zögernd streckte sie die Hand aus und legte sie an seine unrasierte Wange. »Wo hast du dich nur so lange herumgetrieben, Junge?«

Valentin hielt ihre Hand fest. Sie fühlte sich warm an und roch genauso, wie er sie in Erinnerung gehabt hatte, nach Kräutern und Erde, nach Seifenlauge und Brot. Die Mutter war eine zurückhaltende Frau, die neben ihrer Arbeit im Haus und in der Badestube nur selten Zeit für Zärtlichkeit gehabt hatte. Trotzdem hätte Valentin sie jetzt am liebsten umarmt. Aber noch bevor er sich dazu entschließen konnte, erklangen hinter ihm Schritte.

»Dann stimmt es also tatsächlich!« Auf halbem Weg über den Hof blieb Conrad stehen. »Du bist wieder da.« Er neigte den Kopf und betrachtete seinen Bruder eingehend.

Valentin holte tief Luft. Er hatte sich das Wiedersehen mit Conrad in den letzten Tagen immer wieder ausgemalt. Es gab so vieles, was er ihm gern gesagt hätte. Doch die Worte schienen sich in seinem Innern zu verknoten, und so ließ er die Musterung seines Bruders stumm über sich ergehen.

Die Mutter schüttelte den Kopf. »Begrüßt einander, wie es sich für Brüder gehört!«, verlangte sie, indem sie ihrem ältesten Sohn einen kleinen Schubs gab.

Mit weichen Knien ging Valentin auf seinen Bruder zu. »Ich bin froh, dich wiederzusehen!« Er breitete die Arme aus und zog Conrad in eine Umarmung, die der Jüngere zögernd erwiderte.

»Willkommen daheim, Bruder!« Conrad zupfte einen Strohhalm von Valentins Hemd.

»Entschuldige!« Mit einem verlegenen Lächeln löste sich Valentin von ihm. »Ich bin schmutzig wie ein Schwein.«

»Und du riechst auch nicht viel besser!« Conrad lachte.

Valentin spürte, wie sich der Knoten in seiner Brust zu lösen begann. »Trotzdem könnte ich jetzt eins verspeisen«, gab er grinsend zurück.

»Ach, herrje!« Die Mutter schlug die Hände zusammen. »Dann ist es ja ein Glück, dass wir den Kessel im Badehaus wegen der großen Wäsche schon in der Früh angeheizt haben.« Sie griff nach ihrem Korb. »Conrad, während ich die Kräuter in die Küche bringe, zeigst du Valentin schon mal unsere neue Badestube!«

Conrad nickte seinem Bruder zu. »Komm mit! Du wirst staunen, was sich alles verändert hat, seit wir das Haus vor zwei Jahren vergrößert und neu eingerichtet haben.«

Valentin folgte ihm zu der Tür, die früher einmal der Hintereingang des Nachbarhauses gewesen war.

»Aus der Diele der Hartmanns haben wir den Auskleideraum gemacht.« Er zeigte auf die Hakenleisten, die sich ringsum an den Wänden befanden, bevor er seinen Bruder in den nächsten Raum führte. »Und hier haben wir den Vorraum, in dem sich unsere Badegäste erstmal den gröbsten Schmutz vom Leibe waschen können.«

Valentin nickte anerkennend. »Ihr habt den Boden mit Sandstein gepflastert und Abflussrinnen angelegt, durch die das benutzte Wasser gleich in die Gasse gespült wird.«

»Und Vater hat dafür gesorgt, dass die Decken eingewölbt wurden.« Conrad deutete nach oben. »Dadurch sind die Deckenbalken auch in diesem Teil des Hauses vorm Wasserdampf geschützt.« Er klopfte gegen eine der Sandsteinsäulen, auf denen das niedrige Gewölbe ruhte.

»In jedem zweiten Badehaus, in das ich auf meiner Wanderschaft kam, ist schon einmal ein verheerender Brand ausgebrochen, weil die Holzdecken vollkommen morsch geworden waren«, erinnerte sich Valentin, während er Conrad in den angrenzenden Raum folgte. Der war deutlich größer, aber ein Vorhang unterteilte ihn in zwei verschiedene Bereiche.

In der Mitte des vorderen stand ein hoher Ofen, um den Bänke von unterschiedlicher Höhe gruppiert worden waren. Auf einer davon stand ein Korb, in dem Bündel aus Birkenruten lagen. Es roch nach Holz, heißen Steinen und dem Aroma verschiedener Kräuter.

»Wie du siehst, haben wir das Schwitzbad vergrößert«, Conrad zog den Vorhang zur Seite, »und das Wannenbad in einem kleineren Teil untergebracht.« Er zuckte mit den Schultern. »Seit Feuerholz nicht mehr so billig zu haben ist, gönnen sich immer weniger Leute einmal pro Woche ein heißes Bad.«

Valentin nickte, denn die bedauerliche Entwicklung hatte in Pirna und anderswo schon vor Jahren begonnen. Seit Bergbau und Eisenverhüttung die dichten Wälder an den Hängen des Elbtals verschlangen wie gefräßige Moloche, war der Bedarf an Holz enorm gestiegen. »Trotz dessen muss die Badestube in den letzten Jahren gut gelaufen sein«, entgegnete er. »Sonst hätte sich Vater bestimmt nicht auf all die Umbauten eingelassen.«

»Wir konnten nicht klagen«, bestätigte Conrad, während er einen prüfenden Blick in den riesigen Kupferkessel des Badeofens warf, über dem sich bereits die ersten Dampfwölkchen bildeten. »Aber das war vor dieser verfluchten Pestilenz. Stell dir vor, das Erste, was unseren Ratsherren einfiel, um die weitere Verbreitung der Seuche einzudämmen, war die Schließung der Badestuben!« Er öffnete die nächste Tür und winkte Valentin an sich vorbei in einen hellen Raum mit verglasten Fenstern. »Seitdem müssen wir von dem leben, was uns das Wundheilen einbringt.«

Valentin blickte sich um. Neben einem stabilen Holztisch stand ein Stuhl mit hoher Lehne. Breite Lederriemen an den Armstützen und den vorderen Stuhlbeinen ermöglichten es, einen Patienten darauf zu fixieren – eine äußerst hilfreiche Maßnahme, wenn es galt, einen vereiterten Zahn zu ziehen oder einen anderen schmerzhaften Eingriff durchzuführen. Im Regal daneben lagen gebogene Nadeln, Messer und Zangen, eine Knochensäge sowie das Werkzeug für den Aderlass: Lasseisen und Lassbecher. An der Wand darüber hing ein gerahmter Holzschnitt, auf dem ein nackter Mann zu sehen war. Rote Pfeile deuteten auf jene Stellen seines Körpers, an denen ein Aderlass vorgenommen werden durfte. Als Valentin erkannte, dass es dieselbe Abbildung war, vor der sein Vater ihn und Conrad vor Jahren examiniert hatte, wurde ihm weh ums Herz.

Doch sein Bruder ließ ihm keine Zeit für traurige Betrachtungen. »Schau mal!« Conrad klopfte gegen einen Schrank mit unzähligen kleinen Schubladen. »Den hat Vater nach meinem Entwurf bei Schreinermeister Hampel anfertigen lassen. Sämtliche Pillen, Pulver und Kräuter sind hier übersichtlich untergebracht.« Dann zeigte er auf die Tür nebenan. »Und dort gibt es sogar noch ein kleines Gewölbe, in dem wir unsere Arzneien zubereiten und die Vorräte dafür lagern können.« Conrad ließ sich auf dem Behandlungsstuhl nieder, lehnte sich zurück und streckte die langen Beine aus. »Na, was sagst du dazu, großer Bruder?«

Valentin nickte anerkennend. »Du siehst mich überwältigt von alldem.« Seine Hand beschrieb einen Halbkreis, während er sich seinem Bruder gegenüber an die Tischkante lehnte. »Selbst in den reichen Städten Flanderns sah ich nur wenige Badestuben, die so gut und sinnreich ausgestattet waren. Und wie mir scheint, hat Vater schließlich doch begriffen, dass deine Überlegungen zur Verbesserung des Badebetriebs alles andere waren als Kindereien.«

Conrads Augen begannen zu leuchten, und seine Ohrläppchen wurden rot wie Rosenknospen. So hat er früher ausgesehen, dachte Valentin, wenn der Vater ihn gelobt hatte. Allzu oft war das allerdings nicht passiert, denn Conrad hatte beim Erlernen des väterlichen Handwerks weit weniger Begeisterung gezeigt als sein älterer Bruder. Während Valentin schon als Kind nichts anders wollte, als dem Vater beim Heilen zur Hand zu gehen, hatte sich Conrad lieber bei der Mutter in der Badestube aufgehalten. Dem Röhrmeister, der die städtischen Wasserkästen und die Verteilung des Wassers über die Röhrfahrten überwachte, hatte er Löcher in den Bauch gefragt, und eines Tages hatte er den Vater mit der Skizze für eine hauseigene Wasserleitung überrascht. Doch der hatte nur darüber gelacht und seinen Jüngsten zum Holzhacken auf den Hof geschickt. Valentin überlegte, ob jetzt vielleicht der rechte Moment gekommen war, mit Conrad über den Toten auf dem Markt zu sprechen.

Aber noch bevor er sich dazu durchgerungen hatte, steckte die Magd ihren Kopf durch die Tür. »Die Pötschin ist hier und verlangt, dass Ihr sie zur Ader lasst.«

Conrad winkte ab. »Sag ihr, dass jetzt nicht die rechte Zeit dafür ist! Wir haben seit gestern abnehmenden Mond.«

Doch schon im nächsten Augenblick wurde Agnes zur Seite gedrängt, und eine dicke Frau mit ausladender Haube rauschte an ihr vorbei. Valentin hielt sie für das Eheweib eines wohlhabenden Handwerksmeisters.

Conrad erhob sich unwillig. »Ich kann Euch jetzt nicht zur Ader lassen, gute Frau! Kommt in zwei Wochen wieder, wenn die Sterne dafür günstig stehen.«

Es war offenkundig, dass die Frau Erfahrung darin hatte, ihren Willen durchzusetzen, denn sie machte keine Miene, der Aufforderung des Hausherrn Folge zu leisten. Stattdessen marschierte sie hoch erhobenen Hauptes an Conrad vorbei. Valentin war gespannt, wie sein Bruder mit dieser schwierigen Patientin umgehen würde.

»Ihr werdet mich jetzt zur Ader lassen, junger Meister!« Die Frau entledigte sich ihres Umhangs und pflanzte sich auf den Behandlungsstuhl. »Euer Vater, Gott hab ihn selig, wird Euch doch beigebracht haben, dass diese Regeln in Zeiten der Pest ihre Gültigkeit verlieren.«

»Selbstverständlich hat er das!« Conrads Gesicht war rot angelaufen, seine Nasenflügel bebten. »Aber bedenkt, dass ich Euch bereits vor vier Tagen zur Ader gelassen habe und in der Woche davor auch.« Er stemmte die Fäuste in die Hüften und blickte verärgert auf die anmaßende Besucherin herab.

»Ich bin ein Weib!«, erklärte sie, was offensichtlich war. »Frauen, auch das ist allgemein bekannt, haben mehr schlechte Säfte in ihrem Blut als Männer, weshalb man sie öfter zur Ader lassen darf.« Energisch streifte sie den linken Ärmel ihres feinen Leinenhemdes nach oben.

Conrad biss die Zähne zusammen, und es war ihm anzusehen, dass er die unverschämte Person am liebsten mit eigenen Händen an die Luft gesetzt hätte. Doch stattdessen drehte er sich um und ging mit steifen Schritten zu seinem Arzneischrank hinüber. »Zur Reinigung Eurer Säfte kann ich Euch verschiedene Kräuter geben. Und zur Vorbeugung gegen die Pest habe ich Pillen aus Nelken, Salbei, Weinraute und Tannenharz zu verkaufen.« Er öffnete eine der vielen Schubladen und entnahm ihr eine Spanschachtel. »Sie beseitigen schlechten Atem und Fäulnis im Mund. Darüber hinaus empfiehlt sich eine strenge Diät. Meidet Schweinefleisch und Milch, trübes Wasser und dickflüssiges Bier. Enthaltet Euch auch aller Früchte, denn sie sind voll böser Feuchtigkeit.« Conrad stellte die Schachtel auf den Tisch. »Bereitet Eure Speisen mit Essig zu und denkt daran, bei allem Maß zu halten!«

Welche Mühe es seinen Bruder kosten musste, den Schein professioneller Gelassenheit zu wahren, konnte Valentin nur ahnen. Die Wutausbrüche des Knaben Conrad waren legendär gewesen und hatten dazu geführt, dass selbst ältere Jungen sich ihm gegenüber mit Spott und Sticheleien zurückhielten. Im Augenblick jedoch wäre Valentin seinem Bruder nur zu gern dabei behilflich, das halsstarrige Weib vor die Tür zu setzen.

»Ihr lasst mich jetzt auf der Stelle zur Ader!« Die Frau reckte das Kinn, während sie Conrad weiterhin ihren nackten Arm entgegenhielt. »Oder ich gehe zu einem anderen Bader und setze nie wieder einen Fuß in Euer Haus. Was ich im Übrigen auch all meinen Freundinnen empfehlen werde!«

Valentin schnappte nach Luft. Schon öffnete er den Mund, um das unverschämte Weib zum Teufel zu schicken, doch sein Bruder schüttelte den Kopf.

Mit ausdrucksloser Miene band sich Conrad eine Schürze vor den Bauch. Dann trat er an das Regal mit den Instrumenten, dem er einen kleinen Klöppel, das Lasseisen und einen Zinnbecher entnahm. Er drückte Valentin den Becher in die Hand. »Halt das!«

Mit triumphierendem Lächeln verfolgte die Pötschin, wie Conrad die dreieckige Klinge, die im rechten Winkel am dem eisernen Stiel befestigt war, auf ihre Armvene setzte. Ohne weiteres Federlesen schlug er mit dem Klöppel auf die Rückseite des Lasseisens und trieb die Klinge in ihre Haut. Sofort sprudelte Blut, das Valentin geschickt mit dem Becher auffing. »Das reicht!«, erklärte Conrad, kaum dass sich das Gefäß einen Fingerbreit damit gefüllt hatte. Rasch band er ein Tuch um den Arm der Frau, zog es straff und verknotete es so, dass der Knoten auf die Wunde drückte. Wortlos strich er das Geld ein, das sie ihm reichte.

Valentin nahm es auf sich, das Weib zu verabschieden und zur Tür zu begleiten. Als er in den Behandlungsraum zurückkehrte, war sein Bruder bereits dabei, die Instrumente zu reinigen.

»Ich bin mir sicher, die Pötschin wird nicht an der Pest sterben, sondern an der eigenen Unvernunft!«, knurrte er, während er das Lasseisen so heftig schrubbte, dass die Bürste ein Gutteil ihrer Borsten verlor. »Aber im Augenblick können wir es uns einfach nicht leisten, Kundschaft zu verlieren.«

»Hättest du ihr das Blut nicht abgenommen, wäre sie gewiss zu einem dieser Pfuscher gegangen, die mit dem Aderlass sträflich Schindluder treiben, indem sie selbst Kinder und Greise damit traktieren.« Valentin schnaubte frustriert auf. »Dabei kann man mit der Anwendung von Purganzen und Aderlässen gar nicht vorsichtig genug sein. Ich bin mittlerweile der Ansicht, dass sie für die Heilung kaum einen Nutzen haben und in den meisten Fällen sogar schädlich sind.«

Conrad warf seinem Bruder einen verdutzten Blick zu. »Wie verträgt sich denn das mit der Viersäftelehre des großen Galen?« Kopfschüttelnd griff er nach einem Tuch, um die Instrumente trocken zu reiben.

»Gar nicht.« Valentin zuckte mit den Schultern. »Für Galen war die Krankheit eine Verwirrung der Säfte, die den gesamten Körper erfasst. Schlechte Säfte daraus abzuleiten, ist bei dieser Betrachtungsweise durchaus gerechtfertigt.« Valentin überlegte kurz, ob er seinem Bruder von dem Henker erzählen sollte, bei dem er einige Monate im Dienst gestanden hatte. Dem Mann war es hin und wieder erlaubt worden, die sterblichen Überreste eines armen Sünders zur Herstellung besonderer Salben und Heilmittel zu nutzen. Valentin hatte ihm zweimal dabei geholfen und bei diesen Gelegenheiten mehr Einblick in die Funktionsweise des menschlichen Körpers gewonnen als während seiner gesamten Lehrzeit beim Vater. Doch ein Henker, so kundig er auch sein mochte, hatte in den Augen der meisten Menschen einen noch schlechteren Leumund als ein Bader. »Auf meiner Wanderung traf ich auf Heiler und Ärzte, die sich nicht mehr auf das überlieferte Wissen eines Mannes verlassen wollten, der vor mehr als tausend Jahren gelebt hat«, erklärte Valentin etwas allgemeiner. »Sie haben ihre Untersuchungen und Beobachtungen mit dem verglichen, was in den alten

Schriften behauptet wird, um sich ihr eigenes Urteil darüber zu bilden.«

Conrad hatte inzwischen die Instrumente in das Regal zurückgelegt. Als er sich umdrehte, stand eine Falte zwischen seinen zusammengezogenen Augenbrauen. »Und zu welchen Erkenntnissen sind sie dabei gelangt?«

»Der Arzt in Antwerpen, bei dem ich zuletzt gearbeitet habe, hält Krankheiten für eigenständige Lebewesen. Er ist davon überzeugt, dass sie von außen in den Körper eindringen, sich in einem einzelnen Organ niederlassen und so dessen Funktion stören.«

Conrad lachte. »Welch abwegige Vorstellung!«

»Und einer seiner ehemaligen Kommilitonen, mit dem er in Padua studiert hatte, ist der Meinung, Krankheiten würden durch winzige Tierchen, semina morbi, übertragen anstatt durch vergiftete Luft.« Valentin hob die Hände. »Weißt du, es gibt so viel mehr Wissen in dieser Welt als das, was der Vater uns beibringen konnte.«

»Das mag ja sein.« Conrad schüttete das benutzte Wasser in einen Eimer neben der Tür. »Aber nicht jeder kann es sich leisten, jahrelang herumzuziehen, um danach zu suchen.«

Valentin bemerkte den spitzen Unterton, doch sein Wunsch, das, was er erlebt und erfahren hatte, mit seinem Bruder zu teilen, war so stark, dass er dieses Signal ignorierte. »Bevor ich nach Antwerpen kam, zog ich mit einem Wundheiler übers Land, in dessen Familie die Kunst des Steinschneidens seit Generationen weitergegeben wurde. Der Mann verfügte über erstaunliche Fertigkeiten!« Valentin breitete die Arme aus. »Von allem, was ich in der Ferne gelernt habe, will ich dir berichten, damit du es später selbst ausprobieren kannst.«

»Bisher bin ich mit dem, was ich hier gelernt habe, ganz gut zurechtgekommen«, entgegnete Conrad. »Und noch immer ist unsere Badestube die beste in der ganzen Stadt.«

»Natürlich.« Valentin lächelte. »Sonst hätte man dich heute Morgen vermutlich nicht geholt, um an der Leichenschau auf dem Markt teilzunehmen.« Ihm war klar geworden, dass er sich gedulden musste, bis Conrad bereit war zuzuhören. Aber eine Sache gab es, über die er mit seinem Bruder sprechen musste, bevor es zu spät war.

Während Valentin noch nach den richtigen Worten suchte, öffnete Conrad die Tür. »Der Mann auf dem Markt«, sagte er. »Das war nichts Besonderes. Er ist einfach an der Pest gestorben.«

»Nein!«, widersprach Valentin. »Die dunklen Flecke am Hals der Leiche waren gewiss keine Pestmale.«

Conrad drehte sich um. »Ich hätte es wissen müssen! Du tauchst nach einer Ewigkeit hier auf, und das Erste, was du tust, ist, mich darüber zu belehren, wie ich meine Arbeit machen soll!« Für einen Augenblick schien es so, als wolle er mit geballten Fäusten auf seinen Bruder losgehen. »Es ist genauso wie früher!«

Valentin hob beschwichtigend die Hand. »Ich will dich nur bitten, dir den Mann noch einmal genau anzusehen, bevor man ihn unter die Erde bringt. Diese Flecke sind ein Beweis dafür, dass es bei seinem Tod nicht mit rechten Dingen zuging!«

»Ich sage es doch, du bist noch genauso davon überzeugt, alles besser zu wissen, wie früher!« Conrad presste die Lippen zusammen und schnaubte abfällig auf. Noch bevor Valentin aber weiter in ihn dringen konnte, ertönte nebenan der Ruf ihrer Mutter: »Das Bad ist angerichtet!«

Als Valentin die Badestube eine Stunde später sauber und frisch rasiert verließ, war Conrad bereits wieder unterwegs. Erst beim Abendmahl, für das ihre Mutter tatsächlich ein Brathuhn mit Backpflaumensoße zubereitet hatte, sahen sich die Brüder wieder.

Nach dem Tischgebet reichte die Mutter Valentin das Messer. Er zauderte, denn einen Festtagsbraten anzuschneiden war das Vorrecht des Hausherrn. Doch der Vater war tot, und üblicherweise nahm der älteste Sohn dessen Platz ein. Also ergriff Valentin das Messer und zerlegte das Huhn mit präzisen Schnitten.

»In Antwerpen«, erzählte er, um seine Unsicherheit zu überspielen, »benutzten die reichen Leute beim Essen zierliche Gabeln.« Er lachte bei der Erinnerung an seine eigenen Versuche mit dem neuartigen Esswerkzeug. »Ich kann Euch sagen, es war gar nicht so einfach, damit umzugehen!«

»Du bist weit in der Welt herumgekommen, Junge.« Die Augen der Mutter ruhten voller Stolz auf ihrem Ältesten.

Conrad tunkte ein Stück Brot in die Soße und schob es in den Mund. Er schien sich vollkommen auf sein Mahl zu konzentrieren, und Valentin tat es ihm gleich. Er spürte, was in seinem Bruder vorging, doch Conrad täuschte sich, wenn er glaubte, Valentin wäre hier, um sich als Hausherr aufzuspielen.

Ihrer Mutter war anzusehen, wie glücklich sie darüber war, endlich wieder beide Söhne daheim zu haben. Valentin fand, dass sie dünner war, als er sie in Erinnerung gehabt hatte. In ihrem Haar, das bei seiner Abreise noch so schwarz gewesen war wie sein eigenes, zeigten sich erste weiße Strähnen, doch ihre Augen blickten noch immer wach und klar.

Kaum war das Huhn verzehrt, trug die Mutter das benutzte Geschirr zum Spülstein. Anschließend stellte sie eine Schüssel mit Teig neben den Herd. Mit dem Stiel eines hölzernen Kochlöffels prüfte sie, ob das Öl im Kupferkessel seinen Siedepunkt erreicht hatte. Doch bevor sie den Teig löffelweise ins siedende Öl gleiten ließ, forderte sie ihren Ältesten auf, über die Stationen seiner Wanderung zu berichten.

Valentin erzählte, wie er zunächst nach Böhmen gezogen war und einige Zeit bei einem Wundarzt in Prag gearbeitet hatte.

Später war er über Pilsen, Nürnberg und Würzburg nach Mainz gewandert und von dort weiter nach Köln. »Ich bin in den Dienst von Badern, Wundärzten, Bruchheilern und Steinschneidern getreten«, berichtete er. »Aber in Antwerpen fand ich Arbeit bei einem ganz außergewöhnlichen Doktor. Im Gegensatz zu den meisten seiner studierten Kollegen war er sich nicht zu schade, neben der inneren Medizin auch die Chirurgie zu praktizieren.«

»War das der Arzt, der glaubt, Krankheiten seien eigenständige Wesen?«, erkundigte sich Conrad skeptisch.

Valentin nickte. »Und als anno 1529 in Antwerpen ein großes Sterben begann, lernte ich auch seine Methoden zur Behandlung der Pest kennen.«

Inzwischen war die Mutter mit einer dampfenden Schüssel an den Tisch zurückgekehrt. Valentin lief das Wasser im Mund zusammen, als er sah, wie sie noch einen Löffel Honig über die heißen Krapfen träufelte.

»Na, dann erzähl uns doch mal, wie man die Pest anderswo behandelt!« Conrad langte nach dem ersten Krapfen.

Die Mutter setzte sich und sah ihren Ältesten über den Tisch hinweg erwartungsvoll an. Obwohl die Fürsorge für die Kranken in den Händen des Vaters gelegen hatte, während sich die Baderin vor allem um den Betrieb der Badestube gekümmert hatte, waren medizinische Fragen an diesem Tisch immer ein Thema gewesen.

»Vieles ähnelt dem, was auch hierzulande praktiziert wird.« Valentin zuckte mit den Schultern. »Zunächst erhält der Kranke ein Klistier, dann lässt man ihn zur Ader – je nachdem, wo sich die Pestbeulen gebildet haben. Erscheinen sie zuerst an Kopf und Hals, so glaubt man, befindet sich das Gift im Hirn, weshalb man das Blut aus der Hauptvene am Arm zapfen soll oder an der Hand zwischen Daumen und Zeigefinger. In manchen Fällen hält man es für hilfreich, Blut unter der Zunge zu schröpfen.« Valentin nahm sich einen der köstlich duftenden Krapfen aus der Schüssel. »Beulen in den Achselhöhlen deuten auf eine Vergiftung des Herzens, weshalb man die Herzader am linken Arm öffnen sollte. Befinden sich die Beulen in der Leiste, so ist die Leber vergiftet, weshalb allenthalben geraten wird, die Rosenader am großen Zeh zu öffnen oder die Rückenader am kleinen Zeh.« Er steckte den Krapfen in den Mund und schloss die Augen, während er kaute.

»Und gewiss empfiehlt man auch anderswo das Schwitzen und Purgieren, um alle vergifteten Säfte aus dem Körper des Kranken auszuleiten«, unterbrach ihn Conrad unwirsch. »Ich frage mich, wo dein neues Wissen ist, das du mit mir teilen wolltest!«

»Fall deinem Bruder nicht ins Wort!« Die Mutter warf ihrem jüngeren Sohn einen strengen Blick zu.

»Ja, Mutter.« Conrad zog die Schüssel mit den Krapfen zu sich heran, um gleich zwei davon in seinen Mund zu schieben.

Valentin schmunzelte; auch wenn der Vater in der Tischrunde fehlte, schien in diesem Moment alles wie früher zu sein.

»Du hast mich gefragt, wie man die Pestkranken anderswo behandelt«, sagte er, indem er Conrad zuzwinkerte. »Falls du jedoch wissen wolltest, was der Doktor unternahm, um sie zu heilen, so kann ich dir sagen: kaum etwas davon!«

»Wie daf?«, nuschelte Conrad mit vollem Mund, was ihm noch einen mahnenden Blick der Mutter eintrug.

»Seiner Ansicht nach schwächen Maßnahmen wie der Aderlass und die Purgation einen Pestkranken viel zu sehr, vor allem wenn der Heiler, wie allgemein empfohlen wird, die Behandlung über Tage wiederholt. Auch das Aufschneiden oder Anritzen der Beulen würde den Tod nach seiner Erfahrung eher beschleunigen«, erklärte Valentin, bevor er sich einen weiteren Krapfen nahm.

»Aber gerade das ist doch die wirkungsvollste Art, das Gift

aus dem erkrankten Körper zu ziehen!« Conrad hatte die Krapfen vergessen und wandte nun seine gesamte Aufmerksamkeit seinem Bruder zu. »Weißt du nicht mehr, wie der Vater uns eingebläut hat, dass ein guter Bader niemals davor zurückschrecken darf, Schmerzen zu verursachen, wenn er dadurch die Heilung beschleunigen kann?«

Valentin nickte. Vor allem sein Bruder hatte sich während ihrer Lehrzeit lange nicht dazu überwinden können, denn trotz seines aufbrausenden Temperaments besaß Conrad ein äußerst mitfühlendes Wesen. Während er den letzten Krapfen aus der Schüssel fischte, fragte sich Valentin, wie Conrad es inzwischen geschafft hatte, sich mit den blutigen und schmerzhaften Seiten seines Handwerks abzufinden. »Der Doktor jedenfalls hatte beobachtet, dass mehr seiner Patienten überlebten, wenn er ihnen herzstärkende und fiebersenkende Tränke verordnete, dafür sorgte, dass sie viel Flüssigkeit zu sich nahmen und gute Pflege erhielten. Reinlichkeit und Aufmunterung, davon war er überzeugt, können weitaus mehr zur Heilung beitragen als teure Kuren, die letztlich nur die Taschen des Arztes füllen.« Er schob sich den Krapfen in den Mund und leckte sich anschließend den Honig von den Fingern.

»Hört, hört«, rief Conrad. »Dann ernährt sich dein Doktor wohl von Luft und Nächstenliebe?«

»Als vermögender Mann kann er sich das vielleicht leisten«, gab die Mutter zu bedenken. »Aber wir müssen jetzt von dem leben, was uns das Wundheilen einbringt.«

Valentin hatte keineswegs den Eindruck gehabt, dass der Doktor ein vermögender Mann war, doch darüber zu diskutieren würde zu nichts führen. »Auch wenn die Schließung des Badehauses hart für uns ist, erachte ich die Maßnahme dennoch als richtig«, sagte er stattdessen.

»Sei es, wie es sei.« Die Mutter erhob sich, um das Geschirr abzuräumen. »Vorsicht ist zurzeit an jedem Ort geboten. Vergesst nie, euch den Mund mit Wein auszuspülen, bevor ihr das Haus verlasst, und Sauerampfer oder Lorbeerkörner zu kauen, wenn ihr bei den Kranken weilt! Macht es wie Vater und bindet euch ein Tuch um, das mit Rosmarinwasser getränkt ist, wenn ihr ein pestversuchtes Haus betreten müsst!«

Valentin musste schmunzeln, als er sah, wie Conrad mit den Augen rollte. »Wir werden uns vorsehen«, versprach er. »Aber welche Maßnahmen hat der Rat zu Pirna außerdem ergriffen, um die Bürger vor der Pestilenz zu schützen?«

»Es ist bei Strafe verboten, Nachttöpfe oder Spülwasser in den Rinnstein zu entleeren. Auch soll man das heimliche Gemach und die Gasse vor dem Haus von übelriechenden Dingen reinhalten. Alle Hühner, Schweine und das Federvieh müssen in den Ställen bleiben und einmal pro Woche gebadet werden. Die Armen bekommen kostenlos Knoblauch, Essig und Lorbeer«, zählte Conrad auf.

»Aber was ist mit den Wirtshäusern, den Bierkellern oder dem Hurenhaus in der Holdergasse?«, erkundigte sich Valentin. »Und gibt es Quarantänevorschriften für jene Häuser, in denen die Pest bereits ausgebrochen ist?«

Conrad schüttelte den Kopf. »Selbstverständlich darf niemand, der die Pestzeichen am Leib trägt, sein Haus verlassen oder gar Kirchen und Wirtshäuser betreten. Auch das Tanzen und Musizieren wurde untersagt. Also warum sollte man den guten Leuten auch noch das letzte Vergnügen nehmen?«

»Und ein Pesthaus gibt es in Pirna vermutlich noch immer nicht?« Als Valentin die verständnislosen Blicke seiner Mutter und seines Bruders sah, seufzte er. »Besondere Häuser, in denen die Pestkranken unter strenger Absonderung von allen anderen Bürgern gepflegt werden, leistet man sich mittlerweile in vielen großen Städten.« Er griff nach dem Becher, den ihm die Mutter hingestellt hatte. Das Getränk darin roch nach Anis und Zimt.

»Trink, mein Junge!« Die Mutter nickte ihm zu. »Das ist der

Aufguss aus Galgantwurzel, Zimtrinde und Aniskörnern, den dein Vater stets in Pestzeiten zubereitet hat. Ich bin davon überzeugt, dass er überaus wirksam ist, denn immerhin wurde in diesem Haus noch nie jemand vom Schwarzen Tod heimgesucht.«

Valentin nippte an dem heißen Trunk. Er hätte lieber einen Schluck von dem guten Roten gehabt, den der Vater zweimal im Jahr bei einem Weinhändler am Kirchplatz zu kaufen pflegte. Doch Rotwein gehörte zu den Getränken, derer man sich in Pestzeiten ebenso enthalten sollte wie schwerer Speisen.

»Du solltest das, was du auf deiner Wanderung erfahren hast, unbedingt dem Ehrenwerten Rat zur Kenntnis bringen, Valentin!«, riet die Mutter.

»Ich weiß nicht.« Valentin blickte unschlüssig von ihr zu Conrad. »Glaubt ihr denn, im Rathaus würde man einem Bader überhaupt zuhören? Immerhin gehören wir nach wie vor einer meidlichen Zunft an.«

»Aber warum denn nicht? Es gibt noch immer keinen Stadtmedicus in Pirna«, argumentierte die Mutter.

Conrad zuckte mit den Schultern, bevor er nach seinem Becher griff.

Valentin fühlte sich unbehaglich. Nach ihrer Auseinandersetzung im Behandlungsraum wollte er unbedingt vermeiden, dass sich sein Bruder übergangen fühlte. »Conrad ist der neue Meister hier«, betonte er. »Wenn einer aufs Rathaus gehen sollte, dann er.«

Aber Conrad hob abwehrend die Hände. »Das werde ich auf gar keinen Fall tun!«

»Wenn du davon überzeugt bist, dass das Wissen, das du auf der Wanderschaft erworben hast, helfen kann, solltest du auch dafür einstehen, Valentin.« Die Mutter nickte ihrem Ältesten aufmunternd zu. »Außerdem wirst du die Badestube doch ab morgen gemeinsam mit Conrad führen!«

Valentin heftete den Blick auf den Becher in seiner Hand. Eigentlich hatte er nicht vorgehabt, gleich am ersten Abend von seinen Plänen zu sprechen. Doch die Mutter in falschen Hoffnungen zu wiegen war auch nicht recht. Also holte er Luft und hob den Kopf. »Es tut mir leid, Mutter, wenn ich jetzt gleich mit der Tür ins Haus falle, aber ich habe nicht vor, für immer in Pirna zu bleiben. Viel lieber möchte ich mich als Baderchirurg in einer großen Stadt niederlassen – vielleicht in Nürnberg oder gar in Antwerpen.«

In der Küche wurde es still, so still, dass Valentin meinte, das Rauschen des eigenen Blutes zu hören. Die Mutter sah ihn an. Ihre dunklen Brauen hoben sich, und sie schien zu überlegen, ob sie ihren Ohren trauen durfte. Mit jedem Atemzug fiel es Valentin schwerer, ihrem forschenden Blick standzuhalten. Konnte es sein, dass sie Bescheid wusste? Kannte sie den tieferen Grund für seine Entscheidung? Hatte sein Bruder sein Schweigen womöglich irgendwann in den vergangenen Jahren gebrochen? Doch Conrad schien von Valentins Eröffnung ebenso überrascht wie die Mutter. Valentin fühlte sich mit einem Mal unsäglich müde. Die Wochen der Wanderung hatten seinen Körper erschöpft, und der Ansturm der Gefühle, den er in den vergangenen Stunden durchlebt hatte, tat ein Übriges.

»Selbstverständlich habe ich nicht vor, gleich wieder abzureisen«, sagte er, als die Mutter schweigend damit begann, den Tisch abzuräumen. »Nicht, solange diese Pestilenz in Pirna grassiert.«

»Vielleicht wäre es besser gewesen, wenn du gar nicht erst zurückgekommen wärst«, murmelte Conrad, während er seinen Stuhl zurückschob. Mit einer entschuldigenden Geste wandte er sich an ihre Mutter. »Ich muss in die Schifftorvorstadt. Die drei Kinder von Fischer Ulrich sind erkrankt, und das jüngste wird die Nacht wahrscheinlich nicht überleben.«

Conrad verließ die Küche, und Valentin erhob sich ebenfalls. »Ich sollte mitgehen und mich nützlich machen.«

»Nicht jetzt!« Die Mutter hielt ihn am Arm fest. »Wie ich selbst, so braucht auch dein Bruder ein wenig Zeit, um zu begreifen, dass du mit eigenen Plänen für deine Zukunft nach Hause gekommen bist.« Sie musterte ihn streng. »Und du, mein Sohn, brauchst jetzt ein Bett!« Valentin, dem es nicht gefiel, wie ein Kind behandelt zu werden, wollte sich losmachen. Doch die Mutter verstärkte ihren Griff. »Ich sehe doch, dass dir gleich die Augen zufallen. Also denk an das, was dich dein Vater gelehrt hat: Wer andere heilen will, hat auch die Pflicht, auf seine eigene Gesundheit zu achten!«

Kapitel 3

Valentin schob sich den letzten Rest Hirsebrei in den Mund, als sein Bruder die Küche betrat.

Conrad wies die Schüssel, die ihm die Mutter reichen wollte, mit einem Kopfschütteln zurück. »Ich muss los«, sagte er.

»Aber du musst doch essen, Junge!« Die Mutter betrachtete ihn mit besorgtem Blick.

»Keine Zeit! In der Schifftorvorstadt gibt es seit gestern fünf neue Erkrankungen.« Conrad schnappte sich eine Scheibe Brot vom Tisch. »Und du musst dich auf den Weg zum Kirchhof machen.« Er nickte Valentin zu, während er sich das Brot in den Mund stopfte. »Christoph Werner ließ ausrichten, dass seine kleine Tochter krank geworden ist.«

»Ach, herrje, der arme Mann!« Die Baderin rang die Hände. »Seine Ursel war die Erste, die in diesem Jahr an der Pest starb. Bald darauf traf es sein Weib und dann den Jüngsten seiner Söhne.«

Valentin erschrak. Er blickte zu seinem Bruder, doch der kramte mit ausdrucksloser Miene in dem Holzkasten mit seinen Instrumenten. Dabei kannten sie die Türmerfamilie beide gut. Von Kindesbeinen an waren sie mit Ursula, aber vor allem mit Urs, ihrem Zwillingsbruder, befreundet gewesen. Die Freundschaft hatte über ihre Kindertage hinaus Bestand gehabt – bis zu dem Tag, an dem Conrad das einzige Geheimnis entdeckte, das Valentin jemals vor seinem Bruder gehabt hatte. Der Schock, den er damals empfunden hatte, saß ihm noch immer in den Eingeweiden, und Conrads Verhalten machte deutlich, dass auch er nicht vergessen konnte, was an jenem Tag geschehen war.

»Es wird heute wieder spät. Ihr braucht mit dem Abendmahl nicht auf mich zu warten.« Conrad verließ die Küche.

Valentin zögerte einen Augenblick, ehe er dem Bruder in die Diele folgte. In den letzten zwei Tagen hatte er vergeblich gehofft, mit Conrad ein Gespräch darüber führen zu können, was seit Jahren zwischen ihnen stand. Natürlich war der Zeitpunkt auch jetzt denkbar schlecht dafür, denn sie hatten alle Hände voll tun. Aber die andere Sache konnte Valentin nicht auf sich beruhen lassen.

»Auf ein Wort!«

Conrad fuhr herum. »Denkst du, ich hätte nicht gemerkt, dass du seit deiner Rückkehr um mich herumschleichst wie der Teufel um die arme Seele!« Er funkelte seinen Bruder an. »Aber ich will nichts von der alten Geschichte hören! Damit das ein für alle Mal klar ist!«

Valentin hatte mit dieser Abfuhr gerechnet, trotzdem empfand er die Worte seines Bruders wie einen schmerzhaften Stich. »Das ist es nicht, worüber ich mit dir sprechen will«, sagte er leise.

»Worüber sonst?«, stieß Conrad hervor.

»Der Tote auf dem Markt«, begann Valentin, wobei er sich vergewisserte, dass die Tür zur Küche geschlossen war. »Hast du dir die Male an seinem Hals noch einmal angesehen?«

»Nein.« Conrad griff nach dem Holzkasten. »Warum sollte ich?«

Valentin versperrte seinem Bruder den Weg. »Weil ich nach wie vor davon überzeugt bin, dass deine Schlussfolgerung falsch war!«

»Das war sie nicht!«, beharrte der Jüngere. Doch Valentin entging nicht, dass er seinem Blick dabei auswich.

»Conrad, es geht doch gar nicht darum, ob ich recht habe oder du.«

»Nein? Worum denn sonst?«

»Womöglich deckst du mit deinem Starrsinn einen Mörder«, flüsterte Valentin eindringlich.

Conrad erstarrte, und seine Pupillen weiteten sich. Doch dann holte er Luft, straffte seine Schultern und machte einen Schritt nach vorn. »Ach, ja? Und das weißt du, weil du im Vorbeigehen einen kurzen Blick auf die Leiche geworfen hast? Aber was wundere ich mich, du hast dich ja schon immer für allwissend gehalten!« Mit einem wütenden Schnauben drängte er sich an seinem Bruder vorbei und verließ das Haus.

Valentin unterdrückte einen Fluch. Conrad schien Angst zu haben. Nur weshalb? Das Verhalten seines Bruders war in jeder Hinsicht eigenartig. Doch im Augenblick konnte Valentin nichts tun, um diesem Rätsel auf den Grund zu gehen, also schlang er sich den Ledergurt seines Medizinkastens über die Schulter und machte sich auf den Weg zum Kirchhof.

Es war früh am Morgen, und wie so oft lag über dem Fluss noch dichter Nebel. Als Valentin über den Markt ging, sah er, wie Männer in den rot-gelben Uniformen der Stadtwache einen großen Holzstoß errichteten. Es war nur ein kurzer Weg, doch mit jedem Schritt wurden seine Beine schwerer. In welcher Verfassung würde er den Türmer und dessen Familie vorfinden?

Während er die Stufen im Turm der Marienkirche erklomm, dachte Valentin daran, wie er und Conrad früher mit den Zwillingen des Türmers Wettrennen im engen Wendelstein veranstaltet hatten. Heute erstieg er die gewundenen Stufen bedeutend langsamer. Der aufregende Duft der Gerichte, die Mama Melinda auf ihrem Herd unter dem schwarzen Rauchfang kochte, hatte ihn früher schon auf halber Treppe empfangen, und oben angekommen hatte er den Kopf einziehen müssen, um nicht an langen Teigstrippen hängenzubleiben. Die wurden Pasta genannt, und die Mutter seines Freundes hängte sie zum Trocknen über eine Wäscheleine.

Da die Tür offenstand, trat Valentin auch heute direkt in die Küche, die eine Hälfte der kreisrunden Türmerwohnung beanspruchte. Es roch nach Kohlsuppe und ranzigem Fett, und statt Pasta hingen Männerhemden und feuchte Socken neben dem Herd.

»Valentin, du bist tatsächlich wieder daheim!« Der Türmer, der am Tisch gesessen hatte, erhob sich schwerfällig.

Valentin blieb erschrocken stehen. Früher war Christoph Werner ein stämmiger, fröhlicher Mann mit vollem braunem Haar gewesen. Bevor er die Stelle als Türmer in Pirna angetreten hatte, war er viele Jahre als Spielmann umhergezogen. Bis nach Sizilien, einer Insel vor der Spitze des italienischen Stiefels, war er gekommen, und dort hatte er sich in eine glutäugige Schönheit verliebt, die er mit in seine Heimatstadt gebracht hatte. Wäre Valentin ihm heute in einer der Gassen begegnet, hätte er ihn wohl kaum wiedererkannt.

Der Türmer lächelte verlegen, während er auf Valentin zuging. »Auch wenn ich nicht so ausschaue, mein Junge, so freue mich doch, dich wiederzusehen!« In dem Augenzwinkern, mit dem er den jungen Bader bedachte, blitzte für einen Wimpernschlag seine frühere Lebenslust auf.

»Bitte verzeiht meine Unhöflichkeit, Vater Werner!« Valentin ergriff die ausgestreckten Hände des Mannes. »Ich bin hier, um Euch mit meiner Kunst beizustehen, so gut ich es vermag. Lasst mich am besten gleich nach Eurer Tochter sehen!«

Werner nickte dankbar und führte ihn in die Schlafkammer, die durch eine Bretterwand von Stube und Küche getrennt war.

Lene lag mit dem Rücken zur Tür in dem großen Kastenbett, das fast den gesamten Raum einnahm. Valentin erblickte zunächst nur ihr blondes Haar, dessen lange Strähnen der Schweiß dunkel gefärbt hatte. Das Mädchen schien zu schlafen, doch sein schmaler Körper bewegte sich unruhig unter dem Laken. Valentin ließ den Riemen des Instrumentenkastens von der Schulter gleiten und suchte nach den Kräutern, die er benötigen würde.

Aus dem angrenzenden Raum kam indes Jörg, der mittlere Sohn des Türmers. Sein rundes Gesicht wirkte bekümmert, und unter seinen Augen lagen dunkle Schatten. Als Valentin ihn zum letzten Mal gesehen hatte, war er noch ein kleiner frecher Lümmel gewesen. Inzwischen war er zu einem breitschultrigen jungen Mann mit langen Armen und kräftigem Brustkorb herangewachsen. Weder seine gedrungene Gestalt noch das braune Haar, das wie ein dichter Pelz auf seinem Kopf wucherte, erinnerten an seine Geschwister. Jörg schlug ganz nach seinem Vater.

Er nickte Valentin zu. »Was können wir tun, um Lene zu helfen?«, fragte er, ohne sich weiter mit einer Begrüßung aufzuhalten.

»Das ist Tausendgüldenkraut.« Valentin hielt den jungen Türmer ein Leinensäckchen hin. »Gib die Hälfte davon in einen Topf und gieß Wasser hinzu. Lass es eine Weile sieden.« Dann trat er an das Bett. »Lene?« Das Mädchen schlug die Augen auf. Lene wirkte benommen, das zarte Gesicht war schweißnass und stark gerötet. »Ich bin Valentin, der Bader«, sagte er und lächelte sie an. »Dein Vater hat nach mir geschickt, damit ich dich untersuche. Ich werde dabei vorsichtig sein, das verspreche ich dir!« Sanft griff er nach Lenes Hand, um ihren Puls zu fühlen. Anschließend begutachtete er Hals, Achselhöhlen und Leistenbeugen des Kindes, an denen sich bereits zwei verräterische Schwellungen zeigten.

»Es ist die Pest, nicht wahr?«, fragte Werner, als Valentin in die Küche zurückkam.

Als Valentin nickte, sank der Türmer auf die hölzerne Bank und schlug die Hände vors Gesicht. »Ich habe schon mein Weib, die Ursula und meinen Jüngsten verloren. Es würde mir das Herz brechen, wenn ich zuschauen müsste, wie mir ein weiteres Kind unter den Händen wegstirbt«, flüsterte er.

Valentin legte ihm tröstend die Hand auf die Schulter. »Ich werde mein Bestes tun, um das zu verhindern«, sagte er. »Vor allem müssen wir das Fieber senken. Dabei hilft der Aufguss aus Tausendgüldenkraut. Außerdem werde ich sie mit kaltem Wasser waschen und Essigumschläge machen. Die müsst Ihr dann stündlich wechseln, so lange, bis das Fieber nachlässt.«

»Ich habe gehört, die Dominikaner am Brüdertor hätten ihr Infirmarium wegen der Pest auch für bedürftige Kranke aus der Stadt geöffnet. Vielleicht können wir sie dort hinbringen«, schlug Jörg vor, der am Herd hantierte.

»Besser nicht!« Valentin schüttelte den Kopf. »Lene sollte nicht sehen, wie rings um sie Menschen sterben. Sie braucht jetzt Ruhe und Zuversicht, denn ein heiteres Gemüt ist für ihre Heilung ebenso wichtig wie der Beistand unseres Herrn. Wenn Ihr es schafft, sie in ihrer vertrauten Umgebung zu pflegen, gibt es zumindest Hoffnung, dass sie dem Schwarzen Tod widersteht.«

Vater und Sohn wechselten einen unsicheren Blick, dann seufzte der alte Türmer schwer. »Wir sollten auf das hören, was Valentin rät, und außerdem darauf vertrauen, dass der Herr uns nach allen Prüfungen endlich Gnade gewährt.«

»Ich werde täglich heraufkommen, um nach ihr zu schauen«, versprach Valentin. »Scheut Euch nicht, nach mir zu schicken, falls sich ihr Zustand verschlechtert, sei es bei Tag oder in der Nacht!«

Der Türmer nickte, und Valentin ging wieder nach nebenan, um das Kind mit kaltem Wasser zu waschen, das er mit Kräuteressig vermischt hatte. Nach einer Weile hob das Mädchen den Kopf und sah ihn aus fiebrig glänzenden Augen an.

»Weißt du, dass meine Schwester Ursel die Erste in der Stadt war, die an der Pest gestorben ist?«

»Magst du mir davon erzählen?«

»Nein. Aber jetzt sagen alle, unsere Ursel wäre schuld daran, dass seitdem so viele Menschen gestorben sind«, flüsterte Lene.

Bevor Valentin etwas erwidern konnte, fuhr sie fort: »Einen Liebsten soll sie gehabt haben, einen Kaufmann aus Ungarn. Und weil sie ihm untreu gewesen wäre, hätte er ihr aus Rache ein Tuch geschenkt, das einer Toten gehörte. Einer, die der Schwarze Tod geholt hat.« Sie schniefte. »Dabei ist kein Wort davon wahr!«

Valentin schluckte. Wie Urs hatte auch dessen Zwillingsschwester die feurigen Augen und schwarzen Locken ihrer Mutter geerbt, dazu ein hinreißendes Lächeln und den kecken Schwung der Hüften. Verlockend und beängstigend zugleich hatte ihr fremdes Aussehen auf die Menschen in der Stadt gewirkt.

Valentin merkte, dass Lene noch immer auf eine Reaktion von ihm wartete. Er griff nach dem Kräuteraufguss, den Jörg mittlerweile zubereitet hatte.

»Es ist nun einmal so, dass die meisten Menschen einen Schuldigen suchen, wenn etwas geschieht, das sie nicht begreifen oder beeinflussen können.« Er bemühte sich, ruhig und sicher zu klingen. »Das macht ihnen Angst, verstehst du?«

»Aber meine Schwester hat doch keiner Menschenseele etwas zuleide getan«, sagte Lene. »Und außerdem ist sie schon tot!« Sie reckte den dünnen Hals und richtete ihre großen dunklen Augen, die denen ihrer Schwester glichen, auf den Bader. »Muss ich jetzt auch sterben?«

»Nicht, wenn ich es verhindern kann«, erwiderte Valentin mit aller Zuversicht, die er aufbringen konnte. Behutsam hielt er ihr den Becher an die Lippen und sorgte dafür, dass sie ihn vollständig leerte.

Dann strich er ihr das feuchte Haar aus der Stirn und wartete darauf, dass der Trank seine Wirkung entfalten würde. Dabei stiegen Erinnerungen in ihm auf an die Stunden, die er hier oben im Kreis der Türmerfamilie verbracht hatte. Sie füllten sein Herz zu gleichen Teilen mit Süße und Bitternis, bis Tränen in den Becher tropften, den er noch immer in der Hand hielt. Glücklicherweise merkte Lene nichts davon, denn ihre Augen waren wieder zugefallen. Valentin überzeugte sich, dass ihr Atem ruhig ging und ihr Puls kräftig schlug, und verließ die Kammer.

In der Küche empfing ihn Jörg mit einem zaghaften Lächeln, während der alte Türmer noch immer gesenkten Hauptes auf der Bank hockte. Valentin stellte ein verkorktes Fläschchen auf den Tisch. »Es enthält ein Destillat aus Rosmarin und anderen wohlriechenden Kräutern. Träufelt es auf ein weiches Tuch, das Ihr Eurem Kind auf die Brust legt. Ihr könnt auch Stirn und Schläfen damit einreiben.« Neben dem Fläschchen platzierte er ein kleines Tongefäß, das mit Pergament verschlossen war. »Das ist eine Salbe aus Schweineschmalz, Salz, Schöllkraut, Beinwell, Gundelrebe und Wacholderharz. Sie wird dabei helfen, die Beulen aufzuweichen.« Zuletzt holte er aus seinem Medizinkasten ein verschnürtes Päckchen. »Hier sind Mädesüß, Baldrian und Weidenrinde. Brüht Eurem Kind davon einen Aufguss gegen die Schmerzen.«

Der Türmer nickte. »Hab Dank, Valentin! Wenn du es schaffen solltest, mein Lenchen zu retten, waren deine langen Wanderjahre gewiss nicht umsonst.« Er erhob sich umständlich und deutete auf den frei gewordenen Platz. »Setz dich und trink noch einen Becher Wein mit meinem Sohn! Du weißt selbst, dass wir hier oben selten Besuch haben, aber seit die Pest in der Stadt haust, kommt gar keiner mehr vorbei.«

Während Jörg flugs zwei Becher füllte, ergriff der alte Türmer das kleine Signalhorn. »Ich muss nun gehen, um die Glocke nachzuschlagen und Wacht zu halten. Viel zu lange schon habe ich meinen Posten verlassen.«

»Du hast es gut, Valentin«, sagte Jörg, nachdem der schwere Schritt seines Vaters auf der Treppe verklungen war. In seiner Stimme schwang Sehnsucht. »Du bist fast genauso weit herumgekommen wie der Vater seinerzeit. Mich hat er ja nicht fortgehen lassen, nachdem …«

Jörg biss sich auf die Lippe, doch Valentin wusste, was dem jungen Mann durch den Kopf ging. Ursino, Ursels Zwillingsbruder, den alle nur Urs nannten, hatte seine Familie von einem Tag auf den anderen verlassen. Wochenlang hatten seine Eltern vergeblich auf ein Lebenszeichen ihres ältesten Sohnes gehofft. Später hieß es, man habe elbaufwärts im Böhmischen eine Leiche gefunden, auf die Urs' Beschreibung passte – ausgeraubt und grausam zugerichtet. Im Gegensatz zu Jörg kannte Valentin den Grund für Urs' Flucht. Doch weder damals noch heute war er gewillt, darüber zu sprechen.

»Meine Wanderschaft war nicht nur eitel Sonnenschein«, sagte er, nachdem er sicher war, dass ihm seine Stimme wieder gehorchen würde. Jörg sollte nicht glauben, dass es überall besser war als hier oben, auf dem einsamen Turm über seiner Vaterstadt. »Im vorletzten Jahr erlebte ich in Antwerpen den Ausbruch der Pest. Ich sah dort unzählige Menschen sterben. Du musst wissen, die Stadt ist viel, viel größer als Pirna.«

Doch Jörg schien nur zu hören, was er hören wollte. »Antwerpen«, flüsterte er verzückt. »Du musst mir auf der Stelle alles darüber erzählen!«

Um sich von dem Schmerz in seinem Herzen abzulenken, erzählte Valentin nun doch ausführlicher über die herrlichen Bauwerke der Stadt, die hohen, reich verzierten Giebel der Bürgerhäuser, die riesige Liebfrauenkirche mit ihren himmelstürmenden Türmen, die trutzige alte Stadtburg Het Steen, die inzwischen als Gefängnis diente, und das prachtvolle Rathaus.

Er sprach vom Diamantenhandel im Judenviertel, dem Hafen, der ihm wie eine eigene Stadt erschienen war, und dem ungeheuren Reichtum der Kaufleute. Der junge Türmer hing ihm an den Lippen und ließ sich keines seiner Worte entgehen.

Erst als der alte Werner auf dem Windenboden unter ihnen die Glocke ein weiteres Mal schlug, sprang Valentin auf und packte eilig seine Sachen zusammen. Über dem Erzählen war ihm gar nicht aufgefallen, wie die Zeit verstrichen war. Dabei hatte er der Mutter versprochen, dass er sich nach seinem Besuch auf dem Turm im Behandlungsraum des Baderhauses bereithalten würde. Schließlich kamen auch in Zeiten der Pestilenz Leute mit Verletzungen, Furunkeln oder faulen Zähnen zum Bader, damit er sie kurierte.

KAPITEL 4

Nachdem Valentin am Nachmittag die ausgekugelte Schulter eines Fuhrmanns eingerenkt hatte, der angetrunken von seinem Wagen gefallen war, wusch er sich gründlich von Kopf bis Fuß, zog ein frisches Hemd über und machte sich auf den Weg zum Rathaus. Trotz aller Zweifel wollte er dort seine Dienste im Kampf gegen die Pest anbieten. Die Mutter hatte ihm deswegen erneut in den Ohren gelegen, und vielleicht hatte sie ja recht und die Ratsherren würden ihm tatsächlich Gehör schenken.

Eine Viertelstunde später stand Valentin in der Ratsstube vor Georg Seiler, dem er bereits am Tag seiner Ankunft auf dem Markt begegnet war. Mit dem Richtherrn saßen zwei weitere Männer am Tisch. Im Rathaus hielt man sich offenbar streng an die Empfehlung vieler Pestbücher, die Fenster zwischen Mittag und Mitternacht geschlossen zu halten, denn die Luft war stickig und geschwängert vom Duft der Blumen- und Kräutersträuße, die überall im Raum verteilt standen. Während Valentin den Ratsherren seine Vorschläge erläuterte, spürte er, wie er Kopfschmerzen bekam.

Der hagere Richtherr, der trotz der beträchtlichen Wärme im Ratsstübchen in einer dunklen Schaube und mit einem Barett auf dem Kopf dasaß, lauschte ihm mit wachsender Ungeduld. Noch bevor Valentin dazu gekommen war, seine Ausführungen zu beenden, hob Seiler die Hand. »Genug davon! Das sind gewiss interessante Überlegungen, aber wir schaffen es gegenwärtig nicht einmal, die Einhaltung der Maßnahmen zu kontrollieren, die wir wegen der Pestilenz bereits ergriffen haben.« Er schüttelte den Kopf. »Wo sollte ich da Leute hernehmen, die jene Menschen versorgen, die ihre Häuser nicht verlassen dürfen, weil es darin einen Pestkranken gibt? Dasselbe Problem hätten wir, wenn wir ein besonderes Haus für all die Pestkranken einrichten wollten. Wer soll sie dort pflegen und versorgen?« Er schnaubte gereizt auf. »Ihr habt gewiss davon gehört, dass schon ein paar Bader der Pest erlegen sind und dass andere vor ihr Reißaus genommen haben, wie auch ein Teil der Stadtwachen und andere Bedienstete des Rates.«

Valentin holte Luft. Er wollte noch einmal auf die Schließung der Wirtshäuser zu sprechen zu kommen, doch der Ratsherr schnitt ihm mit einer energischen Handbewegung das Wort ab.

»Es steht Euch selbstverständlich frei, dem Rat Eure Vorschläge noch einmal in schriftlicher Form zu unterbreiten. Aber im Augenblick habe ich mich um anderes zu kümmern!«

»Dann darf ich mich wohl verabschieden«, sagte Valentin steif. Es war genau so gekommen, wie er befürchtet hatte, und es ärgerte ihn, dass er sich dennoch darüber aufregte. Immerhin würde die Mutter nun Ruhe geben, denn er hatte zumindest versucht, Gehör für seine Vorschläge zu finden. Schon wollte er sich abwenden, da erhob sich der Richtherr von seinem Stuhl.

»Nicht so hastig, junger Meister! Ich möchte zuvor noch Eure Meinung zu einer anderen Angelegenheit erfahren.« Seiler beugte sich nach vorn und stützte sich mit den Händen auf die Tischplatte.

Die vorspringende Nase des Richters und seine scharfgeschnittenen Züge ließen Valentin an einen Mäusebussard denken, der unbeweglich auf einem Pfahl hockte. Ein ungutes Gefühl breitete sich in seiner Magengrube aus.

»Es würde mich außerordentlich interessieren, Eure Meinung zum Tod des hochverehrten Meister Eckel zu hören.« Der

Richtherr fixierte Valentin mit zusammengekniffenen Augen, während er sich setzte und die Arme vor der Brust verschränkte. »Ihr habt die Leiche gestern auf dem Markt gesehen.« Auch die beiden Männer, die neben dem Richter an dem wuchtigen Eichentisch saßen, blickten den Bader nun erwartungsvoll an.

Valentin begann zu schwitzen, und das lag gewiss nicht nur an der stickigen Luft. Er verfluchte seinen Vorwitz, der ihn hergeführt hatte, denn die Wendung, die das Gespräch nahm, gefiel ihm gar nicht. Er wollte Conrad auf keinen Fall bloßstellen, nicht nur, weil das ihr gespanntes Verhältnis weiter belasten würde, sondern auch, weil Conrad sein Bruder war. Aber dann musste er an die Worte denken, die er am Morgen selbst zu ihm gesagt hatte: »Womöglich deckst du einen Mörder.« Valentin erkannte, dass er vor einem Dilemma stand.

Natürlich war es nicht seine Aufgabe, in Pirna für Recht und Ordnung zu sorgen, und wie wenig seine Meinung zählte, hatte ihm Seiler eben zu verstehen gegeben. Aber was, wenn der Mörder, der Eckel gemeuchelt hatte, erneut töten würde? Genauso wie Conrad würde Valentin dann seinen Teil der Schuld daran tragen. Allein die Vorstellung verursachte ihm Übelkeit. Valentin wusste, dass er nicht frei von Sünde war – ganz im Gegenteil! Aber zu jener Zeit, als er Dienst bei dem Henker tat, hatte er den Prozess gegen einen Mann miterlebt, der aus purer Lust zahlreiche Mädchen getötet hatte. Gleichgültigkeit, Angst und andere Verstrickungen der braven Bürger einer kleinen Stadt hatten dazu geführt, dass der Mörder sein Treiben mehrere Jahre unentdeckt fortsetzen konnte. Nein, eine solche Last wollte sich Valentin um keinen Preis auf die Seele laden! Darüber hinaus war Pirna mit dieser Pestilenz bereits genug gestraft.

Die Stimme des Richtherrn riss ihn aus seinen Grübeleien. »Ich erwarte eine Antwort, Bader!«

Aber Valentin wusste noch immer nicht, was er sagen sollte.

Obwohl er im Grunde wusste, dass er keine Wahl hatte, brachte er es nicht über sich, seinen Bruder vor den hohen Herren der Unfähigkeit oder gar der Lüge zu zeihen. Nein, lieber wollte er ihn heute Abend noch einmal zur Rede stellen, und vielleicht konnten sie die Sache dann gemeinsam regeln. Als Brüder, so wie früher. Doch was konnte er dem Richtherrn jetzt sagen? Er fühlte sich plötzlich wie ein Fuchs, dem die Hunde der Jäger auf den Fersen waren.

»Nun redet endlich, Mann! Ich habe Euch selbst beobachtet, als Ihr Euch über den Toten gebeugt habt«, verlangte Seiler ungehalten. »Euer Unbehagen stand Euch ins Gesicht geschrieben!«

Genauso war es, dachte Valentin. Den scharfsichtigen Augen des Richtherrn schien nichts zu entgehen. Verzweifelt suchte er nach einem Ausweg. »Das mag sein«, räumte er schließlich ein. »Aber trotzdem muss ich sagen, dass ich Euch keine verlässliche Auskunft geben kann. So leid es mir tut!«

Der kleine rotgesichtige Mann neben Seiler erhob sich schnaufend. Im Gegensatz zu ihm hatte er die Schnürung an seinem grünsamtenen Wams geöffnet und sogar die Ärmel seines feinen Leinenhemdes hochgerollt. Dennoch perlte ihm der Schweiß von der Stirn. »Was soll das, Bader! Wollt Ihr uns verspotten? Wir wollen eine klare Auskunft von Euch!« Sein Doppelkinn zitterte vor Entrüstung, während er sich die Stirn mit einem Tüchlein betupfte, dem intensiver Rosenduft entströmte.

Beschwichtigend hob Valentin die Hände. »Es ist, wie ich es sage, meine Herren! Ich kann Euch keine eindeutige Antwort geben, da ich den Toten nur kurz gesehen habe. Und bitte bedenkt die Umstände! Ich kam nach Jahren der Wanderschaft hierher zurück, war müde und aufgeregt.«

Der kleine Ratsherr ließ sich mit fassungslosem Gesicht auf seinen Stuhl zurückplumpsen. Seiler runzelte die Stirn, und der junge Mann auf der anderen Seite des Tisches räusperte sich drohend.

Valentin wollte vor allem eins: Zeit gewinnen. Während er nach den richtigen Worten suchte, um sich diese zu verschaffen, rann ihm der Schweiß zwischen den Schulterblättern hinab und durchfeuchtete den Rücken seines Hemdes. »Ich gebe ja zu, dass ich nicht mit den Schlussfolgerungen meines Bruders übereinstimmte«, räumte er schließlich ein. »Aber ich könnte mich genauso gut geirrt haben.«

Da glättete sich die Stirn des Richters, seine Mundwinkel begannen zu zucken. »Dann würde es Euch bei Eurer Urteilsfindung bestimmt helfen, wenn Ihr den Toten noch einmal in aller Ruhe untersuchen könntet.«

»Aber ist das denn möglich?«, stotterte Valentin. Er hatte fest damit gerechnet, dass man dieser Tage jeden Leichnam umgehend unter die Erde brachte.

Ein freundliches Lächeln erschien auf dem Gesicht des Richters. »Aber gewiss doch!« Seiler deutete auf den jungen Mann, der ihm gegenübersaß. »Das ist mein Neffe Matthes Meißner, erster Schreiber bei Gericht und Sohn unseres zweiten Bürgermeisters. Er wird Euch auf den Friedhof begleiten. Auf mein Geheiß hat man den Toten vorerst in die Krypta unter der Nikolaikirche gebracht.« Das Lächeln verschwand. »Doch morgen, Schlag sieben, werdet Ihr hier auf dem Rathaus erscheinen, um wahrheitsgetreu Bericht zu erstatten, Meister Arnold!«

Kapitel 5

M it zitternden Fingern streifte sich Magdalena das
feine Leinenhemd vom Leib. Sie stellte sich in die
Nähe des Fensters, dorthin, wo das Licht direkt
auf die Holzdielen fiel. In der Schlafkammer war es heiß wie in
einem Backhaus, und trotzdem spürte Magdalena, wie ihr ein
Kälteschauer nach dem anderen über den Körper rann, während
sie ihre Leistenbeugen und Achselhöhlen betastete. Die Haut
unter ihren Fingern fühlte sich glatt an, und sie entdeckte auch
keine verräterischen Flecken. Dennoch ballte sich die Angst in
ihrem Inneren, ließ sie husten und würgen. Sie schaffte es eben
noch, den Nachttopf unter dem Bett hervorzuzerren, bevor sie
sich erbrach. Danach legte sie sich auf das breite Bett, drehte sich
auf die Seite und zog die Beine an. Wie eine Welle schwappte
die Übelkeit in ihrem Magen auf und ab, bis sie wieder abebbte
und verschwand. Selbst wenn es nicht die Pest war, irgendetwas
stimmte nicht mit ihr. Seit Tagen plagte sie Übelkeit, und manchmal wurde ihr aus heiterem Himmel schwindlig. Es war mitten
am Tag, doch sie fühlte sich bereits so erschöpft, dass sie am
liebsten liegen geblieben wäre. Aber natürlich war das undenk-
bar. In Haus und Garten wartete Arbeit, die getan werden
musste, ganz zu schweigen davon, dass sie Eckel ein würdiges
Begräbnis bereiten musste. Trotz allem.

Mühsam rappelte sie sich auf, schlüpfte in ihr Hemd, legte
Rock und Mieder an, steckte ihren langen dunkelbraunen Zopf
hoch und zog eine gestärkte Leinenhaube darüber. Dann ging

sie hinunter in die Stube, wo ihre Stieftochter bereits an der gedeckten Tafel wartete.

»Wenn ich nicht genau wüsste, dass Vater das Bett schon Monate vor seinem Tod nicht mehr mit Euch geteilt hat, würde ich denken, Ihr wäret guter Hoffnung, liebe Stiefmutter.« Justina blickte sie aus unschuldigen Augen an, doch ihre Stimme troff vor Boshaftigkeit.

Magdalena schwieg und lächelte, so wie sie es immer tat. Doch sie dankte dem Herrn, dass Liese, die junge Küchenmagd, gerade jetzt mit der Suppenschüssel hereinkam, die sie so ungeschickt auf den Tisch stellte, dass der Inhalt überschwappte und Justinas Kleid beschmutzte. Während Eckels Tochter dem Mädchen zeternd in die Küche folgte, blieb Magdalena sitzen. Ihr Herz hämmerte, ihre Hände zitterten.

»Nein«, flüsterte sie. »Das darf nicht sein. Bitte, Herr, nur das nicht!« Sie versuchte sich zu erinnern, wann sie das letzte Mal geblutet hatte. Doch ihre Blutungen traten recht unregelmäßig auf. Nein, ihr Unwohlsein hatte gewiss andere Gründe. Womöglich lag es an der ganzen Aufregung um den plötzlichen Tod ihres Gatten. Ja, bestimmt lag es daran!

Als Justina zurückkehrte und sich mit zusammengekniffenen Lippen an den Tisch setzte, funkelten ihre Augen vor Wut. Der große Wasserfleck auf ihrem Mieder zeugte von den Bemühungen der Küchenmagd, den angerichteten Schaden zu beheben. Die roten Fingerabdrücke auf Lieses Wange zeigten, was die Tochter des Hauses davon hielt.

Sie hat das gallige Temperament ihres Vaters geerbt, dachte Magdalena, während sie die Hände faltete, um das Tischgebet zu sprechen.

Von Anfang an hatte die Beziehung zu ihrer Stieftochter unter einem schlechten Stern gestanden. Magdalena war sechzehn gewesen und ein unsicheres junges Ding, als ihr Onkel und Vormund sie mit dem dreißig Jahre älteren Thomas Eckel verheiratete. Im ersten Jahr ihrer Ehe hatte sie all ihren Ehrgeiz darauf gerichtet, ihrer Rolle als Hausherrin gerecht zu werden. Dabei hatte sie sich nicht nur um die Haushaltung und das Gesinde zu kümmern, sondern auch um die Bewirtschaftung des großen Gartens vor der Stadt, des Pachthofes und der Ostwiesen. Im Sommer und Herbst musste sie dafür sorgen, dass ausreichend Vorräte angelegt wurden, um die zahlreichen Mäuler zu stopfen, für die sie nun Verantwortung trug. Und sie war ebenso für Gesundheit und Moral ihres Hauswesens zuständig. Darüber hinaus hatte sie die Gäste ihres Mannes an freigiebiger Tafel zu bewirten und zu unterhalten, wann immer er es wünschte. Wenn sie des Abends erschöpft von der mannigfaltigen Mühsal des Tages ins Bett gesunken war, konnte sie mitunter kaum die Augen offen halten, während ihr Gatte die Hosen herunterließ, um die Erfüllung der ehelichen Pflicht zu fordern. Versuchte sie sich ihm zu verweigern, reagierte er ungehalten und wurde grob, sodass sie den unangenehmen Akt lieber schweigend über sich ergehen ließ. Schließlich hatte er ihr wiederholt klargemacht, dass er sie in erster Linie geehelicht habe, um einen Sohn und Erben zu zeugen. Neben den alltäglichen Plagen hatte die junge Ehefrau keine Kraft mehr gehabt, sich auch noch mit der aufsässigen Stieftochter auseinanderzusetzen, die kaum jünger war als sie selbst. Nachdem Magdalena nach zwei Jahren noch immer nicht schwanger geworden war, schob Eckel ihr die Schuld daran zu. Er begann seine junge Frau zunehmend mit Verachtung zu strafen, was ihre Position gegenüber Justina nicht gerade stärkte.

Mehr denn je bedauerte Magdalena, dass die Pest die Verhandlungen zwischen ihrem Gemahl und dessen Freund Paul Meißner unterbrochen hatte, bevor sich beide auf einen Termin für die Hochzeit ihrer Kinder einigen konnten. Wer weiß, ob der zweite Bürgermeister das Interesse an einer Verbindung zwischen seinem Sohn Matthes und Justina nicht verloren hatte, wenn er irgendwann in die Stadt zurückkehren würde. Magdalena tauchte ihren Löffel in die dicke Gemüsesuppe, während sie ihre Stieftochter unauffällig betrachtete. Justina war groß und kräftig, besaß zupackende Hände und scheute keine Arbeit. Auf einem Bauernhof wäre sie als Schwiegertochter jederzeit willkommen. Aber dem Haus eines ehrgeizigen Ratsherrn würde Justina kaum zur Zierde gereichen. Man konnte sie nicht einmal als hässlich bezeichnen, aber die verkniffene Miene, die sie zur Schau trug, überdeckte jeden Liebreiz, den sie womöglich entfalten könnte. Abgesehen davon machte ihr boshafter Charakter das Zusammenleben mit ihr zu einer anstrengenden Angelegenheit. Das musste dem jungen Matthes auch durch den Kopf gegangen sein, denn bei seinen Besuchen im Hause Eckel hatte er nicht mehr Interesse an der Tochter des Hausherrn gezeigt, als der Wahrung der Höflichkeit diente.

»Schon seit Tagen seht Ihr so matt und blass aus, und jetzt habt Ihr auch noch Euren Appetit verloren!« Schockiert schlug Justina die Hände zusammen. »Ich mache mir ernsthaft Sorgen und frage mich, was der Grund dafür sein könnte.« Sie leckte ihren Löffel ab und klimperte mit den Augen. »Ihr nicht auch?«

Magdalena holte tief Luft. Sie wusste, wenn sie nicht darauf einging, würde Justina bald die Lust verlieren, ihr Spiel fortzusetzen.

»Du machst dir wie üblich unnötige Gedanken, meine Liebe!«, sagte sie betont munter. »Mit geht es gut, und die Suppe mundet vorzüglich!« Eifrig machte sie sich über ihren Teller her. Sie sah, wie Justina ihr einen abschätzenden Blick zuwarf, bevor sie ebenfalls weiteraß. Für eine Weile war in der Stube nur das Klappern der Löffel zu hören. Erleichtert wollte Magdalena den leeren Teller von sich schieben, doch Justina kam ihr zuvor.

»Oh, nein! Ihr müsst unbedingt noch eine Kelle Suppe essen, liebe Stiefmutter, damit Ihr bei Kräften bleibt!« Bevor Magdalena protestieren konnte, wurde ihr Teller erneut gefüllt. »Ich weiß doch, wie sehr Euch der Verlust meines Vaters zu schaffen macht. Und nun lastet auch noch die gesamte Verantwortung für seine Geschäfte auf Euren Schultern.«

Um sich keine Blöße vor Justina zu geben, lächelte Magdalena ihre Stieftochter dankbar an und tunkte den Löffel in die Suppe.

»Andererseits erwartet natürlich jeder, dass Ihr diese Verantwortung nach Ablauf der Trauerfrist wieder in die Hände eines Ehemanns legen werdet«, fuhr Justina fort, ohne ihre Stiefmutter aus den Augen zu lassen. »Wer weiß, vielleicht kommt Ratsherr Meißner jetzt auf den Gedanken, dass sein Sohn die bessere Partie machen würde, wenn er ihn mit der Witwe anstatt mit der Tochter seines alten Freundes verheiratet?«

Magdalena verschluckte sich und musste husten. »Du bist eifersüchtig, Justina!«, stieß sie hervor, nachdem sie wieder Luft bekam. »Dazu hast du überhaupt keinen Grund.«

»Ach, nein?« Justina starrte sie mit offener Feindseligkeit an. »Denkst du etwa, ich wäre blind und blöd? Meinst du, ich hätte nicht bemerkt, wie Matthes dich bei seinen Besuchen hofiert? Dauernd scharwenzelt er um dich herum und überhäuft dich mit Artigkeiten. Für mich, die ich seine Braut werden soll, hat er dagegen kaum einen Blick übrig!«

»Du täuschst dich, Justina«, entgegnete Magdalena wider besseres Wissen. »Außerdem liegt mir nicht das Geringste an Matthes, das kannst du glauben!«

»Pah, von wegen!« Justina sprang so heftig auf, dass der schwere Stuhl hinter ihr ins Wanken geriet und polternd umstürzte. »Denk nicht, ich hätte nicht bemerkt, welch schändliche Heimlichkeiten du getrieben hast, während Vater zu seinen Huren ging. Du hast dir einen anderen Mann ins Bett geholt und mit ihm die Ehe gebrochen!«

Magdalena spürte, wie ihr alles Blut aus dem Gesicht wich und die Übelkeit mit Macht zurückkehrte. Sie atmete tief ein und versuchte mit purer Willenskraft ihren Magen zu beruhigen. Wenn sie jetzt die Gewalt über sich verlor, käme das einem Schuldgeständnis gleich.

»Justina, setz dich!«, fuhr sie ihre Stieftochter an. »Ich kann nicht fassen, dass du so dumm bist, deine eigene Zukunft mit törichtem Geschwätz und krankhafter Eifersucht zu zerstören!«

Einen Augenblick sah es aus, als wollte Justina aus dem Zimmer stürmen, doch dann wurde ihr Blick nachdenklich. Wortlos hob sie den Stuhl auf und setzte sich.

»Du glaubst doch nicht, dass Matthes noch um dich werben würde, wenn ihm zu Ohren käme, welch üble Gerüchte du über ihn verbreitest? Außerdem schwöre ich dir bei meiner unsterblichen Seele, dass der junge Meißner sich mir niemals auf unsittliche Weise genähert hat«, sagte Magdalena, wobei sie Justinas bohrenden Blick so gelassen wie möglich erwiderte. »Glaub mir, selbst wenn sein Vater ihn dazu ermuntern sollte, würde ich eine Heirat mit Matthes niemals in Erwägung ziehen.«

Zwischen Justinas Augenbrauen bildeten sich zwei steile Falten. »Aber warum denn nicht?«, fragte sie verblüfft.

Um nicht sofort antworten zu müssen, schob sich Magdalena den letzten Löffel Suppe in den Mund. Justinas Frage war berechtigt. Welche Frau, die halbwegs bei Verstand war, würde einen Mann wie den jungen Meißner abweisen? Nicht nur, dass er ein ansehnliches Mannsbild war, er stammte auch aus einer wohlhabenden Familie, deren Einfluss in der Stadt in den letzten Jahren stetig gewachsen war. Und Matthes besaß ausreichend Ehrgeiz und Zielstrebigkeit, um in einigen Jahren selbst einen Sitz im Rat einzunehmen.

Justina saß noch immer da und wartete auf eine Erklärung.

Magdalena legte den Zinnlöffel, den sie bereits zum dritten Mal saubergeleckt hatte, auf den Teller und sah ihrer Stieftochter in die Augen. »Weil ich überhaupt keinen Ehemann will«, erklärte sie.

»Wie? Du willst keinen Ehemann?«

»Nein!« Magdalena schüttelte so entschlossen den Kopf, dass die Haarnadeln sich lösten, ihr die Haube vom Kopf rutschte und der dunkle Zopf wie eine Schlange über ihre Schulter schnellte. »Ich werde nie wieder einem Mann Gewalt über mich geben!«

Justina öffnete den Mund, und für einen Moment glaubte Magdalena, mitfühlendes Verstehen in den Augen des Mädchens zu erkennen. Sie wusste, dass ihre Stieftochter an jenen entsetzlichen Abend kurz nach Neujahr dachte. Doch die Regung verschwand wieder von Justinas Gesicht. Stattdessen warf sie Magdalena einen Blick zu, als wäre ihrer Stiefmutter inzwischen ein Bart gewachsen. »Du willst Vaters Geschäft allein führen? Als junge Witwe?«

Darüber hatte Magdalena in den letzten Tagen gründlich nachgedacht, und sie hatte viel mehr Gründe gefunden, die dagegensprachen, als dafür. Aber die Alternative einer erneuten Heirat nach Ablauf der Trauerfrist erschien ihr noch furchteinflößender. Also nickte sie. »Natürlich. Denk an Katharina Flintschin oder an die Cuntzin, die bei uns im ersten Viertel wohnt. Beide führen die Geschäfte ihrer verstorbenen Ehemänner weiter.«

»Ja, aber die Cuntzin hat die Werkstatt schon lange vorher geführt. Wie man weiß, war der alte Cuntz ein Bierlappen und obendrein ein Spieler.« Justina rümpfte die Nase. »Du dagegen hast von Vaters Geschäften keine Ahnung!«

»Die werde ich haben!«, entgegnete Magdalena wesentlich zuversichtlicher, als sie sich fühlte. Ihre innere Anspannung hatte kaum nachgelassen. Obwohl sie Justina mit ihrer schockierenden Eröffnung vorerst von ihrem Verdacht abgelenkt hatte, war sie sich darüber im Klaren, dass sie das Mädchen nicht unterschätzen durfte. Justina durfte niemals erfahren, dass sie der Wahrheit erschreckend nahegekommen war!

Kapitel 6

Unauffällig musterte Valentin den jungen Gerichtsschreiber, der ihn zum Nikolaikirchhof vor dem Dohnischen Tor begleitete. Der Mann hatte eine gewisse Ähnlichkeit mit Conrad, war hochgewachsen, breitschultrig, blond und blauäugig. Doch im Gegensatz zu Conrad, der einen kurzen Bart trug, war Matthes' gutaussehendes Gesicht glattrasiert. Sein Äußeres gefiel Valentin. Doch die arrogant zusammengepressten Lippen und das beharrliche Schweigen zeigten deutlich, was der Bürgermeistersohn davon hielt, den Bader zum Friedhof zu begleiten. Valentin zuckte mit den Schultern und sah wieder geradeaus. An Geringschätzung war er gewöhnt, denn für viele angesehene Bürger stand ein Bader auf einer Stufe mit dem Totengräber und dem Schinder. Seine Dienste waren nötig, aber man machte sich nicht mit ihm gemein.

Eine drückende Schwüle lag über der Stadt, und Valentins Hemd klebte schweißnass an seinem Rücken, noch bevor sie das Stadttor erreicht hatten. Aber die dunklen Wolken, die von Westen aufzogen, ließen ihn hoffen, dass ein Gewitter die Luft noch vor dem Mittag abkühlen und reinigen würde.

Eilig passierten die jungen Männer das Dohnaische Tor, an dem auch heute kein Wachmann zu sehen war. Dahinter begann die Nikolaivorstadt mit ihren locker verstreuten Gehöften, Wiesen und Gärten. Der Friedhof und das Hospital für arme alte Weiber lag rechter Hand, direkt an der Stadtmauer.

In der kleinen Kirche, die zwischen Hospital und Friedhof stand, fanden die beiden Männer die Krypta verschlossen.

»Der Totengräber hat einen Schlüssel«, sagte Matthes knapp. Er zog ein Tuch aus seinem Ärmel, um es sich vor Mund und Nase zu binden. Dann stiefelte er in Richtung Friedhof davon, ohne sich darum zu kümmern, ob Valentin ihm folgte.

Bereits am eisernen Tor des Totenackers hörten sie heiseres Grölen und brüllendes Gelächter. Es drang aus dem windschiefen Häuschen des Totengräbers, das in der hintersten Ecke der Mauer stand, die den Friedhof in einem langgezogenen Rechteck umgab.

»Was zum Henker …« Der junge Gerichtsschreiber verschluckte den Rest des Satzes. Stattdessen drehte er sich nach Valentin um und starrte ihn an, als würde er den Bader persönlich für die unerhörte Störung der Totenruhe verantwortlich machen. Valentins Mundwinkel zuckten, während er mit zuvorkommender Geste das Tor öffnete, um dem Gerichtsschreiber den Vortritt zu lassen. Matthes schnaubte wie ein wütender Stier und stürmte an ihm vorbei den schmalen Weg zwischen den Gräbern hinauf. Unmittelbar vor dem Totengräberhaus blieb er wie angewurzelt stehen. Valentin grinste, während er langsam näher kam. Doch als er selbst durch die halb geöffnete Tür spähte, verging ihm der Spott. Er hörte, wie Meißner ein würgendes Geräusch von sich gab.

In der Stube saßen drei heruntergekommene Kerle und ließen auf einer schmierigen Tischplatte die Würfel rollen. Dabei tranken sie aus einer Tonflasche, die sie zwischen sich hin- und herreichten. Was die Flasche enthielt, war sogar noch in den übelriechenden Schwaden, die aus der Tür drangen, deutlich wahrzunehmen: Branntwein von der billigsten Sorte.

»Ha! Nickel, du hast die niedrigste Zahl. Du bist heut dran!«, schrie einer der Kerle. Er schlug sich mit seinen schwarzbehaarten Pranken auf die fetten Schenkel und grölte vor Lachen.

Der Jüngste der drei, ein pickliger Bursche, erhob sich widerwillig. »Wieso schon wieder ich?«, maulte er.

Der dritte Mann, ein Alter mit schorfigem, kahlem Schädel, riss das zahnlose Maul auf. »Na, weil du verloren hast, Kleiner!« Sein Lachen klang wie das Meckern eines Ziegenbocks.

Der Junge schielte ängstlich auf seine nackten Zehen, dann wischte er sich die Hände an der schmuddeligen Hose ab.

»Mach schon, oder brauchst du wieder ein paar Maulschellen?«, herrschte ihn der dicke Schwarzhaarige an.

Der Bursche schluckte und schüttelte den Kopf.

»Sofort!«, knurrte der Dicke, indem er sich halb von seinem Hocker erhob.

Widerwillig trat der Junge an den Herd, der trotz des warmen Tages kräftig eingeheizt war. Als er nach einem Stecken griff und seinen Blick zögerlich nach oben richtete, packte Valentin das Entsetzen. Dort baumelte, mit den langen grauen Haaren an einem Haken festgebunden, der Kopf eines Mannes. Der Unterkiefer war herabgesunken, sodass es schien, als hätte sich sein Mund zu einem stummen Schrei geöffnet. Die toten Augen starrten vorwurfsvoll auf den Tisch mit den Würfeln. Nickel hob den Stock, kniff die Augen zusammen und schlug mehrfach gegen den Schädel, der wild zu pendeln begann. Aus dem Halsstumpf tropfte nun zähflüssiges, schwarzes Blut, das zischend und stinkend auf der heißen Herdplatte verschmorte.

»… zehn, elf, zwölf, dreizehn«, zählten die beiden anderen Kerle im Chor.

»Ha!«, schrie der Schwarzbehaarte erneut. »Ich hab schon wieder gewonnen! Zehn Tote werden morgen reinkommen.«

Der zahnlose Alte kicherte. »Und wenn wir die zehn Särge wiederverkaufen, nachdem wir die Leichen in ihren Tüchern verscharrt haben, machen wir einen Gewinn von zwanzig Groschen!«

»Aber wenn wir zwanzig Tote hätten, würden wir vierzig

Groschen verdienen«, nuschelte der Dicke. »Los, Nickel, hau nochmal drauf auf den Schädel vom alten Hannes!«

»Schluss jetzt!« Valentin drängte sich an Meißner vorbei durch die Tür. »Gottloses Pack!«, donnerte er. »Für das, was ihr hier treibt, sollte euch auf der Stelle ein Blitz unseres Herrn niederstrecken!« Er riss dem Jungen den Stock aus der Hand.

Nickel zuckte zusammen. Seine Augen flogen zur Tür und weiteten sich vor Schreck, als er dort den Gerichtsschreiber erblickte. Der Junge wich zurück, doch Valentin packte ihn am Arm. »Hiergeblieben!«, befahl er.

»Welch schändlichen Frevel treibt ihr hier? Und wo ist Hannes Schuster, der Totengräber, den der Rat bestellt hat?«, rief Meißner. Es bereitete ihm sichtlich Mühe, die Schwelle zu überschreiten. Dabei musterte er die Männer in der Stube wie Kakerlaken, die er unter seinem Schuh zertreten würde.

Den Dicken beeindruckte der Auftritt der Obrigkeit weniger als den Jungen. Statt Angst zu zeigen, begann er so heftig zu lachen, dass er um ein Haar von seinem Schemel gerutscht wäre. Der Alte fiel ein und schlug dabei mit beiden Händen auf den Tisch. »Den Schuster Hannes sucht Ihr?« Unter Kichern und Prusten deutete er auf den Schädel über dem Herd. »Aber da isser doch!«

Mit einer Schnelligkeit, die Valentin ihm nicht zugetraut hätte, zog Matthes seinen Dolch aus dem Gürtel, packte den Dicken am Kragen und zerrte ihn hoch. »Was habt ihr mit ihm gemacht, ihr widerlichen Aasbrocken?«

Das dreckige Lachen des Mannes erstarb, sein Gesicht färbte sich dunkelrot. Er stieß einen unflätigen Fluch aus, während er versuchte, dem Griff des Gerichtsschreibers zu entkommen. Doch Meißner drückte ihm die Klinge an den Hals. »Rede!«

»He, was soll das?«, sprang der Alte seinem Kumpan bei. »Wir sind brave, gottesfürchtige Männer und haben gar nichts gemacht! Der Totengräber ist letzte Nacht gestorben. Einfach so!« Er begann erneut haltlos zu kichern. »An der Pest – man stelle sich das vor!«

»Und welch frevelhaftes Spiel treibt ihr nun mit seinen sterblichen Überresten?«, erkundigte sich Valentin. Er rüttelte den verängstigten Jungen am Arm, während er auf den Schädel über dem Herd deutete.

»Wir machen unsere Arbeit, was sonst!«, begehrte der Alte auf. »Wir sind die Gehilfen vom alten Hannes. So ist das. Jawohl!«

Der Dicke presste die Lippen zusammen und warf Meißner, der ihn noch immer festhielt, einen mörderischen Blick zu. Der Gerichtsschreiber verzog keine Miene, doch Valentin sah, wie er seinen Dolch fester packte.

»Wie ihr eure Arbeit macht, das haben wir gehört und gesehen! Ins Hundeloch wird man euch dafür stecken!«, rief der Bader.

»Ach ja? Und wer soll die Toten dann unter die Erde bringen? Ausgerechnet jetzt, wo die Leut' sterben wie die Fliegen.« Der Alte zwinkerte Valentin zu. »Die Obrigkeit braucht uns, darauf könnt Ihr einen lassen!«

Valentin knirschte mit den Zähnen, denn was der Alte sagte, war schlichtweg die Wahrheit. Der Sohn des zweiten Bürgermeisters sah das offenbar anders.

»Im Hundeloch ist leider nur Platz für zwei der Lumpenhunde«, knurrte Matthes. Einen Augenblick schien er sich zu besinnen, dann herrschte er den Jungen an: »Nimm den Strick, der dort an der Wand hängt, und fessele die beiden.«

Während Nickel dem Befehl hastig Folge leistete, sprach der Gerichtsschreiber Valentin zum ersten Mal direkt an: »Ich liefere den Abschaum jetzt sofort bei der Wache am Schifftor ab. Ihr sucht inzwischen nach dem Schlüssel für die Krypta und untersucht den Toten. Und du kleine Ratte«, er machte eine Kopfbewegung zu Nickel, der dabei war, dem Alten die Hände

auf den Rücken zu binden. »Du wirst dich hier nicht weg-
rühren, wenn dir dein Leben lieb ist! Verstanden? Und du wirst
alles tun, was Meister Arnold von dir verlangt!«

Der Junge nickte hastig. Mit bedrückter Miene machte er
sich daran, die Hände des Dicken zu fesseln. Valentin zuckte
mit den Schultern. Vermutlich war das die beste Lösung.

Während der Alte sich nun aufs Bitten und Jammern ver-
legte, begehrte sein Kumpan noch einmal auf. »Zur Hölle mit
Euch! Dazu habt Ihr kein Recht! Selbst wenn Ihr der Sohn
eines Bürgermeisters seid, sitzt Ihr noch längst nicht im Rat!«

Doch Meißner hatte nicht die Absicht zu diskutieren. »Was
versteht Gesindel wie ihr schon vom Recht?« Er lachte abfällig
und forderte Nickel auf, den Strick fester zu binden. Bei der
Tatkraft, die Matthes an den Tag legt, wird er sicher irgendwann
einen Platz im Rat innehaben, dachte Valentin anerkennend.

In dem Augenblick zuckte ein Blitz aus dem grau verhange-
nen Himmel, gefolgt von einem ohrenbetäubenden Donner-
schlag. Erschrocken blickten die Männer auf. Nickel fiel auf die
Knie, murmelte ein hastiges Gebet und bekreuzigte sich. Es sah
allerdings nicht so aus, als würde auf Blitz und Donner auch der
erlösende Regen folgen. Stattdessen wurde es noch schwüler,
sodass Valentin das Gefühl hatte, die Luft, die er atmete, sei zäh
und klebrig wie Honig.

Der junge Meißner fuhr seine Gefangenen an: »Das war eine
Warnung des Herrn an euch, ihr Drecksäcke!« Während der
Alte tatsächlich den Kopf einzog und aussah, als hätte er seine
freche Zunge verschluckt, starrte der Dicke verstockt auf seine
löchrigen Schuhe.

Inzwischen war Nickel wieder aufgestanden, und nachdem
er den letzten Knoten geknüpft hatte, waren beide Totengräbergehilfen gründlich verschnürt. »Vorwärts, ihr Galgenvögel!
Bewegt euch!« Meißner unterstrich seine Aufforderung, indem
er dem Dicken in den Hintern trat.

»Zum Teufel mit dir, Schreiberling! Das wird dir noch leidtun, wirst schon sehn!«, zischte der. Doch er wagte keinen Widerstand, denn Meißner hielt noch immer den blanken Dolch in der Faust. Es war eine schöne, ausgewogene Klinge mit einem ungewöhnlichen Handschutz, die gewiss kein hiesiger Waffenschmied angefertigt hatte. Valentin hatte während seiner Reisen mit der Gauklertruppe auch das Messerwerfen geübt und im Laufe der Zeit einen Blick für gute Klingen entwickelt.

Nachdem der Gerichtsschreiber die beiden abgeführt hatte, zeigte sich Nickel still und fügsam wie ein Lamm. Offenbar war dem Jungen der Schreck so heftig in die Glieder gefahren, dass er wieder vollständig nüchtern geworden war. Im Handumdrehen hatte er den Schlüssel gefunden und begleitete Valentin hinab in die Krypta. Hier unten war es selbst im Sommer kühl. Trotzdem nahm Valentins geschulte Nase den Verwesungsgestank schon auf der Treppe wahr. Nun zog auch er ein Tuch aus seinem Gürtel und band es vor sein Gesicht. Vor der Bahre hielt Nickel den Leuchter, während Valentin die Leiche ein zweites Mal in Augenschein nahm. Schnell stand für ihn fest, dass seine erste Diagnose richtig gewesen war. Bei den Malen am Hals des Toten handelte es sich keineswegs um Bubonen, sondern eindeutig um Würgemale. Jemand hatte den Mann mit bloßen Händen umgebracht. Nachdenklich musterte Valentin den Leichnam ein letztes Mal.

»Wer immer das getan hat, muss groß gewesen sein und kräftig.«

»Und er hat von hinten angegriffen«, ergänzte der Junge.

Valentin, dem gar nicht aufgefallen war, dass er seine Gedanken laut geäußert hatte, beugte sich, ungeachtet des Gestanks, dichter über die Bahre. Schließlich richtete er sich auf und verließ die Gruft mit Nickel im Schlepptau.

»Du hast scharfe Augen, Junge«, sagte er, nachdem er draußen ein paar tiefe Atemzüge genommen hatte. Selbst die stickige Luft über dem Gottesacker schmeckte jetzt süß und erfrischend.

Nickels Ohren begannen zu glühen. Sein Mund verzog sich zu einem unsicheren Lächeln, wobei er einen abgebrochenen Schneidezahn entblößte. Valentin verspürte einen Anflug von Mitleid mit dem spillrigen Kerlchen, das kaum älter als vierzehn Lenze sein konnte. Wie jeder Junge in dem Alter brauchte er Anleitung und Ermutigung, doch an beidem mangelte es ihm bei seinem Onkel und dessen Kumpan ganz und gar.

»Was hast du dir bloß dabei gedacht, solch unchristlichen Schabernack mit der Leiche des Totengräbers zu treiben?«, fuhr Valentin ihn an, obwohl er ihm am liebsten über das struppige Haar gestrichen hätte.

Nickel schlug die Augen nieder und starrte auf seine schwarzen Zehen. »Ich wollte das nicht«, versicherte er tonlos. »Wirklich! Es war der Einfall vom alten Conz. Der sagte zu meinem Onkel, dass wir dem Totengräber den Kopf mit dem Grabscheit abschlagen müssen, bevor wir ihn beerdigen, damit er nicht als Wiedergänger umgeht und uns nachholt in sein Grab.«

»Was?«

»Na ja, das ist wegen dem Schmatzen und Fressen der Toten in ihren Gräbern«, erklärte Nickel treuherzig. »Das wurde immer schlimmer in letzter Zeit.«

Valentin glaubte seinen Ohren nicht zu trauen. »Tote schmatzen und fressen nicht!«

»Doch, das tun sie! Ich schwör's bei der Seele meiner Mutter! Ihr müsstet mal nachts, wenn alles ruhig ist, hier sein. Dann könntet Ihr mit eigenen Ohren hören, dass ich recht habe«, verteidigte sich der Junge. »Ich lüge nicht!«

Valentin merkte, dass er so nicht weiterkam. Der Junge glaubte tatsächlich, was er erzählte. Also beschloss er, auf Nickels unsinnige Behauptungen einzugehen, um mehr herauszufinden. »Und dagegen hilft es, wenn man den abgehauenen Kopf einer Leiche über den Herd hängt?«

»Aber nicht doch!« Nickel schaute den Bader an, als sei der ein begriffsstutziges Kind. »Das ist dafür, dass wir jeden Tag mehr Leichen zur Beerdigung kriegen. Je mehr Blutstropfen, umso mehr Leichen gibt es am nächsten Tag!« Er hob die geöffneten Hände.

»Sagt wer?«, fragte Valentin. Vorhin hatte er den Eindruck gehabt, Nickel sei ein gescheites Bürschchen, doch allmählich fragte er sich, ob der Junge nicht doch närrisch war.

»Na, der alte Conz!« Nickel verdrehte die Augen. »Der kennt sich aus, weil der schon immer als Totengräber gearbeitet hat. Früher in Plauen im Vogtland. Deswegen macht Onkel Fritz auch, was der Conz sagt.« Er zog den Kopf zwischen die Schultern. »Und ich muss machen, was der Onkel sagt«, fügte er leise hinzu.

Valentin ließ die Augen über Nickels abgerissene, magere Gestalt schweifen und bemerkte mit Schaudern die Blutergüsse, die durch das löchrige Hemd des Jungen schimmerten. Hätte er nicht bereits gespürt, dass der Junge die Wahrheit sagte, dann hätte ihn dieser Anblick davon überzeugt.

Wortlos drehte er sich um und verließ den Friedhof. Nickel war vorerst sicher vor den Schlägen seines Onkels. Und außerdem war es Sache des Rates, hier für Ordnung zu sorgen. Valentin dagegen musste heute Abend reinen Tisch mit seinem Bruder machen, bevor er dem Richtherrn morgen seine Erkenntnisse mitteilte.

KAPITEL 7

agdalena wartete am Wasserkasten vor dem Schifftor, bis die ältere Magd ihre beiden Ledereimer gefüllt hatte. Soeben hatte sie bei den Fischerfrauen in der Vorstadt noch einen frischen Lachs fürs Abendessen ergattert. Sie war froh, denn in den letzten Tagen wurde es immer schwieriger, Essen in der Stadt aufzutreiben, und die Preise schossen in die Höhe wie Pilze nach einem Sommerregen.

Magdalena stellte sich auf die Zehenspitzen, als sie am Tor einen kleinen Auflauf bemerkte. Die Ursache des Ganzen war Matthes Meißner, der an einem Strick zwei abgerissene Kerle vor sich hertrieb. Heftig gestikulierend redete er auf den Wachmann ein, während immer mehr Passanten neugierig stehenblieben. Magdalena verrenkte sich den Hals, um den ungewöhnlichen Auftritt des Gerichtsschreibers besser verfolgen zu können. Dabei beobachtete sie, wie der Torwächter einen dicken Schlüsselbund von seinem Gürtel hakte. Mit zusammengekniffenen Augen betrachtete der Mann die verschiedenen Schlüssel. Ein paar waren winzig, andere beinah eine Handspanne lang. Endlich schien der Wächter den richtigen gefunden zu haben, denn er nickte zufrieden. Dann drehte er sich zu Meißner und den beiden Kerlen um. Mit festem Griff packte er den älteren beim Kragen und schubste ihn vor sich her zu einem niedrigen Gittertürchen, das sich auf der linken Seite des Torhauses befand. Die gemauerte Zelle dahinter wurde das Hundeloch genannt, weil sie so klein und niedrig war, dass ein ausgewachsener Mann darin nicht aufrecht stehen konnte. Mehr als zwei Delinquenten passten nicht hinein, und selbst für die war es unerträglich eng. Der Torwächter öffnete das Gitter, drückte mit einer Hand den Kopf des Alten herunter und stieß ihn mit der anderen ins Kreuz, so dass er in die Zelle stolperte.

Aus den Augenwinkeln verfolgte Magdalena, was weiter geschah. Dabei half sie der Magd, das hölzerne Joch mit den Eimern über den Nacken zu legen. Die Frau dankte ihr mit einem Lächeln und stieg vorsichtig die Stufen vor dem Brunnenkasten herab.

An der Stadtmauer hatten Torwächter und Gerichtsschreiber ihre liebe Mühe damit, den zweiten Gefangenen in das winzige Gelass zu schieben. Der große schwarzhaarige Kerl wehrte sich und stieß dabei einen Schwall unflätiger Flüche aus, der bis zu Magdalena drang, die endlich ihren Durst mit dem kühlen Röhrwasser löschen konnte.

Während sie ihre Hände wusch, blickte sie hinüber zum Tor. Mit einem Tritt in den Hintern stieß Matthes den Gefangenen schließlich zu seinem Kumpan in die Zelle.

Magdalena schöpfte eine Handvoll Wasser, um sich Stirn und Nacken zu kühlen. Dabei konnte sie die Augen noch immer nicht von dem Spektakel am Hundeloch lassen. Nachdem sie sich die feuchten Hände an ihrem Rock abgewischt hatte, trat sie näher an die gaffende Menge. Was mochten die beiden Kerle wohl angestellt haben?

Der Torwächter verschloss soeben das Gitter hinter ihnen. Zufrieden lächelnd drehte er sich zu Meißner um, der ihm eine Münze in die Hand drückte.

»Ich werde umgehend den Richtherrn über den Frevel in Kenntnis setzen, den diese schändlichen Bierlappen auf unserem Friedhof getrieben haben. Der Hohe Rat wird entscheiden, wie lange sie hier einsitzen und welche Strafe sie anschließend entrichten müssen«, sagte der Gerichtsschreiber.

Der Torwächter nickte. »Ich werde derweil dafür sorgen, dass der Pöbel sie nicht ernsthaft verletzt.«

Meißners Gesicht verzog sich zu einem Grinsen. »Selbstverständlich, tut Eure Pflicht. Aber es spricht nichts dagegen, den guten Leuten ein wenig Spaß zu gönnen. Besonders in Zeiten wie diesen!«

Auch die Mundwinkel des Torwächters zuckten. »Das sind weise Worte, Gerichtsschreiber.«

Während Meißner in die Stadt zurückkehrte, setzte sich Magdalena, der schon wieder schwindlig wurde, auf die Stufen vor dem Wasserkasten. Hinter der Gittertür des Hundelochs tauchte das wutverzerrte Gesicht des Dicken auf. Die Leute vor dem Tor johlten, Ärger lag in der Luft. Magdalena sah, wie sich die ersten Straßenbuben dem Gitter näherten.

Die Jungen im Alter zwischen sechs und zwölf tauschten herausfordernde Blicke und stießen sich feixend mit den Ellenbogen an.

»Das sind die Gehilfen des Totengräbers«, krähte ein mageres Bürschchen mit verfilzten braunen Haaren. »Ich hab gesehen, wie der Gerichtsschreiber sie hergebracht hat. Er hat gesagt, das sind ganz schändliche Frevler.«

»Was die wohl ausgefressen haben?«, fragte ein kleiner Bub mit rotzverschmierten Backen.

Mittlerweile blieben auch andere Passanten stehen, um einen Blick auf die Gefangenen zu werfen. Ihnen gesellten sich ein paar Fischerweiber hinzu, die ihre unverkaufte Ware mitbrachten. Der strenge Geruch der Fischreste stieg Magdalena sogar auf die Entfernung von zwanzig Schritten in die Nase.

Besorgt bemerkte sie, dass die Menge vor dem Hundeloch rasch anwuchs. In den letzten Wochen hatte sie gesehen, wie die Menschen die Stadt in Scharen verließen. Jene, die noch da waren, verkrochen sich meist aus Angst vor Ansteckung in ihren Häusern. Doch nun gewann sie den Eindruck, dass die Leute, den allgegenwärtigen Tod vor Augen, ein gutes Spektakel mehr denn je zu schätzen wussten. Grinsend verschwand der Wächter im Torhaus. Kaum war er fort, flogen nicht nur Schmähworte, sondern auch faules Obst, stinkende Fische und Dreck von der Gasse in Richtung der Gefangenen. Magdalena sah, wie der kahlköpfige Alte versuchte, sich hinter der massigen Gestalt seines Kumpans zu verstecken. Der Dicke packte die Gitterstäbe mit beiden Händen und begann so heftig daran zu rütteln, dass der Putz von der Wand bröckelte. Dabei brüllte er wie ein gereizter Bär. Einen Augenblick wichen die Zuschauer erschrocken zurück, doch dann traf ein Fischschwanz den Dicken mitten ins Gesicht. Während die Menge vor Lachen grölte, warf Magdalena einen Blick auf den Lachs in ihrem Korb. Sie verscheuchte die Fliegen, die sich darauf niedergelassen hatten, rappelte sich auf und machte sich eilig auf den Heimweg. Wenn man schon gezwungen war, in Pestzeiten Fisch zu essen, dann sollte er wenigstens frisch auf den Tisch kommen, das war allgemein bekannt.

KAPITEL 8

Unausgeschlafen hockte Valentin am nächsten Morgen neben Matthes Meißner auf einer Bank in der Ratsstube und wartete darauf, dass er an die Reihe käme, den Ratsherren seinen Bericht über die Besichtigung der Leiche vorzutragen. Unwohlsein erfasste ihn. Das lag nicht nur daran, dass auch heute der betäubende Blumenduft das Atmen in dem düsteren Raum beinah unmöglich machte. Es war Valentin nicht gelungen, mit Conrad zu sprechen, obwohl er gestern Abend stundenlang auf seinen Bruder gewartet hatte. Doch der war weder nach dem Läuten der Bierglocke heimgekommen noch, nachdem der Nachtwächter die Mitternacht verkündet hatte. Irgendwann war Valentin dann am Küchentisch eingeschlafen. Mit steifem Hals und schmerzenden Gliedern war er aufgewacht, als die Mutter in der Früh in die Küche kam, um das Feuer im Herd anzuzünden. Es war ihm gerade noch Zeit geblieben, sich zu waschen, sich zu rasieren und ein frisches Hemd überzuziehen, bevor er zum Rathaus musste.

Auf der anderen Seite der Bank, neben Meißner, saß eine junge Frau. Sie hatte ein hübsches, rosiges Gesicht und kaute unentwegt auf etwas herum. Valentin vermutete, dass es Wacholderbeeren waren. Die halfen gegen Verdauungsbeschwerden und andere Störungen der Körpersäfte, aber als Mittel gegen die Pest wurden sie von vielen Apothekern und Ärzten ebenfalls empfohlen. Valentin mutmaßte, dass die Frau bereits einen nahen Angehörigen an den Schwarzen Tod verloren hatte, denn ihr Kleid und der leichte Umhang waren weiß, ebenso wie ihre Haube und das Gebände, das straff um ihre Wangen und ihr Kinn gewickelt war.

Valentin wandte den Blick ab und verfolgte weiter die Debatte der Ratsherren über die Wiederherstellung von Recht und Ordnung auf dem Friedhof. Nachdem Matthes den Rat über die gestrigen Ereignisse in Kenntnis gesetzt hatte, redeten die Herren nun schon eine ganze Weile durcheinander. Während einige sich über den Sittenverfall empörten, beklagten andere den bedauerlichen Mangel an nüchternen und redlichen Männern für die Arbeit auf dem Friedhof.

»Hochverehrte Ratsfreunde!« Bürgermeister Hennigke, der den Vorsitz führte, versuchte zum wiederholten Mal, mit erhobenen Händen und lauter Stimme für Ruhe zu sorgen. »Wir sind uns, wie mir scheint, darüber einig, dass es in Zeiten der Pestilenz fast unmöglich ist, einen geeigneten Kandidaten für den Posten des Totengräbers zu finden. Es kommt zurzeit auch niemand von außerhalb in Frage. Schließlich sehen wir täglich, wie immer mehr Menschen aus Furcht vor der Seuche die Flucht ergreifen.« Er warf einen trostlosen Blick auf die leeren Stühle am Ratstisch. Außer dem zweiten Bürgermeister fehlten heute noch weitere fünf Ratsherren.

Matthes neigte sich zu der jungen Frau und flüsterte: »Mein Vater bringt die Mutter und meine Schwestern zur Tante nach Dippoldiswalde. Er will aber in den nächsten Tagen zurückkehren.« Valentin gewann den Eindruck, dass sich die beiden kannten, und zwar so gut, dass Meißner sich bemüßigt sah, ihr eine Erklärung zu geben.

Ein beleibter Mann mit dunkelblondem Bart und flinken braunen Augen erhob sich.

»Das ist Brosius Moller, er sitzt dieses Jahr zum ersten Mal im Rat. Er wohnt im früheren Haus des Abts vor dem Kloster.

Die Dominikaner haben es ihm im letzten Jahr verkauft«, erklärte Matthes der Frau leise.

»Ich möchte vorschlagen, dass wir die Aufgaben des Totengräbers vorübergehend in die Hände des Schinders legen«, sagte Moller. »Er scheint ein fähiger Mann zu sein, denn die Oberaufsicht über die Reinigung der Gassen und Senkgruben führt er auch in dieser schweren Zeit mit straffer Hand und beachtlichem Erfolg.«

Nach diesen Worten herrschte überraschtes Schweigen, dann begannen die sechs Ratsherren erneut alle auf einmal zu sprechen, bis Hennigke mit der flachen Hand auf den Tisch schlug und »Ruhe!« brüllte.

Valentin fragte sich, ob die Sitzungen des Ehrenwerten Rates stets so turbulent verliefen oder ob auch das der grassierenden Pestilenz geschuldet war. Während die Herren nun ausschweifend die Vor- und Nachteile von Mollers Vorschlag erörterten, gewann er den Eindruck, dass sie mit der gegenwärtigen Lage hoffnungslos überfordert waren. Valentin würde um nichts in der Welt mit ihnen tauschen wollen. Mangels einer Alternative wurde am Ende tatsächlich beschlossen, den Schinder Jobst Bolz vorübergehend auch mit dem Amt des Totengräbers zu betrauen. Er würde dafür den dreifachen Lohn erhalten und durfte sich weitere Helfer suchen. Auch wollte man die Gehilfen des alten Totengräbers am nächsten Tag aus dem Hundeloch entlassen. Sie sollten eine saftige Geldstrafe für ihr frevlerisches Treiben zahlen und anschließend unter strenger Aufsicht des Schinders ihren Dienst auf dem Friedhof wieder antreten. »Aber zuvor sollten wir alle, die mit dem Abtransport der Leichen und ihrer Beerdigung betraut sind, bei Androhung schwerer Strafe ermahnen, ehrlich mit den bedauernswerten Opfern der Pestilenz umzugehen!«, betonte der Bürgermeister, und die Herren am Tisch nickten.

Valentin wusste, dass die Ratsherren angesichts des Großen

Sterbens nicht auf Pietät achten konnten, wenn sie die Ordnung halbwegs aufrechterhalten wollten. Trotzdem schüttelte es ihn bei dem Gedanken, dass die Leichen der Unglücklichen auf dem Weg zu ihrer letzten Ruhe durch die Hände solcher Männer gehen sollten. Auch verspürte er Mitleid mit dem Schinder, der die Kerle dabei im Zaume halten sollte. Doch was ihm die Galle hochkommen ließ, war das Wissen, dass Nickel, der arme Bursche, seinem brutalen Onkel bald erneut ausgeliefert sein würde.

Hennigke klingelte dreimal mit der Glocke, die vor ihm auf dem Tisch stand. »Gleich nach der Sitzung geht Ihr hinüber zur Kavillerei!«, befahl er dem greisen Ratsdiener, der in den Saal geschlurft kam. »Richtet dem Schinder aus, dass ein hochwohllöblicher Rat ihn morgen punkt acht Uhr erwartet, damit er seinen Eid als Totengräber schwöre. Und sagt ihm vor allem, dass ihm danach das Dreifache an Lohn zusteht!« Der Diener verschwand, und Hennigke wirkte erleichtert. Als Nächstes forderte er den Bader auf, Bericht zu erstatten.

Mit einem mulmigen Gefühl im Bauch erhob Valentin sich. »Leider muss ich dem Hohen Rat zur Kenntnis geben, dass sich meine Vermutung bestätigte. Als ich die Leiche gestern erneut untersuchte, fand ich keinerlei Anzeichen dafür, dass Meister Eckel der Pestilenz erlag oder irgendeiner anderen Krankheit.« Er sah, dass der Richter fragend die Augenbrauen hob, und fügte leise hinzu: »Eckel wurde erwürgt, das zeigen die Male an seinem Hals.«

Georg Seiler ergriff das Wort. »Dann gilt es als erwiesen, dass Meister Eckel das Opfer eines Mörders wurde.« Er sah sich unter seinen Ratskollegen um, die zustimmend nickten und murmelten. »In Anbetracht der Tatsache, dass nur der halbe Rat anwesend ist, beantrage ich, dass wir heute alle darüber beraten, wie in der Mordsache weiter verfahren werden soll.« Erwartungsvoll blickte er zu Hennigke, der am Kopf des langen Tisches saß.

»So wollen wir es halten«, bestätigte der Bürgermeister. Auf sein Zeichen tauschte der junge Meißner mit dem Ratsschreiber den Platz, um auf einem frischen Blatt Papier Notizen zu machen.

Seiler wandte sich erneut an Valentin. »Hat Eure Untersuchung außer der Feststellung der Todesart auch etwas darüber ergeben, wie Eckel starb? Könnt Ihr uns vielleicht ein Detail berichten, das dabei hilft, seinen Mörder zu finden?«

Valentin räusperte sich. Er hatte mit der Frage gerechnet und wählte seine Worte sorgfältig. Es war nicht das erste Mal, dass er einer solchen Anhörung beiwohnte. In Fällen, in denen der Mörder nicht auf frischer Tat ertappt wurde, stand die Obrigkeit unter großem Druck. Die Leute erwarteten, dass sie einen Schuldigen präsentierte und ordentlich bestrafte, und das möglichst rasch. Ein unbedachter Satz, ein ungenaues Wort konnten dazu führen, dass man einen Unschuldigen ergriff. Dafür wollte Valentin auf keinen Fall die Verantwortung tragen. »Anhand der Lage der Male am Hals konnte ich erkennen, dass der Mörder ihn von hinten angegriffen hat. Da Meister Eckel ein großer schwerer Mann war, vermute ich, dass sein Angreifer ebenfalls groß und kräftig ist«, sagte er.

Der Richtherr schwieg einen Augenblick, dann nickte er. »Ihr könnt Euch wieder setzen, Bader! Wir wollen jetzt hören, was die Witwe uns über den Abend berichten kann, an dem sich die Tat ereignet hat. Bitte, Eckelin!«

Die junge Frau erhob sich und strich umständlich ihre weißen Röcke glatt. Ihre Wangen glühten, und sie wagte kaum die Augen zu heben, während sie stockend erzählte. »Es war Dienstag. Da geht mein Mann aus. Immer nach dem Abendmahl.«

»Wohin ging er für gewöhnlich?«, fragte Seiler.

Das Rot auf Magdalenas Wangen vertiefte sich. »Er geht – äh, also, er besucht …« Die junge Frau sah auf die blank polierten Dielen vor ihren Füßen. Ihre Brust hob und senkte sich heftig.

Die Ratsherren tauschten wissende Blicke. Schließlich erbarmte sich der Richtherr, indem er anbot: »Euer Gemahl besuchte eine Schänke oder Bierschwämme?«

Magdalena nickte erleichtert und hauchte: »Ja, so war es.«

»Und wann kehrte er in der Regel nach Hause zurück?«, hakte Seiler nach.

»Meist gegen Mitternacht, selten später.«

»Hm, er hatte also feste Gewohnheiten.« Der Richter strich sich über den eisgrauen Bart. »Wisst Ihr, ob er in letzter Zeit mit jemandem Streit hatte? Habt Ihr einen Verdacht, wer ihn getötet haben könnte?«

Erschrocken riss die junge Witwe ihre rehbraunen Augen auf. Aber dann schüttelte sie den Kopf. »Nein, ich kenne keinen, der meinem Ehegemahl nach dem Leben getrachtet haben könnte. Der Herrgott ist mein Zeuge!«

Der Richtherr seufzte und wandte sich an seine Ratskollegen: »Hat noch jemand eine Frage an die Eckelin?« Allgemeines Kopfschütteln war die Antwort. »Ihr könnt Platz nehmen, gute Frau!« Seiler musterte die Gesichter der Ratsherren, die ebenso ratlos dreinschauten wie er selbst.

»Wir haben also nicht viele Anhaltspunkte, um den Mörder zu finden«, fasste er zusammen.

»Natürlich werdet Ihr weitere Befragungen durchführen lassen«, bemerkte Hennigke halbherzig.

»Natürlich.« Seiler nickte.

»Dann warten wir die Ergebnisse dieser Befragungen ab?«, vergewisserte sich der Bürgermeister.

Seiler nickte erneut.

»Gut, gut.« Hennigke rieb sich die Hände. »Dann sollten wir jetzt mit dem nächsten Punkt der heutigen Tagesordnung fortfahren: der Verteilung von Essig und Räucherwerk an die Armen, damit sie in den Stand gesetzt werden, sich der Pestilenz zu erwehren.«

In diesem Augenblick öffnete sich die Tür, und der alte Ratsdiener trat ein, dicht gefolgt von Pfarrer Grymer. Der Geistliche
war ein Mann von fortgeschrittenem Alter und beträchtlichem
Leibesumfang, den er selbst unter der weiten Soutane kaum
verbergen konnte.

»Der Herr Pfarrer wollte nicht warten«, rief der grauhaarige
Diener händeringend, während sich der beleibte Geistliche mit
puterrotem Gesicht an ihm vorbeidrängte.

Grymer ließ sich auf einen der freien Stühle sacken. Mit
geschlossenen Augen schnappte er nach Luft wie ein Fisch auf
dem Trockenen.

Valentin fragte sich besorgt, ob den Geistlichen womöglich
der Schlag getroffen habe. Schon wollte er sich erheben, um ihm
zu Hilfe zu eilen, als Grymer die Augen öffnete und aufstand.
Mit erhobenen Armen näherte er sich dem Tisch der Ratsherren.

»Hört, was ich zu sagen habe!«, rief er, wobei er seine Stimme
erschallen ließ, als gelte es, von einer Kanzel herab zu predigen.
»Hiermit ersuche ich den Hochwohllöblichen Rat auf das
Dringlichste, alles zu unternehmen, damit Moral und Sitten im
Angesicht der Pestilenz nicht weiter verfallen.« Sein Blick wanderte hinauf zur bemalten Holzbalkendecke des Ratsstübchens,
während er seine Hände faltete. »Denn ich sage euch, dass
unsere Stadt sonst wie Sodom und Gomorra dem Chaos und
der Sünde anheimfallen wird!«

Valentin ließ sich verstört auf die Bank zurücksinken. Drohte
Pirna nun zu allem Übel auch noch ein Aufruhr?

»Anstatt Gott mit Bittgebeten um Barmherzigkeit und Gnade
anzurufen, weil die Ursache für jedwede Pestilenz nun einmal
in den Sünden der Menschen zu finden ist, sitzen die Leute des
Abends in den Schänken, wo sie ohne jedes Maß saufen und lästerliche Reden führen. Selbst im Ratskeller geht es kaum besser
zu.« Der Pfarrer bedachte die ehrwürdigen Herren mit einem

strafenden Blick. »Doch in den Vorstädten achten die meisten Wirte nicht einmal mehr auf den Ruf der Bierglocke. In diesen Schänken wird Tag und Nacht gesoffen, gewürfelt und gehurt!«, verkündete Grymer düster. »Und als ob das noch nicht genug wäre, tauchten heute in der Frühe vor meiner Kirche auch noch zwei Geißler auf.«

Die Ratsherren tauschten Blicke, doch keiner sagte ein Wort.

»Eine hysterische Meute, die sich auf den Straßen und Plätzen öffentlich entblößt und blutrünstig schlägt, hätte uns gerade noch gefehlt!« Der Pfarrer begann, sich in Rage zu reden. »Und am Ende verkünden hier noch Hinz und Kunz das Evangelium! Der Schuster wird zum Beichtvater, und jeder erlegt sich die Buße auf, die ihm grad gefällt – ganz so wie bei den Martinischen drüben in Kursachsen!«

Einige der Ratsherren runzelten die Stirn. Valentin vermutete, das waren jene, die selbst heimlich dem neuen Glauben anhingen. Doch als Moller zustimmend nickte, warf Grymer einen triumphierenden Blick in die Runde. »Schon jetzt liegen Handel und Handwerk in unserer Stadt darnieder, meine Herren, weil viele Menschen sich aus Angst vor der Pest in ihren Häusern einschließen oder fliehen. Der Hohe Rat hat daher die Pflicht, jede Art von Aufruhr im Keim zu ersticken. Die Stadtwachen müssen stündlich durch die Straßen patrouillieren und all jene gefänglich einziehen, welche die öffentliche Ruhe und Ordnung stören!« Der Pfarrer reckte die Faust, als würde er zum Schlag ausholen. »Aber vor allem, ehrwürdige Herren, schließt endlich das Hurenhaus! Jeden Abend stehen meine Pfarrkinder davor Schlange, mitunter die ganze Holdergasse hinab. Das ist ein Anblick, den ich nicht länger dulden kann und will!«

Valentin blickte zu Seiler hinüber. Genau denselben Vorschlag hatte er dem Richtherrn gestern unterbreitet, wenn auch aus anderen Gründen. Doch der Richtherr verzog keine Miene und schien sich ganz auf den schäumenden Gottesmann zu konzentrieren.

»Hochwürden, Ihr vergesst, dass die Pestilenz dazu geführt hat, dass uns nicht einmal genug Wachen zur Verfügung stehen, um alle Stadttore zu sichern. Dem Fronboten sind zwei seiner Knechte davongelaufen, und auf dem Friedhof herrschen, wie wir gerade erfahren haben, katastrophale Zustände«, hielt der Bürgermeister dem empörten Pfarrer entgegen. Dem Überdruss in Hennigkes Stimme entnahm Valentin, dass Grymer den Rat heute nicht zum ersten Mal mit seinen Forderungen bedrängte.

»Dennoch müssen wir die mahnenden Worte unseres Pfarrers ernst nehmen, meine Herren«, warf Brosius Moller ein. »Wir sollten überlegen, wie wir unsere schwachen Kräfte besser verteilen.«

Der Bader hörte, wie Seiler halblaut murmelte: »Vielleicht sollten wir uns einfach ein paar neue Stadtwachen backen lassen!« Sofort begannen seine Ratskollegen aufgeregt durcheinanderzureden. Valentin fürchtete, dass sie nun endgültig vergessen hatten, dass auch er Aufgaben zum Wohl der Stadt erledigen musste.

Ehe er sich dessen recht bewusst wurde, war er aufgestanden. »Bitte entschuldigt, ehrenwerte Herren!« Er räusperte sich verlegen, als sich ihm daraufhin alle Köpfe zuwandten und schlagartig Ruhe im Ratssaal eintrat. »Falls die Herren des Hochwohllöblichen Rates mich nicht weiter benötigen, würde ich mich nun gern meinen Krankenbesuchen widmen.«

Der Bürgermeister runzelte die Stirn. Er schien sich der Anwesenheit weiterer Zuhörer erst jetzt wieder bewusst zu werden. »Selbstverständlich«, Hennigke wedelte mit der Hand. »Verschwindet, Bader.«

Dann besann er sich und wandte sich ein wenig höflicher an die Witwe Eckel. »Danke, Frau Magdalena, für Eure Unterstützung! Aber Ihr könnt jetzt nach Hause gehen.«

Magdalena Eckel erhob sich. »Darf ich meinen Gemahl nun endlich bestatten lassen?«, fragte sie.

»Nun, ähm«, Hennigke räusperte sich und warf Seiler einen hilfesuchenden Blick zu. Als der Richtherr nickte, sagte er rasch: »Aber natürlich, meine verehrte Frau Magdalena, dürft Ihr Euren Gemahl in allen Ehren zur letzten Ruhe betten lassen.«

Hoch erhobenen Hauptes verließ die Witwe den Ratssaal. Valentin folgte ihr aufatmend.

Den Rest des Vormittags verbrachte er damit, Krankenbesuche zu machen. In allen Häusern bot sich ihm das gleiche Bild: Meist handelte es sich bei den Erkrankten um Menschen, die in der Blüte ihres Lebens standen. Den Alten, die gramgebeugt am Siechenlager ihrer Kinder und Enkel standen, konnte Valentin nicht viel Hoffnung machen. Er wusste, dass die Pest in vielen Fällen innerhalb von fünf Tagen zum Tod führte. Nur wenn die Beulen nicht aufbrachen und das Fieber am sechsten Tag sank, konnten die Kranken bei guter Pflege wieder genesen.

Seine Anordnungen, die Kranken mit kalten Wickeln und fiebersenkenden Tränken zu behandeln, stießen häufig auf Unverständnis. Manchmal wurde er gefragt, ob er nicht wenigstens einen Aderlass vornehmen oder ein Brechmittel verordnen wolle, wie es sein Bruder zu tun pflegte. Geduldig erklärte er, dass Aderlässe oder Erbrechen nur zu einer weiteren Schwächung der Lebenskraft führen würden und der Heilung nicht in jedem Fall förderlich seien. Während sich die ärmeren Leute damit meist zufriedengaben, da ihnen für teure Kuren ohnehin das Geld fehlte, begegnete man dem neuen Bader in den Häusern der wohlhabenden Bürger eher mit Misstrauen. Eine Behandlung, die so wohlfeil zu haben war, konnte wohl kaum etwas taugen!

Ausgelaugt und müde schleppte sich Valentin weit nach dem Läuten der Feierabendglocke nach Hause. Conrad sei noch unterwegs und würde später im Ratskeller essen, beschied ihm die Mutter, während sie ihm das Abendessen auftischte.

Valentin legte den Löffel nieder, mit dem er sich eben über den Eintopf hermachen wollte. Trotz seines Hungers war ihm der Appetit vergangen. Es sah so aus, als würde er auch heute keine Gelegenheit bekommen, mit Conrad zu sprechen. »Geschieht das oft, dass Conrad erst in der Nacht nach Hause kommt?«, fragte er schärfer als beabsichtigt.

Die Mutter bemerkte seine schlechte Laune nicht, denn sie lächelte spitzbübisch und sagte gedehnt: »Na ja, in letzter Zeit schon!«

Valentin hob die Augenbrauen.

Seine Mutter setzte sich ihm gegenüber an den Tisch. »Dein Bruder denkt, ich weiß nichts davon.« Sie kicherte wie ein junges Mädchen. »Aber ich merk doch genau, dass es nicht nur das Bier ist, das ihn aus dem Haus lockt!«

»Ach, nein! Was dann?« Valentin runzelte die Stirn.

Die silbrigen Augen seiner Mutter glitzerten amüsiert. »Na, ein Mädel! Oder was glaubst du?«

Valentin versuchte, seine Verlegenheit zu überspielen, indem er hastig nach dem Löffel griff und sich Eintopf in den Mund schaufelte. Aber zugleich empfand er Erleichterung, denn das bedeutete, dass Conrad nicht nur fortblieb, um ihn zu meiden. Gab es vielleicht doch eine Aussicht auf Versöhnung zwischen ihnen, irgendwann?

Kapitel 9

Als Valentin erwachte, hatte er keine Vorstellung davon, wo er sich befand. Aber keineswegs daheim in seinem Bett, so viel stand fest! Sein Rücken schmerzte, und sein Kopf dröhnte wie eine Heerpauke. Es roch nach Rauch, feuchter Wäsche und verschüttetem Branntwein. Irgendwo schnarchte jemand, und Valentin vermutete, dass es der stete Wechsel grunzender und pfeifender Töne war, der ihn geweckt hatte. Beim Versuch, sich aufzurichten, rutschte er von der schmalen Bank und landete auf dem Boden. Während er dort hockte und seinen Kopf hielt, fragte er sich, wie um alles in der Welt er zu diesem Brummschädel gekommen war.

Wie jeden Abend hatte er auch gestern die endlosen Stufen zur Türmerstube erklommen, um nach Lenchen zu schauen. Das tapfere Mädchen hatte dem Schwarzen Tod sieben Tage widerstanden, und als Valentin dem Türmer eröffnete, dass sein Kind nun mit Gottes Hilfe gesunden würde, hatte Werners Freude keine Grenze gekannt. Er hatte Valentin immer wieder umarmt und ihn genötigt, noch auf ein Abendessen und ein Kännchen Bier zu verweilen. Zur achten Stunde hatte der Alte dann seine Trompete genommen, und Valentin war ihm gefolgt, zum Austritt unter dem Windenboden. Es gehörte zur alltäglichen Pflicht des Türmers, die Abendweise zu blasen. Doch gestern hatte Wagner mit solcher Inbrunst gespielt, dass die Menschen auf der Gasse stehengeblieben waren. Erhobenen Hauptes hatten sie gelauscht, bis die letzten Töne im Himmel über der Stadt verklungen waren, und wie Valentin dürften auch manch anderem dabei die Tränen in die Augen gestiegen sein.

Nachdem Wagner die letzte Weise beendet hatte, wollte Valentin nach Hause gehen, doch Jörg, dessen Wache nun vom Vater übernommen wurde, hatte ihn überredet, noch ein Kännchen mit ihm zu leeren. Valentin musste erneut von den Abenteuern seiner Wanderjahre erzählen. Schließlich hatte Jörg die Fiedel von ihrem Haken an der Wand genommen und noch eine Flasche Branntwein auf den Tisch gestellt. Bis weit nach Mitternacht hatten sie miteinander getrunken und gesungen.

Valentin lächelte. Es hatte ihm gutgetan, all das Leid und die Not in der Stadt sowie seine sonstigen Sorgen für einen Abend zu vergessen. Und gegen das Hämmern in seinem Kopf würde er in seinem Medizinkasten schon das rechte Mittel finden!

Sobald Valentin seinen Durst gestillt und ein paar seiner Kräuterpillen geschluckt hatte, machte er sich auf den Weg zum Abort. Das heimliche Gemach befand sich unterhalb des Läutbodens, dort, wo auch der Umgang war, auf dem der Türmer seine Wacht hielt. Nachdem Valentin sich erleichtert hatte, trat er an das Fenster, durch das Vater Werner eben einen Ton auf seinem Signalhorn blies. Es war kurz vor der Morgendämmerung, und die meisten Bürger schliefen noch. Denen, die schon auf den Beinen waren, weil sie einer frühen Arbeit nachgehen oder Kranke versorgen mussten, verkündete das Signal, dass der Türmer treulich Wache hielt.

»Sieh nur, da ist er wieder, der furchtbare Schweifstern!« Werner deutete auf einen silbrigen Punkt, der sich über den Himmel bewegte und im Gegensatz zu den meisten Sternen noch immer hell strahlte. »Schon seit Wochen erscheint er jeden Morgen vor Sonnenaufgang.«

»Bei klarem Himmel habe ich ihn in den Nächten auf meiner Wanderung ebenfalls gesehen.« Valentin kniff die Augen zusammen, damit er den leuchtenden Dunstkreis der Himmelserscheinung besser erkennen konnte. Eine schmale, schwach gekrümmte Lichtspur folgte ihr, die an den Schweif eines galoppierenden Pferdes erinnerte oder an das wehende Haar einer Frau.

»Und hast du auch gesehen, wie sich am letzten Tag des Erntemonds am helllichten Tag die Sonne verdunkelt hat?« Der Türmer schlang sich die Arme um den Leib, als würde er frieren.

»Ja, das habe ich. Es sah aus, als hätte ein riesiges Tier einen Happen davon herausgebissen. Die beiden Wandergesellen, mit denen ich damals unterwegs war, haben sich zu Boden geworfen und laut gebetet, weil sie glaubten, die Welt würde untergehen«, berichtete Valentin. Auch ihm war bei dem Anblick nicht wohl gewesen. Doch bei dem Arzt in Antwerpen, der selbst regelmäßig Himmelsbeobachtungen anstellte, hatte er verschiedene Schriften über Sonnenfinsternisse in früheren Zeiten gelesen. Manchmal hatte sich die Sonne vollständig verdunkelt, manchmal nur zum Teil. Aber die Welt war noch immer an ihrem Platz, und um sie herum kreisten weiterhin Sonne, Mond und Sterne. »Habt Ihr auch den Haarstern vom letzten Sommer hier oben beobachten können?«, erkundigte er sich. »Den, der noch heller strahlte als dieser hier?«

»Oh ja!« Werner nickte. »Beinah dreißig Jahre schaue ich jetzt in den Himmel über Pirna. Aber noch nie habe ich dort solch eine Häufung unglückverheißender Zeichen in so kurzer Zeit gesehen. Kein Wunder, dass wir von Dürre, Pestilenz und Teuerung heimgesucht werden!«

»Ich glaube nicht an unglückverheißende Zeichen, Vater Werner«, sagte Valentin, während er dem Türmer zum nächsten Fenster folgte. »Es ist der natürliche Lauf der Dinge, dass die Bewegungen der Himmelskörper das Geschehen auf der Erde beeinflussen. Denkt nur an den Mond, nach dem sich die Gezeiten richten.«

Werner schüttelte den Kopf. »Das mag ja sein, doch während der Mond in seinem Wandel stets beständig bleibt, sind die Verdunkelung der Sonne oder das Auftreten eines Haarsterns willkürliche Erscheinungen. Welchen Sinn sollten sie haben, wenn sie keine Zeichen Gottes wären – gesandt, um unsere Aufmerksamkeit auf ihn zu lenken?«

Valentin hätte noch ein paar Einwände dagegen vorbringen können, doch mittlerweile hatten sie bei ihrem Rundgang das Fenster erreicht, das nach Westen zeigte, und aus den Schornsteinen stiegen erste Rauchfahnen in den perlmuttgrauen Himmel. Die Stadt erwachte. Der Gedanke an seine Mutter, die sich sorgen würde, sobald sie feststellte, dass er zur Nacht nicht heimgekommen war, verursachte Valentin Gewissensbisse. Conrad dagegen würde erleichtert sein, dass er seinem Bruder beim Morgenmahl nicht gegenübersitzen musste.

Einen Tag nachdem Valentin seine Aussage vor dem Rat gemacht hatte, war es daheim zu einem heftigen Streit gekommen. Conrad hatte seinen Bruder der Illoyalität und Missgunst beschuldigt, Valentin hatte dem Jüngeren Pfusch und Versagen vorgeworfen. Wäre ihre Mutter nicht dazwischengegangen, hätten sie sich am Ende wie zwei Grünschnäbel auf dem Küchenboden geprügelt. Womöglich wäre das nicht das Schlechteste gewesen, dachte Valentin. Vielleicht hätten sie ein für alle Mal den wahren Grund ihrer Zwistigkeiten ausräumen können, anstatt einen Schattenkampf auszufechten. Seit jenem Morgen gingen sie sich noch sorgfältiger aus dem Weg und sprachen nur das Nötigste miteinander.

Valentin fiel ein, dass er sich vorgenommen hatte, heute noch einmal den Notar aufzusuchen, der sich mit der Arnold'schen Erbschaftsangelegenheit befasste. Bisher hatte der Mann ihn und Conrad immer wieder mit der Begründung abgewiesen, dass er gerade dringlichere Geschäfte zu erledigen habe.

Werners Angebot, oben im Türmerstübchen noch ein Morgenmahl einzunehmen, schlug Valentin also aus. Er hatte vor, den Notar gleich aufzusuchen, denn so früh am Morgen würde dieser gewiss mit keiner anderen Arbeit begonnen haben.

Der Notar bewohnte ein schmalbrüstiges Häuschen in der Schmiedegasse, an dessen Tür Valentin eine ganze Weile vergeblich klopfte. Schließlich öffnete sich im Nachbarhaus ein Fenster, aus dem sich eine füllige Frau mit weißer Haube beugte.

»Da könnt Ihr klopfen, bis Ihr schwarz werdet! Der Notar hat gestern mit Weib und Kind die Stadt verlassen«, sagte sie verdrießlich und wollte das Fenster schon wieder schließen.

»Wann kommt er denn wieder?«, fragte Valentin. Im nächsten Augenblick ärgerte er sich darüber, denn die Antwort lag auf der Hand.

»Gar nicht«, schimpfte die Frau. »Es sei denn, der Herr beschert uns ein Wunder und beendet diese Pestilenz auf einen Schlag!« Dann knallte sie das Fenster zu und überließ den Bader seinem Groll auf den Notar, die Pest, Gott und die ganze Welt.

»So ein Scheißdreck!« Valentin versetzte dem löchrigen Korb zu seinen Füßen einen Tritt. Der rollte ein Stück die Gasse hinab und scheuchte eine Katze hoch, die in der Sonne gedöst hatte. Das Tier richtete sich mit gekrümmtem Buckel auf, fauchte und sprang mit großen Sätzen davon. »Ja, du kannst mich auch mal!«, rief Valentin ihr hinterher und warf die Hände in die Luft. Dann sackten seine Schultern herab, und er stieß frustriert den Atem aus. Mein Gott, jetzt rede ich schon mit einer Katze!, wies er sich selbst zurecht. Er blickte sich um. Doch bis auf ein paar Weiber, die am Wasserkasten am unteren Ende der Gasse ihre Eimer füllten und ihn nicht beachteten, war niemand zu sehen. Tief im Inneren wusste Valentin, dass er es ohnehin nicht über sich bringen würde, Mutter und Bruder zu verlassen, solange der Schwarze Tod in der Stadt wütete. Also konnte es ihm auch egal sein, ob er die Fragen der Erbschaft jetzt oder später klärte. Und so lange musste er tun, was notwendig war. Für heute hieß das, dass er sich zunächst um die Erneuerung der Vorräte an Kräutern, Wurzeln und Mineralien kümmern musste, aus denen sie in der Badestube ihre Heilmittel herstellten. Da sie zurzeit eine weitaus größere Menge an Kranken behandeln mussten als gewöhnlich, waren die Vorräte stark geschrumpft. Erschwerend kam hinzu, dass viele der Händler, bei denen ihr Vater früher gekauft hatte, inzwischen tot waren oder Pirna verlassen hatten. Conrad hatte Valentin gestern in knappen Worten erzählt, dass er vor Kurzem Kräuter bei einem Mann erworben hatte, der neu in der Stadt war, ein gewisser Laurenz Tscherna, der ein Haus in der Kuttelgasse bewohnte.

Der Bader bog in die Frongasse und überquerte den Obermarkt, wo sich inzwischen einige Fischweiber mit ihren Körben eingefunden hatten. Weiter unten, an den Brotbänken, waren nur wenige Läden geöffnet, aus denen Brot und Semmeln feilgeboten wurden. Dagegen blieben die Tore der Fleischbänke geschlossen, wie auch die meisten anderen Geschäfte rund um das Rathaus. Valentin bemerkte, dass viele der frühen Käufer, die von einem Stand zum anderen eilten, Tücher um Mund und Nase gebunden hatten. Dabei bemühten sie sich, einander so wenig wie möglich zu berühren, verschafften sich rasch einen Überblick über die Angebote, kauften hastig und verließen den Markt so schnell wie möglich wieder. All das spielte sich ohne das übliche Schreien und Feilschen ab, sodass Valentin trotz des Sonnenscheins das Gefühl beschlich, eine schwere, dunkle Wolke schwebe über der Stadt.

Die Gegend um die Kuttelgasse in der Nähe des Schifftores gehörte nicht zu den vornehmen Wohngegenden. Mehr heruntergekommene schilfgedeckte Häuschen gab es sonst nur in der dahinterliegenden Holdergasse, unmittelbar an der Stadtmauer. Die wohlhabenden Fleischermeister, die in der Kuttelgasse ihre

Schlachtereien betrieben, wohnten größtenteils in den besseren Vierteln, wo es nicht so durchdringend nach Kot, Blut und verwesenden Innereien roch. Selbst jetzt, da wegen der Pest kaum noch geschlachtet wurde, summte die Luft von Myriaden von Fliegen. Bei jedem Schritt, den Valentin in den stinkenden Matsch setzte, den selbst die größte Sommerhitze niemals vollständig trockenlegte, stob eine grünschillernde Wolke auf. Angeekelt wedelte er die aufdringlichen Insekten mit beiden Händen aus seinem Gesicht, während er nach dem Haus suchte, das Conrad ihm beschrieben hatte. Betucht konnte der Kräuterhändler nicht sein, wenn er hier wohnte. Aber jemand, der sich in einer Stadt niederließ, in der gerade der Schwarze Tod umging, war wohl eher verzweifelt. Vielleicht kam der Kerl aus dem Böhmischen? Sein Name klang jedenfalls danach.

Der Mann, der die Tür öffnete, entsprach ganz und gar nicht dem Bild, das Valentin sich gemacht hatte. Er war groß und muskulös, hatte glänzendes braunes Haar, einen kurzen Bart und ein kantiges Gesicht, aus dem wache Augen schauten. Valentin fand, dass er eher wie ein Schiffer oder Flößer aussah. Der Eindruck wurde dadurch unterstrichen, dass seine langen Beine in enganliegenden braunen Lederhosen und hohen schwarzen Stiefeln steckten. Sein Alter war schwer zu schätzen, es mochte zwischen dreißig und vierzig liegen.

»Ich hörte, Ihr handelt mit Kräutern?«, sagte Valentin. »Ich bin Valentin Arnold, der Bruder des Baders.«

»Dann will ich mal sehen, was ich für Euch tun kann. Kommt herein!« Tscherna sprach in der für Pirna und Umgebung üblichen Mundart, ohne den geringsten Akzent. Seine Stimme klang warm und angenehm.

Valentin trat ein, und als der Kräuterhändler die Haustür schloss, sperrte er gleichsam die unangenehmen Gerüche der Kuttelgasse aus. In der winzigen dämmrigen Diele umfing ihn ein herb-aromatisches Zusammenspiel aus den Düften verschiedener Pflanzen und Gewürze. Valentin fühlte sich an die Gerüche im Hafen von Antwerpen erinnert. Dort hatte er sich oft aufgehalten, um zu beobachten, wie die riesigen Schiffe, die Ware aus den entlegensten Gestaden dieser Welt gebracht hatten, entladen wurden.

Tscherna öffnete die hintere Tür und rief: »Kundschaft!« Dann führte er den Bader die Treppe hinauf. Mit jeder Stufe wurde das würzige Aroma intensiver. Sie betraten einen großen Raum, der sich über das gesamte erste Stockwerk erstreckte. Von der Decke hingen dicke Bündel mit den unterschiedlichsten Kräutern. Auf einem Holzgestell lagen Wurzeln und Schalen mit Samen. An den Wänden standen Regale mit sorgfältig verschlossenen gläsernen und irdenen Gefäßen. Alles war mit kleinen beschrifteten Zettelchen versehen. Valentin war sprachlos vor Überraschung, denn er fühlte sich an eine wohlsortierte Apotheke erinnert. Er ging umher, las die Aufschriften und stellte erfreut fest, dass er das meiste, was sie in der Badestube benötigten, hier bekommen würde. Damit hatte er nicht gerechnet!

»Ihr führt einen wohlbestückten Handel, wie mir scheint«, sagte er beeindruckt. Selbst in guten Zeiten hatte er in Pirna noch nie eine so reichhaltige Auswahl bei einem einzigen Händler gesehen.

Tscherna schmunzelte bescheiden. »Ihr könnt Eure Wünsche gleich meinem Gehilfen nennen. Dann kommt Ihr nach unten in mein Kontor, und wir einigen uns über den Preis.« Er wandte sich an den gebeugten alten Mann, der in diesem Augenblick den Lagerraum betrat. »Das ist Valentin Arnold. Sein Bruder, der Bader, ist bisher unser bester Kunde. Gib ihm alles, was er braucht.« Dann nickte er Valentin zu und ging.

»Gut, gut. Was wollt Ihr haben?«, krächzte der Alte und wedelte ungeduldig mit den Händen.

Nach dem freundlichen Empfang durch Tscherna war

Valentin ein wenig irritiert von der kurzangebundenen Art seines Gehilfen. Er zog die Liste, die er gestern mit Conrad angefertigt hatte, aus seinem Wams und begann vorzulesen: »Eichenrinde und Holunderblüten, außerdem Weißdorn und Mariendistelsamen.«

Vor sich hin murmelnd tappte der Alte in dem abgedunkelten Raum umher, griff mit schlafwandlerischer Sicherheit nach den Bündeln, Schalen und Gefäßen und legte das Gewünschte auf einem Tisch neben der Tür ab.

»Wegwartenwurzel, Faulbaumrinde und Weißen Andorn, auch Rhizinussamen, wenn Ihr habt«, fuhr Valentin fort.

»Haben wir, haben wir«, nuschelte der Alte und griff in ein Regal.

»Wie steht es mit Nelken, Anis, Pfeffer, Vanille und Zimt?«, erkundigte sich Valentin hoffnungsvoll.

Der Alte kicherte: »Leidet Ihr etwa an einer Schwäche Eurer Manneskraft, junger Bader?«

»Was?« Valentin glaubte sich verhört zu haben.

»Nun, all dies sind bewährte Mittel bei einer Schwächung der Geschlechtskraft«, antwortete der Alte augenzwinkernd. »Vanille haben wir nicht mehr, den Rest könnt Ihr kriegen. Aber Tscherna wird Euch ordentlich Geld dafür abknöpfen.«

Valentin seufzte, er hatte nichts anderes erwartet.

Der Alte schlug die Kräuter in Leinentücher ein und verstaute die Samen in kleinen Säckchen. Dabei bemerkte Valentin, dass die Hornhaut seiner Augen jene Trübung aufwies, die typisch für den grauen Star war. Der Mann musste fast blind sein. Umso erstaunlicher war es, dass er tatsächlich fand, was Valentin verlangte. Auf seiner Wanderschaft hatte der Bader mehrfach beobachtet, wie Okulisten auf den Jahrmärkten großer Städte Patienten, die am grauen Star litten, kurierten. Mit einer scharfen Nadel stachen sie dabei in das betroffene Auge und schoben die getrübte Linse nach unten. Ging alles gut, konnten die so Behandelten nach einigen Tagen tatsächlich wieder sehen. Aber Valentin hatte auch erlebt, dass viele der Operationen misslangen und im schlimmsten Fall zum Tod des Patienten führten. Weil ein blinder und dazu noch alter Mensch voll und ganz auf die Mildtätigkeit anderer Leute angewiesen war, suchten Verzweifelte ihr Heil dennoch bei den Starstechern. Valentin hatte für sich beschlossen, lieber die Finger von dem riskanten Eingriff zu lassen.

Später saß er mit Tscherna im Kontor, einem kleinen stickigen Gelass unter der Treppe. Nach zähem Feilschen hatten sie sich auf einen vernünftigen Preis geeinigt und begossen ihren Handel nun mit einem Becher Wein.

»Wie ich hörte, habt Ihr Euer Geschäft erst nach Pirna verlegt, als die Leute wegen der Pest schon scharenweise die Stadt verließen«, sagte Valentin.

Tscherna setzte seinen Becher ab und blickte den Bader amüsiert an. »Und wie ich hörte, seid Ihr sogar erst vor knapp zwei Wochen hergekommen.«

»Ich stamme aus Pirna und habe jetzt meine Wanderjahre beendet«, verteidigte sich Valentin ein wenig irritiert.

Der Kräuterkrämer kniff die Augen zusammen, als würde ihn ein plötzlicher Schmerz durchzucken. Dann sah er Valentin an und lächelte schelmisch. »Ich gehe dorthin, wo Gott mich hinführt. Und was liegt für jemanden, der mit Heilmitteln handelt, näher, als eine Stadt aufzusuchen, in der der Schwarze Tod haust?« Er prostete dem Bader zu und nahm einen kräftigen Schluck. »Zumal es hier nicht mal eine Apotheke gibt!«

»Ja, aber habt Ihr denn gar keine Sorge, Ihr könntet selbst erkranken?«, fragte Valentin verwundert.

Tscherna winkte ab. »Ach was! Ich begegne dem Tod nicht zum ersten Mal. Wenn er gewollt hätte, hätte er mich längst haben können, denkt Ihr nicht?«

»Wohl wahr«, erwiderte der Bader und trank ebenfalls von

seinem Wein. Ähnliches hätte er auch von sich selbst sagen können. Das unbekümmerte, tatkräftige Wesen des Mannes gefiel ihm.

»Ihr scheint Euch mit dem Tod auch bestens auszukennen.« Tschernas Blick ging Valentin durch und durch. Besaß der Kerl eine hellsichtige Ader?

»Im Gegensatz zu Eurem Bruder habt Ihr sofort gesehen, dass Ratsherr Eckel nicht Opfer der Pest geworden war«, sagte Tscherna lächelnd.

Valentin konnte kaum glauben, dass sich die Nachricht über seinen Auftritt vor dem Rat in der Stadt bereits herumgesprochen hatte. Er zuckte mit den Achseln und wusste nicht, was er sagen sollte. Rasch wechselte er das Thema: »Ich habe vorhin beobachtet, wie Euer Gehilfe die von mir gewünschten Kräuter in Eurem Lagerraum fand, obwohl er kaum noch etwas sehen kann.«

Tscherna zog die Augenbrauen hoch. »Er erkennt sie am Geruch.«

»Tatsächlich? Dann muss er auf eine lange Erfahrung zurückgreifen können«, sagte Valentin beeindruckt.

»Der alte Simon war früher Apotheker. Aber als seine Erblindung immer weiter fortschritt, musste er seine Profession aufgeben. Auch wenn er die Zutaten für seine Medikamente am Geruch erkennen kann, ist er nicht mehr in der Lage, allein zu arbeiten.«

»Wohl kaum«, pflichtete Valentin bei. »Aber unter diesen Umständen könntet Ihr mehr aus Eurem Kräuterhandel machen. Wie Ihr richtig bemerkt habt, gibt es in Pirna keine Apotheke. Ihr könntet beim Rat eine Erlaubnis dafür beantragen.«

Tscherna schwieg und blickte eine Weile nachdenklich auf den Becher in seiner Hand. Dann nickte er anerkennend. »Ihr seid ein kluger Mann, Bader!« Ein jungenhaftes Lächeln breitete sich auf seinem Gesicht aus.

»Nun, es wäre für meinen Bruder und mich von Vorteil, wenn wir nicht all unsere Heilmittel selbst zubereiten müssten.« Valentin erwiderte das Lächeln offen.

»In der Tat sind mir in den letzten Wochen ähnliche Gedanken durch den Kopf gegangen. Nur leider verfüge ich über keinerlei Fürsprache in der Stadt.« Tscherna fuhr sich mit der Hand durchs Haar und zerzauste es. Dabei ließ er seinen Gast nicht aus den Augen. »Meint Ihr, Ihr könntet mich mit einigen der Herren vom Rat bekannt machen?« Er beugte sich nach vorn.

Valentin merkte, dass ihm der Gedanke, der Mann könnte länger in der Stadt bleiben, immer besser gefiel. »Nun ja, so gut bin ich mit den hohen Herrschaften nicht bekannt«, entgegnete er vorsichtig, obwohl er bereits überlegte, wie er Tschernas Wunsch erfüllen könnte. Eine Apotheke in Pirna, das wäre von Nutzen für die ganze Stadt.

»Immerhin schien der Richtherr Eurem Urteil bei der Leichenschau zu trauen«, sagte Tscherna.

»Ja, schon. Aber das bedeutet noch lange nicht, dass ich im Rathaus aus und ein gehe. Sollte sich allerdings eine Gelegenheit ergeben, werde ich gern ein gutes Wort für Euch einlegen«, versicherte Valentin. Dann trank er den letzten Schluck Wein, erhob sich und streckte dem Kräuterhändler die Hand entgegen. »Ich muss gehen, doch hier habt Ihr meine Hand darauf.«

»Nun, dann sollte ich wohl hoffen, dass der Richtherr Euch bald wieder bei einer Leichenschau benötigt«, scherzte Tscherna und ergriff Valentins Rechte mit seiner großen, kraftvollen Hand. Er begleitete den Bader zur Tür. »Und wegen der Vanille melde ich mich bei Euch, sobald ich an neue Ware komme«, versprach er.

Kapitel 10

alentin leerte die Schüssel, die ihm seine Mutter hingestellt hatte. Er bemerkte kaum, was er aß, denn seine Gedanken waren schon bei den Aufgaben, die der Tag für ihn bereithielt. Die Mutter hatte versprochen, sich heute um die Zubereitung einiger Heilmittel zu kümmern, und Valentin wollte ihr noch eine neue Rezeptur für ein Magenstärkungsmittel geben, die er aus Antwerpen mitgebracht hatte. Er schob die leere Schüssel von sich, als er hörte, dass es stürmisch an der Haustür klopfte. Valentin erhob sich, denn er ging davon aus, dass es sich um den ersten Patienten für diesen Tag handelte.

Aber noch bevor er die Küchentür erreichte, vernahm er Schreie, und schwere Männerschritte polterten die Treppe zu den Kammern im ersten Stock hinauf. Valentin rannte in die Halle, wo er seine Mutter fand. Sie hielt die Zipfel ihrer Schürze vor den Mund gepresst und keuchte entsetzt. Von oben hörte Valentin Türenschlagen und Stimmengewirr.

»Mutter, was ist hier los!« Sie wirkte wie versteinert, und Valentin rüttelte sie leicht an der Schulter.

Da begann sie zu schluchzen. »Das kann nicht sein, mein Junge! Das muss alles ein furchtbarer Irrtum sein!«

Bevor Valentin mehr aus ihr herausbringen konnte, wurde Conrad, zerzaust vom Schlaf und lediglich mit Hemd und Hose bekleidet, von zwei Männern der Stadtwache die Treppe hinuntergestoßen. Sie hatten ihm die Hände auf dem Rücken gefesselt, aber er wehrte sich so heftig, dass er sich losreißen konnte, in seinem Schwung jedoch nach vorn stürzte. Und weil er nicht in der Lage war, sich am Treppengeländer festzuhalten, fiel er ungebremst die restlichen Stufen hinab. Reglos blieb er am Fuß der Treppe liegen.

Valentin wollte hinzuspringen, doch einer der Wachmänner versperrte ihm mit vorgehaltener Waffe den Weg.

Der andere pikte seinen Bruder mit der Hellebarde zwischen die Schulterblätter, und sobald sich Conrad regte, knurrte er: »Hoch mit dir, Bader! Wir haben den Befehl, dich auf schnellstem Weg in die Fronfeste zu bringen.«

Wutentbrannt stieß Valentin die Waffe beiseite, eilte an die Seite seines Bruders und half ihm auf. Dabei musterte er ihn rasch von oben bis unten. Conrad hatte außer ein paar Schrammen keine äußerlichen Verletzungen davongetragen, doch er wirkte benommen.

»Was wird meinem Bruder vorgeworfen?«, verlangte Valentin zu wissen.

»Er hat heute Nacht den Sohn des zweiten Bürgermeisters erstochen«, beschied ihm der Wachmann mit der Hellebarde finster.

»Was?« Valentin glaubte nicht recht zu hören. »Matthes Meißner?«

»Genau den«, bestätigte der zweite Wachmann, der ein wenig zugänglicher wirkte. »Euer Bruder hatte mit ihm gestern Abend einen heftigen Streit im Ratskeller.«

Valentin drehte sich um. Conrad gab ein Stöhnen von sich und zerrte erfolglos an seiner Fessel. Dabei vermied er es, Valentin in die Augen zu sehen. Conrads Gesicht, das zuvor schon blass gewesen war, wirkte nun kalkweiß, seine Augenlider flatterten.

»Hat jemand gesehen, wie Conrad den Mann erstach?«, fragte Valentin. Dabei schob er sich zwischen die Wachleute und die Haustür.

»Weiß ich nicht«, knurrte der mit der Hellebarde. »Ist mir auch egal. Wir haben Befehl, ihn in den Gewahrsam zu bringen, und fertig!« Erneut stieß er den taumelnden Conrad voran.

»Lasst uns vorbei!«, forderte der andere Wachmann ruhig, aber bestimmt. »Georg Seiler ist ein gerechter Richter. Da könnt Ihr jeden in der Stadt fragen! Der lässt keinen einfach so einsperren.« Er legte Valentin eine Hand auf die Schulter. »Geht aufs Rathaus und sprecht mit ihm, wenn Ihr mehr wissen wollt.«

In seinen Augen las Valentin Verständnis, aber auch Entschlossenheit. Der Mann würde seinen Auftrag erfüllen, und im Gegensatz zu Valentin war er bewaffnet und hatte auch noch seinen deutlich skrupelloseren Kameraden dabei.

Mit einem wütenden Schnauben gab Valentin die Tür frei. »Selbstverständlich werde ich aufs Rathaus gehen, darauf könnt Ihr Euch verlassen!« Vergeblich versuchte er noch einmal, Blickkontakt zu Conrad herzustellen. Sein Bruder ließ den Kopf hängen, während die beiden Wachmänner ihn aus dem Haus führten. Krachend fiel die Tür hinter ihnen ins Schloss.

Valentin starrte einen Augenblick auf die Sandsteinfliesen zu seinen Füßen. Dann drehte er sich um. Seine Mutter hockte zusammengesunken auf den Treppenstufen und schluchzte in ihre Schürze. »So beruhige dich doch, Mutter! Du hast recht, es handelt sich gewiss um einen Irrtum. Ich gehe sofort zu Seiler und kläre alles«, versuchte er sie zu trösten, während er ihr auf die Füße half. Dabei gab er sich alle Mühe, zuversichtlich zu klingen. Eine Mordanklage war ein schwerwiegender Vorwurf, und noch wusste Valentin nicht, was ihn auf dem Rathaus erwarten würde. Conrad hatte geschwiegen und seinen Blick gemieden, sodass Valentin keine Möglichkeit gehabt hatte, zu erfahren, wie es in ihm aussah.

Eine Viertelstunde später stand Valentin erneut vor dem großen Eichentisch in der Ratsstube. Heute saß ihm Seiler allein gegenüber. Der Richter las aufmerksam in den Papieren, die vor ihm ausgebreitet lagen. Ohne aufzuschauen, sagte er: »Ihr wisst, dass ich Euch keine Auskunft schuldig bin, Bader.«

Das war eine Feststellung, keine Frage. Daher schwieg Valentin, bis Seiler den Blick hob und ihn mit seinen dunklen Augen fixierte. Es war so still im Raum, dass man das sachte Knistern der Wacholderzweige in der Räucherschale hören konnte.

»Na, schön«, sagte der Richter und lehnte sich zurück. »Wenn Ihr schon mal hier seid, dann habe ich einige Fragen an Euch. Könnt Ihr mir sagen, wann Euer Bruder gestern Abend nach Hause kam?«

Valentin schluckte. Eigentlich hätte er sich denken müssen, dass es so enden würde. Trotzdem antwortete er wahrheitsgemäß: »Ich weiß es nicht.«

»Hm, dann habt Ihr ihn also gestern Abend nicht mehr gesehen?«

»Nein.«

Seilers nächste Frage kam kurz und präzise. »Hat Euer Bruder absichtlich gelogen, was Eckels Tod betraf, oder taugt er nichts als Wundarzt?«

Im Stillen verfluchte Valentin sich, weil er zugelassen hatte, dass er und Conrad sich immer weiter voneinander entfernt hatten. In Wirklichkeit hatte er nämlich nicht die geringste Ahnung davon, was seinen Bruder umtrieb.

»Was denn nun?« Der Richtherr klang gereizt.

»Ich weiß es nicht!« Valentin gab sich keine Mühe mehr, seine Wut zu verbergen.

»Was wisst Ihr überhaupt über Euren Bruder, hm?«

»Dass er kein Mörder ist!«, stieß Valentin zwischen zusammengebissenen Zähnen hervor.

»Ach, ja?« Seiler hob die Augenbrauen. »Wie wir beide wissen, seid Ihr erst seit Kurzem wieder in der Stadt. Wie lange wart Ihr fort? Sieben Jahre?«

Valentin wollte aufbegehren. Er wollte dem Richter entgegenschleudern, dass Conrad schließlich sein Bruder sei, dass sie sich so nahegestanden hatten, wie das nur unter Brüdern möglich war, dass sie alle Geheimnisse geteilt hatten und einander durch und durch kannten! Doch das war lange her, wie Seiler gerade betont hatte. Valentin biss sich auf die Zunge. Dabei schmeckte er eine Bitternis, die in seiner Kehle brannte und in seinem Herzen.

Der Richtherr indes zuckte mit den Schultern. »Na gut, dann werde ich Euch etwas über Euren Bruder erzählen. Er war gestern Abend auf einen Trunk im Ratskeller, wo er in Streit mit Matthes Meißner geriet. Die beiden wurden handgreiflich, aber andere Gäste konnten sie trennen. Euer Bruder drohte Meißner. Er sagte, er würde ihm ein für alle Mal das lästerliche Maul stopfen. Kurze Zeit später fand der Nachtwächter Matthes tot hinter dem Wasserkasten neben dem Rathaus. Er war von hinten erstochen worden.«

Das Ganze klang auch für Valentin schlüssig und sprach eindeutig gegen Conrad, das musste er zugeben. Dennoch warf gerade Seilers letzter Satz Zweifel an Conrads Schuld auf. »Mein Bruder ist aufbrausend, das stimmt. Ich könnte mir vorstellen, dass er einen Mann im Zorn angreifen würde. Aber ihn von hinten erstechen?« Valentin schüttelte den Kopf. »Dazu gehört mehr als der Ärger über ein paar Beleidigungen beim Bier.«

»Nach den Worten der Wirtin war es auch mehr als eine Rüpelei unter jungen Kerlen gewesen. Mein Gerichtsschreiber hat Euren Bruder des Mordes an Ratsherr Eckel beschuldigt.« Seiler kniff die Augen zusammen.

»Aber wieso denn?« Valentin schüttelte den Kopf. Das alles musste ein schreckliches Missverständnis sein!

»Er behauptete, Euer Bruder hätte ein ehebrecherisches Verhältnis mit dessen Frau Magdalena unterhalten. Conrad

98

hätte Eckel getötet, weil der ihnen auf die Schliche gekommen sei.« Seilers Stimme klang verächtlich.

Valentin erinnerte sich daran, dass Matthes Meißner der Neffe des Richtherrn war. »Gibt es dafür Beweise?«, verlangte er zu wissen. Seine Hände fühlten sich feucht an, und er wischte sie unauffällig an seiner Hose ab.

Seiler nickte. »Eckels Tochter hat Euren Bruder heute Morgen ebenfalls beschuldigt. Sie bezeugte, dass er Frau Magdalena gelegentlich aufsuchte, wenn der Ratsherr außer Haus war.« Der Richter strich sich über den grauen Bart. »Zwar wiegt das Zeugnis eines Weibes vor Gericht weniger als das eines Mannes, aber außer Acht lassen kann ich es trotzdem nicht.«

Das Entsetzen überkam Valentin wie eine Flutwelle, die drohte, sein Denkvermögen zu ertränken. Diese Vorwürfe waren schlimmer als alles, was er sich vorgestellt hatte. Sie bedeuteten ein sicheres Todesurteil für Conrad und womöglich auch für die Frau! Was konnte er tun? Hektisch suchte er nach einem Einwand, um zu verhindern, was kommen würde. Aber nichts wollte ihm einfallen. Der Richter ging davon aus, dass die Zeugen die Wahrheit gesagt hatten, sofern er das beurteilen konnte. »Was werdet Ihr tun?« Valentin schluckte, seine Kehle zog sich vor Angst zusammen.

»Na, was schon? Euern Bruder befragen. Gesteht er, wird er gerichtet, wie es in solchen Fällen üblich ist«, erklärte Seiler grimmig.

»Und wenn er nicht gesteht?«, fragte Valentin, obwohl er die Antwort schon kannte.

»Dann wird ihn der Henker hochnotpeinlich anfassen, so wie es Recht und Gesetz bei uns vorsehen.«

Valentin fror und schwitzte zugleich. Was das bedeutete, wusste er nur zu gut. Er hatte es mehrfach mitangesehen und hatte erlebt, wie Menschen unter der Folter die bizarrsten Geständnisse ablegten, die ihr Schicksal endgültig besiegelten.

Die Angst krallte sich tiefer in seine Eingeweide, während ihm bewusst wurde, dass er so gut wie keine Möglichkeit hatte, Conrad zu helfen.

»Allerdings gibt es da ein zeitweiliges Hindernis.« Die schwarzen Augenbrauen des Richters hoben sich. »Ich glaube kaum, dass Meister Hans aus Dresden herüberkommen wird, solange bei uns diese Pestilenz wütet«, sagte er gedehnt.

Einen Augenblick starrte Valentin ihn an, bevor er begriff. Es gab eine Gnadenfrist! Ihm blieb Zeit, sich etwas auszudenken, um seinen Bruder zu retten. Leider hatte Valentin nicht die geringste Ahnung, wie er das bewerkstelligen sollte. Er wusste nur, dass er die Frist nicht ungenutzt verstreichen lassen durfte. Er musste handeln, irgendwie!

So fragte er das Einzige, was ihm dazu einfiel: »Kann ich die Leiche besichtigen?« Die Untersuchung eines Körpers war etwas, womit er sich auskannte. Er wusste, dass er die Zeichen, die der Tod hinterließ, besser erkennen und deuten würde als der Richter oder dessen Gehilfen.

Seiler überlegte einen Augenblick, dann nickte er. »Einverstanden. Aber ich werde Euch dabei auf die Finger schauen, Bader!« Er erhob sich und führte Valentin in den Keller des Rathauses.

Dort hatte man Meißner in einem tonnenförmigen Gewölbe hinter der Trinkstube aufgebahrt. Im Mittelgang zwischen den riesigen Wein- und Bierfässern lag sein Leichnam auf einem rohen Holzgestell. Valentin sah auf den toten Körper hinab und verspürte heftiges Mitleid. Dabei hatte er Matthes kaum gekannt und ihn auch nicht besonders leiden können. Dennoch, welch eine Verschwendung! Er fuhr sich mit beiden Händen über das Gesicht. Neben ihm erklang ein Räuspern. Er spürte den durchdringenden Blick des Richtherrn auf sich, während er versuchte, seine Gefühle zurückzudrängen und seine Aufmerksamkeit zu sammeln.

Langsam und konzentriert atmete er aus, trat noch einen Schritt näher und unterzog den Toten einer ersten Musterung. Zunächst gab es nicht viel zu sehen, Gesicht und Vorderseite des Körpers schienen unverletzt. Mit geübten Griffen drehte Valentin den Leichnam um. Am unteren Rücken war das Wams über und über mit schwarzem Blut getränkt, und er entdeckte die Stelle, an der eine Klinge den Stoff durchschnitten hatte. Er zerrte an dem blutverkrusteten Gewebe, schob das Wams ein Stück nach oben und zog das Hemd aus der Hose des Toten. Dann blickte er sich suchend um. Unter einem der Fässer stand eine Schüssel, in der ein Rest Wein schwamm. Valentin griff danach und schüttete die Flüssigkeit über den halbentblößten Rücken der Leiche. Mit den Fingern wischte er die blutigen Schlieren beiseite. Er betrachtete die Stelle, an der die Klinge in den Körper eingedrungen war, und wünschte, er hätte seinen Instrumentenkasten dabei. Dann entdeckte er einen langen Strohhalm, der an der Hose des Toten haftete, zupfte ihn ab und führte ihn unter dem misstrauischen Blick des Richtherrn in die Wunde ein.

»Hättet Ihr vielleicht die Güte, mir zu erklären, was Ihr da treibt, Bader!«

»Ich möchte herausfinden, wie tief und in welchem Winkel die Klinge in den Körper drang«, entgegnete Valentin, ohne aufzuschauen.

Trotz seiner barschen Worte beugte sich der Richter nun gemeinsam mit dem Bader über die Leiche und verfolgte dessen Tun mit großer Aufmerksamkeit.

Schließlich ließ Valentin den Strohhalm achtlos zu Boden fallen. Er richtete sich auf und sah Seiler an. »Die Klinge hat mit hoher Wahrscheinlichkeit die Niere getroffen. Daran ist Meißner sehr schnell verblutet«, sagte er.

»Wohl kein Zufallstreffer, oder?« Der Richtherr kniff die Augen zusammen.

»Nein«, räumte Valentin ein. »Der Stoß wurde mit sicherer Hand von unten nach oben geführt. Ich glaube, das geschah in der Absicht, den Mann rasch zu töten.«

»Der Mörder wusste also, wohin er zielen musste.«

Valentin nickte zustimmend.

Seiler nickte ebenfalls. »Na, dann habt Ihr es nun selbst bestätigt! Der Mörder kannte sich gut mit der Lage der Organe im menschlichen Körper aus – so wie ein Bader!« Er musterte Valentin, und in seinem Blick lagen Zufriedenheit und Mitgefühl zugleich.

Valentin spürte, wie sich ein Gewicht auf seine Brust senkte. Was war hier soeben geschehen? Er wollte Conrad doch helfen und beweisen, dass sein Bruder unschuldig war! Stattdessen hatte seine Untersuchung bewirkt, dass Seiler noch mehr Hinweise auf Conrads Schuld bekommen hatte. Valentin überlegte fieberhaft, wie er seinen Bruder entlasten könnte.

»Was ist mit einem Landsknecht oder einem Soldaten? Der weiß auch, wie er zustechen muss, um einen Menschen zu töten. Und er ist darin weitaus geübter als jeder Bader!«

»Es war aber kein Landsknecht, mit dem mein Neffe kurz vor seinem Tod in Streit geriet, sondern ein Bader.« Seiler schüttelte den Kopf. »Es war Euer Bruder Conrad!«

»Die Waffe«, stieß Valentin hervor, ohne auf die Worte des Richters einzugehen. »Hat man die Waffe gefunden, mit der Meißner getötet wurde?«

»Nein, der Mörder muss sie mitgenommen haben.« Seiler stutzte, dann verzog er den Mund. »Nun, ich werde wohl gleich noch einmal die Gerichtsknechte in Euer Haus schicken, damit sie danach suchen. Ich schätze, Ihr habt eine reichliche Auswahl spitzer und scharfer Messer in Eurem Behandlungsraum.«

Valentin fühlte hilflose Wut in sich aufsteigen, doch dann fiel sein Blick noch einmal auf den Toten. Er packte den Richter am Arm, um das Licht der Lampe in dessen Hand in einem anderen Winkel auf die Wunde im Rücken zu lenken. »Seht hin!«, forderte er und deutete auf die unmittelbare Umgebung der Wundränder. Dort war auf der Haut schwach ein kreisrunder, zackig auslaufender Abdruck zu erkennen.

»Was ist das?«, murmelte Seiler. »Es sieht fast aus wie eine Sonne.«

»Meißner trug neulich auf dem Friedhof einen Dolch bei sich. Die Klinge war schmal, etwa eine Handspanne lang, der Griff war aus Messing mit einem kreisrunden, gleichmäßig gezackten Handschutz.« Valentin umfuhr das Mal auf dem Rücken des Toten mit dem Zeigefinger. »Eine schöne Waffe und nicht von einem hiesigen Waffenschmied, wie mir schien.«

»Nein, der Dolch stammte aus Florenz und war ein Geschenk seines Vaters. Matthes war sehr stolz darauf und übte den Gebrauch häufig im Fechtsaal«, sagte Seiler. Dann blickte er den Bader verwundert an. »Ihr meint also, er wurde mit seiner eigenen Waffe erstochen?«

Valentin nickte. »Danach sieht es aus. Das hier ist keine Wunde, die von einem beliebigen Messer verursacht wurde. Und offenbar fehlt der Dolch.« Er deutete auf die Scheide aus gebranntem Leder, die leer am Gürtel des Toten hing.

Seiler knurrte und strich sich über den Bart. Es war ihm sichtlich unangenehm, diesen Schluss nicht selbst gezogen zu haben.

Valentin nutzte die Gelegenheit, die Initiative an sich zu reißen. »Matthes Meißner, geübt im Umgang mit dem Dolch, wurde demnach von hinten mit seiner eigenen Waffe erstochen. Das heißt, der Mörder war schnell, stark und erfahren im Töten«, konstatierte er.

Der Richtherr hob den Kopf und kniff die dunklen Augen zusammen. »Und Ihr meint, das würde Euren Bruder als Täter ausschließen?«

Valentin nickte vehement. »Selbstverständlich! Conrad trägt

keine Waffe, soweit ich weiß. Er ist nur ein gewöhnlicher Bader. Ihr müsst nach einem anderen Täter suchen!«

»Das denke ich nicht!«, fuhr Seiler entschieden fort. »Wie mehrere Besucher des Ratskellers bestätigten, hatte Matthes dem Wein gestern Abend weitaus reichlicher zugesprochen, als es sonst seine Art war. Vermutlich gebärdete er sich auch deshalb so streitsüchtig.« Seiler breitete die Hände aus. »Es bedarf keiner besonderen Kunst, einen betrunkenen Mann von hinten anzufallen, ihm den Dolch aus dem Gürtel zu reißen und ihn niederzustechen. Euer Bruder mag vielleicht ungeübt im Umgang mit Waffen sein, aber er war Matthes an Größe und Kraft ebenbürtig. Und er war wütend, sehr wütend. Er hat ihm offen gedroht!«

Valentin lag der Widerspruch auf der Zunge, doch er schluckte ihn hinunter. Ihm war klar, dass es nichts nützen würde, erneut zu beteuern, dass er Conrad eine solche Tat nicht zutraute. Für den Richtherrn zählten nur handfeste Beweise, was Valentin eigentlich befürwortete, denn er hatte erlebt, was nachlässige oder dumme Menschen in einem solchen Amt anrichteten. Im Grunde konnten die Pirnaer froh sein, einen gründlichen Mann als Richter zu haben. Wenn es sich bei dem Beklagten nur nicht gerade um Valentins eigenen Bruder gehandelt hätte.

»Eure bisherigen Erkenntnisse haben mich nicht überzeugt, ganz im Gegenteil«, betonte Seiler ein weiteres Mal. »Euer Bruder bleibt im Gewahrsam. Gesteht er nicht freiwillig, wird er hochnotpeinlich befragt.« Er blickte Valentin, der all seine Felle davonschwimmen sah, durchdringend an. »Es sei denn, Ihr präsentiert mir vor dem Ende der Pestilenz einen anderen Täter. Jemand wird für den Mord an meinem Neffen büßen, das versichere ich Euch!«

Valentin wollte protestieren, schließlich war es nicht seine Aufgabe, Verbrechen aufzuklären! Außerdem hatte er keine

Zeit, denn ab sofort musste er die Kranken in der Arnold'schen Badestube allein behandeln. Andererseits, wenn er Conrad nicht half, dann würde das kein anderer tun.

»Kommt, Bader!« Der Richter wandte sich zum Gehen. »Ich muss mich jetzt um die Ausschweifungen in den Vorstadtschänken kümmern.«

»Darf ich wenigstens mit meinem Bruder sprechen?«, fragte Valentin, während er Georg Seiler die Treppe hinauf folgte. Es würde ihm schon weiterhelfen, wenn er mit Sicherheit wüsste, dass Conrad nichts mit den beiden Morden zu tun hatte.

Der Richtherr schüttelte den Kopf. »Nein! Aber ich werde Euren Bruder noch heute persönlich verhören. Sollte er mir etwas erzählen, das von Belang ist, erfahrt Ihr es als Erster. Mein Wort darauf.«

Kapitel 11

Als Valentin das Rathaus verließ, schwirrte es in seinem Kopf wie in einem Bienenstock. Am liebsten hätte er sich irgendwo verkrochen, um in Ruhe über alles nachzudenken, was sich an diesem Morgen ereignet hatte. Aber dafür war keine Zeit. Sein Bruder saß unter Mordverdacht in der Fronfeste, überall in der Stadt warteten Kranke auf Hilfe, und daheim war die Mutter außer sich vor Sorge.

Da Valentin seinen Medizinkasten nicht mitgenommen hatte und er sich im Augenblick auch nicht in der Lage fühlte, auf die Nöte anderer einzugehen, entschied er, zuerst Magdalena Eckel aufzusuchen. Schließlich begründete sich der Verdacht gegen Conrad in erster Linie auf Meißners Behauptung, sein Bruder habe sich mit Eckels Weib versündigt. Bis zum Eckel'schen Haus waren es nur wenige Schritte. Das Sandsteinportal mit den geschwungenen Rippenbögen und den zierlichen Sitznischen verriet, dass es einem Bürger gehörte, der Wert darauf legte zu zeigen, was er hatte. Allerdings stand der Hausherr mittlerweile nackt wie am Tage seiner Geburt vor seinem Schöpfer, denn jemand hatte ihn unmittelbar vor seinem prachtvollen Haus erwürgt. Während Valentin den Türklopfer bediente, überlegte er, ob Thomas Eckel womöglich wegen seines Geldes sterben musste. Oder war es wirklich ein Mord aus Eifersucht gewesen, wie der junge Meißner behauptet hatte? Kam dafür noch ein anderer als Conrad in Betracht? Valentin hoffte, dass die Eckelin ihm ein paar dieser Fragen beantworten konnte.

Die Stube, in die ihn eine junge Dienstmagd führte, war derart mit Möbeln, Stoffbehängen und Silbergeschirr überladen, dass Valentin sich sofort eingeengt fühlte.

Magdalena, die mit einem Korb Flickwäsche am Fenster saß, bemerkte er erst auf den zweiten Blick. Sie war blass und angespannt, bemühte sich jedoch um ein Lächeln, als er sie begrüßte.

»Ich wünsche Euch ebenfalls einen gesegneten Tag, Valentin Arnold! Was führt Euch in mein Haus?« Ihre Finger zupften am losen Saum eines Lakens.

»Das zu erklären wird ein wenig länger dauern, fürchte ich«, begann Valentin.

»Dann nehmt Platz!« Sie deutete auf einen Stuhl mit hoher geschnitzter Lehne.

Erschöpft ließ sich Valentin darauf fallen. Er merkte sofort, dass das Möbel zwar repräsentativ, aber alles andere als bequem war. Die Hausherrin beobachtete seine Versuche, eine erträgliche Sitzposition zu finden, mit unbewegtem Gesicht. Sie trug nun nicht mehr die weiße Witwenkleidung, sondern einen dunkelblauen Leinenrock und ein dazu passendes Mieder, das sie nur locker geschnürt hatte. Die Ärmel ihres leichten Batisthemdes hatte sie bis über die Ellenbogen hochgekrempelt, und ihr dunkelbraunes Haar war zu einem Zopf geflochten, den sie am Hinterkopf zu einer Krone aufgesteckt trug. Gehalten wurde die Frisur von einem feinen silbernen Haarnetz.

Valentin spürte ihre innere Abwehr und fühlte sich wie ein unerwünschter Eindringling. Ihm waren die Fragen, die er der jungen Frau stellen musste, genauso unangenehm wie ihr. Aber er musste Antworten bekommen, wenn er Conrad entlasten wollte. »Mein Bruder wurde heute Morgen in die Fronfeste gebracht«, begann er. »Man bezichtigt ihn des Mordes an Eurem Gemahl und an Matthes Meißner.«

Magdalena schlug die Augen nieder und zerrte fester am Saum des Lakens. »Ich weiß«, sagte sie leise. »Richter Seiler bestellte mich und meine Stieftochter deshalb heute noch vor dem Morgenmahl aufs Rathaus.«

Valentin nickte, das hatte er vermutet. »Was wollte er von Euch wissen?«

»Ob ich mich des Ehebruchs mit Eurem Bruder schuldig gemacht habe, wie Meißner es gestern in seiner Trunkenheit allen Gästen des Ratskellers verkündet hatte.« Magdalena blickte ihn trotzig an, aber ihr Gesicht war noch einen Hauch bleicher geworden.

»Was habt Ihr ihm gesagt?«

»Dass der Verstand seines Neffen unter dem unseligen Einfluss von Wein und Eifersucht gelitten hat!«, erwiderte sie mit fester Stimme. Noch konnte Valentin bei ihr keine Lüge spüren.

»Eifersucht?«, fragte Valentin, obwohl es ihn nicht direkt überraschte. Schließlich hatte er selbst gesehen, wie aufmerksam Meißner die hübsche Witwe während der Ratssitzung behandelt hatte, und ihm waren auch die begehrlichen Blicke aufgefallen, mit denen Matthes sie betrachtet hatte, wenn er sich unbeobachtet glaubte.

Magdalena seufzte. »Ich fürchte, das zu erklären wird ebenfalls ein wenig dauern.«

Der Bader lehnte sich zurück, um ihr zu signalisieren, dass er bereit war zuzuhören. Je mehr sie von sich aus erzählte, umso besser.

»Mein Ehemann und Paul Meißner waren seit vielen Jahren miteinander befreundet. Was lag also näher, als ihre Kinder miteinander zu verheiraten, um dieses Band weiter zu festigen? Gewiss hätten beide längst einen entsprechenden Vertrag ausgehandelt und die Sache vorangetrieben, wäre ihnen nach Walpurgis nicht die Pestilenz dazwischengekommen«, erklärte Magdalena.

Valentin richtete sich auf, weil die Unebenheiten der geschnitzten Rückenlehne schmerzhaft auf seine Wirbel drückten. Alles, was Magdalena bisher gesagt hatte, klang plausibel. »Was hielt Eure Stieftochter von dem Plan?«, fragte er.

Die Witwe zuckte anmutig mit den Schultern. »Ich glaube, sie hätte liebend gern eingewilligt, die Frau von Matthes zu werden. Aber sie war auch von Eifersucht gepeinigt und unterstellte mir, dass ich ihr den Bräutigam abspenstig machen wolle.«

»Hatte sie Anlass zur Eifersucht?«

»Den habe ich ihr nie gegeben, Gott ist mein Zeuge!« Magdalena schüttelte den Kopf so heftig, dass ihr Haarnetz verrutschte und sich eine dunkle Locke darunter hervorstahl. »Ich mochte Matthes, weil er freundlich zu mir war und mich zum Lachen bringen konnte, anders als …« Sie biss sich auf die Lippen und beugte den Kopf erneut über ihre Flickwäsche.

Valentin wusste, dass sie auch jetzt bei der Wahrheit geblieben war.

»Nun, ich ahnte jedenfalls nicht, dass er offenbar eine heftige Zuneigung zu mir gefasst hatte.«

Das stimmt so nicht ganz, dachte Valentin, aber es tat nichts zur Sache.

»Seine Zuneigung war so stark, dass er sich dem Plan seines Vaters widersetzen wollte – nun, da Ihr nach dem Tode Eures Gatten wieder frei wart«, schlussfolgerte er.

Magdalena nickte betreten. »Er kam vor zwei Tagen her, gestand mir seine Liebe und machte mir einen Heiratsantrag, der junge Tor.« Sie zwirbelte den Saum des Lakens zwischen ihren Fingern. »Als ich ihn zurückwies, war er sehr verletzt, das konnte ich sehen.«

Valentin kratzte sich am Kinn. Magdalenas Verhalten war für ihn nicht ganz nachvollziehbar. »Nun, sein Antrag kam gewiss zu einem unpassenden Zeitpunkt, schließlich habt Ihr eben erst Euren Gemahl unter beunruhigenden Umständen verloren. Und Ihr konntet Euch auch nicht sicher sein, ob der zweite Bürgermeister den Sinneswandel seines Sohnes billigen würde. Doch im Allgemeinen wird von einer Witwe erwartet, dass sie sich wieder mit einem passenden Mann verheiratet, der die Geschäfte des Verstorbenen weiterführen kann.«

Da Magdalena sich dazu nicht äußerte, sondern weiter das Leinen zwischen ihren Fingern rollte, setzte er seinen Gedankengang fort. »Matthes Meißner entstammte einer angesehenen Familie. Er war jung, wohlgeraten und offensichtlich in Euch verliebt. Ich an Eurer Stelle hätte ihn nicht zurückgewiesen.« Er lächelte. Doch als Magdalena den Kopf hob und ihn irritiert ansah, räusperte er sich verlegen. »Oder lag es daran, dass Ihr Eurer Stieftochter gegenüber nicht illoyal sein wolltet?«

»Was? Nein, gewiss nicht! Justina und ich haben uns nie verstanden.« Sie schwieg, und Valentin hatte den Eindruck, dass sie tief in Erinnerungen versunken war. Er bezweifelte, dass diese angenehm waren, denn sie presste ihre Lippen zusammen und ballte die Hände auf ihrem Schoß.

Während Valentin angestrengt nachdachte, wie er das Gespräch wieder auf Conrad bringen konnte, ohne sich direkt zu erkundigen, ob sie mit seinem Bruder die Ehe gebrochen hatte, verdunkelte sich das Zimmer. Ein Fensterflügel sprang auf, und der jähe Luftzug wirbelte Staub herein. Da sich Magdalena nicht rührte, erhob sich der Bader und legte den Riegel wieder vor. Wenige Minuten später entlud sich ein heftiges Gewitter über der Stadt. Eine Weile beobachtete Valentin fasziniert das Toben der Elemente. Ins Grollen des Donners mischte sich das Dröhnen der Kirchglocken, sodass er Magdalena kaum verstehen konnte.

»Ich will keine weitere Ehe eingehen«, sagte sie. »Die mit Thomas Eckel war alles andere als erfreulich, müsst Ihr wissen.« Magdalena biss sich auf die Lippen. »Mein Mann besaß ein aufbrausendes Temperament, und er war häufig der Ansicht, dass ich meine Pflichten als Ehefrau nicht hinreichend erfüllen würde.«

»Er schlug Euch?« Valentin erschrak, als ihm bewusst wurde, dass er laut ausgesprochen hatte, was ihm bei Magdalenas Worten durch den Kopf geschossen war. Das war weder höflich noch klug, und er befürchtete, dass die Witwe das Gespräch nun beenden und ihn vor die Tür setzen würde.

Doch sie schien nichts von seiner Verlegenheit zu bemerken und fühlte sich offenbar nicht gekränkt. Valentin atmete erleichtert auf, als sie weitersprach. »Nicht immer«, sagte sie leise. »Aber er wollte einen Sohn und Erben.«

»Den Ihr ihm nicht schenken konntet?«, fühlte sich Valentin ermutigt zu fragen.

»Ja. Nein.« Magdalena errötete und wirkte nun doch beschämt.

Er wusste, dass er die natürliche Gabe besaß, Vertrauen zu erwecken. In seinen Wanderjahren hatte er diese Gabe weiter geschult, denn im Umgang mit Kranken und Verletzten war sie unerlässlich. Jedoch war er nicht als Heiler in ihr Haus gekommen. Magdalena Eckel war nicht seine Patientin. Aber anstatt sich darüber den Kopf zu zerbrechen, sollte er wohl besser Gott für den günstigen Umstand danken! Schließlich war er hier, um ihr etwas zu entlocken, das eine Frau sonst höchstens ihrem Beichtvater oder ihrer besten Freundin anvertrauen würde. Wohl war ihm nicht dabei, aber schließlich ging es um das Leben seines Bruders. Also wartete er geduldig darauf, dass die junge Witwe fortfahren würde. Eine Zeitlang schien sie mit sich zu ringen, und er fürchtete bereits, sie könnte es sich anders überlegt haben, doch dann begann sie leise zu erzählen. Dabei sah sie aus wie jemand, der sich jählings entschlossen hatte, in ein kaltes, unbekanntes Gewässer zu springen.

»Wahrscheinlich lag es schon an mir, dass mein Gemahl seiner Aufgabe im Ehebett nicht gewachsen war.« Das Rot auf ihren Wangen wurde noch einen Ton tiefer. »Er sagte, ich würde die Lust nicht ausreichend in ihm erwecken.« Sie schlug die

Augen nieder. »Ich habe es versucht, wirklich. Aber Gott weiß auch, dass ich ihn verabscheut habe.« Ihre Stimme war inzwischen so leise, dass Valentin Mühe hatte, sie durch das Rauschen des Regens zu hören. »Alles in mir zog sich vor Ekel zusammen, sobald er mich auch nur berührte.«

Im Geiste sah Valentin den fetten Ratsherrn mit den fauligen Zahnstummeln auf dem Pflaster liegen. Ihn überlief ein Schauder. Tiefes Mitgefühl für die junge Frau erfasste ihn. Natürlich wurden Ehen meist aus vernünftigen Erwägungen geschlossen; Geld und gute Verbindungen spielten dabei eine Rolle. Aber es war wünschenswert, dass sich die Ehepartner eine gewisse Sympathie entgegenbrachten, denn das heilige Sakrament der Ehe setzte den freien Willen voraus. Tatsächlich, dessen war sich Valentin bewusst, hatten junge Mädchen dabei nur ein begrenztes Mitspracherecht. Angebahnt wurde die Eheschließung von ihren Vätern oder anderen älteren Familienmitgliedern.

Magdalena musste ihm seine Gedanken angesehen haben, denn auf einmal sprudelten die Worte regelrecht aus ihr hervor. »Je wütender er wurde, desto weniger wagte ich mich zu rühren. Dann brüllte er, es wäre ihm unmöglich, ein Stück Holz zu begatten. Er schlug auf mich ein, und manchmal suchte er dann mitten in der Nacht das Hurenhaus auf. Die Frauen dort, so behauptete er, verstünden es zumindest, einen Mann zu befriedigen.« Sie spannte einen Zipfel des Stoffes um ihre Faust.

Valentin schämte sich dafür, dass er ihr begierig zuhörte. Doch ihm war bewusst, sobald er anfing, Rücksicht auf sein Zartgefühl oder das anderer zu nehmen, würde er bei seinen Ermittlungen keinen Schritt weiterkommen.

»Kurz nach Neujahr traf er mich bei einer dieser Gelegenheiten so unglücklich, dass ich gegen eine Truhe fiel und das Bewusstsein verlor. Er ließ mich liegen und machte sich auf den Weg in die Holdergasse.«

Valentin biss die Zähne zusammen.

»Justina fand mich. Sie bekam Angst und schickte nach dem Bader.« Magdalena verstummte.

Valentin schluckte. Gleich würde er erfahren, was wirklich dran war an Meißners Bezichtigungen. Trotzdem konnte er die Worte kaum herausbringen, so trocken war sein Mund. »So habt Ihr also meinen Bruder kennengelernt. Aber wie kamen Matthes und Justina darauf, Ihr könntet für Conrad mehr gewesen sein als eine unter vielen Kranken, die er behandelte?«

Magdalena schwieg, und ihr Gesicht verschloss sich.

Valentin seufzte, als er spürte, wie sie sich vor ihm zurückzog. Er brauchte mehr, wenn er seinen Bruder retten wollte! »Ich bitte Euch, Frau Magdalena, bei allem, was Euch heilig ist«, flehte er. »Sagt mir die Wahrheit, wie immer die aussehen mag! Seiler hält meinen Bruder für schuldig. Und in der Tat gibt es einige Fakten, die ihn darin bestärken.«

Magdalena zuckte zusammen. Valentin hörte, wie eine abgewetzte Stelle des Lakens riss.

»Aber da der Richter wegen der Pest im Augenblick weder eine hochnotpeinliche Befragung anordnen noch das Gericht zusammenrufen kann, hat er mir Zeit gegeben, ihn vom Gegenteil zu überzeugen.« Er ließ Magdalena nicht aus den Augen. »Schaffe ich es nicht, den wahren Täter bis zum Ende der Pestilenz zu finden, wird Conrad sterben.«

Magdalena sprang auf, das Laken fiel zu Boden. »Was wollt Ihr von mir hören? Ich habe keine Ahnung, wie Justina auf die unsinnigen Anschuldigungen kam, die sie zuerst Matthes ins Ohr träufelte und später vor Meister Seiler wiederholte!«, rief sie. Aber Valentin hörte die Angst in ihrer Stimme, und er sah auch das heftige Zittern ihrer Hände, die sie hastig zwischen den Falten ihres Rockes verbarg. Es hätte nicht einmal seiner besonderen Gabe bedurft, um zu erkennen, dass die Frau log. Doch auch auf diese Weise hatte er nun Gewissheit: Sie hatte seinem Bruder tatsächlich beigelegen. Valentin schloss die

Augen. Verzweiflung überkam ihn. Nichts, was er bis jetzt erfahren hatte, würde Conrad retten, ganz im Gegenteil!

Ebenso plötzlich, wie das Gewitter begonnen hatte, endete es. Die Strahlen der Sonne ließen die bleigefassten Fensterscheiben in sanftem Gold leuchten. Valentin fuhr sich übers Gesicht. Er war kaum mehr in der Lage, einen gescheiten Gedanken zu fassen.

Trotzdem musste er noch etwas herausfinden. »Vor dem Rat habt Ihr gesagt, Euer Mann hätte keine Feinde gehabt. Aber nach allem, was Ihr mir erzählt habt, war er jähzornig und gewalttätig. Bitte denkt darüber nach, ob es nicht doch jemanden gab, der einen Groll gegen ihn hegte!«

»Gut, das will ich tun.« Die junge Witwe hatte sich inzwischen wieder gefasst.

»Ich danke Euch! Bitte lasst mich wissen, wenn Euch etwas einfällt«, sagte Valentin matt und verabschiedete sich.

Auf dem Weg zur Tür überlegte er, dass Justina ihre schwerwiegenden Vorwürfe trotz allem aus Missgunst und Eifersucht erhoben haben könnte. Er beschloss, dass er am nächsten Tag unbedingt an der Beerdigung des Ratsherrn teilnehmen musste, um sich selbst einen Eindruck von Eckels Tochter zu verschaffen.

Niedergeschlagen machte er sich auf den Weg in die Badergasse. Es graute ihn davor, seiner Mutter davon zu berichten, dass Conrad vorerst in der Fronfeste bleiben musste.

Daheim erfuhr er von der Magd, die tagsüber ins Haus kam, dass seine Mutter schlief. Die zupackende Frau berichtete Valentin, wie sie ihre Herrin am Morgen, als sie kam, um ihren Dienst zu versehen, aufgelöst und tränenüberströmt vorgefunden habe. Nachdem sie ihr entlockt hatte, was sich ereignet hatte, habe sie ihr etwas von dem Beruhigungspulver gegeben, das sie am Vortag gemeinsam zubereitet hatten. Valentin verspürte große Erleichterung, als sie ihm versicherte, sie werde im Hause bleiben, bis er am Abend heimkehre.

Den Rest des Tages widmete er sich seinen und Conrads Patienten. Aber er merkte bald, dass er nur halb bei der Sache war, so sehr er sich auch bemühte, die eigenen Sorgen in den Hintergrund zu drängen. Als die Glocke von St. Marien die sechste Abendstunde verkündete, hatte er gerade in der Siedlung vor dem Schifftor den aufgerissenen Unterschenkel eines Fischers genäht. Der Mann war beim Festbinden seines Bootes auf dem schlüpfrigen Steg ausgerutscht und an einem rostigen Nagel hängengeblieben. Valentin hoffte, der Fischer würde keine Blutvergiftung erleiden, dagegen war er mit seiner Kunst machtlos. Am Röhrkasten vor dem Tor wusch er sich gründlich, denn er wollte anschließend in den Ratskeller gehen. Er hoffte, dort Zeugen des Streits zwischen Conrad und dem jungen Meißner zu finden.

Doch an der Seite des Rathauses, dort, wo sich der Eingang zum Ratskeller befand, erblickte er schon von weitem eine Gruppe von Männern in Handwerkerkleidung, die wild gestikulierten und lautstark redeten. Neugierig trat er näher.

»Erst die Pest und jetze och noch das! Seit Jahren ist es unser vom Herzog verbrieftes Recht, hier Bier und Wein zu trinken, ebenso wie die hohen Herren vom Rat! Was fällt dem Richtherrn ein, einfach den Ratskeller zu schließen?«, schimpfte ein älterer Steinmetz.

Valentin erschrak. Wenn der Ratskeller geschlossen war, wo sollte er dann seine Zeugen auftreiben?

Ein grauhaariger Kannegießer mit dicker Lederschürze schlug dem Steinmetz auf die Schulter. »Recht haste! Angeblich ist das wegen dem Verfall der Sitten. Erst gestern gab's hier eine Prügelei, und in der Nacht wurde der Gerichtsschreiber erstochen. Aber ich glaube trotzdem, das sind nichts als faule Ausreden!«

»Nu, genau!«, schrie ein dicker Schiffer. »In Wirklichkeit wollen die hohen Herren ihren Wein bloß allene saufen! Wegen der Pest kommen keine Waren mehr in die Stadt, und so mancher Wirt hat seine Vorräte inzwischen gänzlich aufgebraucht.«

»Nu, dann gehen wir halt in eine andere Schänke«, brummte der Steinmetz.

»Die meisten sind seit heute och zu. Das soll verhindern, dass sich die Pest weiter ausbreitet, heißt es«, sagte ein anderer.

Valentin horchte auf. Das gehörte zu den Vorschlägen, die er neulich dem Richter und seinem Ratskollegen unterbreitet hatte. Der Bader fragte sich allerdings, ob der Rat die Idee auch aufgegriffen hätte, wenn es nicht die Beschwerde des Pfarrers bei der letzten Ratssitzung gegeben hätte.

Aber er durfte sein eigentliches Ziel nicht aus den Augen verlieren, und so sprach er den Kannegießer an.

»Sagt mal, guter Mann, wart Ihr gestern Abend auch im Ratskeller? Habt Ihr die Prügelei gar mit eigenen Augen gesehen?«

»So wahr ich hier stehe!«, rief der Mann.

»Erzählt mal, wie war das denn wirklich? Man hört so allerlei, aber selten weiß einer was Genaues.« Valentin brauchte sein Interesse nicht zu heucheln.

Der Kannegießer zuckte mit den Schultern und kratzte sich unter seinem ergrauten Bart den Hals. »Also schön, dann hört zu! Ich sitze da so beim Bier, der junge Meißner sitzt einen Tisch weiter. Plötzlich springt der auf und wankt an den Tisch vom Conrad Arnold. Dabei schimpft er den Bader einen Hurenbock und Meuchelmörder. Arnold ist erstmal ruhig sitzen geblieben und hat versucht, ihn nicht zu beachten. Aber Meißner krakeelt weiter, schreit, der Arnold würde es mit Eckels Weib treiben und hätte ihren Ehemann umgebracht, weil der dahintergekommen sei. Was der Bader ihm geantwortet hat, konnte ich nicht hören, weil er zu weit entfernt war. Aber ich habe gesehen, wie er dann aufstand und Meißner eine aufs Maul haute. Der schlug zurück, die beiden verkeilten sich ineinander. Schon waren die übrigen Gäste ebenfalls auf den Beinen. Einige feuerten den Bader an, andere waren für den Gerichtsschreiber. Und ein paar gingen dazwischen.«

»Und dann?« Valentin blickte ihn gespannt an.

»Nu, das war's! Da bin ich abgehauen, weil ich dachte, das wird eine saftige Schlägerei. Aus dem Alter für sowas bin ich schließlich raus«, brummte der Kannegießer.

»Was issn nu, Kilian? Kommste mit, ne andere Schänke suchen, oder willste hier weiter rumlatschn?«, fragte der Steinmetz und zog den Mann am Ärmel.

Der Kannegießer zuckte mit den Schultern. »Wenn Ihr mehr wissen wollt, dann fragt Maths Fogelstrick, den Büttner vor dem Dohnschen Tor. Er war unter denen, die die beiden Kampfhähne trennen wollten.« Er hob die Hand zu einem flüchtigen Gruß, bevor er dem Steinmetz folgte.

Seufzend schulterte Valentin seinen Medizinkasten und schlug den Weg zum Dohnischen Tor ein. Da der Rat Handwerkern, die viel mit Feuer arbeiteten, wegen der steten Brandgefahr innerhalb der Stadtmauern zahlreiche Vorschriften auferlegte, deren Einhaltung er streng kontrollieren ließ, hatte der Büttner sich in der Vorstadt eingerichtet. Auf dem Hof seiner Werkstatt roch es intensiv nach Holz und Feuer. Valentin vernahm Hammerschläge und das Klappern von Metall. Sehen konnte er allerdings niemanden, denn überall lagen Stapel von gespaltenem Eichenholz herum, ein wahres Labyrinth, durch das sich Valentin zunächst kämpfen musste. Im hinteren Teil des Hofes war der Büttner gerade dabei, den letzten Reifen auf ein großes Fass zu ziehen. Neben ihm stand ein noch unvollendetes Fass auf zwei Holzblöcken. In der Mitte des Fasses brannte ein kleines Feuer.

Valentin beobachtete, wie Fogelstrick den Bandzieher mit der beweglichen Lasche immer wieder von Neuem in den Reifen hakte und den langen Griff des Werkzeugs anschließend nach unten drückte. Während er so den eisernen Reifen Stück für Stück über die Dauben zwängte, zitterten die Muskelstränge an seinen Armen vor Anstrengung. Valentin fielen die zahlreichen Brandverletzungen auf, mit denen vor allem Fogelstricks Unterarme, aber auch seine nackte Brust übersät waren.

Endlich schien der Reifen zu sitzen. Der Büttner richtete sich mit einem zufriedenen Stöhnen auf. Er wischte sich den Schweiß von der Stirn und blickte den späten Besucher fragend an. Valentin stellte sich vor und erklärte sein Anliegen.

»Ihr seid also Conrads Bruder!« Fogelstrick musterte ihn nun freundlicher. Er war noch jung, sein Körper kräftig und vital. Aber sein volles braunes Haar war an den Schläfen bereits ergraut, und seine Haut wirkte wie Leder, das mit Feuer gehärtet worden war. Er führte Valentin zu einer Bank im Schatten der Hausmauer, wo ein Krug und ein Becher bereitstanden. »Wollt Ihr auch einen Schluck Wasser?« Als Valentin nickte, drückte er ihm den gefüllten Becher in die Hand. Der Büttner selbst trank in gierigen Zügen gleich aus dem Krug, wobei ihm ein Teil des Wassers über Kinn und Brust lief. Anschließend berichtete er bereitwillig über den Abend im Ratskeller.

»Es war genau so, wie es Euch der Kannegießer erzählt hat. Als Euer Bruder in den Ratskeller kam, bestellte er sich ein Glas Wein und setzte sich zu mir an den Tisch. Wir trinken manchmal zusammen, seit er mich vor zwei Jahren behandelt hat. Eine der Brandwunden, die ich mir bei meiner Arbeit ständig hole, hatte sich böse entzündet.« Er streckte seinen linken Arm vor und deutete auf eine besonders wulstige Vernarbung. »Gestern hatte Conrad sein Glas noch nicht einmal zur Hälfte geleert, als Meißner am Nachbartisch zu krakeelen begann. Der Gerichtsschreiber hatte bereits eine ganze Weile dort gesessen und schon ordentlich gebechert.« Fogelstrick kratzte sich am Nacken. »Seltsam, der tut sonst immer so vornehm und bestellt nie mehr als ein, zwei Gläser.«

Valentin verzog den Mund. Wüsste der Büttner, dass Matthes gestern Abend Magdalenas Absage auf seinen Heiratsantrag verdauen musste, würde er wohl anders darüber denken.

»Er deutete zu uns rüber«, erzählte der Büttner, »sagte etwas zu seinen Freunden und lachte trunken. Zuerst haben wir einfach weggeschaut und uns weiter unterhalten. Kommt schließlich öfter vor, dass einer der jungen Kerle mal über den Durst trinkt. Was er dann so von sich gibt, muss man nicht gleich auf die Goldwaage legen. Doch Meißner wurde immer lauter.«

»Wie hat Conrad reagiert?«

»Er ist aufgestanden und hat gesagt, dass er gern mit ihm vor die Tür geht, falls Meißner was mit ihm klären will. Aber der Gerichtsschreiber fing an rumzubrüllen, dass Euer Bruder die Eckelin vögeln würde und ihren Mann umgebracht hätte, als der dahinterkam. Dann sagte er, dass Arnold sich trotzdem keine Hoffnungen auf das Weib machen sollte, denn ein unehrlicher Bader würde eine Bürgersfrau niemals heiraten können. Ein Bader wäre kaum besser als ein Schinder. Alle Bader wären üble Schelme, und der Conrad hätte die Ketten vom Galgen gestohlen, aber den Haken vergessen.« Der Büttner warf Valentin einen entschuldigenden Blick zu.

»Und dann hat Conrad ihm eins aufs Maul gegeben?«, fragte Valentin, der seinen Bruder bei all dem, was er inzwischen gehört hatte, nur allzu gut verstehen konnte.

Fogelstrick grinste. »Na ja, das konnte er wohl schlecht auf sich sitzen lassen.«

»Nein, natürlich nicht.« Valentin seufzte resigniert.

»Er hat ihm aber wirklich nur ein paar Maulschellen verpasst. Dann wurde er von mehreren Steinmetzgesellen festgehalten. Ich hab mir derweil mit ein paar anderen den Meißner geschnappt, der immer lauter brüllte und um sich schlug.« Fogelstrick wischte sich mit einem schmutzigen Tuch über den verschwitzten Nacken. »Einer der Steinmetze sagte zu Conrad, dass es doch keinen Spaß machen würde, einen zu verdreschen, der bis oben voll ist, weil der dann nichts davon hat.«

»Und was hat Conrad gesagt?«

»Na ja, zuerst hat er nicht auf den Mann hören wollen. Er war stinksauer.« Der Büttner hob die Hände. »Hat gesagt, dass der Meißner für das büßen muss, was er da von sich gegeben hat. Aber schließlich ist er friedlich geworden und hat zu den Steinmetzen gesagt, sie könnten ihn loslassen, weil er jetzt gehen würde. Dann hat er das Geld für seinen Wein hingelegt, und weg war er.«

»Seid Ihr ihm gefolgt?«, erkundigte sich Valentin hoffnungsvoll.

»Leider nicht.« Fogelstrick schüttelte betrübt den Kopf. »Ich dachte, nach dem Spektakel würde er erst mal seine Ruhe haben wollen.«

»Was hat Meißner gemacht?«

»Den haben seine Freunde auf einen Schemel gesetzt und ihm noch ein Glas Wein bestellt.«

»Zu welcher Stunde war das?«

Der Büttner überlegte. »Als ich kurz danach losging, schlug gerade die Bierglocke. Draußen war es noch nicht vollständig dunkel, und das Tor war noch nicht geschlossen. Also muss Euer Bruder den Ratskeller so gegen halb neun verlassen haben.«

Valentin hob die Augenbrauen. Um diese Zeit hatte er noch mit der Mutter in der Küche gesessen und wieder mal vergeblich auf Conrad gewartet. Aber der war erst nach Hause gekommen, nachdem Valentin schon längst zu Bett gegangen war. Also, wo war sein Bruder in der Zwischenzeit gewesen? Valentin schob die Frage vorerst beiseite. Er überlegte, was er von Fogelstrick noch erfahren könnte.

»Hatte Conrad im Ratskeller eine Waffe bei sich?«

Fogelstrick schüttelte den Kopf. »Ne, Euer Bruder war keiner von den jungen Hähnen, die bewaffnet in der Stadt rumlaufen!« Dann kratzte er sich das stopplige Kinn und warf Valentin einen unsicheren Blick zu. »Aber wir haben uns gelegentlich auf dem Fechtboden getroffen, wo wir den Kampf mit dem Dolch geübt haben. Matthes Meißner kam auch oft dorthin. Wir machten Übungskämpfe gegeneinander, und Euer Bruder hatte den feinen Ratsherrenspross beim letzten Kampf sogar besiegt!«

Valentin stöhnte gequält. Das wurde ja immer schlimmer!

»Habt Ihr das dem Richter erzählt?«

»Ne«, Fogelstrick zwinkerte ihm zu. »Unser gestrenger Richtherr hat mich nicht danach gefragt.«

»Vermutlich wird er es trotzdem erfahren.« Valentin vergrub das Gesicht in den Händen. Er fühlte sich vollkommen am Boden.

»Ich glaub trotzdem nicht, dass Conrad den Meißner erstochen hat. Euer Bruder ist ein guter Mann! Ich weiß das, und Gott weiß das auch!« Der Büttner klopfte Valentin ungeschickt auf die Schulter.

»Ihr habt recht«, murmelte Valentin, während er mühsam auf die Beine kam. »Wenn ich das doch bloß beweisen könnte!«

Müde wankte er nach Hause, um sich dem Gespräch mit seiner Mutter zu stellen.

KAPITEL 12

Mit gesenktem Kopf stand Valentin am nächsten Vormittag auf dem Nikolaifriedhof, während Pfarrer Grymer das Totengebet für Thomas Eckel sprach. Der Bader hatte sich einen Platz ein wenig abseits der Trauergemeinde gesucht. Für einen Außenstehenden mochte es so aussehen, als sei er gekommen, um Eckel die letzte Ehre zu erweisen, aus Scham und als Sühne für die Bluttat seines Bruders. In Wahrheit hoffte Valentin, dass Eckel in der Hölle schmoren möge für das, was er Magdalena angetan hatte, und für das Unglück, das sein gewaltsames Ableben über Conrad und ihre Mutter gebracht hatte. Er runzelte die Stirn, als ihm aufging, wie unsinnig es war, einem Toten die Schuld an dessen eigener Ermordung zu geben. Unchristlich waren solche Gedanken in jedem Fall. Aber schließlich, dachte Valentin erbittert, hatte Eckel auch keinen besonders christlichen Lebenswandel geführt. Gewissensbisse empfand er jedenfalls nicht.

Dafür, dass man hier einen gutbetuchten Bürger zu Grabe trug, hatten sich recht wenige Trauergäste auf dem Friedhof eingefunden. Vom Rat konnte Valentin außer Wenzel Hennigke und Georg Seiler nur noch Brosius Moller entdecken. Er fragte sich, ob die anderen Ratsherren die Stadt inzwischen ebenso verlassen hatten wie der zweite Bürgermeister.

Unauffällig ließ er seine Blicke zu Justina Eckel hinüberwandern, die am Fuß des Grabes stand. Für eine Frau war Eckels Tochter ungewöhnlich groß, sie überragte Magdalena fast um einen ganzen Kopf. Ihre Hände, die sie vor dem Bauch gefaltet hatte, wirkten kräftig und zupackend.

Aufmerksam musterte Valentin Justinas Gesicht. Wie ihre ganze Gestalt war es derb und streng, bar jedes weiblichen Liebreizes. Kein einziges Haar schaute unter der weißen Haube hervor, und das Gebände war so straff geschnürt, dass sie vermutlich Schwierigkeiten hatte, den Mund zu öffnen. Natürlich hatte Matthes Meißner ihr die süße Magdalena vorgezogen. Und als sie Witwe wurde, hatte er keinen Augenblick gezögert, sie für sich zu beanspruchen. Valentins Gedankengang geriet ins Stolpern, denn ihm war eine geradezu ungeheuerliche Überlegung gekommen: Hatte der Gerichtsschreiber womöglich eigenhändig dafür gesorgt, dass Magdalena für ihn frei wurde? Er versuchte sich zu erinnern, wie der junge Meißner auf ihrem gemeinsamen Gang zum Friedhof gewirkt hatte. War er unruhig gewesen, ängstlich oder schuldbewusst? Falls es so war, hatte Valentin nichts davon bemerkt. Andererseits war Matthes bei der unmittelbaren Leichenschau nicht mehr dabei gewesen. Stattdessen hatte er die liederlichen Friedhofsgehilfen ins Hundeloch geschafft. Das wäre eigentlich Aufgabe der Stadtwache gewesen. Doch das widerwärtige Betragen der beiden hatte den Gerichtsschreiber zutiefst empört. Valentin konnte das gut verstehen, schließlich hatte er deren Frevel mitansehen müssen. Aber vielleicht war die Sache dem jungen Meißner dennoch zupassgekommen?

Inzwischen wurde der Sarg in die Grube gesenkt, und Grymer besprengte ihn großzügig mit Weihwasser. Dann warf Magdalena die erste Handvoll Erde hinterher. Sie tat es hastig, und auf ihrem blassen Gesicht war keine einzige Träne zu sehen. Justina, die bis dahin ebenfalls beherrscht gewirkt hatte, blieb noch einen Augenblick stehen. Dabei schaute sie wehmütig auf den Sarg ihres Vaters hinab. Trotz ihrer stattlichen Erscheinung wirkte sie jetzt wie ein verlassenes Kind. Der Eindruck verflog, als sie den Blick hob und ihre Stiefmutter hasserfüllt anstarrte.

War es Justina zuzutrauen, dass sie Meißner aus Eifersucht getötet hatte? Valentin schüttelte unwillig den Kopf. Nein, ihre Wut hatte sich eindeutig gegen ihre Stiefmutter gerichtet. Oder hatte sie sich etwa entschlossen, beide zu vernichten? Aber war eine Frau fähig, einen Mann mitten auf dem Markt mit dessen Dolch hinterrücks zu erstechen? Wieder streifte Valentins Blick die kräftige Gestalt von Justina Eckel. Vielleicht, dachte er. Immerhin war es Nacht, und Meißner musste, nach Fogelstricks Beschreibung, arg betrunken gewesen sein. In Valentins linker Schläfe begann es schmerzhaft zu pochen. Übermüdet rieb er sich die Augen. Er fürchtete, je länger sich die Beerdigung hinzog, desto bizarrer wurden seine Gedanken. Wahrscheinlich sollte er eher darum beten, dass Meißner den alten Eckel nicht aus dem Weg geräumt hatte. Ein Toter konnte kein Geständnis ablegen! Außerdem, so dachte er in einem Anflug von Bitterkeit, würde es sowohl Seiler als auch den braven Pirnaern viel besser in den Kram passen, wenn ein anrüchiger Bader den angesehenen Bürger umgebracht hätte und nicht der Sohn eines Ratsherrn.

Erleichtert atmete er auf, als die Trauergemeinde Anstalten machte, den Friedhof zu verlassen. Während Justina, abgelenkt durch Hennigkes Frau, die unablässig auf sie einredete, bereits in Richtung Tor ging, warf die junge Witwe dem Bader einen drängenden Blick zu. Rasch folgte Valentin ihr in den Schutz eines dicken Lindenstammes.

»Mir ist in der Nacht noch etwas eingefallen«, flüsterte Magdalena. Dann berichtete sie hastig, dass sie beobachtet hatte, wie Matthes die beiden Friedhofsgehilfen ins Hundeloch sperren ließ. Vor allem der große Schwarzhaarige habe anschließend getobt wie ein gereizter Bär und dem Gerichtsschreiber Tod und Teufel an den Hals gewünscht. »Meint Ihr nicht auch, dass der nur auf eine Gelegenheit gewartet hat, es dem Matthes heimzuzahlen?«, fragte sie und legte Valentin die Hand auf den Arm. In ihren braunen Rehaugen glomm Hoffnung.

Valentin spürte ebenfalls einen Hoffnungsschimmer, gleichzeitig fürchtete er, dass diese Spur viel zu eindeutig war. Die Wahrheit, das hatte er gelernt, bekam man selten auf einem silbernen Tablett serviert. »Ich werde mich gleich darum kümmern und sehen, was ich herausfinden kann«, versprach er und drückte Magdalenas Hand.

Er hatte ohnehin vorgehabt, sich zu vergewissern, wie es Nickel ergangen war, nachdem die beiden Drecksäcke aus dem Hundeloch freigekommen waren. Zwar plagten ihn gegenwärtig genug andere Sorgen, aber der aufgeweckte Junge, der bei seinem Onkel ein wahrhaft trauriges Dasein fristete, ging ihm nicht aus dem Sinn.

Nachdem Magdalena den letzten Trauergästen gefolgt war, begab sich Valentin zum hinteren Teil des Friedhofs. Dort, wo die Gräber der ärmeren Leute lagen, standen Bäume und Büsche dichter, und der Weg verwandelte sich in einen schmalen Trampelpfad. Es roch nach Erde und vermodernden Pflanzen. Valentin schlug nach einer der Mücken, die ihn mit hungrigem Sirren umschwirrten. Er war gewillt, Conz und Fritz auf den Zahn zu fühlen. Hatten diese verrohten Kerle tatsächlich die erstbeste Gelegenheit genutzt und Matthes in der Nacht nach ihrer Freilassung niedergestochen?

Noch bevor er die kleine Hütte an der Friedhofsmauer erreichte, kamen ihm die beiden Gehilfen auch schon entgegen. Sie trugen Schaufeln auf der Schulter, und der schmächtige Nickel folgte ihnen mit einem Handkarren. Als sie Valentin erblickten, verdüsterten sich ihre Gesichter. Nickel blieb zurück und versuchte dem Bader warnende Blicke zuzuwerfen. Doch Valentin ignorierte das eine wie das andere. Stattdessen trat er näher. »Auf ein Wort, Männer!«

Fritz, der zwar einen halben Kopf kleiner war als Valentin, dafür aber doppelt so breit und schwer, baute sich vor ihm auf, dabei stützte er sich auf den Stiel seiner Schaufel. »Was willst du?« Er zog die Nase hoch und spuckte dem Bader einen Klumpen Schleim vor die Füße. Der Kerl war widerlich wie ein Haufen Hundescheiße, und er roch auch nicht viel besser.

Aber das Geschäft eines Baders brachte nicht nur Wohlgerüche mit sich, und den Umgang mit Körpersäften aller Art war Valentin von Kindesbeinen an gewöhnt. Gelassen verschränkte er die Arme vor der Brust. »Ich will wissen, wo ihr beide in der Nacht wart, in der der Gerichtsschreiber ermordet wurde.«

»Und warum sollten wir das ausgerechnet dir erzählen, hä?« Fritz grinste hämisch.

»Weil ich von Richter Seiler dazu ermächtigt wurde, den Mord an Matthes Meißner zu untersuchen«, erwiderte Valentin. Das entsprach zwar nicht ganz der Wahrheit, doch er hoffte, es würde reichen, die Kerle zu beeindrucken.

Offenbar reichte es nicht, denn das Grinsen auf Fritz' Gesicht wurde noch gemeiner. »Da haben wir aber ganz was anderes gehört, nicht wahr, Conz?« Er stieß den Alten mit dem Ellenbogen an.

»So ist es, Fritz!« Conz kicherte boshaft. Der Alte schien nur aus Knochen zu bestehen, überzogen mit ein wenig zähem Fleisch und ledriger Haut. »Uns hat nämlich ein kleines Vöglein gesungen, dass dein Bruder deswegen in der Fronfeste sitzt. Und das tut uns nicht mal leid! Stimmt's, Fritz?« Er stieß den Dicken ebenfalls mit dem Ellenbogen an.

»Nein, tut es nicht! Obwohl dein Bruder, der Hurenbock, uns damit einen großen Gefallen getan hat. Hab ich recht, Conz?«, grölte Fritz.

»Ja, genauso ist es, Fritz«, krähte der klapprige Alte.

»Und jetzt geh uns endlich aus dem Weg, Bader, damit wir den toten Pfeffersack verbuddeln können, den dein geiler Bruder ebenfalls auf dem Gewissen hat!« Fritz hob drohend die Schaufel und machte einen Schritt nach vorn.

Doch Valentin rührte sich nicht von der Stelle. Er fixierte die beiden Halunken mit festem Blick und betete zu Gott, dass sie es letztlich nicht wagen würden, ihn anzugreifen. Ihm war klar, wenn er jetzt klein beigab, würde er nie etwas von ihnen erfahren.

Das stumme Kräftemessen währte nur kurz, und Valentin konnte sich gerade rechtzeitig zur Seite werfen, als Fritz ihm die Schaufel mit voller Wucht ins Gesicht schlagen wollte. Er duckte sich und riss die Arme hoch, um den zweiten Hieb abzuwehren. Aber statt erneut zuzuschlagen, ließ der Dicke das Werkzeug mit einem Schmerzensschrei fallen und ging in die Knie.

Hinter ihm stand ein breitschultriger Mann in einem speckigen Lederumhang. Langes sandfarbenes Haar fiel ihm über die Augen und verbarg seinen Blick. Neben ihm stand Nickel, über dessen Gesicht ein erleichtertes Lächeln huschte. Valentin sah, wie der Mann Fritz' linken Arm in einer schmerzhaften Drehung nach oben drückte. Mit der anderen Hand hatte er den kahlköpfigen Conz am Ohr gepackt und zog ihn zu sich heran. »Was habe ich euch beiden Galgenstricken aufgetragen?«, knurrte er. »Sagt es mir! Auf der Stelle!«

»Dass wir das Grab von Meister Eckel zumachen sollen«, rief der Alte mit weinerlicher Stimme.

»Was noch?« Der Mann verdrehte Fritz' Arm noch weiter. Valentin vernahm ein leises Knacken. Noch ein Stück, und der Knochen springt aus der Gelenkpfanne, dachte Valentin.

»Dass Ihr dafür sorgt, dass wir aus der Stadt gepeitscht werden, wenn wir hier was anderes machen als unsere Arbeit«, stieß Fritz zwischen zusammengebissenen Zähnen hervor. Er blinzelte wütend, während ihm der Schweiß in die Augen rann.

»Na also! Geht doch!« Der Mann schüttelte sich das Haar aus dem Gesicht, das über und über mit Sommersprossen bedeckt war. Seine braunen Augen, die von einem dichten Kranz rötlicher Wimpern umgeben waren, musterten den Bader voller Neugier. »Ich bin Jobst, der Schinder.« Er grinste. »Und, nach dem Willen des hohen Rates, neuerdings auch Totengräber sowie Unteraufseher über die allgemeine Reinlichkeit in dieser Stadt. Nickel sagt, Ihr kommt im Auftrag des Richters?«

Valentin holte Luft und nickte. »Ich bin Valentin Arnold, der Bader. Ich muss wissen, wo die beiden Halunken vorgestern Abend waren.«

»Na los!« Jobst ließ den Arm seines Gehilfen los. »Antwortet dem Beauftragten des Richtherrn!« Er unterstrich die Aufforderung mit einem Tritt gegen das Bein des Dicken. Rot vor Zorn umklammerte Fritz seinen Arm. Er wagte allerdings keinen Widerspruch. »Wir waren hier im Totengräberhaus«, stieß er hervor.

Conz rieb sich das Ohr. »So war es! Haben was getrunken nach einem anstrengenden Tag voll Arbeit«, nuschelte er. »So wie immer.«

»Kann das jemand bezeugen?«, fragte Valentin und blickte zu Jobst und Nickel. Er spürte auf Anhieb, dass beide Kerle logen.

Der Schinder schüttelte den Kopf. »Ich habe an dem Abend in der Kavillerei nach dem Rechten gesehen.«

Nickel sah mit ängstlichem Blick zu seinem Onkel, dann nickte er rasch. »Es stimmt. Sie waren den ganzen Abend hier, alle beide.«

Noch eine Lüge, dachte Valentin.

Das hämische Grinsen erschien wieder auf dem Gesicht des Dicken. Valentin fragte sich, ob er Nickel dennoch vertrauen konnte. Schließlich hatte der Junge nicht gezögert, den Schinder zu Hilfe zu holen, als sein Onkel mit der Schaufel auf ihn losgegangen war.

»Reicht Euch das, Bader?«, erkundigte sich Jobst. »Wir haben hier noch einen Haufen Arbeit.«

»Ja, das reicht vorerst.« Valentin wollte es sich mit dem wohlwollenden Schinder nicht verscherzen. Er ahnte, dass die Zeit des Mannes ähnlich knapp bemessen war wie seine eigene. Aber er nahm sich vor, Nickel später noch einmal unter vier Augen zu sprechen.

Den Rest des Vormittags verbrachte Valentin damit, einen gebrochenen Arm zu richten, einen Furunkel aufzuschneiden, mehrere Zähne zu ziehen und eine brandige Zehe zu amputieren. Nachdem er hastig zu Mittag gegessen hatte, brach er auf, um nach den Kranken zu sehen, die nicht in der Lage waren, ihn im Baderhaus aufzusuchen. Wieder musste er feststellen, dass einige Kranke, bei denen er Pestbeulen entdeckt hatte, der Seuche inzwischen erlegen waren. Von Tag zu Tag schien der Schwarze Tod mehr Opfer zu fordern, und am meisten schmerzte es ihn, dass wieder mehrere Kinder dazugehörten. Er hatte das Gefühl, dass die Seuche die Stadt langsam ausbluten ließ. Obwohl Valentin am Abend todmüde war, beendete er seinen letzten Krankenbesuch weit nach Einbruch der Dunkelheit. Beschämt gestand er sich ein, dass er nicht nur deshalb so lange gearbeitet hatte, weil es seine Pflicht verlangte, sondern auch, weil es ihm davor graute, seiner Mutter von der erfolglosen Suche nach dem Mörder zu berichten. Noch immer hatte er nichts in der Hand, um seinen Bruder zu entlasten. Obwohl er es inzwischen für wahrscheinlich hielt, dass die beiden Friedhofsgehilfen Matthes Meißner auf dem Gewissen hatten, fehlte ihm nach wie vor ein Täter für den Mord an Eckel.

KAPITEL 13

Valentin hatte vorgehabt, am Morgen aufs Rathaus zu gehen, um Georg Seiler gleich nach der Ratssitzung abzupassen. Einerseits wollte er in Erfahrung bringen, was der Richter bisher zur Aufklärung der beiden Mordfälle unternommen hatte, andererseits wollte Valentin ihm mehr über seinen Neffen Matthes entlocken. Selbstverständlich konnte er Seiler nichts von seinem Verdacht gegen den eifersüchtigen Gerichtsschreiber erzählen. Der Richtherr würde denken, das wären die Hirngespinste eines Mannes, der mit allen Mitteln seinen Bruder vor der Hand des Henkers bewahren wollte. Während sich Valentin noch fragte, ob er wirklich so verzweifelt war, meldete die Magd ihm die Ankunft eines Verletzten.

Der Mann war beim Holzhacken abgerutscht und hatte mit dem Beil das eigene Bein getroffen. Doch da er es noch aus eigener Kraft bis zum Baderhaus geschafft hatte, ging Valentin davon aus, dass dabei kein größeres Blutgefäß durchtrennt worden war. Nachdem er dem Pechvogel zu seinem Glück gratuliert, die Wunde gereinigt, genäht und verbunden hatte, stand schon der nächste Verletzte vor der Tür des Behandlungsraums. Valentin kannte den Mann. Meister Kempe war der Schmied, bei dem sein Vater stets alle seine Messer und Klingen gekauft hatte. Kempe hatte sich in der vergangenen Woche den linken Arm an einem glühenden Eisen verbrannt. Die Wunde schwärte und stank bereits, sodass Valentin eine Weile brauchte, bis er sie gereinigt und versorgt hatte.

»Wenn Ihr Euren Arm behalten wollt, Meister Kempe, seid Ihr morgen zur gleichen Zeit wieder hier. Und haltet ihn so lange ruhig!« Mit dieser Anweisung schickte Valentin den Schmied nach Hause. Dann band er seine blutbesudelte Schürze ab und wusch sich, bevor er sich eilig auf den Weg zum Markt machte.

Er hatte Glück, die Sitzung war zwar längst vorbei, aber der Richter saß noch immer in der Ratsstube.

»Ihr braucht gar nicht erst fragen, Bader! Bisher hat sich niemand bei mir gemeldet, um den Mord an Eckel und meinem Neffen zu gestehen.« Seilers dunkle Augen blitzten sarkastisch, doch sein hohlwangiges Gesicht wirkte noch abgezehrter und erschöpfter als vor drei Tagen. »Dafür hat sich mein Verdacht gegen Euren Bruder weiter erhärtet.« Der Richter hob den Daumen seiner rechten Hand. »Zum einen hat sich herausgestellt, dass Conrad Arnold durchaus mit dem Dolch umzugehen weiß, da er vor Ausbruch der Pest regelmäßig Übungsstunden im Fechthaus vor dem Obertor nahm.« Valentin schwieg. Er hatte damit gerechnet, dass Seiler davon erfahren würde. »Zum Zweiten«, der Richter hob nun auch den Zeigefinger, »habe ich Zeugen vernommen, die Euren Bruder in der Nacht von Eckels Tod vor dessen Haus gesehen haben. Und zum Dritten«, Seilers Mittelfinger schnellte nach oben, »hat Euer Bruder dies nicht einmal geleugnet!«

Valentin presste die Lippen zusammen. Schon wieder Fakten, die gegen Conrad sprachen! Im Stillen verfluchte er den Richter, der ihm nicht gestatten wollte, seinen Bruder selbst nach all den Ungereimtheiten zu fragen.

»Er war allerdings nicht bereit, mir zu erzählen, was er dort wollte.« Seiler schnaubte. »Doch um verstockte Sünder zum Reden zu bringen, haben wir schließlich Meister Hans, nicht wahr? Spätestens wenn der Hand anlegt, wird sich auch herausstellen, ob die Gerüchte über das sündhafte Treiben Eures Bruders mit Magdalena Eckel der Wahrheit entsprechen.«

»Also hegt Ihr selbst noch Zweifel«, hakte Valentin ein. »Und das, obwohl Eckels Tochter und Euer eigener Neffe Magdalena des Ehebruchs bezichtigt haben?« Er trat einen Schritt an den Tisch, hinter dem Seiler hockte wie ein großer verärgerter Rabe. »Aber schließlich seid Ihr ein erfahrener Richter. Und als solcher nehmt Ihr gewiss nicht jede eifersüchtige Unterstellung für bare Münze.« Er hatte sich bemüht, jeden Spott aus seiner Stimme zu verbannen. Aber als Seiler aufsprang und für einen Mann seines Alters erstaunlich behände um den Tisch herumkam, ahnte Valentin, dass ihm dies nicht ganz gelungen war. Auge in Auge standen sie sich gegenüber, und Valentin wagte nicht einmal zu blinzeln.

»Ja, ich habe Erfahrung!«, stieß Seiler hervor. »Und ja, mein Neffe war vernarrt in Eckels junges Weib. Meinem Schwager wäre es vermutlich egal gewesen, ob Matthes Eckels hübsche Witwe oder dessen übellaunige Tochter geheiratet hätte. Er sah eine günstige Gelegenheit, der Konkurrenz ein Schnippchen zu schlagen, wenn er seine geschäftliche Verbindung zum Hause Eckel durch familiäre Bande besiegelte. Ich habe Matthes dennoch geraten, nichts zu überstürzen. Aber der verliebte Narr konnte es nicht erwarten! Und nun ist er tot.« Seilers Augen loderten. »Dafür wird jemand büßen!«

Valentin wich einen Schritt zurück, doch Seiler kam ihm nach. »Wenn Ihr nicht wollt, dass das Euer Bruder ist, dann bringt mir endlich einen anderen Schuldigen! Sobald Meister Hans eintrifft, werde ich meine Zweifel nämlich über Bord werfen.« Die Stimme des Richters war leiser geworden, aber Valentin glaubte ihm jedes Wort.

»Und nun macht Euch wieder an Eure Arbeit! Sicher habt Ihr genug zu tun, nachdem die Anzahl der Pesttoten unaufhaltsam steigt und im Kloster keine Kranken mehr aufgenommen werden können, weil die Hälfte der Mönche mittlerweile ebenfalls gestorben ist.« Er schüttelte den Kopf. »Lasst mich hier meine Arbeit tun! In den letzten Tagen häufen sich die Plünderungen verlassener Häuser und Werkstätten, und vorhin habe ich erfahren, dass auch Bürgermeister Hennigke die Stadt verlassen wird. Seine Familie hat er schon mal vorausgeschickt.« Seiler ballte die Fäuste. Er schien noch mehr sagen zu wollen, kehrte jedoch abrupt an den Tisch zurück, nahm eine der Akten und begann darin zu lesen. Valentin war entlassen.

Wenn es stimmte, was Seiler über die Lage im Kloster sagte, dann würde ab heute noch mehr Arbeit auf ihn zukommen. Er fragte sich, ob außer ihm, dem alten Friedrich, dessen Barbierstube nur eine Gasse weiter lag, und Hannes Köpchen aus der Brüdertorvorstadt überhaupt noch ein Bader in Pirna zu finden war. Inständig hoffte er, dass er am Abend noch genügend Kraft für einen Besuch bei Meister Fogelstrick besitzen würde. Vielleicht konnte der Büttner ihm mehr über Matthes Meißner erzählen.

Als der Abend kam, schmerzte Valentins Rücken und seine Füße brannten. Außerdem war er hungrig, denn zum Essen war er seit dem Morgen nicht mehr gekommen. Doch nicht nur sein Magen war leer, auch sonst fühlte er sich wie ausgehöhlt. Einige der Kranken, die er heute besucht hatte, würden die Nacht nicht überleben, und auch das Schicksal der übrigen lag allein in Gottes Hand. Erneut hatte der Allmächtige ihm gezeigt, dass all das Wissen und all die Fertigkeiten, die er sich in den vergangenen Jahren mit Eifer angeeignet hatte, im Grunde nur eitler Trug waren. Während sich Valentin auf den Weg zum Obertor machte, hielt ihn nur noch der Gedanke an Conrad auf den Beinen. Um das Leben seines Bruders würde er bis zum Schluss kämpfen – auch wenn der Herrgott oder Richter Seiler ihr Urteil womöglich schon gefällt hatten!

Im schwindenden Tageslicht arbeitete Meister Fogelstrick wieder allein auf seinem Hof. Auf einer rohen Tischplatte, die über zwei Böcken lag, fügte er armlange Bretter mit hölzernen

Dübeln zusammen. Die Spalten dazwischen dichtete er sorgfältig mit Schilf ab. Er hob den Kopf und erwiderte Valentins Gruß.

»Wie kann ich Euch heute helfen, Arnold?« Mit zwei kräftigen Hammerschlägen fügte er ein letztes Brett an. Zufrieden musterte er die entstandene Platte, dann ergriff er einen großen eisernen Zirkel.

Valentin stellte seinen Medizinkasten ab und hockte sich darauf. »Ich komme heute in der Hoffnung, Ihr könntet mir etwas über Matthes Meißner erzählen.«

»Den Gerichtsschreiber?« Der Büttner ließ den Zirkel auf dem Holz kreisen und so den Grundriss für einen Fassboden entstehen. »Er kam zwar oft in den Ratskeller, aber dort saß er meist an den Tischen der einflussreichen Bürger. Bei denen, die die Geschicke unserer Stadt lenken.«

»Wart Ihr auch an dem Abend dort, als Meister Eckel ermordet wurde? Habt Ihr dabei vielleicht den jungen Meißner gesehen?«, drängte Valentin.

»An jenem Abend?« Fogelstrick legte den Zirkel beiseite und kratzte sich im Nacken. »Lasst mich überlegen.«

Valentin beobachtete ihn gespannt. Der Büttner trug heute ein Hemd, denn der Tag war kühl gewesen, und unter den Holz- und Rauchgeruch, der über dem Hof lag, mischte sich bereits die Feuchte des Abendnebels.

Fogelstrick nickte schließlich. »Ja, an dem Abend war ich dort. Ich erinnere mich genau, weil das der einzige Tag war, an dem ich in den letzten Wochen ein Fass verkauft habe.« Er zuckte betrübt mit den Schultern. »Wer braucht schon Fässer, in Zeiten wie diesen, wo es kaum noch was zu kaufen gibt, das man hineinfüllen kann, nicht wahr?«

»Trotzdem arbeitet Ihr weiter?«

»Was soll ich denn sonst tun? Mein Weib und meine beiden Söhne, stämmige Jungen, wie kleine Eichen so kernig«, Fogelstrick schluckte, »sie gehörten zu den Ersten, die sich der Schwarze Tod in diesem Sommer holte. Mich scheint er nicht zu wollen.« Er stieß ein trauriges Lachen aus. »Bin ihm wahrscheinlich zu zäh und zu vernarbt. Und so baue ich halt weiter meine Fässer und Bütten.« Der Büttner deutete auf das gestapelte Daubenholz ringsum. »Zumindest solange ich noch Holz habe, mit dem ich arbeiten kann.«

Am liebsten wäre Valentin aufgestanden, um den Mann tröstend in den Arm zu nehmen, aber dazu war er zu erschöpft, und natürlich hätte es sich auch nicht geschickt. Also kam er wieder auf sein Anliegen zu sprechen. »Erinnert Ihr Euch, ob Meißner damals auch im Ratskeller war?«

Fogelstrick nickte bedächtig. »Ja, der war auch da, saß mit dem Sohn von Bürgermeister Hennigke und noch einem anderen zusammen.«

»Ist Euch irgendetwas an ihm aufgefallen? Hat er sich anders verhalten als sonst?«

»Ne! Er hat sich weder betrunken noch rumkrakeelt wie an dem Abend, bevor er umgebracht wurde. Und er ist schon zeitig gegangen.«

»Zeitiger als gewöhnlich?«

»Hm, kann sein.«

Valentin schwieg. Viel hatte er nicht erfahren, und weitere Fragen wollten ihm nicht einfallen. Also verabschiedete er sich und machte sich auf den Heimweg.

Zu seiner großen Überraschung fand er bei der Mutter in der Küche einen Gast.

»Guten Abend, Bader!« Tscherna erhob sich mit einem breiten Lächeln und streckte die Hand aus. Valentin schüttelte sie verwundert.

Der Kräuterhändler deutete auf ein kleines, leinenumwickeltes Päckchen. »Ich habe Euch doch versprochen, dass Ihr Vanille kriegt, sobald ich eine neue Lieferung bekomme.«

»Wie, in drei Teufels Namen, kommt Ihr in solchen Zeiten an exotische Gewürze, besonders an die leicht verderbliche Vanille?« Valentin hatte nicht wirklich damit gerechnet, dass Tscherna sein Versprechen einlösen würde.

»Na, na!« Der Kräuterhändler drohte mit dem Finger und lachte. »Das werde ich Euch gewiss nicht verraten, sonst kauft Ihr das nächste Mal gleich bei meinem Lieferanten!«

»Also wirklich, Valentin!«, mischte sich seine Mutter ein. »Es gehört sich nicht zu fluchen, noch dazu vor einem Gast! Und solche Fragen zu stellen gehört sich auch nicht. Jetzt setz dich endlich, damit ich das Essen auftragen kann! Ich habe Meister Tscherna eingeladen, das bescheidene Mahl mit uns zu teilen.«

Valentin setzte sich, während er Tschernas erheiterten Blick mit einem Lächeln erwiderte. Vor lauter Hunger war ihm flau im Magen, aber er hatte trotzdem bemerkt, dass seine Mutter zum ersten Mal seit Conrads Verhaftung wieder etwas lebhafter wirkte.

»Es ist so schön, wieder einmal einen Gast bei Tisch zu haben!«, sagte sie und füllte die Teller. »Seit Wochen verkriechen sich alle, die noch nicht geflohen sind, vor Angst in ihren Häusern. Und seit Conrad verhaftet wurde, meiden mich die Leute sogar auf der Straße.« Die gramvollen Falten neben ihren Mundwinkeln vertieften sich.

»Ich habe von den Anschuldigungen gehört, die gegen Euren Sohn erhoben wurden, Meisterin. Zwar kenne ich Conrad noch nicht lange, aber ich bin überzeugt, dass er die beiden Männer nicht getötet hat«, versicherte Tscherna. Sein Gesicht war ernst geworden. »Doch leider ist es nun mal so, dass die Leute am Ende immer einen Sündenbock wollen, dem sie alle Schuld zuschieben können.«

Das meint er ehrlich, dachte Valentin. Auch wenn die Wege, auf denen er an seine Ware kommt, mit Sicherheit ein wenig krumm sind, scheint er doch ein guter Kerl zu sein. Er nickte dem Kräuterhändler zu und fiel dann ausgehungert über den Eintopf her, der heute reichhaltiger ausgefallen war als in den letzten Tagen. Auch Tscherna widmete sich bald hingebungsvoll dem Inhalt seiner Schüssel.

Nach dem Essen ging die Mutter in den Keller, um Wein zu holen. Aus den wohlwollenden Blicken, die sie ihrem Gast zugeworfen hatte, schlussfolgerte Valentin, dass sie einen Krug vom Fass mit dem süffigen Rheinwein zapfen würde statt vom billigeren Postaer. Sein Besuch bei Fogelstrick fiel ihm wieder ein, und er fragte sich, ob in diesem Jahr an den Hängen auf der anderen Elbseite überhaupt jemand Wein ernten würde.

»Ihr seht bedrückt aus, Bader.« Tschernas angenehme, tiefe Stimme holte ihn aus seinen Gedanken. »Wie man sich in der Stadt erzählt, ist Richter Seiler noch nicht restlos von der Schuld Eures Bruders überzeugt. Er soll Euch sogar ermutigt haben, Nachforschungen zu den beiden Morden anzustellen. Aber damit steht es wohl nicht zum Besten, oder?«

Wieder einmal wunderte sich Valentin, wie rasch sich jede Neuigkeit selbst in dieser schweren Zeit in der Stadt verbreitete. Er nickte. Ein andermal wollte er Tschernas Angebot, mit ihm über seine Nachforschungen zu sprechen, gern annehmen, aber heute war er einfach zu erschöpft. Außerdem hatte er bisher kaum etwas Brauchbares erfahren. Also schwieg er und trank von dem Wein, den die Mutter ihnen inzwischen eingeschenkt hatte.

»Ich verstehe.« Tscherna sah ihn aufmerksam an. Valentin bemerkte, dass der Mann ganz außergewöhnliche Augen hatte: bernsteinfarben mit goldenen und grünen Einsprengseln. »Unter diesen Umständen hattet Ihr gewiss noch keine Gelegenheit, ein gutes Wort auf dem Rathaus für mich einzulegen.«

»Die Fürsprache, damit Ihr eine Apotheke eröffnen könnt«, erinnerte sich Valentin. »Nein, der rechte Augenblick dafür hat sich noch nicht ergeben. Der Richtherr war heute ziemlich schlecht gelaunt, weil der Bürgermeister nun auch die Stadt verlässt.«

»Ach ja?« Tscherna setzte seinen Becher so hart auf den Tisch, dass der Wein darin überschwappte. »Raffgierige Feiglinge sind das allesamt, diese Pirnschen Ratsherren! Selbst mit dem Satan würden die sich verbünden, um ihren eigenen Arsch zu retten!« Sein gutaussehendes Gesicht verzog sich, seine Augen glühten, und seine Stimme klang hart wie Damaszenerstahl.

»Nun ja, vielleicht nicht alle«, sagt Valentin beschwichtigend. »Ein paar sind noch hier, allen voran Richter Seiler. Der nimmt die Verantwortung, die er seinem Amt schuldet, wirklich ernst.« So viel musste Valentin dem Richter lassen, auch wenn ihr Gespräch heute wenig ersprießlich verlaufen war. »Er arbeitet zurzeit für drei.«

»Ein Gerechter unter lauter Sündern«, sagte Tscherna bitter. Er fuhr sich mit beiden Händen übers Gesicht. »Was denkt Ihr, wird Paul Meißner zurückkehren, um seinen toten Sohn unter die Erde zu bringen?«

Valentin zuckte mit den Schultern. Seiler hatte kein Wort darüber gesagt.

Erst als sich die Mutter mit einem Korb Flickwäsche zu ihnen gesellte, schien Tschernas Zorn verraucht zu sein. Valentin rechnete es dem Mann hoch an, dass er noch ein wenig blieb, um sie mit lustigen Geschichten aufzuheitern. Als fahrender Händler war er so weit in der Welt herumgekommen wie Valentin selbst und hatte dabei auch allerhand erlebt.

KAPITEL 14

Als Valentin an diesem Morgen die Küche betrat, stand die Magd allein am Herd. Sie war die Einzige gewesen, die Conrad nach Schließung der Badestube weiter entlohnen konnte. »Wo ist meine Mutter, Agnes?«, erkundigte er sich, nachdem er am Tisch Platz genommen hatte.

»Die Baderin fühlt sich nicht wohl und hat sich noch mal hingelegt«, sagte die Frau.

»Was?« Valentin ignorierte die dampfende Schüssel, die sie ihm vorsetzte, und sprang auf. »Warum erfahre ich das erst jetzt?«

»Weil Eure Mutter mir ausdrücklich verboten hat, Euch zu wecken. Es ist nur eine Erkältung, die sie mit etwas Ruhe allein kurieren kann, hat sie gesagt.« Da Valentin keine Anstalten machte, sich zu setzen, fügte sie hinzu: »Sie hat gedroht, sich in ihrer Kammer einzuriegeln, falls Ihr es wagt, sie zu stören.«

Valentin ließ sich auf die Küchenbank fallen und griff nach seinem Löffel. Das war seiner Mutter zuzutrauen, denn sie hatte es schon immer vermieden, viel Aufhebens um sich selbst zu machen. Während er den Hirsebrei aß, der ein wenig angebrannt schmeckte, sah er der Magd bei der Arbeit zu. Agnes scheuerte den Kessel, in dem sie den Brei gekocht hatte. Sie hatte die Ärmel über die sehnigen Arme nach oben gerollt und widmete sich ihrer Aufgabe mit Energie und Sorgfalt. Ihm gefiel die ruhige Gelassenheit, die von ihr ausging. Es sah nicht so aus, als würde Agnes sich ernsthaft Sorgen um das Wohlergehen der

Hausherrin machen. Valentin beschloss, es ihr gleichzutun und sich den Aufgaben des Tages zu widmen, anstatt sich schon am Morgen ängstlichen Grübeleien hinzugeben. Er stand auf, schöpfte Wasser aus dem Fass neben der Tür und trank es gleich aus der Kelle. Dabei überlegte er, sich heute bei Magdalena nach möglichen Feinden ihres Ehemanns zu erkundigen. Vielleicht gelang es ihm später auch, Nickel unter vier Augen zu erwischen.

Als erster Patient betrat wenig später Meister Kempe den Behandlungsraum. Valentin entfernte den Verband, um die Wunde begutachten zu können. Währenddessen redete der Schmied ununterbrochen. »Ich habe meinen Arm still gehalten, so wie Ihr gesagt habt. Hab schon daran gedacht, die Werkstatt ganz zu schließen, aber wovon sollen wir dann leben? Auch wenn ich längst nicht mehr so viele Aufträge habe wie vor der Pest, die Leute brauchen meine Messerklingen, und ich brauch die Pfennige und Groschen, die sie dafür zahlen.«

Zu seinem Bedauern stellte Valentin fest, dass seine gestrigen Versuche, die Wunde zu reinigen, zu zaghaft gewesen waren.

»Tut mir leid, Meister, aber ich muss tiefer ausschaben. Beißt die Zähne zusammen und haltet still«, erklärte er und griff nach seinen Instrumenten.

»Keine Sorge!« Der Schmied winkte ab. »Tut einfach, was nötig ist«, brummte er, um sich sogleich wieder seinem vorherigen Thema zu widmen. »Obwohl ich mich frage, wie lange man in der Stadt für sein Geld überhaupt noch was kaufen kann. Erst gestern hat wieder ein Bäcker zugemacht. Und Fleisch wird inzwischen zu solchen Wucherpreisen verkauft, dass man selbst am Sonntag Gras fressen möchte, wie das liebe Vieh.«

Als Valentin begann, mit einem scharfen Löffel den Eiter aus der Wunde zu schaben, verstummte der redselige Schmiedemeister jäh. Stattdessen biss er die Zähne so fest aufeinander, dass die Muskeln an seinem Kiefer hervortraten. Valentin warf ihm einen prüfenden Blick zu. Er bemühte sich, schnell und doch präzise zu arbeiten. Von der Straße drang das schrille Läuten eines Glöckchens, dann ertönte eine kräftige Stimme: »Hört, Ihr Bürger! Bringt Eure Toten heraus!«

»Ha! Jetzt holt der Schinder die Leichen ab, nachdem er in der Nacht die Kadaver der Ratten und Hunde von den Gassen gesammelt hat«, stieß Kempe hervor. »Was meint Ihr, Bader, wie lange wird das Sterben noch so weitergehen?«

»Ich weiß es nicht«, gab Valentin zu. »Allerdings verschwindet die Pestilenz meist, sobald der Frost einsetzt.«

»Dann sollten wir uns freuen, dass es endlich kälter geworden ist«, brummte Kempe. Er zuckte zusammen, als Valentin die Wunde vor dem Verbinden mit Wein spülte. »Zur Hölle mit Euch, Bader, gebt mir das Zeug lieber zu trinken!« Er schüttelte sich, bevor er weitersprach. »Allerdings frag ich mich, wie viele, die die Pest jetzt überleben, im Winter am Hunger krepieren werden. Die Ernte wird karg ausfallen. Ich habe gehört, in den Dörfern ringsum wütet die Pest inzwischen so arg wie bei uns.«

Valentin nickte, während er die Wunde locker mit einem Verband bedeckte. Auch er hatte Gerüchte vernommen von Siedlungen, in denen kein einziger Mensch mehr am Leben war.

Als er die Tür öffnete, um den Schmied zu entlassen, sah er, dass sich in der Halle bereits weitere Kranke eingefunden hatten.

Er arbeitete ununterbrochen, bis das Mittagsläuten von St. Marien zu hören war. Da steckte die Baderin den Kopf ins Behandlungszimmer, um ihrem Sohn zu verkünden, dass das Mittagessen auf dem Tisch stünde. Valentin, der erleichtert feststellte, dass seine Mutter zwar ein wenig blass, aber nicht wirklich krank aussah, wollte ihr gerade in die Küche folgen, da klopfte es lautstark an der Haustür.

»Kaufmann Weyner, der im Haus zur Traube am Kirchplatz wohnt, bittet Euch inständig, nach seiner Tochter zu sehen. Das

Kind leidet unter Übelkeit und Kopfweh«, erklärte ein junger Knecht aufgeregt.

»Geh, mein Junge, geh«, drängte die Baderin ihren Sohn. »Der Weinhändler hat eben erst seinen kleinen Sohn verloren. Und sein Weib, so wird erzählt, ringt auch mit dem Schwarzen Tod.«

Unterwegs erfuhr Valentin, dass Weyner für seine Frau eigens einen Medicus aus Dresden geholt hatte, und als der nicht helfen konnte, habe sich der Kaufmann an eine zauberkundige Alte gewandt. Was die Zaubersche mit der Frau angestellt hatte, wusste der Knecht nicht zu sagen, aber die Weynerin war in der Früh verstorben. Dafür litt das Mädchen, wie Valentin erleichtert feststellte, nur an den Folgen einer simplen Gehirnerschütterung. Sie hatte sich den Kopf gestoßen und würde mit Gottes Hilfe rasch genesen.

Das kurze Glücksgefühl, das er daraufhin empfunden hatte, verflog, als er in der Schifftorvorstadt mehrere Häuser aufsuchen musste, in denen der Schwarze Tod wütete. Jeder dieser Besuche war auf seine Weise furchtbar. Neben dem letzten Haus wucherten zwei üppige Rosensträucher, deren Blüten solch einen süßen Duft verströmten, dass Valentin einen Augenblick wie verzückt stehenblieb. Umso härter traf ihn das Grauen, das ihn hinter der Tür erwartete: Eine junge Frau, deren Mann bereits in der vergangenen Woche an der Pest gestorben war, hatte sich selbst getötet. Die Nachbarin hatte die Frau in der Diele gefunden und flehte Valentin nun weinend an, nach den Kindern zu sehen, da sie sich nicht weiter hineinwage. Schon als Valentin beim Öffnen der Tür den Geruch faulender Früchte bemerkte, ahnte er, was geschehen war. Er durchquerte die Diele, wo er die Leiche der Hausherrin entdeckte. Sie hatte sich, vermutlich nachdem sie Anzeichen der Pest an sich erkannte, die Pulsadern aufgeschnitten, sodass der süßliche Gestank der Pest vom Geruch ihres Blutes überlagert wurde. Valentin betrat die angrenzende Kammer. Dort fand er die drei Kinder tot in ihren Betten. Während er am winzigen Körper des Säuglings keinerlei Pestzeichen erkennen konnte, bemerkte er am Hals des kleinen Jungen und an dem größeren Mädchen sogleich die blauschwarzen Beulen. Dennoch war keines der Kinder daran gestorben. Die verzweifelte Mutter hatte ihre Kinder offenbar im Schlaf erstickt, bevor sie sich selbst das Leben nahm. Valentin taumelte nach draußen, stützte die Hände gegen die Hauswand und erbrach sich über die Rosen. Benommen wankte er zum Elbufer, wo er sich auf einen Stein setzte. Eine Weile starrte er auf das Wasser, das glasig und graugrün schimmernd dahinströmte. Dann holte er eine Tonflasche aus seinem Medizinkasten. Der billige Wein, den er sonst zur Wundreinigung benutzte, schmeckte sauer und brannte in seinem Magen. Er spuckte den letzten Schluck aus und erhob sich. Während er noch überlegte, ob er sich in der Lage fühlte, weitere Patientenbesuche zu absolvieren oder ob er besser nach Hause gehen sollte, entdeckte er Nickel.

Der Junge trug einen Korb über dem Arm und lief, so rasch ihn seine dürren Beine trugen, Richtung Steinplatz.

»Nickel, warte!« Valentin packte seinen Medizinkasten und rannte hinter dem jungen Friedhofsgehilfen her.

»Meister Arnold?« Nickel blieb stehen.

»Du musst dem Schinder Bescheid geben«, keuchte der Bader. »In dem Haus dort drüben sind vier Tote abzuholen, aber es ist niemand mehr da, der sie vor die Tür schaffen kann.«

»Mach ich gleich«, versicherte der Junge eifrig.

Als Valentin mit ihm durch das Schifftor in die Stadt zurückgekehrt war, hatte er sich so weit gefasst, dass er die Gelegenheit nutzen konnte, Nickel noch einmal zu befragen. An der Ecke zur Holdergasse griff er nach dem Arm es Jungen und zwang ihn dadurch, stehenzubleiben.

»Und nun erzählst du mir mal, wo dein Onkel und der alte

Conz in der Nacht, als der Gerichtsschreiber erstochen wurde, tatsächlich waren«, verlangte er ohne Umschweife.

Nickel senkte den Blick, und seine Segelohren färbten sich puterrot. »Das darf ich Euch nicht sagen, Meister Arnold. Mein Onkel hat gesagt, er schlägt mich tot, wenn ich es jemandem verrate«, flüsterte er.

Valentin spürte sofort, dass das der Wahrheit entsprach. Er überlegte, was er dem Jungen sagen könnte, damit der seine Furcht überwand. Aber Nickel keuchte plötzlich entsetzt auf, seine Augen weiteten sich. Dann riss er sich los und begann zu rennen. Noch bevor Valentin herausfinden konnte, was den Jungen derart erschreckt hatte, traf ihn bereits ein Faustschlag in die Nieren. Keuchend vor Schmerz sank er neben seinem Medizinkasten auf die Knie.

»Wir sprechen uns noch, Mistkäfer!«, schrie Fritz seinem Neffen hinterher. Dann holte er aus, und sein Fuß krachte gegen Valentins Rippen. »Und mit dir bin ich auch noch nicht fertig, Bader!«, höhnte der bullige Friedhofsgehilfe. »Du wirst jetzt erleben, was ich mit Ratten mache, die mir in die Quere kommen!«

Valentin verbiss sich den Schmerz. Er packte den Medizinkasten mit beiden Händen und schleuderte ihn gegen die Schienbeine seines Angreifers. Fritz jaulte auf. Valentin nutzte den Moment, um schwankend aufzustehen. Doch da stürzte sich der Koloss auch schon brüllend auf ihn. Valentin fiel nach hinten, der Aufprall des massigen Körpers presste ihm die Luft aus den Lungen, ihm wurde schwarz vor Augen.

Als er wieder zu sich kam, lag Fritz neben ihm. Der mächtige Bauch des Friedhofsgehilfen hob und senkte sich, doch sonst rührte er kein Glied. Aus einer aufgeplatzten Wunde unter seinem Kinn tropfte Blut, und auf seinem linken Jochbein bildete sich ein riesiger Bluterguss.

»Einen gesegneten Abend, Bader!« Laurenz Tscherna reichte

ihm beide Hände, um ihm hochzuhelfen. »Wollt Ihr nicht lieber auf einen Trunk mit mir kommen, anstatt Euch weiter mit diesem Abschaum im Schlamm zu wälzen?« Der Kräuterhändler hob belustigt einen Mundwinkel.

»Danke!«, stieß Valentin hervor. Er blinzelte, weil er noch nicht wieder klar sehen konnte und sich in seinem Kopf ein Mühlrad zu drehen schien.

Sein Retter musterte ihn von oben bis unten, dann schulterte er ungefragt den Medizinkasten. »Ihr werdet mir gleich noch mehr danken, wenn Ihr meinen neuen Wein gekostet habt.« Mit seinem freien Arm hakte er Valentin unter. »Los, vorwärts!«

Während sie die kurze Strecke zu Tschernas Haus bewältigten, sah Valentin ein paar Gesichter hinter halbgeschlossenen Fensterläden, aber an den meisten Häusern waren Fenster und Türen vernagelt. Schaudernd begriff er, dass Fritz ihn in dieser schmutzigen Gasse womöglich zu Tode geprügelt hätte, wäre der Kräuterhändler nicht vorbeigekommen.

»Wahrscheinlich verdanke ich Eurem Eingreifen mein Leben«, sagte er, als Tscherna ihn auf einen Stuhl in seinem Kontor bugsierte. »Dafür schulde ich Euch was!«

»Aber nicht doch«, wehrte der Kräuterhändler ab und verließ den Raum. Kurz darauf kehrte er mit einer Schüssel Wasser und einem Handtuch zurück. Wortlos half er Valentin aus der verdreckten Jacke und dem zerrissenen Hemd, dann verschwand er erneut. Valentin wusch sich den Schmutz vom Gesicht und reinigte notdürftig seine Kleider. Gerade wollte er sein Hemd wieder überziehen, da kam Tscherna mit einem kleinen Tontiegel zurück.

»Wartet«, sagte er, »ich schmiere Euch gleich etwas Arnikasalbe auf die Prellungen.« Mit erstaunlich sanften Berührungen verteilte Tscherna die intensiv riechende gelbe Paste auf Valentins Rippen. Dann wischte er seine fettigen Finger an dem Handtuch ab. Er holte eine Tonflasche und zwei Becher

aus einem Wandschrank, während Valentin das Hemd überstreifte.

»Hier! Trinkt einen Schluck von dem guten Ungarischen«,
Tscherna reichte ihm einen Becher, »und erzählt mir, wieso
Euch die fette, stinkende Ratte ans Leder wollte.«

Valentin leerte den Becher in einem Zug. Dann lehnte er sich
zurück und fühlte, wie der schwere, süße Wein wohltuend
durch seine Adern zu kreisen begann. Als er die Augen wieder
öffnete, hatte Tscherna die Becher erneut gefüllt.

»Fühlt Ihr Euch besser?«

Valentin nickte ein wenig beschämt. Eigentlich war er recht
gut in der Lage, sich seiner Haut zu erwehren, aber der Überfall
des massigen Friedhofsgehilfen hatte ihn unvorbereitet erwischt.
Er hatte nicht damit gerechnet, dass jemand es wagen würde,
ihn am helllichten Tag mitten in der Stadt mit einer solchen
Brutalität anzugreifen.

»Nun erzählt schon!« Tschernas Bernsteinaugen funkelten,
während sich seine Mundwinkel kräuselten.

Erst stockend, aber dann immer flüssiger berichtete Valentin
dem Kräuterhändler von seiner ersten Begegnung mit Fritz und
Conz, von Magdalenas Verdacht und seinem Gespräch mit den
beiden Gehilfen nach Eckels Beerdigung. Zwischendurch trank
er den vorzüglichen Wein in kleinen Schlucken.

Tscherna stellte immer wieder Fragen, die zeigten, wie aufmerksam er zuhörte. Zum Schluss erkundigte er sich, ob Valentin
schon einen Verdächtigen für den Mord an Eckel im Auge habe.
Obwohl Valentin allmählich müde wurde, erzählte er seinem
Retter bereitwillig von Meißners Werbung um Magdalena und
Justinas Eifersucht. Er merkte, dass es ihm guttat, all seine Überlegungen zu dem Fall vor einem Zuhörer auszubreiten, der selbst
nichts mit alldem zu tun hatte. Seine Müdigkeit wich allmählich
neuer Tatkraft. Tscherna schenkte ihnen noch einmal Wein nach,
während sie gemeinsam weitere Spekulationen anstellten.

Als das Läuten der Bierglocke erklang, erhob sich Valentin. »Ich danke dir von ganzem Herzen, Laurenz!«, sagte er. »Aber jetzt muss ich wirklich heim.« Irgendwann im Laufe dieses Abends waren sie, ohne es recht zu bemerken, zu der vertraulichen Anrede übergegangen. Für Valentin hatte sich das vollkommen natürlich angefühlt.

Laurenz begleitete ihn zur Tür. »Nimm dich in Acht, Valentin! Mit Kerlen wie dem fetten Fritz ist nicht zu spaßen. Vielleicht sollte ich dich besser nach Hause begleiten?«

Als Valentin den Kopf schüttelte, legte Laurenz ihm die Hand auf dem Arm. »Falls du wieder mit mir reden willst, dann denk daran, dass meine Tür für dich jederzeit offensteht.« Er schenkte ihm ein warmes Lächeln, bevor er besagte Tür hinter sich schloss.

Valentin spürte ein eigenartiges Ziehen hinter seinem Brustbein, während er durch die dunklen Gassen nach Hause ging. Auch sonst fühlte er sich sonderbar, todmüde und hellwach zur gleichen Zeit. Doch als er hinter sich ein Geräusch hörte, beschleunigte er unwillkürlich seine Schritte.

KAPITEL 15

agdalena saß am Küchentisch und verlas eine Handvoll Rosinen fürs Abendessen. Justina war es am Morgen gelungen, bei den Fischweibern am Schifftor einen fetten Aal zu ergattern. Barbara, die Köchin, hatte ihn bereits ausgenommen und gehäutet. Während die Fischstücke in einem Sud aus Salzwasser, Essig und Wein kochten, nähte Barbara die abgezogene Haut am Bauchschnitt wieder zusammen. Dann stellte sie Reismehl und Salbei bereit. Magdalena schloss inzwischen das Schränkchen mit den wertvollen exotischen Gewürzen auf und zählte die Pfefferkörner ab.

»Auf Ingwer und Safran werden wir weiterhin verzichten müssen«, sagte sie.

»Macht nichts, meine gefüllte Aalhaut wird trotzdem ein Festschmaus«, versicherte die Köchin. Sie schöpfte den gekochten Fisch aus dem Sud und begann ihn mit einem Hackmesser zu zerkleinern. Anschließend vermengte sie den Fischbrei mit Reismehl, Rosinen und Gewürzen.

Magdalena hielt die Aalhaut am oberen Ende mit Daumen und Zeigefinger auf, damit die Köchin das Gemenge hineinfüllen konnte, da überkam sie wieder das inzwischen vertraute Schwindelgefühl. Schweiß trat auf ihre Stirn, ihr wurde schwarz vor Augen, und sie musste sich auf die Tischplatte stützen.

Mit zitternden Fingern griff sie nach dem Wasserbecher, den Barbara ihr hinhielt. Dann floh sie regelrecht aus der Küche, um den besorgten Fragen der Frau zu entkommen. Sie ging nach oben in ihre Kammer, setzte sich auf das Bett und schlug die Hände vors Gesicht. Mittlerweile war sie sich beinahe sicher, dass sie ein Kind erwartete. Zumindest deuteten alle Anzeichen darauf hin. Nicht zum ersten Mal fragte sie sich voller Verzweiflung, was sie tun sollte. Dabei hatte sie unmittelbar nach dem Tod ihres Mannes für kurze Zeit gehofft, ihr Leben könnte sich zum Besseren wenden, so sie die Pestilenz mit Gottes Hilfe überleben würde. Stattdessen befand sie sich nun in einer Lage, die für sie noch beängstigender und gefährlicher war als Eckels jähe Wutausbrüche. Nach wie vor stand Justinas Behauptung, sie hätte sich der Sünde des Ehebruchs schuldig gemacht, gegen ihr Wort und gegen das von Conrad. Wem würde Georg Seiler am Ende glauben? Er ahnte vermutlich, dass sein Neffe seit Eckels Tod andere Heiratspläne verfolgte als ursprünglich geplant. In Pirna wusste jedermann, dass der Richter streng urteilte, aber er war in der Stadt ebenso für seinen Gerechtigkeitssinn bekannt. Niemals hätte Seiler dem Bader gestattet, öffentlich Nachforschungen anzustellen, wenn er nicht selbst Zweifel an Conrads Schuld hätte. Magdalena wollte lieber nicht daran denken, wie der Richter reagieren würde, wenn er von ihrer Schwangerschaft erführe! Schließlich hatte Justina bezeugt, dass ihr Vater ein halbes Jahr vor seinem Tod damit aufgehört hatte, seinem Weibe ehelich beizuwohnen. Es hatte Magdalena damals mehr erleichtert als beschämt, obwohl die halbe Stadt wusste, wo Eckel seine Bedürfnisse stattdessen befriedigt hatte. Aber gerade deshalb würde Seiler diesem Teil von Justinas Aussage wohl Glauben schenken. Magdalenas Schwangerschaft könnte den Ehebruch beweisen und damit die Schlinge um Conrads Hals legen.

Magdalena richtete sich so jäh auf, dass ihr erneut schwindlig wurde. Verdammt wollte sie sein, wenn sie ihn tatenlos dem Henker überlassen würde! Als sie nicht nur äußerlich verletzt gewesen war, sondern sich auch innerlich beschmutzt und minderwertig gefühlt hatte, war der blonde Bader ihr zu Hilfe gekommen. Zuerst hatte er mit seinen geschickten Händen ihre Wunden geheilt, und später hatte er ihr mit seinem Körper gezeigt, dass die fleischliche Vereinigung von Mann und Frau nicht zwingend widerwärtig und schmerzhaft sein musste.

In diesem Augenblick beschloss sie, alles zu tun, um Valentin Arnold in seinen Bemühungen, den wahren Mörder zu finden, zu unterstützen. Bis die Schwangerschaft sichtbar wurde, hatte sie noch Zeit, und bis dahin würde sie wissen, was zu tun war.

Jetzt aber musste sie darüber nachdenken, was sie Conrads Bruder berichten konnte, wenn er sie heute erneut besuchen kam. Magdalena versuchte, sich alles ins Gedächtnis zu rufen, was sie über ihren toten Ehemann wusste. Bereits vor ihrer Hochzeit hatte Eckel das Kürschnerhandwerk, das er von seinem Vater erlernt hatte, aufgegeben. Die Werkstatt vor dem Elbtor verkaufte er, das Geld steckte er in den Ausbau mehrerer Silbergruben. Um diese Geschäfte abzuwickeln, fuhr er regelmäßig nach Osten ins Gebirge. Darüber hinaus hatte Eckel noch andere Handelsgeschäfte in der Umgebung der Stadt betrieben. Dazu hatte er Ware von den Schiffshändlern am Hafen gekauft. Häufig musste Magdalena seine Geschäftsfreunde und deren Frauen in ihrem Heim empfangen und bewirten. Vor allem, wenn neben Paul Meißner auch noch Ratsherr Promnitz und Bürgermeister Hennigke geladen waren, war ihrem Eheherrn das Teuerste und Beste gerade gut genug für die Tafel gewesen. Die beiden anderen entstammten, im Gegensatz zu ihrem Mann und Meißner, reichen, angesehenen Familien, die schon seit Generationen die Geschicke der Stadt lenkten. Nicht einmal die stürmische Zeit anno 1520, als der Herzog Pirna eine neue Stadtordnung diktierte und einige der Alteingesessenen den Rat verlassen mussten, hatte der Macht dieser Herren etwas anhaben können.

Magdalena stand auf, goss Wasser in die Schüssel neben ihrem Bett und wusch sich das Gesicht. Nein, sie konnte Valentin Arnold nichts über eventuelle Feinde ihres Mannes berichten. Aber während sie sich Gesicht und Hände abtrocknete, erinnerte sie sich, dass Eckel mitunter sehr abfällig über die alteingesessenen Ratsherren gesprochen hatte. Obwohl Wenzel Hennigke ein häufiger Gast im Hause Eckel gewesen war, glaubte Magdalena, dass ihr Mann den Bürgermeister im Grunde hasste. Was, wenn es umgekehrt genauso war?

Anno 1520 war Magdalena noch ein Kind gewesen, dennoch wusste sie, wie Paul Meißner mit der Unterstützung Eckels zu seinem Sitz im Rat gekommen war. Mehrere Jahre hatten die beiden Handwerksmeister unzufriedene Bürger um sich geschart. Sie hatten die Beschwerden der gemeinen Leute gegen den Rat gesammelt, um sie regelmäßig an den Herzog nach Dresden zu schicken. Das ging so lange, bis der Landesfürst sich genötigt sah, dem nachzugehen. Natürlich hatten die Ratsherren damals bestritten, dass sie sich auf Kosten der anderen Bürger bereichern und so das Gedeihen der Stadt behindern würden. Trotzdem hatte der Herzog befohlen, dass Pirna eine neue Ratsordnung bekommen sollte. Magdalena überlegte, ob sie ihre Stieftochter fragen sollte, was 1520 tatsächlich geschehen war. Aber Justina war noch jünger als Magdalena und konnte damals kaum zwölf Jahre alt gewesen sein. Magdalena nagte an ihrer Unterlippe und dachte nach. Machte es Sinn, Justina zu fragen? Ganz abgesehen davon, ob sie überhaupt bereit war, mit ihr zu sprechen? Schließlich knüllte Magdalena das Handtuch zusammen und warf es beiseite. Es würde ihr rein gar nichts nützen, wenn sie weiter grübelte. Sie musste etwas tun! Womöglich erinnerte Justina sich trotz allem besser an die Ereignisse jener Zeit, da sie durch ihren Vater unmittelbar davon betroffen gewesen war. Sie fand ihre Stieftochter im Küchengarten, wo sie zwischen den Kräuterstauden Unkraut jätete.

»Was willst du?« Justina wischte sich den Schweiß von der Stirn und sah ihre Stiefmutter misstrauisch an. Die beiden Frauen hatten seit Matthes' missglückter Brautwerbung kaum ein Wort miteinander gesprochen, und nachdem Justina ihre Anschuldigungen vor Richter Seiler bekräftigt hatte, nahmen sie nicht einmal mehr die Mahlzeiten am selben Tisch ein.

Magdalena überhörte die feindselige Begrüßung. »Ich muss mit dir reden, Justina.«

»Im Gegensatz zu dir habe ich keine Zeit zum Schwatzen. Ich muss arbeiten!« Justina tat, als wäre ihre Stiefmutter nicht da, und zerrte heftig an einem Büschel Quecke.

Magdalena zog die Augenbrauen hoch, doch dann kniete sie sich neben Justina. »Dann werde ich eben hier mit dir sprechen«, erklärte sie und riss geschickt eine Distel aus. »Ich weiß, dass du noch sehr jung warst, als Paul Meißner zum ersten Mal in den Rat gewählt wurde, aber vielleicht kannst du dich trotzdem noch daran erinnern.«

»Ich war schon zwölf«, gab Justina patzig zurück.

»Ich weiß«, sagte Magdalena und griff nach der nächsten Unkrautpflanze. »Und es muss eine aufregende Zeit für deinen Vater und seinen Freund Meißner gewesen sein. Bestimmt war dein Vater viel unterwegs. Aber ab und an sind gewiss auch Leute zu euch nach Hause gekommen. Kannst du dich daran erinnern?«

»Natürlich! Bei uns daheim wurde damals über nichts anderes gesprochen. Aber wozu willst du das überhaupt wissen?« Justina, die sich auf die Fersen hockte, starrte ihre Stiefmutter abweisend an. »Jetzt, nachdem der Vater tot ist.«

Magdalena strich sich mit dem Handrücken eine Haarsträhne zurück, die sich unter ihrem Kopftuch gelöst hatte. Sie sah Justina von der Seite an und wählte ihre nächsten Worte sorgfältig. »Während du aus eifersüchtiger Verblendung heraus bereit bist, einen Unschuldigen für den Tod deines Vaters büßen zu lassen, frage ich mich, was der wahre Mörder wohl gerade plant.«

Justina sprang auf die Füße und stemmte ihre Fäuste in die Hüften. »Was willst du damit sagen?« Mit zusammengezogenen Augenbrauen starrte sie auf Magdalena herab.

Magdalena zerrte ungerührt am nächsten Büschel Unkraut. »Vielleicht überlegt er, ob er als Nächstes dich oder mich töten soll.« Achtlos warf sie die ausgerissene Pflanze hinter sich. »Oder dich?«

»Der ehrlose Bader, mit dem du herumgehurt hast, hat meinen Vater und Matthes getötet!«, beharrte Justina.

»Ach!« Magdalena tat die Worte mit einem Achselzucken ab. Sie nahm die Hacke und lockerte die Erde, um eine tiefwurzelnde Löwenzahnpflanze vollständig zu entfernen. »Zuerst hast du mir unterstellt, ich würde dir den Bräutigam ausspannen, dann hast du behauptet, ich würde Unzucht mit dem Bader treiben.« Vorsichtig zog und ruckelte Magdalena, und als der Boden die lange Wurzel schließlich freigab, setzte sie hinzu: »Wahrscheinlich bist du jedes Mal davon überzeugt, dass es sich genauso verhält, nicht wahr?«

Justina schwieg, aber an der Art, wie sie ihre Lippen zusammenpresste und ihr Kinn vorschob, erkannte Magdalena, dass es ihr gelungen war, ihre Stieftochter zu verunsichern. Sie verbarg ihren Triumph über den kleinen Sieg, indem sie sich über die nächste Unkrautpflanze hermachte.

»Nehmen wir mal an, es gibt diesen anderen wirklich«, sagte Justina nach einer Weile. »Warum sollte er dich oder mich umbringen wollen?«

»Warum hat er deinen Vater umgebracht? Wohl kaum, weil der zu viel Bier trank und Vorstadthuren besuchte!« Mit einem unangenehmen Knirschen traf Magdalenas Hacke auf einen Stein.

Justina hockte sich wieder zu ihr an den Rand des Beetes. Sie

153

zupfte einen Grashalm ab und drehte ihn zwischen ihren schmutzigen Fingern. »Er war nicht immer so, wie du ihn kanntest«, sagte sie versonnen. »Als ich klein war, wurde er vom Bier nicht zornig, sondern fröhlich. Dann durfte ich auf seinen Knien reiten. Er sang und scherzte mit meiner Mutter. Natürlich kam das nicht oft vor, denn er musste hart arbeiten, und nach Feierabend kümmerte er sich um Innungsangelegenheiten.« Justina setzte sich und zog die Füße unter ihren staubigen Rock. »Die Leute kamen eher zu ihm als zu einem der gewählten Vierermeister, wenn sie Schwierigkeiten hatten. Er verstand sich nämlich nicht nur auf das Zurichten von Pelzen. Nein, er konnte einen Bitt- oder Beschwerdebrief fast so gut aufsetzen wie ein Notar. Mutter war sehr stolz darauf und hat bis zu ihrem Tod immer wieder davon erzählt.« Justinas Gesicht, das für gewöhnlich den Ausdruck von Missmut und Argwohn zeigte, wurde weicher.

Magdalena hatte die Hacke beiseitegelegt und beobachtete einen Marienkäfer, der über die graugrünen Salbeiblätter krabbelte. Sie wünschte sich auf einmal, sie wäre nach ihrer Heirat nicht so sehr mit sich selbst beschäftigt gewesen. Wenn sie sich mehr Zeit für das Mädchen genommen und mehr Geduld mit ihr gehabt hätte, vielleicht würden sie einander heute beistehen, anstatt sich gegenseitig zu bekämpfen.

»Sie erzählte mir, dass es in Pirna seit Jahren Widerstand gegen das Regiment der alten Ratsgeschlechter gegeben hatte. Schließlich nahmen Vater und Paul Meißner es auf sich, die Klagen des gemeinen Mannes zu sammeln und aufzuschreiben.« Der Stolz in Justinas Stimme war nicht zu überhören.

»Den alten Ratsherren dürfte das nicht gefallen haben«, sagte Magdalena.

Justina erhob sich und schüttelte ihren Rock aus. »Natürlich nicht! Sie haben verbreitet, Vater und Meißner würden die Leute aufhetzen. Dazu würden sie von Haus zu Haus laufen wie Sankt Antonius' Schwein, das seine Nahrung sucht. Und sie haben behauptet, dass die Beschwerden allesamt von Bierlappen und Spielern kommen würden, die ihr Handwerk nicht betrieben, weil sie Tag und Nacht sternhagelvoll wären.«

»Aber Herzog Georg hat ihnen nicht geglaubt?«, fragte Magdalena und folgte ihrer Stieftochter vom Kräuterbeet zu den Karotten.

»Zuerst wahrscheinlich schon.« Justina zuckte mit den Schultern. »Aber Mutter erzählte mir, nachdem seine Kanzlei sich über Jahre hinweg mit den Beschwerden aus Pirna beschäftigen musste und der alte Rat sich mit immer neuen Ausreden weigerte, die Missstände zu beseitigen, verlangte er schließlich die Kämmereirechnungen der Stadt. Auch das Bau-, das Zins-, das Hospital- und das Salzregister wollte er haben.« Für einen Augenblick schien Justina die Feindschaft zu ihrer Stiefmutter zu vergessen. »Stell dir vor, was für Augen er gemacht haben muss, als der Pirnaer Rat ihm mitteilte, dass man ihm das Salzregister leider nicht schicken könne, weil man es verloren habe!«

Magdalena blickte auf. »Wie konnte denn so was geschehen?« Das Salzregister gab Aufschluss darüber, wie eines der wichtigsten Privilegien zum Wohle der Stadt genutzt wurde. Magdalena konnte sich nicht vorstellen, dass solch aufschlussreiche Unterlagen im Rathaus einfach verloren gegangen sein sollten.

»Das ist eigenartig, nicht wahr?« Justina verzog das Gesicht. »Aber nicht genug damit, dass sie dieses wichtige Dokument veruntreut hatten, auch die anderen Rechnungen sollen in einem sehr unübersichtlichen Zustand gewesen sein. Deshalb, so erzählte Mutter, bestellte der Herzog kurz vor Weihnachten 1519 den halben Rat mitsamt dem Stadtschreiber nach Dresden.«

»Da hat sich dein Vater wahrscheinlich gefreut«, vermutete Magdalena.

»Das glaube ich kaum«, erwiderte Justina spitz. »Schließlich saß er zu diesem Zeitpunkt zusammen mit Paul Meißner im Gewahrsam.«

»Was?« Magdalena sah ihre Stieftochter entgeistert an.

»Man hat sie der Zusammenrottung und Verschwörung gegen den Rat beschuldigt. Meine Mutter fürchtete damals, dass wir Weihnachten auf der Straße sitzen würden, weil auch das Vermögen der Rädelsführer eingezogen werden sollte.« Justina hieb mit ihrer Hacke auf eine hartnäckige Unkrautstaude ein.

»Wirklich?« Magdalena blinzelte, als ihr umherspritzende Erdkrümel in die Augen gerieten. Sie musste zugeben, dass sie keine Ahnung von alledem gehabt hatte. Konnte es sein, dass Eckel zu jener Zeit tatsächlich ein anderer Mensch gewesen war als der rohe, verbitterte Mann, den sie kennengelernt hatte?

»Ja. Aber dazu kam es dann doch nicht, weil Herzog Georg forderte, dass der Rat die beiden umgehend freilassen müsse. Die Stadt bekam eine neue Ratsordnung, und Meißner wurde noch im selben Jahr Ratsherr.« Justina richtete sich auf und wischte die Hände an der Schürze ab. Sie musterte ihre Stiefmutter mit zusammengekniffenen Augen. »Aber das ist, wie gesagt, schon viele Jahre her«, betonte sie. »Ich kann mir weiß Gott nicht vorstellen, dass die Ereignisse von damals etwas mit Vaters Ermordung zu tun haben.« Ihre Lippen verzogen sich abfällig. »Oder glaubst du etwa, Paul Meißner wäre letztes Weihnachten bei der Wahl des neuen Rates zum zweiten Bürgermeister ernannt worden, wenn die alteingesessenen Ratsherren sich nicht längst mit der Vergangenheit abgefunden hätten?« Damit drehte sie sich um und ging zurück ins Haus.

Magdalena stieß einen resignierten Seufzer aus. Sie hatte es geschafft, Justina zum Reden zu bringen, und ihre Stieftochter hatte tatsächlich viel zu erzählen gehabt. Aber Magdalena bezweifelte, dass sie dabei etwas Nützliches erfahren hatte. Während sie Justina folgte, betete sie im Stillen, dass Valentin Arnold mit seinen Nachforschungen mehr Erfolg haben möge.

Kapitel 16

uch an diesem Tag war es längst dunkel, als Valentin seinen letzten Krankenbesuch beendete. Die Glocke von St. Marien verkündete die neunte Stunde. Der Marktplatz, auf dem man sonst um diese Zeit noch Leute treffen konnte, die aus dem Ratskeller oder einer der anderen Schänken heimkehrten, war wie ausgestorben. Während die Fenster zahlreicher Bürgerhäuser dunkel blieben, weil ihre Bewohner die Stadt verlassen hatten, leuchtete in der Kämmereistube im ersten Stock des Rathauses ein einsames Licht. Ob Georg Seiler dort oben über den Akten saß?

Kurz dachte Valentin daran, Magdalena Eckel trotz der späten Stunde einen Besuch abzustatten. Aber das verschwitzte Hemd klebte ihm am Leib und die Zunge am Gaumen. Seine Füße schmerzten, als sei er per pedes nach Dresden und zurück gelaufen. »In einem erschöpften Körper findet sich kein wacher Geist«, rechtfertigte er sich, während er den Weg zur Badergasse einschlug. Außerdem steckte ihm der gestrige Tag noch immer in den Knochen. Obwohl er nach dem Gespräch mit Laurenz wohlbehalten nach Hause gekommen war, hatte er lange nicht einschlafen können. Dementsprechend zerschlagen fühlte er sich nun.

Wie jeden Abend brachte Valentin zuerst seine Instrumente in den Behandlungsraum, bevor er sich am Wasserkasten auf dem Hof gründlich wusch. Erst als er ins Haus zurückkehrte, um die Kleider zu wechseln, fiel ihm die unnatürliche Stille auf.

Außerdem vermisste er die appetitlichen Aromen kochenden Eintopfs und brutzelnden Specks. Stattdessen roch es schwach nach faulendem Obst. Alarmiert riss Valentin die Küchentür auf. Obwohl das Feuer im Herd brannte, waren weder seine Mutter noch Agnes zu sehen. Eine Wasserlache auf dem Boden und ein umgeworfener Eimer zeugten davon, dass in größter Eile hantiert worden war.

Zwei Stufen auf einmal nehmend rannte Valentin die Treppe zu den Kammern im ersten Stock hinauf. Beinah wäre er mit Agnes zusammengestoßen, die mit einer Schüssel in den Händen und schmutzigen Tüchern über dem Arm aus der Stube seiner Mutter trat. Valentin musste nicht fragen. Der süßliche Geruch, der ihm aus dem Raum entgegenschlug, war ihm nur allzu bekannt. Trotzdem wich er entsetzt zurück, als er seine Mutter erblickte, die in ihrem durchgeschwitzten Hemd in dem breiten Doppelbett lag. Das Haar klebte nass und strähnig an ihrem Kopf, ihr Gesicht glühte vom Fieber. Ihr Kopf lag unnatürlich verdreht auf dem feuchten Kissen. Zwischen ihrem linken Ohr und ihrer Schulter hatte sich eine riesige tiefrote Beule gebildet, die beinah wie ein eigenständiges Lebewesen wirkte. Noch nie zuvor hatte Valentin so etwas gesehen, und einen derart raschen Verlauf der Erkrankung hatte er auch noch nie erlebt!

»Junge, komm bloß nicht näher!«, flüsterte die Mutter mit schwacher Stimme. Fahrig versuchte sie, sich mit dem beschmutzten Laken zu bedecken.

»Um Himmels willen, Mutter! Ich bin gegen die Pest gefeit, also lass mich dir helfen!« Erschüttert fragte er sich, wie es sein konnte, dass er am Morgen keines der üblichen Pestzeichen an seiner Mutter wahrgenommen hatte. Hatte ihn sein aussichtsloser Kampf gegen das Sterben in der Stadt übersehen lassen, dass der Feind längst Einzug in sein eigenes Haus gehalten hatte?

»Du kannst mir nicht mehr helfen, Valentin!« Mit erstaunlicher Kraft umklammerte die Mutter das Tuch, nach dem er griff.

»Bitte, Mutter!«, beschwor er sie, während er beharrlich versuchte, ihr das Laken zu entwinden. »Gib noch nicht auf! Es gibt immer irgendetwas, das man tun kann.« Das waren die Worte, die sein Vater ihm und Conrad immer wieder gepredigt hatte, als sie begannen, ihr Handwerk zu erlernen.

»Geh«, wimmerte die Mutter und schlug nach ihm. »Ich will nicht, dass du mich so in Erinnerung behältst!«

»Hör auf!« Valentin griff nach ihren Händen. »Ich werde dich auf keinen Fall allein lassen!«

Als sie sich noch einmal mit letzter Kraft gegen ihn aufbäumte, platzte das Geschwür wie eine überreife Frucht. Zähflüssiger rötlich gelber Eiter ergoss sich über das Laken und bespritzte auch Valentins Gesicht, seine Hände und Kleider. Einen Augenblick stand er wie gelähmt da. Während die Schmerzensschreie seiner Mutter in seinen Ohren gellten, fragte er sich, was mit ihm los war. In den letzten Wochen war die Pest zu seinem täglichen Begleiter geworden. Dennoch traf es ihn vollkommen unvorbereitet, als er dem Schwarzen Tod nun am Bett der eigenen Mutter gegenüberstand. Aber er biss die Zähne zusammen und tauchte ein sauberes Tuch in den Wassereimer neben dem Bett, um das Gesicht der Kranken und die riesige Wunde zu säubern. Den widerlichen Geruch nach faulendem Fleisch, der sich in der Kammer ausbreitete, nahm er nur noch am Rande wahr.

Mit kreidebleichem Gesicht kehrte die Magd zurück. Schweigend stellte sie einen weiteren Eimer mit frischem Wasser auf den Boden, dann raffte sie die besudelten Betttücher zusammen und eilte hinaus.

Inzwischen hatte Valentin seiner Mutter das verschmutzte Hemd ausgezogen. Sie wimmerte noch immer vor Schmerz, und er keuchte auf, als er an ihren Leisten und unter ihren Achseln weitere Beulen entdeckte.

Obwohl seine Mutter kaum noch bei klarem Bewusstsein war, wich Valentin die ganze Nacht und auch den kommenden Tag nicht von ihrem Bett. Während das Fieber ihren mageren Körper verzehrte, wälzte sie sich umher, schrie und murmelte abgehackte Worte. Unablässig bemühte er sich, ihr tröpfchenweise Wasser und fiebersenkende Aufgüsse einzuflößen. Aber weil sie das meiste davon sofort wieder erbrach, wickelte er sie zusätzlich in feuchte, essiggetränkte Tücher, die er ständig erneuerte. Am Abend verfiel sie in einen unruhigen Dämmerschlaf. Ohne jede Hoffnung lauschte Valentin ihren flachen, unregelmäßigen Atemzügen. Gegen Morgen schickte er die Magd, die sich kaum noch auf den Beinen halten konnte, zu Bett.

»Aber sollte ich nicht vorher noch den Priester holen?«, gab Agnes zu bedenken. »Ich weiß zwar, dass Eure Mutter eine heimliche Anhängerin des martinischen Glaubens ist, so wie viele in der Stadt. Aber woher sollen wir schwachen, irrenden Menschlein wissen, was in dieser Hinsicht rechtens ist und was nicht?« Der Zweifel stand ihr ins Gesicht geschrieben.

Valentin schüttelte den Kopf. »Nein, die Mutter würde es nicht wollen. Außerdem hat Grymer die Stadt vor zwei Tagen verlassen. Der wird hier keinem mehr die letzte Ölung erteilen.«

Erschüttert und mit schleppendem Schritt verließ Agnes die Kammer.

Obwohl Valentin aus Erfahrung wusste, dass es in diesem Stadium der Krankheit keine Besserung mehr geben konnte, wagte er nicht, sich selbst ein wenig Schlaf zu gönnen. Zu groß war seine Angst, die Mutter könne ihren letzten Atemzug tun, ohne dass jemand bei ihr wachte. Auch als Agnes ihn am nächsten Morgen am Bett der Kranken ablösen wollte, brachte er es nicht über sich, seine Mutter zu verlassen.

»Ich werde ohnehin keinen Schlaf finden«, versicherte er. »Da kann ich ebenso gut weiter bei ihr bleiben.«

Agnes murrte zwar, doch dann ging sie hinunter in die Küche und brachte Valentin wenig später eine Schüssel Hirsebrei. Er kam jedoch nicht dazu, davon zu essen, weil die Kranke einen weiteren Fieberschub erlitt. Erneut schleppte Agnes Wasser vom Hof herauf. Valentin hüllte den glühenden Leib seiner Mutter in nasse Laken und versuchte weiterhin, ihr schmerzstillende und fiebersenkende Aufgüsse einzuflößen. Er wusste, dass all das sie nicht retten würde, doch er war besessen von dem Wunsch, ihr Leiden in diesen letzten Stunden so weit zu lindern, wie es in seiner Macht stand. Die Bedürfnisse seines eigenen Körpers nahm er kaum noch wahr.

Die Abenddämmerung zauberte rosige Streifen an die Wände der kleinen Kammer und hauchte auch dem Gesicht der Kranken ein wenig Leben ein. Der trügerische Anschein wurde verstärkt, als die Baderin plötzlich die Augen öffnete und ihren Sohn anlächelte.

»Mein Junge!«

»Mutter?« Hastig griff Valentin nach der Hand, die sich ihm unsicher entgegenstreckte.

»Du wirst Conrad helfen, nicht wahr?« Ihre Stimme klang leise und brüchig.

Valentins Kehle schmerzte. Er war außerstande zu sprechen, stattdessen nickte er und kniff die brennenden Augen zusammen. Er spürte, wie die Mutter mit dem Daumen zärtlich über seine Handfläche strich.

»Er hat große Angst, weißt du.« Die Kranke hustete. »Du warst schon immer der Stärkere von Euch beiden, auch wenn man es dir nicht ansieht.« Sie drückte seine Hand nun mit erstaunlicher Kraft. »Du musst ihn vor dem Henker retten. Schwör es, bevor ich gehe!«

Valentin schluckte. Natürlich würde er nichts unversucht

lassen, um Conrad zu helfen. Aber ob es ihm gelingen würde, die Unschuld seines Bruders zu beweisen, wusste allein Gott. Doch die Mutter durfte nicht wissen, wie hilflos und verzweifelt er sich fühlte, daher bemühte er sich, seiner Stimme einen festen Klang zu geben. »Ich werde alles tun, was in meiner Macht steht, um den wahren Schuldigen zu finden und Conrad aus der Fronfeste zu holen, das schwöre ich!«

Die Mutter tastete noch einmal nach seiner Hand und drückte sie. »Bevor ich sterbe, sollst du noch eines erfahren«, flüsterte sie. »Als dein Großvater dieses Haus erbaute, hat er in einem Balken unter dem Dach einen Beutel mit Münzen verborgen. Er schwor sich, sie nur im äußersten Notfall anzurühren. Aber weil er, dem Herrn sei Dank, nie in eine Notlage geriet, in der es ihm angebracht erschien, darauf zurückzugreifen, konnte er sie seinem Sohn vererben.« Sie rang nach Luft, bevor sie so leise weitersprach, dass Valentin sie kaum noch verstehen konnte. »Auch euer Vater hat das Geld nie angerührt. Stattdessen legte er Jahr für Jahr das hinzu, was wir entbehren konnten. Nutze dieses Erbe ohne Bedenken, sobald du glaubst, es könnte helfen, deinen Bruder zu retten!« Ein letztes Mal drückte sie die Hand ihres Sohnes, dann fielen ihre Augen zu.

In der Kammer wurde es dunkler und dunkler, und Valentin lauschte den rasselnden Atemzügen seiner Mutter, die immer öfter aussetzten und erst verstummten, als graues Zwielicht den nächsten Tag ankündigte.

Kapitel 17

Zögernd betrat Magdalena die übelriechende Gasse. Die ärmlichen Häuser schienen wie ausgestorben, dennoch zog sie sich die Kapuze ihres Umhangs tiefer ins Gesicht. Sie hatte sich das fadenscheinige Kleidungsstück ihrer Magd geliehen, weil sie verhindern wollte, dass sie unterwegs erkannt wurde. Niemand durfte je erfahren, dass sie hier war!

Sie fand das Haus des Kräuterhändlers ohne Schwierigkeiten, denn Conrad hatte ihr in lebhaften Farben von seinem letzten Besuch bei Tscherna erzählt. Der Mann sei noch nicht lange in Pirna, hatte er berichtet. Aber unter dem Dach seines armseligen Häuschens hätte er die reichhaltigste Auswahl an Kräutern und Gewürzen gelagert, die der Bader jemals in den Mauern dieser Stadt zu Gesicht bekommen hätte. Conrad vermutete, dass es sich bei dem größten Teil der exotischen Gewürze und Heilmittel, die Tscherna verkaufte, schlichtweg um Schmuggelware handelte. Dennoch, so hatte er Magdalena erklärt, sei der Mann auf seine Weise vertrauenswürdig, denn er habe nicht versucht, ihn bei ihrem Handel zu betrügen.

Entschlossen klopfte Magdalena an die Tür des Hauses, das sich von den meisten anderen in der Gasse dadurch unterschied, dass die winzigen Fenster noch nicht mit Brettern vernagelt waren. Tscherna öffnete, warf einen kurzen Blick unter ihre Kapuze und zog sie ohne Worte in die finstere Diele.

»Womit kann ich helfen, Eckelin?«, fragte er, nachdem er die Tür geschlossen hatte.

Magdalena gab einen überraschten Laut von sich und drückte sich gegen die Wand.

Tscherna lachte leise. »Habt keine Angst, gute Frau.« Seine Stimme klang angenehm, und die warme Hand, die er auf ihre legte, wirkte keineswegs bedrohlich. »Kommt mit in meine bescheidene Stube! Dort könnt Ihr mir in aller Ruhe erklären, was ich für Euch tun kann.«

Während der Kräuterhändler sie in den kleinen Raum führte, in dem außer einem Tisch und vier Stühlen nur noch zwei Truhen standen, redete er unablässig weiter.

»Braucht Ihr womöglich Gewürze für Eure Küche? Dann sagt mir einfach, was Ihr haben wollt!« Er schob ihr einen Stuhl zurecht. »Ich versichere Euch, ich habe alles, was das Herz einer guten Hausfrau begehrt: Nelken und Zimt«, er nahm ihr gegenüber Platz, »Pfeffer und Piment, Lorbeerblätter und Anis. Ja, sogar Vanille und Safran!« Er setzte ein jungenhaftes Grinsen auf. »Was sagt Ihr dazu?«

Magdalena musste lächeln, ihre Aufregung ließ ein wenig nach. »Ich bin beeindruckt, Meister Tscherna!« Dabei fiel ihr ein, wie leer die Gewürzkistchen in ihrer Küche tatsächlich waren. »Ein wenig Zimt und Pfeffer könnte ich gebrauchen, aber nur, wenn Ihr nicht zu viel dafür verlangt«, sagte sie.

»Ach, über den Preis werden wir uns schon einigen.« Tscherna zwinkerte ihr zu.

Mit seiner großen, muskulösen Gestalt, dem lockigen braunen Haar und vor allem den ungewöhnlichen goldenen Augen war er ein gutaussehender Mann. Magdalena fand, dass er etwas vom selbstsicheren, wachsamen Auftreten eines Katers hatte, der sein Revier verteidigte. Einen schmuggelnden Kräuterhändler hatte sie sich eigentlich anders vorgestellt – älter, ein wenig abgerissen und vor allem nicht so freundlich.

»Womit kann ich Euch sonst noch dienen?«, erkundigte sich Tscherna zuvorkommend.

Magdalena schloss die Augen und holte tief Luft. Es war eine Sache, hierherzukommen, um geschmuggelte Gewürze zu kaufen. Allein, wenn sich das in der Stadt herumspräche, könnte sie in des Teufels Küche geraten. Aber das, was sie in Wahrheit wollte, war etwas anderes und würde sie geradewegs ins Höllenfeuer bringen! Eine kalte Klammer aus Eisen schien sich um ihren Hals zu legen, und jede Faser in ihrem Körper zog sich in Abwehr und Angst zusammen. Während sie gegen ihre Furcht ankämpfte, dachte sie an Conrad. Nein, auf keinen Fall durfte sie zulassen, dass er noch mehr belastet wurde, wenn herauskam, dass sie ein Kind von ihm erwartete! Vor einigen Tagen hatte sie noch geglaubt, es sei ratsam abzuwarten. Sie hatte sich darauf verlassen, dass Valentin, der wild entschlossen war, seinen Bruder zu retten, rechtzeitig eine Lösung finden würde. Aber dann hatte sie erfahren, dass die Baderin an der Pest erkrankt war und auf den Tod lag. Was, wenn Valentin sich bei ihr angesteckt hatte und ebenfalls sterben würde? Magdalena hatte sich bei dieser Vorstellung die ganze Nacht schlaflos im Bett gewälzt. Am liebsten hätte sie gebetet und Gott um Rat gefragt, aber bevor sie Conrad kennengelernt hatte, hatte der Himmlische Vater ihre Gebete auch nie erhört. Daher hatte sie beschlossen, sich allein auf sich selbst zu verlassen und für alle Fälle gerüstet zu sein. Würde Valentin seine Suche nach dem Mörder fortsetzen und dabei Erfolg haben, konnte sie vielleicht noch warten. Aber falls Conrads Bruder starb, musste sie sofort handeln. Und dafür brauchte sie die Hilfe des Kräuterhändlers.

Als sie die Augen öffnete, sah sie, wie Tscherna sie noch immer unverwandt anschaute. Neugier lag in seinem Blick und noch etwas anderes. Mitleid?

Sie räusperte sich. »Ich benötige ein Mittel, um eine unerwünschte Leibesfrucht auszutreiben«, sagte sie klar und deutlich.

Tscherna hob die Augenbrauen, sonst blieb sein Gesicht ausdruckslos. »Seid Ihr Euch auch ganz sicher?«, fragte er leise.

Magdalena biss die Zähne zusammen und nickte. Sie hatte nicht die Absicht, mit ihm darüber zu reden, denn was wusste ein Mann schon von den Nöten einer Frau. Schweigend blickte sie ihn an.

»Nun«, sagte er gedehnt, »sogar einem Fremden wie mir sind die Gerüchte über Euren verstorbenen Gatten zu Ohren gekommen. Ein Kind würde Euch lebenslang an den Mann erinnern.« Er seufzte. »Glaubt mir, ich kann verstehen, wie sehr Euch das zuwider sein muss.«

Magdalenas Augen weiteten sich überrascht. Er glaubt, es sei Eckels Kind, dachte sie. Doch dann nickte sie rasch. Sollte er glauben, was er wollte! Die Wahrheit ging ihn nichts an, und er durfte nicht ahnen, wie sehr ihr Herz blutete bei dem Gedanken, Conrads Kind zu opfern.

»Dann sei es so«, Tscherna rieb sich die Hände und erhob sich geschmeidig. »Ihr sollt Zimt und Pfeffer haben und das andere ebenfalls!« Mit diesen Worten verließ er die Stube.

Magdalena atmete auf, als sie hörte, wie er die Treppe in die oberen Stockwerke hinaufstieg. Er hatte das gewünschte Mittel vorrätig und würde es ihr verkaufen. Das war alles, was im Moment zählte. Darüber, dass der Händler sie verraten könnte, machte sie sich kaum Sorgen. Schließlich hatte er in Pirna keine Bindungen und bewegte sich mit seinen Schmuggelgeschäften jenseits von Recht und Ordnung. Während sie wartete, überfiel sie erneut die Erschöpfung, mit der sie in den letzten Wochen zu kämpfen hatte. Sie nickte auf ihrem Stuhl ein.

»Eckelin?« Tscherna rüttelte Magdalena sanft an der Schulter.

Sie riss die Augen auf und blickte verwirrt auf das Päckchen, das er ihr hinhielt.

»Hier drin ist alles, was Ihr benötigt.« Er drückte es ihr in die

Hand. »Mein Gehilfe meint, Ihr sollt Euch einen Aufguss daraus zubereiten und so lange davon trinken, bis Ihr die Wirkung verspürt. Dabei müsst Ihr sicherstellen, dass Euch niemand stört. Es wird blutig und schmerzhaft, hat er gesagt. Aber es geht schnell. Und so Gott will, seid Ihr Eure Sorge anschließend los.«

Magdalena zuckte bei seinen Worten zusammen, doch sie nickte tapfer und zahlte, ohne zu feilschen, den Preis, den er verlangte. Dann verabschiedete sie sich. Noch bevor sie aus der dämmrigen Diele auf die Gasse trat, zog sie sich die Kapuze tief ins Gesicht.

Kapitel 18

Trinkt, oder Ihr könnt Euch gleich selbst mit in die Grube legen.« Vor Valentins Gesicht baumelte eine Tonflasche an einem ledernen Riemen. Er schaute nach oben, wobei er die Augen zusammenkneifen musste, weil ihn das Licht der Mittagssonne blendete. »Ihr solltet mal eine Pause machen«, forderte Jobst. Valentin schwieg, während er die Flasche entkorkte und einen Schluck von dem lauwarmen Wasser nahm. »Ihr seid diese Arbeit nicht gewöhnt, und davon abgesehen habt Ihr schon vorher ausgesehen wie Braunbier mit Spucke.« Tadelnd zog der Schinder seine sandfarbenen Augenbrauen nach oben. Valentin schüttelte den Kopf. »Für eine Pause habe ich keine Zeit«, erklärte er zwischen zwei Schlucken. »Auf mich warten noch Kranke!«

»Ja, zuerst warten sie auf Euch, aber sobald Ihr mit Eurer Kunst am Ende seid, warten sie auf mich!« Der zeitweilige Totengräber lachte, doch rasch wurde er wieder ernst. »Ich verstehe ja, dass Ihr Eure Mutter nicht in einem Massengrab verscharren lassen wollt. Und ich würde Euch wirklich gern helfen, das müsst Ihr mir glauben! Aber weil ich das nicht kann, gebe ich Euch zumindest meinen guten Rat. Was Ihr damit anfangt, ist Eure Sache!« Er zuckte mit den Schultern, drehte sich um und ging hinüber zum hinteren Ende des Friedhofs. Dort waren seine Gehilfen schon dabei, die zweite Lage Leichen in eine große Grube zu stapeln, und Nickel brachte ihnen eine Karre mit Löschkalk.

Valentin hatte sich geweigert, seine Mutter auf diese Weise beerdigen zu lassen. Dabei wusste er genau, dass die Massengräber inzwischen unvermeidbar waren. Jobst und seine Gehilfen konnten es sonst nicht schaffen, die vielen Pestleichen rasch unter die Erde zu bringen. Als Bader war Valentin vom gesundheitlichen Sinn der Maßnahme überzeugt, dennoch zerriss es ihm das Herz, wenn er sich vorstellte, seine Mutter zu ihrer letzten Ruhe in solch eine Grube zu betten. Darum stand er bereits seit zwei Stunden auf dem Friedhof, um ihr selbst ein Grab zu schaufeln. Nachdem er die Flasche geleert hatte, griff er erneut nach der Schippe. Er ignorierte die blutigen Blasen an seinen Händen ebenso wie seinen schmerzenden Rücken. Schaufel für Schaufel wühlte er sich tiefer in die ausgetrocknete, harte Erde und sah erst wieder auf, als ein Schatten auf ihn fiel.

»Rückt ein Stück, dann kann ich Euch helfen«, erklärte Nickel und warf seine Schaufel in die Grube.

»Der Schinder wird dir die Ohren langziehen!«, gab Valentin zu bedenken. Trotzdem war er froh über die angebotene Hilfe und machte bereitwillig Platz.

Nickel schüttelte den Kopf. »Das glaub ich nicht.«

Valentins Blick fiel auf die Blutergüsse im Gesicht des Jungen und den Schorf auf seiner Oberlippe. »Und was ist mit deinem Onkel? Der wird dich gewiss wieder schlagen, wenn er dich bei mir erwischt.«

Nickel begann zu schippen. »Der Meister hat gesehen, wohin ich geh, und nix gesagt. Wenn mein Onkel und der alte Conz mitkriegen, dass ich Euch helfe, krieg ich vielleicht Ärger. Aber in Wahrheit haben die beiden Angst vor Euch.« Nickel grinste verschwörerisch. »Ihr seid zu schlau, hat Conz gesagt.«

»Ist das so? Trotzdem sollten wir uns beeilen.« Valentin biss die Zähne zusammen, während er versuchte, sich der Geschwindigkeit, die der Junge vorlegte, anzupassen. Er wusste, dass der Herr in seiner Gnade ihm soeben die Gelegenheit geschenkt hatte, Nickel noch einmal gründlich auszuhorchen. Darüber hinaus würde ihn das vom Kummer um seine Mutter und dem unerträglichen Brennen seiner geschundenen Muskeln ablenken.

»Dein Onkel hat eine harte Hand«, sagte er zwischen zwei Spatenstichen.

Nickel kam beim Schippen kurz aus dem Takt. »Er schlägt mich nur, wenn er betrunken ist.« Er streifte Valentin mit einem scheuen Blick und fügte leise hinzu: »Das ist er allerdings fast jeden Tag.«

»Er ist also nicht nachtragend?«

»Hm, weiß nicht. Also, natürlich setzt es auch was, wenn ich nicht mach, was er sagt.« Schwungvoll beförderte der Junge eine weitere Schaufel Erde über den Rand der Grube.

Valentin fragte sich, wo in dem mageren Körper, der nur aus Haut, Knochen und Sehnen zu bestehen schien, diese Kraft stecken mochte. »Aber den Gerichtsschreiber, der ihn ins Hundeloch gesteckt hat, den hätte er bestimmt gern in die Finger gekriegt?«, erkundigte er sich, während er seinen Spaten ächzend in die steinharte Erde stieß.

»Ihr wollt wissen, ob ich Euch neulich angelogen hab.« Nickel ließ die Schaufel sinken und sah ihn mit zusammengekniffenen Augen an. »Weil Ihr glaubt, Conz und mein Onkel könnten den Gerichtsschreiber auf dem Gewissen haben.«

Valentin nickte, ohne das Schaufeln zu unterbrechen. »Ich würde es ihnen zutrauen.«

»Ihr habt recht, wenn Ihr denkt, dass mein Onkel kein guter Mensch ist, und der alte Conz ist genauso ein Tunichtgut. Ich glaube schon, dass sie es dem Meißner irgendwann heimgezahlt hätten. Aber ich bin mir sicher, dass sie es nicht getan haben.«

Valentin sah ihn von der Seite an. »Obwohl sie an dem Abend gar nicht mit dir zusammen auf dem Friedhof waren?«

»Ja.« Nickel begann wieder zu schippen. »Sie wollten in die Schifftorvorstadt. Wollten irgendein krummes Ding am Hafen drehen. Als sie zurückkamen, waren sie voll bis obenhin und haben tüchtig Krach gemacht. Davon bin ich aufgewacht. Bevor sie sich hingelegt haben, haben sie noch einen getrunken und sich darüber ausgelassen, wie gut ihre Dieberei gelaufen ist. Den Rest der Nacht haben sie so geschnarcht, dass ich kein Auge mehr zutun konnte.«

Sie schippten weiter, und eine Weile vernahm Valentin nur das Knirschen der Schaufeln und sein eigenes Keuchen. Dann wurde ihm plötzlich schwarz vor Augen, das Werkzeug entglitt seinen Händen. Schwindel überkam ihn, sodass er sich am Rand der Grube abstützen musste. Er fühlte sich so erschöpft wie nie zuvor in seinem Leben. Darüber hinaus verzweifelte er allmählich am Rätsel um die beiden Mordfälle. Jedes Mal, wenn er glaubte, eine Spur entdeckt zu haben, die ihn zu einer Lösung führte, verlief sie erneut im Sand. Dabei rann ihm die Zeit, die Seiler ihm gegeben hatte, um Conrad zu retten, durch die Finger! Nickel hatte nun die Wahrheit gesagt, doch auch das brachte ihn keinen Schritt weiter. Grund und Gelegenheit, Meißner zu töten, hätten die beiden Schnapphähne durchaus gehabt, aber der Junge war davon überzeugt, dass sie es nicht getan hatten. Einen Beweis dafür hatte Nickel nicht, aber Valentin hatte auch keinen dafür, dass es sich anders verhielt.

»Das reicht jetzt, Meister Arnold! Das Grab ist tief genug.« Wie durch eine dicke Decke drang die Stimme des Jungen an Valentins Ohr. Dann bemerkte er die Hand, die Nickel ihm entgegenstreckte. Er fühlte sich wie ein Greis, während er sich von dem Jungen aus der Grube helfen ließ.

An die anschließende Beerdigung konnte er sich später kaum erinnern. Aber Agnes musste dabei gewesen sein, denn als er den Friedhof verließ, war sie an seiner Seite.

»Sind heute Vormittag Kranke gekommen?«, erkundigte er sich, nachdem sie ins Badehaus zurückgekehrt waren.

»Nein, aber der Türmer war hier. Seinem Sohn, dem Jörg,

geht es schlecht. Ich habe ihm gesagt, dass er heute nicht mehr mit Euch rechnen kann, weil Ihr Eure Mutter zu Grabe tragt.« Agnes goss Wasser in eine Schüssel und legte ein frisches Handtuch daneben.

Valentin öffnete den Mund, um die Magd zurechtzuweisen. Es ging nicht an, dass sie darüber entschied, wann er wen behandelte. Dem alten Werner und seinen Kindern würde er seine Hilfe zu keiner Zeit verweigern. Jedenfalls nicht, solange er noch krauchen konnte! Doch dann biss sich Valentin auf die Zunge. Schweigend zog er sein verdrecktes Hemd aus und begann sich zu waschen. Agnes hatte ihm bei dem aussichtslosen Kampf um das Leben seiner Mutter beigestanden und war noch immer hier. Er hatte kein Recht, sie dafür zu maßregeln, dass sie sich um ihn sorgte.

»Ihr müsst etwas essen, und dann solltet Ihr schlafen.« Agnes stellte Brot und Käse auf den Tisch.

Aber Valentin schüttelte den Kopf. Im Stehen stürzte er den verdünnten Wein herunter, den sie ihm eingegossen hatte. Dann fasste er die alte Frau bei den Händen und sah ihr ins Gesicht. »Danke, Agnes! Ich bin sehr froh, dass dir mein Wohlergehen am Herzen liegt. Aber ich muss jetzt nach Jörg Werner sehen. Er ist ein Freund, und er ist der letzte Sohn, der dem alten Türmer noch geblieben ist.«

»Aber schaut Euch doch an! Ihr seht selbst aus wie einer von Euren Kranken. Denkt Ihr etwa, denen hilft's, wenn Ihr Euch verausgabt, bis Ihr tot umfallt?« Missbilligend schnalzte sie mit der Zunge.

»Nein, natürlich nicht«, entgegnete Valentin sanft. »Ich werde essen und schlafen, sobald ich zurückkomme, versprochen.« Dann ging er in die Diele, schulterte seinen Instrumentenkasten und verließ das Haus.

KAPITEL 19

Reglos stand Magdalena da. Sie blickte zu Richter Seiler, der seinerseits auf das zerwühlte Kräuterbeet starrte. Seine hagere, hoch aufgerichtete Gestalt in dem langen Samtmantel wirkte inmitten von Lauch, Bohnenkraut und Petersilie völlig fehl am Platz. Sie fühlte sich wie in einem Traum, der zwar bedrohlich, aber auch so grotesk war, dass sie den vollkommen unangemessenen Wunsch verspürte, laut zu lachen.

»Der dritte Mord in sechs Wochen«, murmelte Seiler kopfschüttelnd. »Als ob der Herr uns nicht schon genug prüfen würde mit der verfluchten Pestilenz!« Dann hob er den Kopf und schaute zu den Wachen hinüber.

In gebückter Haltung pirschten die beiden Männer durch den Garten und zertraten dabei auch noch die restlichen Pflanzen. Sie trugen die Uniform der Pirnschen Stadtwachen, allerdings ohne Brustharnisch. Doch auf ihren Köpfen saßen die üblichen runden Helme. Magdalena betrachtete die schwarzgelb gestreiften, voluminös gefältelten Ärmel und Hosen der Männer. Sie hatte auf einmal die absurde Vorstellung von zwei riesenhaften Hummeln, die durch ihren Garten brummten. Sie presste die Hand auf den Mund, um nicht in hysterisches Gelächter auszubrechen.

»Na, was ist?«, rief der Richtherr ungeduldig. »Habt ihr etwas gefunden?«

»Nein«, sagte der Ältere, ein stämmiger Kerl mit einer Narbe auf der Wange. »Da sind keine Fußspuren.«

»Und wenn, dann hättet ihr sie inzwischen ohnehin zertrampelt«, schimpfte Seiler. »Raus da! Schafft mir gefälligst den Bader her, damit er sich die Tote anschaut. Der Mann ist der Einzige, der in dieser vermaledeiten Stadt noch ein bisschen Verstand aufbringt!« Er drehte sich zu Magdalena um und nahm sie am Arm. »Und Ihr werdet jetzt mit mir reden, Witwe Eckel. Solltet Ihr Euch weiter ausschweigen, lasse ich Euch auf der Stelle in die Fronfeste bringen!«

Magdalena zuckte unter dem harten Griff des Richters zusammen. Welch tiefschwarze Augen er hat, dachte Magdalena, hart und glänzend wie Obsidian. Doch mit einem Mal kochte Wut in ihr hoch und löste die seltsame Trance, in die sie verfallen war, nachdem sie zwei Stunden zuvor im Küchengarten über Justinas leblosen Körper gestolpert war.

»Lasst mich los!«, fauchte sie. »Ich habe nichts getan!« Mit einem Ruck entzog sie sich dem Griff des Richters.

»Das wird sich weisen«, entgegnete Seiler scharf. Er legte ihr die Hand auf die Schulter und führte sie ins Haus. Zielstrebig schob er sie in die Küche, vor den großen Tisch, auf dem die Wachen Justinas Leichnam, ungeachtet der heftigen Proteste der Köchin, abgelegt hatten. Jetzt stand die resolute Barbara in einer Ecke. Das Gesicht zu einer Maske der Missbilligung verzogen, vermied sie es, die Tote anzusehen.

Magdalenas Augen wanderten zu den dunklen Malen am Hals ihrer Stieftochter, glitten über das bläulich verfärbte Gesicht und blieben an der aufgequollenen Zunge hängen, die im weit aufgerissenen Mund der Toten sichtbar war. Mit einem erstickten Würgen rannte sie zum Spülstein und erbrach sich.

»Kein schöner Anblick, weiß Gott.« Seilers Stimme klang ungerührt. »Aber ich bin mir sicher, dass auch Eure Stieftochter nicht an der Pestilenz verstarb. Stimmt Ihr mir zu?«

Magdalena wischte sich mit einem Zipfel ihrer Schürze über den Mund und atmete durch.

»Ja«, antwortete sie wahrheitsgemäß. »Justina zeigte zuvor keinerlei Anzeichen eines Unwohlseins.«

»Ganz im Gegensatz zu Euch«, stellte Seiler trocken fest.

Nur unter Aufbietung all ihrer Willenskraft gelang es Magdalena, seinen forschenden dunklen Augen standzuhalten. Dabei fragte sie sich, was er gerade sah. Die ehrbare junge Witwe, der das Schicksal durch frevlerische Hand einen weiteren Schlag zugefügt hatte? Oder die Ehebrecherin, die aus Angst vor der Enthüllung ihrer Sünden zur Mörderin geworden war?

Ihr Blick huschte zu Barbara hinüber, denn sie war sich sicher, dass die Köchin ihr Geheimnis längst erraten hatte. War nun der Augenblick gekommen, in dem die Frau ihr Wissen preisgeben würde? Aber Barbara hatte die Arme unter der Brust verschränkt, sah stur aus dem Fenster und tat so, als gingen sie die Vorgänge in ihrem entweihten Reich nichts mehr an.

»Wann habt Ihr Eure Stieftochter zum letzten Mal lebend gesehen?«, fragte Seiler.

»Gestern Abend, bevor ich zu Bett gegangen bin«, erwiderte Magdalena.

Der Richter runzelte die Stirn. »Warum nicht heute Morgen?«

»Justina steht meist früher auf als ich«, sagte Magdalena. »Ich habe allein gefrühstückt.«

»Stimmt das, Weib?«, wandte sich Seiler an Barbara.

Die Köchin wagte es nicht, eine direkte Ansprache zu ignorieren, antwortete aber dennoch widerwillig. »Stimmt.«

»Hat Justina jeden Morgen im Garten gearbeitet?«

»Meistens«, bestätigte Magdalena, und Barbara nickte.

»Was habt Ihr nach dem Frühstück getan, Eckelin?«

»Ich war im Keller und habe die Vorräte kontrolliert.«

»Wart Ihr dort allein?«

»Zuerst ja, später kam unsere Köchin herunter. Sie brauchte

175

Zwiebeln. Dabei bat sie mich, noch Petersilie und Lauch aus dem Küchengarten zu holen.«

Seiler heftete seine Augen fragend auf Barbara, die erneut nickte. »Ja, so war's.«

Er drehte sich wieder zu Magdalena um. »Und dort habt Ihr dann Eure Stieftochter gefunden?«

Magdalena schluckte. »Ja.«

»Ist Euch zuvor noch etwas aufgefallen? Habt Ihr ungewöhnliche Geräusche gehört?«

Magdalena überlegte einen Augenblick, dann schüttelte sie den Kopf. »Nein, da war nichts.«

Der Richter sah zum Fenster und zupfte nachdenklich an seinem langen grauen Bart.

Magdalena hörte, wie die Haustür schlug. Gleich darauf polterten schwere Stiefel durch die Halle. Die Küchentür wurde aufgestoßen, und der jüngere der beiden Wachmänner erschien. Er nahm seinen Helm ab und wischte sich über das verschwitzte Gesicht.

Seiler sah in fragend an. »Wo habt Ihr den Bader gelassen? Warum ist er nicht gleich mit Euch gekommen?«

Der Wachmann verzog das Gesicht, als habe er Zahnweh. Dabei drehte er den Helm verlegen in seinen Händen.

»Was ist los?« Eine steile Zornesfalte bildete sich zwischen den schwarzen Augenbrauen des Richters. »Mach's Maul auf, Kerl!«, forderte er.

»Ähm, der Bader«, stotterte der Wachmann. »Also der … der kann nicht kommen!«

»Was soll das heißen? Hast du ihm gesagt, dass der Richtherr nach ihm schickt?«

»Ja!« Der Wachmann schluckte aufgeregt. »Äh, ich meine, nein.«

Seiler stöhnte. »Herr, lass Hirn vom Himmel regnen!« Mit zornrotem Gesicht packte er den Wachmann an der Schulter und schüttelte ihn. »Du wirst mir auf der Stelle sagen, wo Arnold steckt! Was denkt der Kerl sich eigentlich?«, donnerte er.

»Der Bader denkt nicht mehr«, brachte der Wachmann hervor. »Er ist tot.«

»Was?« Seiler stieß den Mann von sich. »Das kann doch nicht wahr sein!«

Magdalena keuchte entsetzt auf. Sie klammerte sich an der Tischkante fest, denn sie hatte das Gefühl, die Küche würde sich immer schneller um sie drehen.

»Doch, doch!«, beteuerte der Wachmann. »Ich habe es mit meinen eigenen Augen gesehen.«

Einen Augenblick war es in der Stube so still, dass Magdalena das leise Knarren der Deckenbalken hören konnte und das Trommeln ihres eigenen Herzens.

Der Wachmann nahm das Schweigen als Aufforderung, ausführlicher zu berichten. »Im Badehaus sagte uns die Magd, dass Arnold oben auf dem Kirchturm wäre, um den Sohn des Türmers zu pflegen.«

Magdalena nickte benommen. Ja, dasselbe hatte die Frau auch zu ihr gesagt, als sie gestern an die Tür der Badestube geklopft hatte, um mit Conrads Bruder zu sprechen. Atemlos lauschte sie den nächsten Worten des Mannes.

»Als wir auf den Kirchhof kamen, stand dort schon der Pestkarren. Die Gehilfen des Totengräbers luden den Bader gerade auf, zusammen mit der Leiche des jungen Türmers. Der alte Werner stand daneben, sah aus wie ein Gespenst und hat fortwährend gejammert, dass er wünschte, der Herr hätte statt der beiden ihn heimgeholt.«

Der Richtherr murmelte einen Fluch, dann gab er dem Wachmann ein Zeichen und verließ mit ihm die Stube.

Langsam löste Magdalena ihre tauben Finger von der Tischkante. Sie wollte den Männern folgen, doch ihre Beine zitterten so stark, dass sie sich auf einen Schemel sinken ließ, den Barbara ihr hinschob.

Er ist tot, dachte sie. Unwillkürlich legte sie die Hände auf ihren Bauch und spürte, wie bei diesem Gedanken die letzte Hoffnung erstarb, ihr Kind eines Tages im Arm halten zu können. Magdalena wusste, dass sie jetzt die Einzige war, die noch zwischen dem Vater des Kindes und dem Henker stand. Vielleicht würde sie scheitern. Aber sie war entschlossen, alles dafür zu geben, Conrad zu retten. Noch heute würde sie Tschernas Kräuter anwenden.

Kapitel 20

Valentin erwachte, als er mit Kopf und Rücken schmerzhaft auf einem harten Untergrund aufschlug. Er riss die Augen auf, konnte aber nicht mehr sehen als diffuses Licht. Als er die Arme heben wollte, merkte er, dass er fest in einen rauen, übelriechenden Stoff gewickelt war. Ein heftiger Ruck ließ ihn zur Seite rollen, und er spürte, wie sich der Untergrund, auf dem er lag, bewegte. Der Schweiß brach ihm aus, in seinen Ohren begann es zu rauschen, dann stürzte Finsternis erneut auf ihn zu und verschlang ihn.

Er kam erst wieder zu sich, als jemand grob an ihm zerrte.

»Verflixt nochmal! Wie kann es sein, dass eine dürre Bohnenstange wie dieser Bader derart schwer ist?«, erkundigte sich eine Männerstimme.

Valentin überlegte, wen er da wohl verärgert hatte.

»Es ist eine Schande, dass du jetzt hier liegst, Arnold. Immerhin warst du einer der vernünftigsten Kerle in dieser Stadt. Warum hattest du es bloß so eilig, vor deinen Schöpfer zu treten?«

Da endlich gelang es Valentin, der Stimme einen Namen zu geben: Sie gehörte Jobst Bolz, dem Schinder. Aber warum sprach der Kerl von ihm in der Vergangenheit? Und warum, zum Kuckuck, sollte er tot sein? Er war keineswegs bereit, vor seinen Schöpfer zu treten! Außerdem, auch daran hatte er keine Zweifel, vor dem Himmelstor landete man nicht in einem stinkenden Sack. Bei dieser Überlegung schoss ein Kraftstrom durch seinen geschundenen Körper, er begann zu schreien und zu zappeln. Er wehrte sich immer heftiger, und endlich ließen die Hände des Schinders von ihm ab. Ein Poltern ertönte, als ob jemand über ein Hindernis gestolpert wäre.

»Verdammter Teufelsdreck«, fluchte Jobst. »Was soll das?«

Danach wurde es still. Irgendwo zwitscherte ein Vogel. Der Wind rauschte in den Blättern hoher Bäume, und in unmittelbarer Nähe läutete eine helle Glocke. Da begriff Valentin schlagartig, wo er war und was geschehen sein musste.

»He«, rief er. »Das alles ist ein Missverständnis. Helft mir aus diesem Sack, Schinder!« Er versuchte, sich aufzurichten.

»Ein Missverständnis?«, krächzte der Schinder. »Solange ich hier Dienst tue, wurde auf diesem Karren noch nie einer hergebracht, der nicht mausetot gewesen wäre.«

Valentin stöhnte. Sein Kopf schmerzte, ihm war schwindlig und übel. Hätte er etwas im Magen gehabt, so hätte er es unweigerlich von sich gegeben. In seiner Kindheit hatte er mit Urs und Conrad eine Höhle in einem alten Steinbruch erkundet. Er hatte sich allein in einen Nebengang gewagt, als seine Lampe plötzlich erlosch. Die Angst, die er empfunden hatte, während er in vollkommener Dunkelheit einen Rückweg finden musste, hatte ihn noch Jahre später im Traum verfolgt. Doch die Furcht, die er damals empfunden hatte, war nichts verglichen mit der Panik, die ihn bei der Vorstellung befiel, lebendig begraben zu werden. Valentin zwang sich, ruhiger zu atmen.

»Lass mich raus und überzeuge dich selbst, dass ich am Leben bin«, forderte er, als er wieder in der Lage war zu reden. Es war der Ton, den er für gewöhnlich bei widerspenstigen Kranken anschlug, und er schien auch hier zu wirken. Valentin hörte Schritte, dann wurde der Sack aufgeschnürt. Gierig sog er Luft in seine Lungen, während über ihm das Gesicht des Schinders mit dem sandfarbenen Stoppelbart und misstrauisch zusammengekniffenen Augen auftauchte. Bolz musterte ihn sorgfältig, dabei legte er ihm eine Hand auf die Stirn und zog ihm mit der anderen den Hemdkragen beiseite. Zu schwach, um sich zu wehren, ließ Valentin alles über sich ergehen.

»Du siehst auch nicht aus, als ob du die Pest hättest«, murmelte der Schinder.

»Gut erkannt!«, krächzte Valentin und versuchte, die tastende Hand beiseitezuschlagen. »Ich kann die Pest nicht bekommen, weil ich sie schon mal hatte.« Mühsam befreite er seine Beine aus dem Sack, richtete sich auf und wollte vom Wagen steigen. Gleich wurde ihm wieder schwarz vor Augen, und er musste sich an die Seitenwand des Karrens klammern.

Der Schinder packte Valentins Arm und schob seine Schulter unter dessen Achsel. »Pest oder nicht, so kommst du jedenfalls nicht weit. Ich bring dich erstmal in meine Hütte.

»In die Hütte des Totengräbers«, berichtigte Valentin, während er neben dem Schinder über den Friedhof wankte. »Kein Wunder, dass du tot und lebendig nicht mehr auseinanderhalten kannst, Schinder, wenn du zwei Handwerke zugleich verrichten musst.«

»Der Verdienst ist nicht zu verachten.« Der Schinder seufzte. »Aber du hast recht, an manchen Tagen bin ich so müde, dass ich fast im Stehen einschlafe.«

Sie betraten die kleine Hütte an der Friedhofsmauer, wo Jobst Valentin auf die schmale Pritsche neben dem Herd hievte. Dann trat er einen Schritt zurück, blickte auf seinen Gast herab und schüttelte den Kopf. »Nun, was es heißt zu arbeiten, bis man umfällt, muss ich dir anscheinend nicht erklären, Bader.«

Valentin blinzelte benommen. Vergebens bemühte er sich, seine Erinnerungen zu sortieren. Die Mutter war gestorben. Er hatte eigenhändig ein Grab für sie geschaufelt, und noch immer brannten die aufgeriebenen Blasen an seinen Handflächen. Dann hatte er oben im Türmerstübchen den jungen Jörg gepflegt. Aber das war ein ebenso aussichtsloser Kampf gewesen wie der um das Leben seiner Mutter. Am Ende konnte er nichts mehr tun, als seinem Freund die Augen zuzudrücken. Und danach? Was war danach geschehen? Verstört sah er den Schinder an, der ihm eine Tonflasche hinhielt. Der scharfe Geruch des Alkohols belebte seine Sinne.

»Guter Pflaumenschnaps aus dem Böhmischen. Trink!«

Valentin nahm einen Schluck. Es brannte in seiner Kehle, Tränen traten ihm in die Augen. Aber dann fühlte er die beruhigende Wärme, die sich in seinem Bauch ausbreitete.

»Los, nochmal!«, forderte der Schinder.

Valentin schüttelte den Kopf. »Hast du Wasser hier und was zu essen?«

Jobst zuckte mit den Schultern. Aber er kramte im Vorratsschrank neben dem Herd und drückte Valentin schließlich einen Kanten Brot und ein Stück Speck in die Hand. »Iss! Ich habe noch was zu erledigen. Hier ist Wasser.« Er stellte einen angeschlagenen Krug auf den Tisch, bevor er die Hütte verließ.

Kaum hatte Valentin gegessen, kehrte Jobst zurück. Wortlos griff er nach der Flasche und trank einen ordentlichen Schluck Schnaps. Als er seinem Gast erneut davon anbot, bemerkte Valentin die aufgeschürften Fingerknöchel des Schinders.

Der Bader schob die Flasche beiseite. »Was ist passiert?«, erkundigte er sich.

Jobst leckte das Blut ab und lächelte finster. »Ich hatte eine kurze, aber heftige Unterhaltung mit Conz, dem stinkenden alten Iltis, und mit seinem Kumpan, dem faulen Madensack.«

Valentin knirschte mit den Zähnen, denn er begann allmählich zu verstehen. »Dann habe ich es wohl denen zu verdanken, dass ich um ein Haar lebend beerdigt worden wäre?«, stieß er wütend hervor und trank nun doch einen Schluck von dem Pflaumenschnaps.

Der Schinder zuckte mit den Schultern. »Ich konnte nicht genau klären, ob sie dich aus reiner Blödheit oder purer Bosheit mitsamt der Leiche des jungen Türmers auf den Pestkarren geladen haben. Zutrauen würde ich den dummdreisten Galgenvögeln beides, und am Ende wäre es für dich auch egal gewesen.«

Valentin nickte und trank noch einmal aus der Flasche.

»Ich habe die beiden Lumpen zum Teufel geschickt, wo sie hingehören«, brummte Jobst. »Am liebsten hätte ich sie bis Dresden geprügelt.«

Valentin schwieg. Er nahm einen letzten Schluck Pflaumenschnaps, bevor er auf das Bett kippte und in einen tiefen, traumlosen Schlaf versank.

Rufe und das Gemurmel erregter Stimmen weckten ihn. Er brauchte einen Augenblick, um sich daran zu erinnern, wo er sich befand. Es schien, als hätte er den ganzen Tag verschlafen, denn in der Hütte war es, bis auf das schwache Glimmen des Herdfeuers, vollkommen dunkel.

»Schinder?«, fragte Valentin halblaut. Als er keine Antwort erhielt, erhob er sich, entzündete einen Kienspan am Herdfeuer und sah sich um. Die Hütte war leer, aber draußen schwoll das Stimmengewirr weiter an. Valentin hörte dumpfe Schläge und das Splittern von Holz. Obwohl er kein ängstlicher Mann war und weder an Spuk noch Geister glaubte, überlief ihn ein Schauer. Wer wagte es, zu nächtlicher Stunde die Ruhe der Toten zu stören? Und wo, zum Teufel, war Jobst? Valentin ergriff eins der dicken Holzscheite, die neben dem Herd aufgeschichtet lagen, und trat vor die Tür.

An der hinteren Friedhofsmauer, dort, wo man für gewöhnlich die gemeinen Leute beerdigte, entdeckte er eine Gruppe von etwa zwanzig Gestalten. Sie hatten Fackeln in den Händen und beleuchteten damit das Geschehen an einem der Gräber. Ein Stück abseits hielten zwei Männer einen dritten fest, der sich heftig wehrte.

»Hört sofort mit dem Unfug auf und verlasst den Friedhof!«,

rief der Gefangene. Valentin erkannte die Stimme des Schinders.

Gebückt schlich er näher. Aber bereits nach wenigen Schritten wurde ihm klar, dass Vorsicht überflüssig war, denn die Menge an der Friedhofsmauer war viel zu sehr in ihr Tun vertieft. Die Leute hatten eines der Gräber geöffnet und den Sarg aus der Erde geholt. Zwei kräftige Kerle zerrten die Reste des zersplitterten Deckels von der einfachen Kiste. Drei weitere Männer standen daneben. Sie hatten ihre Spaten erhoben, als erwarteten sie, dass sogleich ein wildes Tier daraus hervorspringen würde.

»Lasst ab von eurem frevelhaften Tun und geht nach Hause, Leute!«, rief der Schinder, der sich noch immer vergeblich gegen den Griff seiner Bewacher wehrte. »Was hat euch das arme Mädchen denn getan, dass ihr noch ihren Leichnam schänden wollt?«

Einer der Männer drehte sich mit erhobenem Spaten zu Jobst um. Valentin fürchtete, er würde auf den armen Kerl einschlagen. Bereit, Jobst beizuspringen, machte er einen großen Schritt nach vorn. Doch der Mann ließ seinen Spaten sinken und packte den Schinder am Hemd. »Die Pest hat sie in die Stadt gebracht, die verdammte Hure! Jeder hier weiß das inzwischen!« Die Leute am Grab murmelten beifällig.

»Genau!«, vernahm Valentin die krächzende Stimme des alten Conz. »Und nun ist sie als Wiedergängerin unterwegs. Erst gestern hat sie den letzten ihrer Brüder nachgeholt.«

Hinter Conz schob sich der dicke Fritz nach vorn. »So ist es! Leute, ich schwör euch, Nacht für Nacht hören wir hier, wie die Toten in ihren Gräbern kauen und schmatzen«, rief er mit dröhnender Stimme. Die Menge keuchte entsetzt auf.

Valentin ballte die Fäuste, er musste sich mühsam beherrschen, um nicht sofort loszustürmen und sich auf den fetten Totengräbergehilfen zu stürzen. Er hatte schon befürchtet, dass die beiden Laderlumpen den Rausschmiss nicht so einfach hinnehmen und die erste Gelegenheit nutzten würden, sich an Jobst zu rächen. Aber ihm war klar, dass er allein nicht gegen die aufgewiegelte Menge ankommen konnte, zumal er sich noch immer schwach und benommen fühlte.

»Schmatzende und kauende Tote? Ihr werdet doch nicht auf solch abergläubischen Unsinn hören?«, rief der Schinder beherzt. »Die Einzigen, die hier schmatzen und schlürfen, sind diese beiden, wenn sie sich wieder sinnlos besaufen.« Er zeigte auf seine ehemaligen Gehilfen. »Geht nach Hause, Leute, und betet für das Heil eurer Seelen!«, forderte er.

Lautlos schlich Valentin näher. Dabei überlegte er fieberhaft, was er unternehmen könnte, um Jobst zu helfen und dem Treiben ein Ende zu setzen.

»Schweig still, Schinder!«, rief ein stiernackiger Kerl. Es war Brosius, der Sohn des Walkmüllers Windisch, wie Valentin undeutlich erkannte.

»Ja, halt's Maul!«, brüllte Fritz. »Du bist keiner von uns, Bolz! Kommst von Dresden und nimmst uns Pirnaischen die Arbeit weg! Und jetzt willst du uns auch noch daran hindern, für Ordnung in unserer Stadt zu sorgen.« Er lachte höhnisch. »Wer weiß, vielleicht stehst du gar im Bund mit dem Satan selbst? Oder warum sonst willst du nicht, dass wir uns vor dem Bösen schützen?«

Inzwischen hatte einer der Männer einen Grabstein erklommen und breitete die Arme aus. »Hört mich an, ihr braven Bürger von Pirna!«, rief er. »Das Böse ist in unsere Stadt gekommen, um uns alle zu vernichten. Der dort«, der Mann zeigte auf den Schinder, »sagt, dass ihr beten sollt. Aber zu wem, frage ich euch? Werden uns die Heiligen noch beistehen, so wie sie es früher taten? Oder straft uns der Herr gerade, weil sich so viele von ihnen abgewendet haben und heimlich dem martinischen Glauben anhängen?«

Beifälliges Gemurmel bewies, dass viele seine Zweifel teilten. Er reckte sich in die Höhe und hob eine Hand.

»Doch vielleicht zürnt er uns auch, weil wir weiterhin das liederliche Leben der Mönche in unserer Stadt dulden und die alten versoffenen Pfaffen?«

Einen Augenblick war es still, dann begannen die Leute zu lachen. Doch Valentin fand, dass sie eher verunsichert und ängstlich klangen.

»Ich sag euch was!«, rief der Mann. »Wir tun heute, was wir selbst für richtig halten und was unsere Vorfahren schon in alter Zeit getan haben. Wir graben jeden Einzelnen dieser verdammten Wiedergänger aus und schlagen ihm den Kopf ab! Jawohl!«

Seine volltönende Stimme war Valentin bekannt vorgekommen, und als der Schein einer Fackel nun auf das Gesicht des Mannes fiel, erkannte er ihn. Es war der Kleinschmied Peter Gebhart.

Die Leute stimmten mit begeisterten Rufen zu. Jetzt, da ihnen endlich einer sagte, was sie tun sollten, schien alle Unsicherheit von ihnen abzufallen. Voller Entsetzen beobachtete Valentin, wie einer der Männer seinen Spaten hob und ihn auf die Leiche in dem zerbrochenen Sarg niedersausen ließ. Ein dumpfes Geräusch ertönte, begleitet von einem lauten Knacken. Doch anscheinend hatte der Mann es nicht vermocht, sein grausiges Werk zu vollenden, denn er hob den Spaten erneut. Noch einmal stieß er mit voller Wucht zu. Diesmal zeigte das Splittern von Holz an, dass die Kante des Spatens sogar den Boden des Sarges durchschlagen hatte.

Auf dem Friedhof herrschte für einen Augenblick atemlose Stille. Es schien, als wären die Menschen nun, da sie das Ungeheuerliche vollbracht hatten, erneut verunsichert. Auch Valentin fühlte sich wie gelähmt. Gleichzeitig wurde ihm klar, dass dies der Moment war, in dem er handeln musste. Obwohl er sich kaum auf den Beinen halten konnte, war er entschlossen, dem

Wahnsinn ein Ende zu bereiten, bevor die aufgebrachte Menge Schlimmeres tat, als Leichen zu schänden.

Als Valentin vortrat, richteten sich alle Augen auf ihn. Langsam und mit Bedacht musterte er die Gesichter. Viele waren ihm wohlvertraut. Sein Vater hatte die Verletzungen dieser Männer behandelt und mit ihnen im Wirtshaus getrunken. In anderen erkannte Valentin Gefährten seiner Kindheit wieder.

Ein paar reagierten peinlich berührt, als sie ihn erblickten, aber ein Lehrling deutete mit dem Finger auf ihn. »Seht her, das ist der Bader! Er ist erst letzte Nacht an der Pest gestorben, oben auf dem Kirchturm. Ich schwör's, denn ich hab selbst gesehen, wie seine Leiche auf den Schinderkarren geladen wurde!« Die Stimme des Jungen kippte und endete in einem schrillen Ton. Hektisch begann er, sich wieder und wieder zu bekreuzigen. Andere taten es ihm nach. »Der Herrgott steh uns bei!«, murmelte jemand.

»Verfluchter Wiedergänger!«, rief der Mann, der Ursels Leiche zerstört hatte. Er hob seinen Spaten und kam drohend auf Valentin zu.

»Leute!« Die Stimme des Schinders schallte über den Friedhof. »Seid ihr denn von allen guten Geistern verlassen, dass ihr die Lebenden nicht mehr von den Toten unterscheiden könnt? Oder hat Euch gar der Teufel ins Gehirn geschissen, wie den zwei verblödeten Kerlen, mit denen mich der Rat gestraft hat?« Jobst drehte den Kopf zu Fritz und Conz, die ihn hämisch grinsend beobachteten. »Die beiden hätten Meister Arnold beinah umgebracht! Um ein Haar hätten sie ihn lebendig begraben.« Jobst stieß ein verächtliches Schnauben aus. »Und ihr? Ihr geht dem abergläubischen Gerede solcher Schwachköpfe auf den Leim! Wer weiß, vielleicht ist einer von euch dann der Nächste, den die Kürbisköpfe lebend verbuddeln?«

Die Leute tauschten verstörte Blicke, und der Mann mit der Schaufel wich tatsächlich einen Schritt zurück.

»Das ist alles nur üble Nachrede«, protestierte der alte Conz. »Das waren wir nicht! Der Nickel war's, dein blödsinniger Schwestersohn, den du in deiner Güte aufgenommen hast. Nicht wahr, Fritz?«, versuchte er das Blatt zu seinen Gunsten zu wenden. »Und das heißt auch noch lange nicht, dass die Türmerstochter keine Wiedergängerin ist! Schließlich lebt von ihren fünf Geschwistern inzwischen nur noch eins!«

»Stimmt genau«, rief Fritz. »Hat der Schwarze Tod erstmal in einem Hause Einzug gehalten, rafft er bald alle dahin. Und der Bader hier, der sollte das am besten wissen!«

»So ist es!« Lucas, der Sohn des Bürstenmachers Friedrich, der ein Nachbar war, schlug Valentin auf die Schulter und grinste ihn herausfordernd an. »Wirst du uns jetzt helfen?«

»Wobei?« Valentin spuckte aus. »Beim Schänden von Leichen? Was glaubst du, Lucas, erreicht ihr damit?«

»Na, wir verhindern, dass sich die Seuche weiter in unserer Stadt ausbreitet«, entgegnete der junge Bürstenbinder forsch.

»Wirklich?« Valentin tat erstaunt. Er trat einen Schritt auf Lucas zu und blickte ihm in die Augen. »Weißt du noch, als deine Schwester damals das Geschwür am Rücken hatte?«

»Ja, klar.« Lucas nahm seine Filzkappe ab und kratzte sich am Kopf. »Aber was hat das mit den Wiedergängern zu tun?«

»Ist sie damals gesund geworden, als deine Mutter ihr eine hohle Nuss mit einer lebenden Spinne darin um den Hals gehängt hat?«, erkundigte sich Valentin unbeirrt.

Lucas starrte ihn an. Dann sah Valentin, wie sich das Gesicht des jungen Mannes dunkelrot verfärbte. Er beachtete ihn nicht weiter, sondern wandte sich an Brosius, der breitbeinig neben ihm stand und sich auf seine Schaufel stützte.

»Und dir, Brosius, haben damals die Zaubersprüche deiner alten Muhme das Bein gerettet, das du dir gebrochen hast, als du vom Dach der Walkmühle gefallen bist. Stimmt's?«

Er ließ ihm keine Zeit zu antworten und drehte sich zu

Gebhard um, der inzwischen an dem Grabstein lehnte, auf dem er zuvor gestanden hatte. Der Kleinschmied hatte die Arme über dem Bauch verschränkt, der sich unter seiner Lederschürze wölbte.

»Als dein Weib den hartnäckigen Husten hatte, haben sie da die geweihten Kerzen geheilt, die du dir vom Munde abgespart hast?«

Beschämt senkte Gebhart den Blick.

»Geschwüre, Husten und ein gebrochenes Bein!« Eine mollige ältere Frau drängte sich nach vorn, reckte den Kopf und deutete mit dem Finger auf Valentin. »Das alles kann man mit gewöhnlichen Mitteln heilen, Badersohn. Da stimme ich dir zu! Aber die Pest ist etwas ganz anderes. Das wirst du wohl zugeben?« Es war die Hutzlerin aus der Holdergasse, von der es hieß, sie sei eine weiße Hexe.

»Ja, die Pest ist eine furchtbare Sache«, räumte Valentin ein. »Aber Krankheiten verbreiten sich nicht durch schmatzende Untote, sondern durch das Berühren der Kranken, ihrer Sachen oder durch das Einatmen verseuchter Luft. Was, meint ihr, geschieht, wenn ihr die Pesttoten hier ausgrabt und zerstückelt? Ihr setzt euch der allergrößten Gefahr aus, selbst krank zu werden!«

Er beobachtete, wie sich auf den Gesichtern ringsum Entsetzen ausbreitete. Der Mann, der der Leiche den Kopf abgeschlagen hatte, ließ seinen Spaten fallen. Die beiden Kerle, die Jobst festhielten, stießen ihn von sich.

»Geht nach Hause!«, mahnte Valentin. »Und haltet euch künftig vom Friedhof fern!« Aufatmend beobachtete er, wie sich die ersten Leute eilig entfernten.

Auch Fritz und Conz wollten sich unauffällig verdrücken, doch Jobst packte den Dicken am Kragen und zog ihn unsanft zu sich. »Du bleibst hier!«, knurrte er.

Geistesgegenwärtig ließ Valentin sein Bein nach vorn schnellen und brachte damit Conz zu Fall, der sich gerade davonschleichen wollte. Gemeinsam zerrten Valentin und Jobst die fluchenden Friedhofsgehilfen zur Hütte. Und weil die beiden Halunken selbst dann noch Gift und Galle spuckten, nachdem sie bereits an einen Baum gefesselt worden waren, schob Jobst jedem von ihnen einen Knebel in den Mund.

Aufatmend ließ Valentin sich auf die Bank vor der Hütte sinken. Wortlos hielt ihm der Schinder die Schnapsflasche hin, und in einträchtigem Schweigen tranken sie die letzten Schlucke daraus. In der Stille, die sich wieder über den Friedhof gebreitet hatte, ließ eine Nachtigall ihren Gesang ertönen. Während Valentin den schmelzenden Schluchzern des Vogels lauschte, senkte sich zum ersten Mal seit vielen Tagen Ruhe über ihn. Ihm war bewusst, dass sich seine Lage nicht geändert hatte. Noch immer saß Conrad unter Mordverdacht in der Fronfeste, und in der Stadt wütete weiterhin der Schwarze Tod. Aber für den Augenblick gab es nichts, was Valentin dagegen tun konnte. Er schloss die Augen und spürte, wie er langsam in den Schlaf hinüberglitt.

Ein unterdrückter Schrei ließ ihn aufschrecken. Neben ihm sprang Jobst von der Bank, stürzte ins Gebüsch und tauchte im nächsten Moment wieder daraus auf. Er hielt den zappelnden Nickel am Ohr gepackt.

»Wirst du wohl aufhören zu treten, verflixter Bengel!«, fluchte er und schubste den Jungen zur Bank. »Ich hab mich schon gefragt, wo du geblieben bist.«

»Ich habe gedacht, Ihr wollt mich nicht mehr auf dem Friedhof haben.« Nickel kaute an seiner Lippe. Er blickte unsicher zu Valentin und dann zu Conz und seinem Onkel. »Na ja, nach alldem heute, und wo mein Onkel auch noch die Leute gegen Euch aufgehetzt und die Gräber geschändet hat.«

»Damit hast du doch gewiss nichts zu tun, oder?«, erkundigte sich Valentin. Inzwischen glaubte er, den Jungen recht gut zu kennen. Ohne den schlechten Einfluss seines Onkels war er ein braver Bursche, und obendrein besaß er einen flinken Verstand.

Als Nickel heftig den Kopf schüttelte, schlug Jobst ihm gutmütig auf die Schulter. »Wenn der Nickel nicht gewesen wäre, würdest du dir den Friedhof jetzt vielleicht doch von unten ansehen, Bader.«

Nickel wurde rot vor Stolz. »Mir war ganz schwer ums Herz, als ich Euch oben auf dem Turm gesehen habe«, gestand er. »Ganz kalt und blass habt Ihr neben dem Bett des toten Türmersohns gelegen und Euch nicht mal gerührt, als mein Onkel nach Euch getreten hat.« Er zwinkerte verlegen. »Ich wollte nicht, dass sie mit Eurem Leichnam weiter Schindluder treiben, und darum habe ich Meister Bolz geholt, als wir hier ankamen. Allein er sollte Euch begraben.«

Unwillkürlich griff sich Valentin an die linke Flanke. Also deshalb schmerzten seine Rippen schon die ganze Zeit. Aber auch an anderen Stellen seines Körpers hatte er inzwischen Abschürfungen und Blutergüsse entdeckt, besonders an den Knöcheln. Schaudernd begriff er, dass Conz und Fritz dort den Strick befestigt hatten, um ihn am Seilzug vom Turm herabzulassen. Gewiss waren sie auch dabei nicht sonderlich achtsam gewesen, und er musste Gott danken, dass er sich nicht den Schädel an der Mauer eingeschlagen hatte! Er warf den beiden Galgenvögeln, die als dunkle Schemen unter dem Baum hockten, einen mörderischen Blick zu. »Möge der Teufel euch die Gedärme auskratzen, ihr widerlichen Mistkäfer!«

»Dafür wird Richter Seiler schon sorgen, wenn ich ihm morgen die Rädelsführer des nächtlichen Aufruhrs liefere!«, versicherte Jobst grimmig.

Kapitel 21

Nachdem der Richter und seine Männer tags zuvor gegangen waren, hatte die Köchin mit fliegenden Händen ihre Habseligkeiten zusammengepackt. Magdalena hatte ihr Geschimpfe noch immer im Ohr: »Keine zehn Pferde können mich dazu bringen, jemals wieder eine Mahlzeit an diesem Tisch zuzubereiten. Mein Seelenheil würde ich aufs Spiel setzen, bliebe ich auch nur eine Stunde länger in diesem verfluchten Haus!«

Nach der Flucht der Köchin hatte Magdalena gemeinsam mit Liese, der kleinen Magd, Justinas Leiche gewaschen und ihr ein frisches Kleid übergezogen. Sie war froh, dass das Mädchen nicht gefragt hatte, wozu das gut sein sollte, wenn sie den Leichnam anschließend in ein Laken einnähen und wie einen Packen schmutzige Wäsche vor die Tür legen mussten. Auch Tote, die nicht an der Pest gestorben waren, wurden dieser Tage vom Schinder eingesammelt und in großen Gruben verscharrt.

Am späten Nachmittag hatte Magdalena ihrer Magd freigegeben und erklärt, sie wolle sich zeitig in ihre Kammer zurückziehen, um über Nacht zu beten. Niemand solle sie stören, bis sie von selbst wieder herunterkäme. Liese, die wie jeden Tag schon vor dem Morgengrauen aufgestanden war, um den Herd zu feuern und Wasser zu holen, ging schlafen. Magdalena aber brühte in der Küche einen Aufguss aus den Kräutern, die Tscherna ihr gegeben hatte. Die braune Brühe roch streng und schmeckte widerlich. Wie der Kräuterhändler ihr geraten hatte, trank Magdalena nach und nach mehrere Becher davon.

Um Mitternacht waren aus dem anfänglichen Ziehen in ihrem Bauch so starke Krämpfe geworden, dass sie sich auf ihrem Bett zusammenkrümmte. Als der Schmerz nachließ, stand sie auf und trank auch noch den Rest des Aufgusses. Sie musste sich danach die Nase zuhalten und heftig schlucken, weil ihr das eklige Gebräu sofort wieder hochkam. Kurz danach begannen die Krämpfe erneut. Mit eiserner Faust pressten sie ihre Eingeweide zusammen, sodass sie sich schließlich doch in die Schüssel neben ihrem Bett erbrach.

In den folgenden Stunden fegte der Schmerz in immer neuen Wellen durch ihren gepeinigten Leib. Als sie es nicht mehr aushielt, biss sie in ein Kissen, weil sie fürchtete, ihre Schreie könnten die Magd im Erdgeschoss wecken. Ihr Herz galoppierte, und Haar und Hemd klebten schon bald schweißgetränkt an ihrem zuckenden Körper. In den kurzen Atempausen sagte sie sich immer wieder, dass die Schmerzen die gerechte Strafe für ihre Sünde seien und dass sie ihr Kind und ihr Seelenheil opferte, um Conrad zu retten. Dabei wünschte sie sehnlicher denn je, der blonde Bader mit den heilenden Händen wäre hier, um ihr beizustehen, oder wenigstens irgendeine andere mitfühlende Seele. Doch das war unmöglich, sie musste allein durch dieses Fegefeuer gehen.

Gegen Morgen bekam Magdalena Blutungen, und als sie sich schließlich auf den Nachttopf setzte, spürte sie, wie in einem heißen Schwall feste Klumpen aus ihrem Körper geschwemmt wurden. Danach ebbte der Schmerz ein wenig ab. Magdalena kroch zurück ins Bett. Am ganzen Leib zitternd presste sie sich ein zusammengeknülltes Laken zwischen die Beine. Sie hoffte, das Schlimmste überstanden zu haben, und fiel sofort in einen tiefen Erschöpfungsschlaf. Daraus erwachte sie erst, als jemand heftig und ausdauernd an die Tür ihrer Kammer klopfte. Es gelang ihr kaum, die Lider zu heben und sich darauf zu besinnen, was mit ihr geschehen war. Der Geruch nach Blut und Erbrochenem brachte es ihr in Erinnerung, noch bevor sie die dunklen Flecke auf den Dielen vor ihrem Bett sah.

»Herrin, es ist schon Nachmittag!« Das war Liese, ihre Magd. »Ich habe Eintopf gekocht. Wollt Ihr nicht runterkommen und etwas essen?«

»Nein. Lass mich schlafen«, rief Magdalena mit schwacher Stimme. Sie hatte höllischen Durst, traute sich aber nicht, Liese um Wasser zu bitten, denn dann hätte das Mädchen das Blut auf dem Bett, dem Fußboden und an ihrem Hemd gesehen.

»Herrin, soll ich Euch vielleicht eine Schüssel Suppe und einen Becher Wasser hochbringen?«, fragte Liese.

»Stell es vor die Tür. Ich hole es mir später«, erwiderte Magdalena. Sie lauschte den Schritten der Magd, die sich über die Treppe entfernten. Kurz dachte sie daran, das Laken zwischen ihren Beinen gegen ein neues auszutauschen. Es fühlte sich unangenehm feucht und klebrig an. Doch sie fand nicht die Kraft, sich zu erheben, und dämmerte schon bald wieder in die Dunkelheit des Schlafs hinüber.

KAPITEL 22

e, Bader!« Valentin spürte, wie ihn jemand an der Schulter rüttelte. »Du musst jetzt endlich aufstehen!« Aber Valentin wollte nicht aufstehen. Er war sich nicht einmal sicher, ob er es schaffen würde, die Augen zu öffnen. Seine Glieder waren schwer wie Blei, jeder Knochen in seinem Leib schmerzte. »Geh weg«, murmelte er, während er sich auf die andere Seite rollte. Aber dem anderen schien Valentins angeschlagener Zustand vollkommen gleichgültig zu sein. »Ich habe Nickel aufs Rathaus geschickt«, verkündete er mit einer Stimme, die für Valentins Geschmack viel zu munter klang. »Der Richter wird gleich mit seinen Männern hier sein, um die beiden Unruhestifter abzuholen. Ich bin mir sicher, dass er auch mit dir reden will. Also steh auf und richte dich ein bisschen her!« Valentin hörte, wie jemand an ihm schnüffelte. »Selbst für meine vollkommen abgestumpfte Nase riechst du ziemlich streng.«

Stöhnend griff sich Valentin an den Kopf. Sein Hirn hatte sich über Nacht in eine trübe Suppe verwandelt, in der Erinnerungen wie winzige Bröckchen umherschwammen. Der Kerl, der so beharrlich versuchte, ihn aus dem Bett zu zerren, musste sein neuer Freund sein – Jobst, der Schinder –, mit dem er in der Nacht einen Aufruhr auf dem Friedhof verhindert hatte. Und dass sich Valentin so beschissen fühlte, lag daran, dass man ihn gestern auf demselben Friedhof lebendig hatte begraben wollen. Er hatte sich wohl ein bisschen viel zugemutet in den letzten Tagen.

»Zum Henker, Bader, steh endlich auf!« Hektisch versuchte Jobst, Valentins schlaffen Körper aufzuhieven. »Nickel kommt zurück, und er hat den Richter gleich mitgebracht!«

Valentin riss erschrocken die Augen auf, kniff sie jedoch gleich wieder zusammen, als ihn ein Schwall kaltes Wasser traf. »Jetzt bin ich wach«, knurrte er, während er sich wie ein Hund schüttelte. Er griff nach dem Becher, den der Schinder ihm reichte, und leerte ihn in einem Zug. Danach rieb er sich mit der Decke das Gesicht trocken und strich sein feuchtes Haar zurück. Mit wackligen Beinen erhob er sich, um Jobst vor die Tür der Hütte zu folgen.

Tatsächlich kam Nickel mit stolzgeschwellter Brust anmarschiert, ihm auf den Fersen zwei Stadtwachen, die schwer an etwas schleppten, das in feinstes Linnen gewickelt war. Am Schluss der kleinen Prozession schritt würdevoll Richter Gregor Seiler. Der frische Morgenwind ließ die Schöße seines langen schwarzen Mantels wie Flügel hinter ihm herflattern. Auf den Bader wirkte er in diesem Moment wie ein Erzengel, der herabgestiegen war, um auf Erden mit Feuer und Schwert Gericht zu halten. Doch als Seiler näher kam, erkannte Valentin die allzu menschlichen Spuren von Erschöpfung und Gram auf seinem Gesicht.

»Wo sind die Aufrührer?«, donnerte der Richtherr, ohne eine Begrüßung abzuwarten. Die Wachmänner legten ihre Last neben dem Weg ins Gras und blickten sich suchend um.

Jobst deutete zu den Bäumen neben der Hütte, wo Fritz und Conz immer noch geknebelt und gefesselt hockten. Sie wirkten zerschlagen, aber keineswegs reumütig. Stattdessen warfen sie Jobst und Valentin aus blutunterlaufenen Augen hasserfüllte Blicke zu.

»Schafft den Abschaum in die Fronfeste! Mit denen werde ich mich später befassen«, befahl Seiler. Während die Wachen die beiden losbanden, musterte er Valentin mit hochgezogenen

Augenbrauen von oben bis unten. »Es stimmt also! Ihr weilt noch unter den Lebenden, Valentin Arnold.« Er stieß die Luft aus, und seine angespannten Schultern sackten ein Stück herab.

Valentin fragte sich, ob der Richtherr sich darüber freute oder ob sein Überleben nur ein weiteres Ärgernis für Seiler darstellte.

»Nur gestern«, knurrte der Richter, »als ich Euch dringend benötigt hätte, damit Ihr die Leiche von Justina Eckel begutachtet, habt Ihr es offenbar vorgezogen, Euch tot zu stellen!« Seine Stimme klang ungehalten, doch der Blick, mit dem er Valentin bedachte, wirkte beinah väterlich.

»Eckels Tochter ist tot?« Valentin konnte kaum fassen, was er hörte. »Und ich sollte die Leiche begutachten? Ja, wurde sie denn ermordet?«

»Na, meint Ihr, ich hätte Euch gebraucht, damit Ihr mir sagt, dass der Schwarze Tod sie geholt hat?«, empörte sich Seiler. »So was erkennt hier inzwischen jeder Trottel! Erwürgt wurde sie, soweit ich das beurteilen kann.«

»Erwürgt?« Valentin rieb sich übers Gesicht. Er glaubte, noch immer nicht richtig wach zu sein. »Genauso wie ihr Vater?«

»Seht Ihr!« Seilers Zeigefinger zielte anklagend auf Valentins Brust. »Genau das hättet Ihr mir gestern sagen können, wenn Ihr in der Verfassung dazu gewesen wärt!«

Unruhe erfasste Valentin. »Wo ist die Leiche?«

»Ich habe sie mitbringen lassen, nachdem ich gehört habe, dass ich Euch hier finde.« Seiler deutete auf die unförmige Last, die die Wachmänner geschleppt hatten.

Der Schinder schlug bereits die Laken zurück und enthüllte den toten Körper. Valentin kniete sich ins Gras. Zuerst betrachtete er eingehend Justinas Hals, dann untersuchte er Hände und Arme.

»Die Totenstarre löst sich bereits, sie ist also mindestens einen Tag tot«, sagte Jobst.

»So ist es«, bestätigte Seiler. »Ihre Stiefmutter fand sie gestern Vormittag im Kräutergarten. Käme die Eckelin selbst als Mörderin in Frage? Was meint Ihr?«

Unisono schüttelten Schinder und Bader die Köpfe.

»Nein«, beschied ihm Valentin. »Justina ist zwar eine Frau, aber deutlich größer und kräftiger als Magdalena Eckel. Und anders als ihr sturzbetrunkener Vater hat Justina sich gegen ihren Angreifer gewehrt.« Valentin deutete auf die unregelmäßig verstreuten Würgemale und einen Kratzer hinter dem rechten Ohr der Toten. »Seht her! Der Mörder muss mehrfach nachgegriffen haben, bevor sie das Bewusstsein verlor.« Er sah den Richter an. »Hat denn niemand im Haus etwas davon mitbekommen?«

»Soweit ich weiß, nicht.«

»Dann muss es trotzdem schnell gegangen sein, was wiederum auf einen geschickten, kräftigen Täter deutet. So wie bei Eckel«, schlussfolgerte Valentin.

Seiler schwieg und musterte ihn nachdenklich. Dann drehte er sich zu Nickel um. »Wie spät war es gestern, als dein Onkel und sein nichtsnutziger Kumpan unseren Bader auf den Schinderkarren geladen haben?«

Valentin fragte sich, was das mit Justinas Tod zu tun haben sollte. Er hatte das Gefühl, dass sein Verstand noch immer nicht richtig arbeitete.

»So genau weiß ich das nicht, Richtherr. Aber es muss noch vor neun Uhr am Morgen gewesen sein.« Der Junge zog die Nase kraus und kratzte sich am Kopf.

»Hm.« Seiler richtete seinen Blick erneut auf den Bader. »Was könnt Ihr mir außerdem über diese neuerliche Bluttat verraten?«

Valentin untersuchte Justinas Hände und pulte ein paar schwarze Krümel unter den Fingernägeln hervor. »Wahrscheinlich hat sie ihren Mörder gekratzt, aber genau kann ich das nicht sagen, weil Erde unter ihren Nägeln hängt. Sie hat wohl im Garten gearbeitet, bevor sie starb.« Er erhob sich mühsam und hielt sich an Jobst fest, als ihm schwarz vor Augen wurde. Es dauerte einen Augenblick, bis er das missbilligend verkniffene Gesicht des Richters wieder erkannte. »Jedenfalls spricht dieser Mord eher dafür, dass mein Bruder ihren Vater nicht getötet hat«, sagte er mit Nachdruck. Dann berichtete er, was er von Nickel und Magdalena über die beiden Friedhofsgehilfen erfahren hatte. »Sie hatten einen Grund und vermutlich auch die Gelegenheit, Euren Neffen zu töten.«

»So, so. Na, dann werde ich sie auch dazu befragen«, erklärte Seiler grimmig. »Aber Ihr solltet jetzt heimgehen und ein Bad nehmen! Ihr seht nicht nur aus wie etwas, das vom Schinderkarren gefallen ist, Ihr riecht auch so, Bader!« Angewidert rümpfte er seine lange Nase.

Erschöpft beobachtete Valentin, wie Seiler mit seinen beiden Wachen den Friedhof verließ. Bevor er sich um die Erfordernisse seines Leibes kümmern konnte, musste er unbedingt noch eine letzte Frage klären. »Sag mal, Schinder, was ist wirklich dran an dem Gerede über das Scharren und Schmatzen auf dem Friedhof? Nickel hat mir geschworen, er hätte es des Nachts ebenfalls gehört.«

»Ach, herrje!« Jobst lachte. Er ließ dem Jungen, der zu ihm aufsah und zaghaft nickte, seine Pranke auf die Schulter fallen. »Wenn du deine ungewaschenen Löffel nur weit genug aufsperren würdest, könntest du die Geräusche selbst jetzt am helllichten Tag hören.«

»Was?!« Nickel blickte sich ängstlich um.

»Du weißt doch bestimmt, dass sich Tierkadaver, die eine Weile herumliegen, aufblähen?«, fragte Jobst.

»Klar weiß ich das!«, erwiderte Nickel ein wenig beleidigt. »Und sie fangen an zu stinken.«

»Ganz genau!« Der Schinder grinste. »Das kommt von den

Faulgasen. Die entstehen im Inneren eines Körpers, wenn er verwest.« Er breitete seine schwieligen Hände aus. »Das geschieht in jedem Köper, den Gott geschaffen hat, egal ob es ein Hund ist, ein Schwein oder ein Mensch. Und wenn sich zu viele Gase angesammelt haben, dann entweichen sie durch die Köperöffnungen. Das kann sich wie Schmatzen, Furzen oder sonst was anhören. Aber es ist nichts Dämonisches, sondern Teil des Werdens und Vergehens, das Gott für alles Leben vorgesehen hat.« Er hob die Augenbrauen und ließ die Hände sinken. »Verstanden?«

Während Valentin sofort nickte, schien Nickel noch immer nicht überzeugt zu sein. »Aber warum habe ich das dann vor der Pestilenz noch nie gehört?«

»Wahrscheinlich wurden die Toten wegen der großen Eile in flacheren Gräbern beerdigt«, mutmaßte Valentin.

»So ist es«, bestätigte Jobst. »Die meisten meiner Gehilfen muss ich ständig ermahnen, die Gruben auch wirklich bis auf die vorgeschriebene Tiefe auszuheben, und ich fürchte, der alte Totengräber hat es damit nicht ganz so genau genommen.«

Nickel schaute auf seine schlammigen Holzpantinen. »So ist das also«, murmelte er.

Der Weg vom Friedhof nach Hause, den Valentin sonst im Handumdrehen zurücklegte, erschien ihm heute endlos. Die Passanten, die stehen blieben, um ihn offenen Mundes anzustarren, nahm er kaum wahr, während er sich durch die Gassen schleppte. Wie ein Traumwandler wankte er quer über den Markt zur Badergasse hinunter. Daheim ignorierte er Agnes' fassungslose Blicke, entledigte sich seiner Kleider und warf sie ins Feuer, bevor er sich am Wassertrog auf dem Hof von oben bis unten schrubbte. Dann begab er sich in seine Kammer, fiel aufs Bett und versank augenblicklich in einen tiefen Schlaf.

KAPITEL 23

ls Valentin die Augen aufschlug, schmerzte sein Köper noch immer, jede seiner Bewegungen fühlte sich hölzern und ungelenk an. Die lähmende Erschöpfung jedoch war gewichen, dabei konnte er nicht länger als ein paar Stunden geschlafen haben. Die elf Glockenschläge, die er durch das geöffnete Fenster vernahm, während er sich ein frisches Hemd überzog, bestätigten es. Unten in der Küche traf er auf Agnes.

»Ich habe nicht damit gerechnet, dass Ihr vor dem Mittag aufwacht, aber ich hab Euch trotzdem was vom Morgenmahl aufgehoben.« Die Magd stellte eine Schüssel Hirsebrei vor ihm ab, die sie großzügig mit Honig süßte. »Butter konnte ich schon seit Tagen nirgends kriegen. Es ist auch fast unmöglich, Vorräte an Getreide, Erbsen oder Bohnen einzukaufen. Und wenn die Bauern draußen vor den Toren was anbieten, dann ist das so teuer, dass kein anständiger Christenmensch es bezahlen kann!«

Valentin hörte kaum auf das, was sie erzählte. Stattdessen verschlang er heißhungrig den Brei und lächelte dankbar, als Agnes ihm die Schüssel erneut füllte.

»Hab mir gedacht, dass Ihr nach mehr als vierundzwanzig Stunden ordentlichen Hunger haben würdet«, sagte die Magd. »Unter dem Wasserkessel in der Badestube habe ich schon in der Früh eingeheizt, sodass Ihr auch gleich ein warmes Bad nehmen könnt.«

»Vierundzwanzig Stunden?« Valentin ließ den vollen Löffel sinken. »Was redest du da?«

Agnes stemmte die Arme in die Hüften und blickte mitleidig auf ihn herab. »Na, Ihr habt seit gestern Morgen durchgeschlafen. War auch nötig nach dem, was Euch widerfahren ist.«

Valentin runzelte die Stirn.

»Na, Eure Auferstehung von den Toten ist inzwischen Stadtgespräch, Meister! Das struppige Kerlchen, das gestern Euren Medizinkasten hergebracht hat, hat mir bei einem Teller Eintopf alles haargenau erzählt.«

»Ich habe einen ganzen Tag verschlafen«, murmelte Valentin kopfschüttelnd, bevor er sich wieder seinem Brei widmete.

»Und was ist in der Zeit sonst noch passiert? Gab es womöglich wieder einen Mord?«, erkundigte er sich, nachdem er den letzten Rest aus der Schüssel gekratzt hatte.

»Nach dem an Eckels Tochter?« Agnes zuckte mit den Schultern. »Nicht dass ich wüsste. Aber weil Ihr gerade von Mord redet, der Richter war vor zwei Stunden hier.«

»Was?« Valentin riss die Augen auf. »In eigener Person?«

»So leibhaftig, wie Ihr hier vor mir sitzt«, bestätigte Agnes, während sie das Geschirr abräumte. »Aber er wollte nicht, dass ich Euch wecke. Ich soll Euch sagen, die beiden Friedhofsgehilfen hätten bereits gestanden, dass sie Euch nicht nur aus Versehen auf den Totenkarren geladen haben, sondern in der mörderischen Absicht, Euch lebendig zu begraben.« Sie schnaubte vor Entrüstung auf. »Den Mord an Meißner hätten sie zwar geleugnet, aber der Richter meinte, sie würden schon noch reden. Spätestens dann, wenn Meister Hans ihnen sein Werkzeug zeigt.«

»Und Conrad?« Valentin sprang auf. »Hat er gesagt, wann mein Bruder freikommt?«

»Nein, davon hat er nichts gesagt.« Betrübt schüttelte Agnes den Kopf. »Aber Ihr sollt spätestens morgen zu ihm aufs Rathaus kommen, soll ich ausrichten.«

Im Grunde war Valentin klar, dass es dem gewissenhaften Richtherrn nicht reichen würde, zwei neue Verdächtige für den Mord an seinem Neffen zu haben. In Seilers Augen war Conrad damit noch nicht entlastet, vor allem deshalb, weil es keinen Hinweis darauf gab, dass die Friedhofsgehilfen auch Meister Eckel getötet hatten. Frustriert rieb sich Valentin mit den Händen übers Gesicht. Dabei spürte er das Kratzen seiner Bartstoppeln, und auch den widerlichen Leichengeruch war er nicht ganz losgeworden.

»Ich habe Euch Tücher, Rasiermesser und Seife in die Badestube gelegt. Und nehmt das mit!« Agnes drückte ihm ein Tonkrüglein in die Hand. »Eure Mutter hatte es noch angesetzt.« Valentin zog den Stöpsel heraus und erschnupperte eine Mischung aus Kampferöl, Rosmarin und einigen anderen Kräutern.

In der Badestube füllte er einen der Holzbottiche mit dem Wasser aus dem Heizkessel. Er legte Handtücher und Badeutensilien griffbereit, bevor er in den Trog stieg, um mit einem tiefen Seufzer in das warme Nass einzutauchen. Mehrfach wusch er seine Haare, danach schabte er sich den Dreitagebart aus dem Gesicht und goss das duftende Öl ins Wasser. Wohlig stöhnend ließ er seinen Kopf auf den Wannenrand sinken und schloss die Augen. Sein Körper entspannte sich, sein Geist trieb in einer Wolke aus Wasserdampf und Kräuterduft davon. Gerade waren ihm die Augen zugefallen, da holte ihn das Klappen der Tür, verbunden mit einem kühlen Luftzug, zurück in die Badestube.

Er setzte sich auf und spürte im selben Augenblick die Berührung rauer Hände in seinem Nacken. Erschrocken wollte er aufspringen, doch die Hände drückten ihn mit beängstigender Kraft zurück.

»Ruhig Blut, Valentin«, raunte eine tiefe, samtige Stimme an seinem Ohr. »Ich will mich doch nur mit eigenen Augen davon überzeugen, dass du tatsächlich noch am Leben bist.«

»Laurenz!« Valentin gab den Widerstand auf und ließ sich in die Wanne zurücksinken. »Bist du noch bei Trost, mich derart zu erschrecken?«, fragte er, während sich sein Herzschlag allmählich wieder beruhigte.

»Ob ich noch bei Trost bin?« Tscherna gab ein leises Lachen von sich. »Das fragt der Richtige!« Valentin spürte, wie ihm ein angenehmer Schauer über den Rücken rann, als der Kräuterhändler mit geschickten Fingern begann, die verhärtete Muskulatur seines Nackens zu kneten. »Jedes Mal, wenn ich dir begegne, scheint dich deine Schnüffelei in einen noch größeren Schlamassel gebracht zu haben als beim letzten Mal.« Tschernas Hände wanderten an Valentins Schulterblättern herab. »Hat es sich denn diesmal wenigstens ausgezahlt?«, flüsterte er. »Weißt du nun mehr über den Mörder?«

»Möglicherweise.« Valentin beugte sich nach vorn, damit Tschernas Hände auch die verspannten Muskeln an seinem Rücken erreichten, und für einen Augenblick blitzte der Wunsch in ihm auf, Laurenz möge noch ganz andere Dinge mit seinem Körper anstellen. Rasch unterdrückte er die verbotene Regung und konzentrierte sich stattdessen auf die Beantwortung der Frage. Doch während er erzählte, was er über die beiden Friedhofsgehilfen herausgefunden hatte, fiel es ihm schwer, seiner Stimme einen halbwegs normalen Klang zu verleihen. »Ich bin mir allerdings sicher, dass die beiden Halunken nichts mit dem Mord an Eckel zu tun haben, ebenso wenig wie Matthes Meißner selbst«, schloss er seinen Bericht. Verwirrt spürte er, dass sein Körper mittlerweile unter einer durchaus angenehmen, erregten Anspannung stand. Er betete zu Gott, dass Laurenz nichts davon mitbekam, und wünschte sich zugleich das genaue Gegenteil.

»Ach!« Tschernas Hände verharrten an Valentins Hals. »Und wer hat den Pfeffersack deiner Meinung nach umgebracht?«

Valentin erschauderte, als er den heißen Atem des Mannes in seinem Nacken spürte. »Ich glaube, das war derselbe, der dessen Tochter erwürgt hat«, sagte er, nachdem er sich sicher war, dass seine Stimme ihm wieder gehorchen würde. Er warf einen Blick über die Schulter, um zu sehen, was Laurenz von dieser Theorie hielt. Doch der zuckte nur mit der Schulter und lächelte, während er seine Finger zärtlich an Valentins Hals hinabgleiten ließ. Anschließend setzte er die Nackenmassage mit sanften Knetbewegungen fort.

Valentin schwieg, weil seine Gedanken zunehmend aus der Bahn gerieten. Mittlerweile liefen ihm Schauer der Erregung über den Körper, und er war sicher, dass Laurenz das genau so beabsichtigte. Einige bebende Atemzüge lang fragte er sich, ob er geneigt war, der Versuchung nachzugeben – hier, sofort. Er spürte Tschernas Zunge über die Beuge zwischen seinem Hals und seiner Schulter gleiten, was in aufregendem Kontrast zu dessen kitzelndem Barthaar stand. Doch als Laurenz die Zähne sanft in die empfindliche Haut von Valentins Ohr grub, tauchte in dessen Kopf ein Bild auf, das er sich seit Jahren verboten hatte: Er und Urs in der Badestube, eng umschlungen in einer Wanne wie dieser. Da wurde ihm klar, dass er noch nicht bereit war, sich auf Laurenz' Spiel einzulassen, vor allem nicht hier!

Er sprang so rasch auf, dass das Wasser überschwappte, griff nach einem der Tücher und wickelte es um seine Hüften. Dann drehte er sich zu Laurenz um, der verdutzt seine nassen Hosen betrachtete. »Hier!« Er warf ihm das zweite Tuch zu. »Wisch dich trocken und verschwinde! Ich muss gleich los, mich erwarten Kranke«, rief er.

Tscherna presste das Tuch gegen seinen Schoß und ließ es dann zu Boden fallen. Die jähe Abfuhr schien er nicht weiter übelzunehmen. »Wenn du mich brauchst, du weißt ja, wo du mich findest!«, rief er und verließ lachend die Badestube.

Valentin hörte, wie sich Tschernas Schritte entfernten und

die Haustür zuschlug. Sein Innerstes befand sich in Aufruhr, und er konnte nicht mehr verhindern, dass die Erinnerung an Urs ihn überflutete. Wie eine riesige Woge schlug sie über seinem Kopf zusammen und zog ihm den Boden unter den Füßen weg. Er sackte auf einen Schemel, stützte die Arme auf die Knie und barg das Gesicht in seinen Händen. Es war an einem Samstag gewesen, das würde er nie vergessen.

An diesem Tag war die Badestube wegen der zahlreichen Marktbesucher von außerhalb für gewöhnlich noch besser besucht als an den beiden anderen Badetagen. Dementsprechend gab es für alle im Haus viel zu tun. Schon tags zuvor hatten Valentin und Conrad in der Elbaue Laubbüschel für die Badequasten geschnitten, mit denen sich die Gäste im Schwitzbad gegenseitig abklopften. Der große Kesselofen neben der Badestube und der kleinere Ofen in der Schwitzkammer wurden noch vor dem Morgengrauen befeuert. Immer wieder mussten unzählige Eimer Wasser vom Brunnen ins Haus geschleppt und in den Kupferkessel gegossen werden. Noch bevor es so heiß geworden war, dass es in die Badezuber geschüttet werden konnte, schickte Meister Arnold seine Söhne hinaus in die Gassen der Stadt. Conrad, der schon als kleiner Steppke eine beachtliche Stimme gehabt hatte, verkündete an jeder Ecke lauthals den Beginn der Badezeit, und Valentin schlug dazu auf einem Kupferbecken. Während der Vater mit Bartscheren, Schröpfen, Aderlassen und Zahnziehen beschäftigt war, kümmerten sich die Mutter, ein Badeknecht und die beiden Mägde um das Wohl der Badegäste. Schon lange vor Beginn ihrer Lehrzeit gingen Valentin und Conrad ihren Eltern dabei zur Hand.

Aber sobald der letzte Gast gegangen war, begab sich der Vater in den Ratskeller, um mit seinen Freunden bei Bier und Wein den Abschluss einer arbeitsreichen Woche zu feiern. Der Knecht und die beiden Mägde hatten ihren freien Abend. Die

Baderin hielt indes einen ausgedehnten Schwatz bei ihrer Nachbarin. Es war Aufgabe der beiden Söhne, die Bottiche zu leeren, die Badestube zu wischen und auch sonst sämtliche Aufräumarbeiten zu verrichten. Meistens half ihnen ihr Freund Urs dabei. Doch in jenem Frühling, dem letzten, den Valentin daheim verbracht hatte, fand Conrad immer neue Ausreden, weshalb er die Badestube bereits verlassen musste, bevor alle Arbeit getan war. Natürlich wusste Valentin, dass es für den Sechzehnjährigen weitaus spannender war, den Samstagabend in der Vorstadt zu verbringen. Dort wetteiferte er mit den anderen Burschen um ein Lächeln oder ein Scherzwort von den jungen Mägden, die auf der Wiese am Plan Wäsche bleichten. Valentin sah seinem Bruder diese Pflichtvergessenheit großzügig nach, denn schließlich hatte er Urs an seiner Seite. Den ältesten Sohn des Türmers schien die Schar der Schnattergänse ebenso wenig zu locken wie Valentin selbst.

Eines Abends hatten sie beschlossen, das letzte Wasser aus dem großen Kessel zu nutzen, um sich selbst ein warmes Bad zu gönnen. Das hatten sie zusammen mit Conrad schon oft getan. Aber an diesem Abend war das Bad für Valentin vollkommen anders verlaufen. Fasziniert hatte er zugesehen, wie sich sein Freund entkleidete, um zu ihm in die Wanne zu steigen. Er hätte schwören können, dass er noch nie einen schöneren Jüngling gesehen hatte als Urs mit seiner zarten braunen Haut und seinen grazilen Gliedern. Geradezu verzaubert hatte er beobachtet, wie die Wassertropfen von der glatten Haut auf der Brust seines Freundes abperlten wie an feinpoliertem Marmor. Als Urs die feuchten, schwarzen Locken schüttelte und ihn anlächelte, setzte Valentins Herzschlag aus. Er brachte kein vernünftiges Wort hervor und hockte wie erstarrt im Wasser. Dafür regte es sich in seinen Lenden umso heftiger, was Urs kaum entgehen konnte. Valentin spürte, wie ihm das Blut in die Wangen schoss. Hin- und hergerissen zwischen Scham und

Verlangen hätte er sich in diesem Augenblick am liebsten in Luft aufgelöst! Doch Urs hatte einfach seine Hand ausgestreckt und Valentins Wange gestreichelt – ebenso zart wie Laurenz vorhin.

Valentin stöhnte und presste die Handballen gegen seine Lider. Er konnte dennoch nicht verhindern, dass ihm die Tränen in die Augen schossen, und ein hilfloses Schluchzen schüttelte seinen Körper.

Seit jenem Abend konnten und wollten Urs und Valentin die Hände nicht mehr voneinander lassen. Ihre gegenseitige Anziehung erschien ihnen wie ein Wunder und andererseits auch vollkommen natürlich, denn schließlich waren sie seit ihrer Kinderzeit enge Freunde gewesen. Dass die Zärtlichkeiten, die sie tauschten, und die immer kühneren Erkundungen ihrer erregten Körper nichts mehr mit einer gewöhnlichen Freundschaft zwischen jungen Männern zu tun hatten, verdrängten sie, denn keiner von ihnen wollte auf die Erfüllung, die sie dabei empfanden, verzichten.

So ging es bis spät in den Sommer, bis zu jenem Samstagabend, an dem Conrad ganz unvermittelt in der Badestube auftauchte. Valentin hatte nie erfahren, wie lange sein Bruder schon dagestanden und sie beobachtet hatte, denn draußen war gerade ein heftiges Gewitter niedergegangen. Außerdem hatte er mit dem Rücken zur Tür in der Wanne gesessen. Erst als Urs in seinen Armen heftig zusammenschrak, hatte er gemerkt, dass etwas nicht stimmte. Niemals würde Valentin die Mischung aus Unglauben, Abscheu und abgrundtiefer Enttäuschung vergessen, die er in den Augen seines Bruders gesehen hatte. Noch ehe Valentin ein Wort hervorbrachte, drehte sich Conrad um und rannte aus der Badestube. In jener Nacht hatte Valentin schlaflos in seinem Bett gelegen und bang auf jedes Geräusch im Haus gelauscht. Sosehr er sich eine Aussprache mit seinem Bruder gewünscht hatte, so sehr fürchtete er sie auch. Durfte er wirklich erwarten, dass Conrad für seine Liebe zu Urs Verständnis haben würde? Und wenn Valentin schon daran zweifelte, dass sein eigener Bruder ihn verstand – wäre dann überhaupt irgendjemand dazu in der Lage? Conrad kam erst kurz vor dem Morgengrauen wieder heim und ertrug klaglos die Prügel, die ihm der Vater verabreichte, als er sich übernächtigt und verkatert ins Bett schleichen wollte.

Vergeblich versuchte Valentin in den folgenden Tagen mit ihm zu reden. Conrad war nicht bereit zuzuhören, sobald Valentin auf Urs zu sprechen kam. Bald tauschten sich die Brüder nur noch über das Nötigste aus und gingen sich ansonsten aus dem Weg. Doch auch Urs veränderte sich. Die Frage, welche Konsequenzen ihr Tun haben könnte, hatten sie sich bis dahin nie ernsthaft gestellt. Seit ihrer Entdeckung konnte Urs aber an nichts anderes mehr denken. Tag und Nacht quälte ihn die Angst, Conrad könne sie verraten. Immer wieder musste sich Valentin anhören, welch grausame Strafen Männer, die sich der Sodomie schuldig machten, bereits auf Erden ereilen konnten – ganz zu schweigen vom unweigerlichen Verlust ihres Seelenheils. Valentin fragte seinen Freund, woher er diese schaurigen Details hatte. Er war sich sicher, dass in der Türmerstube über dergleichen ebenso wenig gesprochen wurde wie in seinem eigenen Vaterhaus. Aber Urs weigerte sich beharrlich, Auskunft zu erteilen. Irgendwann erzählte er schließlich doch, dass er im Kloster gewesen sei, um bei einem der Dominikanerpater die Beichte abzulegen. Seither besuche er den Mönch öfter, um von ihm Unterweisungen in gottesfürchtigem Leben zu erhalten. Bald erkannte Valentin seinen lebensfrohen Freund kaum wieder, und all seine Versuche, Urs' Ängste zu beschwichtigen, blieben ohne Erfolg.

Dabei musste Urs doch wissen, dass Conrad sie niemals verraten würde. Und die Mönche im Dominikanerkloster führten selbst keinen einwandfreien Lebenswandel – jeder in der Stadt wusste darüber Bescheid. Wie sollten sie also in der Lage sein, andere darin zu unterweisen, was in den Augen Gottes Recht und Unrecht war? Überhaupt wurde viel gezweifelt in jenen Tagen: an den Grundsätzen des Glaubens und den alten Riten ebenso wie an der römischen Kirche. In Wittenberg trotzte Martin Luther schon seit Jahren dem Papst, wobei er sogar Unterstützung von seinem Landesherrn erhielt. In Thüringen hatten sich die Bauern gegen ihre adligen Herren erhoben, und der Zwickauer Prediger Thomas Müntzer zog mit ihnen gemeinsam in den Krieg. Das Bauernheer stürmte Schlösser und Klöster. Der gemeine Mann nahm sich, was er brauchte, und vernichtete das Übrige, indem er seinen alten Peinigern den roten Hahn aufs Dach setzte. Fromme Landesfürsten bezahlten gottlose Söldner dafür, die aufständischen Untertanen abzuschlachten, und der rebellische Luther stimmte ihnen zu, indem er sich auf eine gottgewollte Ordnung berief. Was Gottes Wille war und was nicht, darüber hatte Valentin seither immer wieder nachgedacht.

Eine glaubwürdige Antwort auf die Frage hatte er bis heute nicht erhalten, und es erschien ihm noch immer widersinnig, dass etwas, das aus Liebe geschah und niemandem schadete, eine verdammenswerte Sünde sein konnte.

Aber damals hatten weder seine Worte noch seine Zärtlichkeiten ausgereicht, um Urs von seiner Angst zu erlösen. Immer wieder sprach der Freund davon, nach Böhmen zu gehen und in eins der dortigen Klöster einzutreten. Mönch wollte er werden, um den Rest seines Lebens für die Sünden seines Fleisches zu büßen. Und eines Tages verschwand er tatsächlich. Weder seinen Eltern noch seiner Zwillingsschwester hatte er Lebewohl gesagt. Valentin aber trat kurz darauf seine Wanderjahre an.

»Ist Euch nicht wohl, Meister?«

Valentin schrak auf. Er hatte nicht bemerkt, wie Agnes die Badestube betreten hatte. Schnell wischte er sich übers Gesicht und griff nach seinem Hemd. »Doch, doch, Agnes. Das Bad hat mir gutgetan«, sagte er, während er in seine Kleider fuhr.

»Na, dem Herrn sei Dank! In der Halle wartet nämlich die kleine Magd der Eckelin. Ich wollte sie wieder wegschicken, aber sie behauptet, ihre Herrin müsse sterben, wenn Ihr nicht sofort mitkämt. Ich hab ihr gesagt, auch wenn Ihr von den Toten auferstanden wärt, wärt Ihr noch lange nicht unser Herr Jesus und könntet den Schwarzen Tod heilen. Doch sie meinte, ihre Herrin leide keineswegs an der Pest.«

»Was hat sie dann?«, fragte Valentin, als Agnes kurz Luft holte. Er band seine Hose zu und drehte sich um.

»Das will sie nur Euch allein erzählen, hat sie gesagt.« Die Empörung über diese Geheimniskrämerei war Agnes anzusehen, ebenso ihre Neugier.

Valentin schmunzelte und eilte an ihr vorbei in die Halle.

»Bitte, Meister Arnold, Ihr müsst mitkommen zu meiner Herrin!« Das Mädchen stürzte auf ihn zu und ergriff seine Hand. »Ich habe solche Angst, dass sie verblutet«, flüsterte sie.

Valentin machte sich los. »Ist ja gut! Ich werde mit dir gehen.« Er eilte in seinen Behandlungsraum, die junge Magd folgte ihm auf dem Fuß.

»Sie blutet?«, fragte Valentin, während er begann, zusätzliche Leinenbinden in seinen Medizinkasten zu packen. »Wo und wie hat sie sich verletzt?«

»Das weiß ich nicht«, stammelte das Mädchen, das Valentin auf höchstens dreizehn Jahre schätzte. »Ich glaube, sie blutet innerlich.« Ihre Hände zitterten, und sie wirkte so verstört, dass Valentin fürchtete, sie würde im nächsten Augenblick umkippen.

»Innerlich?« Valentin nahm sie bei den Schultern. »Wie heißt du eigentlich?«

»Liese.«

»Also, Liese, du hast das Richtige getan, als du hergekommen bist. Und jetzt erzähle mir ganz genau, was du weißt.«

Stockend berichtete Liese, dass ihre Herrin schon seit gestern Morgen nicht aus ihrer Kammer gekommen sei und auch nichts gegessen habe. Heute früh, nachdem sie nicht einmal mehr auf lautes Klopfen geantwortet habe, hatte das Mädchen all seinen Mut zusammengenommen und den Riegel hinter der Tür mit Hilfe eines Messers geöffnet.

»Es roch furchtbar, und auf dem Boden, im Nachttopf, an den Laken war Blut zu sehen! Frau Magdalena lag totenbleich auf ihrem Bett und atmete ganz schnell. Als ich die Decke hob, sah ich, dass auch ihr Hemd voller Blut war, und zwischen ihren Beinen hatte sie ein Tuch, das war ganz und gar damit vollgesogen. Das Blut muss unten aus ihr herausgelaufen sein.« Das Mädchen wurde rot und schlug die Augen nieder. »So wie es bei Frauen alle paar Wochen geschieht, nur viel, viel stärker.«

»Ach, herrje«, murmelte Valentin. Für ihn klang das, als habe die Eckelin eine Fehlgeburt erlitten. Aber mit solchen Dingen hatte er bisher kaum Erfahrung sammeln können. Eilig sah er seine Kräuterbestände durch. Er brauchte etwas, das blutstillend wirkte. Blutbildend wäre auch nicht schlecht. Krampflösend vielleicht? Zum Henker, das war eindeutig ein Fall für eine Hebamme! Aber gab es in Pirna zurzeit überhaupt noch eine Wehmutter? Aber selbst wenn, bis er die gefunden hatte, konnte es längst zu spät sein. Seine Mutter und seinen Freund hatte er nicht retten können, aber diesmal handelte es sich nicht um die Pest. Gegen Magdalenas Leiden war vielleicht ein Kraut gewachsen, wenn er es nur schnell genug fand. Blutwurz – ja, das war gut! Und Brennnessel sollte ebenfalls wirksam sein bei Frauenbeschwerden, Frauenmantel sowieso. Er legte noch Kamille, Melisse und Ackerschachtelhalm dazu, dann klappte er seine Kiste zu. In der Halle hielt Agnes, die gute Seele, schon seinen Mantel bereit.

»Agnes, hast du eigentlich Kinder?«, fragte er, während er ihn überstreifte.

»Sechs hab ich geboren, aber der Herr hat sie allesamt wieder zu sich genommen, noch bevor sie richtig laufen lernten«, sagte die Magd. »Aber vielleicht war's am Ende gar eine Gnade.« Sie senkte den Kopf.

»Dann kommst du jetzt mit mir!« Valentin atmete auf, denn im Gegensatz zu Liese konnte ihm Agnes mit ihren Erfahrungen eine echte Hilfe sein.

Kapitel 24

Mühsam kämpfte sich Magdalena zurück ins Leben. Dabei wusste sie gar nicht, wozu das überhaupt gut sein sollte. Ihr Kind hatte sie getötet, bevor es leben konnte, und der Mann, den sie dadurch retten wollte, würde wahrscheinlich trotzdem sterben. Sicher, wenn sie tot war, würde sie in die Hölle kommen, oder zumindest für die nächsten hundert Jahre ins Fegefeuer. Schließlich hatte sie sich schwer versündigt und mehrfach gegen Gottes Gebote verstoßen. Aber waren die Jahre ihrer Ehe mit Eckel nicht fast genauso schlimm gewesen? Und predigte Pfarrer Grymer nicht immer, alles Leid, das man auf Erden erdulden musste, würde am Tag des Jüngsten Gerichts gegen die Sünden abgewogen, die man auf sich geladen hatte? Und dann gab es noch den Luther, der der Ansicht war, Gott würde seine Gnade all jenen zuteilwerden lassen, die wahrhaft glaubten, egal wie gut oder schlecht sie auf Erden gelebt hatten. Wie konnte man da sicher sein, was einen nach dem Tod erwartete?

»Magdalena! Seid Ihr wach?«

Die Stimme rief sie schon seit einer ganzen Weile und verlangte, dass sie die Augen öffnen solle. Aber Magdalena wollte nicht. Nach den Schmerzen, der Angst und der Kälte war es ganz ruhig in ihr geworden, still und dunkel. Diesen Zustand wollte sie sich erhalten, denn er war viel angenehmer als das Herzrasen und das Bauchweh, das sie bereits wieder verspürte. Sie krümmte sich zusammen und stöhnte.

»Magdalena!« Eine Hand schob sich unter ihren Kopf und hob ihn an. »Ihr müsst jetzt trinken!« Sie fühlte den Rand eines Bechers an ihren Lippen und drehte den Kopf weg. Sie wollte nichts trinken, ihr war übel! Aber die Hände ließen nicht locker. Erneut wurde der Becher an ihren Mund gepresst, und schließlich ergab sie sich und schluckte das bittere Gebräu herunter.

Als sie wieder wach wurde, sah sie im schwindenden Tageslicht eine vertraute Gestalt neben ihrem Bett. »Valentin Arnold?« Nein, sie musste träumen! Oder sie war wirklich tot. Was mochte der Bader wohl für Sünden begangen haben, dass er mit ihr gemeinsam in der Hölle gelandet war? Conrads Bruder hatte recht tugendhaft auf sie gewirkt.

»Magdalena, wie fühlt Ihr Euch?« Der Bader beugte sich über sie und legte eine Hand auf ihre Stirn. Eigentlich fühlte sich seine Hand sehr diesseitig an, warm und ein bisschen verschorft. Seine silbergrauen Augen blickten sie forschend an. Sie bemerkte seine langen dunklen Wimpern. Im Grunde viel zu schade für einen Mann, ebenso wie das dichte schwarze Haar, das sein schmales Gesicht in weichen Wellen umrahmte. Dafür war seine Nase mit dem gekrümmten Rücken etwas zu groß geraten. Nein, Valentin sah nicht so kantig und männlich aus wie sein Bruder. Aber auf seine Weise wirkte er ebenfalls sehr anziehend, vor allem wenn sich sein breiter Mund zu einem Lächeln verzog, so wie in diesem Augenblick.

»Auf jeden Fall schaut Ihr schon wieder ziemlich neugierig in die Welt«, stellte er fest.

»Ja, und Ihr seid nicht tot«, erwiderte sie.

»Nein, ebenso wenig wie Ihr.« Er lachte. »Doch damit das so bleibt, müsst Ihr jetzt trinken.« Er schob ihr ein Kissen unter die Schultern und hielt ihr schon wieder einen Becher an den Mund. »Der Aufguss wird Euch stärken. Ihr habt eine Menge Blut verloren.«

»Ich habe …«, Magdalena schluckte. Das Sprechen fiel ihr

schwer – vor allem *darüber* zu sprechen. Aber wahrscheinlich wusste der aufmerksame Bader längst, was sie getan hatte, oder er ahnte es zumindest.

»Nicht jetzt! Wir reden später, wenn Ihr wieder kräftiger seid.« Er hielt ihr erneut den Becher hin. Willig trank sie den mit Honig gesüßten Aufguss und ebenso die warme Hühnerbrühe, die er ihr anschließend einflößte.

Das klare Licht eines kühlen Herbstmorgens schien durch das Fenster ihrer Kammer, als Magdalena das nächste Mal erwachte. Statt Valentin Arnold saß Liese an ihrem Bett.

»Du hast den Bader geholt, nicht wahr?« Sie lächelte das Mädchen an. »Aber du darfst niemandem sonst erzählen, was du gesehen hast. Bitte, versprich es mir!«

»Das hat mir Meister Arnold auch schon erklärt. Aber ich würde doch nie etwas tun, das Euch schaden könnte, Frau Magdalena!« Impulsiv griff die junge Magd nach ihrer Hand. »Wo Ihr doch immer so gut und freundlich zu mir wart, ganz anders als die Tochter des seligen Herrn.« Sie biss sich auf die Lippen und errötete.

In diesem Augenblick betrat Arnold die Kammer.

Magdalena drückte Lieses Hand. »Bitte lass mich nun ein Weilchen allein mit Meister Arnold!« Sie wartete, bis ihre Magd die Tür hinter sich geschlossen hatte. »Justina hat mir kurz vor ihrem Tod noch einiges über ihren Vater erzählt, was Ihr wissen solltet, Valentin Arnold. Vielleicht hilft es Euch, den wahren Mörder zu finden.« Dann berichtete sie, was sie über die Unruhen um die neue Ratsordnung anno 1520 erfahren hatte, über Eckels langjährige Freundschaft mit Meißner und über den Hass, den ihr Mann heimlich gegen die alteingesessenen Familien gehegt hatte, die noch heute fest auf ihren Stühlen im Rathaus saßen.

Der Bader lauschte aufmerksam und stellte hin und wieder eine Frage. Dabei fühlte er ihren Puls und legte seine Hand auf ihre Stirn. »Ich denke, es geht es Euch inzwischen wirklich besser, sodass ich Euch eine Zeitlang Lieses Obhut anvertrauen kann. Ich werde gleich aufs Rathaus gehen, um mich mit Richter Seiler zu unterhalten. Ihr solltet aber unbedingt noch ein paar Tage das Bett hüten.« Arnold erhob sich und ging zur Tür. Dort drehte er sich noch einmal um. »Es war Conrads Kind, nicht wahr?«

Magdalena sah ihm in die Augen. Sie hatte geahnt, dass er ihr diese Frage stellen würde. Konnte er verstehen, warum sie so handeln musste? Oder würde er sie verurteilen, wenn er die Antwort kannte?

»Ja«, sagte sie endlich. Ihre Kehle war so eng geworden, dass sie kaum sprechen konnte, Tränen verschleierten ihre Sicht. »Justina wusste, dass ihr Vater mir schon seit vielen Monaten nicht mehr ehelich beigewohnt hatte. Das hat sie vor dem Richtherrn bezeugt.« Magdalena schluckte. »Wäre mein Zustand offensichtlich geworden, hätte Seiler die Bestätigung für einen Ehebruch gehabt. Für mich und das Kind hätte es ewige Schande bedeutet, aber für Euren Bruder wäre es das endgültige Todesurteil gewesen.« Während sie sprach, hatte sie den Bader nicht aus den Augen gelassen, denn aus irgendeinem Grund war es ihr wichtig zu wissen, wie er über sie dachte. In seinem offenen Gesicht arbeitete es. Fassungslosigkeit, Schmerz und Mitgefühl wechselten in rascher Folge, aber nicht einen Augenblick schien er die Wahrheit ihrer Worte anzuzweifeln. »Zu dem Zeitpunkt, da ich mich entschloss, die Kräuter anzuwenden, hielt ich Euch für tot und sah keinen anderen Ausweg«, fügte sie hinzu.

Er nickte. »Versucht jetzt zu schlafen. Ich sehe morgen wieder nach Euch.«

Magdalena blickte noch eine ganze Weile auf die Tür, die er nur angelehnt hatte. Auf einmal schien es ihr, als würde ein wärmender Funke in der dunklen Kälte entzündet, die seit vielen Tagen in ihrem Inneren herrschte.

KAPITEL 25

Schön, dass Ihr Euch auch mal wieder hier blicken lasst, Arnold«, knurrte Richter Seiler, kaum dass der Bader die Ratsstube betreten hatte. Er musterte Valentin skeptisch. »Ist das Blut an Eurem Ärmel? Dann waren Eure Kranken also wieder einmal wichtiger als eine Unterhaltung mit dem letzten Mann, der hier im Rathaus noch die Stellung hält!«

»Ich wundere mich, warum Ihr Pirna nicht verlassen habt wie die anderen Herren vom Rat«, entfuhr es Valentin. »Selbst Pfarrer Grymer ist inzwischen zu Verwandten in die Lausitz gezogen, heißt es.«

»Ihr wollt wissen, warum ich die Stadt nicht aus Furcht vor der Pestilenz im Stich lasse und mich feige davonmache?« Seiler starrte ihn grimmig an. »Das kann ich Euch sagen! Weil es ein Akt des Unglaubens wäre, würde ich ein Amt verlassen, auf das ich einen Eid geschworen habe! Und wer sagt überhaupt, dass die Pest mich nicht trotzdem erwischen würde, so wie die anderen Söhne unseres zweiten Bürgermeisters.« Der Richter schleuderte den Brief von sich, den er gerade gelesen hatte. »Da tu ich doch besser, was Gott und die Bürger dieser Stadt von mir erwarten. So wie auch Ihr, Bader.« Widerwillige Anerkennung blitzte in Seilers dunklen Augen auf. »Ein starker Glaube ist noch immer der beste Schutz vor der Pest!«

Valentin verstand.

»Und jetzt lasst uns über das reden, was ich hier von Amts wegen vertrete: Recht und Ordnung.«

»Deswegen bin ich hier«, bestätigte Valentin. »Ihr habt wohl nicht die Absicht, meinen Bruder freizulassen, nachdem ich Euch zwei bessere Kandidaten für den Mord an Eurem Neffen geliefert habe?«

»Mag sein, dass Ihr das habt. Aber solange ich kein Geständnis von den beiden Galgenvögeln habe, bleibt Euer Bruder weiterhin im Gewahrsam!«

»Und der Mann, der Meister Eckel und dessen Tochter erwürgt hat, sucht sich vielleicht gerade sein nächstes Opfer aus«, stieß Valentin wütend hervor.

»Dann müsst Ihr ihn vorher finden, Arnold!« Der Richter sah ihn mit bohrendem Blick an.

Valentin hielt dem Blick stand. »Ihr glaubt, das Richtige zu tun«, erwiderte er schließlich. »Aber ich will Euch auch ein paar Fragen stellen, Richter!«

»*Ihr* wollt *mir* Fragen stellen!« Seilers Stimme schwoll ebenso an wie die Ader an seiner Schläfe. Bader und Richter starrten einander über den Tisch gebeugt an. Schließlich lehnte sich Seiler mit einem müden Schulterzucken zurück. »Gut. Was wollt Ihr wissen?«

Valentin berichtete, was er von Magdalena erfahren hatte. »Aber Ihr könnt Euch wahrscheinlich noch besser an die stürmische Zeit erinnern, als Herzog Georg den Rat zwang, die neue Ordnung anzunehmen?«, fragte er zum Schluss.

»Selbstverständlich! Ich bin zwar alt, aber noch lange nicht senil«, empörte sich der Richter.

»Glaubt Ihr wirklich, es ist purer Zufall, dass die drei Morde ausgerechnet die Familien von Männern betreffen, die damals der Anstiftung zum Aufruhr bezichtigt wurden?«

Seilers Miene verdunkelte sich. »Wollt Ihr etwa behaupten, die alten Ratsherren wie Jeronimy Promnitz oder Wenzel Hennigke würden sich nach zwölf Jahren plötzlich genötigt fühlen, es Meißner und Eckel heimzuzahlen? Und dann auch noch, indem sie deren Kinder ermorden?«, polterte Seiler. »Da hätte ich mehr Witz von Euch erwartet, Arnold!«

Valentin ignorierte den Ausbruch. Er wusste selbst nicht so genau, worauf er hinauswollte. Aber dass mehr hinter der Sache steckte, als er bisher sah, davon war er überzeugt.

»Die alten Ratsfamilien haben längst keinen Grund mehr, sich wegen der neuen Ordnung zu grämen. Sie haben ihre Sitze im Rat behalten, und meinen Schwager haben sie auf ihre Seite geholt, indem sie ihn zum zweiten Bürgermeister machten.«

»Aber der Herzog hat mit der Ratsordnung von 1520 auch Verordnungen getroffen, die für die alten Ratsherren schmerzhaft waren. Zum Beispiel sind die Zünfte seither nicht mehr gezwungen, ihr Bier ausschließlich bei den Ratsfreunden zu kaufen. Das Braurecht wird gerechter gehandhabt. Und die Ratsherren müssen nun denselben Preis für Ziegel und Kalk aus der Ziegelscheune zahlen wie gewöhnliche Leute. Jeder Schock Groschen, der als Entgelt für den Erwerb des Bürgerrechts eingenommen wird, muss als Einnahme in der Kämmereirechnung vermerkt werden und darf nicht in die Tasche eines Ratsherrn wandern. Auch die Einnahmen aus dem Verkauf von Salz, Eisen und Malz sollen ausschließlich der Gemeinde zugutekommen«, rief Valentin sich die Verordnungen ins Gedächtnis, an die er sich erinnerte. 1520 war er erst dreizehn Jahre alt gewesen. Aber da die Baderfamilie zu den einfachen Leuten gehörte, die sich von der neuen Ordnung mehr Teilhabe am Reichtum der Stadt versprachen, war im Hause Arnold oft über diese Dinge gesprochen worden.

Als Valentin sah, wie Seiler den Kopf schüttelte, führte er den Punkt ins Feld, der ihm bisher am wichtigsten erschien. »Und alljährlich muss der Rat die Einnahmen und Ausgaben der Stadt vor den Rechherren offenlegen!«

»Ach ja, unsere sechs Rechherren! Zu denen Thomas Eckel,

nebenbei bemerkt, ebenfalls gehörte«, sagte Seiler gedehnt. »Nun, die Anhörung vor ihnen verläuft, zumindest so lange, wie ich meinen Sitz im Rat habe, stets in gegenseitigem Einvernehmen. Glaubt mir, Bader, Ihr vergeudet Eure Zeit, wenn Ihr dem Verdacht nachgeht, die alteingesessenen Ratsherren würden noch immer Groll gegen Eckel oder Meißner hegen!«

Der eigenartige Unterton in Seilers Stimme war Valentin nicht entgangen, und er überlegte fieberhaft, wer ihm mehr über die internen Vorgänge im Rat erzählen konnte. Seilers Räuspern riss ihn aus seinen Gedanken.

»Aber vielleicht wärt Ihr jetzt so gütig, Euch anzuhören, weshalb *ich* Euch aufs Rathaus bestellt hatte.«

»Natürlich, Richtherr«, versicherte Valentin. »Darum bin ich hier.«

»Wie großzügig von Euch!« Die Stimme des Richters troff vor Ironie. »Aber ich will ebenfalls großzügig sein, indem ich Euch eine Warnung zukommen lasse, Bader.«

Valentin versuchte, gelassen zu erscheinen. In Wahrheit machte er sich Sorgen, dass Seiler davon erfahren haben könnte, in welche Schwierigkeiten sich Magdalena gebracht hatte und dass er ihr dabei half, die Tötung ihrer Leibesfrucht zu verheimlichen.

»Wie Ihr inzwischen wisst, habe ich die beiden ehemaligen Friedhofsgehilfen vernommen. Sie versicherten mir, dass sie mit dem Mord an meinem Neffen nichts zu schaffen hätten, weil sie in der Nacht, da die Tat geschah, ein Geschäft mit Holzpaschern am Elbufer unterhalb des Schlosses abgewickelt haben«, erklärte Seiler.

Valentin atmete auf. Mit Holzschmuggel hatte er wahrlich nichts zu schaffen.

»Ich denke zwar, die beiden Galgenstricke könnten meinen Neffen trotzdem erstochen haben, vielleicht vor ihrem Treffen mit den Paschern oder hinterher.«

Valentin horchte auf. Möglich war das, aber er selbst hielt es nach der Befragung von Nickel nicht für wahrscheinlich. Solange der Richter ihn dazu nicht direkt fragte, würde er das aber für sich behalten.

Doch Seiler hatte offenbar etwas anderes im Sinn. »Wie meine Nachforschungen ergaben, erlebt der Schmuggel in Pirna gerade eine nie da gewesene Blüte. Und Laurenz Tscherna, der Kräuterhändler, mit dem *Ihr* Geschäfte macht, steckt mittendrin!« Seilers Stimme hatte einen scharfen Ton angenommen. »Der Mann spielt in unserer Stadt eine äußerst undurchsichtige Rolle.«

Nun, dass Laurenz nicht auf den üblichen Wegen an seine exotische Ware kam, war Valentin längst klar. Den Plan, den Richter davon zu überzeugen, dass der Kräuterhändler eine Apotheke in Pirna eröffnen durfte, konnten sie für die nächste Zeit vergessen.

»Mag sein«, sagte er vage und zuckte mit den Schultern. »Aber Tscherna ist zurzeit der Einzige, bei dem ich Nachschub für meine Arzneien bekomme. Ich kann nicht zulassen, dass noch mehr Menschen sterben, nur weil es mir noch an den nötigsten Mitteln fehlt, sie zu behandeln. Wenn Euch das nicht gefällt, könnt Ihr mich ja ebenso einsperren wie meinen Bruder«, entgegnete Valentin aufgebracht.

»Redet keinen Unsinn!«, knurrte Seiler. »Im Augenblick habe ich weder die Möglichkeit noch die Absicht, etwas gegen den Schmuggel zu unternehmen. Ich brauche Eure märtyrerhaften Anwandlungen nicht, um zu wissen, dass ich damit die letzten Adern durchtrennen würde, die diese Stadt noch am Leben halten. Einen Rat wollte ich Euch geben, das war alles. Macht damit, was Ihr wollt. Und jetzt verschwindet, ich habe zu tun!«

Nachdenklich verließ Valentin das Rathaus. Selbstverständlich hatte Seiler recht: Laurenz Tscherna war ein undurchsichtiger Mann. Aber was für einer! Prompt stellte sich bei Valentin die Erinnerung an die zugleich kraftvollen als auch sanften Hände auf seinem Körper ein. Wie lange würde er es schaffen, ihrer Versuchung zu widerstehen? Doch was würde geschehen, wenn er seinem Verlangen nachgab? Pirna war nicht Antwerpen.

Aber derlei Überlegungen waren zurzeit müßig, denn Valentin hatte einen Mörder zu finden. Also strich er Laurenz aus seinen Gedanken und widmete sich der Frage, wer ihm etwas über die Geheimnisse des Hohen Rates erzählen würde. Egal, welcher Ansicht Seiler war, Valentins Verdacht, dass die Morde damit zusammenhingen, hatte sich verdichtet.

Zuvor jedoch wollte er noch ein paar der Kranken aufsuchen, die er kurz vor dem Tod seiner Mutter behandelt hatte. Er hoffte, zumindest diejenigen, die nicht an der Pestilenz erkrankt waren, inzwischen auf dem Weg der Besserung anzutreffen. Da er sich um Meister Kempe mit seiner schwärenden Wunde am Arm die meisten Sorgen machte, beschloss er, den Schmied als Ersten zu besuchen.

Bis zur Schmiedegasse war es vom Rathaus nur ein Katzensprung, und so klopfte er schon kurz darauf an Kempes Tür. Er freute sich, als er sah, dass seine Sorgen unnötig gewesen waren. Die Wunde hatte sich nicht wieder entzündet und war bereits dabei, zu verheilen.

»Ich habe mich peinlich genau an Eure Anweisungen gehalten, Valentin«, erklärte Kempe. »Denn als einarmiger Schmied könnte ich auch gleich beim Rat eine Bettellizenz beantragen.«

»Von wegen Bettellizenz! Was du wieder redest, Mann«, mischte sich Kempes junges Weib ein. »Die hohen Herren hätten schon was Besseres für dich gefunden. Schließlich bist du nicht irgendwer, sondern einer der sechs Rechherren!« Sie warf dem Bader ein stolzes Lächeln zu.

Valentin holte überrascht Luft. »Ihr seid Rechherr? Seit wann denn, Meister Kempe?«

»Tja, das müsste inzwischen an die sechs Jahre her sein. Aber es ist keine so große Sache, wie meine Anna glaubt«, wehrte der Schmied ab und zwickte seine Frau liebevoll in den drallen Hintern. »Hol uns lieber einen kühlen Trunk aus dem Keller, Weib, statt dich in Männergespräche zu mischen«, verlangte er. »Aber vom guten Rheinwein, hörst du! Falls das Fass noch was hergibt.«

»Ihr seid zu bescheiden, Meister Kempe! Als Rechherr obliegt Euch schließlich die Aufgabe, darauf zu achten, dass die Ratsfreunde von den Geldern, die sie im Namen der Stadt einnehmen, nicht zu viel in ihre eigenen Taschen stecken, wie es früher oft der Fall war.« Valentin überlegte, wie er Kempe dazu bringen konnte, mehr zu erzählen, ohne eine direkte Frage zu stellen. Andererseits, warum sollte er nicht offen reden? Schließlich war sein Vater nicht nur ein guter Kunde des Schmiedemeisters gewesen, sondern auch dessen Freund.

Also fasste er sich ein Herz und berichtete Kempe von seinem Gespräch mit dem Richter und dem Verdacht, die Morde könnten eine späte Rache für Eckels und Meißners Rolle beim Zustandekommen der neuen Ratsordnung sein.

Der Schmiedemeister hörte ihm aufmerksam zu. Dann schenkte er sich und seinem Gast einen weiteren Becher Wein ein. »Na gut, wenn's Euch hilft, dann will ich mal erzählen, wie es zugeht, wenn die Ratsfreunde uns vor Weihnachten zu ihrer letzten Sitzung laden, um Rechenschaft abzulegen.« Er warf Valentin einen verlegenen Blick zu, und sein Gesicht rötete sich. »Als ich das erste Mal dabei war, lief das noch ziemlich nüchtern ab. Bei ein paar Krügen Bier verlas der Kämmerer die Rechnungen der Stadt. Wie viel an Geschoss- und Marktgeldern man in diesem Jahr eingenommen hatte, wie hoch die Einnahmen vom Salz, von der Waage und vom Biere gewesen waren. Dann folgte die Auflistung der Ausgaben für die Ämter der Ratsherren und für die Erstattung ihrer Auslagen, wenn sie von Amts wegen verreisen mussten, Ausgaben für diverse

Bauarbeiten, fürs Hospital, für arme Leute und elende Kinder. Das war ziemlich ermüdend und ging bis zu den Zubußen, die der Rat für den Anteil der Stadt an etlichen Bergwerken leisten muss. Ein oder zwei der älteren Rechherren stellten am Ende noch ein paar Fragen, dann hatte sich das Ganze erledigt. Ein Jahr später gab es neben dem guten Freibergischen Bier schon Wein. Und weil es außer mir auch den anderen so ging, dass wir den Ausführungen des Kämmerers danach nicht mehr ganz folgen konnten, reichte man im Jahr darauf vor Wein und Bier ein paar Pasteten und Striezel, als Grundlage sozusagen.« Kempe räusperte sich und befeuchtete die trockene Kehle mit einem weiteren Schluck Wein. »Inzwischen muss man das Ganze wohl schon als Gelage bezeichnen – mit zahlreichen Gängen, einschließlich Kuchen und Süßspeisen. Dabei fließen Wein und Bier in solchen Mengen, dass mancher Rats- oder Rechherr es später kaum bis zur eigenen Haustür schafft.« Er lachte.

Valentin war einen Augenblick sprachlos. »Und die Rechnungslegung?«, fragte er verwirrt.

»Na, die findet statt. Was glaubt Ihr denn! Aber mal ehrlich, ich kann zwar einigermaßen rechnen, doch die vielen Beträge, die ich da zu hören bekomme, kann ich so schnell gar nicht zusammenzählen. Das hat, soweit ich weiß, nicht mal Meister Eckel geschafft, und der konnte rechnen wie kein Zweiter. Nicht umsonst hat ihn der Rat immer wieder nach Joachimsthal geschickt, damit er sich dort persönlich davon überzeugt, was aus den Zubußen wird, die die Stadt alljährlich für einige Silberstollen zahlt. Ich glaube, er hatte dort auch selbst ein paar Kuxe.«

Valentin entsann sich, dass Magdalena ihm von den Bergwerksanteilen erzählt hatte, die Eckel sich gekauft hatte. Doch im Augenblick interessierte ihn etwas anderes viel mehr.

»Wie denn, Ihr bekommt kein Papier in die Hand, auf dem

Ihr die Zahlen in Ruhe überprüfen könnt?« Die Rechnungslegung des Rates verlief ganz anders, als er es sich bisher ausgemalt hatte.

»Nein, nein! Es ist Brauch, dass wir die Rechnungen lediglich vorgelesen bekommen«, bestätigte Kempe. »Ich meine, wir sehen natürlich auch, dass der Kämmerer und der Stadtschreiber darauf achten, dass alles ordentlich und übersichtlich aussieht in den Rechnungsbüchern – nicht so schlampig wie vor 1520.«

»Und hat sich denn niemals jemand deswegen beschwert?«

»Nein. Wozu? Die Stadt blüht und gedeiht doch … ähm, zumindest tat sie das bis zu dieser verfluchten Pestilenz.«

»Also hat sich niemals jemand beklagt? Auch Meister Eckel nicht?«

»Ne, dessen Geschäfte gediehen doch bestens, vor allem seit sein Freund Paul Meißner im Rat saß.«

Frustriert stellte Valentin fest, dass ihn die Unterhaltung mit dem Schmiedemeister nicht weitergebracht hatte. Keiner der alten Ratsherren schien einen Grund zu haben, sich an Eckel oder Meißner zu rächen. Alle waren zufrieden damit, wie die Dinge liefen. Aber eine allerletzte Frage bewegte ihn noch. »Hat man eigentlich jemals herausgefunden, wer das Salzregister verschwinden ließ, als Herzog Georg 1518 alle Rechnungsbücher der Stadt sehen wollte?«

»Soweit ich weiß, hat man damals Paul Schwarze, den Ratsältesten, dafür verantwortlich gemacht.« Kempe zuckte mit den Schultern. »Jedenfalls ist der Mann danach niemals wieder in den Rat gewählt worden.«

»Paul Schwarze, der Tuchmacher? Hat der nicht in dem Haus gewohnt, das heute den Eckels gehört?«

»Ja, das musste die Familie anno 1521 verkaufen, denn mit Schwarzes Tuchmacherwerkstatt ging es bergab, nachdem er seinen Sitz im Rat verloren hatte«, bestätigte Kempe.

»Aber dann hätte der Mann doch allen Grund, wütend auf Eckel und dessen Familie zu sein!« Valentin hielt es kaum noch auf seinem Stuhl. Endlich hatte er eine verwertbare Spur! »Wo wohnt Paul Schwarze heute?«

»Schwarze ist längst tot. Er hat sich in seiner eigenen Werkstatt erhängt, als er kurz vor dem Ruin stand«, sagte Kempe.

Valentin sackte enttäuscht auf seinem Stuhl zusammen, denn er erinnerte sich nun ebenfalls an den Vorfall. Er und Conrad hatten sich damals mit Grauen ausgemalt, wie sie sich anstelle von Schwarzes Söhnen gefühlt hätten. Das brachte ihn auf einen weiteren Gedanken. »Was wurde eigentlich aus dem Rest der Familie? Hat nicht der älteste Sohn versucht, die Werkstatt wieder zum Laufen zu bekommen?«

»Ja, zunächst schien das auch in Ordnung zu gehen. Aber kurz nachdem ich Rechherr wurde, hat man bei ihm gefälschte Tuche gefunden und ihn aus der Zunft ausgeschlossen. Er hat sich darauf an der gleichen Stelle erhängt wie sein Vater. Seine alte Mutter aber ist vor lauter Gram ins Wasser gegangen. Eine schlimme Geschichte war das damals.« Kempe fuhr sich mit der gesunden Hand übers Gesicht. »Die jüngeren Söhne haben die Stadt verlassen. Man erzählt sich, sie wären ins Gebirge gegangen, um irgendwo Silber zu schürfen. Dort sollen sie später bei einem Grubenunglück ums Leben gekommen sein. Möge der Herr ihren armen Seelen gnädig sein!«

Der letzte Schluck aus Valentins Becher schmeckte schal, denn die vermeintliche Spur hatte sich am Ende als Sackgasse entpuppt. »Habt Dank, Meister Kempe, sowohl für den Trunk als auch für Eure Auskünfte!« Er erhob sich.

»Tut mir aufrichtig leid, dass ich Euch nicht weiterhelfen konnte, Valentin! Aber ich halte die Ohren offen und komme zu Euch, falls ich etwas erfahre, das Euch helfen kann. Bis dahin werde ich jeden Tag für Euren Bruder beten!«, versicherte der Schmiedemeister, während er Valentin zu Tür begleitete.

KAPITEL 26

In den nächsten Tagen nahm Valentin seine Arbeitsroutine wieder auf, die vor allem darin bestand, Menschen Mut zuzusprechen, die einen Angehörigen an den Schwarzen Tod verlieren würden. Für die unglücklichen Kranken konnte er meist wenig tun. Dafür hatte sich Magdalenas Zustand so weit gebessert, dass sie aufstehen und leichte Arbeiten im Haus verrichten konnte. Valentin kam gewöhnlich am Ende des Tages zu ihr, wenn er all die anderen bedrückenden Krankenbesuche hinter sich hatte.

Er überzeugte sich davon, dass Magdalenas Genesung ohne Komplikationen verlief, und setzte sich anschließend noch für ein paar Augenblicke zu Liese in die Küche. Ihm imponierte, wie das blutjunge Mädchen ganz selbstverständlich die Pflege ihrer Herrin und die Führung des Haushalts übernommen hatte.

»Ihr hattet mich doch gebeten, die Augen offenzuhalten, wenn mir etwas Ungewöhnliches auffallen würde«, sagte Liese, kaum dass Valentin an jenem Abend die Küche betrat. Sie kramte ein Leinenbeutelchen aus ihrer Schürzentasche und legte es auf den Küchentisch. »Das habe ich beim Fegen unterm Spülstein gefunden.«

Valentin nahm es und schaute hinein. Vorsichtig pulte er in den Resten der getrockneten Kräuter, die er darin fand. Er zupfte ein paar gelbliche Blütenköpfchen und einen winzigen Zweig mit harten, stacheligen Blättchen heraus, zerrieb sie zwischen seinen Fingern und roch daran. Eindeutig Wacholderspitzen und Wurmkraut. Das überraschte ihn nicht. Er wusste längst, dass Magdalenas Fehlgeburt nicht natürlich bedingt gewesen war.

Da ihm bekannt war, dass sich manche Kräuter nicht mit anderen vertrugen, hatte er an dem Tag, als die aufgelöste Liese ihn ans Bett ihrer Herrin gerufen hatte, von dem Rest des Aufgusses gekostet, den er in dem Krug neben Magdalenas Bett entdeckt hatte. Der bittere Geschmack war ihm bekannt vorgekommen, und später hatte Magdalena ihm sogar von sich aus erzählt, dass sie Conrads Kind abgetrieben hatte. Bisher hatte er jedoch angenommen, sie hätte die Kräuter dafür aus ihren eigenen Vorräten genommen.

Wurmkraut verwendete er gelegentlich als Heilmittel bei Magenbeschwerden, Rheuma oder Gicht und eben gegen Wurmbefall. Doch wie Warzenkraut war es schwer zu dosieren. Seine Wirksamkeit schien mal stärker und dann wieder schwächer ausgeprägt zu sein, weshalb Valentin die Anwendung peinlich genau überwachte. In Magdalenas Fall war die Wirkung eindeutig zu stark gewesen. Ihre tiefe Bewusstlosigkeit konnte Valentin noch dem Blutverlust und dem Flüssigkeitsmangel zuschreiben, aber das Herzrasen und die schnelle Atmung waren erste Vergiftungsanzeichen gewesen.

»Hast du eine Ahnung, wer das deiner Herrin gegeben haben könnte?«

»Nein, das weiß ich wirklich nicht. Aber hier im Haus werden Kräuter nicht in solchen Säckchen aufbewahrt.« Liese schüttelte entschieden den Kopf. »Es ist was Gefährliches, nicht wahr?« Unter dunklen Wimpern warf sie dem Bader einen ängstlichen Blick zu.

»Allerdings!« Valentin fuhr sich aufgebracht mit beiden Händen durchs Haar. Eines dieser Kräuter allein hätte vollkommen ausgereicht, um die Leibesfrucht abzutreiben. Gemischt waren sie absolut gefährlich! Wer Magdalena das Mittel gegeben hatte, hatte mit ihrem Leben gespielt! Die Hutzlerin fiel ihm ein. Betätigte sich die Zaubersche aus der Holdergasse etwa auch als Engelmacherin? Zutrauen würde er das der alten Hexe auf jeden Fall!

Valentin griff noch einmal nach dem Säckchen, denn der dünne Leinenstoff kam ihm bekannt vor. Als ihm schließlich einfiel, wo er dergleichen schon gesehen hatte, traf ihn die Erkenntnis wie ein Schlag in die Magengrube. Mit bebenden Fingern stopfte er das Beutelchen in seine Hosentasche, dann sprang er auf.

»Ich muss los«, erklärte er der verdutzten Liese. »Und zu keinem ein Wort, auch nicht zu deiner Herrin! Verstanden?«

Das Mädchen nickte erschrocken. Valentin stürmte aus dem Haus und klopfte kurz darauf schwer atmend an die Tür von Laurenz Tscherna.

»Valentin!« Das Lächeln des Kräuterhändlers erstarb, als er den Gesichtsausdruck seines Besuchers bemerkte. Seine Augen wurden schmal. »Du bist nicht gekommen, weil du Sehnsucht nach mir hast, oder?«

»Ganz gewiss nicht«, stieß Valentin hervor. »Ich muss mit dir reden. Sofort!«

Laurenz trat beiseite. »Auch das sollten wir vielleicht nicht auf der Gasse tun«, sagte er.

Kaum hatte Tscherna die Tür hinter sich geschlossen, zerrte Valentin das Leinenbeutelchen hervor und schleuderte es ihm entgegen. Laurenz fing es mit der linken Hand auf, bevor es seine Brust traf. »Was soll ich damit?«

»Das hast du an Magdalena Eckel verkauft, damit sie ihr Kind abtreiben konnte!«, brüllte er. Am liebsten hätte er dem verantwortungslosen Kerl seine Faust ins Gesicht gerammt.

»Dann hat es also gewirkt, und sie ist das Balg los, das der Pfeffersack ihr noch kurz vor seinem Tod in den Leib gepflanzt hat?« Laurenz wirkte äußerst zufrieden. »Ich denke, damit habe ich ihr einen Gefallen getan.« Er musterte Valentin, der vor ihm stand und mit aller Macht um Beherrschung rang. »Aber ich verstehe nicht, was du mit den Angelegenheiten der Witwe Eckel zu schaffen hast? Fast könnte ich auf den Gedanken kommen, du wärst der Vater ihres Kindes, so finster schaust du drein.« Belustigt hob er eine Braue. »Dabei wissen wir beide, dass dich Magdalenas süße Rundungen nicht im Mindesten verlocken. Ist es nicht so, Valentin?« Er streckte seine Hand aus.

Das war der Augenblick, in dem das Gebräu aus Wut und Trauer in Valentins Innerem überkochte. Ohne zu zögern, schmetterte er seine Faust in Tschernas anzüglich grinsendes Gesicht.

Laurenz taumelte gegen die Wand. Ungläubig zwinkernd wischte er sich mit der Hand über den Mund und starrte dann auf das Blut an seinen Fingern. Dabei verdunkelten sich seine Augen. »Du willst dich prügeln, mein Herz? Na, das kannst du haben!«

Er holte mit der Linken aus, doch Valentin reagierte, ohne nachzudenken. Instinktiv blockte er seinen Angreifer ab. Dabei packte er Tschernas Handgelenk und riss es ruckartig nach unten, während seine Rechte gegen die Schläfe des Kräuterhändlers knallte.

Laurenz jaulte auf, als Valentin seinen Arm schmerzhaft auf den Rücken drehte. »Verflucht sollst du sein, Arnold!«, stieß er hervor. Aber sein Widerstand erlahmte rasch, als Valentins rechter Unterarm ihm die Kehle zudrückte. Obwohl Tscherna im Gegensatz zu Valentin das Kreuz eines Holzfällers hatte und ebenso muskulöse Arme, war er nun vollkommen wehrlos. Zu Valentins Überraschung begann er zu lachen. »Ich habe dich unterschätzt, Bader! Du scheinst viel mehr zu können, als Zähne zu ziehen und dich in anderer Leute Angelegenheiten zu mischen. Aber bevor du mich erwürgst, könntest du mir noch schnell erklären, warum es dich so in Harnisch bringt, dass die kleine Witwe das Kind ihres widerlichen Gatten loswerden wollte?«

»Es war Conrads Kind«, zischte Valentin, ehe ihm bewusst wurde, was er damit preisgab. »Und außerdem hättest du die Frau mit deiner verdammten Kräutermischung um ein Haar ins Jenseits befördert!« Mit einem unanständigen Fluch stieß er Tscherna von sich.

Um zu verhindern, dass er in seiner eigenen Diele auf allen vieren landete, drehte sich Laurenz geschmeidig um die eigene Achse. »Das Kind war von deinem Bruder?« Überrascht stieß er die Luft aus. »Also ist es wahr, was der eifersüchtige Gerichtsschreiber im Ratskeller rumposaunt hat!« Doch dann trat ein Ausdruck reumütiger Zerknirschung auf sein Gesicht. »Wenn ich das vorher gewusst hätte, hätte ich der Eckelin das Mittel nie gegeben. Ich schwör's bei Gott!« Er machte einen Schritt auf Valentin zu. »Es tut mir leid, ehrlich!«

Es dauerte einen Moment, bis Valentin klar wurde, dass der Mann die Wahrheit sagte. Sein Zorn kühlte ab, und stattdessen empfand er große Erleichterung. Es war nicht so, dass Laurenz absichtlich versucht hatte, Magdalena zu schaden.

»Du solltest in Zukunft trotzdem vorsichtiger sein mit dem, was du verkaufst«, knurrte er. »Die Eckelin hätte sich mit deinen Kräutern beinah vergiftet!« Er schüttelte nachdrücklich den Kopf. »Nur ihrer gewitzten Magd hast du es zu verdanken, dass du sie jetzt nicht auf dem Gewissen hast.«

Laurenz schüttelte den Kopf. »Zumindest weiß ich jetzt, warum du hier hereingestürmt bist wie ein leibhaftiger Racheengel. Blut ist eben dicker als Wasser! Aber glaub mir, keiner versteht das so gut wie ich«, versicherte er und legte einen Arm um Valentins Schulter. In der Geste lag keine verführerische Absicht, das spürte Valentin sofort, sondern das Bedürfnis nach Trost und Vergebung.

Valentin konnte es kaum fassen, doch was Laurenz mit seinen Worten andeutete, stimmte tatsächlich. Er empfand Trauer um das Kind seines Bruders. Dabei wusste Conrad nicht einmal, dass er es gezeugt hatte, und würde es womöglich auch nie erfahren.

»Nun komm schon«, forderte Laurenz, »nimm meine ehrlich gemeinte Entschuldigung an, und dann trink was mit mir. Du siehst aus, als bräuchtest du jetzt einen guten Schluck!«

Wie in Trance folgte Valentin ihm in das kleine Kontor. Dort sank er auf den Stuhl, den Laurenz ihm hinschob, und griff mechanisch nach dem Becher, der kurz darauf vor seiner Nase auftauchte. In einem Zug kippte er hinunter, was Tscherna ihm eingeschenkt hatte.

»So ist es brav!« Laurenz bedachte ihn mit einem einladenden Lächeln, während er die langen, muskulösen Beine ausstreckte und seine Wade an Valentins rieb.

Valentin, dem der Wechsel von tiefen Gefühlen zu leichtsinnigem Getändel nicht recht behagte, rückte mit seinem Stuhl ein Stück zur Seite.

Laurenz lachte und zog seine Beine zurück. »Erzähl mir, ob du inzwischen bei den Mordfällen auf eine neue Spur gestoßen bist. Hast du mehr über den Mann in Erfahrung bringen können, der Eckel und seine Tochter getötet hat?« Er füllte Valentins Becher, ohne den Bader dabei aus den Augen zu lassen.

»Nein, alle Spuren, denen ich bisher nachgegangen bin, sind im Sande verlaufen.« Valentin rieb sich müde übers Gesicht.

»Tatsächlich?« Laurenz schwieg eine Weile und trank von seinem Wein. »Und meine Apothekenerlaubnis? Konntest du inzwischen mit dem Richter darüber sprechen?«, fragte er schließlich.

Valentin senkte den Blick auf seinen Becher, während er überlegte, ob er Laurenz erzählen sollte, dass Seiler über dessen Schmuggelgeschäfte Bescheid wusste.

»Oder willst du jetzt, nach der Sache mit dem Kind, doch nichts mehr mit mir zu tun haben?« Tschernas Stimme klang rau.

»Wie kommst du denn darauf?« Valentin sah ihn unwillig an.

Laurenz leckte sich über den Riss in seiner Unterlippe, aus dem erneut Blut sickerte. Dabei wirkte er so zerknirscht, dass Valentin fand, er habe zumindest eine Warnung verdient. In knappen Worten schilderte er, was Seiler über den Schmuggel in Pirna herausgefunden hatte.

»Unter diesen Umständen konnte ich ihn wohl kaum nach einer Erlaubnis für deine Apotheke fragen.« Valentin verzog den Mund. »Aber vielleicht schaffst du es, deinen Handel auf eine rechtschaffene Grundlage zu stellen, wenn die Pest erstmal vorbei ist. Ich denke, dass der Rat dann ein Auge zudrückt, vor allem, weil es in Pirna bisher noch keine Apotheke gibt«, schloss er.

Laurenz antwortete nicht, stattdessen ließ er nachdenklich den Wein in seinem Becher kreisen.

Valentin, der nicht mitansehen konnte, wie er dabei an seiner verletzten Lippe sog, erhob sich. »Zeig mal her!« Er streckte die Finger aus, um den Riss genauer zu untersuchen, doch Laurenz fing seine Hand ab und hielt sie fest.

»Ist nicht der Rede wert«, sagte er. »Aber falls du deine Untersuchungen an anderen Stellen meines Körpers fortsetzen möchtest, würde ich mich nicht dagegen wehren.« Er suchte Valentins Blick, während er dessen Fingerspitzen an seine Lippen drückte.

Ein verlangendes Kribbeln breitete sich in Valentins Unterleib aus, und sein Herzschlag beschleunigte sich. Er vermochte es nicht, sich aus dem Bann der goldenen Augen zu lösen, und plötzlich fiel ihm eine Begegnung ein, die er vor Jahren in einem Waldstück gehabt hatte: In einem Baum hatte ein Luchs gesessen, ganz still und doch bereit, jederzeit loszuspringen.

Valentin keuchte leise, und ehe er sich's versah, lag statt seiner Finger sein Mund auf dem von Laurenz. Der erhob sich und schlang seine Arme um Valentin, während er ihren Kuss vertiefte. Valentin schmeckte die Süße des Weins, die sich mit dem metallischen Geschmack von Blut vermischte. Tschernas Barthaare schabten über seine Haut, und der herbe Duft nach Leder, bitteren Kräutern und männlichem Schweiß vernebelte seine Sinne.

Doch als Laurenz' Zunge Einlass in seinen Mund suchte, zog Valentin sich zurück. Er drückte seine Handflächen gegen Tschernas Brust und stieß ihn sanft, aber bestimmt von sich. Obwohl ihm der verletzte Ausdruck in Tschernas Augen ans Herz ging, fand er, dass es noch nicht an der Zeit war, der gegenseitigen Betörung nachzugeben. Valentin hatte in den vergangenen Jahren hin und wieder ähnliche Augenblicke erlebt. Während er sich setzte und seinen Wein trank, sagte er sich, dass er im Grunde nichts über Laurenz Tscherna wusste. Das Einzige, was er mit Sicherheit sagen konnte, war, dass der Mann vom Schmuggel lebte und offenbar das gleiche sündhafte Begehren gegenüber dem eigenen Geschlecht empfand, mit dem auch Valentin geschlagen war. Für eine schnelle Befriedigung seiner Lust hätte das freilich gereicht, aber er wusste aus Erfahrung, dass er die Leere in sich im Anschluss daran noch schmerzhafter empfinden würde.

»Du hast recht, wenn du meinst, ich sollte meinen Handel besser auf eine solide Basis stellen«, sagte Laurenz. Er wirkte wieder so gelassen, dass Valentin fast geneigt war zu glauben, er habe sich ihr kleines Zwischenspiel nur eingebildet. »Ich muss die Stadt ohnehin für einige Zeit verlassen, um meinen übrigen Geschäften nachzugehen. Aber sobald ich zurückkomme, werde ich mich damit befassen, ein ehrlicher Händler und vielleicht sogar ein braver Bürger zu werden. Zumindest größtenteils.« Er grinste und prostete Valentin zu.

»Du willst dich hier niederlassen und das Bürgerrecht erwerben?« Valentins Herz begann bei dieser Eröffnung hoffungsvoll zu klopfen.

»Ja, warum denn nicht? Hier ist es nicht schlechter oder besser als an anderen Orten, die ich in den letzten zehn Jahren gesehen habe.« Laurenz streckte die Beine aus und schlug die Knöchel übereinander.

»Wo kommst du überhaupt her?«, fragte Valentin.

»Du wirst lachen, mein Freund, aber ich wurde einst in den Mauern dieser hübschen Stadt geboren.«

»Was? Du bist der Sohn eines Pirnaer Bürgers!«

Tschernas Gesicht verschloss sich. »Im Grunde bin ich nur armer Leute Kind.«

Valentin hoffte dennoch, endlich mehr über ihn in Erfahrung zu bringen. »Also sind deine Eltern nach deiner Geburt von hier fortgezogen?«

»Ich habe meine Familie verloren«, sagte Laurenz.

»Das tut mir leid.« Valentin überlief ein Schaudern, das er sich nicht erklären konnte, denn Laurenz' Schicksal hatte doch mittlerweile eine günstige Wendung erfahren. Was er berichtete, entsprach der Wahrheit, das spürte Valentin, und es erhellte auch so einiges.

»Doch genug von mir«, erklärte Laurenz. »Erzähl mir, wo du gelernt hast, dich so geschickt zu wehren. Ich dachte bisher, du bräuchtest eher jemanden, der auf dich aufpasst.«

»Meistens nicht!« Valentin lächelte. »Ich bin fast ein Jahr mit einer Truppe Gaukler umhergezogen. Einer von denen, Matz, ein junger Kerl in meinem Alter, meinte, so arglos wie ich sei, käme ich auf den rauen Landstraßen irgendwann unter die Räder. Er hat mir einige seiner Tricks gezeigt und mich dann gezwungen, regelmäßig mit ihm zu üben.«

»Was du da gelernt hast, hast du auf deiner Wanderschaft wahrscheinlich auch anwenden müssen«, mutmaßte Laurenz.

»Häufiger, als mir lieb war!« Valentin verzog den Mund. »Ich muss gestehen, Matz' Lehrstunden haben ein paarmal meinen Arsch gerettet.«

Laurenz lachte und griff nach dem Krug, um ihre Becher erneut zu füllen. Doch Valentin, der spürte, wie es sich in seinem Kopf zu drehen begann, erhob sich.

»Danke, aber ich habe genug für heute! Daheim wartet Agnes mit dem Abendessen. Stell dir vor, das hinterlistige Weib lässt es neuerdings anbrennen, wenn ich nicht rechtzeitig heimkomme.« Er streckte Laurenz seine Hand entgegen. »Ich wünsche dir eine sichere Reise und glückliche Verrichtungen, falls wir uns vorher nicht mehr sehen!«

»Ich muss schon morgen aufbrechen, werde aber vor Weihnachten wieder zurück sein, denke ich.« Tscherna ergriff Valentins Hand, zog ihn aber an sich, um ihn kurz und fest zu umarmen. Dann begleitete er ihn zur Tür. »Wirst du mich derweil vermissen?«, fragte er augenzwinkernd.

Valentin konnte sich ein Grinsen nicht verkneifen. »Vielleicht!«

Nicht einmal der einsetzende Regen konnte die Hochstimmung vertreiben, die ihn auf dem Heimweg erfasste. Er nahm sich vor, Laurenz zu fragen, woher er diesen Wein hatte, und vielleicht würde er sich ein Fässchen davon leisten. Es konnte nicht schaden, etwas im eigenen Keller zu haben, das eine derartige Wirkung entfaltete. Natürlich lösten sich die Übel der Welt deshalb nicht in Luft auf. In der Stadt regierte immer noch die Pest, sein Bruder saß weiterhin im Gewahrsam, und er selbst hatte nach wie vor keine Ahnung, wie er Conrad dort herausholen konnte. Aber alldem zum Trotz spürte er, wie sich die Stelle in seinem Herzen, an der seit sieben Jahren eisige Kälte herrschte, ganz langsam erwärmte.

KAPITEL 27

Zwei Tage später, als Valentin nach Hause kam, sah er Nickel vor der Pforte des Baderhauses herumlungern. Der Junge rührte mit der Fußspitze in einer Pfütze, während er immer wieder die Gasse hinaufspähte.

Kaum hatte er Valentin entdeckt, schüttelte er den Schlamm von seinen Holzpantinen und warf sich in Positur. »Der Schinder schickt mich, damit ich Euch was ausrichte«, verkündete er. »Ihr sollt es als Erster in der Stadt erfahren, hat er gesagt!« Vor Eifer rötete sich sein Gesicht, von der Stirn bis zum Hals erglühte jeder einzelne seiner Pickel.

»Wenn das so ist, solltest du besser hereinkommen, bevor du mir davon erzählst.« Valentin schmunzelte.

»Wie Ihr meint, Meister Arnold.« Ungeduldig zappelnd wartete Nickel, bis Valentin die Tür geschlossen und seinen Medizinkasten abgestellt hatte. Dabei leckte er sich die Lippen, denn aus Agnes' Küche drang der Duft von süßsaurer Linsensuppe.

»Los, komm mit! Waschen«, verlangte Valentin.

»Wie, waschen?« Nickel schaute verwirrt auf seine Holzpantinen. »Ich hab mir doch die Füße abgetreten, damit ich keinen Schmutz in Euer Haus schleppe.«

»Aber deine Finger starren vor Dreck.« Valentin wedelte auffordernd mit der Hand, während er die Tür zum Hof öffnete. »So wirst du dich nicht an meinen Tisch zum Essen setzen!«

»Essen?!« Im Nu war Nickel an Valentin vorbei zum Wassertrog geflitzt.

Erst nachdem der Junge die zweite Schüssel Suppe verdrückt hatte, fiel ihm sein Auftrag wieder ein. »Ich soll Euch ausrichten, dass wir in den letzten drei Tagen weniger Pestleichen begraben mussten als bisher. Es könnte sein, dass das große Sterben jetzt nachlässt, meint der Schinder«, sagte er. »Und es wäre wichtig, dass Ihr sofort davon erfahrt«, fügte er ein wenig verlegen hinzu.

Valentins Magen krampfte sich zusammen, er hob abwehrend die Hand, als Agnes ihm Suppe nachschenken wollte. Sollte sich Jobsts Verdacht bestätigen, dann würde die Galgenfrist für Conrad bald ablaufen. Sobald ein Ende der Pestwelle abzusehen war, würde Richter Seiler den Henker aus Dresden anfordern, damit Gericht gehalten werden konnte. Meister Hans würde nach Pirna kommen, um alle Mordverdächtigten im Beisein des Richters und der Schöffen einer hochnotpeinlichen Befragung zu unterziehen. Conrad würde gewiss nicht schnell klein beigeben, obwohl ihm die langen, einsamen Wochen der Haft mit Sicherheit zugesetzt hatten. Aber wie Valentin seinen Bruder kannte, dürften dessen Sturheit und Wut dadurch eher zugenommen haben. Conrad gehörte nicht zu denen, die sich schon vom bloßen Anblick der Folterinstrumente einschüchtern ließen. Womöglich war er sogar einer von jenen, die selbst nach wiederholter Verschärfung der Tortur nichts gestanden und das Gericht am Ende zwangen, ihre Unschuld anzuerkennen. Natürlich konnte man vorher nie genau wissen, wie ein Mensch auf Schmerzen und vor allem auf die Angst vor deren Wiederkehr reagieren würde. Und leider wusste Valentin nur zu gut, welche Schäden selbst die leichteren Grade der Folter, wie das Strecken oder das Aufhängen an den Armen, an Muskeln, Sehnen und Knochen anrichten konnten. Dazu kam, dass jene, die ihre Unschuld unter der Folter bewiesen, den Preis dafür nicht nur mit Narben und Verkrüppelungen an ihrem Körper bezahlten. Meist kam die Seele dabei ebenfalls zu Schaden. Valentins Augen begannen zu brennen, seine Kehle schnürte sich zusammen, und er konnte nicht verhindern, dass ihm ein Stöhnen entwich.

Nickel sprang auf. »Ich muss los.« Er räusperte sich und warf dem Bader einen hilflosen Blick zu. »Aber danke für die Suppe! Und möge der Herr Euch schützen, Meister Arnold, und Euren Buder auch!«

Schweigend beobachtete Valentin, wie der Junge die Küche verließ und Agnes das Geschirr abräumte. Ohne hinzusehen, griff er nach dem Krug, um seinen Becher ein zweites Mal mit Wein zu füllen.

»Nein!« Agnes schnappte nach dem Krug, bevor seine Finger ihn berühren konnten. »Ihr braucht einen klaren Kopf!« Sie brachte den Wein zur Spüle und kehrte mit einem Becher Wasser zurück, den sie so energisch vor Valentin abstellte, dass ein paar Tropfen überschwappten. »Ihr müsst endlich beweisen, dass Euer Bruder nichts mit all diesen abscheulichen Mordtaten zu tun hat.« Sie stützte sich mit beiden Händen auf die Tischplatte und blickte ihn vorwurfsvoll an.

»Ach, Agnes, ich habe doch schon jeden in dieser verdammten Stadt befragt, der etwas darüber wissen könnte. Aber jede gottverfluchte Spur, der ich bisher nachgegangen bin, verlief im Sand!« Er vergrub das Gesicht in seinen Händen.

»Eure Mutter hätte niemals geduldet, dass Ihr an diesem Tisch flucht!« Agnes schlug auf die Tischplatte. »Wenn hier niemand etwas weiß, das Euch weiterbringt, dann müsst Ihr halt woanders suchen!«

Beschämt hob Valentin den Kopf. »Aber wo soll ich denn suchen?«, fragte er gequält. »Wo?«

»Na, was weiß ich denn!« Agnes warf die Hände in die Luft. »Ich weiß nur, dass Eure Mutter die Erde in der ruhigen Gewissheit verlassen hat, dass Ihr Euren Bruder retten werdet. Ihr werdet bestimmt einen Ausweg finden, hat sie gesagt, denn selbst wenn sie Euch und Conrad als kleine Bengel mit beiden Fingern im Mustopf erwischt hat, habt Ihr immer noch versucht, Euch mit einer guten Erklärung rauszuwinden.«

»Ich habe nie die Finger im Mustopf gehabt«, verteidigte sich Valentin, »oder nur ganz selten.«

»Ja, denn meistens war es Conrad. Das hat Eure Mutter auch gewusst. Aber Ihr habt ihn nie verraten, sondern stets versucht, ihn vor den drohenden Prügeln zu retten. Und meistens hättet Ihr das geschafft, hat sie gesagt.« Agnes ließ sich schwerfällig auf einen Schemel sinken und verschränkte die Arme unter der Brust. »Also, werdet Ihr nun anfangen nachzudenken?« Ihre Frage klang wie ein Befehl.

»Das werde ich, Agnes«, versprach er, obwohl er wirklich nicht die geringste Vorstellung hatte, wohin das führen sollte. Alle Gedanken und Fragen, die ihm bisher zu den Morden eingefallen waren, hatte er so oft gewendet, dass sie seinen Kopf füllten wie ein Haufen gedroschenes Stroh. Nicht einmal eine Handvoll Körner war dabei herausgekommen! Fritz und Conz saßen zwar im Gewahrsam, und Seiler glaubte inzwischen, dass sie Matthes Meißner getötet hatten, aber um Conrad vollständig zu entlasten, musste Valentin dem Richtherrn auch Eckels Mörder nennen. Und da tappte er nach wie vor im Dunkeln. Ganz zu schweigen davon, wie der Mord an Eckels Tochter in das Bild passen sollte. Er müsse woanders suchen, hatte Agnes gesagt. Womöglich hatte sie damit recht. Nur wo? Valentin wurde das Gefühl nicht los, dass ihm der Überblick über die ganze Angelegenheit fehlte. Eine Raupe, die an den Blättern einer Pflanze knabberte, hatte vermutlich auch keine Ahnung davon, dass sie sich in einem Garten befand, der hinter einem Haus lag, das sich in einer Stadt befand. Erst später, wenn sie sich in einen Schmetterling verwandelt hatte, der über den Gartenzaun davonfliegen konnte, würde sie davon erfahren.

»Ihr solltet jetzt schlafen gehen.« Agnes erhob sich und wischte mit dem Schürzenzipfel die letzten Krümel vom Tisch. »Heißt es nicht, der Morgen wäre klüger als der Abend?«

»Ja, so sagt man«, bestätigte Valentin müde. Er nahm eine Kerze und ging zur Tür. »Gute Nacht, Agnes! Und danke für deinen Rat!«

»Dankt nicht mir!« Die Magd machte eine abwehrende Handbewegung. »Vertraut auf unseren Herrn, dann wird er Euch den rechten Weg zur rechten Zeit erkennen lassen.«

»Amen«, murmelte Valentin, während er die Küche verließ.

Trotz der bleiernen Müdigkeit, die er empfand, konnte er nicht in den Schlaf finden. Wie Mühlsteine kreisten die Gedanken in seinem Kopf, während er sich auf seiner Matratze von einer Seite auf die andere wälzte. Dabei ergaben all die Satzfetzen, an die sich sein übermüdeter Verstand unablässig erinnerte, nicht einmal Sinn. Immer, wenn er glaubte, etwas wäre vielleicht doch von Bedeutung, entglitt es ihm. Weniger aus innigem Glauben, sondern aus dem Bedürfnis, endlich den Strom quälender Gedanken zu unterbrechen, begann Valentin zu beten, und kurz darauf glitt er in den Schlaf.

KAPITEL 28

Zu seiner Überraschung erwachte er am nächsten Morgen ausgeruht und klar. Während er sich anzog und unter den aufmerksamen Augen von Agnes seinen Morgenbrei löffelte, beschloss er, den Tag mit einem Besuch zu beginnen. Er hatte die Begegnung lange vor sich hergeschoben, da sie nicht medizinisch notwendig war und auch nichts mit seinen Mordermittlungen zu tun hatte.

Eine halbe Stunde später stand er auf dem Windenboden des Kirchturms Christoph Werner gegenüber. Valentin wusste nicht genau, was er erwartet hatte, aber der Türmer sah heute kaum anders aus als bei ihrer letzten Begegnung. Vielleicht waren die schweren Tränensäcke unter seinen Augen ein wenig dicker geworden, seine Wangen etwas hohler, und im graubraunen Lockengewirr über den buschigen Brauen schimmerten ein paar schlohweiße Strähnen, die vorher nicht da gewesen waren. Aber Wagners braune Augen wirkten noch immer scharf und wach, und sein Mund verzog sich zu einem herzlichen Lächeln.

»Komm her, mein Junge!« Der Türmer breitete die Arme aus. »Ich bin ja so froh, dass du am Leben bist«, sagte er, während er Valentin in eine Umarmung zog.

Valentin erwiderte sie gerührt. Er roch Schweiß, Wolle und Staub, spürte, wie die kräftigen Hände des Alten ihm den Rücken klopften, und fühlte sich getröstet.

»Lass dich anschauen!« Der Türmer schob ihn von sich. »Gesund scheinst du zu sein, aber du bist noch immer dürr wie ein Zaunpfahl. Wenn du nicht endlich Vernunft annimmst und ausreichend isst, wirst du bald wieder aus den Latschen kippen.«

»Ich pass schon auf mich auf, Vater Werner, keine Sorge!«, sagte Valentin. »Eigentlich wollte ich sehen, wie es Euch inzwischen geht.«

»Ach was, wie soll's mir schon gehen! Du weißt doch: Unkraut vergeht nicht!« Der Türmer schlug Valentin noch einmal auf die Schulter. »Ich mache Tag für Tag die Arbeit, die der Herr mir gegeben hat. Doch jetzt werde ich eine Pause einlegen, um mein wohlverdientes Frühstück mit dir zu teilen.«

Oben in der Türmerwohnung stand Lene vor dem gemauerten Herd auf einem Holzklotz und rührte in einer Pfanne. Es duftete nach Eiern, Speck und geröstetem Brot.

»Mach ein paar Eier mehr, Kindchen!«, rief der Türmer schon an der Tür. »Wir haben einen Gast.«

Lene drehte sich um. Ihre dunklen Augen leuchteten, als sie Valentin sah, und ihr Mund verzog sich zu einem Lächeln. Die schmalen Wangen des Mädchens waren von der Hitze des Feuers gerötet, und ihre Stirn zierte ein Streifen Ruß. Obwohl sie noch immer mager war wie ein Hühnchen und das Haar struppig und glanzlos wirkte, schien sie gesund zu sein.

»Valentin, der Bader!«, quietschte sie und hüpfte von ihrem Klotz. Sie drückte ihren Kopf an Valentins Hüfte, bevor sie aus einem Korb auf dem Tisch zwei weitere Eier fischte.

»Wie geht es dir, Lenchen?«, erkundigte sich Valentin schmunzelnd.

»Gut«, verkündete sie, während sie die Eier geschickt in die Pfanne schlug. »Ich koche und putze, während der Vater unten Wache hält.«

»Ich sehe, dass man euch hier oben ganz ordentlich versorgt«, sagte Valentin mit einem Blick auf Eier und Brot.

»Wir können nicht klagen«, bestätigte Werner, während er Teller und Becher auf den Tisch stellte. »Auch wenn ich mich frage, wo Richter Seiler die Sachen hernimmt, die er uns zweimal in der Woche von einem Wachmann schicken lässt. Als ich das letzte Mal unten auf dem Markt war, gab es kaum etwas zu kaufen, Eier schon gar nicht.«

Valentin zuckte mit den Schultern. Er war froh zu sehen, dass die Stadt bei der Versorgung ihres Türmers auch jetzt nicht knauserte.

»Ist ein guter Mann, der Richtherr«, brummte Werner. »Täglich schickt er mir einen der Wachleute, der für acht Stunden die Wache übernimmt, damit ich mich in der Zeit ausschlafen kann. Hat gestern sogar einen damit beauftragt, Wasser für den Kirchboden zu holen.« Er half seiner Tochter, die schwere gusseiserne Pfanne vom Herd zu heben und zum Tisch zu tragen. »Aber gleich nach dem Frühstück muss ich runtergehen, um die Fässer aufzufüllen.«

Lene warf Valentin einen stolzen Blick zu, während sie Rührei auf die Teller häufte und die gerösteten Brotscheiben auf den Tisch stellte. Dann nahm sie neben ihrem Vater Platz. Der sprach ein kurzes Gebet und griff nach seinem Löffel.

Auch Valentin begann zu essen. Er war erleichtert, weil Vater und Tochter Jörgs Tod besser verkrafteten als befürchtet. Die Erinnerung daran, wie der alte Werner ihn an dem Abend angesehen hatte, als ihre letzte Hoffnung auf Jörgs Genesung geschwunden war, würde ihn nie mehr loslassen. An die Nacht selbst, in der der Sohn des Türmers starb, konnte sich Valentin kaum erinnern, da er in einem Nebel aus restloser Erschöpfung und dunkelster Verzweiflung gefangen gewesen war.

»Ich helfe Euch beim Auffüllen der Wasserfässer, Vater Werner«, sagte er, nachdem sie ihr Frühstück beendet hatten.

»Ach was! Ich schaff das auch allein. Du hast genug zu tun, Junge«, wehrte der Türmer ab.

»Nein, ich helfe Euch!«, widersprach Valentin. Entschlossen folgte er Werner die Treppe hinunter. »So Gott will, ist das große Sterben ohnehin bald vorbei, und ich habe es dann nur noch mit den üblichen Wehwehchen zu tun.« Obwohl er sich bemühte, zuversichtlich zu klingen, empfand er bei diesem Gedanken nackte Angst.

Sie betraten die Kammer, in der der Türmer die Fässer mit Brauch- und Abwasser lagerte. Valentin griff nach den Ledereimern, die danebenstanden. Wagner musterte ihn von der Seite, während er den schweren Holzdeckel von einem der Fässer wuchtete.

»Ich denke, dass dich das genauso freuen dürfte wie jeden anständigen Christenmenschen hier.« Der Türmer nahm Valentin einen Eimer ab und tauchte ihn ins Wasser. »Doch du ziehst ein Gesicht, als wäre es eine weitere Heimsuchung für dich.« Er reichte ihm mit einer Hand den gefüllten Eimer und griff sich mit der anderen den leeren.

Mit den gefüllten Eimern folgte Valentin dem Türmer die Stufen hinab zu der kleinen Tür, die vom Turm aus direkt auf den Boden des Kirchdachs führte. Dabei erzählte er von seinem Abkommen mit Richter Seiler, von der Verhaftung der beiden Friedhofsgehilfen und seiner bisher erfolglosen Suche nach dem Mörder von Thomas Eckel. Hin und wieder stellte Werner eine Frage oder gab zu erkennen, dass er bereits Kenntnis von einem der Ereignisse hatte. Währenddessen liefen sie gemeinsam treppauf, treppab und schleppten Wasser, um die großen Bottiche auf dem Kirchendach zu füllen.

Nachdem sie mit dem letzten Wasserbottich fertiggeworden waren, ließ Valentin sich erschöpft auf den Rücken fallen. Über ihm befanden sich die dicken Eichenbalken des steilen Dachstuhls.

Solang er denken konnte, war die Kirche eine Baustelle. Im Jahre des Herrn 1501, ein Jahr vor Valentins Geburt, war das Elbtal von einer Flut heimgesucht worden, die man als die schlimmste seit Menschengedenken ansah. Doch anstatt zu verzagen, hatten die Bürger Pirnas 1502 trotzig mit dem Bau des riesigen Kirchenschiffs begonnen. Dazu hatte der hohe Rat Peter Ulrich verpflichtet, den besten Baumeister, den es zu jener Zeit in den sächsischen Landen gab. Zunächst schritt der Bau rasch voran. Die Bürger, die ihren Reichtum der Tuchmacherei, dem Sandstein und dem Eisenerz verdankten, spendeten aus vollen Händen. Valentin konnte sich noch gut daran erinnern, wie er als kleiner Junge stundenlang mit zurückgelegtem Kopf am Rande des Kirchplatzes stand und die Errichtung des Dachwerks beobachtete. Gewöhnlich ging er erst, wenn sein Nacken schmerzte und das Schwindelgefühl unerträglich wurde. Noch interessanter war es allerdings, den Bau des gewaltigen Dachstuhls vom Turm aus zu betrachten. Zu dieser Zeit begann seine Freundschaft mit den Türmerskindern.

»Wie schade«, sagte er, »dass noch immer das letzte Drittel des Daches fehlt.« Der alte Türmer, der sich neben ihn gesetzt hatte, nickte.

»Beinah zehn Jahre ist es jetzt her, dass der letzte Arbeiter die Kirchenbaustelle verlassen hat. Seither lässt der Rat nur noch das Nötigste tun, damit der Bau nicht zu Schaden kommt. Aber schau dir das an!« Verärgert trat Werner gegen einen Balken, und Valentin sah morsches Holz zu Boden rieseln. »Sowas geschieht eben, wenn ein Dach jahrelang nur zum Teil gedeckt ist. Nach wie vor ist die Seite gen Osten offen, Wind und Wetter haben dadurch leichtes Spiel!«

»Aber kurz bevor ich meine Wanderschaft antrat, war noch die Rede davon, dass der Rat weiterbauen lassen wolle. Soweit ich mich erinnere, hatte sich Meister Ribisch bereits darangemacht, Steinmetze in Böhmen anzuwerben«, wandte Valentin ein.

Werner gab ein ärgerliches Schnauben von sich. »Wie du siehst, ist daraus ist nichts geworden! Es fehlt am Geld, sagen die Herren vom Rat.« Der Türmer lehnte sich gegen das Wasserfass, verschränkte die Arme vor der Brust und starrte grimmig auf den morschen Balken.

»Wie das?«, fragte Valentin. »Laufen die Geschäfte in Pirna inzwischen so schlecht?«

»Von wegen!« Werner stieß ein raues Lachen aus. »Der Tuchhandel floriert, und wer Anteil am Handel mit Pirnschem Sandstein und Pirnschem Eisen hat, verdient mehr denn je. Der Rat und so manche Bürger erzielten sogar Gewinne aus dem Silberbergbau im Erzgebirge.«

»Ja, das Berggeschrei nimmt kein Ende. Bis nach Antwerpen habe ich die Leute vom sächsischen Silbersegen reden hören«, bestätigte Valentin.

»Na, sieh mal einer an!« Wagner lachte. »Jeder, der es sich leisten kann, will inzwischen ein Stück vom Kuchen abhaben.« Er senkte die Stimme, seine Augen glänzten. »Ständig wird in der Stadt davon gemunkelt, in Joachimsthal oder Annaberg sei man wieder auf eine neue Silberader gestoßen. Ich sage dir, Junge, wenn ich Geld hätte, ich würde mir auch einen Anteil daran sichern!«

»Dann geht es den Wohlhabenden in Pirna also noch immer wohl. Warum spenden sie dann nichts mehr für die Kirche, die ihren Bürgerstolz zeigen soll?«

»Ach ja, die Kirche.« Werner brauchte einen Augenblick, um aus seiner Träumerei vom Silber zurückzufinden. Er warf Valentin einen verwunderten Blick zu.

»Selbst in der Fremde müsstest du doch mitbekommen haben, dass unser Herzog Georg weiter am alten Glauben festhält, während sie im kurfürstlichen Sachsen, in Hessen und anderswo schon seit Jahren Luthers Lehre von den Kanzeln predigen.«

Valentin nickte. Selbstverständlich wusste er davon.

»In ihrem Herzen sind auch die meisten Bürger Pirnas mittlerweile martinisch. Darum geben sie kein Geld für eine Kirche, in der weiterhin auf römische Art gepredigt werden soll.«

Valentin nickte. So musste es sein. Seine eigenen Eltern hatten ebenfalls zu denen gehört, die heimlich Luthers Schriften lasen und sich vom alten Glauben losgesagt hatten.

»So«, der alte Wagner erhob sich schnaufend. »Dank deiner Hilfe bin ich wieder mal meiner Pflicht gegenüber dem Rat und der Stadt nachgekommen.«

Valentin stand ebenfalls auf. »Rechnet Ihr so spät im Jahr überhaupt noch damit, dass ein Blitz hier einschlagen könnte?«, erkundigte er sich.

»Wenn der Winter so plötzlich kommt wie letztes Jahr, kann es auch im Herbst schwere Gewitter geben. Du hast ja keine Ahnung, Junge!« Werner verzog das Gesicht. »In dem Jahr, in dem du weggingst, hat hier im Turm der Blitz eingeschlagen. Im Oktober! Der Dachstuhl hat Feuer gefangen und wäre gewiss über uns eingestürzt, wenn wir nicht ausreichend Löschwasser gehabt hätten. So hat sich der Schaden in Grenzen gehalten und war schnell wieder behoben. Aber den Schreck werde ich mein Lebtag nicht vergessen. Doch wozu erzähle ich dir das, du hörst mir ja gar nicht mehr zu!«

Valentin schrak auf. Tatsächlich hatte er von den letzten Worten des Türmers kaum etwas mitbekommen, denn ihm war plötzlich wieder in den Sinn gekommen, was der alte Werner über den Reichtum der Pirnaer und den Silbersegen erzählt hatte. Auch Meister Kempe hatte ihm vor einigen Tagen davon berichtet, dass der Rat Anteile an Bergwerken in Joachimsthal besaß. Und Thomas Eckel hatte ebenfalls welche gehabt.

Schweigend folgte Valentin dem Türmer auf den Windenboden, wo er aus einem der westlichen Fenster auf die Stadt schaute. In dieser Richtung lag auch die Teplitzer Landstraße, die hinüber ins Böhmische führte. Von dort aus konnte man am Rand des Erzgebirges weiter nach Westen gelangen. Die blühende Bergstadt Joachimsthal lag nur ein paar Tagesreisen von Teplitz entfernt. Valentins Blick folgte dem Gewirr der Dächer und Gassen. Wie immer fand er, dass von hier oben alles zum Greifen nah war.

»Wenn in Pirna niemand etwas weiß, dann müsst Ihr halt woanders suchen«, hatte Agnes gestern Abend zu ihm gesagt. Mit einem Mal formte sich in seinem Kopf eine klare Vorstellung davon, wie er sich einen Vorsprung an Zeit gegenüber dem Richter sichern konnte und wie diese Zeit zu nutzen war. Rasch drehte er sich zu Werner um und fasste die Schultern des Alten mit beiden Händen.

»Ich muss mich bei Euch bedanken, Vater Werner!« Er bedachte den verdutzten Türmer mit einem Lächeln. »Ich weiß nun, was ich als Nächstes tun werde!«

»Dann ist dir endlich eingefallen, wie du deinen Bruder retten kannst?«

»Vielleicht. Aber dazu werde ich ins Gebirge nach Sankt Joachimsthal reisen müssen. Wünscht mir Glück!«

»Glück brauchst du?« Werner lächelte, während er sein Hemd öffnete. Umständlich zog er ein abgeschabtes Lederband daraus hervor, an dem ein Anhänger baumelte. Er schloss seine Faust darum, bevor er das Band mit einer entschiedenen Bewegung über seinen Kopf streifte. »Nimm das!«, sagte er. »Es ist der Talisman, den mir mein Weib geschenkt hat, kurz nachdem wir uns kennenlernten.«

»Das kann ich nicht annehmen!«, wehrte sich Valentin. »Ihr müsst ihn behalten, schließlich ist er eine Erinnerung an Eure Frau.«

»Meine Erinnerungen, die habe ich hier«, entgegnete der Türmer und klopfte auf die Stelle über seinem Herzen. »Den Talisman sollte derjenige meiner Söhne bekommen, der sich als Erster zur Wanderschaft entschlossen hätte, aber«, Werner schluckte, »der Herrgott hat mit jedem meiner Jungen einen anderen Plan gehabt. Niemand weiß das besser als du. Deshalb wirst du den Talisman nun tragen.« Er drückte Valentin den Anhänger in die Hand. »Und jetzt geh und rette deinen Bruder!«

Kurze Zeit später stand Valentin außer Atem bei Jobst auf dem Nikolaifriedhof.

»Du musst mir helfen«, verlangte er nach einer knappen Begrüßung.

Der Schinder stützte sich auf den Stiel seiner Schaufel und hob fragend die Augenbrauen.

»Kannst du Seiler noch eine Weile verheimlichen, dass die Anzahl der Pesttoten rückläufig ist?«

»Dann bist du also mit deiner Suche nach dem Mörder noch nicht weitergekommen?«

»Nein. Irgendwas übersehe ich, da bin ich mir sicher. Ich brauche unbedingt mehr Zeit!«

»Dann solltest du vielleicht denselben Leuten dieselben Fragen noch einmal stellen«, sagte Jobst sachlich. »Das wird bei der hochnotpeinlichen Befragung nicht anders gemacht. Verschärfte Folter, dieselben Fragen. Selbst wenn der Delinquent nicht gleich zugibt, was er getan hat, irgendwann beginnt er, sich in Widersprüche zu verstricken.«

»Oder er gesteht einfach, was der Richter hören will, um sich die Schmerzen zu ersparen«, knurrte Valentin. »Egal, ob er getan hat, was man ihm anlastet.«

Jobst musterte ihn kopfschüttelnd, doch dann schlug er sich mit der Hand an die Stirn. »Verzeih mir! Das war ein dummer Vergleich.« Der ohnehin schon rötliche Ton auf dem sommersprossigen Gesicht des Schinders vertiefte sich.

»Schon gut!« Valentin hob die Hand. »Kannst du mir nun helfen oder nicht?«

»Und den Richter noch ein Weilchen hinhalten?«

Valentin nickte.

»Nun, das lässt sich machen, denke ich. Sollte er es mitbekommen, sag ich einfach, ich wollte noch warten, ob der Rückgang der Sterbezahlen nicht nur zeitweilig ist.« Jobst rieb sich den Nacken. »Es ist nur so, dass ich glaube, wir bekommen in diesem Herbst ziemlich zeitig Frost. Du weißt sicher, dass die Pest sich dann oft von selbst erledigt.«

»Ja, ich weiß, dass ich mich beeilen muss bei meiner Reise ins Böhmische.«

»Ins Böhmische? Jetzt?« Der Schinder sah ihn entgeistert an.

»Gleich morgen.« Valentin schlug Jobst auf die Schulter. »Gehab dich wohl, mein Freund! Und danke für deine Hilfe!«

Sein nächster Weg führte Valentin zum Markt. Er musste Magdalena fragen, an welchen Gruben ihr Mann Anteil gehabt hatte, ob sie Unterlagen darüber besaß und ob sie ihm sagen konnte, mit welchen Leuten Eckel in Joachimsthal Umgang gehabt hatte.

Im Hause Eckel wurde er von Liese empfangen, die ihn in den Keller schickte. Ihre Herrin, beschied sie ihm, verschaffe sich dort einen Überblick über die Vorräte an Wein, Öl und Wachs.

Das geräumige Sandsteingewölbe ähnelte dem unter dem Baderhaus. Wie im Arnold'schen Keller wurden hier die Wein- und Bierfässer gelagert. Doch Valentin fand Magdalena in einem Nebengelass, in dem zwei große kupferne Braupfannen standen. Mit seinem Haus hatte Eckel auch das Braurecht erworben, und offenbar hatte er es nicht nötig gehabt, sich Sudpfannen zu leihen, wenn er mit dem Bierbrauen an der Reihe war. Alljährlich entschied das Los, wer in Pirna zu welcher Zeit brauen durfte. Viele Häuser in der Stadt hatten das Braurecht, aber wer zuerst brauen durfte, war klar im Vorteil. Nicht nur, weil er sein Bier zuerst trinken konnte, sondern vor allem, weil er es als Erster verkaufen konnte. Doch nicht jeder hielt sich an den Losentscheid, das war bekannt. Besonders die einflussreichen Ratsfamilien tanzten immer wieder aus der Reihe, und Thomas Eckel dürfte es ihnen gleichgetan haben, nachdem er zu Geld und Einfluss gekommen war.

»Ach, Ihr seid es, Valentin«, sagte Magdalena und deutete mit finsterem Gesicht auf die beiden rechteckigen Pfannen. »In den letzten Jahren habe ich um diese Zeit mit dem ersten Brauen begonnen. Doch zurzeit haben wir kaum genug Getreide für Brot und Brei. Wahrscheinlich müssen wir noch von Glück sagen, wenn wir im Winter nicht hungern!«

Valentin nickte. Das befürchtete er auch, aber Magdalenas erster Satz hatte ihm verraten, dass er mit seinem Verdacht richtig lag. Nachdem er ihr von seinen Reiseplänen berichtet hatte, bat sie ihn hinauf in die Diele. Dort hatte sich Eckel in einer kleinen Kammer ein Kontor eingerichtet. Ähnlich wie bei Laurenz befanden sich darin ein Tisch mit zwei Stühlen und ein Regal mit Rechnungsbüchern. Das auffälligste Möbelstück aber war eine große Truhe mit einem imposanten dreieckigen Schloss an der Front. Magdalena hakte ihren umfangreichen Schlüsselbund vom Gürtel und fand nach kurzem Suchen den entsprechenden Schlüssel. Sie öffnete den Deckel und entnahm der Truhe eine Kiste aus dunklem, poliertem Holz, die sie auf den Tisch stellte.

»Hier drin ist alles, was ich über Eckels Beteiligung an Bergwerken habe.« Sie setzte sich und lud Valentin mit einer Handbewegung ein, neben ihr Platz zu nehmen. Dann klappte sie die Kiste auf.

Valentin erblickte einen Wust von Briefen und Zetteln, aus denen Magdalena zielsicher ein paar herausfischte.

»Das hier sind Zubußzettel von jenen Gruben, an denen Eckel Kuxe erworben hatte.« Sie deutete auf drei Zettel. Valentin erkannte Zahlen. Darunter befanden sich zwei verschiedene Unterschriften, ein Stempel mit einem Wappen und daneben das Bild von zwei gekreuzten Hämmern.

Verlegen schüttelte er den Kopf. »Also, ich weiß zwar, dass ein Kux ein Anteil an einem Bergwerk ist und dass einige der Zahlen hier«, er zeigte auf die Zettel, »Geldbeträge sein müssen. Aber ansonsten habe ich nicht die leiseste Ahnung davon, was da geschrieben steht.«

Magdalena gestattete sich ein Lächeln, während sie mit ihrem Zeigefinger auf die erste Zahl tippte. »Das hier bedeutet, dass Eckel fünf Kuxe von diesem Bergwerk besaß. Die Geldbeträge«, ihr Finger wanderte ein Stück nach unten, »ist die sich daraus ergebende Summe der Zubuße.« Ein Blick in Valentins Gesicht genügte, um sie zu einer umfangreicheren Erklärung zu veranlassen. »Zubußen sind die Kosten, welche die Anteilseigner für den Ausbau des Bergwerks und die Finanzierung der Förderung zahlen müssen. Wirft das Bergwerk irgendwann Gewinn ab, bekommen sie ihr Geld anteilig oder vollkommen zurückerstattet. Erst wenn all die Kosten gedeckt sind, die die Anteilseigner hatten, und das Bergwerk noch immer Gewinn macht, verdienen die Besitzer der Kuxe. Versteht Ihr?«

Valentin nickte beeindruckt. Es war offensichtlich, dass die junge Witwe einen fundierten Überblick über die Geschäfte ihres Mannes hatte.

»Das hier ist die Unterschrift des Bergbeamten, dem die Aufsicht über alle Arbeiten und Finanzfragen des Bergwerks obliegt. Er legt die Höhe der Zubußen jedes Jahr erneut fest.« Magdalena deutete auf einen weiteren Schriftzug. »Und das ist die Unterschrift des Bergschreibers des Bergamtes. Und hier, neben dem Wappen des neuen Königs von Böhmen, Ferdinand, seht Ihr Schlegel und Hammer, die Bergwerkssymbole.« Auf ihrem Gesicht, das noch immer blass und schmal war, lag ein Ausdruck stolzer Zufriedenheit. So hatte Valentin sie noch nie erlebt, aber er musste zugeben, dass ihm die neue Seite an Magdalena gut gefiel.

»Hat Euer Ehemann diese Dinge früher mit Euch besprochen?«, erkundigte er sich. Bisher hatte er nicht den Eindruck gehabt, Meister Eckel könnte seine junge Hausfrau in seine Geschäfte eingeweiht haben.

»Natürlich nicht!« Magdalena schüttelte den Kopf so heftig, dass sich unter ihrer züchtigen weißen Haube ein paar lockige braune Strähnen hervorstahlen. »Mein verstorbener Gemahl hätte sich eher die Zunge abgebissen! Aber nun, da er tot ist, muss ich doch wissen, woran ich bin! Und das möglichst noch bevor der zweite Bürgermeister Meißner, den er zu seinem Testamentsverwalter bestimmt hat, hier auftaucht.« Sie rutschte an die vordere Kante des Stuhls und drückte den Rücken durch. »Nachdem nun ausgeschlossen ist, dass er über eine Heirat Einfluss auf Eckels Geschäfte erlangen kann, wird er womöglich versuchen, mich auf andere Weise von sich abhängig zu machen. Aber ich werde nie wieder nach der Pfeife eines Mannes tanzen. Das schwöre ich bei Gott!« Ihr Lachen klang keineswegs erheitert.

Valentin fragte sich, ob sein Bruder, vorausgesetzt er würde irgendwann von der Mordanklage freigesprochen, dieser Frau überhaupt gewachsen wäre. Doch im Grunde war das nebensächlich, denn Magdalena hatte gerade deutlich gesagt, was sie von einer erneuten Heirat hielt. Und die Ehe mit einem Bader käme für die Witwe eines angesehenen Bürgers schon gar nicht in Frage.

»Als Ihr die Papiere gesichtet habt, hattet Ihr da den Eindruck, dass es Unregelmäßigkeiten bei den Abrechnungen gab?«, erkundigte er sich.

»Nein, aber soweit ich das beurteilen kann, warf ohnehin nur dieser Stollen hier«, sie schob Valentin einen der Zettel zu, »einen bescheidenen Gewinn ab.«

»Sankt-Anna-Stollen«, entzifferte Valentin. »Und wie hoch war der Gewinn?«

Magdalena blätterte in einem der Rechnungsbücher und

fand schnell die gesuchte Seite. »Hier!« Ihr Zeigefinger verharrte auf der entsprechenden Eintragung. »Sechs Schock Groschen im vergangenen Jahr.«

»Bescheiden? Dafür bekommt man immerhin ein kleines Haus«, sagte Valentin leise.

»Hm«, Magdalena legte den Kopf schief, dann kniff sie die Augen zusammen. »Wisst Ihr, was ich mich frage?« Sie griff nach einem anderen Buch und klappte zielsicher eine Seite auf, die sie bereits mit einem kleinen Band markiert hatte. »Das entspricht genau der Summe, die Eckel im selben Jahr an einen Wenzel Fiedler in Pfaffengrün bei Sankt Joachimsthal zahlte. Und im Vorjahr brachten ihm die Kuxe vier Schock ein, die derselbe Mann erhielt.« Magdalena blätterte abwechselnd in beiden Büchern, um Valentin die Eintragungen zu zeigen. Dabei nagte sie an ihrer Unterlippe. »Aber es gibt keinen Vermerk, wofür das Geld bestimmt war. Das wundert mich, weil Eckel das für gewöhnlich haarklein aufschrieb. Hier zum Beispiel«, sie rückte mit dem Buch ein Stück näher zu Valentin, »für den Fuhrmann, der das Holz gebracht. Und dort – dem Steinmetz für das neue Portal.«

Valentin folgte ihrem Finger mit den Augen. »Stimmt, er nahm es sehr genau damit. Und immerhin ist es keine geringe Summe«, sagte er und massierte seine Nasenwurzel mit dem Zeigefinger. »Wenzel Fiedler also?«

»Ich denke, Ihr solltet ihn aufsuchen, wenn Ihr schon mal dort seid.« Magdalena blickte ihn aufmunternd an.

»Das werde ich mit Sicherheit tun!« Valentin erhob sich. »Er ist bis jetzt der einzige Anhaltspunkt, den ich habe.« Obwohl er nicht mehr ganz so verzweifelt war wie am Abend zuvor, waren seine Aussichten auf Erfolg noch nicht besonders groß.

»Wartet!« Magdalena war ebenfalls aufgestanden. »Ihr sagt vorhin, dass Ihr Euch beeilen müsst.«

Valentin nickte.

»Ihr könnt doch reiten?« Fragend hob Magdalena ihre dunklen Brauen.

»Wenn das Pferd einigermaßen brav ist.« Valentin verzog den Mund. Er hatte sich in seiner Zeit beim Steinschneider an der Pflege der beiden Gäule beteiligen müssen, die den Planwagen des Alten gezogen hatten. Aber im Grunde seines Herzens war er die Furcht vor den Tieren, die so viel größer und kräftiger waren als er, niemals losgeworden.

»Mein Ehegatte war auch nicht der beste Reiter und überdies recht beleibt.« Magdalena lächelte ihm so beruhigend zu wie eine Mutter, die ihr Kind zu seinem ersten Schritt ermutigt. »Vertraut mir, seine Pferde sind vollkommen ruhig und trittsicher. Am besten nehmt Ihr sie beide mit, dann könnt Ihr sie abwechselnd reiten und kommt schneller voran.«

»Ja, falls mein Hintern das mitmacht«, murmelte Valentin. »Schließlich habe ich nur den einen.«

»Ach, das wird schon. Ist alles eine Frage der Gewöhnung«, erklärte Magdalena, die noch einmal in der Truhe kramte. »Die Pferde stehen bei Fuhrmann Bockewirt in der Dohnaischen Vorstadt. Und das hier«, sie richtete sich auf und hielt ihm einen kleinen Lederbeutel entgegen, »benutzt Ihr, falls es gilt, die eine oder andere Hand zu salben, damit die Leute gesprächiger werden.«

»Ich kann doch nicht Euer Geld ausgeben, um meine Angelegenheiten zu befördern«, erklärte Valentin und verschränkte seine Hände hinter dem Rücken.

»Eure Angelegenheiten? Was soll denn das heißen?« Magdalena funkelte ihn empört an. »Schließlich wollt Ihr den Mord an meinem Ehemann und meiner Stieftochter aufklären. Und dass mir das Leben Eures Bruders weit mehr am Herzen liegt, solltet Ihr wissen!« Sie biss sich auf die Lippe. »Dafür habe ich schon wesentlich mehr geopfert als ein paar Taler.«

»Ich weiß.« Valentin seufzte. »Aber unser Vater hat uns

außer dem Haus und der Badestube auch eine kleine Barschaft hinterlassen.«

»Ich bitte Euch!« Die Hand, mit der sie ihm noch immer den Beutel entgegenstreckte, zitterte, doch ihre Stimme klang entschlossen. »Das ist der einzige Beitrag, den ich im Augenblick leisten kann, um Euren Bruder zu retten. Ihr müsst es nehmen!«

Valentin begriff, dass er ein Tor wäre, würde er eine Gabe, die von Herzen kam, zurückweisen. Also schluckte er seinen Stolz hinunter, streckte die Hand aus und nahm den Beutel in Empfang. »Danke!«, sagte er schlicht.

Magdalena lächelte. »Und noch etwas! Ihr solltet verlangen, dass Richter Seiler Euch einen Brief ausstellt, der besagt, dass Ihr im Auftrag des Rates zu Pirna unterwegs seid. Eckel trug solch ein Schreiben jedes Mal bei sich, wenn er nach Böhmen reiste. Er sagte, dass damit der Umgang mit den Amtspersonen beträchtlich erleichtert wäre.«

Valentin nickte. Es war beeindruckend, welche Zusammenhänge Magdalena in kürzester Zeit herstellen konnte.

Wie erwartet, fand er den Richter im Rathaus. Aber offensichtlich brütete Seiler nicht über den Akten, denn Valentin hörte seine wütende Stimme bereits, während er die Treppe hinaufstieg.

»Falls Ihr auch nach dem Ende dieser Pestilenz noch Geschäfte mit dem Rat Pirnas machen wollt, rate ich Euch dringend, die Wachholderbeeren innerhalb der nächsten drei Tage zu liefern! Haben wir uns verstanden?«

Die Antwort des Gescholtenen entging Valentin, aber kurz darauf öffnete sich die Tür zur Ratsstube. Ein beleibter Mann mit hochrotem Gesicht stürmte heraus. Er wischte sich mit dem Ärmel seiner pelzverbrämten Schaube über die schweißnasse Stirn, warf Valentin einen mitleidigen Blick zu und eilte dann die Treppe hinunter.

Valentin zuckte mit den Schultern und klopfte an. Doch hinter der geschnitzten Eichentür blieb es still. Nachdem Seiler auch auf ein zweites Klopfen nicht reagierte, atmete Valentin durch und öffnete die Tür.

Noch bevor er sie wieder geschlossen hatte, blaffte der Richtherr ihn an: »Ich kann mich nicht erinnern, Euch heute herbestellt zu haben, Bader!«

»Das habt Ihr auch nicht, Richter Seiler, weswegen ich von selbst gekommen bin«, erwiderte Valentin und baute sich vor dem Tisch auf.

Der Richter lief rot an. »Ihr besitzt die Unverschämtheit, ungebeten hereinzuplatzen und mich bei meiner Arbeit zu stören?« Seine Barthaare schienen sich zu sträuben.

»Ihr missversteht meine Absichten!« Valentin lächelte auf ihn herab. »Ich komme, um Euch bei Eurer Arbeit zu unterstützen, so wie ich es bereits seit Wochen tue.«

»Nun wagt Ihr es auch noch, frech zu werden, Kerl! Als ob mich dieser Tage irgendwer unterstützen würde!« Seiler blickte sich demonstrativ um. »Oder seht Ihr hier etwa einen meiner Gerichtsknechte? Ganz zu schweigen von meinen werten Ratskollegen!« Er riss die Augen auf und warf die Hände in die Höhe. »Deshalb musste ich mich auch allein mit dem unverschämten Händler rumschlagen, der den Essig und die Wachholderbeeren schon letzte Woche liefern wollte. Angeblich hätte er zurzeit große Schwierigkeiten mit dem Nachschub! Und wie, bitte schön, soll ich dann den Verpflichtungen des Rates gegenüber den armen Leuten in dieser Stadt nachkommen? Sie haben schließlich ein Recht darauf, in Zeiten der Pestilenz kostenlos damit versorgt zu werden, zum Teufel noch eins!« Seiler schlug mit beiden Händen auf den Tisch, worauf ein paar lose Blätter zu Boden segelten. »Bald bin ich so weit und kaufe im Namen des Rates Schmuggelware bei Eurem Freund Laurenz Tscherna! Aber was sage ich da?« Der Richtherr schüttelte empört den

Kopf. »Wie ich hörte, hat auch der sich mittlerweile aus dem Staub gemacht.«

Valentin nutzte den Augenblick des Schweigens, um in knappen Worten sein Anliegen vorzutragen.

»Was?!« Seiler erhob sich drohend. »Ich kann es nicht glauben, dass jetzt auch Ihr mich im Stich lassen wollt!«

»Das will ich keineswegs, Richtherr«, erklärte Valentin mit Nachdruck. »Vielmehr habe ich vor, so schnell wie möglich nach Pirna zurückzukehren, damit Ihr meinen Bruder freilasst.«

Seiler schnaubte, dann ließ er sich in seinen Sessel zurücksinken. »Ihr scheint überzeugt davon, dass Ihr in Sankt Joachimsthal finden werdet, was Ihr sucht.« Er runzelte die Stirn und strich sich über seinen Bart.

»Ich weiß nicht, ob ich den Mörder, den ich Euch liefern muss, dort finden werde«, gestand Valentin. »Aber mit Gottes Hilfe erfahre ich, warum Meister Eckel sterben musste.«

»Schön, schön. Dann sollt Ihr Euren Brief haben, mit dem Siegel des Rates und allem Drum und Dran!« Bei den letzten Worten griff Seiler nach Tintenfass und Federkiel, und kurz darauf reichte er Valentin ein überaus amtlich wirkendes Schreiben, an dem in rotem Siegellack das Wappen der Stadt Pirna prangte: der Birnbaum, an dessen Stamm sich ein Löwe aufrichtete.

»Aber dass Ihr mir vor Weihnachten wieder zurück seid!«, verlangte Seiler barsch.

Valentin nickte und verabschiedete sich. Er hatte nicht die Absicht, seine Reise so lange auszudehnen, denn bis dahin würde der Richter sicher wissen, dass die Pest den Rückzug angetreten hatte. Als er die Tür öffnete, hörte er noch, wie Seiler sagte: »Befiehl Gott, dem Herrn, deine Wege und hoffe auf ihn. Er macht alles gut.«

KAPITEL 29

V erflixt«, knurrte Valentin, als er den rechten Hinter-
huf seines Pferdes begutachtete. Der Gaul hatte doch
tatsächlich ein Eisen verloren! Verärgert trat Valentin
gegen einen Stein, der zehn Schritt weiter mit dumpfem Knall
an einen Baumstamm prallte. Das Pferd legte die Ohren an und
begann nervös zu tänzeln, wobei sich seine Unruhe sofort auf
das zweite Tier übertrug, das am Sattel des ersten angebunden
war. Valentin packte die Zügel fester und zwang sich, tief
durchzuatmen. Nichts wäre gewonnen, wenn die Pferde jetzt
durchgingen und ihn allein auf der gottverdammten schlammigen Landstraße im Wald zwischen Komotau und Joachimsthal stehenließen.

»Ich weiß, du kannst nichts dafür«, sagte er und klopfte dem
Tier den Hals. »Es ist nur so, dass ich gehofft hatte, heute schon
in Joachimsthal anzukommen.« Das Pferd gab ein besänftigtes
Schnauben von sich. Auch das zweite Tier stand nun wieder still
und schaute mit großen Augen zu ihm herüber. »Aber seit
gestern scheint sich alles gegen uns verschworen zu haben!« Erschöpft lehnte er sich gegen den warmen, dampfenden Körper
des Tieres, mit dem er sich mittlerweile ein wenig angefreundet
hatte, auch wenn er ihm noch immer nicht vollständig vertraute.

In den ersten Tagen seiner Reise war er gut vorangekommen.
Selbst den berüchtigten Abstieg nach Böhmen hinunter über
den Pass am Geiersberg hatte er ohne größere Schwierigkeiten
meistern können. Vor dem haarsträubend steilen Abschnitt

hatte er Respekt gehabt. Vor sieben Jahren, gleich zu Beginn seiner Wanderschaft, hatte er mitansehen müssen, wie sich dort ein junger Bursche das Genick brach, weil sein Pferd einen Fehltritt tat. Allerdings hatte sich das Wetter in der letzten Zeit auch von seiner besten Seite gezeigt – ein wahrhaft goldener Herbst. Nur die Nächte waren empfindlich kühl gewesen. Aber Valentin wusste, wo er geschützte Schlafplätze fand. Wegen der Pest waren viele Gasthäuser geschlossen oder ganz verwaist. Doch je weiter er nach Westen vordrang, desto seltener wurden die Anzeichen der Seuche. Trotzdem übernachtete Valentin lieber in einem Heuschober oder unter einem Felsüberhang als in den von Ungeziefern verseuchten Betten der Herbergen. Tags zuvor jedoch, kurz hinter Brüx, war das Wetter umgeschlagen. Eine tiefhängende Wolkendecke sorgte dafür, dass es nicht einmal zur Mittagszeit richtig hell wurde, und ein steter Landregen durchweichte Valentins Kleider. Innerhalb weniger Stunden hatte sich die Landstraße in eine schlammige Rutschbahn verwandelt, auf der Mensch und Tier nur mühsam vorankamen.

»Vielleicht hätten wir doch in Komotau bleiben sollen«, sinnierte Valentin mit geschlossenen Augen. »Zwar hätte ich mein Bett in der Herberge mit zwei riesigen ungewaschenen Steinmetzen und mehreren Wanzenfamilien teilen müssen, aber wenigstens hätten wir im Trockenen schlafen können.« Das Pferd schnaubte und schüttelte den Kopf. »Du meinst also, es war besser, weiterzureiten? Recht hast du! Schließlich haben sie in dem Drecksloch auch noch Wucherpreise verlangt. Aber wer weiß, ob wir heute noch einen vernünftigen Platz zum Schlafen finden. Und vor allem, wo kriegen wir einen Hufschmied für dich her?«

Das einförmige Rauschen des Regens unter dem grauen Dämmerlicht ließ Valentins Wunsch nach einem trockenen Bett übermächtig werden. Er überlegte, ob es nicht vernünftiger wäre, nach Komotau zurückzureiten – Wanzen und Wucher hin oder her. Plötzlich spürte er, wie das Pferd neben ihm die Muskeln anspannte. Gleichzeitig hob das zweite Tier den Kopf, richtete die Ohren auf und blähte seine Nüstern. Da der Weg hier eine Biegung machte, konnte Valentin nicht sehen, wer oder was die beiden beunruhigte. Vorsicht war geboten! Während er mit der Rechten hastig den Dolch aus seinem Gürtel zog, lauschte er. Er glaubte Hufschlag zu hören. Und die Stimmen mehrerer Männer. Sein Puls beschleunigte sich, er suchte Deckung hinter den Pferdeleibern.

Zwei Reiter kamen in Sicht. Einer von ihnen, hochgewachsen und hager wie Valentin selbst, war in einen dunklen Mantel gehüllt. Er trug ein schwarzes Barett, von dessen Krempe das Wasser ebenso tropfte wie von seiner langen Nase. Der andere, vermutlich sein Knecht, war von kräftiger Gestalt. Zum Schutz vor dem Regen hatte er sich einen aufgeschnittenen Sack über Kopf und Schultern geworfen. Er führte ein Packpferd hinter sich her, das mit allerlei Taschen und Kisten beladen war. Gefährlich wirkten die beiden nicht, aber Valentin blieb trotzdem auf der Hut.

»Gott zum Gruße, Reisender«, rief der Hochgewachsene. »Sagt, braucht Ihr vielleicht Hilfe?« Seine Stimme klang freundlich, doch Valentin bemerkte, dass er im Schutz des Mantels nach seiner Waffe tastete.

Sein Knecht dagegen griff ohne weiteres nach dem Knüppel, der an seinem Sattel hing. »Lasst die Waffe fallen und nehmt die Hände hoch!«, verlangte er.

Ratlos flogen Valentins Augen zwischen den beiden Männern hin und her, denn er konnte sich nicht entscheiden, was er zuerst tun sollte – Antwort auf die Frage geben oder dem barschen Befehl folgen.

»*Potřebujete pomoc?*« Der Hochgewachsene sah Valentin forschend an.

»Pfoten hoch, oder es setzt was!« Drohend hob der Knecht seinen Knüppel.

Valentin wusste, dass er allein und mit einem lahmen Gaul nichts gegen die beiden ausrichten konnte. Er ließ den Dolch fallen, empfahl seine Seele Gott und hob die Hände. »Ich spreche deutsch, und Hilfe könnte ich schon brauchen.« Er wandte sich ausdrücklich an den Mann im schwarzen Mantel. »Mein Pferd hat ein Eisen verloren, ich bin müde, nass und hungrig. Wahrscheinlich habe ich in Komotau die letzte Gelegenheit verpasst, eine trockene Schlafstelle zu ergattern.« Er versuchte sich an einem Schulterzucken.

Die dunklen Augenbrauen des Hageren hoben sich belustigt. »Wie ein Wegelagerer seht Ihr nicht gerade aus, aber Vorsicht ist bekanntlich besser, als das Nachsehen zu haben«, sagte er und drehte sich zu seinem Knecht um. »Durchsuche ihn!«

Der Kerl hievte sich aus dem Sattel. Als er näher kam, erkannte Valentin, dass er trotz seiner beachtlichen Körpermaße noch sehr jung war. Dennoch schien er Erfahrung mit Situationen wie diesen zu haben, denn im Handumdrehen hatte er Valentins bescheidenes Gepäck durchsucht. Als er das Schreiben des Rates entdeckte, hielt er es seinem Herrn hin.

Der warf einen kurzen Blick darauf. »Gib es zurück, Martin«, befahl er. Dann lächelte er Valentin zu. »Nehmt Eure Hände runter, Valentin Arnold. Ich bin Georg Agricola, Arzt und Apotheker in Sankt Joachimsthal. Und Martin, mein Knecht, ist nicht halb so angriffslustig, wie er tut.«

Valentin wischte sich die Regentropfen aus dem Gesicht. Dabei versuchte er, seine Überraschung zu verbergen, denn den Namen Agricola hatte er schon öfter gehört. Der Mann war ein Gelehrter – weit über Böhmen und die sächsischen Lande hinaus bekannt. Nur hatte Valentin ihn sich bisher älter vorgestellt. Der hagere Reisende, der ihn noch immer mit einem Lächeln musterte, war mit Sicherheit noch keine vierzig Jahre alt.

»Ein Bader, den uns der Rat zu Pirna schickt?« Agricola

schmunzelte. »Das hört sich nach einer interessanten Begleitung für den Rest der Reise an, nicht wahr, Martin?«

»Wie Ihr meint, Herr.« Der Knecht klang wenig begeistert. Auf einen Wink seines Herrn schob er den verdutzten Valentin beiseite und fuhr mit seiner großen Hand am linken Vorderbein von Valentins Pferd herab, das ihm brav den Huf präsentierte. »Das Stück bis zur Herberge schafft es noch«, informierte Martin seinen Herrn. »Vorausgesetzt, dass der«, er deutete auf Valentin, »auf dem anderen Gaul reitet.« Ohne Valentins Reaktion abzuwarten, begann er die Pferde umzusatteln.

»Hier in der Nähe gibt es eine Herberge?«, fragte Valentin, während er sich beeilte, ihm zur Hand zu gehen.

»Hab ich doch gesagt«, blaffte Martin ihn an.

»Ihr müsst meinen Knecht entschuldigen.« Agricola grinste. »Er stammt aus einer Familie von Bergleuten. Die machen nicht viele Worte. Sie tun, was nötig ist.«

Martin schnaubte auf und bestieg sein Pferd.

Nach einer weiteren Wegstunde lichtete sich der Wald endlich. Valentin erkannte auf der rechten Seite der Straße die Umrisse einer imposanten Burg mit einem hohen runden Turm.

»Das ist Burg Hassenstein«, erklärte Agricola ungefragt. »Sie wurde vor zweihundert Jahren zum Schutz der alten Handelsstraße zwischen Zwickau und Kaaden errichtet. Doch wie das Schicksal so spielt, ist sie jetzt im Besitz der Nachfahren Apel Vizthums. Der war einst Hofmeister der beiden sächsischen Herzöge und wurde später im Zuge des sächsischen Bruderkrieges ein gefürchteter Raubritter.«

Valentin runzelte die Stirn. Natürlich hatte er von dem Krieg gehört, der weite Teile Thüringens verwüstet und Jahrzehnte später zur Teilung Sachsens geführt hatte. Doch Agricola schien sich damit weit besser auszukennen.

»Nachdem Apel Vizthum die beiden sächsischen Fürstenbrüder gegeneinander aufgestachelt und in den Krieg getrieben hatte – aus dem er selbst übrigens den größten Gewinn zog –, bot er seine zweifelhaften Dienste dem böhmischen König an. So kam er in den Besitz der Burg«, erzählte Agricola, während sie sich einem schmucken Gehöft unterhalb der Burg näherten. »Ihr müsst wissen, mich beschäftigen Ereignisse aus vergangenen Tagen ungemein. Ich lese alles, was ich darüber finden kann, und habe mir vorgenommen, demnächst eine ausführliche Darstellung der Geschichte Sachsens zu verfassen. Es ist schließlich so: Alles, was geschieht, hat seine Wurzeln in der Vergangenheit. Wenn wir deren Verlauf genau kennen, können wir verstehen, warum ein Zweig erblüht und Früchte trägt, während ein anderer verdorrt und vergeht.«

»Wohl wahr«, murmelte Valentin, in dessen Kopf Agricolas Worte ganz andere Gedankenverbindungen auslösten. So bemerkte er nur am Rande, wie der gelehrte Arzt sich weiter wortreich über den wechselhaften Lauf der Geschichte Sachsens ausließ. Stattdessen plagten ihn auf einmal Zweifel, ob er klug gehandelt hatte, als er sich auf die weite Reise mit ungewissem Ausgang eingelassen hatte. Wäre es nicht vernünftiger gewesen, in Pirna zu bleiben und seine Befragungen dort fortzusetzen? Was, wenn die Geschehnisse, die den Anstoß zu den Morden gegeben hatten, gar nichts mit Eckels Bergwerksgeschäften zu tun hatten? Dann verschwendete Valentin gerade die letzte Frist, die ihm blieb, um seinen Bruder zu retten.

»He, hört Ihr nicht? Mein Herr erwartet Euch in der Wirtsstube.« Martin unterstrich seine Worte, indem er die Zügel aus den klammen Fingern des Baders zerrte.

Erst da merkte Valentin, dass sie auf einem sauber gefegten Hof vor einem zweistöckigen Fachwerkhaus stehengeblieben waren. Auf die Fassade war das eindrucksvolle Bild eines schwarzen Bären mit aufgerissenem Rachen gemalt worden. Aus der geöffneten Tür drang Stimmengewirr. Leckerer Bratenduft sorgte dafür, dass sich Valentins Magen verlangend zusammenzog und ihm der Mund wässerte.

Mit ungelenken Bewegungen mühte er sich von seinem Pferd. Kaum stand er auf dem Boden, warf Martin ihm den Reisesack in die Arme und versetzte ihm einen Stoß in Richtung Tür. Valentin, dem es nicht gefiel, von einem jungen Kerl herumgeschubst zu werden, fuhr herum. Doch er bezähmte seinen Ärger, denn er brauchte Auskünfte von dem Burschen.

»Ich muss mich zuvor um meine Pferde kümmern. Wie du weißt, benötige ich einen Hufschmied. Kannst du mir sagen, wo ich den finde?«

»Das ist ein ordentliches Gasthaus, Bader. Hier gibt es einen Pferdeknecht«, belehrte Martin ihn. »Und um den Hufschmied kümmere ich mich. So hat's mein Herr befohlen.« Damit drehte er sich um und führte die Pferde zu den Ställen.

Aufgebracht starrte Valentin ihm nach. Es fuchste ihn, dass der Junge ihn so von oben herab behandelte. Doch sein Ärger verflog, als er durch die Tür in die Wärme des gutbesuchten Schankraums trat. An sauber geschrubbten Tischen saßen Reisende, Handwerker und Bergleute, die aus hohen Krügen dunkles Bier tranken, während sie alle in deutscher und böhmischer Zunge durcheinandersprachen. Vor der Theke stand Agricola. Er hatte Hut und Mantel abgelegt und scherzte mit der Wirtin, einem stattlichen Weib mit ausladenden Hüften. Als er Valentin erblickte, winkte er ihn zu sich.

»Durch den Regen ist der Schwarze Bär heute besonders gut besucht. Aber wir haben Glück: Frau Barbara hat noch eine Kammer frei, die wir uns teilen können«, sagte er. »Doch erst einmal wollen wir essen. Und dann möchte ich hören, in welcher Angelegenheit Euch der Rat der alten Handelsstadt Pirna in die freie Bergstadt Joachimsthal entsandt hat. Falls das kein Geheimnis ist?« Er zwinkerte der Wirtin zu, die Valentin nun aufmerksam musterte.

»Es muss was Wichtiges sein, wenn sie ihn um diese Jahreszeit auf die Reise schicken«, sagte sie.

Agricola orderte Braten, Brot und Bier und dirigierte Valentin zum letzten freien Tisch im hinteren Teil des Gastraums.

Der konnte sein Glück kaum fassen. Ihm war gerade eingefallen, dass Agricola eine Schrift über den Bergbau in Joachimsthal verfasst hatte. Das hieß, der Mann war ein ausgezeichneter Kenner der örtlichen Verhältnisse. Und davon abgesehen konnte der Stadtarzt Valentin dort bestimmt so manche Tür öffnen.

Kapitel 30

Magdalena war bewusst, dass Valentin Arnold, selbst unter günstigsten Umständen, eben erst in Sankt Joachimsthal angekommen sein konnte. Ihr war auch klar, dass er dort Zeit benötigen würde, um sich umzusehen, Leute zu befragen und Zusammenhänge herzustellen. Niemand konnte voraussagen, wie lange es dauern würde, bis er etwas fand, das Conrad entlasten konnte, ja, ob ihm das überhaupt gelingen würde. Und für seine Rückreise würde er noch mehr Zeit benötigen. In den letzten Tagen hatte sich das Wetter zunehmend verschlechtert, und am Morgen hatte Magdalena beim Wasserholen eine dünne Eisschicht im Brunnenkasten vorgefunden. Sie kannte Valentins Abmachung mit dem Schinder, aber sie fragte sich, wie lange der Plan der beiden noch aufgehen konnte. Sogar ihr war inzwischen aufgefallen, dass morgens weniger Leichen auf den Gassen lagen als noch vor drei Wochen.

»Eure Suppe wird kalt, Herrin!« Lieses vorwurfsvolle Stimme riss Magdalena aus ihren Grübeleien. »Meister Arnold hat gesagt, ich soll aufpassen, dass Ihr ordentlich esst.« Das Mädchen war felsenfest davon überzeugt, dass es nur der Kunst des Baders zu verdanken war, dass ihre Herrin noch lebte. Daher maß Liese den Worten Meister Arnolds inzwischen eine ähnliche Bedeutung zu wie dem Wort Gottes.

»Ich esse doch.« Magdalena schob sich einen Löffel Krautsuppe in den Mund. Sie stellte fest, dass Liese recht hatte: Die Suppe war nur noch lauwarm.

»Ja, aber viel zu wenig! Ihr seid dünn wie ein Stecken«, sagte das Mädchen anklagend. »Und Ihr macht Euch auch viel zu viele Sorgen.«

Magdalena legte den Löffel beiseite. In den zurückliegenden Wochen war Liese zu ihrer engsten Vertrauten geworden, aber heute konnte sie das Geplapper des Mädchens nur schwer ertragen. »Natürlich mache ich mir Sorgen! Gott allein weiß, ob Meister Arnold es schafft, im Böhmischen etwas Brauchbares herauszufinden. Und selbst wenn. Womöglich kommt er nicht rechtzeitig damit zurück! Jeden Tag kann es so weit sein, dass Richter Seiler die schwindende Zahl der Pesttoten bemerkt.« Sie warf die Hände in die Luft. »Ich halte es nicht länger aus, nur herumzusitzen und abzuwarten!«

»Und warum tut Ihr nichts?« Liese runzelte die Stirn.

»Was soll ich denn noch tun?«, fauchte Magdalena. »Ich bin doch von früh bis spät auf den Beinen! Zusammen mit dir habe ich das Haus geputzt, Eckels und Justinas Sachen aussortiert und ins Spital gebracht, den Garten winterfest gemacht und sogar die Kellergelasse aufgeräumt.« Angewidert schob sie den Teller mit der kalten Suppe beiseite. »Abend für Abend sitze ich im Kontor über Eckels Büchern, bis mir die Augen zufallen.« Sie verschwieg, dass sie damit auch die schreckliche Leere füllte, die sie in sich spürte, seitdem sie ihr Kind getötet hatte.

Liese erhob sich und räumte die Suppe ab. »Aber das meine ich doch nicht, Herrin. Ihr solltet stattdessen aufs Rathaus gehen und rauskriegen, was der Richtherr weiß. Vielleicht hat er was von Meister Arnold gehört, oder es gibt andere Neuigkeiten.«

»Das glaube ich kaum. Aber selbst wenn. Was soll ich damit anfangen?« Magdalena starrte auf eine Scharte im Holz des Küchentischs.

Liese holte die Pfanne mit den Plinsen vom Herd und verteilte den Nachtisch auf zwei Teller. »Das können wir uns später überlegen«, erklärte sie, als sei das die einfachste Sache der Welt. »Meister Arnold sagt, man kann den zweiten Schritt immer erst nach dem ersten tun, sonst landet man auf der Nase.« Damit holte sie den Honigtopf aus dem Vorratsschrank und setzte sich.

»Der schlaue Meister Arnold ist jedoch nicht hier!« Gereizt klatschte Magdalena den Löffel mit dem Honig auf ihre Plinsen.

»Na und?« Lieses Mundwinkel bogen sich nach oben. »Schlau seid Ihr selbst, wo Ihr doch sogar das Geschreibsel und die vielen Zahlen in den Büchern aus dem Kontor versteht.«

Seufzend schob sich Magdalena den Löffel in den Mund. Liese zuliebe wollte sie wenigstens den Nachtisch aufessen. Überraschenderweise füllten die süßen Plinsen nicht nur ihren Magen, denn mit jedem Bissen verschwand ein Stück der Verbitterung aus Magdalenas Gemüt. Nachdem sie ihren Teller geleert hatte, dachte sie, dass es in der Tat nichts schaden konnte, Richter Seiler einen Besuch abzustatten. Den Verdacht, dass sie etwas mit Justinas Tod zu tun haben könnte, hatte Seiler inzwischen fallengelassen, und dass er ihr eine unerwünschte Schwangerschaft anmerkte, musste sie nun auch nicht mehr befürchten. Sie ignorierte tapfer den Schmerz, den sie bei diesem Gedanken spürte. Stattdessen begann sie, nach einem Vorwand für ihr Gespräch mit Seiler zu suchen.

Eine Stunde später stand sie mit klopfendem Herzen und feuchten Handflächen im Ratssaal. Offensichtlich hatte Seiler den Raum in den letzten Wochen vollständig für sich vereinnahmt. Jeder freie Platz auf dem großen Tisch war mit Akten bedeckt, einige stapelten sich sogar auf den würdevollen Sesseln der Ratsherren.

»Schaut nicht so vorwurfsvoll, Eckelin«, knurrte der Richtherr sie an, kaum dass er eine knappe Begrüßung gemurmelt hatte. »In diesem Saal hat seit Wochen keine Ratssitzung mehr stattgefunden. Ergo kann ich hier tun und lassen, was ich will.«

»Ich bitte Euch um Vergebung, falls ich den Eindruck eines Vorwurfs erweckt haben sollte, hochverehrter Richter Seiler!« Magdalena schenkte dem graubärtigen Richtherrn ein Lächeln. »Wie jeder in Pirna weiß auch ich, dass Ihr der Einzige seid, der unsere Stadt gegenwärtig noch davor bewahren kann, im Chaos zu versinken.« Seiler galt als unbestechlich, aber gegen weibliche Bewunderung hatte kaum ein Mann etwas einzuwenden. »Es müssen übermenschliche Anstrengungen sein, die Ihr dafür auf Euch nehmt.«

Seiler hob die dunklen Augenbrauen. »Was wollt Ihr?«, fragte er belustigt. »Gewiss ein wenig mehr, als mir Honig ums Maul zu schmieren.«

»Nun ja«, sie senkte züchtig den Blick, aber innerlich frohlockte sie. Obwohl der Richtherr sie durchschaut hatte, waren ihre Worte nicht ohne Wirkung geblieben. Nun war es an der Zeit, ihr Anliegen vorzubringen. »Ich wollte mich erkundigen, ob es Neuigkeiten gibt bei Euren Ermittlungen zum Mord an meinem Ehemann und meiner Stieftochter.«

»Nein.« Die Heiterkeit schwand aus Seilers Gesicht. »Eine erneute Befragung aller Verdächtigen in der Fronfeste hat nichts ergeben.« Er seufzte. »Ohne Meister Hans werde ich nicht weiterkommen.«

Obwohl sich Magdalena keine großen Hoffnungen gemacht hatte, spürte sie dennoch eine Verzweiflung in sich aufsteigen, bitterer als die schwärzeste Galle. Nur mit größter Anstrengung gelang es ihr, die Fassung zu bewahren. Auf keinen Fall durfte Seiler bemerken, wie es um sie stand!

Doch der Richter hatte den Kopf gesenkt und starrte auf seine Akten. »Für den Mord an Eurer Stieftochter habe ich noch nicht einmal einen Verdächtigen.« Seine Stimme klang düster.

»Von Meister Arnold habt Ihr wahrscheinlich keine Nachricht?«, fragte sie leise.

»Natürlich nicht!« Der Richter schnaubte gereizt. »Es kann noch Wochen dauern, bis wir von ihm hören.« Er presste die Lippen aufeinander und blickte zum Fenster. Es hatte wieder zu regnen begonnen, und zwischen die schweren Tropfen mischten sich erste Schneeflocken. Magdalena hörte Seiler einen unterdrückten Fluch murmeln, als es an der Tür klopfte.

»Das wird der Fronbote sein. Jeden zweiten Tag kommt der Mann her, um sich darüber zu beklagen, dass es ihm an Leuten fehlt.« Der Richter knirschte mit den Zähnen. »Obwohl mir Eure Gesellschaft wesentlich angenehmer ist, muss ich Euch nun bitten zu gehen, Eckelin.« Er nickte Magdalena zu. »Wenn ich mir sein Lamento nicht anhöre, kommt der Kerl womöglich auf den Gedanken, den Dienst zu quittieren. Das hätte gerade noch gefehlt!«

Magdalena verabschiedete sich. Im Treppenhaus wartete tatsächlich der untersetzte Fronbote, der schnurstracks an ihr vorbei in den Ratssaal marschierte. In seinem Eifer vergaß er sogar, die Tür hinter sich ins Schloss zu ziehen.

»Ich weiß es zu schätzen, dass Ihr Euren Dienst an der Stadt so treulich verseht, guter Mann!«, vernahm Magdalena Seilers sonore Stimme. »Und mir ist bewusst, dass ich in dieser harten Zeit mehr von Euch verlangen muss, als recht und billig wäre.«

Sichtlich geschmeichelt brummte der Fronbote eine zustimmende Antwort.

»Doch ich kann Euch auch heute weder einen Fronknecht noch eine Küchenmagd versprechen«, fuhr der Richter fort, »die Euch bei der Versorgung der Gefangenen unterstützen.«

Magdalena hörte ein enttäuschtes Brummen. Aber was der Mann dann von sich gab, ließ ihr das Blut in den Adern gefrieren. »Zumindest muss ich mich nicht mehr allzu lange plagen. Jetzt, wo die Pestilenz auf dem Rückzug ist, werdet Ihr doch gewiss bald Nachricht an den Meister in Dresden schicken? Wenn die Kerle dann abgeurteilt und gerichtet sind, gibt es für mich auch wieder weniger zu tun.« Bei den letzten Worten klang seine Stimme regelrecht fröhlich.

»Lasst das nur meine Sorge sein, Fronbote«, entgegnete Seiler reserviert.

Magdalena wollte nicht riskieren, dass Henel sie beim Lauschen ertappte, wenn er den Ratssaal verließ. Deshalb stieg sie leise die Treppe hinunter und verließ das Rathaus.

Daheim, bei den Vorbereitungen zum Abendessen, erzählte sie Liese haarklein, was sich in der Ratsstube zugetragen hatte. »Weißt du, ich wäre sogar bereit, als Küchenmagd zu arbeiten, wenn mich das in die Fronfeste bringen würde. Dann könnte ich Conrad Arnold wenigstens Mut zusprechen.«

»Wenn Ihr das wollt, Herrin, dann müsst Ihr es machen.« Liese wischte sich mit dem Ärmel über die tränenden Augen, bevor sie weiter unbarmherzig auf eine Zwiebel einhackte.

»Aber wie?« Magdalena warf die kleingeschnittenen Möhren in den Kessel über dem Herd. »Es würde Conrad mehr schaden als nützen, wenn mich jemand dort erkennt.« Sie wischte sich die Hände an der Schürze ab und drehte sich zu Liese um. »Zumal ich dem Fronboten erst heute im Rathaus begegnet bin. Er hatte es zwar sehr eilig, aber es wäre trotzdem denkbar, dass er sich an mich erinnert.« Betrübt schüttelte sie den Kopf.

Schniefend trug Liese das Hackbrett zum Herd. Nachdem sie die Zwiebeln ebenfalls in den Kessel befördert hatte, wischte sie sich mit dem Zipfel ihrer Schürze über die Augen und putzte sich geräuschvoll die Nase. »Dann müssen wir eben dafür sorgen, dass Euch niemand erkennt. Denkt mal an die Verkleidungen und den ganzen Mummenschanz, der alljährlich zu Fastnacht getrieben wird!«

Als Magdalena begriff, hoben sich ihre Mundwinkel. »Du meinst, ich soll mich verkleiden?« Doch sofort beschlichen sie Zweifel. »Nein, Liese, das wird nicht gehen! Schließlich ich bin nicht irgendwer. Die Leute in der Stadt kennen mich nach den

Morden an Eckel, Matthes und Justina. Trotz der Pestilenz gab es eine Menge Gerede deswegen.«

»Ach«, Liese winkte ab, »die Leute haben genug mit sich selbst zu tun! Und außerdem sehen die meisten sowieso nur das, was sie erwarten. Wenn sie eine Frau in abgetragenen, einfachen Kleidern sehen, halten sie die viel eher für eine Küchenmagd als für eine Bürgersfrau.« Sie lachte. »Und so einer schenken sie keinen zweiten Blick, das könnt Ihr mir glauben!«

Magdalena lachte nun auch. Dann fasste sie Liese bei den Händen und sah sie an. »Das liegt daran, dass wir Frauen nur nach unserem Aussehen beurteilt und meistens unterschätzt werden, nicht wahr?«

Den Rest des Abends verbrachte Magdalena damit, einige von Lieses Kleidungsstücken so zu ändern, dass sie ihr passten. Die Magd schlug vor, dass sie sich außerdem ein wenig Schmutz ins Gesicht schmieren und Mehl auf die Haare stäuben solle, um alt und abgearbeitet zu wirken.

Kapitel 31

Der Weg führte die Reisenden am nächsten Tag noch tiefer ins Gebirge. Zu beiden Seiten der Straße schloss sich der Wald zu einer Mauer aus Stämmen und Zweigen, die nur gelegentlich durch kleine Gehöfte und Wiesen aufgebrochen wurde. Bald entdeckte Valentin auch die ersten Anzeichen von Bergwerkstätigkeit. Menschenhände waren dem Wald zu Leibe gerückt, und von den stolzen Baumriesen war nichts geblieben als ihre kahlen Stümpfe. Die Stämme hatte man als Stützbalken und Schalholz für den Ausbau der Gruben geschlagen, und das übrige Holz hatten die Feuer der Hüttenöfen verschluckt. Die Stille des Gebirges wurde nun vom Klang der Hämmer, von Hufgeklapper und dem Rumpeln schwerer Räder zerrissen. Valentin erriet die Herkunft der Bergleute aus den unterschiedlichsten Regionen Böhmens und Sachsens anhand der Grußworte, die sie ihnen zuriefen. Wenn er antwortete, klang seine Stimme kratzig, denn die feuchte Herbstluft, vermischt mit Staub und Ruß, reizte seine Lunge.

Rasch erkannte er, dass der Bergbau und alles, was damit zusammenhing, die eigentliche Passion Agricolas war. Der Gelehrte nutzte jede Gelegenheit, um seinem neuen Reisegefährten über die Silbergewinnung im Gebirge zu berichten.

»Auf Silber kann man hier fast überall stoßen«, sagte er, und seine Augen leuchteten dabei wie blanke Taler. »An vielen Stellen lag das silberhaltige Gestein vor zwanzig Jahren noch direkt an der Oberfläche, sodass man es nur einsammeln musste.«

»Und wie tief wird heute gegraben?«, fragte Valentin, der keine Ahnung von Bergbau hatte, aber möglichst viel darüber erfahren wollte. Seine Wanderjahre hatten ihn gelehrt, dass es wichtig war, Sitten und Gebräuche einer fremden Gegend schnell kennenzulernen.

»Das ist unterschiedlich. Im Sommer besuchte ich einen Schacht, der bereits sechzig Lachter tief war, aber noch auf hundert abgeteuft werden soll.«

»Lachter?«, fragte Valentin, denn das Wort hatte er noch nie gehört.

»Das sind sieben Fuß, Bader«, erklärte Martin mit einem überheblichen Lächeln. »Wie willst du hier irgendetwas rausfinden, wenn du nicht einmal die einfachsten Begriffe kennst?«

Wieder gab der junge Knecht, der wahrscheinlich noch nie aus dem Gebirge herausgekommen war, Valentin das Gefühl, ein Simpel zu sein. Er warf dem vorlauten Burschen einen verschnupften Blick zu. Dabei überschlug er, dass der Turm von St. Marien zweimal in den Schacht passen würde, den Agricola besucht hatte. Er überlegte, welcher Aufwand damit verbunden sein musste, in solche Tiefen vorzustoßen, und was das kosten mochte.

»Dann muss dort eine Menge Silber gefördert werden«, mutmaßte er.

»Schon. Aber es ist nichts im Vergleich zum Konstantin-Schacht. Da hat man an einem einzigen Tag fünfzig Pfund Silber zu Tage gebracht!«, sagte Martin so stolz, als sei er selbst der Eigner.

Agricola lachte. »Du vergisst aber, dass man seitdem dort gar nichts mehr gefunden hat! Die Bunte Kuh dagegen bringt seit Jahren eine stetige Ausbeute.«

»Bunte Kuh?«, fragte Valentin verwirrt. »Sprecht Ihr noch immer von Bergwerken?«

»Nun, den Namen der Grube legt der erste Finder fest«, erklärte Agricola zuvorkommend, während Martin schon wieder mit den Augen rollte. »Oft benutzen die Leute dafür den eigenen Namen, so wie mein guter Freund Barthel Bach. Aber manche machen sich auch einen rechten Spaß daraus.« Seine Mundwinkel zuckten. »Ich habe schon Namen wie Bierschnabel, Eierkuchen oder Elende Maria gehört.«

Der Finder hatte gewiss ein zänkisches Weib, mutmaßte Valentin schmunzelnd.

»Wenn du hier eine bestimmte Grube suchst, Bader, solltest du besser achtgeben, dass es dir nicht ergeht wie dem Bergbeamten aus Prag«, rief Martin grinsend. »Der Mann kam neulich an unserem Haus vorbei und fragte meinen Großvater, wo er die Neue Welt finden könnte. Großvater sagte: Ich kann mich nicht einmal in dieser Welt zurechtfinden, wie sollte ich da wissen, wo die neue ist!«

Valentin schüttelte den Kopf, während er sich fragte, wie er es anstellen sollte, aus diesem seltsamen Völkchen überhaupt etwas Nützliches herauszubringen.

Hinter der nächsten Bergkuppe öffnete sich der Wald plötzlich und gab den Blick auf ein langgezogenes Tal frei, an dessen Grund ein Bach floss. An den Ufern zogen sich zu beiden Seiten endlos lange Häuserreihen terrassenartig die Berghänge hinauf. Es sah beinah so aus, als stünde ein Haus direkt auf dem anderen. Daneben entdeckte Valentin noch zahlreiche Gerüste, auf denen es von Bauleuten nur so wimmelte, während Handlanger wie emsige Ameisen Balken, Lehm und Steine heranschleppten. Die wachsende Stadt glich einem Strom, der über seine Ufer getreten war und sich nun anschickte, das Tal zu überfluten. Die Häuser in den höher gelegenen Zeilen schienen meist aus schlichtem Fachwerk zu bestehen. Weiter unten sah Valentin

Häuser aus Stein mit hohen Ziegeldächern, die sicher reichen Bürgern gehörten. Im Hintergrund thronte eine Burg mit weißen Türmen. Valentin wunderte sich, dass die Hänge der umliegenden Berge vollkommen kahl waren. Doch dann begriff er, dass für den Bau der Stadt, aber auch den Bergbau, Unmengen von Holz nötig sein mussten.

»Und hier seht Ihr nun Sankt Joachimsthal mit Euren eigenen Augen. Nach Prag ist das inzwischen die Stadt mit den meisten Einwohnern in Böhmen. Wie Ihr unschwer erkennt, ist Joachimsthal gänzlich eingeschlossen von Bergen, in denen überall Silber abgebaut wird.« Agricola deutete auf einige der Gipfel. »Das ist der Niklasberg, auf dem sich die meisten Silbergruben befinden. Aber auch dort auf dem Schottenberg gibt es viele Gruben. Und dieser Berg da, gleich nebenan, ist der Pfaffenberg. Dort liegen die Fundgruben, von denen Ihr mir gestern Abend erzählt habt.«

Valentin prägte sich die Namen der Berge ein. Aus der Ferne sahen sie aus, als wären ihre Hänge von Maulwurfshügeln übersät. Er wusste aber inzwischen, dass das die Abraumhalden der Bergwerke waren. Unterwegs hatte er Unmengen solcher Steinhügel gesehen.

»Wahrscheinlich könnt Ihr Euch kaum vorstellen, dass hier vor zwanzig Jahren nichts als dichter Wald war.« Damit hatte Agricola Valentins ersten Gedanken beim Anblick der Stadt ausgesprochen. »Nachdem offenbar wurde, wie silberreich das Gestein in diesen Bergen ist, holten die Grafen von Schlick Bergleute aus Sachsen, um die ersten Gruben fachmännisch erschließen zu lassen.«

Agricolas Blick wanderte zur Burg hinüber. Im Gegensatz zum Hassenstein oder der imposanten Burg Pernstein, an der sie vor wenigen Stunden vorbeigeritten waren, wirkte sie mit ihren weißgetünchten Türmen nagelneu.

»Bald strömten die Menschen aus den sächsischen und

böhmischen Bergbaurevieren, in denen das Silber nicht mehr so reichlich floss, in Scharen hierher. Im Nu stampften sie im Tal unsere Stadt aus dem Boden. Heute zählt Sankt Joachimsthal über tausend Häuser und mehr als achtzehntausend Einwohner«, beendete der gelehrte Arzt seine Erklärungen.

»In der Umgebung gibt es neunhundert Bergwerke, in denen an die neuntausend Bergleute arbeiten«, ergänzte Martin.

Valentin stieß beeindruckt die Luft aus. Doch dann blieb sein Blick an einer der kahlen Bergkuppen hängen. Weithin sichtbar erhoben sich dort drei Galgen. An zweien davon baumelten die Körper von Gehängten. Über ihnen kreiste ein Schwarm Krähen am schiefergrauen Himmel. Der Wind trug die krächzenden Schreie der Vögel durch das ganze Tal.

»Wenn sich so viele Menschen mit eigenen Sitten und Gewohnheiten, mit verschiedenen Religionen und Sprachen auf engstem Raum zusammenfinden, bleiben Konflikte nicht aus, wie Ihr Euch denken könnt«, sagte Agricola schulterzuckend. »Zumal sie alle denselben Traum von einem besseren Leben für sich und ihre Kinder haben. Sie kommen mit dem festen Ziel, ihn zu verwirklichen. Doch dann begreifen sie beim Kampf ums tägliche Leben nach und nach, dass sie auch hier nicht im gesegneten Land sind. Die Spreu muss vom Weizen geschieden werden, und die Obrigkeit muss Recht und Gesetz Geltung verschaffen.«

»Ach, zwei Gehängte im letzten Monat, das ist doch gar nichts!« Martin winkte ab. »Bis vor ein paar Jahren haben die drei Galgen kaum ausgereicht. Täglich gab es Schlägereien, die auch schon mal mit einem Toten endeten. Raub und Mord waren an der Tagesordnung, ganz zu schweigen von den Aufständen.« Seine Augen glänzten, und er redete sich langsam in Fahrt. »So wie vor sieben Jahren, als die Bergleute und Bauern den Bürgermeister in Gewahrsam nahmen, den Schlicks die Burg über dem Kopf anzündeten und sie zwangen, eine neue

Bergordnung zu erlassen. Doch so gern die Grafen und die Obrigkeit der Stadt die Rädelsführer auch am Galgen gesehen hätten, sie mussten ihnen am Ende Straffreiheit zusichern.«

»Du klingst, als wärst du dabei gewesen«, sagte Valentin, dem Martins besserwisserische Art allmählich zum Hals raushing.

»Klar war ich dabei! Schließlich gehörten mein Vater und meine älteren Brüder zu den Bergleuten, die auf die Burg zogen.« Martin zwinkerte ihm frech zu. »Was haben wir an dem Abend geschmaust mit Wein und Bier und den anderen guten Sachen, die wir uns aus den Kellern auf dem Freudenstein holten!«

Valentin warf Agricola einen fassungslosen Blick zu, doch der zuckte erneut mit den Schultern und ließ sein Pferd antraben.

»Mich dürft Ihr dazu nicht fragen«, sagte er. »Ich bin erst zwei Jahre später nach Joachimsthal gekommen.«

»Also hat der Graf von Schlick hier das Sagen?«, erkundigte sich Valentin und lenkte sein Pferd neben das des Arztes.

»Nun ja, zwar wurde die Burg nach der Plünderung rasch wiederaufgebaut, aber da sitzt jetzt nur noch der Berghauptmann. Der letzte Graf ist nach der Schlacht gegen die Türken bei Mohac nicht mehr nach Hause zurückgekehrt. Seine Familie behauptet, er wäre in türkischer Gefangenschaft.« Agricola schüttelte den Kopf. »Doch dann hätten die Osmanen längst ein Lösegeld verlangt, immerhin sind seitdem fünf Jahre um. Also wird er wohl tot sein. Außerdem hat König Ferdinand den Schlicks inzwischen verboten, ihr Silber in eigene Münzen zu prägen, sodass sie nicht mehr so viel Gewinn daraus schlagen können. Das lässt ihren Einfluss schwinden. Solltet Ihr Unterstützung bei Euren Nachforschungen brauchen, wendet Euch also besser an den Rat. Der lenkt jetzt die Geschicke der Stadt.«

Valentin nickte. Das hatte er sich fast gedacht, aber es konnte nie schaden, genau Bescheid zu wissen.

»Vielleicht könntet Ihr noch so freundlich sein und mir eine gute Herberge empfehlen«, bat er, als sie die Stadt fast erreicht hatten.

Agricola schien einen Augenblick zu überlegen, dann blickte er Valentin fragend an. »Was haltet Ihr davon, bei mir zu wohnen, solange Ihr hier zu tun habt?«

Valentin war so überrascht, dass er am Zügel seines Pferdes zog, das darauf gehorsam stehenblieb. Schließlich kannte er den Stadtarzt erst seit einem Tag, und er, Valentin Arnold, war nur ein einfacher Bader. Auch wenn er hoffte, Agricola würde ihm helfen, nützliche Leute in der Stadt kennenzulernen, mit einem solchen Angebot hätte er niemals gerechnet.

»Wisst Ihr, das, was Ihr mir gestern Abend über die Morde in Eurer Heimatstadt erzählt habt, erscheint mir äußerst rätselhaft. Ich stimme mit Euch überein, dass mehr dahintersteckten muss, als man auf den ersten Blick erkennen kann. Rätsel haben mich schon immer fasziniert. Ich bin gespannt darauf, was Ihr herausfinden werdet!«, erklärte Agricola.

Also ist seine Neugier der Grund für die Einladung, dachte Valentin. Nun, mir soll es recht sein!

»Außerdem habe ich in meinem Haus zurzeit viel Platz. Dafür ist es umso langweiliger. Im Frühjahr siedele ich nach Chemnitz über. Mein Weib stammt von da. Sie sehnt sich nach ihrer Familie, die sie in den letzten Jahren nur selten besuchen konnte. Ich habe sie und die Kinder gerade dorthin gebracht, damit sie sich in Ruhe im neuen Haus einrichten kann. Ohne dass ich ihr dauernd im Weg stehe, wie sie sagte.« Agricola verzog das Gesicht zu einer komischen Grimasse.

»Unter diesen Umständen ist es mir eine Ehre, Eure Einladung anzunehmen«, sagte Valentin. Der Arzt führte ihn zu einem schmucken Haus im unteren Teil der Stadt. Das verzierte Sandsteinportal mit den Sitznischen, durch das Valentin ihm ins Innere folgte, hätte auch zu einem Haus auf dem Pirnschen Markt gehören können.

KAPITEL 32

Seit drei Tagen arbeitete Magdalena nun schon als Magd in der Küche der Fronfeste. Doch bisher war es ihr nicht gelungen, auch nur einen Fuß in den Gang zu setzen, in dem sich die Zellen der Gefangenen befanden. Der Fronbote selbst hatte das Essen in den vergangenen Tagen zu den Klappen an den Zellentüren geschafft, und sein Wärter hatte die leeren Schüsseln zurück in die Küche gebracht. Aber heute hatten beide Männer draußen im Hof zu tun, denn der heftige Sturm, der in der vergangenen Nacht über die Dächer der Stadt gebraust war, hatte den Holzschuppen der Fronfeste beschädigt.

Nun schöpfte Magdalena die Rübensuppe aus dem Kessel in drei irdene Schalen. Dabei achtete sie darauf, dass die Mehrzahl der wenigen Speckwürfel in der Schüssel zu ihrer linken Hand landeten. Ihre Hände zitterten, als sie die Schalen auf ein Holzbrett stellte. Gleich würde sie Conrad zum ersten Mal seit Monaten wieder zu Gesicht bekommen. Ob die Haft und die ständige Angst um sein Leben ihn stark verändert hatten? Sie selbst war in dieser Zeit eine andere geworden, das spürte sie. Niemals hätte die verschüchterte Gemahlin Thomas Eckels das irrwitzige Wagnis auf sich genommen, als Küchenmagd verkleidet in der Fronfeste zu arbeiten.

Tatsächlich war bisher alles genauso verlaufen, wie Liese es vorhergesagt hatte. Meister Henel war hocherfreut gewesen, als sich ein Weib bei ihm einfand, das bereit war, die vakante Stelle der Küchenmagd einzunehmen. Nachdem sie ihm versichert hatte, dass sie auf der Stelle mit der Arbeit beginnen könne, hatte er sie ohne Federlesen eingestellt. Anschließend hatte er sie herumgeführt, um ihr zu zeigen, wo die Vorräte aufbewahrt wurden, und ihr erklärt, welche Speisen sie in welcher Menge für die Gefangenen und das Personal zubereiten musste. Später hatte er sich nicht mehr um die Magd gekümmert, die still und unauffällig ihrer Arbeit nachging. Magdalena dagegen hatte Augen und Ohren offengehalten und inzwischen manches über die täglichen Abläufe im Gewahrsam erfahren. So legte sich der Fronbote nach dem Mittagsmahl stets für ein Stündchen aufs Ohr – und zwar in seiner Wohnung im ersten Stock. Gestern hatte Jorge, der Wachmann, die Zeit genutzt, um ebenfalls ein Weilchen zu verschwinden. Gott allein wusste, wohin der Mann gegangen war. Magdalena betete darum, dass er es auch heute so halten würde. Für den Fall hatte sie schon daheim einen Zettel geschrieben, den sie nun hastig zwischen die Brotscheiben schob, die sie auf die Schüssel mit den meisten Speckstücken legte.

Wie die Küche befanden sich auch die Zellen der Gefangenen im Erdgeschoss der Fronfeste. Magdalena stellte das Brett ab und öffnete mit klopfendem Herzen die Luke an der ersten Tür. Zwei Männer erschienen in ihrem Sichtfeld, ein magerer Alter mit grindigem Schädel und ein dicker Kerl, der über und über mit schwarzen Haaren bewachsen war. Beide waren mit Fußeisen an der Wand festgekettet. Magdalena erkannte in ihnen die Friedhofsgehilfen, die sie vor einigen Monaten im Hundeloch gesehen hatte. Beide sahen inzwischen noch verwahrloster aus als damals.

»Ah, endlich bekommen wir hier mal ein neues Gesicht zu sehen!« Grinsend präsentierte ihr der Alte seine schwarzen Zahnstummel. »Und zudem auch noch ein weitaus freundlicheres als das des Fronboten und seines tumben Knechts.« Er musterte sie eingehend. »Ich bin hocherfreut, Eure Bekanntschaft zu machen, gute Frau! So wie Ihr aussehт, habt Ihr gewiss ein mitfühlendes Herz«, säuselte er, während er nach den Schüsseln griff. »Ihr glaubt mir doch, wenn ich Euch sage, dass wir hier unschuldig festgehalten werden?«

Magdalena fühlte sich zunehmend unbehaglich. Was, wenn der Alte ihre Maskerade durchschaute? Seinem gierigen Blick entging bestimmt nichts. Hastig trat sie einen Schritt zurück und machte Anstalten, die Klappe zu schließen. Dabei wäre sie um ein Haar gegen die breite Brust der Fronmeisters geprallt, der wie aus dem Nichts hinter ihr erschienen war. Sie verbarg ihren Schreck, indem sie sich nach der verbliebenen Schüssel bückte.

»Halt dein Maul, Alter!«, knurrte Henel. »Oder willst du schon wieder Bekanntschaft mit der hier machen?« Er hielt dem Kahlkopf seine Faust unter die Nase, bevor er die Klappe zuschlug und verriegelte.

Magdalena hatte sich inzwischen gefangen und die Schüssel vom Boden aufgehoben.

»Unbescholtene Männer, dass ich nicht lache!«, empörte sich Jorge, der mit Bauholz über der Schulter den Gang durchquerte. »Ich gehe jede Wette ein, dass der Richtherr die Grabschänder aus der Stadt peitschen lässt! Selbst wenn sich rausstellen sollte, dass sie seinen Gerichtsschreiber nicht auf dem Gewissen haben.«

»Da kannst du einen drauf lassen«, stimmte ihm Henel zu. »Der Seiler kann's auf den Tod nicht ausstehen, wenn jemand in Pirna Aufruhr anzettelt.« Er warf einen prüfenden Blick auf die letzte Schüssel in Magdalenas Hand und nickte zustimmend, bevor er dem Wachmann in den Hof folgte.

Magdalena holte Luft und dankte Gott dafür, dass der Fronmeister die Brotscheiben nicht angerührt hatte. Flink entriegelte sie die Klappe an der Tür. Mit klopfendem Herzen spähte sie durch den schmalen Spalt, und während sich ihre Augen erst an das diffuse Dämmerlicht gewöhnen mussten, nahm sie den schalen Geruch der Verzweiflung sofort wahr. Der Gefangene kauerte mit angewinkelten Beinen auf dem Stroh, doch als er den Kopf hob, zuckte Magdalena zurück. Sie fragte sich, ob sie tatsächlich vor der richtigen Zelle stand, denn der Mann, den sie dort erblickte, hatte kaum noch eine Ähnlichkeit mit Conrad Arnold. Seine Gesichtszüge wurden von einem struppigen Bart verborgen, und das verfilzte Haupthaar hatte einen unbestimmten Farbton. Als er sich mühsam erhob, sah Magdalena, wie mager er geworden war. Seine blauen Augen, die sie früher unwiderstehlich in ihren Bann geschlagen hatten, starrten stumpf und teilnahmslos auf die Schüssel, die sie ihm mit zitternden Fingern hinhielt.

Sie wollte sich zu erkennen geben und ihm wenigstens ein paar tröstende Worte zuflüstern. Doch bevor sie in der Lage war, den Mund zu öffnen, ertönte aus der Zelle gegenüber ein gehässiges Lachen.

»Na, Bader, wie gefällt dir unsere neue Küchenmagd?« Das war die Stimme des Dicken. »Gib's schon zu, am liebsten würdest du die sofort bespringen, so wie die Eckelin, deren Alten du abgemurkst hast!«

Magdalena erstarrte. Sie war nicht in der Lage, die Schüssel loszulassen, nach der Conrad bereits gegriffen hatte.

»He, Hurenbock, warum sagst du nichts?«, grölte jetzt auch der Kahlkopf. »Sie ist dir wohl nicht fein genug, die Olle? Aber wenn du die Augen schließt, ist ein Loch genauso gut wie ein anderes.« Er kicherte. »Vertrau einem erfahrenen Mann, mein Junge!«

»Halt auf der Stelle dein gotteslästerliches Maul, Alter!« Conrad krallte seine Finger um den Rand der Schüssel. Als Magdalena sie losließ, fiel die oberste Brotscheibe herunter, und der Zettel segelte hinterher. Conrad sah ihm nach, doch dann hob er den Blick, und seine Pupillen weiteten sich. Rasch legte Magdalena einen Finger auf ihre Lippen. Mit angehaltenem Atem verfolgte sie, wie Conrad den Zettel aufhob.

»So 'n Mist, dass mein Neffe, die hühnerbrüstige kleine Kröte, gleich den Schinder geholt hat, als wir deinen Bruder verscharren wollten«, höhnte der Dicke von der anderen Seite des Ganges.

»Aber Fritz«, krächzte der Alte. »Sei doch nicht so gemein zu dem kleinen Hurenbock! Immerhin hat er uns einen Gefallen getan, als er den Gerichtsschreiber, diesen Wichtigtuer, auch noch abgestochen hat.«

»Nu, da hast du auch wieder recht!« Der Dicke lachte, bis er sich verschluckte und sein Husten durch das Gewölbe hallte wie das Bellen eines Kettenhundes.

Inzwischen hatte Conrad die Botschaft überflogen. Er sah Magdalena in die Augen, und ein Lächeln glitt über sein Gesicht. Obwohl Tränen in ihrer Kehle brannten, erwiderte sie es tapfer, und zwei Atemzüge lang vergaßen beide die erdrückende Enge der Mauern, die sie umgaben, ebenso wie die massive Tür, die sie voneinander trennte. Dann schloss Magdalena die Klappe. Sie rannte in die Küche, wo sie auf einem Schemel neben dem Herd zusammensackte und um Fassung rang. Auf keinen Fall durfte sie sich jetzt von Mitleid oder Angst überwältigen lassen. Wenn sie Conrad helfen wollte, galt es vor allem, einen kühlen Kopf zu bewahren!

KAPITEL 33

Um nächsten Morgen erwachte Valentin spät, denn er hatte bis tief in die Nacht mit seinem Gastgeber getrunken und geredet. Der Arzt war ein weitgereister Mann. Er kannte sich nicht nur mit den hiesigen Bergwerken hervorragend aus, sondern besaß ebenso erstaunliche Kenntnisse über den Bergbau und das Hüttenwesen in anderen Gegenden. Offenbar hatte Agricola alle Bergbaureviere des sächsischen und böhmischen Erzgebirges bereits mit eigenen Augen gesehen. Doch sosehr den Doktor die Gewinnung von Metallen begeisterte, noch mehr interessierte ihn die Verwendung derselben in der medizinischen Praxis. Gestern Abend hatte Valentin ihm zahllose Fragen dazu gestellt und für ein paar Stunden sogar den eigentlichen Anlass seiner Reise vergessen.

Nun plagte ihn das Gewissen. Die Geräusche, die er aus Haus und Hof vernahm, verrieten ihm, dass die übrigen Bewohner längst ihrem Tagewerk nachgingen. Valentin konnte es sich noch weniger leisten, Zeit zu vergeuden, denn er befand sich in einem Wettlauf mit dem Henker!

Hastig schlüpfte er in seine Kleider. In der Küche fand er eine Magd, die ihm eine Schale warme Milch und einen Kanten Brot vorsetzte. Die Frau bestätigte ihm, dass ihr Herr bereits im Behandlungsraum mit seinen ersten Patienten beschäftigt war. Aber Martin werde ihn gleich zum Haus des Schichtmeisters begleiten. Agricola hatte Valentin gestern erklärt, dass der Schichtmeister ebenso für die Auszahlung der Löhne an die

Bergleute verantwortlich sei wie für die Verteilung der Gewinne an die Grubeneigner. Folglich würde er am ehesten etwas über den rätselhaften Wenzel Fiedler sagen können. Valentin hatte kaum den letzten Bissen hinuntergeschluckt, da polterte Agricolas Knecht schon in die Küche.

»Na, was ist, Bader? Warum sitzt du noch hier herum?«, rief er statt einer Begrüßung. »Ich dachte, du wolltest zum Schichtmeister!« Seine Wangen waren von der kalten Luft gerötet, seine Augen blitzten unternehmungslustig.

»Selbstverständlich! Ich hab nur auf dich gewartet«, versicherte Valentin und unterdrückte ein Gähnen.

In der Halle trafen sie auf den Doktor, der bereits Hut und Mantel trug. Mit etwas Schadenfreude sah Valentin, dass auch Agricolas Augen rot gerändert waren und seine Bewegungen ein wenig steif wirkten. Dennoch schien der Arzt guter Dinge zu sein, denn er klopfte seinem Gast freundschaftlich auf die Schulter. »Ich bin überzeugt, dass der Schichtmeister Euch weiterhelfen kann, Bader. Im Grunde müsst Ihr doch nur der Spur des Geldes folgen.«

»Geb's Gott, dass Ihr recht habt, Doktor«, sagte Valentin. Seine bisherige Erfahrung hatte ihn gelehrt, dass die Dinge selten so einfach waren, wie sie auf den ersten Blick schienen. Dann kam ihm eine Idee. »Vielleicht könntet Ihr Euch ebenfalls ein bisschen umhören? Womöglich war einer Eurer vermögenden Patienten mit Eckel bekannt.«

»Das mag sein. Aber heute habe ich keine Besuche bei vermögenden Patienten geplant.« Agricola schmunzelte. »Stattdessen werde ich meine Runde durch die Freudenhäuser von Sankt Joachimsthal machen.«

Valentin, der gerade seinen Umhang überziehen wollte, hielt inne. Bisher hatte er den Doktor für einen treuen Ehemann und braven Christen gehalten. Da sieht man mal wieder, wie der erste Blick täuschen kann, dachte er.

»Einen Groschen für Eure Gedanken, Bader!« Agricola lachte. »Die Aufsicht über die Freuden- und Badehäuser gehört ebenso zu meinen Aufgaben als Stadtarzt wie die über die Apotheken.« Er griff nach seinem Medizinkasten.

Valentin versuchte, sich seine Verlegenheit nicht anmerken zu lassen. »Womöglich könnten Euch auch die Huren etwas über Thomas Eckel berichten. In Pirna war er ein häufiger Gast im Freudenhaus«, murmelte er.

Der Doktor lächelte nachsichtig. »Dann werde ich mein Bestes tun«, versicherte er, bevor er das Haus verließ.

Valentin und Martin folgten ihm. Aufmerksam musterte der Bader die beeindruckende Reihe mehrstöckiger Häuser, an denen sie auf ihrem Weg zum Markt vorbeikamen.

Anders als in Pirna, wo der rechteckige Markt das Zentrum bildete, von dem zahlreiche Gassen in alle vier Himmelsrichtungen führten, verliefen die Gassen in Joachimsthal mehr oder weniger parallel. Der Markt lag am nördlichen Ende der unteren Häuserzeile. Von dort aus führte eine Landstraße weiter ins Gebirge nach Gottesgab und dann hinauf zum Keilberg, hinter dem bereits die ersten sächsischen Bergstädte lagen.

»Hier drüben ist unser Rathaus«, erklärte Martin und deutete auf ein vierstöckiges, weiß verputztes Gebäude mit geschwungenem Giebel. Vor die Fassade war ein Turm mit kupfernem Helm gebaut worden, der das Rathaus wie ein kleines Schloss wirken ließ. Eine Treppe führte zum Eingangsportal.

Das Haus des Schichtmeisters lag schräg gegenüber. Wie die meisten Gebäude in Joachimsthal war es aus dem hellgrau schimmernden Gestein errichtet, das als Abraum bei der Silberförderung anfiel. Valentin bemerkte die unregelmäßigen Umrisse der flachen Steine unter dem weißen Putz. Über dem modischen Sitznischenportal prangte ein rundes Hauswappen, das seine Aufmerksamkeit fesselte. Es zeigte im Halbrelief einen kleinen Mann mit langem Bart, der unter einem Baum kniete. Er trug Bergmannskleidung und hielt in der geöffneten Hand eine silberne Kugel. Der Bader hätte seinen Begleiter gern gefragt, ob die Kugel tatsächlich aus reinem Silber bestand. Doch er biss sich auf die Zunge, denn er wollte Martin nicht schon wieder Anlass geben, ihn als Hinterwäldler zu behandeln.

»Das ist ein Bergmännlein, einer von den guten Geistern im Gebirge. Man erzählt sich, so einer habe den seligen Vater des Schichtmeisters vor Jahren zu einem Baum geführt. Zwischen dessen Wurzeln fand er einen großen Haufen Silbergestein«, erzählte Martin, dem Valentins Blick nicht entgangen war. »Und dieser Silberfund legte den Grundstein für den Wohlstand der ganzen Sippe.«

Valentin hatte davon gehört, dass die Menschen im Gebirge an allerlei Geister und gespenstische Wesen glaubten. Dass sie diese Geister sogar über ihren Türen abbildeten, hatte er nicht erwartet. Schweigend beobachtete er, wie Martin den Türklopfer betätigte. Der Knecht musste dreimal klopfen, bevor sich im ersten Stock endlich eins der Fenster öffnete.

»Was wollt ihr?« Die Stimme des Mannes knarzte wie ein alter Ast, den der Wind schüttelt. Sein Gesicht verbarg sich hinter einem struppigen grauen Bart, auf dem Kopf trug er eine kegelförmige Filzkappe, ähnlich wie das Bergmännlein im Hauswappen. Valentin vermutete, dass er der Hausknecht des Schichtmeisters war.

»Doktor Agricola schickt uns«, erklärte Martin mit wichtiger Miene. »Wir müssen den Schichtmeister sprechen!«

»Daraus wird nichts!« Der Mann machte Anstalten, das Fenster zu schließen.

»Was soll das heißen?«, rief Martin und stemmte die Fäuste in die Seiten.

»Das soll heißen, der Schichtmeister ist nicht da. Also verschwindet!« Der Hausknecht schlug das Fenster zu, dass die Butzenscheiben darin erzitterten.

Valentin sah, wie Martin rot anlief. Er lächelte in sich hinein, denn er wusste bereits, dass der junge Knecht sich von niemandem die Butter vom Brot nehmen ließ und keinen, außer seinem Herrn und dem Herrgott selbst, als über sich stehend betrachtete.

»Du wirst sofort rauskommen und uns eine ordentliche Auskunft geben, du Wicht!«, brüllte Martin, während seine riesige Faust gegen die Tür donnerte. Einige Mägde, die mit Körben über den Armen vorbeikamen, blieben mit runden Augen stehen. Nachdem Agricolas Knecht noch ein paar Mal vergeblich gegen die Tür geschlagen hatte, trat er zurück. Sein wütender Blick verhieß nichts Gutes. Valentin machte sich bereit, ihn am Arm zu packen, da er fürchtete, Martin würde gleich die Tür eintreten. Doch im nächsten Augenblick flog sie auf, und der Hausknecht schoss, einem Kugelblitz gleich, auf die Straße. Valentin fand, dass seine Ähnlichkeit mit dem Bergmännlein aus der Nähe noch verblüffender war. Allerdings wirkte der Kerl gar nicht wie ein guter Geist, denn seine Augen funkelten mordlüstern, und seine knotigen Finger umklammerten den Stiel eines Reisigbesens. Den schwenkte er nun drohend vor Martins Nase. Dabei schien ihm völlig egal zu sein, dass er Agricolas Knecht nur bis zur Brust reichte und höchstens halb so viel wog wie der muskulöse Martin.

»Ich werde dir gleich Auskunft geben, du dreistes Bürschlein!«, krakeelte er, und seine grauen Barthaare sträubten sich wie die einer wütenden Katze.

Martins Augen verengten sich, bevor er mit einer Hand blitzschnell nach dem Besen griff und mit der anderen das Männlein am Kragen in die Höhe zerrte. »Was hast du gesagt?«, knurrte er. »Ich kann dich da unten nicht richtig hören.«

Valentin sah, dass das Gesicht des Hausknechts puterrot anlief, während er hilflos mit den Füßen strampelte. Er fürchtete, den Alten könne der Schlag treffen, bevor sie eine Auskunft von ihm erhalten hatten. Er zerrte Richter Seilers Schreiben mit dem dicken Ratssiegel aus seinem Mantel hervor.

»Ich bin in Ratsgeschäften hier.« Er streckte es dem strampelnden Männchen entgegen. »Ich muss unbedingt mit deinem Herrn sprechen«, rief er. Dabei bemühte er sich, den schneidenden Amtston nachzuahmen, den Seiler so gut beherrschte. »Und da du mir keine Auskunft geben willst, werde ich mich wohl auf das hiesige Rathaus bemühen müssen.« Mit kühlem Blick zog er eine Augenbraue nach oben. »Allerdings frage ich mich, was man dort von deiner mangelnden Kooperation halten wird, guter Mann.«

Die Gesichtsfarbe des Alten wechselte von Rot zu Weiß, als Martin ihn behutsam wieder auf den Boden setzte. Er zog sein fadenscheiniges Wams zurecht und bemühte sich, zumindest einen Teil seiner Würde zurückzuerlangen, indem er die magere Brust hervorstreckte. »Mir mangelt es an gar nichts, Fremder! Und hier kann auch keiner sagen, dass ich die Obrigkeit nicht achten würde.« Mit einem verächtlichen Grunzen bückte er sich, um den Besen aufzuheben, den Martin ihm vor die Füße geworfen hatte. »Der Schichtmeister ist mit seinem Weibe nach Schlackenwerth gereist zur Tochter. Sie feiern die Taufe ihres ersten Enkels. Aber am Samstag werden sie zurück sein. So, nun wisst Ihr's!«

»Am Samstag erst«, murmelte Valentin betroffen. Bis dahin waren es noch vier Tage! Aber dann entschloss er sich zu einem letzten Versuch. »Sag, guter Mann, verkehrt im Hause deines Herrn vielleicht ein Mann namens Wenzel Fiedler?« Er spielte mit Magdalenas Börse, die noch immer gut gefüllt an seinem Gürtel hing. »Es soll dein Schade nicht sein, falls du mir was Brauchbares über den erzählen kannst.«

Ein gieriges Glitzern trat in die trüben Äugelein des Alten. Er schien nachzudenken, wobei er an der Innenseite seiner Wange nagte. Dann erhellte sich sein Gesicht. »Ich habe den

Namen noch nie gehört«, räumte er ein. »Aber das muss nichts heißen«, fügte er flink hinzu. »Von den Amtsgeschäften meines Herrn habe ich keine Ahnung. Ihr solltet Euch aber unbedingt mit Strunz, seinem Schreiber, unterhalten.« Er warf einen Blick zum Himmel, wo die fahle Herbstsonne schon fast den Zenit erreicht hatte. »Den findet Ihr um diese Zeit in der Goldenen Katze.« Er deutete auf eine schmale Gasse, die neben dem Rathaus bergauf führte. »Da trinkt er schon vor dem Mittag das erste Bier, wenn der Herr nicht in der Stadt ist.« Der Hausknecht schnaubte entrüstet auf. Dann streckte er Valentin die Hand entgegen. »Na, war das etwa keine brauchbare Auskunft?«

»Ich werde dir gleich …« Martin machte einen Schritt auf den Alten zu, doch Valentin schob sich energisch dazwischen. Er hatte eine kleine Münze aus der Börse gefischt, die er dem Mann in die Hand drückte. Während der zurück ins Haus schlurfte, packte Valentin den Knecht am Arm. »Zeig mir den Weg zu dieser Schänke!«

Martin verdrehte die Augen. »An deiner Stelle würde ich auf offener Straße nicht so auffällig mit einer vollen Börse klimpern«, flüsterte er. »Der Kerl da drüben starrt schon die ganze Zeit zu uns herüber.«

Valentin wandte sich um. Die Gruppe der Mägde, die das unterhaltsame Zwischenspiel vor dem Haus des Schichtmeisters tuschelnd verfolgt hatte, zerstreute sich. Einen Mann konnte er nicht entdecken. »Wie sah er denn aus?«

»Was weiß ich«, Martin wedelte mit den Händen. »Er trug einen Umhang und hatte den Hut tief ins Gesicht gezogen. Ich konnte nicht darunterschauen, weil eine Frau mit ausladender Haube vor ihm stand. Jetzt ist er verschwunden.«

Valentin, den ein ungutes Gefühl beschlich, starrte stumm die Straße hinab.

»Na ja, vielleicht war es auch nur ein Gaffer.« Martin zuckte mit den Schultern. »Sei eben ein bisschen vorsichtiger mit deinem Geld, und jetzt lass uns gehen!« Zielstrebig steuerte er die Gasse an, die ihnen der Hausknecht des Schichtmeisters gewiesen hatte.

Valentin folgte ihm, blieb jedoch nach ein paar Schritten stehen und drehte sich um, weil er sich beobachtet fühlte. Er sah gerade noch, wie ein Mann in grauem Umhang in einer Gasse hinter ihnen verschwand.

»Erst hast du es eilig, in die Schänke zu kommen, und nun bleibst du zurück, um dir den Hals zu verrenken. Was ist los, Bader?« Agricolas Knecht trampelte ungeduldig von einem Fuß auf den anderen.

»Nichts.« Valentin schloss zu Martin auf. Irgendetwas an der flüchtigen Erscheinung des Mannes war ihm bekannt vorgekommen. Doch er wusste es nicht zu benennen, und es war gut möglich, dass er sich irrte. Jetzt galt es erst einmal, den Schreiber ausfindig zu machen, um in Erfahrung zu bringen, was der über Wenzel Fiedler wusste.

Die Goldene Katze erwies sich als leidlich saubere Schänke in der Gasse hinter dem Spital. Zur Mittagszeit platzte sie aus allen Nähten; dicht an dicht hockten die Bergleute auf den Bänken, vor sich Humpen mit dunklem Bier und Schüsseln mit kräftig duftendem Eintopf. Für Valentin sahen sie in ihrer Bergmannskleidung und mit Gesichtern, auf denen sich Staub und Schweiß zu einer schwarzen Maske vermischt hatten, alle gleich aus. Weiß leuchteten ihre Augen und Zähne.

Martin lotste Valentin an einen Tisch in der Ecke. Von dort hatten sie den gesamten Schankraum im Blick. Umgehend erschien eine junge Schankmagd, die den Neuankömmlingen ohne ein Wort zwei Humpen Bier vorsetzte.

Martin verschlang das Mädchen regelrecht mit den Augen und erntete dafür einen drohenden Blick von einem Kerl mit Lederschürze, der sich mit einem Fass auf der Schulter den Weg zum Tresen bahnte.

»Sie scheint vergeben«, bemerkte Valentin. »Aber mach dir nichts draus, andere Mütter haben auch hübsche Töchter!« Er hob seinen Humpen und prostete Martin zu.

Martin tat ihm Bescheid. Dann setzte er den Humpen an und leerte ihn in einem Zug bis zur Hälfte. Rülpsend wischte er sich über den Mund. »Du hast mal wieder keine Ahnung, wovon du sprichst, Bader!« Ein trübes Lächeln erschien auf seinem jungen Gesicht. »In dieser Stadt gibt es doppelt so viele Männer wie Frauen. Da hat jedes halbwegs ansehnliche Mädel mindestens einen Verehrer an jedem Finger! Aber jemandem wie mir, der nicht mal ein winziges Vermögen sein Eigen nennen kann, schenkt keine von denen einen zweiten Blick.«

Martin wollte seinen Humpen erneut zum Mund führen, aber Valentin stieß ihn mit dem Ellenbogen an. »Deinen Liebeskummer kannst du ein anderes Mal im Bier ersäufen. Sag mir lieber, wie wir hier den Schreiber finden!«

»He, was soll das?« Martin schüttelte das übergeschwappte Bier von seiner Hand.

»Gerade wollte ich angefangen, dich zu mögen, Bader. Aber du gönnst mir nicht mal, dass ich in Ruhe ein Bier trinke, wo ich schon den ganzen Tag für dich die Amme spielen muss!«

»Der Schreiber«, knurrte Valentin, ohne auf die Worte des Knechts einzugehen. »Wo ist er?«

Bevor sich Martin zu einer Antwort herabließ, nahm er einen weiteren tiefen Zug aus seinem Humpen. Danach wischte er sich umständlich über den Mund. »Der Schreiber sitzt dort drüben«, sagte er schließlich und deutete mit einer leichten Kopfbewegung nach rechts. »Der Spitznasige mit dem roten Bart.«

Zwei Tische weiter saß ein kleiner Mann allein vor seinem Bier. Valentin hob belustigt die Mundwinkel, dann das Gesicht mit den leicht vorstehenden Zähnen ließ ihn an einen Eichkater denken. Offenbar hatte der Schreiber das Interesse an seiner

Person bemerkt, aber seine flinken Augen huschten sogleich wieder zurück zu dem Bierhumpen, den er nun anhob. Valentin hatte den Eindruck, der Mann wollte eher sein Gesicht verstecken, anstatt zu trinken. Vor irgendetwas schien er auf der Hut zu sein.

»Du kennst den Kerl.« Valentin sah Martin vorwurfsvoll an. »Warum hast du das nicht gleich gesagt?«

»Du hast mich nicht gefragt.« Martins Stimme war anzuhören, dass er noch immer schmollte.

»Was weißt du über ihn?«

»Nur das, was halt so geredet wird.« Martin zuckte mit den Schultern. »Strunz ist einer der wenigen Einheimischen hier, ein Bauernsohn aus Pfaffengrün. Ist ein kleiner Wichtigtuer, der sich für wer weiß wie schlau hält, nur weil er auf einer Schule war.«

Valentin glaubte, Neid aus diesen Worten zu hören.

»Aber warum horchst du mich aus, wo du eigentlich was von dem da wissen willst?« Martin versetzte Valentin, der gerade trinken wollte, einen Stoß mit dem Ellenbogen und prustete vor Lachen, als dessen Humpen überschwappte. Valentin warf ihm einen finsteren Blick zu. »Soll ich ihn an unseren Tisch holen?«, erkundigte sich der junge Knecht daraufhin versöhnlich. Ehe Valentin etwas erwidern konnte, erhob er sich, legte die Hände an den Mund und brüllte quer durch den Raum. »He, Schreiberling! Komm mal rüber zu uns! Mein Kumpel, der will was von dir wissen.«

Valentin knirschte mit den Zähnen. »Muss das sein?«, knurrte er. »Jetzt weiß jeder in der Schänke, dass ein Fremder hier ist und Fragen stellt!«

»Na und?« Martin schüttelte den Kopf. »Ich dachte, das ist genau das, was du wolltest?«

Entschlossen, die Tölpelhaftigkeit des Jungen ab sofort ebenso zu ignorieren wie die neugierigen Blicke ringsum, nahm

Valentin einen tiefen Zug aus seinem Humpen. Bemerkenswert fand er allerdings, dass der Schreiber der Einzige war, der Martins Aufforderung nicht gehört hatte. Ohne nur einmal aufzublicken, trank er sein Bier, bis Martin schließlich zu ihm ging und ihm etwas zuflüsterte. Strunz schien einen Augenblick zu überlegen, aber dann erhob er sich und nahm auf der Bank gegenüber von Valentin Platz.

Schmunzelnd ließ sich Martin neben ihm nieder. »Ich habe ihm gesagt, dass du uns eine Runde spendieren willst, Bader.«

Ohne eine Miene zu verziehen, bedeutete Valentin dem Mädchen, frisches Bier zu bringen.

Strunz seufzte zufrieden, nachdem er den ersten Schluck genommen hatte. »Also, was wollt Ihr wissen?« Er lehnte sich zurück und betrachtete Valentin mit leicht verschwommenem Blick.

»Ich bin auf der Suche nach einem Wenzel Fiedler«, erklärte der Bader. »Vielleicht könnt Ihr mir sagen, wo ich ihn finden kann?«

»Wenzel Fiedler?« Strunz kniff die Augen zusammen und wirkte mit einem Mal völlig nüchtern. Vorsicht lag in seinem Blick. »Den Namen habe ich noch nie gehört.«

Valentin spürte, dass der Mann log. Sein Herzschlag beschleunigte sich, denn was bisher nur eine Ahnung gewesen war, wurde ihm nun bestätigt. Er befand sich auf der richtigen Spur!

»Seid Ihr sicher?«, hakte er nach. »Thomas Eckel, ein Bürger aus Pirna im Meißnischen, muss Geschäfte mit ihm gemacht haben. Jedenfalls erhielt Fiedler bislang den gesamten Gewinn, den Eckels Kuxe an einer hiesigen Silbergrube abwarfen.«

»Bislang?« Strunz beugte sich unwillkürlich nach vorn.

Ah, dachte Valentin, der Name Eckel sagt ihm also auch was. »Meister Eckel wurde vor ein paar Wochen ermordet«, fuhr er fort. »Erwürgt vor seinem eigenen Haus!«

»Erwürgt?« Der Schreiber war blass geworden. »Wieso denn?«

»Das versuche ich grade herauszukriegen.« Valentin ließ Strunz nicht aus den Augen. Da ohnehin bald die ganze Stadt wusste, warum er hier war, brauchte er kein Blatt vor den Mund zu nehmen. »Also, nochmal: Kennt Ihr den Mann, diesen Wenzel Fiedler? Ich muss unbedingt mit ihm sprechen!«

»Den Mann ...« Der Schreiber verschluckte sich an seinem Bier und musste husten. »Nein, einen Mann, der so heißt, kenne ich wirklich nicht. Ich schwör's!«, erklärte er, als er wieder Luft bekam.

Valentin war verwirrt. Was für seinen unfehlbaren sechsten Sinn vorhin eindeutig nach einer Lüge geklungen hatte, schien jetzt die reine Wahrheit zu sein. Wie war das möglich? Doch bevor er dazu kam, weitere Fragen zu stellen, erhob sich der Schreiber, verabschiedete sich und verließ die Schänke. Valentin fragte sich bestürzt, ob ihm seine besondere Gabe, Lüge und Wahrheit zu unterscheiden, inzwischen abhandengekommen war – und ob er das als einen Segen oder einen Fluch betrachten sollte.

Martin schüttelte den Kopf. »Was ist denn mit dem los?« Er schnappte sich den Bierkrug, den Strunz halbvoll zurückgelassen hatte. »Lässt das gute Bier stehen und rennt davon, als wär' der Teufel hinter seiner Seele her!«

»Bockmist!« Valentins Verwirrung schlug in Wut um, die sich zu einem guten Teil gegen ihn selbst richtete. Er hatte gerade seine erste Gelegenheit, in Joachimsthal etwas Nützliches zu erfahren, vertan. Es war fast so, als habe seine Frage den Schreiber verscheucht. »Das kann doch alles nicht wahr sein!« Er schlug mit der Faust auf den Tisch. »Irgendjemand hier muss Fiedler kennen!« Es war ihm egal, dass die Männer an den anderen Tischen erneut zu ihnen herübersahen.

»Fiedler?« Die Wirtin, die gekommen war, die leeren Bierkrüge einzusammeln, hielt inne und stützte die Hände auf den Tisch. Nachdenklich wanderte ihr Blick zwischen dem fremden

Gast und seinem einheimischen Begleiter hin und her. »In Pfaffengrün wohnt eine Anna Fiedler«, sagte sie schließlich. »Aber die ist schon seit zehn Jahren Witwe.« Dabei drehte sie sich zu den Männern am benachbarten Tisch um, als erwarte sie von ihnen eine Bestätigung ihrer Worte.

Tatsächlich begannen die Bergleute zu nicken. »So ist's!«, rief einer. »Und sie hat zehn Monate nach dem Tod ihres Alten sein Kind zur Welt gebracht!« Er kratzte sich im Genick. »Aber vielleicht ist ihr zuvor auch ein Engel erschienen, so wie unserer Heiligen Jungfrau Maria.«

»Wenn das stimmt, müsste Sankt Joachimsthal bald zum Wallfahrtsort werden, so viele unbefleckt empfangene Kinder gäbe es dann hier!« Kopfschüttelnd trug die Wirtin die Krüge zum Tresen.

Einige Männer lachten, verstummten aber sofort, als sie die empörten Blicke der anderen Bergleute bemerkten. Nur einer von ihnen, ein dürres Kerlchen, dem ein abgebrochener Schneidezahn das Aussehen eines Raufbolds verlieh, schien sich nicht darum zu scheren. »Kennt ihr den?«, krähte er frech. »In der Kirche kniet eine Jungfer tief ins Gebet versunken. ›Heilige Jungfrau Maria‹, flüstert sie, ›Du, die Du empfangen hast, ohne zu sündigen, gib, dass ich sündigen kann, ohne zu empfangen.‹«

Während ein paar der Jüngeren ihr Grinsen rasch hinter den erhobenen Bierkrügen versteckten, donnerte ein alter Bergmann die Faust auf den Tisch. »Halt dein gotteslästerliches Maul!«, brüllte er. »Ich hau dir eine drauf, wenn du nicht aufhörst, den Namen der Muttergottes in den Schmutz zu ziehen!« Das zustimmende Nicken der meisten Männer ringsum zeigte Valentin, dass die meisten Bergleute von einer tiefen, ernsten Frömmigkeit erfüllt waren.

»Lass uns gehen!«, sagte er zu Martin. »Ich glaube nicht, dass wir jetzt noch mehr Brauchbares erfahren.« Er erhob sich, um bei der Wirtin die Zeche zu zahlen. Das einladende Lächeln, mit dem ihn die Frau dabei bedachte, bereitete ihm fast so viel Unbehagen wie die Vorstellung, dass in der Stadt womöglich ein Mann umherlief, der ihn beobachtete.

»Ah, ihr seid zurück«, empfing Agricola sie bei ihrer Heimkehr. »Ich will gerade die Zutaten für meine Pflaster vorbereiten. Ihr könnt mir erzählen, was Ihr heute erfahren habt, während Ihr mir dabei helft, Valentin. Und du, Martin, räumst derweil im Behandlungsraum auf!«

Während Martin in einem Raum neben der Eingangstür verschwand, führte der Arzt Valentin in den hinteren Teil des Hauses. Das Gewölbe, das sie betraten, ähnelte einer gewöhnlichen Küche. Valentin entdeckte einen großen Herd, einen Spülstein, Regale mit allerlei Kupfergeschirr und Vorratsbehältern, Messern, Schöpfkellen und Gläsern. In der Mitte befand sich ein massiver Tisch, seine Arbeitsplatte war übersät mit Brandflecken und anderen Verfärbungen. Eine Schale mit weißlich verkrusteten Metallstücken stand neben einem Häufchen Gipsbrocken, daneben lagen goldgelb glänzende Steinchen.

»Ihr könnt das Bleiweiß abkratzen. Füllt das Pulver hier hinein!« Agricola reichte Valentin ein Messer und ein Tongefäß.

Valentin war überrascht. »Ihr stellt das Bleiweiß für Eure Pflaster selbst her?«

»Für gewöhnlich kaufe ich es bei einem Händler. Aber ich wollte ein Verfahren überprüfen, von dem ich in einer alten Schrift gelesen hatte. Dazu habe ich die Bleistücke mit einer Schale Essig in einen Tontopf gelegt, den ich vor einigen Wochen im Misthaufen hinter der Scheune vergraben habe«, erklärte Agricola.

Valentin ergriff das Messer und begann vorsichtig damit, die Bleistücke abzuschaben.

»Heute vor dem Frühstück musste Martin den Topf wieder

ausgraben. Ihr hättet hören sollen, wie er dabei geflucht hat!«
Agricola schüttelte den Kopf. »Aber das Ergebnis lohnt die
Mühe. Meint Ihr nicht auch?« Valentin nickte, was sein Gastgeber mit einem zufriedenen Schmunzeln quittierte. »Ich habe
es mir zum Prinzip gemacht, nichts ungeprüft zu übernehmen,
was irgendwo geschrieben steht, denn selbst die größten Gelehr-
ten des Altertums waren nicht gegen Irrtümer gefeit«, erklärte
der Arzt. »Daher ist es immer besser, man schaut selbst, wie sich
eine Sache in Wirklichkeit verhält.« Er gab Gipsbrocken in
einen Mörser und zerkleinerte sie mit dem Stößel.

Unter anderen Umständen hätte Valentin den Doktor mit
Fragen gelöchert. Doch heute widerstand er diesem Drang,
denn er wollte sich nicht schon wieder von der Suche nach
Eckels Mörder ablenken lassen. Die Witwe Fiedler in Pfaffengrün war bisher seine einzige Spur, und das Beste wäre, wenn er
ihr am nächsten Tag einen Besuch abstatten könnte.

»Entschuldigt, die Begeisterung für die Wissenschaft ist mal
wieder mit mir durchgegangen!« Agricola legte den Stößel
beiseite und blickte Valentin an, als habe er dessen Gedanken
erraten. »Dabei habe auch ich heute meine Ohren für Euch
offengehalten, wie versprochen.«

Valentin ließ das Messer sinken. »Was habt Ihr gehört?«

Betrübt runzelte der Arzt die Stirn. »Leider nicht allzu viel.
Anscheinend hat Thomas Eckel die Dienste der leichten Mädchen von Joachimsthal niemals in Anspruch genommen.«

»Das wundert mich aber«, sagte Valentin, während er damit
fortfuhr, das Bleiweiß abzuschaben. »Ob er seine Lust vielleicht
anderswo gestillt hat?«

»Davon gehe ich aus.« Agricola machte sich ebenfalls wieder
an die Arbeit. »Der Hurenwirt erzählte mir nämlich, dass es
Gerüchte gab, Eckel hätte eine Liebste oben in Pfaffengrün.
Genaueres wusste der Mann allerdings nicht.«

Pfaffengrün? Valentin presste die Lippen zusammen. Das

war das dritte Mal heute, dass er den Namen im Zusammenhang mit seinen Nachforschungen hörte. Strunz stammte von dort, ebenso die Witwe Fiedler. Und der Ort lag auf dem Pfaffenberg – also dort, wo sich die Fundgruben befanden, an denen der Pirnsche Rat Anteile hatte. Und Thomas Eckel ebenso!

»Morgen besuche ich meinen guten Freund Barthel Bach. Der ist mit den meisten Eignern hier bekannt, da er selbst ein paar der besten Fundgruben in Joachimsthal besitzt«, sagte Agricola, schüttete das Gipspulver in ein Säckchen und verschnürte es. Anschließend verkorkte er das Tongefäß mit dem Bleiweiß und verstaute alles in einem Schrank mit vielen kleinen Schubladen.

Indes wusch Valentin seine Hände gründlich mit Wasser und Seife. Er wusste, dass Bleiweiß äußerlich angewendet durchaus ein nützliches Heilmittel sein konnte, geriet es jedoch ins Innere des Körpers, so führte das unweigerlich zur Vergiftung.

Agricola wischte die Tischplatte sauber, danach spülte er den Lappen mehrfach aus. »Dem alten Dioskrides zufolge lässt sich aus Gips, Eiweiß, Weizenmehl und Hasenhaaren ein Pflaster herstellen, das bei Blutsturz hilfreich sein soll«, dozierte er. »Das will ich demnächst bei einem meiner Patienten ausprobieren, und ich dachte mir, dass ich dazu …«

Aber Valentin war in Gedanken noch mit der letzten Bemerkung des Doktors beschäftigt. »Dann kannte Euer Freund Meister Eckel wahrscheinlich ebenfalls«, unterbrach er dessen Ausführungen.

»Wisst Ihr was, Valentin?« Agricola hing das Tuch, mit dem er sich die Hände abgetrocknet hatte, über die Lehne eines Stuhls. Lächelnd drehte er sich um. »Ich nehme Euch morgen einfach mit! Dann könnt Ihr den guten Barthel selbst danach fragen.«

Kapitel 34

ie Magdalena gehofft hatte, war Henel nach dem Mittagsmahl wieder zu einem Schläfchen in seine Kammer hinaufgestiegen, und kurz darauf hatte der Wachmann die leeren Schüsseln der Gefangenen zu ihr in die Küche gebracht. Das leise Klappen der Pforte sagte ihr, dass er die Fronfeste nun verließ, um die unbeaufsichtigte Stunde nach seinem Gutdünken zu verbringen. Flink zog sie ihre Holzpantinen aus und schlich auf Strümpfen zu den Zellen. Obwohl ihre Finger zitterten, als sie die Klappe an Conrads Tür entriegelte, schaffte sie es, laute Geräusche zu vermeiden.

Conrad musste schon gewartet haben, denn sofort streckte er seine Hand heraus. Als er nach ihr griff, wich Magdalena erschrocken zurück. Die Hand verschwand, und sein abgehärmtes Gesicht tauchte hinter der kleinen Öffnung auf.

»Verzeih«, flüsterte er heiser. »Ich weiß, dass es mir nicht zusteht, irgendetwas von dir zu erwarten.«

Sie wollte widersprechen, ihm erklären, wie durcheinander und zerrissen sie sich innerlich fühlte, aber während sie noch nach den rechten Worten suchte, sprach Conrad weiter.

»Aber seit ich hier bin, hatte ich viel Zeit, um nachzudenken. Vor allem nachts, wenn es mir nicht gelingen wollte, Schlaf zu finden, kreisten meine Gedanken unablässig um dich. Mit Freude würde ich mein Leben hingeben, wenn du dadurch frei sein könntest und unbeschwert von aller Not!« Seine Stimme brach, und Magdalena hörte, wie er sich einige Male räusperte.

»Das war schon so, bevor man mich des Mordes an deinem Ehemann beschuldigte und hier einsperrte. Wüsste ich, dass ich dir damit helfen könnte, so würde ich diese Tat noch heute gestehen!« Er stieß einen Seufzer aus, der so verzweifelt klang, dass Magdalena die Hand nach ihm ausstreckte. Doch sie zog sie zurück, als sie seine nächsten Worte vernahm. »Denn Gott der Herr weiß, wie kurz ich davorstand, diese Sünde tatsächlich auf mich zu laden!«

Magdalena keuchte und schlang die Arme um ihren Körper. Aber sie machte unwillkürlich einen Schritt nach vorn, um mit ihrem Ohr näher an die Öffnung zu kommen, hinter der die raue Stimme flüsterte.

»In der Nacht seines Todes habe ich in der Nische eines Hauseingangs gestanden und darauf gewartet, dass er von seinem Besuch bei der Vorstadthure zurückkkehrt.« Conrad verstummte, und sie hörte, wie er mit den Zähnen knirschte. »Am Tag zuvor hatte ich auf deiner Haut erneut die Spuren seiner Schläge gesehen.« Er holte noch einmal tief Luft. »Ich habe geschwiegen, denn ich wollte dir nicht noch mehr Kummer bereiten. Doch als ich dich verließ, war ich bereit, dich ein für alle Mal von dem Unhold zu befreien.«

Ein Zittern durchlief Magdalenas Leib. Sie presste beide Hände an ihren Mund, damit ihr kein unbedachter Laut entschlüpfte.

»Ich weiß, dass du auch als Witwe keinen Bader ehelichen kannst, aber darum ging es mir nicht«, beteuerte er. »Ich hoffte, an diesem Abend anwenden zu können, was ich in den letzten Monaten auf dem Fechtboden gelernt hatte. Eckel sollte schnell sterben, und als Bader weiß ich genau, an welcher Stelle ich den Dolch in seinen Körper rammen muss, um ihn mit einem Stich zu töten.«

Magdalena war entsetzt, aber gleichzeitig hätte sie ihn küssen mögen für seinen unbedingten Wunsch, sie zu beschützen – sogar um den Preis seines eigenen Lebens und um den seines Seelenheils.

»Weißt du, dass Richter Seiler bei einem der Verhöre die gleichen Worte gewählt hat?« Conrad lachte leise. »Er muss mir angesehen haben, dass mir die Überlegung, auf diese Weise zu töten, vertraut war. Nur wollte ich nicht Matthes Meißner niederstechen, wie Seiler damals glaubte, sondern deinen Mann. Und ich hätte es getan, doch offensichtlich war es mir nicht bestimmt.« Er seufzte. »Ich habe deinen Ehemann sofort erkannt, als er an jenem Abend mit schwankenden Schritten über den Markt tapste. Ich hatte meinen Dolch gezogen und mich darauf vorbereitet, herauszuspringen, sobald er an dem Eingang vorbeikommen würde, in dem ich mich verbarg. Doch im entscheidenden Moment schossen zwei Katzen kreischend aus der Dunkelheit. Genau vor meine Füße! Ich stolperte und schlug hart aufs Pflaster. Dabei fiel mir der Dolch aus der Hand. Während ich im Finsteren auf allen vieren danach tastete, muss Eckel an mir vorbeigelaufen sein – geradewegs in die Hände seines wahren Mörders.«

Er hielt inne, denn Magdalena war trotz aller Vorsicht ein unterdrückter Laut entfahren. Doch als es ringsum ruhig blieb, setzte er seinen Bericht im Flüsterton fort.

»Endlich fand ich meine Waffe wieder. Allerdings nahm ich an, dass dein Mann mittlerweile daheim war. Also habe ich kehrtgemacht und bin ebenfalls nach Hause gegangen. Ich gestehe, dass ich trotz meiner Wut auf den Saukerl froh war, dass der Herrgott mich im letzten Augenblick daran gehindert hatte, zum Mörder zu werden.« Er lachte schnaubend auf. »Umso größer war mein Schreck, als ich am nächsten Morgen in aller Frühe auf dem Marktplatz geholt wurde, um auf Geheiß des Richters der Beschauung von Eckels Leiche beizuwohnen.«

Conrad keuchte. Magdalena konnte verstehen, dass er noch

immer das ungläubige Entsetzen in sich spürte, das ihn durch-
zuckt hatte, als ihm klar wurde, dass jemand Eckel erwürgt
hatte und ihm, der nur wenige Schritte entfernt stand, damit
zuvorgekommen war.

»Inzwischen ist mir klar geworden, wie schmählich mich
mein Verstand an dem Morgen im Stich gelassen hat. Wie ein
kleiner Junge, der mit den Fingern im Mustopf erwischt worden
war, habe ich stammelnd die nächstbeste Erklärung von mir
gegeben und behauptet, dein Mann wäre ein Opfer der Pest geworden.« Er lachte zornig. »Auch ohne Valentins Zutun hätte
Seiler, wenn er ein wenig länger hingeschaut hätte, erkennen
können, dass Eckel erwürgt worden war. Blind vor Angst hatte
ich darauf vertraut, die Furcht vor dem Schwarzen Tod würde
dafür sorgen, dass meine eigenen Sünden im Dunkeln blieben.«
Ein gequältes Stöhnen entrang sich seiner Brust – ein Laut, der
von so großer Seelenqual zeugte, dass es Magdalena das Herz
zusammenzog. Sie streckte ihre Hand durch die Öffnung und
berührte sanft seine bärtige Wange.

»Nicht!« Conrad wich zurück, als habe sie ihn mit einer
glühenden Kohle berührt. »Du musst jetzt gehen und darfst nie
mehr zurückkommen! Wenn Henel dich hier erwischt, wenn er
dich gar erkennt und das dem Richtherrn meldet«, Panik
schwang in seiner Stimme, »dann würde Seiler darin einen Beweis für deinen Ehebruch sehen und dich ebenfalls einsperren!
Deshalb darf ich den Mord an deinem Ehemann unter gar
keinen Umständen gestehen, wie hart der Henker mich bei der
Tortur auch anfassen wird. Die einzige Gnade, auf die ich hoffen darf, ist, dass die Pest mich vorher erwischt.«

»Ich bin vorsichtig«, versicherte Magdalena. »Aber du darfst
nicht aufgeben!«, beschwor sie ihn mit leiser Stimme. »Solange
noch die kleinste Möglichkeit besteht, dich zu retten, werden
sowohl dein Bruder als auch ich all unsere Kraft darauf verwenden, das schwöre ich!«

»Valentin versucht mich zu retten?«, fragte Conrad ungläubig. »Nach allem, was ich ihm …«

»Selbstverständlich tut er das«, sagte Magdalena, denn sie hatte an Valentins Loyalität zu Conrad keinen Zweifel. »Und er wird nicht ruhen, bis er den wahren Mörder entlarvt hat. Vor ein paar Tagen ist er ins Böhmische nach Sankt Joachimsthal gereist, um dort eine Spur zu verfolgen.« Hinter der Tür herrschte fassungslose Stille, und Magdalena fragte sich, was zwischen den Brüdern wohl vorgefallen sein mochte. Doch schnell schob sie den Gedanken beiseite, denn im Augenblick gab es Wichtigeres. »Seiler hat Valentin sogar ein Schreiben mitgegeben, das bestätigt, dass er im Auftrag des Pirnschen Rates handelt.«

Conrad keuchte überrascht auf. »Der Richter hat ihn mit Ermittlungen in dieser Mordsache betraut?«

»Ja«, erwiderte Magdalena, auch wenn sie es selbst nicht so recht verstehen konnte. »Allerdings lässt Seiler nach dem Henker schicken, der dich hochnotpeinlich befragen wird, sobald die Pestilenz vorbei ist. Und die Seuche ist inzwischen auf dem Rückzug. Ich bin mir nicht sicher, ob Valentin es schafft, mit seinen Erkenntnissen noch vor dem Henker hier zu sein«, gestand Magdalena flüsternd. »Deshalb ist es ungeheuer wichtig, dass du dich noch einmal ganz genau daran erinnerst, was du in der Nacht des Mordes beobachtet hast! Vielleicht finden wir etwas, womit wir Seilers Zweifel an deiner Täterschaft weiter nähren können, sodass er bereit ist, notfalls auch länger auf Valentins Rückkehr zu warten.«

»Ich weiß, Seiler hat nicht den geringsten Zweifel daran, dass ich deinen Mann getötet habe«, entgegnete Conrad resigniert.

»Doch, den hat er!«, erwiderte Magdalena fest. »Ich habe vor ein paar Tagen mit ihm gesprochen, und da habe ich es deutlich gespürt.«

»Ach«, wandte Conrad unglücklich ein, »glaub mir, seit jener verhängnisvollen Nacht habe ich mir alles, was ich gesehen habe, wieder und wieder ins Gedächtnis gerufen. Aber ich habe den Mörder nun mal nicht gesehen – dabei bleibt's!«

»Ganz egal, was du glaubst, jede Kleinigkeit kann von Bedeutung sein, selbst wenn du das im Moment nicht erkennst. Das sagt Valentin. Und den hält meine Magd mittlerweile für so allwissend wie unseren Herrn Jesus.« Conrad brummte amüsiert, und Magdalena freute sich, als sie spürte, dass seine Abwehr zu bröckeln begann. »Vielleicht solltest du dich ihr anschließen«, schlug sie vor.

»Oh, das tue ich schon mein ganzes Leben lang«, sagte Conrad mit einem Lächeln in der Stimme. »Ich will mir ja Mühe geben und weiter in meinem Gedächtnis graben. Schon dir zuliebe!«

Magdalena beugte sich vor und brachte ihr Gesicht direkt vor die schmale Öffnung in der Tür. Sie wollte Conrad in die Augen sehen, um sich zu vergewissern, dass sie genug getan hatte, um seine Lebensgeister zu wecken. Auf die Zärtlichkeit in seinem Blick war sie nicht gefasst. Ihr Herz flog ihm zu, und dabei wurde es von einem Schmerz ergriffen wie nie zuvor. Erschrocken fuhren sie auseinander, als auf der Treppe zum ersten Stock schwere Schritte erklangen.

KAPITEL 35

ie der Schichtmeister bewohnte auch Grubeneigner Bach eines der großen Häuser am Markt.
Eine rundliche Magd mit adrettem Häubchen
und blütenweißer Schürze führte die Besucher in die Stube im
ersten Stock. Die dunklen Eichenbohlen, mit denen die Wände
getäfelt waren, zeugten von Wohlstand und ebenso die grünen
Noppengläser, die der beleibte Hausherr zur Begrüßung seiner
Gäste auf den Tisch stellte. Während Bach ihnen einschenkte,
ließen sich der Bader und der Doktor auf schweren Eichenstüh-
len nieder. Valentin erinnerten die teuren, aber unbequemen
Möbel an jene aus der Eckel'schen Stube.

»Auf Euer Wohl, mein lieber Georgius, und auch auf das
Eure, Meister Arnold!«, rief Bach und hob sein Glas. »So trau-
rig mich der Gedanke an Euren bevorstehenden Umzug nach
Chemnitz macht, mein Freund, so froh bin ich darüber, dass es
bis dahin noch einige Monate dauern wird.« Vergnügt zwinkerte er seinen Gästen zu. Valentin trank von dem Wein, der
fruchtig roch und ihm so gut schmeckte, dass er den zweiten
Schluck andächtig in seinem Mund kreisen ließ, bevor er ihn
durch seine Kehle rinnen ließ. Dabei dachte er, dass Barthel
Bach äußerlich das genaue Gegenstück des Doktors war.
Schmunzelnd hatte Agricola ihm auf dem Weg zu dessen Haus
davon berichtet, Bach habe einer seiner Fundstellen den Namen
Bacchus gegeben. Zunächst hatte Valentin nicht verstanden,
was den Doktor an diesem Wortspiel so erheitert hatte. Nun

begriff er es. Die Gaukler und Schauspieler, mit denen er durch Flandern gezogen war, hatten ein Stück gespielt, in dem Bacchus vorkam, und der kugelrunde, fröhliche Gastgeber wies große Ähnlichkeit mit dem Mann auf, der damals den Gott des Weines gespielt hatte.

»Da fällt mir ein, dass ich kürzlich ein paar Steine in die Hände bekam, die Euch interessieren dürften, Georgius!« Bach erhob sich behände. Er klappte den Deckel einer Truhe auf, die unter dem Fenster stand, und hob ein Kästchen heraus. Mit großer Geste stellte er es vor Agricola und Valentin ab. »Na, was sagt Ihr dazu?« Sein Gesicht strahlte, und er rieb sich vorfreudig die Hände. Dabei ließ er den Doktor nicht aus den Augen.

Agricola nahm einen der Steine, betrachtete ihn von allen Seiten und reichte ihn an Valentin weiter. »Das ist in der Tat außergewöhnlich! Woher habt Ihr das, Barthel?«

Der graubraune Stein lag schwer und kühl in Valentins Hand. Andächtig fuhr er mit dem Finger über die reliefartigen Abdrücke, die ihn an riesige Asseln erinnerten. Auf dem Stück befanden sich fünf dieser Gebilde, die sich teilweise überlagerten – gerade so, als hätten sie sich eben noch in wuseliger Bewegung befunden und wären im nächsten Augenblick erstarrt.

»Es sieht aus wie von Künstlerhand geschaffen, nicht wahr? Dennoch handelt es sich um eine natürliche Bildung. Ein Bekannter brachte mir den Stein vor zwei Wochen«, erklärte Bach lebhaft. »Der Mann betreibt ein Eisenbergwerk in der Nähe von Prag. Er versicherte mir, dass er so etwas schon des Öfteren auf seinen Abraumhalden entdeckt habe.«

»Es sieht aus wie versteinerte Tiere«, sagte Valentin, der so fasziniert war, dass er den Stein gar nicht mehr aus der Hand legen wollte. »In den Sandsteinbrüchen bei uns im Elbtal werden mitunter versteinerte Muscheln gefunden.«

»Auch ich habe bereits Holz oder Knochen und Zähne von riesigen Bären gesehen, die vollständig aus Stein waren. Wahrscheinlich wurden sie im Laufe vieler Jahrhunderte ganz und gar von Steinsaft durchdrungen. Besonders in dem Wasser, das in Höhlen vorkommt, scheint sich der Steinsaft zu konzentrieren.« Agricola drehte und wendete einen der Steine in seiner Hand. »Aber in der Prager Gegend kenne ich mich aus«, versicherte er. »Daher weiß ich recht gut, welche Tiere und Pflanzen man da finden kann. Solche Lebewesen existieren dort gewiss nicht! Und deshalb glaube ich, dass es sich lediglich um willkürliche Nachbildungen handelt. Eine Laune Gottes, sozusagen.« Er lächelte. »Aber sie sind hübsch anzuschauen, wirklich. Darum wäre ich Euch dankbar, Barthel, wenn ich eins der Stücke für meine Sammlung mitnehmen dürfte.«

»Aber selbstverständlich!« Bach wedelte mit der Hand. »Es gehört Euch, Georgius!« Und als er Valentins verzückten Blick bemerkte, fügte er großzügig hinzu: »Ihr könnt Euch auch eins aussuchen, Meister Arnold! Mir scheint, als würdet Ihr das Interesse des Doktors an Gestein und Mineralien teilen. Habt Ihr deswegen die weite Reise hierher unternommen?«

»Nein, mein Freund«, erklärte Agricola, noch bevor Valentin antworten konnte. »Stellt Euch vor, Meister Arnold verfolgt im Auftrag des Rates von Pirna die Spur eines Mörders!« Die hellen Augen des Arztes funkelten. »Der Unhold hat dort Thomas Eckel, dessen Tochter sowie den Sohn des zweiten Bürgermeisters getötet.«

Mit einem Blick, der dem des Doktors glich, beugte der Gastgeber sich nach vorn. »Und wie kann ich ihm dabei helfen?«, fragte er, wobei er sich erneut die Hände rieb.

»Ihr kennt doch die Mehrzahl der hiesigen Grubeneigner, Barthel«, fuhr Agricola fort.

Bach lachte. »Nun, das will ich meinen!«

»Eckel kam seit Jahren regelmäßig zu uns nach Joachimsthal. Neben seinen eigenen Geschäften nahm er hier auch die Interessen des Pirnschen Rates wahr, der Anteile an Fundgruben auf dem Pfaffenberg hat.« Agricola hob die Augenbrauen und blickte seinen Freund abwartend an.

Bach runzelte die Stirn. »Thomas Eckel, Pirna«, murmelte er. Sein Blick irrte einen Moment umher, bevor er sich auf Valentis Gesicht heftete. »Pirna!«, sagte er triumphierend. »Natürlich erinnere mich an Eckel! Das war ein großer, dicker Kerl, der trotz seiner teuren Kleidung immer ein bisschen schlampig wirkte.«

»Ich habe ihn nur tot zu Gesicht bekommen.« Valentin lächelte. »Doch selbst sein Leichnam erweckte diesen Eindruck.«

»Der Mann besaß Anteile an einigen Gruben auf dem Schottenberg«, berichtete Bach bereitwillig. »Und seit ein paar Jahren ist er auch Anteileigner der Grube Maria Lichtmess auf dem Pfaffenberg. Die Kuxe, die er kaufte, waren ins Retardat gefallen. Aber zuvor waren sie ebenfalls in sächsischer Hand. Sie haben den Schwarze-Brüdern gehört.«

»Schwarze?« Valentin war sicher, dass der Name schon gefallen war. Nur wo und in welchem Zusammenhang?

»Das war eine traurige Geschichte mit den Brüdern. Ihr könnt Euch gewiss auch noch daran erinnern, Georgius. Soweit ich weiß, habt Ihr die Leichen der beiden nach dem Unglück begutachtet«, wandte sich Bach an den Doktor.

»Und wie in den meisten Fällen trügen Euch Eure Erinnerungen nicht, mein Freund!« Agricola stellte das Glas, aus dem er eben noch einen Schluck getrunken hatte, auf den Tisch. »Das Unglück ereignete sich vor zwei Jahren, und es betrübte mich umso mehr, da ich die Brüder kannte. Sie gehörten zu den wenigen Anteileignern, die noch selbst in ihrer Grube gearbeitet haben.«

»Ja, die beiden waren aus hartem Holz geschnitzt, aber eine Reihe betrüblicher Ereignisse sorgte für ihren frühen Tod.« Bach seufzte bekümmert. »Der Bergbau ist eben nichts für Feiglinge!«

»Die Brüder, es waren ursprünglich drei, hatten die Kuxe an der Maria-Lichtmess-Grube von ihrem Vater geerbt. Er soll ein reicher Mann gewesen sein, der aber ins Unglück geriet und alles verlor«, ergriff Agricola erneut das Wort. »Um ihre Zubußen zu bezahlen, mussten die Burschen in ihrer eigenen Grube als Hauer mit anpacken. Aber dann wollte der Graf von Schlick mit dem Kaiser gegen die Türken ziehen.« Der Doktor unterbrach seine Erzählung, um noch einen Schluck Wein zu trinken.

»Sein Hauptmann hat in den Schänken Bier spendiert und den Jungen erzählt, wie lustig das Soldatenleben wäre.« Bachs Abneigung gegen den Soldatenfang war nicht zu überhören. »Er hat ihnen weißgemacht, dass man durch die Beute in einem Krieg viel schneller reich werden könne als durch die Arbeit im Berg.«

Valentin war inzwischen davon überzeugt, dass der Name Schwarze in seinen Ermittlungen schon einmal eine Rolle gespielt hatte – auch wenn er sich noch immer nicht entsinnen konnte, wo und wann. Er wartete gespannt darauf, dass Agricola den Rest der Geschichte offenbarte.

»Ja, so war das damals. Und wie etliche junge Männer aus der Gegend, ist auch der jüngste der drei Schwarzes mit dem Grafen in den Krieg gezogen.« Agricola nickte seinem Freund zu. »Die beiden anderen haben weiter im Berg gearbeitet. Doch das Glück war ihnen nicht hold, und der erhoffte Silbersegen in der Maria-Lichtmess-Grube blieb aus. Die Schlacht gegen die Türken ging bekanntlich verloren. Und wie der Graf so kam auch der jüngste Schwarze nicht aus dem Feld zurück. Der Lohn der beiden Älteren reichte auf Dauer nicht aus, um die Zubußen für den weiteren Ausbau der Grube zu zahlen.«

»Genau wie ich es sagte, die Kuxe fielen ins Retardat und Eckel hat sie später erworben«, unterbrach Bach den Doktor, bevor er sich an seinen zweiten Gast wandte. »Ihr wisst, wovon die Rede ist?«

Valentin nickte, denn dank Magdalenas hatte er eine Vorstellung davon, was es mit Kuxen und Zubußen auf sich hatte.

»Aber die beiden älteren Brüder gaben nicht auf, sondern begannen, eine neue Fundgrube zu erschließen. Fast täglich fuhren sie nun doppelte Schicht, erst in Maria Lichtmess und anschließend in ihrer neuen Grube«, setzte Agricola seine Erzählung fort. »Aber sie glaubten felsenfest daran, dass ihr jüngster Bruder eines Tages zurückkehren werde.«

»Und?«, rief Valentin ungeduldig, als der Doktor erneut nach seinem Weinglas griff. »Kam er zurück?«

»Das tat er.« Agricola warf einen tadelnden Blick auf Valentins volles Glas. »Ihr solltet den guten Ungarischen trinken, solange er noch eine angenehme Kellertemperatur hat«, mahnte er, bevor er fortfuhr zu erzählen. »Allerdings kam er erst ein Jahr, nachdem seine Brüder in ihrer Grube verunglückt waren, wieder zurück ins Tal. Er war er einer der wenigen, die tatsächlich mit Geld in den Taschen aus dem nutzlosen Feldzug zurückkehrten. Das steckte er in den weiteren Ausbau der Grube.«

Erneut fiel der quecksilbrige Gastgeber dem Doktor ins Wort. »Stellt Euch vor, Georgius, seit ein paar Monaten macht das Gerücht die Runde, man sei dort endlich auf eine ertragreiche Ader gestoßen!« Dann wandte er sich mit einem Lächeln an Valentin. »Allerdings will mir scheinen, wir sind ein wenig von Eurer ursprünglichen Frage nach Meister Eckel abgekommen.«

»Das mag sein, aber ich bin mir sicher, dass ich den Namen Schwarze während meiner Ermittlungen schon einmal zu Ohren bekam.« Valentin schüttelte den Kopf. »Doch eigentlich bin ich auf der Suche nach einem Mann namens Wenzel Fiedler, dem Nutznießer der Gewinne, die Eckel aus der Maria-Lichtmess-Grube bezog. Der Mann muss in Joachimsthal wohnen«, sagte er.

Bach kratzte sich am Kopf, trank noch einen Schluck Wein und zuckte schließlich mit den Schultern. »Nein, der Name sagt mir nichts. Doch wenn es um die Gewinne aus den Fundgruben geht, müsst Ihr Euch an die Schichtmeister wenden. Die sollten Euch Auskunft geben können.«

»Leider kommt der Schichtmeister, der für Maria Lichtmess zuständig ist, nicht vor Samstag in die Stadt zurück«, mischte sich Agricola ein. »Und unserem jungen Freund läuft derweil die Zeit davon!«

»Sobald der einsetzende Winter die Pest aus Pirna vertreibt, wird der Richtherr den Meister aus Dresden rufen lassen«, bestätigte Valentin. Er warf einen besorgten Blick zum Fenster. Bereits heute Morgen hatte es ein wenig geschneit, und nun verdichteten sich die Flocken. »Gelingt es mir bis dahin nicht, Eckels wahren Mörder zu finden, wird der Henker meinen Bruder hochnotpeinlich angreifen.«

Bach schnaubte auf, doch dann fiel ihm etwas ein. »Matthes Schmied, der erste Steiger in Maria Lichtmess, der kannte den alten Eckel recht gut. Er hat mir erzählt, dass der dicke Sachse hin und wieder selbst in die Grube eingefahren sei, um sich vor Ort ein Bild zu machen. Ihr solltet Euch unbedingt mit dem Steiger unterhalten!«, riet er.

Valentin bedankte sich für den Rat, und nachdem sie ihre Gläser geleert hatten, begleitete der Hausherr ihn und den Doktor vor die Tür. Bach winkte ihnen nach, als sie die Gasse hinuntergingen. »Und richtet Schmied einen schönen Gruß von mir aus, Bader!«, rief er ihnen hinterher.

Valentin drehte sich noch einmal um und hob die Hand. Im selben Augenblick trat ein Mann aus einem der Hausportale und entfernte sich eilig in die andere Richtung. Der dichte Flockenwirbel hatte ihn im Nu verschluckt, sodass der Bader nicht mehr als einen Umriss erkannt hatte. Abermals fühlte er sich zutiefst beunruhigt.

Kapitel 36

In den letzten Tagen hatte sich für Magdalena keine Gelegenheit ergeben, mit Conrad zu sprechen. Zwei Tage zuvor, gleich nach dem Verteilen des Essens, hatte Henel sie in die Schifftotvorstadt geschickt, weil es dort angeblich Aale zu kaufen gäbe. Und tags zuvor hatte Conrad nach dem Mittagessen seine Zelle fegen und mit frischem Stroh ausschütten müssen. Danach durfte er unter der strengen Aufsicht Henels und seines Wachmanns auf dem eiskalten Hof zuerst sich und anschließend seine Kleider waschen. Henel hatte Magdalena später Hemd und Hose gebracht, mit der Anweisung, sie über dem Herdfeuer zu trocknen.

»Wegen der Pestilenz hat der Richter diese besonderen Vorkehrungen angeordnet«, informierte der Fronbote sie. »Dazu gehört auch, dass wir die Zellen sowie alle anderen Räume zweimal in der Woche mit Wacholder räuchern müssen. Aber immerhin«, er bekreuzigte sich und spuckte vorsichtshalber noch über seine Schulter, »während die Leute ringsum wie die Fliegen sterben, gab es hinter diesen Mauern noch keinen Pesttoten.« Ein hoffnungsvolles Leuchten überzog sein bärtiges Gesicht. »Und nun sieht es so aus, als wären wir mit Gottes Hilfe fast über den Berg! Mir scheint, der Schwarze Tod zieht sich zurück.«

»Nu, genauso isses, Meester!« Jorge, der einen Korb Feuerholz hereingebracht hatte und sich nun über dem Herd die kalten Finger wärmte, nickte zustimmend. »Wenn ich morgens in der Früh aus der Vorstadt komme, da merk ich's och. Von Tag zu Tag sind's weniger Tote, die vor die Häuser gelegt werden.«

Er rieb sich seine roten Hände. Dann starrte er Magdalena mit zusammengekniffenen Augen an. »Sagt mal, Weib! Freut Ihr Euch denn gar nicht drüber?«

»Doch, doch!«, versicherte Magdalena eilig. »Natürlich freu ich mich. Wieso auch nicht?«

»Na, weil Ihr so entsetzt geguckt habt.« Das Misstrauen wich nur langsam aus dem Gesicht des Mannes.

Verständlich, dachte Magdalena. Aber ihr war soeben mit Schrecken klargeworden, dass nun bestimmt auch Richter Seiler vom Rückgang der Seuche wusste.

»Ich musste an die vielen Toten denken, die es bisher gab«, fügte sie rasch hinzu. »Dass das alles bald ein Ende haben soll, kann ich noch gar nicht richtig glauben.« Sie atmete auf, weil ihr so schnell eine gute Begründung eingefallen war. Gleichzeitig schämte sie sich für ihre Lüge, denn in Wahrheit dachte sie einzig und allein daran, welche Folgen all das für Conrad haben würde. Glücklicherweise schienen weder Henel noch sein Gehilfe etwas von ihrem Zwiespalt zu ahnen.

»Nu, da habt Ihr och wieder recht!«, meinte der Wachmann versöhnlich, und der Fronbote nickte ihr aufmunternd zu, bevor er die Küche verließ.

Den ganzen Nachmittag hatte Magdalena dafür gesorgt, dass das Herdfeuer hell brannte. Währenddessen hatte sie Conrads Sachen immer wieder gewendet, damit sie schneller trocken wurden. Auf keinen Fall sollte er die kalte Nacht nur mit einer Decke über dem bloßen Leib verbringen. Tatsächlich war am Abend, bevor sie nach Hause ging, nur die Hose noch ein wenig klamm gewesen.

Trotzdem fürchtete sie, dass Conrad sich erkältet hatte, als sie ihn am nächsten Morgen in seiner Zelle husten hörte. Während sie ihm später durch die Türklappe das Mittagsmahl reichte, streifte sie seine Hand. Erschrocken zuckte sie zurück. Sie hatte erwartet, dass sich seine Finger bei der Kälte, die in den ungeheizten Zellen herrschte, eisig anfühlten. Die Hitze, die sie stattdessen spürte, zeigte, dass der Gefangene vor Fieber glühte! Doch weil Jorge neben ihr stand, wagte sie es nicht, Conrad nach seinem Befinden zu fragen. Still betete sie, dass der Fronbote und sein Gehilfe nachher ihre üblichen Gepflogenheiten aufnehmen würden, damit sie sich Gewissheit über Conrads Zustand verschaffen konnte.

Tatsächlich schenkte ihr der Herr Gehör, denn nach dem Essen zog sich Henel in seine Wohnung zurück. Kurz darauf verließ sein Knecht die Fronfeste.

Magdalena nahm ihre Holzpantinen in die Hand und schlich auf Zehenspitzen zu den Zellen. Vorsichtig entriegelte sie die Klappe an Conrads Tür. Durch das Fensterchen sah sie, wie er sich schwerfällig vom Boden erhob. Die Schüssel, die er ihr zurückgab, war noch halbvoll.

»Conrad, du bist krank!«, flüsterte sie. »Was fehlt dir?« Die Vorstellung, die Pest könne ihn befallen haben, schnürte ihr für einen Augenblick die Luft ab.

»Ich bin erkältet.« Keuchend mühte sich Conrad, einen neuerlichen Hustenanfall zu unterdrücken. »Ist nichts Besonderes um diese Jahreszeit.«

Magdalena, die den fiebrigen Glanz seiner Augen bemerkte, war anderer Ansicht. Er will verbergen, wie schlecht es ihm tatsächlich geht, dachte sie, und ihr Herz krampfte sich zusammen. Aber dann holte sie Luft, denn sie hatte einen Entschluss gefasst.

»Ich gehe und sage Henel, dass du erkrankt bist!«

»Nein, das wirst du nicht«, flüsterte er beschwörend. »Er wird sich wundern, warum du dir die Mühe machst, einen seiner Gefangenen während der Essensausgabe so genau anzusehen.«

»Aber so kann es nicht weitergehen«, Magdalena gab sich keine Mühe, ihre Angst zu verbergen, »und irgendetwas muss ich tun!«

»Du kannst nichts tun, ohne dich zu gefährden und damit auch mich«, warnte er. »Wenn es mir schlechter geht, merkt Henel es von selbst. Und dann wird er schon aus reinem Eigennutz dafür sorgen, dass ich wieder auf die Beine komme.« Conrad lächelte mühsam. »Schließlich bekommt er für jeden Tag, den ich hier zubringe, gutes Geld. Und niemand in Pirna will, dass ich schon vor meinem Prozess das Zeitliche segne.«

Magdalena spürte, wie ihr die Tränen in die Augen stiegen. Wütend schüttelte sie den Kopf.

»Vertrau mir!« Conrad langte durch das Fensterchen und strich mit seinem Zeigefinger über ihre rußverschmierte Wange. »Der Fronbote ist ein gewissenhafter Mann. Er versieht seinen Dienst an der Stadt gut, was du schon daran erkennst, dass er noch immer hier ist – im Gegensatz zu den meisten Herren vom Rat.« Er zog seine Hand zurück. »Nun geh und mach dir keine Sorgen!«

Das war leichter gesagt als getan. Während Magdalena Schüsseln und Töpfe scheuerte, den Boden fegte und später einen Sack Erbsen verlas, lauschte sie besorgt auf das Geräusch von Conrads bellendem Husten, das bis zu ihr in die Küche drang.

Es verfolgte sie noch, als sie längst daheim in ihrem weichen Federbett zwischen frischem Linnen lag. Sie träumte, dass es Morgen sei und sie die Schmiedegasse betrat, um zur Arbeit zu gehen. Vor dem Tor der Fronfeste lag ein Leichnam, der nachlässig mit einem alten Laken verhüllt war. Ein eisiger Windstoß fuhr ihr unter die Röcke und wehte auch das Tuch beiseite. Vor ihr lag Conrad, nackt und bleich. An seinem ausgezehrten Leib sah sie die schrecklichen Male des Schwarzen Todes. Unfähig, sich zu bewegen, stand sie da. Doch was sie dann entdeckte, überstieg den entsetzlichen Anblick um ein Vielfaches. In den starren Armen des Baders lag der winzige Körper eines Säuglings. Obwohl sie deutlich erkennen konnte, dass das Kind ebenfalls tot war, öffneten sich dessen perlmuttzarte Lider plötzlich. Der vorwurfsvolle Blick seiner himmelblauen Augen traf Magdalena wie der Stoß einer Klinge. Ihr Schrei hallte noch in ihren Ohren, nachdem sie längst wach war und sich mit rasendem Herzen gegen das Kopfteil ihres Bettes lehnte. Den Rest der Nacht warf sie sich ruhelos umher. Dabei quälten sie ihre Erinnerungen ebenso wie schlimme Vorahnungen.

KAPITEL 37

Als Agricola seinen Knecht am nächsten Tag anwies, den Bader zu den Silbergruben auf dem Pfaffenberg zu begleiten, war Valentin froh. Mit einem ortskundigen Führer würde er bei seinen Nachforschungen viel schneller vorankommen. Zwei Stunden später fragte er sich, ob er allein nicht besser dran gewesen wäre, denn Martin zog die ganze Zeit ein mürrisches Gesicht und beantwortete jede Frage so einsilbig wie möglich. Valentin ahnte den Grund dafür. Martin hatte auch am Morgen wieder nach Gefäßen suchen müssen, die sein Herr zum Zwecke der langsamen Destillation in einem Misthaufen vergraben hatte.

»Wenn der Doktor sich wenigstens merken würde, an welcher Stelle er das elende Zeug einbuddelt!«, hatte Martin geschimpft, während er versuchte, sich den stinkenden Matsch mit eiskaltem Brunnenwasser von den Händen zu waschen. »Wie oft habe ich ihm schon gesagt, er soll ein Seil an jedem Topf festbinden? Das würde ich sehen und müsste nicht erst den gesamten Mist umgraben!«

Inzwischen wünschte Valentin, nicht nur der gelehrte Doktor hätte auf den Rat seines Knechts gehört. Er selbst hatte Martins Vorschlag, den Weg zu Pferde zurückzulegen, in den Wind geschlagen. Wenn er zu Fuß unterwegs war, hatte er gedacht, würde sich öfter eine Möglichkeit ergeben, mit Leuten ins Gespräch zu kommen und etwas Nützliches zu erfahren. Aber auch die reine Schönheit der schneebedeckten Landschaft hatte ihn dazu verlockt, die Zeit, die sie draußen verbringen würden, auszudehnen. Inzwischen war aus der dünnen Schneedecke vom Vorabend eine modderige Pampe geworden, die wie Pech an ihren Stiefeln klebte, und Martins Laune hatte einen neuen Tiefstand erreicht.

Während sie langsam und vorsichtig den Hang erklommen, erblickte Valentin überall Baumstümpfe, die traurigen Überreste des Waldes, der den Pfaffenberg einst bedeckte. Dazwischen hatte die unersättliche Gier der Menschen nach den Schätzen der Erde klaffende Wunden in die Flanke des Berges gerissen. Einige der Halden und Pingen wirkten verlassen und wurden bereits von Gras und Sträuchern überwuchert. Bei anderen war die Arbeit in vollem Gange. Valentin hatte Martin die Auskunft entlockt, dass die hölzernen Winden, die über den Schachtöffnungen hingen, Haspeln hießen. An ihnen arbeiteten gewöhnlich zwei Männer, die Kübel mit Gestein oder wassergefüllte Bulgen heraufzogen. Eigentlich hatte Valentin sich vorgenommen, dem miesepetrigen Knecht keine weiteren Fragen zu stellen, sondern sich am Abend bei dessen gesprächigem Herrn zu erkundigen. Aber als er aus einer Grube dichten Rauch aufsteigen sah, hielt er erschrocken inne.

»Was ist dort los?«

»Ein Feuer«, sagte Martin.

»Es brennt?« Valentin blickte sich alarmiert um, denn niemand schien sich darum zu kümmern. Dabei trugen ganz in der Nähe zwei Bergknechte mit Erz gefüllte Holzmulden zu einem Unterstand. »Aber warum löscht dann keiner?«

»Der ist wohl nicht aus dem Gebirge, was?« Einer der Männer war neben Valentin stehengeblieben. Er wischte sich mit dem Ärmel den Schweiß von der Stirn und grinste Martin an.

Martin verzog keine Miene. »Ne!«

»Das Feuer wurde absichtlich gesetzt. Es soll das Gestein zermürben, damit es sich leichter abschlagen lässt. Gefährlich ist das nur für jene, die zuerst reinmüssen, um nachzusehen, ob es aus ist«, erklärte der junge Handlanger gutmütig. »Erst vor zwei Jahren sind zwei junge Kerle, die Schwarze-Brüder, beim Feuersetzen in ihrer eigenen Fundgrube erstickt.« Der Mann wuchtete die Mulde auf seine Schulter und setzte seinen Weg fort.

Valentin sah ihm nach. »Jetzt komm schon«, forderte Martin ungeduldig. »Vorhin wolltest du so schnell wie möglich zu dieser Grube, und jetzt stehst du hier und hältst Maulaffen feil.« Ohne auf seinen Begleiter zu warten, stiefelte Martin los, und Valentin musste ihm wohl oder übel folgen. Dabei achtete er kaum noch darauf, wohin er trat, denn sein Blick hatte sich mittlerweile vollkommen nach innen gekehrt. Es konnte wirklich kein Zufall sein, dass ihm der Name Schwarze schon wieder begegnet war!

Als sein Führer endlich stehen blieb, wäre Valentin beinah in ihn hineingelaufen.

»Schläfst du im Gehen?«, grunzte Martin. »Wir sind da.« Er deutete auf den Hang zur rechten Seite des Weges.

Valentin betrachtete den mit Steinen gemauerten Stolleneingang. Er hatte aufgeschnappt, dass die Bergleute dazu Mundloch sagten. Die Bezeichnung fand er passend, denn tatsächlich hatte er das Gefühl, von hier aus direkt in den schwarzen Schlund des Berges zu schauen.

»Das ist Maria Lichtmess, der Stollen.« Martin zeigte nach links. »Und in dem Häuschen dahinten wohnt Matthes Schmied, der Steiger.« Er führte Valentin zu einem kleinen Haus, das ganz und gar aus Holzbohlen bestand.

Noch bevor sie anklopfen konnten, öffnete sich die Tür und eine Frau trat heraus. Offenbar war sie auf dem Weg zum Brunnen, denn in der Hand hielt sie einen leeren Eimer. »Wenn Ihr zu meinem Mann wollt, den findet Ihr dort!« Sie deutete mit dem Daumen auf das Mundloch, bevor sie hinter dem Haus verschwand.

»Na, dann auf ins Bergwerk, Bader!« Martin grinste, als er Valentins entsetzten Blick bemerkte.

Valentin folgte ihm zum Eingang des Stollens. Aber der Gedanke, dass er gleich in den finsteren Schoß der Erde hinabsteigen musste, trieb ihm den Schweiß auf die Stirn, und Angst davor, in vollkommener Dunkelheit gefangen zu sein, drohte ihn zu überwältigen. Seit dem unerfreulichen Kindheitserlebnis bei der Höhlenerkundung mit seinem Bruder war Valentin sie nie mehr ganz losgeworden.

Martin kramte aus dem Sack, den er über der Schulter getragen hatte, zwei lange, spitzbogige Lederstücke, an deren längste Seite ein breiter Leibriemen genäht war. Das eine warf er Valentin zu, während er sich das andere mit der Spitze nach hinten umschnallte.

Valentin hatte bereits gesehen, dass die meisten Bergleute solch ein Leder trugen. Er hatte sich das Lachen verbeißen müssen, weil er fand, dass das Stück einem Weiberrock nicht unähnlich war. Und das sollte er sich nun umbinden? »Wozu ist das gut?«, fragte er skeptisch.

»Schnall dir das Arschleder um, und komm!«, befahl Martin statt einer Antwort

Mit zitternden Fingern bemühte sich Valentin, den Gurt vor seinem Bauch zu schließen. Nachdem er es geschafft hatte, hastete er hinter Martin her, der bereits im Eingang des Stollens verschwand. Valentin hatte das Gefühl, sich freiwillig dem Rachen eines schlafenden Ungeheuers auszuliefern, während er ihm folgte. Obwohl Martin zwei Unschlittlampen entzündet hatte und ihm eine davon in die Hand drückte, sah Valentin nach wenigen Augenblicken kaum noch, wohin er seine Füße setzte. Mit jedem Schritt wuchs seine Beklemmung.

»Da müssen wir runter.«

Valentin hörte Martins Stimme, die im Inneren des Berges verändert klang. Verwirrt beobachtete er, wie sich der Knecht auf den Hintern fallen ließ, wobei er mit einer Hand seine Lampe hochhielt. Flugs klemmte Martin sich ein schräg in die Tiefe führendes Seil unter die Achsel, griff mit der freien Hand zwischen seine Beine und zerrte den Zipfel des Arschleders hervor. Den hielt er fest, während er sich noch einmal zu Valentin umdrehte.

»Du zählst bis zehn, dann folgst du mir«, rief er. Dann stieß er sich mit beiden Füßen vom Boden ab, und schon im nächsten Augenblick war er im Dunkel des Berges verschwunden.

Noch bevor Valentin begriff, was passiert war, vernahm er ein schleifendes Geräusch und kurz darauf ein leises Poltern in der Tiefe. Nun bemerkte er, dass der Boden drei Schritt vor ihm schräg abfiel. Zögernd näherte er sich der Stelle, hob seine Lampe und versuchte zu erkennen, wo genau Martin gelandet war.

»Wo bleibst du denn?«, vernahm er Martins Stimme aus der Tiefe.

Valentins Herz trommelte in seiner Brust, und er fragte sich, ob er es mit seinen verschwitzten Händen überhaupt schaffen würde, sich an dem Führungsseil festzuhalten. Bevor er danach griff, bekreuzigte er sich. Dann empfahl er Gott seine Seele und stieß sich kräftig mit den Füßen ab. Erst als er mit einem harten Aufprall unten ankam, merkte er, dass er die Augen geschlossen hatte. Das Erste, was er sah, nachdem er sich aufgerappelt hatte, war Martins grinsendes Gesicht.

»Na also! Da bist du ja.« Das Grinsen wurde breiter. »Und nun weißt du auch, dass du ein Arschleder brauchst, damit du dir hier unten nicht den Arsch aufreißt!«

Valentin, der sich nach der jähen Fahrt benommen fühlte, wusste darauf nichts zu erwidern. Die Lampe in seiner Hand warf einen zitternden Lichtschein auf die Wand des Stollens, der hier unten viel niedriger war als oben am Eingang.

»Lass uns hier keine Wurzeln schlagen! Wir müssen da

lang.« Martin deutete nach links. »Und pass auf, dass du dir nicht den Kopf stößt«, fügte er hinzu, während er in geduckter Haltung vorausging. Valentin folgte ihm mit eingezogenem Kopf. Doch weil die Wand zu seiner Linken nicht senkrecht war, sondern schräg, musste er zudem eine schiefe Haltung einnehmen, die ihm bereits nach wenigen Schritten unangenehm wurde. Ein paarmal stolperte er und wäre fast gefallen, denn der Boden war uneben und an manchen Stellen feucht und rutschig. Bald vernahm er ein regelmäßiges Pochen. In einem langsamen, stetigen Rhythmus schlug Eisen auf Stein. Das Geräusch drang aus einem Seitenarm des Stollens, der noch schmaler und niedriger zu sein schien.

Genau dort blieb Martin stehen. »Glück auf!«, brüllte er, und kurz darauf erstarb das Pochen.

Zugleich vernahm Valentin ähnliche Geräusche aus den unterschiedlichsten Richtungen. Ein Schauder überkam ihn, denn es hörte sich an, als würde der Berg leben und atmen.

»Wer da?«, schallte es aus dem Seitengang.

»Der Grüninger Martin«, rief Martin. »Kennst mich doch, Karel.«

Valentin war nun nahe genug, um einen Blick in den kurzen Gang zu werfen. An dessen Ende kniete ein Bergmann. Neben ihm häuften sich Gesteinsbrocken. Valentin rechnete nach – da die Schicht um vier Uhr früh begonnen hatte, war der Mann bereits seit fünf Stunden vor Ort. Valentin glaubte, dass er selbst die schwere Arbeit in einer derart unbequemen Haltung keine einzige Stunde durchstehen würde.

»Ach, der Knecht vom Doktor.« Karel hustete und spuckte aus. »Was suchst du hier unten?« Er legte sein Werkzeug nieder.

Valentin beobachtete, dass er darauf achtete, die beiden Hämmer über Kreuz abzulegen. Der Spitzhammer, den er in der linken Hand gehalten hatte, wies mit dem Griffholz nach links, und der stumpfe Hammer, den er mit der rechten Hand geführt hatte, zeigte mit dem Stiel nach rechts. Dann erhob er sich ächzend und griff nach einer Tonflasche.

»Den Schmied Matthes, den Steiger suche ich«, erklärte Martin. »Kannst du mir sagen, wo ich ihn finde?«

»Da musst du weiter runter. Er kam vor etwa einer Stunde hier vorbei«, beschied ihnen Karel, nachdem er einen tiefen Zug aus einer Tonflasche genommen hatte. »Und wer ist der?« Er deutete auf Valentin. Dem Bader fiel auf, dass der Mann zwar deutsch mit Martin sprach, doch die weiche Sprachmelodie verwies darauf, dass Karel Böhme war.

»Ein ganz Wichtiger.« Martin lachte. »Ein Bader aus dem Meißnischen. Der hat Fragen an den Steiger, und der Doktor hat gesagt, ich soll ihn herbringen.«

Der Bergmann stieß ein schwer deutbares Schnauben aus. Dann nahm er seine Lampe und trat näher. Ungeniert musterte er den fremden Besucher. Valentin hatte Mühe, das Alter des Mannes zu schätzen. Das lag nicht nur daran, dass das Licht der Unschlittlampen kaum einen Schritt weit reichte, sondern auch an der Schicht aus Schweiß und Staub, die Karels Gesicht fast unkenntlich machte. Sein kleiner, drahtiger Körper steckte in einem losen Hemd und weiten Kniehosen. Auf dem Kopf trug er eine spitz zulaufende Filzkappe, und um die Hüften hatte er das unvermeidliche Arschleder geschnallt. In seinem Gürtel steckte ein Messer, daneben hing ein Ledertäschchen mit Feuerstein und Zunder.

»Ein wichtiger Bader also, hm?« Karel lachte. »Na, dann bring ihn hin, wenn's der Doktor gesagt hat.« Er nickte Martin zu und ging zurück zu seinen Werkzeugen.

»Wie kann er hier unten im Dunklen wissen, dass der Aufseher vor einer Stunde da war?«, fragte Valentin verblüfft.

Martin hielt ihm seine Lampe entgegen. »Deshalb!« Er deutete auf die zähe weißliche Masse, die um den Docht herum bereits geschmolzen war. »Zu Beginn der Schicht teilt der

Steiger das Inselt aus. Er weiß genau, wie viel es braucht, damit die Lampe eine Schicht lang brennt. Daher kann ein erfahrener Bergmann am Füllstand seiner Lampe erkennen, wie viel Zeit vergangen ist.« Der Knecht drehte sich um und ging weiter.

Da es Valentin bei der Vorstellung, noch tiefer in den Berg hinunterzumüssen, grauste – was er seinem jungen Begleiter niemals anvertraut hätte –, versuchte er sich durch eine weitere Frage abzulenken. »Hat Karel seine Hämmer vorhin über Kreuz abgelegt, um sich vor dem Bösen zu schützen?«

Martin grunzte belustigt. »O Mann! Du hast wirklich von nichts eine Ahnung.« Valentin sah, wie er den Kopf schüttelte. »Das sind keine Hämmer! Der Bergmann arbeitet mit Eisen und Schlegel, du Meißner Landei! Und die legt er über Kreuz ab, damit er sie im Dunklen sofort wieder richtig in der Hand hält, verstanden?«

»Aber du hast mir neulich selbst erzählt, dass die Bergleute sich vor allen möglichen Geistern und Kobolden fürchten«, verteidigte sich Valentin.

»Ja, das tun sie, und zwar aus gutem Grund! Sogar unser Doktor, der ein gelehrter Mann ist, sagt, dass hier unten verschiedene Geister leben. Er zählt sie zu den Lebewesen unter Tage und hat sie sogar in einer seiner Schriften erwähnt. Kannst ihn selbst fragen, falls du mir nicht glaubst!«, entgegnete Martin mit Nachdruck.

»Und du hast gesagt, dass manche dieser Geister den Menschen auch wohlgesonnen sind«, erinnerte sich Valentin.

»Ja, einige treiben nur ihren Schabernack mit den Menschen. Andere sind allerdings so bösartig, dass die Bergleute sie wie die Pest fliehen. Doch selbst die gutmütigen Geister und Kobolde können zornig werden, wenn sie sich verhöhnt fühlen. Deshalb solltest du dir gut überlegen, was du über sie sagst, Bader! Vor allem hier unten!« Martin blieb stehen und drehte sich um. Seine Augen flackerten im Schein der Unschlittlampe. »Wir müssen hier lang«, erklärte er und rutschte ohne zu zögern den nächsten Schacht hinunter.

Valentin folgte ihm auf seinem Arschleder weitaus vorsichtiger. Als er sich vorstellte, wie viel Gestein ihn inzwischen von der Welt draußen trennte, wurde ihm ganz mulmig zumute. Aber nicht nur seine lebhafte Einbildungskraft machte ihm zu schaffen, sondern auch die stickige, feuchte Luft, in der er nicht durchatmen konnte. Erneut fragte er sich, wie die Menschen es hier aushielten und dabei tagaus, tagein schwerste Arbeit verrichteten. Ein Leben lang! Obwohl, allzu lange schien solch ein Bergmannsleben nicht zu währen. Agricola hatte ihm erzählt, dass viele Bergleute ihr vierzigstes Jahr nicht erreichten. Valentin erschrak, als vor ihm etwas über den Boden huschte und im Dunkel verschwand. Er strauchelte und musste sich an der nassen, rauen Felswand abstützen.

Endlich kamen am Ende des Stollens Lichter in Sicht. Valentin vernahm Gerumpel. Beim Näherkommen erkannte er, dass Bergleute das Gestein aus ihren Mulden auf hölzerne Karren kippten. Die wurden fortgeschoben, sobald sie voll waren.

»Am besten wartest du hier, Bader, damit du den Leuten bei der Arbeit nicht im Weg stehst«, sagte Martin. »Ich gehe rüber zu den Grubenhunten und frage dort nach dem Steiger.«

»Grubenhunde?« Valentin sah sich vorsichtig um. »Sind das auch Lebewesen, die es nur unter Tage gibt?«

»Genau! Also pass auf, dass sie dich nicht in den Arsch beißen!« Martin stieß ein bellendes Lachen aus. »Hunte nennt man die hölzernen Wagen, mit denen das Silbererz aus dem Berg befördert wird.« Er deutete auf die Karren, bevor er, noch immer grinsend, zu den Bergleuten hinüberging.

Valentin begriff allmählich, dass deren Sprache für Außenstehende zum Teil ebenso unverständlich war wie die, mit der sich die Bomätscher und Schiffer bei ihrer Arbeit auf der Elbe verständigten.

»Der Steiger ist dort hinten und prüft den Ausbau«, erklärte Martin, als er zurückkehrte. Er zeigte nach rechts, wo Valentin nichts als Finsternis ausmachen konnte. Doch als sie ihren Weg langsam und vorsichtig fortsetzten, vernahm er bald wieder das unermüdliche Pochen der Hämmer und schließlich den Klang menschlicher Stimmen.

Matthes Schmied besaß einen stattlichen Körperbau. Er war fast so groß wie Valentin, und sein Kreuz war noch breiter als das von Martin. Sein Gesicht war vom allgegenwärtigen Schmutz geschwärzt und sein Haar unter einer Lederkappe verborgen. Darüber trug er noch einen Filzhut mit Krempe. Valentin fragte sich, ob das vielleicht ein Zeichen seines Amtes war. Der lange, gedrechselte Stock, den der Steiger in der Hand hielt, hatte eindeutig noch einen anderen Zweck. Schmied klopfte mit dem metallenen Knauf gegen die Stämme und Bretter, mit denen Decke und Wände des Stollens abgestützt und verschalt waren. Immer wieder hielt er inne und hob seine Lampe, um die eine oder andere Stelle genauer zu begutachten. Agricola hatte Valentin erklärt, dass der Steiger nicht nur die Arbeiten unter Tage beaufsichtigte, sondern auch für die Sicherheit der Grubenzimmerung zuständig war. Jeder, der dieses Amt anstrebte, müsse eine langjährige Ausbildung durchlaufen, da er vom Handwerk des Zimmermanns ebenso viel zu verstehen hatte wie von dem des Bergmanns. Trotzdem kam es immer wieder zu Unfällen. Das lag allerdings seltener daran, dass ein Steiger seinen Aufgaben nicht mit der notwendigen Sorgfalt nachgekommen war. Manche Gefahren im Berg, so hatte Agricola gesagt, könnte auch der erfahrenste Steiger nicht vorhersehen. Schmied machte auf Valentin den Eindruck eines durch und durch gründlichen Mannes. Falls er die Menschen in seiner Umgebung mit derselben Aufmerksamkeit betrachtete, die er den Stützbalken angedeihen ließ, hatte er sicher einiges zu erzählen. Valentin konnte es kaum erwarten, ihn zu befragen!

Aber noch ehe Martin dazu kam, Schmied anzusprechen, trat einer der Bergleute dem Steiger in den Weg. »Stimmt an dieser Stelle etwas mit dem Ausbau nicht?«, fragte der Mann besorgt.

»Was sollte da nicht stimmen?« Der Steiger hob seine Lampe, um dem Bergmann ins Gesicht zu schauen.

»Ist dir etwas aufgefallen?«

»Nein. Aber Ihr wart doch eben erst hier und habt eins der Bretter ausgetauscht. Weil Ihr jetzt noch einmal zurückgekommen seid, dachte ich …«

»Was redest du, Kerl?«, unterbrach Schmied ihn ungehalten. »Ich bin heute zum ersten Mal auf diesem Teil der Strecke!«

Im selben Augenblick ertönte ein dumpfes Knirschen. Valentin sah, wie sich einer der schweren Holzstempel aus dem Türsturz löste, unter dem der Steiger stand. Er stieß einen Warnruf aus, doch der ging in einem ohrenbetäubenden Krachen unter. Staub wirbelte auf, brannte in Valentins Augen und ließ ihn husten. Er bekam kaum noch Luft und fürchtete, er müsse ersticken. Jemand stieß ihn zur Seite, wobei er seine Lampe verlor. Als er sich danach bücken wollte, erhielt er einen Schlag in den Rücken und landete auf allen vieren. In der Dunkelheit brach die Hölle aus. Schreie ertönten, dann krachte es erneut. Der Berg erzitterte. Kleine und große Gesteinsbrocken lösten sich, polterten, splitterten und rollten durch den engen Gang, während Valentin sich wie ein Kind im Mutterleib zusammenkrümmte und versuchte, seinen Kopf mit den bloßen Händen zu schützen.

Kapitel 38

Übernächtigt und blass machte sich Magdalena am Morgen auf den Weg zur Fronfeste. In ihrem Magen spürte sie einen harten Klumpen aus Reue und Furcht. An der Stelle, wo die Frongasse in die Schmiedegasse mündete, hielt sie inne. Wenn sie jetzt nach links abbog, würde sie nach wenigen Schritten das Tor der Fronfeste erreichen, und es graute ihr vor dem, was sie dort erwarten könnte. Aber dann nahm sie ihren Mut zusammen und schritt voran. Sie sagte sich, je schneller sie den unheilvollen Ort erreichte, desto eher würde sie Gewissheit haben!

Wie jeden Morgen öffnete Jorge auf ihr Klopfen die schwere Bohlentür. Magdalena zögerte einen Augenblick, bevor sie eintrat. Mit bangem Herzen forschte sie in den Zügen des Wachmanns nach einem Zeichen für die Bestätigung ihrer Ängste. Doch nichts in Jorges gewöhnlichem rundem Gesicht deutete darauf hin, dass sich in der Nacht etwas Beunruhigendes ereignet hatte. Trotzdem zitterten Magdalenas Finger, und sie hatte Schwierigkeiten, das Wolltuch aufzuknoten, das sie sich um Kopf und Schultern gewickelt hatte. Kurz darauf, sie war gerade dabei, das Wasser für den Morgenbrei in dem eisernen Kessel über dem Herd zu erhitzen, vernahm sie aus dem Zellentrakt Conrads Husten. Ihre Erleichterung war so groß, dass ihre Beine nachgaben. Sie schaffte es eben noch, sich auf einen der Schemel am Tisch zu setzen, dann schlug sie die Hände vors Gesicht und begann zu schluchzen.

»Geht's Euch nicht gut?« Sie schreckte hoch, als sie Henels Stimme hörte. Der Fronbote musterte sie mit zusammengezogenen Brauen. »Ihr seht blass aus. Fühlt Ihr Euch krank?« Er stellte einen großen Krug mit Bier auf den Tisch.

»Nein, nein«, versicherte Magdalena. Hastig wischte sie sich übers Gesicht, stand auf und band ihre Schürze um. »Ich habe nur schlecht geschlafen heute Nacht, und dabei plagten mich allerlei wirre Träume. Das muss am Wind gelegen haben, der so laut im Kamin gejault hat.«

»Ja«, stimmte ihr der Fronmeister zu. »Es war eine unruhige Nacht.« Er beobachtete, wie sie mehrere Handvoll Hirse in den Kessel gab.

Magdalena bemühte sich, ihm keine Beachtung zu schenken. Sie ergriff einen langen Holzlöffel und wartete neben dem Herd, dass das Wasser wieder zu kochen begann.

Inzwischen hatte sich Henel mit einem Becher am Tisch niedergelassen und goss sich großzügig von dem Bier ein, das für das Morgenmahl der Gefangenen bestimmt war. Offensichtlich stand ihm der Sinn nach einem kleinen Schwatz. »Ich bin heut Nacht auch mehrfach aufgewacht, weil die Läden vor dem Fenster geklappert haben.« Er nahm einen großen Schluck. »Später hat mir der vermaledeite Bader mit seinem Husten den Schlaf dann endgültig geraubt! Es hörte sich an wie das Gebell eines Kettenhundes und war bis hinauf in meine Kammer zu hören.«

»Ja«, pflichtete Magdalena ihm bei, »er hustet wirklich übel. Es scheint, als wäre er ernsthaft krank.« Damit Henel nicht sah, dass ihr dabei schon wieder Tränen in die Augen stiegen, begann sie eifrig im Kessel zu rühren, obwohl der Brei noch gar nicht zu kochen begonnen hatte. »Ich könnte ihm einen Aufguss aus Salbei und Thymian zubereiten«, schlug sie vor. Dann fiel ihr ein, was Conrad gestern über Henel gesagt hatte. »Nicht dass er Euch noch wegstirbt, bevor er seinen Prozess kriegt«, sagt sie mit einem Schulterzucken, das andeuten sollte, dass dies keineswegs ihr Problem war.

»Ach was! Das sind zähe Burschen, diese Bader und Totengräber.« Henel lachte. »Gehören allesamt zu den meidlichen Zünften und sind selbst durch die Pest kaum totzukriegen.«

Als ob du was Besseres wärst, dachte Magdalena erbost. Sie rührte so heftig in dem Kessel, dass der blubbernde Brei über den Rand spritzte und zischend im Herdfeuer verkohlte. In der Küche breitete sich ein beißender Geruch aus. Dann bestätigte sich jedoch, dass Conrad den Fronboten richtig eingeschätzt hatte.

»Nu, schaden kann's nicht«, sagte Henel. Er schob den leeren Becher fort und erhob sich. »Macht dem Bader meinetwegen einen Aufguss. Der Jorge kann ihm das Gebräu mit dem Morgenbrei rüberbringen.«

Da Magdalena nun endlich etwas tun konnte, um Conrad zu helfen, ging ihr die Arbeit für den Rest des Tages leichter von der Hand. Leider ergab sich am Mittag keine Gelegenheit, nach ihm zu schauen, denn Henel schickte sie wiederum mit dem Auftrag für einige Besorgungen zum Hafen.

Am Abend, als Jorge den Teller mit Conrads Brot und einem Stück Hartkäse unberührt in die Küche zurückbrachte, wuchs ihre Sorge erneut.

»Wollte er nichts essen?«, fragte sie betont gleichgültig.

»Ne!« Der stämmige Knecht verschränkte die Arme vor der Brust. »Nicht mal aufstehen wollte er, um sich den Teller zu holen. Hinstellen musste ich's ihm, und dann hat er nur von dem Aufguss getrunken. Kommt noch so weit, dass ich den Galgenstrick demnächst füttern muss wie ein Kleinkind.« Jorge zog ein beleidigtes Gesicht. »Schließlich habe ich mehr als genug Arbeit, seit der zweite Knecht aus Schiss vor der elenden Pestilenz abgehauen ist!« Er spuckte auf den Boden.

»Nein, das kann keiner von Euch verlangen!«, pflichtete

Magdalena ihm bei. Sie hatte sofort erkannt, welche Möglichkeit ihr Jorges Gejammer bot. »Wenn's der Fronbote erlaubt, kann ich dem Bader morgen das Essen bringen«, schlug sie vor. »Das schaffe ich schon neben dem bisschen Kochen und Abwasch.«

»Ich werd ihn fragen.« Jorge wirkte erleichtert. »Krankenpflege ist sowieso Weibersache!«

Daheim beim Abendessen berichtete sie Liese von der Unterhaltung.

»Jetzt ist er auch noch krank, der arme Mann!« Das Mädchen schüttelte besorgt den Kopf, bevor es in sein Butterbrot biss. Aber während Liese kaute, erhellte sich ihre Miene. »Frau Magdalena«, rief sie, »das ist ein Fingerzeig Gottes!« Sie war so aufgeregt, dass ihr das angebissene Brot aus der Hand fiel und mit der Butterseite nach unten auf dem Tisch landete.

Schade um die Butter, dachte Magdalena, wo es inzwischen kaum noch welche zu kaufen gibt. Da sie jedoch wusste, wie viel sie dem Mädchen schuldete, behielt sie den Gedanken für sich – doch dass Liese das Brot einfach liegen ließ, ging ihr schon ein wenig gegen den Strich.

»Wenn Ihr morgen mit Meister Arnolds Bruder allein seid, müsst Ihr ihn fragen, wie man die Anzeichen der Pest vortäuschen kann!« Liese beugte sich über den Tisch.

Magdalena sah sie verständnislos an. War das Mädchen übergeschnappt? Sie spürte ein schlechtes Gewissen. Es waren schwere Zeiten, und sie hatte Liese, die noch ein halbes Kind war, in den letzten Wochen immer mehr aufgebürdet. Offensichtlich bekam es ihrer Magd auch nicht, dass sie den ganzen Tag allein im Hause war.

»Stellt Euch vor, was passieren würde, wenn der Fronbote denkt, dass er die Pest unter seinem Dach hat?« Die Worte sprudelten aus Lieses Mund wie ein angestauter Wasserfall. »Wahrscheinlich würde sein letzter Knecht dann auch das

Weite suchen. Und einen neuen fände er unter diesen Umständen gewiss nicht! Er würde sich womöglich gar selbst von den Zellen fernhalten. Da kann einer noch so gewissenhaft sein, mit dem Schwarzen Tod will niemand zu tun haben, wenn's sich irgendwie vermeiden lässt.« Lieses Wangen röteten sich, ihre Augen blitzten. »Und in dem Moment wird der Fronmeister unserem Herrgott auf Knien danken, dass er Euch hat. Ihr werdet Euch aufopferungsvoll um den Todkranken kümmern, weil Ihr eine gute und fromme Frau seid. Und währenddessen müsste es schon mit dem Teufel zugehen, wenn sich nicht eine Gelegenheit böte, dem Bader zur Flucht zu verhelfen!«

»Halt ein!« Magdalena bekreuzigte sich rasch. »Du versündigst dich, Mädchen, indem du unseren Herrn und den Gottseibeiuns in einem Atemzug nennst! Und davon abgesehen willst du mich nun auch noch verleiten, einen weiteren Betrug zu begehen.« Sie seufzte und senkte den Kopf. »Aber ich bin selbst daran schuld, denn als Herrin des Hauses war ich dir in letzter Zeit wirklich kein Vorbild«, murmelte sie. Dann zeigte sie auf das angebissene Brot. »Heb die Bemme auf, bevor der letzte Rest der guten Butter auch noch ins Holz zieht!«

Liese klaubte das Brot auf und stopfte es sich mit einem trotzigen Schnauben in den Mund. Magdalena beobachtete, wie sie dabei verstohlen mit dem Ärmel ihrer Bluse über den Fettfleck auf der Tischplatte wischte. Sie ärgerte sich über das Mädchen, aber zugleich war sie wütend auf sich selbst – hauptsächlich deshalb, weil sie begann, Lieses aberwitzigen Vorschlag in ihrem Kopf zu wälzen. Dabei war es unsinnig zu hoffen, dass sie Conrad zur Flucht verhelfen könnte. Aber vielleicht würde der Mummenschanz ihnen ein wenig mehr Zeit verschaffen? Und Zeit brauchten sie gerade am allernötigsten!

»Gut«, hörte sie sich zu ihrem eigenen Erstaunen sagen,

»nehmen wir an, dass Conrad Arnold bereit wäre, dabei mitzuspielen.«

»Ja?« Liese, die gerade noch auf die Tischplatte gestarrt hatte, richtete sich auf und strahlte sie an.

»Was denkst du, wie viel Zeit könnten wir gewinnen, wenn wir vortäuschen, er hätte die Pest?«

»Sieben Tage mindestens«, rief Liese augenblicklich.

Magdalena hob erstaunt die Augenbrauen.

»Sieben Tage brauchte unser Herr, um die Erde zu erschaffen, und sieben Tage braucht er, um zu entscheiden, wen er mit dem Schwarzen Tod bestraft«, erklärte das Mädchen eifrig. »So sagt man zumindest! Wer die Krankheit so lange überlebt, der wird meist geheilt. Inzwischen weiß das in Pirna jedes Kind.« Sie holte erschrocken Luft, weil sie bemerkte, dass sie ihre Herrin gerade als unwissend hingestellt hatte.

Magdalena war das egal. Sieben Tage waren eine ganze Woche! Sie versuchte sich zu erinnern, was Eckel über die Dauer seiner Reisen ins Böhmische berichtet hatte. Wenn sie nicht alles täuschte, ließe sich in dieser Zeit fast die Hälfte des Weges bewältigen. Allerdings war ihr Ehemann nie zu dieser Jahreszeit gereist.

KAPITEL 39

ach wenigen Augenblicken war der Spuk vorbei, und für die Dauer eines Atemzugs herrschte vollkommene Stille. Valentin glaubte sein eigenes Blut rauschen zu hören. Zitternd streckte er die Hand aus. Unter seinen Fingern spürte er soliden Fels und presste instinktiv seine Hand gegen die feuchte Wand des Stollens. Aber erst als das Rauschen in seinen Ohren nachließ, war er wieder in der Lage, einen klaren Gedanken zu fassen. Offenbar hatte es ein Unglück gegeben, und das dumpfe Stöhnen, das er vernahm, bestätigte die Vermutung. In der Dunkelheit, nur wenige Schritte von ihm entfernt, gab es Verletzte. Über ihn dagegen schien der Herrgott selbst die Hand gehalten zu haben, denn bis auf ein paar Abschürfungen fühlte er sich vollkommen heil. Schwerfällig rappelte er sich auf. Er hatte keine Ahnung, was geschehen war, aber hier gab es Menschen, die dringend seiner Kunst bedurften. Der Gedanke half ihm, die eigene Angst im Zaum zu halten, während er sich Schritt für Schritt an der Wand des Stollens vorantastete.

Dann vernahm er eine raue Stimme. »Bader! Bist du das?« Ein Funken leuchtete in der Dunkelheit, und Valentin hörte das metallische Reiben, das entstand, wenn man Eisen und Feuerstein aneinanderschlug. Ein Licht flammte vor seinen Augen auf. Auch wenn die Unschlittlampe kaum Helligkeit verbreitete, empfand Valentin ihren Anblick als ebenso tröstlich wie den von Martins dreckverschmiertem Gesicht.

»Geht es dir gut?«, wollte er wissen, doch ein sprödes Krächzen war alles, was er hervorbrachte. Martin verstand ihn trotzdem.

»Mit mir ist alles in Ordnung«, verkündete er. »Und wenn dir nichts fehlt«, er hob die Lampe und unterzog Valentin einer gründlichen Musterung, »dann sollten wir auf der Stelle ausfahren.« Er deutete auf eine hölzerne Leiter, deren Sprossen sich oben im Dunkel verloren. »Dort!«

»Nein!« Valentin schüttelte den Kopf. »Lass uns nachsehen, was passiert ist.«

Martin stieß ein trockenes Lachen aus. »Das kann ich dir sagen! Genau vor mir ist der Türstock zusammengebrochen, und dann ist loses Gestein heruntergekommen.« Er hustete und spuckte einen Batzen Schleim aus. »Heute muss wahrhaftig mein Glückstag sein, wenn man bedenkt, dass mich keiner der herabstürzenden Brocken erwischt hat!«

»Aber mit Sicherheit gibt es Verletzte«, gab Valentin zurück. »Menschen, die nun auf Hilfe warten.«

»Wahrscheinlich ist es so, dass Männer eingeklemmt und verschüttet wurden.« Valentin konnte hören, wie nahe das dem Jungen ging. »Aber ihre Bergung überlässt du besser denen, die sich damit auskennen. Du würdest ihnen dabei nur im Weg stehen!« Martin verzog das Gesicht. »Außerdem hat der Doktor gesagt, ich soll auf dich aufpassen.«

»Na, dann pass eben auf!« In der Überzeugung, dass Martin ihm folgen würde, drehte sich Valentin um. Langsam tastete er sich entlang der Stollenwand auf die Unfallstelle zu. Es war ein mühsames Unterfangen, denn er musste sehr darauf achten, nicht über einen der Felsbrocken zu stolpern, die überall im Gang verstreut lagen. Aber die Lichter der Bergknappen wiesen ihm den Weg. Valentin mochte vielleicht keine Ahnung vom Bergbau haben, aber Unfälle mit Verletzten gehörten zu seinem Alltag als Bader. Damit kannte er sich aus!

Endlich erreichte er die Stelle, an der sich mehrere Männer damit abmühten, Bretter wegzuräumen und einen Balken anzuheben. Vorsichtig zogen sie einen Bergmann darunter hervor. Als Valentin näherkam, erkannte er, dass es sich dabei um denjenigen handelte, der zuvor den Steiger angesprochen hatte. Der Mann lebte offensichtlich, denn er schimpfte lauthals: »Lasst mich los, Ihr tumben Toren! Mir fehlt nichts! Kümmert Euch lieber um den Steiger, falls dem armen Kerl überhaupt noch zu helfen ist!«

Valentin kniete sich neben ihn und legte ihm die Hand auf die Schulter. »Keine Sorge«, versicherte er. »Für ihn wird getan, was nötig ist.« Dann wies er Martin, der ihm tatsächlich gefolgt war, an, die Lampe zu heben. Er wollte wissen, woher das Blut kam, das dem Mann übers Gesicht rann.

»Bei dem Unglück ging es nicht mit rechten Dingen zu.« Die Augen des Bergmanns zuckten unruhig hin und her. »Da hatte ein Berggeist seine Hand im Spiel, sage ich Euch, wenn nicht gar der Leibhaftige selbst«, murmelte er, während er teilnahmslos über sich ergehen ließ, wie Valentin ihm das Hemd aus der Hose zerrte und einen breiten Streifen davon abriss.

»Ich kann die Wunde nur notdürftig verbinden«, erklärte Valentin, als er den Stoffstreifen fest um den Kopf des Verletzten wickelte. »Warum glaubst du, das Unglück wäre Teufelswerk? Kann es nicht sein, dass das Holz einfach morsch geworden ist? Schließlich ist es hier unten immer feucht.« Indem er den Mann zum Reden brachte, wollte er sich ein Bild davon machen, wie schwer dessen Kopfverletzung war.

»Der Steiger kam zweimal.« Der Mann hielt Zeige- und Mittelfinger hoch, um seine Worte zu unterstreichen. Auf den ersten Blick schien mit ihm alles in Ordnung zu sein. »Und er hat gesagt, er wäre das erste Mal gar nicht da gewesen. Wenn-er-es-nicht-war-war-es-ein-Geist.« Die Stimme des Mannes klang zunehmend schleppend, und Valentin befürchtete, dass dem Bergknappen nicht nur die äußerliche Verletzung zu schaffen machte.

»Kannst du gehen?«, erkundigte er sich.

Mit Valentins Unterstützung kam der Bergmann auf die Beine. Schwankend stand er da, und sogleich bot ein anderer Mann ihm seine Schulter.

»Er sollte auf dem schnellsten Weg zu Doktor Agricola gebracht werden«, riet Valentin. »Die Wunde muss genäht werden, sonst hört sie nicht auf zu bluten. Such dir noch einen Helfer, denn den Weg ins Tal wird er nicht aus eigener Kraft schaffen!«

Der Mann nickte. »Ich werde dafür sorgen, dass er dort ankommt«, versprach er.

»He, du!« Ein älterer Bergmann mit ergrautem Bart kam auf Valentin zu. »Komm mit!« Er deutete hinüber zur Unglücksstelle. »Der Steiger hat einen Splitter abbekommen und blutet wie ein angestochenes Schwein.«

Valentin folgte ihm. Der Steiger, den man inzwischen aus den Trümmern geborgen hatte, war nicht bei Bewusstsein. Sein rechtes Hosenbein war schwarz von Blut, ein handlanger Splitter steckte in seinem Oberschenkel. Valentin befürchtete, dass eine der großen Adern verletzt worden war.

»Ich brauche Licht!«, verlangte er. »Viel Licht und ein Messer!«

Sofort kamen einige Bergleute mit ihren Lampen näher, jemand drückte ihm ein Messer in die Hand. Zügig, aber vorsichtig schnitt Valentin das Hosenbein des Steigers auf. Wie immer wollte er zunächst einen Überblick über das Ausmaß der Verletzung gewinnen.

»Zieh das Ding endlich raus«, verlangte Martin nervös.

Valentin schüttelte den Kopf. »Ich weiß nicht, ob er durchkommen wird. Aber wenn ich den Splitter rausziehe, ohne die Wunde sofort zu vernähen, wird er mit Sicherheit verbluten.«

Er blickte in die Gesichter der Männer ringsum. »Ich muss das Bein abbinden, um die Blutzufuhr zu drosseln. Dazu brauche ich ein Seil und ein Stück Holz.«

Zwei Bergleute eilten, das Gewünschte zu beschaffen, während Valentin Puls und Atmung des Verletzten kontrollierte. Der Steiger war ein kräftiger Mann, und mit Gottes Beistand würde er sich vielleicht von der schweren Verletzung erholen. Nachdem Valentin ein Seil gereicht wurde, machte er sich daran, das Bein abzubinden, das Holzstück verwendete er dabei als Knebel. Kaum hatte er den letzten Handgriff getan, kamen Bergleute mit einer schnell zusammengezimmerten Trage aus Stangen und Jacken. Behutsam hoben sie den Verletzten an. Nachdem sie ihn auf die Trage gebettet hatten, banden sie ihn daran fest. Jeder Handgriff saß, und Valentin begriff, dass sie so was nicht zum ersten Mal taten.

Auf ein Zeichen des Graubärtigen hoben vier Männer gleichzeitig die Trage an. Zielstrebig setzten sie sich in Bewegung. »Wir bringen ihn zum Doktor. Der hat schon so manchen von uns zusammengeflickt«, erklärte der Graubärtige, bevor er ihnen folgte.

In der nächsten Stunde richtete und schiente Valentin einen gebrochenen Arm, verband eine gequetschte Hand und renkte eine Schulter ein. Als die Bergleute der ersten Schicht von den Männern der zweiten abgelöst wurden, hatte er den letzten Verband angelegt. Er war durstig und erschöpft, und seine aufgeschürften Handflächen brannten wie Feuer. Jemand hielt ihm eine Tonflasche hin. Im Glauben, sie enthielte Wasser, nahm er einen gierigen Schluck und schnappte sofort nach Luft. Aber das Brennen des Schnapses in seiner Kehle ließ ihn für kurze Zeit die Schmerzen an seinen Händen vergessen.

»Nun komm schon«, Martin griff ihm unter den Arm und zog ihn hoch, »lass uns endlich verschwinden!«

Erst später, nachdem Valentin über unzählige Leitern – die

Bergleute nannten sie Fahrten – hinauf ans Tageslicht geklettert war, fiel ihm wieder ein, was der Bergmann mit der Kopfwunde gesagt hatte.

»Was meinst du, war an dem Unglück irgendein teuflischer Berggeist schuld, oder hat der Steiger einfach einen morschen Stützbalken übersehen?«, fragte er Martin.

Agricolas Knecht blieb stehen. »Der Schmied Matthes?« Empört sah er Valentin an. »Der ist für seine Gründlichkeit bekannt. Da kannst du jeden hier fragen!« Seine Rechte beschrieb einen Halbkreis. »Der Schmied prüft alles doppelt und dreifach, damit ihm auch nicht der kleinste Riss entgeht. Darum kann das heut nur mit dem Teufel zugegangen sein!«

»Das hat der Bergmann vorhin auch gesagt. Aber ich weiß nicht …« Valentin war außerstande zu sagen, was ihn an der Erklärung störte. Schließlich hatte er selbst gesehen, wie sorgfältig der Steiger die Balken begutachtet hatte.

»Welcher Bergmann?«

»Na der, der den Steiger kurz vor dem Einsturz angesprochen hat.«

Martin zog die Augenbrauen zusammen, während er offenbar versuchte, sich die Augenblicke unmittelbar vor dem Unglück in Erinnerung zu rufen. Dann schüttelte er vorwurfsvoll den Kopf. »Aber der hat doch bestätigt, dass Schmied den Türstock kurz nacheinander zweimal überprüft hat. Ich sag's doch, Schmied übersieht nicht mal den kleinsten Rattenschiss!«

»Aber warum hat Schmied dann dem Bergmann gegenüber abgestritten, dass er schon mal da war? Und warum hat er geleugnet, das Brett ausgetauscht zu haben?« Valentin, der endlich begriff, dass ihm genau diese Worte im Kopf herumgespukt waren, hob die Hände. Fragend sah er Martin an.

»Na, genau das ist doch der Beweis dafür, dass es ein Dämon oder Berggeist oder gar der Gottseibeiuns selbst war!« Nachsichtig wie ein weiser Vater blickte Martin ihn an. »Die sind allesamt dafür bekannt, dass sie Menschen durch Trug und Täuschung blenden. Und in der Dunkelheit unten im Berg ist das für sie noch viel leichter als oben unter Gottes hellem Sonnenschein. Meinst du nicht?«

Valentin überlief ein Schauer, weil Martins Worte ihn wieder in die undurchdringliche Finsternis versetzten, die ihn umgeben hatte, nachdem seine Lampe erloschen war. Es war die schwärzeste Dunkelheit gewesen, die er je erlebt hatte. Die vollkommene Abwesenheit jeden Lichts. Nicht einmal eine wolkenverhangene Neumondnacht mitten im tiefsten Wald konnte so finster sein. Zögernd nickte er.

»Na, sag ich doch!« Mit einem Schulterzucken ging Martin weiter.

Wirklich, die Argumente des Jungen sind nicht von der Hand zu weisen, dachte Valentin. Während sie ihren Weg ins Tal fortsetzten, dankte er Gott im Stillen, dass er und Martin das Unglück unbeschadet überstanden hatten. Gleichzeitig schwor er sich, dem finsteren Schoß der Erde künftig fernzubleiben. Valentin hielt sich nicht für einen Feigling. Im Grunde seines Herzens war er sogar davon überzeugt, ein wenig wagemutiger und abenteuerlustiger zu sein als die meisten Menschen, die er kannte. Aber für die Welt unter Tage mit ihrer ewigen Dunkelheit und ihren unheimlichen Kreaturen war er nicht geschaffen. Nein, dafür brauchte es Kerle, die bereit waren, es mit dem Teufel selbst aufzunehmen! Das hatte er heute gesehen. Seine Achtung vor den Bergleuten, die das Abenteuer Tag für Tag aufs Neue wagten, stieg.

Valentins Hoffnung, Matthes Schmied heute noch befragen zu können, zerschlug sich unmittelbar nach ihrer Rückkehr ins Haus des Doktors.

»Ihr habt den Steiger davor bewahrt zu verbluten, und ich konnte seine Wunde schließen. Ob er überleben wird, liegt jetzt in Gottes Hand.« Der Arzt hatte dem Schwerverletzten ein

Lager in der kleinen Kammer neben dem Behandlungsraum richten lassen. Dort lag der Steiger noch immer in tiefer Ohnmacht. »Die nächsten Tage werden zeigen, welchen Plan unser Herr mit seinem Knecht Matthes Schmied verfolgt.« Agricola schwieg einen Augenblick. Doch als er wieder zu sprechen begann, schwand der ernste Ausdruck von seinem Gesicht. »Habt Ihr wenigstens etwas erfahren können, bevor das Unglück geschah?«, erkundigte er sich mit unverhohlener Neugier.

»Nein, leider nicht.« Valentin zuckte mit den Schultern.

»Was wollt Ihr jetzt tun?«

»Ich weiß es nicht.« Valentin fühlte sich erschöpft und niedergeschlagen.

»Dann werdet Ihr mir vorerst bei der Behandlung meiner Patienten und der Pflege des Steigers zur Hand gehen. Sollte der Mann zu sich kommen, könnt Ihr ihm sogleich Eure Fragen stellen.« Agricola legte Valentin die Hand auf die Schulter und nickte ihm aufmunternd zu, bevor er in den Behandlungsraum zurückkehrte.

In den nächsten Stunden schnitt Valentin ein Furunkel auf, setzte zwei Klistiere, zog einen vereiterten Backenzahn und bereitete aus Branntwein und Wacholderbeeren ein Einreibemittel gegen Rheumatismus. Er erfuhr, dass die Krankheit zahlreiche Bergleute mit zunehmendem Alter befiel und dass sie dem vorbeugen konnten, indem sie ihre Unterschenkel mit hohen Stiefeln vor dem kalten Wasser schützten. Der Doktor war der Ansicht, dass man bei Rheumakranken auch die Verdauungsorgane entgiften müsse. Daher ermahnte er sie, regelmäßig Aufgüsse von Borretsch, Baldrian und Tausendgüldenkraut zu trinken.

»Wasser und Kälte sind die natürlichen Feinde des Bergmanns«, erklärte er Valentin. »Aber Trockenheit bringt noch viel größeres Übel. Dann dringt der Staub in die Lunge und verursacht ein Leiden, das die Griechen Asthma nennen. Es bringt die Lunge zum Eitern und erzeugt im Körper die Schwindsucht, die viele Bergleute frühzeitig dahinrafft. Daher kommt es auch, dass eine Bergmannsfrau nicht selten vier oder fünf Ehemänner zu Grabe tragen muss.«

»Mir scheint, neben allerlei Unfällen sind Rheuma, Arthritis und Schwindsucht die häufigsten Erkrankungen, mit denen die Bergleute geschlagen werden«, resümierte Valentin.

»So ist es«, pflichtete Agricola ihm bei. »Aber wir können froh sein, dass wir in Joachimsthal wenigstens vor Gefahren wie dem schwarzen Hüttenrauch oder der Solifuga verschont bleiben.«

»Solifuga? Was ist das für eine Krankheit?« Vom schwarzen Hüttenrauch, der die Wunden und Geschwüre der Bergleute in Altenberg und im Meißnischen bis auf die Knochen ausfraß und sogar Eisen verzehrte, hatte Valentin bereits gehört.

»Das ist keine Krankheit, sondern ein kleines Tier. Ähnlich einer Spinne«, erläuterte Agricola. »Sie ist vor allem in den Silberbergwerken auf Sardinien verbreitet und bringt denen, die sich unvorsichtigerweise auf sie setzen, die Pest. Nun ja«, er zuckte mit den Schultern, »dafür haben wir unsere Berggeister, die sich aber durch Fasten und Gebete recht zuverlässig vertreiben lassen.«

Im Anschluss an das Gespräch sah Valentin ein weiteres Mal nach Matthes Schmied, der noch immer mit geschlossenen Augen und schwachem Puls in der Kammer lag. Dabei fragte er sich, ob der Mann es tatsächlich am Fasten oder an Gebeten hatte fehlen lassen. Falls das nicht zutraf, konnte es im Grunde nur bedeuten, dass eine menschliche Hand bei dem Unglück im Spiel gewesen war. Und den Gedanken fand Valentin höchst beunruhigend.

Als er in den Behandlungsraum zurückkehrte, war der Doktor bereits mit einem neuen Patienten beschäftigt. »Das ist Hans, der Botengänger. Er hat wieder ein Geschwür«, sagte er und griff nach der Hand seines Patienten, um sie eingehend zu begutachten.

Hans, der Botengänger, war ein kleiner, zäh wirkender Mann. Von seinem Gesicht war nicht viel zu erkennen, da es vollständig von einem struppigen roten Bart überwuchert war, während sich sein Haupthaar bereits gelichtet hatte. Die Finger, mit denen er sich immer wieder die entzündeten Augen rieb, waren schwielig und voller gelber Hornhaut. Auf seinem linken Handrücken saß ein hässliches dunkelrotes Geschwür.

Valentin, der so etwas noch nie gesehen hatte, näherte sich dem Mann voller Neugier.

Agricola nickte und ging zu einem Schrank am Fenster. Dort öffnete er zielsicher eine der vielen Schubladen, entnahm ihr ein Beutelchen und reichte es Valentin. Dann stellte er zwei Krüge und einen Mörser auf den Tisch.

Valentin öffnete den Beutel und fand darin dunkelgraues Pulver.

»Molybdän«, erklärte der Arzt. »Gebt eine Unze davon in den Mörser und verreibt es mit Wasser und Öl. Das gibt ein hervorragendes Pflaster, das verhindert, dass sich Geschwüre auf der Haut weiter ausbreiten. Ich verwende es auch bei Kindern und Frauen, da es besonders für zarte Haut geeignet ist.«

Während Valentin die Zutaten zu einer schmierigen Paste zerrieb, memorierte er sie im Kopf. Mit dieser Methode hatte er sich nützliche Rezepturen schon während seiner Wanderjahre eingeprägt.

»Bringt mir die Pflastermischung, wenn Ihr fertig seid«, sagte Agricola und kehrte zu Hans zurück. »Ich kann nur wiederholen: Lass endlich die Finger vom Arsenik!«

Aber Valentin hatte den Eindruck, als würde der Arzt keine allzu große Hoffnung hegen, dass der Patient seinem Rat dieses Mal folgte.

»Ach was!« Hans schüttelte den Kopf. »Vom Arsenik kann das nicht kommen. Ich nehme das doch schon seit Jahren.«

»Genau das meine ich!« Agricolas Stimme wurde eine Spur lauter. »Und ich wette, mit den Jahren hast du die Dosis immer mehr erhöht! Habe ich recht?«

»Die Dose ist die gleiche wie immer. Seht Ihr, Doktor.« Umständlich zerrte Hans eine kleine Holzbüchse aus der Hosentasche und streckte sie dem Arzt hin.

In einer Geste der Verzweiflung warf Agricola beide Hände in die Luft, dann drehte er sich zu Valentin um. »Schon bei seinem letzten Besuch habe ich ihm gesagt, dass seine Beschwerden ganz gewiss durch Arsenik hervorgerufen werden. Dieses Roborans wird hier im Gebirge gern verwendet. Viele Bergknappen, die es längere Zeit einnehmen, kommen mit ähnlichen Beschwerden zu mir wie Hans. Aber er will es mir einfach nicht glauben!« Erneut wandte er sich seinem widerspenstigen Patienten zu. »Verrate mir eins, Hans! Habe ich die Medizin studiert oder du?«

»Immerzu stellt Ihr mir so komische Fragen«, beschwerte sich der Botengänger. »Dann will ich Euch heute auch mal was fragen: Wer von uns beiden muss die Wege von Joachimsthal nach Annaberg oder in eine der anderen Bergstädte gehen, um sein Brot zu verdienen? Rauf und runter, über Stock und Stein. Egal, ob es regnet, stürmt oder schneit. Das schafft keiner, ohne hin und wieder eine kleine Stärkung zu sich zu nehmen. Genauso wenig, wie ein Bergmann ohne das hier«, er schüttelte das Gefäß in seiner Hand, »tagelang Doppelschichten fahren kann.«

Valentin, der die Paste im Mörser ausreichend geschmeidig fand, strich sie auf einen sauberen Leinenstreifen, den er dem Doktor reichte.

Agricola seufzte. »Ich verstehe ja, was du meinst. Aber du musst auch verstehen, dass ich nur dein Bestes will.« Er drückte das Pflaster auf den Handrücken seines Patienten und umwickelte es mit einem Leinenstreifen. Dann wechselte er das Thema. »Sag mal, Hans, du kennst dich doch hier in der Gegend aus wie kein Zweiter und hörst viele Neuigkeiten. Hast du mal von einem Mann namens Wenzel Fiedler gehört?«

Hans überlegte einen Augenblick, dann schüttelte er den Kopf. »Ne, einen Mann mit so einem Namen kenne ich nicht. Wer soll das denn sein?«

»Thomas Eckel aus Pirna hat dem Mann schon seit Jahren seine Gewinne aus der Maria-Lichtmess-Grube überlassen«, sagte Valentin.

»Ach, der dicke Sachse. Man erzählt sich, den habe daheim jemand vor seiner eigenen Haustür gemeuchelt«, sagte Hans.

»So ist es«, bestätigte Valentin. »Und nun bin ich auf der Suche nach seinem Mörder.«

»Ihr seid das also!« Sichtlich beeindruckt musterte er Valentin von oben bis unten. »Hab schon gehört, dass da einer in der Stadt ist, der allerlei Fragen stellt und dabei auch nicht knausrig ist.«

»Leider war ich bisher nicht sehr erfolgreich«, gab Valentin zu. »Deshalb wäre ich auch für jede Kleinigkeit dankbar, die du mir über Eckel oder Fiedler erzählen könntest.« Er klopfte auf Magdalenas Börse an seinem Gürtel. »Vorausgesetzt, ich habe sie noch nicht gehört.«

Die Augen des Botengängers klebten wie Finken auf einer Leimrute an der gut gefüllten Börse, und Valentin konnte sehen, dass es hinter der breiten Stirn des Mannes arbeitete.

»Ha!« Ruckartig hob Hans den Kopf. »Sagtet Ihr gerade Eckel oder Fiedler?«

Valentin nickte. Sein Herzschlag beschleunigte sich, während er gespannt darauf wartete, was Agricolas Patient zu berichten hatte.

Der schlug sich an den Kopf und lachte. »Natürlich! Wieso bin ich nicht gleich darauf gekommen!«

»Jetzt red endlich!«, mischte sich Agricola ungeduldig ein.

»Anna Fiedler aus Pfaffengrün gebar zehn Monate nach dem Tod ihres Mannes einen Knaben«, erklärte Hans mit einem hintergründigen Schmunzeln.

Enttäuscht stieß Valentin den Atem aus, den er unbewusst angehalten hatte. »Das weiß ich bereits.«

»Aber was Ihr sicher nicht wisst, ist, dass sie im Sommer davor eine Liebelei mit Thomas Eckel hatte«, krähte Hans vergnügt. »Die beiden haben sich an einer entlegenen Stelle im Wald getroffen, was an sich recht vorsichtig war. Ihr Pech war nur, dass dort in der Nähe eine meiner bevorzugten Abkürzungen nach Pfaffengrün vorbeiführt. Zweimal habe ich sie auf dem Moos gesehen. Aber sie waren viel zu beschäftigt, um mich zu bemerken.« Hans feixte, bevor er die geöffnete Hand ausstreckte.

Während der Doktor ein entrüstetes Hüsteln von sich gab, klaubte Valentin das versprochene Silberstück aus seinem Beutel. »Kann es sein, dass der Knabe Wenzel heißt?«, fragte er mit einem Augenzwinkern.

»Ich fürchte, das müsst Ihr selbst rausbekommen!«, entgegnete Hans gut gelaunt.

Am Abend, als Agricola seinen Gast noch auf einen Krug Wein einlud, war Matthes Schmied noch immer nicht vollständig zu sich gekommen. Aber zumindest war es Valentin gelungen, dem Steiger ein wenig mit Ei verquirlten Rotwein einzuflößen. Er hatte den Eindruck, dass der Puls des Mannes mittlerweile kräftiger schlug, und die Wunde am Bein wies bislang kein Anzeichen von Entzündung oder Vergiftung auf.

Valentin stellte sein Glas auf den Tisch, nahm eins der Steinchen, die dort lagen, und drehte es zwischen seinen Fingern. Es sah aus wie ein perfekter Würfel und war erstaunlich schwer. Sein goldener Schimmer erinnerte Valentin an die Augen von Laurenz, und er spürte in seinem Herzen einen sehnsuchtsvollen Stich.

Agricolas Lachen holte ihn aus seinen Gedanken. »Bevor Ihr anfangt, von einem Haufen Gold zu träumen, sollte ich Euch wohl verraten, dass das, was Ihr in der Hand haltet, nichts als Schwefelkies ist.« Er deutete auf den kleinen Würfel. »Viele, die es zum ersten Mal sehen, glauben tatsächlich, sie hätten Gold gefunden.«

Valentin war froh, dass der gute Doktor keine Ahnung hatte, wovon er wirklich geträumt hatte. Mit einem leisen Seufzer ließ er den Würfel auf den Tisch rollen.

»Hübsch anzusehen ist es, aber leider vollkommen wertlos.« Agricola lächelte und trank einen Schluck Wein.

»Schade«, sagte Valentin. Doch er vergaß den Würfel, weil endlich eine andere Erinnerung in seinem Gedächtnis aufgetaucht war.

In der letzten Stunde war er mit seinem Gastgeber noch einmal alle Fakten durchgegangen, die ihm bisher bei der Suche nach dem Mörder wichtig erschienen waren. Und nun erinnerte er sich an ein Gespräch mit Meister Kempe.

»Ich weiß jetzt genau, dass ich den Namen Schwarze schon bei meinen Ermittlungen in Pirna gehört habe«, rief er aufgeregt. »Und falls es sich um die gleiche Familie handelt, könnte alles, was Ihr noch über sie wisst, von größter Wichtigkeit sein.« Er warf Agricola einen beschwörenden Blick zu.

»Ach ja, die Schwarze-Brüder«, murmelte der Arzt. Er blickte auf das Glas, das er in einer Hand hielt, während er mit der anderen über seinen langen Bart strich.

Valentin erinnerte die Geste an Richter Seiler. Seine Ungeduld wuchs, und nur der Respekt vor seinem Gastgeber hinderte ihn daran, aufzuspringen und in der Stube umherzulaufen.

Agricola hob den Kopf und stellte sein Glas auf den Tisch. »Nun, da gäbe es noch etwas. Aber das muss unter uns bleiben! Habt Ihr verstanden?«

Valentin nickte eifrig.

»In der Zeit nach dem Unglück habe ich auch die Bekanntschaft des jüngsten Bruders gemacht. Nach seiner Rückkehr von den Soldaten ließ er sich von mir untersuchen.« Der Doktor senkte die Stimme. »Im Feldlager hatte er sich mit der Franzosenkrankheit angesteckt.«

»Konntet Ihr ihm helfen?«, fragte Valentin, der nun doppelt interessiert war. »Womit habt Ihr ihn kuriert?« Die Erkrankung, die zunächst das Geschlecht, später jedoch oft den ganzen Leib befiel, hatte sich in den letzten Jahrzehnten mit erschreckender Geschwindigkeit in Spanien, Italien und auch den deutschen Landen ausgebreitet, und Valentin suchte noch nach einem Mittel, um sie erfolgreich zu behandeln.

»Nun, mit den üblichen Quecksilbersalben. Aber er kam nur einmal zu mir. Danach kaufte er lieber die Wundermittelchen, die ein halbblinder fahrender Apotheker hier in der Stadt feilbot.« Der Doktor zuckte mit den Schultern. »Und kurz darauf verschwand Schwarze wieder aus Joachimsthal.«

Valentin schüttelte den Kopf, als sein Gastgeber ihm das soeben geleerte Glas erneut vollschenken wollte. »Ich brauche morgen einen klaren Kopf«, erklärte er.

»Was wollt Ihr unternehmen?«, erkundigte sich Agricola.

»Zuerst muss ich Wenzel Fiedler ausfindig machen. Ich werde nach Pfaffengrün hinaufgehen, um die Witwe Fiedler aufzusuchen. Vielleicht heißt ihr Junge tatsächlich Wenzel und ist Eckels Sohn. Ich weiß zwar noch nicht, was das mit dem Mord an Eckel und den anderen zu tun haben könnte, aber irgendwo muss ich anfangen.«

»Schließlich ist sie bisher Euer einziger Anhaltspunkt«, stimmte Agricola zu.

»Und danach höre ich mich bei den Bergleuten nach Schwarze um. Ich will wissen, ob sein Vater Paul Schwarze hieß und ob er vielleicht aus Pirna stammt«, fuhr Valentin fort.

»Seht Ihr da womöglich einen Zusammenhang mit Eckels Tod?«

»Ihr sagtet es doch selbst: Schwarzes Vater war einst ein reicher Mann, der alles verlor und dadurch ins Unglück geriet.« Valentin beugte sich vor und blickte seinen Gastgeber eindringlich an. »Paul Schwarze verlor anno 1520 seinen Sitz im Pirnschen Rat. Jahrelang hatten sich die kleinen Leute Pirnas damals beschwert, dass die Ratsherren mehr und mehr in ihre eigenen Taschen wirtschafteten, anstatt sich ums Wohlergehen der gesamten Stadt zu kümmern.«

Agricola nickte. »In vielen Städten kam es wegen ähnlicher Beschwerden gegen den Rat sogar zu Aufständen«, murmelte er.

»In Pirna verlief es für die Ratsherren glimpflicher, denn der Herzog zwang sie lediglich dazu, eine neue Ratsordnung anzuerkennen. Und die meisten alten Ratsherren behielten ihren Sitz im Rat«, erzählte Valentin, während der Doktor ihm aufmerksam lauschte. »Alle Versäumnisse schob man damals dem Ratsältesten zu – Paul Schwarze. Nach seinem Rauswurf aus dem Rat ging es auch mit Schwarzes Tuchmacherwerkstatt bergab. Und als die kurz vor dem Ruin stand, hat sich der Mann erhängt. Die Werkstatt übernahm der älteste Sohn, doch als man bei ihm gefälschte Tuche fand, hat er sich ebenfalls erhängt, und die Mutter ist anschließend ins Wasser gegangen.«

»Eine schlimme Geschichte«, meinte Agricola kopfschüttelnd. »Wie ging sie weiter?«

»Die drei jüngeren Söhne haben die Stadt verlassen. Angeblich sind sie ins Gebirge gegangen und bei einem Grubenunglück ums Leben gekommen«, berichtete Valentin. »Findet Ihr nicht, dass das ziemlich viel mit der Geschichte gemein hat, die Ihr mir erzählt habt?«

Agricola hob die Augenbrauen. »Und Thomas Eckel?«, fragte er gespannt. »Wie passt er da hinein?«

»Er und Paul Meißner, der heute unser zweiter Bürgermeister ist, waren vor zwölf Jahren die Rädelsführer bei der Empörung gegen die alteingesessenen Ratsfamilien. Sie hatten es sich zur Aufgabe gemacht, die Klagen der Bürger zu sammeln, sie aufzuschreiben und an den Herzog zu schicken«, erklärte Valentin.

»Und nun vermutet Ihr, Schwarzes Sohn sei nach Pirna zurückgekehrt, um Rache zu nehmen?« Agricola klang skeptisch.

»Haltet Ihr das für ausgeschlossen?«

»Nein. Ich frage mich allerdings, warum erst jetzt?« Agricola legte die Fingerspitzen aneinander und sah Valentin aufmerksam an. »Wäre eine solche Reaktion nicht eher zu erwarten gewesen, als er vor zwei Jahren vom Tod seiner Brüder und dem Verlust ihrer Fundgrube erfuhr?«

Valentin pflichtete ihm bei. Trotzdem wollte er sich nach dem Mann umhören.

Kapitel 40

Um nächsten Morgen verlor Valentin kein Wort, als Martin ihn mit den bereits gesattelten Pferden erwartete. Auch Agricolas Knecht schwieg, während er aufsaß, und Valentin übersah geflissentlich den selbstgefälligen Ausdruck auf dem Gesicht des Burschen.

Der winzige Hof der Witwe Fiedler lag ein wenig abseits des Dorfes Pfaffengrün. Obwohl die Frau kaum mehr als ein Feld mit Rüben, einen Obstgarten und eine Wiese ihr Eigen nannte, machten Haus und Hof einen gepflegten Eindruck. Anna Fiedler erinnerte Valentin ein wenig an Magdalena, nur dass sie viele Jahre älter war. Die dunklen Flechten, die sie aufgesteckt hatte, wiesen schon ein paar Silberfäden auf, und ihre Rundungen waren ausgeprägter als die der Eckelin.

Als Valentin sich erkundigte, ob sie Thomas Eckel kenne, stemmte die Fiedlerin ihre Fäuste in die Hüften und setzte ein abweisendes Gesicht auf. »Man hat mich schon gewarnt, dass jemand in der Stadt ist, der überall neugierige Fragen stellt und sich üble Nachrede erzählen lässt!«, erklärte sie resolut. »Ich bin eine ehrbare Frau und pflege keinen Umgang mit Fremden. Deshalb werdet Ihr meinen Hof auch sofort wieder verlassen!« Valentin wollte sie dennoch fragen, ob sie einen Sohn namens Wenzel habe, aber sie steckte zwei Finger in den Mund und stieß einen gellenden Pfiff aus. Vor Schreck machte er einen Schritt rückwärts und prallte gegen Martin, der nun ebenfalls ins Wanken geriet.

Dann passierten zwei Dinge gleichzeitig: Aus der Scheune stürzte ein breitschultriger Kerl mit einfältigem Gesicht. In den Händen hielt er eine Mistgabel, die er auf die Fremden richtete. Dabei gab er unverständliche, aber durchaus bedrohlich klingende Laute von sich. Und von der anderen Seite des Hofes kam ein Tier gerannt, das Valentin im ersten Moment für ein Schaf hielt. Es war über und über mit zottigem weißem Fell bedeckt, sodass man kaum ausmachen konnte, wo vorn und hinten war. Als es sich hechelnd neben seiner Herrin niederließ und eine Reihe spitzer Reißzähne zeigte, erkannte Valentin, dass er es mit einem riesigen Hund zu tun hatte. Mit Bedauern stellte er fest, dass sich ihre Ausgangsposition für ein Gespräch weiter verschlechtert hatte.

Das hatte offenbar auch Martin begriffen. »Lass uns verschwinden!«, raunte er.

Aber Valentin wollte noch nicht aufgeben, zu viel stand für ihn hier auf dem Spiel. Er setzte das beruhigende, selbstsichere Lächeln auf, das er seinen Patienten immer dann zeigte, wenn er sich daranmachte, ihnen einen Zahn zu ziehen oder ein Furunkel aufzuschneiden. »Gute Frau, niemand zweifelt an Eurer Ehrbarkeit! Und ich versichere Euch, alles, was Ihr mir erzählt, bleibt unter uns.« Er legte die Hand auf Magdalenas Börse. »Und darüber hinaus wird es auch angemessen belohnt.«

Anna Fiedlers Augen huschten zwischen der Börse und Valentins Gesicht hin und her, aber dann schüttelte sie den Kopf. »Ich habe Euch nichts zu erzählen.« Sie legte eine Hand auf den Kopf des Hundes, der zu knurren begann. »Geht!«

»Fort«, blaffte der breitschultrige Kerl und piekte Martin mit der Mistgabel in die Seite. »Geh fort!«

Agricolas Knecht entwand ihm die Forke mit einem flinken Griff. Der Hund, der noch immer zu Füßen seiner Herrin hockte, zog die Lefzen zurück, aus seinem leisen Knurren wurde ein tiefes Grollen. Als Martin Anstalten machte, dem dümmlichen Burschen die Mistgabel um die Ohren zu hauen, ging Valentin dazwischen.

»Halt!«, rief er in energischem Ton, den er auch anschlug, wenn sich Freunde oder Verwandte eines Patienten ungebeten in seine Arbeit mischten. Es half, denn einen Augenblick später herrschte tatsächlich Ruhe. Alle starrten ihn an.

Eilig zog er das Ratsschreiben aus seinem Gürtel. Es war inzwischen ein wenig zerfleddert, doch mit dem fetten roten Siegel am unteren Rand wirkte es noch immer amtlich genug. »Ich ermittele im Auftrag des Pirnschen Rates in der Mordsache Eckel«, verkündete er mit strenger Miene. »Und ich muss Euch darauf hinweisen, dass Ihr mit Eurem Schweigen einen Mörder deckt, Weib!«

Anna Fiedler tat unbeeindruckt, doch Valentin bemerkte das nervöse Zucken ihrer Finger auf dem Kopf des Hundes. Das Tier schien die Unsicherheit seiner Herrin ebenfalls zu spüren. Dort, wo Valentin die Ohren vermutete, hob sich die weiße Wolle ein wenig. Ermutigt fuhr er fort, der Frau ins Gewissen zu reden.

»Aber nicht nur das. Ihr liefert damit auch einen Unschuldigen dem Henker aus!«, fügte er hinzu. Wie einen mahnenden Finger streckte er ihr das zusammengerollte Schreiben entgegen. »Denkt daran, Gott, unser Herr, sieht alles!«

Die Frau wurde blass. Dann öffnete sie den Mund, und Valentin beugte sich bereits erwartungsvoll vor, um sich kein Wort entgehen zu lassen. Doch sie holte nur tief Luft.

»Selbst wenn Ihr Jesus Christus persönlich wärt – oder meinetwegen auch Satan, der mich für meine Sünden in die Hölle schleppen möchte! Ich kann Euch nicht mehr sagen. Und nun geht. Bitte!« Ihre Stimme klang nicht mehr drohend, sondern flehend. Valentin begriff, dass er nicht mehr aus ihr herauskriegen würde.

Wortlos drehte er sich um und verließ den Hof. Dabei

versuchte er, seinen Ärger zu zügeln, denn der würde ihn auch nicht weiterbringen. Er musste einen anderen Weg finden, um zu erfahren, was er wissen wollte.

Martin, der kopfschüttelnd hinter ihm hergetrottet war, holte ihn am Waldrand ein. Dort hatten sie ihre Pferde an einen Baum gebunden. »Ich könnte hier warten und mir in einem geeigneten Augenblick den Knecht greifen«, bot er an. »Du hast es selbst gesehen: Der Kerl ist ein Simpel und so einfältig, dass er bestimmt irgendwas erzählt, wenn ich's nur richtig anpacke.«

Valentin rieb sich das Kinn und überlegte, welche Möglichkeiten ihm noch blieben. Er könnte versuchen, im Dorf herumzufragen. Aber wahrscheinlich waren die Pfaffengrüner Fremden gegenüber so misstrauisch wie die meisten Dörfler, denen er auf seiner Wanderschaft begegnet war. Es dauerte meist eine Zeit, ehe man ihr Vertrauen gewann, und oft genug gelang es auch gar nicht. Martins Plan war besser, weil er weniger Zeit kostete, so viel stand fest. Wer weiß, was sich ergibt, wenn man sich eine Weile in der Nähe des Hofes aufhält, spekulierte Valentin.

»Gut«, sagte er schließlich. »Aber wir machen es so: Ich bleibe hier und versuche, den Knecht abzupassen.«

Martin lachte. »Nichts für ungut, Bader, aber dich Bohnenstange schubst der mit einer Hand um. Du wirst gar keine Gelegenheit bekommen, ihn zu fragen!«

Valentin hob die Augenbrauen. Er würde dem frechen Burschen schon beweisen, dass er in der Lage war, auf sich aufzupassen. »Lass das meine Sorge sein«, sagte er. »Du musst derweil etwas anderes erledigen. Etwas außerordentlich Wichtiges!«

Martin schluckte hinunter, was ihm auf der Zunge gelegen haben mochte, und wartete stattdessen, dass Valentin ihm die bedeutsame Aufgabe näher erläutern würde. Dabei war ihm anzusehen, wie sehr er sich geschmeichelt fühlte.

»Du musst alles über den letzten der Schwarze-Brüder herausfinden. Wo er gewohnt hat, wann ihn seine Nachbarn zum letzten Mal gesehen haben und ob seine Familie tatsächlich aus Pirna stammt«, erklärte Valentin.

»Das kann ich machen.« Martin nickte eifrig. »Ich verspreche dir, heute Abend weißt du alles, was es über den Kerl zu wissen gibt!«

»Na, dann halt die Ohren offen! Jede Kleinigkeit kann wichtig sein.«

»Sicher doch!« Martin grinste. Dann schwang er sich auf sein Pferd und war schon bald hinter den Bäumen verschwunden.

Valentin ließ seinen Gaul, wo er war. Kurz vor dem Hof von Anna Fiedler gab es einen kleinen Hang, an dem ein paar Gehölze standen. Brombeerranken hatten sie überwuchert. Das war der Platz, an dem man sich zu dieser Jahreszeit verbergen konnte, wollte man Weg und Gehöft unbemerkt beobachten.

Aber die Zeit verging, ohne dass sich Valentin Gelegenheit bot, seinen Plan in die Tat umzusetzen. Er sah den Knecht vom Stall zur Wiese und später wieder in die Scheune gehen, doch wie es der Teufel wollte, hatte Anna Fiedler ständig etwas in der Nähe zu tun. Sie streute Futter für die Hühner im Hof, holte Wasser vom Brunnen und füllte am Ufer des nahen Baches einen Korb mit Brunnenkresse. Valentin, dem allmählich die Novemberkälte unter den dicken Wollumhang kroch, fluchte leise vor sich hin. Als er seine Zehen kaum noch spürte, beschloss er, seinen Posten für eine Weile zu verlassen. Er hatte keine Ahnung, wie spät es war. Die Sonne hatte sich hinter dicken Wolken versteckt, aus denen ab und an ein paar Schneeflocken rieselten. Aber das Grummeln in Valentins Magen deutete darauf hin, dass es längst Mittag sein musste. Er begann Martin zu beneiden, dessen Erkundungen ihm wenigstens die Einkehr in einer Schänke ermöglichten.

Er beschloss, sich im Wald ein wenig warmzulaufen, kehrte

aber schon nach kurzer Zeit in sein Versteck zurück. Auf dem Hof war es still geworden. Bestimmt sitzen sie jetzt beim Mittagsmahl, überlegte er neidvoll. Um sich von dem hohlen Gefühl in seinem Magen abzulenken, begann Valentin zu beten – vor allem um den Beistand des Herrn für seinen Bruder. Doch schon bald drifteten seine Gedanken ab. Gewiss war es in den Zellen der Fronfeste gerade nicht viel wärmer. Aber noch mehr als unter der Kälte würde Conrad darunter leiden, dass sein Schicksal nach wie vor ungewiss war und er nicht das Geringste tun konnte, um etwas daran zu ändern. Er war vollständig auf Valentins Hilfe angewiesen! Ungewiss war auch, wie weit sich die Pest inzwischen aus Pirna zurückgezogen hatte. Konnte Jobst den Richtherrn weiter hinhalten, oder wusste Seiler längst Bescheid? Hatte er womöglich schon einen Boten nach Dresden geschickt? Die Angst, die in ihm aufwallte, ließ Valentin für eine Weile Kälte und Hunger vergessen. Doch als es zu dämmern begann, kehrte beides mit Macht zurück. Noch immer hatte er keine Möglichkeit gefunden, mit dem einfältigen Knecht zu sprechen. Wenigstens seinen Durst konnte er am nahen Bach stillen, und das eisige Wasser dämpfte für kurze Zeit das Hungergefühl. Gegen die Kälte half es allerdings nicht, im Gegenteil.

Gerade als Valentin frustriert beschloss, nach Joachimsthal zurückzureiten, näherte sich dem Hof eine kleine Gestalt. Angestrengt starrte er ins trügerische Zwielicht. Da erkannte er, dass es sich um einen Jungen handelte, der eine Schiefertafel und ein Bündel Bücher unter den Arm geklemmt hatte. Das ist bestimmt Anna Fiedlers Sohn, schoss es Valentin durch den Kopf. Langsam, um den Knaben nicht zu erschrecken, ging er ihm entgegen. »He, Junge! Bist du Wenzel, der Sohn der Fiedlerin?«

Das Kind blieb stehen. »Ja, bin ich!« Valentin hörte, dass Wenzel versuchte, seiner Stimme einen selbstsicheren Ton zu verleihen. »Und wenn ich pfeife, kommt unser Hofhund. Der hat im letzten Winter einem Wolf die Kehle aufgerissen, als der versucht hat, an unsere Ziegen zu kommen.«

»Das glaube ich dir aufs Wort. Ich habe schon seine Bekanntschaft gemacht.« Valentin war ebenfalls stehen geblieben. Er hob begütigend beide Hände und lächelte den Jungen an. Er hatte Zweifel, ob das Kind Eckels Sohn war. Nach allem, was er bisher erfahren hatte, war das Kind kaum älter als acht Jahre. Der Knabe erschien ihm dafür zu groß und zu kräftig. »Du brauchst den Hund nicht, denn ich will dir bestimmt nichts zuleide tun«, versicherte er mit ruhiger Stimme. »Ich bin Bader und komme aus Pirna im Meißnischen.«

»Aus Pirna?«

Für Valentin klang das, als rufe der Name bei Wenzel eine Erinnerung wach. Sogleich beschloss er nachzuhaken. »Kennst du die Stadt? Warst du schon einmal dort?«

»Aber nein! Ich bin noch nie weiter als bis Joachimsthal gekommen.« Wenzel machte zwei Schritte auf Valentin zu. »Aber die Leute in unserer Gegend, die kommen aus allen möglichen Städten«, sagte er ausweichend. »Die meisten sind wegen dem Silbersegen hier. Ihr auch?«

»Nein, ich bin in Ratsgeschäften unterwegs«, erwiderte Valentin in der Hoffnung, den aufgeweckten Jungen zu beeindrucken. Wenzel kam noch ein Stück näher, sodass er dem Bader nun unmittelbar gegenüberstand.

Valentin holte überrascht Luft. Sowohl Wenzels kräftige Statur als auch seine Gesichtszüge ähnelten denen von Justina derart, dass jeder, der sie beide gesehen hatte, sofort wusste, dass sie verwandt sein mussten.

»Da habt Ihr meiner Mutter wohl einen Brief aus Pirna gebracht?«, fragte Wenzel zutraulich.

Wenn Valentin noch eine weitere Bestätigung benötigt hätte, dann hätte er sie damit erhalten. Nun wollte er so schnell wie möglich nach Joachimsthal zurück, darum nickte er bestätigend, verabschiedete sich und lief zu seinem Pferd. Seine Finger waren so klamm geworden, dass es ihm erst beim dritten Versuch gelang, den Knoten zu lösen, mit dem er die Zügel an einem Ast festgebunden hatte. Steifbeinig mühte er sich in den Sattel.

Aber gerade als er dem Tier mit einem Schenkeldruck das Zeichen zum Aufbruch geben wollte, gewahrte er einen dunklen Schatten. Einen Herzschlag lang glaubte er, auf dem Weg zum Hof einen Mann zu sehen. Den ganzen Tag war außer dem Jungen keiner vorbeigekommen, und nun noch so ein später Besucher? Reglos verharrte Valentin im Schutz der Bäume, hoffend, das Pferd würde ihn nicht durch ein Geräusch oder eine Bewegung verraten. Der Wind trug die abendlichen Laute des Hofes herüber: Die Winde des Brunnens quietschte, eine Tür schlug, der Hund bellte. Über ihm ächzten die Bäume in der Kälte, die Valentin mittlerweile bis in die Tiefe seiner Knochen spürte. Der Weg zum Hof lag verlassen da. So angestrengt er seine Augen in die zunehmende Dunkelheit bohrte, von dem vermeintlichen Besucher fehlte jede Spur. Dafür begannen Valentins Zähne zu klappern. Ihm wurde bewusst, dass er sich eine schlimme Erkältung zuziehen würde, wenn er nicht bald ins Warme kam. Außerdem trieb sich kein vernünftiger Mensch nach Anbruch der Dunkelheit noch in einem Wald herum. Gewiss hatten ihn seine Sinne getäuscht, und bei dem Schatten hatte es sich nur um ein Reh gehandelt, das lautlos verschwunden war.

Es wurde rasch dunkler. Valentin ließ sein Pferd im Schritt gehen, weil er fürchtete, es könne unterwegs einen Fehltritt machen. Der Weg ins Tal zog sich endlos hin, und die Kälte setzte ihm immer stärker zu. Die Gedanken, die er in seinem Kopf wälzte, trugen auch nicht dazu bei, ihn zu erwärmen, denn im Grunde hatte sich seine Suche nach Wenzel Fiedler als nutzlos erwiesen. Der Junge konnte nicht Eckels Mörder sein. Aber auch kein anderer Mensch aus seinem Umfeld hätte einen

Grund gehabt, seinem Vater den Tod zu wünschen. Das Gegenteil war der Fall, denn Eckels Tod entzog Mutter und Sohn die finanzielle Zuwendung aus dem Gewinn der Grube. Valentins einzige Hoffnung bestand nun darin, dass sich aus Martins Nachforschungen über den Letzten der Schwarzes etwas Brauchbares ergeben würde.

Abgelenkt durch seine Grübelei achtete er nicht auf seine Umgebung, und als sich sein Pferd an einer steilen Stelle des Weges erschreckt aufbäumte, verlor er die Kontrolle. Er flog aus dem Sattel, schlug hart auf einem abschüssigen Felsen auf und rutschte bergab. Panisch suchte er mit den Händen nach einem Halt, bekam eine Wurzel zu fassen und klammerte sich an ihr fest. Zu seinem Entsetzen spürte er, dass seine Füße in der Luft baumelten. Wie weit es unter ihm in die Tiefe ging, wollte er gar nicht wissen. Aber am Vormittag hatte er gesehen, dass man sich an einigen Stellen des Weges bei einem Sturz über den Hang sämtliche Knochen brechen konnte. Die Vorstellung trieb ihm den Angstschweiß auf die Stirn und schärfte all seine Sinne. Über sich hörte er das Pferd stampfen und verschreckt wiehern. Dann sprach jemand leise auf das Tier ein.

»Ruhig, ganz ruhig. Ja, so ist es brav. Wo hast du denn deinen Herrn gelassen, mein Guter?«

Valentin war sich sicher, dass er die Stimme kannte. Offenbar hatte er sich vorhin nicht getäuscht, als er glaubte, jemand sei auf dem Weg zu Anna Fiedlers Gehöft gewesen. Falls derjenige ihm gefolgt war, was für einen, der sich hier auskannte, ein Kinderspiel gewesen wäre, welche Absichten hegte er? War er ein Freund oder ein Feind? Würde er Valentin die rettende Hand entgegenstrecken oder ihm den Todesstoß versetzen? Dazu bot sich jetzt die beste Gelegenheit, denn alles würde auf einen Unfall hindeuten, der den unvorsichtigen Fremden ereilt hatte. Und womöglich verfolgt er mich schon seit Tagen, schoss es Valentin durch den Kopf.

Kapitel 41

ährend Magdalena beobachtete, wie Jorge die Tür zu Conrads Zelle aufschloss, schlug ihr Herz in einem schnellen, harten Takt. Sie hatte Mühe, das Brett, auf dem die Schüssel mit dem Morgenbrei und ein Becher von ihrem Kräuteraufguss standen, ruhig zu halten. Als sie hinter Jorge in die Zelle trat, verschlug es ihr für einen Moment den Atem. Es roch nach Fäkalien, Krankheit und kaltem Schweiß.

Conrad lag auf einer Strohschütte, die dünne Wolldecke bis zur Nasenspitze hochgezogen. Bei ihrem Eintreten richtete er sich mühsam auf. Dann hockte er, den Rücken an die Wand gelehnt, und beobachtete sie aus großen Augen. Magdalena kämpfte darum, einen gleichmütigen Gesichtsausdruck zur Schau zu tragen, obwohl sich ihr Herz vor Mitgefühl zusammenzog.

Den abgestumpften Knecht schien Conrads Zustand wenig zu beeindrucken. »Hoch mit dir, Kerl! Wir wollen doch mal sehen, wie krank du tatsächlich bist.« Als Conrad nicht gleich reagierte, packte er ihn am Arm und zerrte ihn unsanft auf die Beine. Dann leuchtete er seinem Gefangenen, der schwankend dastand und sich mit einer Hand an der Wand abstützte, mit einer Fackel ins Gesicht.

Magdalena schrak zusammen, wobei das Geschirr auf ihrem Tablett ins Wanken geriet. Wie am Vortag glänzten Conrads Augen fiebrig, und ein Schweißfilm lag auf seinem geröteten

Gesicht. Beim Einatmen zog er die Schultern hoch, wobei sich die kleine Kuhle zwischen seinen Schlüsselbeinen unnatürlich vertiefte. Magdalena sah, wie viel Kraft ihn jeder Atemzug kostete. Er krümmte sich zusammen, als ihn ein neuerlicher Hustenanfall schüttelte. Unwillkürlich machte sie einen Schritt in seine Richtung.

Jorge dagegen trat hastig zurück, steckte die Fackel in eine Halterung an der Wand und nickte Magdalena zu. Offenbar hatte er genug gesehen. »Sorgt dafür, dass er isst und trinkt. Wenn Ihr fertig seid, klopft an die Tür. Ich bleibe in der Nähe.« Er verließ die Zelle, und Magdalena hörte, wie er die Tür von außen verschloss.

Conrad hatte sich wieder auf die Strohschütte sinken lassen. »Entschuldige, aber ich habe heute Nacht kaum geschlafen, weil ich ständig husten musste.« Er zog sich die Decke über seinen schlotternden Leib, lehnte den Kopf gegen die Wand und schloss die Augen.

Magdalena hatte inzwischen das Brett abgesetzt. Nun ließ sie sich neben Conrad nieder, nahm den Becher und berührte seinen Arm. »Hier! Du solltest es trinken, solange es warm ist.«

Mit einem schwachen Lächeln ergriff er den Becher. »Ist das wieder ein Aufguss aus Thymian und Salbei mit einem Löffel Honig?«, fragte er, bevor er den ersten Schluck nahm.

Magdalena nickte. »Davon gibt es in der Küche genug, und ich dachte, es könnte helfen.« Sie beobachtete, wie er den Becher Schluck für Schluck austrank. »Wenn du mir sagst, welche Kräuter besser wirken, kann ich sie vielleicht beschaffen.«

»Ich würde Huflattich, Spitzwegerich und Zinnkraut nehmen.« Er stellte den Becher ab und machte eine gleichgültige Handbewegung. »Aber die Mischung aus der Küche hilft auch.«

Magdalena griff nach seiner Hand und hielt sie fest. »Selbst Jorge hat gesehen, dass du nicht nur an einer einfachen Erkältung leidest. Also hör auf, den Helden zu spielen! Sag mir lieber, was ich tun kann!«

Sein Lachen endete in einem weiteren Hustenanfall. »Also gut«, keuchte er. »Ein Aufguss aus Wermutkraut wäre gut. Wenn ich immer mal wieder einen Schluck von dem widerlich bitteren Zeug trinke, schlägt mir der Katarrh vielleicht nicht auf die Lunge. Das wäre wirklich übel, denn wie es scheint, bin ich der letzte Bader, den es zurzeit in Pirna gibt.« Auf seinem Gesicht erschien ein schwaches Grinsen. »Und ich kann mich ja schlecht selbst zur Ader lassen.«

»Wermutkraut habe ich daheim und kann es mitbringen«, versicherte Magdalena. »Aber du musst auch essen, um bei Kräften zu bleiben.« Sie hielt ihm die Schüssel hin. »Oder soll ich dich füttern?«, fragte sie mit einem Lächeln in der Stimme.

»Nein!« Er schob die Schüssel beiseite. »Ich habe keinen Hunger.«

»Iss wenigstens drei Löffel«, forderte sie. »Und dabei erzähle ich dir, auf welch aberwitzigen Gedanken meine kleine Magd gekommen ist!«

»Na, dann hoffe ich, deine Geschichte ist es wert.« Seufzend nahm er die Schüssel entgegen und zog den Löffel aus seinem Hosenbund.

Sie wartete, bis er den ersten Bissen geschluckt hatte, dann begann sie zu erzählen.

Erst belustigt, doch dann mit wachsendem Unmut hörte Conrad ihr zu. Geistesabwesend schob er währenddessen immer wieder einen Löffel Brei in den Mund. Aber als sie mit ihrem Bericht über das Gespräch mit Liese fertig war, stellte er die Schüssel weg. »Du denkst doch nicht ernsthaft darüber nach, zu tun, was dieses närrische Ding ausgebrütet hat?« Zwischen seinen blonden Augenbrauen bildeten sich zwei argwöhnische Falten.

»Doch!« Magdalena sah ihm in die Augen, schließlich hatte

sie die ganze Nacht Zeit gehabt, sich für diesen Moment zu wappnen. »Du hast es eben selbst gesagt: Du bist der einzige Bader, den es in der Stadt noch gibt. Wenn wir behaupten, du hast die Pest, gibt es niemanden, der das Gegenteil beweisen könnte!« Ein paar Atemzüge lang verhakten sich ihre Blicke ineinander wie die Lanzen zweier kämpfender Ritter beim Turnier. Dann musste Conrad erneut husten.

»Es wird trotzdem nicht gehen.« Keuchend lehnte er sich gegen die Wand der Zelle. »In dieser Stadt kennt mittlerweile jeder die Zeichen, mit denen die Pest einhergeht.«

Magdalena war nicht bereit, sich so schnell geschlagen zu geben. »Wie du selbst am besten weißt, sind die Zeichen vielfältig und nicht immer eindeutig. Hohes Fieber, Husten und Abgeschlagenheit kommen zu Beginn bei allen vor. Manche bekommen die erste Beule in der Achsel oder am Hals, aber bei den meisten sitzt sie in der Leiste – wo zunächst nur der Kranke selbst sie sehen kann.«

»Woher weißt denn du das so genau?«

»Dein Bruder hat es mir erzählt.«

Conrad hob die Augenbrauen. »Dann hat er dir sicher auch erklärt, dass spätestens nach einer Woche Beulen an den anderen Stellen hinzukommen. Falls nicht, könnte es Gott gefallen, den Kranken zu retten.«

»Ja, aber wir würden wenigstens diese eine Woche gewinnen!« Beschwörend legte sie ihre Hand auf seinen Arm. »Und vielleicht fällt uns bis dahin noch etwas Besseres ein. Vergiss nicht, dass ich dir nun Heilmittel zubereiten darf. Was heilt, kann auch krank machen, nicht wahr?«

Conrad starrte sie an. »Und ich Dummkopf dachte die ganze Zeit, dir würde was an mir liegen!« Kopfschüttelnd ließ er sich auf sein Lager zurücksinken, aber sein schiefes Lächeln zeigte, dass sie gewonnen hatte.

Eifrig flüsternd unterbreitete sie ihm ihren Plan. »Ich gehe gleich, um bei Henel und seinem Gehilfen Zweifel daran zu säen, dass du nur einen Katarrh hast. Du wirst das bestreiten.« Sie sah ihn eindringlich an. »Wer gibt schon freiwillig zu, die Pest zu haben! Aber dabei stellst du dich noch kränker, als du ohnehin schon bist.«

Conrad stieß einen tiefen Seufzer aus, der sogleich in Husten überging. »Dazu muss ich mich nicht mal verstellen«, erklärte er, als er wieder Luft bekam.

»Darauf, dass du die Pest haben könntest, kommt der Kerkermeister dann von ganz allein«, prophezeite Magdalena stolz. Flink stellte sie Schüssel und Becher auf das Brett, erhob sich und strich die Schürze glatt. Schon im nächsten Augenblick hörten sie den Schlüssel im Schloss der Zellentür knirschen.

»Warum dauert das so lange?« Mit einem misstrauischen Blick in alle Ecken betrat Henel die Zelle.

»Ich habe ihn dazu gebracht, eine halbe Schüssel Brei zu essen.« Magdalena streckte ihm mit einer herausfordernden Geste das Brett entgegen. »Aber es hat lange gedauert, und ich bin mir nicht sicher, ob er es bei sich behalten wird.«

Skeptisch schüttelte sie den Kopf, und im selben Augenblick begann der Gefangene auf seiner Strohschütte zu würgen. Während sich Henels Augen entsetzt weiteten, hievte sich Conrad stöhnend hoch, um dann auf allen vieren zum Aborteimer in der Ecke zu krabbeln. Dort gab er Geräusche von sich, die befürchten ließen, er könne nicht nur seinen Mageninhalt, sondern auch gleich sämtliche Eingeweide verlieren.

»Kommt!« Hastig schob der Fronbote Magdalena aus der Zelle und sperrte die Tür zu.

»Vielleicht ist es trotzdem nur ein harmloser Katarrh«, sagte sie, als müsse sie sich selbst beruhigen. »Wer kann das schon so genau sagen!«

»Gewiss, gewiss! Was sollte es denn sonst sein?« Henels Stimme klang übertrieben zuversichtlich. Er warf ihr einen verstohlenen Blick zu. »Ich kann mich doch weiterhin auf Euer Versprechen, ihn zu pflegen, verlassen?« Er blieb stehen, legte ihr die Hand auf den Arm und lächelte jovial. »Und selbstverständlich werde ich Eure vorbildliche Nächstenliebe erwähnen, wenn ich demnächst wieder aufs Rathaus muss!«

Magdalena nickte und neigte dabei demütig den Kopf, um ihr Lächeln zu verbergen.

Kapitel 42

Valentin wagte kaum, Luft zu holen, denn ihm war inzwischen eingefallen, wo er die Stimme schon einmal gehört hatte: Dort oben stand Karl Strunz, der Schreiber des Schichtmeisters! Der Mann, der ihn belogen hatte, als er sich nach Wenzel Fiedler erkundigt hatte. In welcher Beziehung mochte Strunz zu Eckels Sohn oder zu Anna Fiedler stehen? Ob er ahnte, dass der Fremde das Geheimnis, das der Schreiber offenbar hüten wollte, herausgefunden hatte? Vorsichtig bewegte Valentin die Füße in der Hoffnung, irgendwo Halt zu finden. Vielleicht würde der Schreiber nach einer Weile annehmen, der herumschnüffelnde Bader läge bereits mit zerschmetterten Knochen unten in der Tiefe. Als er glaubte, seine gefühllosen Finger würden im nächsten Augenblick erlahmen, wodurch sich die Schreckensvision unweigerlich erfüllen würde, ertasteten seine Zehenspitzen endlich einen kleinen Sims. Und nachdem es ihm gelungen war, einen Teil seines Körpergewichts darauf zu verlagern, wuchs seine Zuversicht ein wenig. So konnte er es noch eine Weile aushalten, und irgendwann würde der Schreiber die Geduld verlieren und wieder abziehen.

Aber Valentin hatte die Beharrlichkeit des Mannes unterschätzt. Nachdem Strunz das Pferd beruhigt hatte, machte er sich daran, eine Fackel zu entzünden. Valentin hörte die Zündsteine aneinanderschlagen, und kurz darauf stieg ihm der scharfe Geruch von brennendem Pech in die Nase. Voller Bangen beobachtete er, wie sich das Licht der Felskante näherte, unter der er stand. Instinktiv schloss er die Augen, um nicht geblendet zu werden.

»Ihr lebt also noch?« Strunz wirkte überrascht.

Blinzelnd schaute Valentin nach oben. Das Gesicht des Schreibers wirkte im roten Schein der Fackel diabolisch verzerrt.

»Was soll ich nun mit Euch machen?« Seine Stimme klang nicht feindselig, eher nachdenklich.

»Helft mir hoch, so wie ein guter Christenmensch es tun würde!« Valentin wusste, dass er nicht in der Position war, Forderungen zu stellen. Aber Strunz sah nicht aus, als würde er einen bestimmten Plan verfolgen. »Ihr werdet doch keinen Mord auf Euer Gewissen laden, Schreiber!« Valentin hoffte inständig, dass er damit richtiglag.

»Nun, es wäre kein Mord, so lange ich Euch nicht stoße«, erklärte Strunz spitzfindig. »Also könnte ich jetzt einfach gehen und Euch Eurem Schicksal überlassen.« Er hob die Augenbrauen, wodurch sein Gesicht noch teuflischer wirkte.

Aber Valentin hatte trotz seiner Angst die Unsicherheit in der Stimme des anderen vernommen. Wenn er sein Leben retten wollte, musste er mehr über die Beweggründe von Strunz erfahren!

»Aber warum solltet Ihr das tun? Ich kenne Euch kaum, und Ihr wisst nichts über mich«, rief er. »Warum solltet Ihr also meinen Tod wollen?«

Im Licht der Fackel zuckten unstete Schatten über das Gesicht des Schreibers. »Weil Ihr hergekommen seid, um rumzuschnüffeln!«, stieß er hervor. »Weil Ihr meine Schwester in den Dreck ziehen und meinem Neffen das Letzte nehmen wollt, was ihm von seinem Vater noch geblieben ist!«

»Ihr seid der Bruder von Anna Fiedler«, stellte Valentin unnötigerweise fest. Er verstand trotzdem nicht, woher die

Befürchtungen des Mannes rührten. In Valentins linkem Bein kündigte sich ein Krampf an, was seine Lage über dem Abhang nicht verbesserte. Er musste den misstrauischen Schreiberling dazu bringen, ihm zu helfen! »Ich will weder Eurer Schwester noch Eurem Neffen etwas Böses, das müsst Ihr mir glauben!«, rief er.

»Von wegen!«, höhnte Strunz. »Kaum ist Eckel tot, taucht Ihr hier auf und erkundigt Euch nach ihr und dem Jungen. Ihr wusstet schon vorher von Eckels Beteiligung an den hiesigen Gruben und der Verteilung der Gewinne. Ihr seid gekommen, um Anna und Wenzel die Erlöse aus den Kuxen von Maria Lichtmess wegzunehmen! Ich weiß, dass Euch jemand dafür bezahlt.«

Valentins Bein schmerzte höllisch, dafür spürte er seine Finger, die noch immer die Wurzel umkrallten, kaum noch. Aber anstatt ihm zu helfen, faselte der Schreiber unsinniges Zeug. »So ein ausgemachter Schwachsinn!«, rief Valentin. »Ich bin gekommen, um im Auftrag des Pirnschen Rates Eckels Mörder zu finden!«

»Ihr seid ein Bader«, erklärte Strunz vorwurfsvoll. »Warum sollte Euch jemand mit Untersuchungen in einer Mordsache betrauen?«

»Weil der Mord meinem Bruder angelastet wird – zu Unrecht! Und weil unserem Richtherrn infolge einer Pestilenz alle Bediensteten weggestorben oder davongelaufen sind! Geht das endlich in deinen Schädel, Schreiberling?« Valentin war am Ende seiner Geduld. Im nächsten Augenblick gab es einen Ruck unter seinen Fingern. Vor Schreck hätte er fast die Wurzel losgelassen, die sich ein Stück vom Felsen gelöst hatte. Ihm war bewusst, dass er nur überleben konnte, wenn er einen kühlen Kopf bewahrte! Er atmete tiefer und zwang sich zur Ruhe.

»Nein, es geht nicht in meinen Schädel!«, maulte Strunz.

»Zumal heute Vormittag ein Brief des zweiten Bürgermeisters zu Pirna an den Schichtmeister in der Schreibstube abgegeben wurde. Und als ich hierherkomme, um mit Anna drüber zu sprechen, sehe ich Euch, wie Ihr das Gehöft beobachtet. Wie sollte ich da nicht glauben, dass Ihr in Meißners Auftrag gekommen seid?«

»Was?« Valentin verrenkte sich den Hals, damit er das Gesicht des Schreibers besser sehen konnte. Der Mann sagte eindeutig die Wahrheit! »Ein Brief von Paul Meißner?«, vergewisserte er sich, ohne auf das einzugehen, was Strunz noch gesagt hatte. »Was wollte der vom Schichtmeister?«

»Dasselbe wie Ihr. Er will sich einen Überblick über Eckels Geschäfte in Joachimsthal verschaffen.«

Valentin schob alle Fragen beiseite, die ihm dazu durch den Kopf schossen. Sie konnten warten, bis er wieder festen Boden unter den Füßen hatte, denn wichtig war im Moment nur eines. »Aber diesen Überblick habe ich, seit mir Eckels Witwe seine Geschäftsbücher gezeigt hat. Wäre ich also in Meißners Auftrag gekommen, um Eurer Schwester und Eurem Neffen etwas wegzunehmen, warum sollte er dann extra noch einen Brief schicken, hm?« Strunz schwieg, aber Valentin sah, wie es in seinem Gesicht arbeitete. »Ich bin ausschließlich wegen der Mordsache hier«, beteuerte er abermals. »Wer weiß, vielleicht kann das, was ich herausfinde, Eurer Schwester sogar nützen?«

Er hatte keine Ahnung, ob er damit richtiglag, doch das spielte keine Rolle, solange es Strunz dazu bringen würde, ihm nach oben zu helfen.

»Gut«, kam es von der Felskante. »Ich hole ein Seil, dann ziehe ich Euch hoch.«

Erleichtert schloss Valentin die Augen.

Für den schmächtigen Schreiber war es ein hartes Stück Arbeit, den Bader über die Felskante zu hieven, obwohl Valentin ihn dabei unterstützte, indem er mit den Füßen Halt an der Felswand suchte. Beide waren am Ende völlig erschöpft. Valentin zitterte vor Kälte und gewiss auch wegen der ausgestandenen Angst.

»Trinkt!« Strunz stieß Valentin mit dem Ellenbogen an. »Das ist ein Pflaumenschnaps, wie ihn nur die Böhmen zu brennen verstehen.« Dankbar nahm der Bader die kleine Tonflasche entgegen.

»Wenn Ihr mich auf Eurem Pferd nach Joachimsthal mitnehmt, erzähle ich Euch unterwegs, was Ihr über Thomas Eckel wissen wollt.« Der Schreiber nickte, um seine Worte zu bekräftigen. »Ich werde tun, was ich kann, um Euch bei der Suche nach seinem Mörder zu unterstützen. Aber dafür müsst Ihr der Anna helfen, damit sie weiterhin Eckels Gewinn an der Maria-Lichtmess-Grube ausgezahlt bekommt!«

»Das will ich tun«, versicherte Valentin.

Unterwegs berichtete Strunz, was er über Eckels Geschäfte in Sankt Joachimsthal wusste. Die waren viel umfangreicher, als Valentin und Magdalena es aus den Büchern in Pirna herauslesen konnten, denn Eckel hatte nicht nur Kuxe an einigen Fundgruben. In den letzten Jahren hatte er auch Korn, Hülsenfrüchte und andere Nahrungsmittel nach Joachimsthal verkauft und damit gutes Geld gemacht. Der karge Boden im Gebirge gab kaum genug her, um den wachsenden Hunger der größer werdenden Stadt zu stillen.

Anna Fiedler war dem vermögenden Sachsen ins Auge gefallen, weil sie sich als Schankmagd verdingen musste. Ihr Mann hatte als Steiger zwar ordentlichen Lohn verdient, aber seine unglückselige Neigung zu Bier und Würfelspiel hatte dafür gesorgt, dass die Familie nach seinem frühen Tod vor dem Nichts stand.

»Ihren anderen Sohn, den Simpel, habt Ihr ja gesehen. Für den wird sie bis zu ihrem Lebensende sorgen müssen. Niemand würde ihn in Dienst nehmen, denn er ist nicht nur einfältig, sondern auch jähzornig. Nur seine Mutter kann ihn bändigen. Nach Hans hat Anna noch zwei Mädchen geboren, die aber schon im Säuglingsalter starben. Obwohl sie ihn in Sünde empfangen hat, ist der kleine Wenzel ihr ganzer Stolz. Sie hofft, dass er später mal studieren wird, damit er es zu etwas bringt«, erzählte Strunz.

Nach der Geburt des Jungen hatte Eckel dafür gesorgt, dass Anna nicht mehr in der Schänke arbeiten musste. Er hatte den kleinen Hof, der einst im Besitz ihrer Familie gewesen war, für sie zurückgekauft.

Und ihrem Bruder hat er die gute Stelle als Schreiber des Schichtmeisters verschafft, schlussfolgerte Valentin im Stillen. Kein Wunder, dass Strunz sich seiner Schwester verpflichtet fühlte und bereit war, fast alles für sie zu tun. Leider bestätigte Valentin die Unterhaltung mit dem Schreiber, was er bereits vermutet hatte: Keiner aus der Familie kam als Mörder in Betracht, denn niemand ist so dumm, eine Kuh zu schlachten, die er melken kann.

»Wie es scheint, hat Eckel ein Doppelleben geführt«, fasste Valentin die Auskünfte des Schreibers zusammen. »Geschäfte, Weib und Kind in Pirna trennte er sorgfältig von Geschäften, Kind und Beischläferin in Joachimsthal.«

Strunz zuckte mit den Schultern. »Wisst Ihr, nachdem hier in den Bergen das erste Silber gefunden wurde und die Grafen Schlick Leute aus aller Herren Länder herkommen ließen, um es zu fördern, nahm es niemand mehr so genau mit den Zehn Geboten. Es störte auch nicht, ob einer dem alten Glauben anhing oder nach Art der Protestanten betete. Ihr habt selbst gesehen, dass wir sogar zwei Kirchen dafür haben.«

Valentin erinnerte sich, dass Martin ihm erklärt hatte, die Kirche am Hospital sei für die Katholiken und die kleine hölzerne Kapelle weiter unten für die Protestanten. Wobei deren Zahl inzwischen so groß geworden sei, dass man ihnen demnächst am Markt eine neue Kirche bauen wollte.

»Ihr könnt mir glauben, dass sich erst recht keiner darum scherte, wenn ein Mann wie Eckel, der Geld in die hiesigen Gruben steckte, sich ein Liebchen hielt oder mit ihr einen Bastard zeugte«, versicherte Strunz gelassen.

»Wer ohne Schuld ist, der werfe den ersten Stein«, murmelte Valentin. Dabei dachte er, dass er gewiss der Letzte wäre, der einen Mann verurteilen würde, der sich sein Vergnügen abseits der geltenden Moralvorstellungen suchte. Aber wenn er daran dachte, wie Eckel derweil daheim mit seiner jungen Frau umgegangen war, wallte heißer Zorn in ihm auf.

In Joachimsthal wurde Valentin bereits ungeduldig erwartet.

»Wo hast du dich den ganzen Tag herumgetrieben, Bader?«, überfiel ihn Martin, als er Valentin das Pferd abnahm. »Du ahnst nicht, was ich herausgefunden habe!«

Dem Doktor, der ebenfalls in den Hof gekommen war, fiel auf, dass Valentin vor Hunger und Erschöpfung kaum noch ein Bein vors andere setzen konnte. »Das kann warten!«, erklärte er und bedachte seinen jungen Knecht mit einem strafenden Blick. »Offensichtlich hat unser Gast einen anstrengenden Tag hinter sich.«

Maulend verschwand Martin mit dem Gaul im Stall.

Inzwischen lotste Agricola den Bader in die Küche und verfrachtete ihn auf den Platz, der dem warmen Herd am nächsten war. Anschließend befahl er der Köchin, heißen Würzwein zu bereiten und das Abendessen aufzutragen.

Als Martin dazukam, forderte der Doktor seinen Gast auf zu erzählen, was er in Pfaffengrün erlebt hatte. Viel lieber hätte Valentin zuerst Martins Neuigkeiten erfahren, doch er war zu erschöpft, um sich gegen die Fürsorge seines Gastgebers zu wehren. Also trank er ein paar Schlucke von dem Würzwein

und erzählte knapp, was er über den kleinen Wenzel herausgefunden hatte und wie ihn dessen Onkel, zunächst widerwillig,
vor dem Sturz in den Tod bewahrt hatte. Danach gab Agricola
seinem Knecht endlich zu verstehen, dass der mit seinem Bericht beginnen dürfe.

»Um deinen Auftrag zu erfüllen, habe ich die verletzten Bergleute besucht, die im Maria-Lichtmess-Stollen arbeiten. Ich
habe ihnen ein paar Kräuter und Tinkturen vorbeigebracht.«
Er schaute zu Agricola, der schmunzelnd an seinem Würzwein nippte, und Valentin begriff, wer die Idee dafür gehabt
hatte.

»Aber als ich ihnen erzählte, dass ich für dich nach Schwarze
suche, habe ich schnell gesehen, dass sie mir auch ohne die
Kräuter alles erzählt hätten, was sie wissen. Bei denen bist du
mittlerweile so was wie ein Heiliger, Bader.« Er grinste Valentin
an. »Der alte Wiesner, dem du nach dem Unglück die Schulter
eingerenkt hast, meinte, dass Schwarze seit Kurzem tatsächlich
wieder in der Stadt ist. Und er wusste sogar, wo der Kerl wohnt.«

»Ja?« Valentin stellte den leeren Becher auf den Tisch und
beugte sich vor. Seine Müdigkeit war von einem Augenblick auf
den anderen wie fortgeblasen.

»Also bin ich dorthin marschiert und habe mich ein bisschen im Wirtshaus umgehört. In jeder Schänke gibt's ein paar
Alte, die von morgens bis abends dort hocken. Die warten nur
darauf, dass ihnen mal einer was spendiert und sich ihr Geschwätz anhört. Ich musste also nur einen von denen auf ein
Bier einladen und zwei anderen einen Pflaumenschnaps ausgeben.«

Martin unterbrach sich, als die Köchin mit viel Geräusch begann, die Schüsseln auf den Tisch zu stellen. Am liebsten hätte
Valentin ihn gepackt und ihm die Worte wie Kirschen aus dem
Maul geschüttelt. Aber als ihm der Duft des heißen Eintopfs in
die Nase stieg, merkte er, wie ausgehungert er war. In einträch-

tigem Schweigen machten sich die Männer über das Essen her. Martin setzte seine Erzählung fort, nachdem sie als Nachtisch noch ein paar süße Plinsen verzehrt hatten.

»Einer von den Alten hatte früher mit den Schwarzes in derselben Schicht gearbeitet. Er wusste, dass der ältere Bruder mal erzählt hat, sie würden aus dem Meißnischen stammen. Ihre Familie hätte dort seit Ewigkeiten im Rat irgendeiner Stadt gesessen.« Martin lehnte sich zurück und warf einen triumphierenden Blick in die Runde.

Valentin, der vom Wein, der Wärme und dem Essen erneut schläfrig geworden war, riss die Augen auf. Da war sie, die Spur, nach der er gesucht hatte!

»Wann ist Schwarze aus Joachimsthal verschwunden?«, fragte er hastig.

»Das war zu Beginn des Sommers. Etwa zu der Zeit, als uns die ersten Nachrichten über die schreckliche Pestilenz erreichten, die sich in Böhmen am Oberlauf der Elbe ausbreitete«, erinnerte sich der Arzt.

»Dann kann es durchaus sein, dass Schwarze zu der Zeit, als die Morde stattfanden, in Pirna war!«, sagte Valentin. Es fiel ihm immer schwerer, seine Ungeduld zu zügeln. Nur der strenge Blick der Köchin, die den Tisch abräumte, hielt ihn davon ab, aufzuspringen und umherzulaufen.

»Genauso ist es!«, pflichtete ihm Martin bei. »Der Mann wollte sich an denen rächen, die seine Familie ruiniert haben.«

»Das ist bisher nur eine Annahme«, dämpfte Agricola die allgemeine Euphorie. »Sie bedarf zunächst einer gründlichen Prüfung! Ihr habt es neulich selbst gesagt, Valentin: Wenn Schwarze sich rächen wollte, warum erst jetzt?«

»Da muss ich Euch leider recht geben, Doktor«, räumte Valentin ein.

»Aber wie geht es nun weiter?« Martin brachte das Problem auf den Punkt. »Was tun wir, um das herauszufinden?«

»Ich muss ihn mir anschauen«, sagte Valentin. »Falls ich ihn in Pirna schon einmal gesehen habe, steht es so gut wie fest, dass er der Mörder ist.«

»Sehr wahrscheinlich«, stimmte Agricola zu. »Aber Ihr solltet vorsichtig sein! Schwarze dürfte inzwischen erfahren haben, dass Ihr nach ihm sucht. Und falls er tatsächlich ein Mörder ist …« Sein Blick sprach für sich.

Valentin erschauderte, als er sich daran erinnerte, dass er in den letzten Tagen mehrfach den Eindruck gehabt hatte, jemand würde ihn beobachten.

»Ihr solltet auch wissen, dass der Steiger vor ein paar Stunden wieder zu Bewusstsein gekommen ist.« Der Stimme des Arztes war die Sorge deutlich anzuhören. »Seiner Meinung nach hatte es jemand darauf angelegt, dass ein Unglück passiert. Die Bretter der Bewehrung, die er zuletzt geprüft hatte, waren beschädigt worden. Absichtlich!«

Valentin, dem die Worte des Bergmanns einfielen, der mit Schmied zusammen verschüttet worden war, nickte. Er fand die Erklärung noch beunruhigender als Martins Geschichten über dämonische Berggeister. Schließlich bewies sie eindeutig, dass es jemand auf ihn oder den Steiger abgesehen hatte.

»Dann müssen wir es eben so einrichten, dass du dir den Kerl angucken kannst, ohne dass er dich sieht«, schlug Martin vor. »Keine Sorge, mir fällt bestimmt was ein!« Er stellte sich damit vollkommen in den Dienst von Valentins Nachforschungen und fragte nicht einmal seinen Herrn um Erlaubnis.

Den Doktor schien das nicht zu stören, ganz im Gegenteil. »Ja, Ihr müsst Euch vergewissern, dass Ihr den richtigen Mann habt, bevor Ihr ihn beim hiesigen Rat anklagen könnt.«

Valentin nickte und war froh, dass er für diesen Zweck Brief und Siegel des Rates zu Pirna bei sich hatte.

Aber zuerst musste er sich Schwarze ansehen, daran führte kein Weg vorbei. Er schob seine Müdigkeit ebenso beiseite wie seine Zweifel. Falls Schwarze ihn tatsächlich beobachtet und verfolgt hatte, würde Valentin den Spieß nun umdrehen.

»Martin, bring mich zu dem Haus, in den Schwarze wohnt«, forderte er, während er sich erhob.

»Um diese Zeit?« Agricola runzelte die Stirn.

Doch Martin war bereits Feuer und Flamme. »Der Zeitpunkt ist genau richtig!«, versicherte er, nachdem er schnell den Rest aus seinem Becher getrunken hatte. »Schwarze wird bestimmt daheim sein, aber noch nicht zu Bett. Während ich an seine Tür klopfe und ihn in ein Gespräch verwickle, kann der Bader ihn von einem Hauseingang gegenüber genauer in Augenschein nehmen.« Ohne die Antwort seines Dienstherrn abzuwarten, stand er auf und marschierte zur Tür hinaus.

»Falls ich ihn aus Pirna kenne, können wir anschließend gleich beim Bürgermeister vorsprechen, damit er veranlasst, dass der Kerl noch heute Abend hinter Schloss und Riegel wandert«, erklärte Valentin, bevor er Martin nacheilte.

Kapitel 43

Magdalena hatte die Fronfeste an diesem Tag kurz nach Einbruch der Dämmerung verlassen. Feiner Nieselregen hüllte die Stadt in kalte, graue Schleier. Die junge Frau setzte ihre Schritte mit Bedacht, denn sie wusste, dass der allgegenwärtige Matsch auf den Gassen vom Regen nur noch schlüpfriger war. Dennoch konnte sie es kaum erwarten, nach Hause zu kommen und Liese zu erzählen, wie gut ihr Plan bisher aufgegangen war.

Sichtlich erleichtert hatten Henel und sein Gehilfe ihr die Pflege des Gefangenen überlassen. Sie hatten auch keine Einwände erhoben, als sie vorschlug, den Kranken am Morgen zu waschen und ihm zur Senkung des Fiebers kalte Wickel um die Waden zu legen. Jedes Mal, wenn einer der beiden Männer einen Blick durch die Türklappe warf, stöhnte und ächzte Conrad zum Gotterbarmen. Noch immer schallte sein lautes Husten durch das ganze Haus, aber Magdalena fand, dass es sich zumindest nicht schlimmer anhörte als tags zuvor.

Bevor sie gegangen war, hatte sie den Fronmeister um eine zweite Decke für den Kranken gebeten, und Henel hatte sie ohne zu murren herausgerückt. Aber anschließend hatte er seine Küchenmagd beiseitegenommen. »Sagt mal«, hatte er gefragt, »habt Ihr, während Ihr den Bader gewaschen habt, irgendwelche Schwellungen an seinem Körper entdeckt?« Dabei hatte er sie so argwöhnisch angeschaut, dass sie einen Augenblick fürchtete, er könne Verdacht geschöpft haben.

Blitzschnell hatte sie überlegt, ob es besser war, die Frage zu bejahen oder zu verneinen. Doch dann hatte sie sich entschlossen, bei der Wahrheit zu bleiben, der sie jedoch durch den Klang ihrer Stimme eine andere Bedeutung verliehen hatte. »Mir schien, dass seine Drüsen geschwollen waren. Aber bei einem schweren Katarrh kann man kaum etwas anderes erwarten, oder?«

»Was weiß denn ich«, entgegnete der Fronbote gereizt. »Aber wenn Euch was Verdächtiges auffällt, dann werdet Ihr mir das sofort melden! Habt Ihr verstanden, Weib?«

Er hat eine Heidenangst, dachte Magdalena und hätte am liebsten gelacht. Stattdessen nickte sie gehorsam. »Benötigt Ihr meine Dienste noch, oder kann ich jetzt gehen?«, fragte sie mit gesenktem Blick.

»Geht nach Hause!« Henel wedelte mit der Hand. »Aber sorgt dafür, dass Ihr morgen Schlag sieben wieder hier seid!«

Auf dem Heimweg verspürte Magdalena noch immer den unpassenden Drang zu lachen. Kaum hatte sie ihr Haus betreten, kam Liese aus der Küche geeilt.

»Gut, dass Ihr da seid, Herrin!« Magdalena runzelte die Brauen, weil das Mädchen es sich einfach nicht abgewöhnen wollte, sie so zu nennen. Aber bevor sie ihr deswegen eine Rüge erteilen konnte, sprudelte Liese schon den nächsten Satz heraus. »Richter Seiler war vor einer Stunde da und wollte Euch sprechen!« Die Magd schüttelte den Kopf, als Magdalena erschrocken nach Luft schnappte. »Ich habe ihm gesagt, Ihr wärt in die Schifftorvorstadt gegangen, um noch einen Fisch für das Abendessen zu erstehen. Aber er hat gesagt, dass ich Euch zu ihm aufs Rathaus schicken soll, sobald Ihr wieder da seid. Ihr müsst Euch gleich umziehen. Rasch!« Sie zog Magdalena den Umhang von den Schultern und folgte ihr die Treppe hinauf in die Schlafkammer.

»Was kann er denn wollen?«, fragte Magdalena beklommen. Dabei zerrte sie sich die unförmigen Kleider vom Leib.

»Das hat er nicht gesagt, aber es muss wichtig sein, sonst wäre er nicht selbst hergekommen.« Liese half ihr dabei, das Mieder des weißen Witwenkleides zu schließen, und reichte ihr dann das Brusttuch. »Vielleicht hat er eine Nachricht von Meister Arnold erhalten.«

Magdalena umwickelte sich Kopf und Kinn mit dem Gebände, als ihr eine andere Möglichkeit durch den Kopf schoss. »Wenn ihm nun aber jemand hinterbracht hat, dass ich mich als Küchenmagd in die Fronfeste eingeschlichen habe?«, flüsterte sie.

»Falls Euch der Fronbote oder sein Knecht erkannt hätten, hätten sie Euch das sicher auf den Kopf zugesagt und es dem Richter erst anschließend zugetragen«, erklärte Liese mit Nachdruck. »Ihr macht Euch schon wieder viel zu viel Sorgen!« Sie stülpte Magdalena die ausladende weiße Flügelhaube über den Kopf. »So, wie Ihr jetzt ausseht, würde nie jemand vermuten, dass Ihr in der Fronfeste putzt und kocht.«

Magdalenas Herz schlug bis zum Hals, als sie kurze Zeit später vor dem Richtherrn stand. Seilers Züge erschienen ihr heute besonders düster. Wie so oft beschlich sie das Gefühl, seine dunklen Augen würden bis auf den Grund ihrer Seele blicken und dort all ihre Sünden ergründen. Doch war es wirklich eine Sünde, wenn sie sich nach Liebe und Zärtlichkeit sehnte, in dieser Welt aus Angst und Tod? Magdalena presste die Lippen aufeinander und begegnete Seilers Blick, so fest sie es vermochte. Der Richter schwieg, und mit jedem Augenblick, der verstrich, zitterten Magdalenas Knie ein klein wenig mehr. Oh, Heilige Jungfrau Maria, steh mir bei, dachte sie, er weiß es! Mit einem Mal war sie davon überzeugt, dass sie jemand in ihrer Verkleidung erkannt haben musste. Gewiss war es nicht Jorge gewesen oder der Fronmeister, darin stimmte sie mit Liese überein. Aber womöglich jemand in der Vorstadt oder am Hafen? Dort war sie in den letzten Tagen öfter gewesen. Gleich würde Seiler das Unvermeidliche aussprechen und ihr damit die Möglichkeit nehmen, etwas für Conrads Rettung zu tun!

»Dieses Schreiben habe ich heute Morgen erhalten.« Der Richter hatte einen Brief unter den Akten hervorgezogen, den er umständlich auseinanderfaltete. »Es geht darin um Eure Zukunft.«

Magdalena fragte sich, wer sich wohl die Mühe gemacht hatte, ihre Verfehlung schriftlich anzuzeigen. Doch viel drängender war die Frage, ob sie den Richtherrn trotz der schwerwiegenden Anklagen, die er nun gegen sie erheben würde, davon überzeugen konnte, noch einmal mit Conrad zu sprechen. Wenn sie selbst keine weiteren Spuren verfolgen durfte, musste es ihr wenigstens gelingen, Seiler dazu zu überreden. Conrad hatte jemanden gesehen in der Nacht, als Eckel den Tod fand – und wenn es ihm erst wieder besser ging, würde er sich bestimmt genauer erinnern können. Obwohl ihre Knie weich wie Gallert waren und ihr das Blut in den Ohren rauschte, war sie entschlossen, Seiler die Stirn zu bieten. Es war ihre letzte Gelegenheit, den Richter zu überzeugen!

»Euer dahingeschiedener Ehegemahl hat bekanntlich keinen Sohn hinterlassen«, fuhr Seiler fort. »Und nach dem Tod seines Bruders im letzten Jahr hatte er auch keine männlichen Verwandten mehr, die seine Geschäfte weiterführen könnten. Ist das richtig?«

Magdalena war nicht sofort in der Lage zu antworten, da seine Worte überhaupt nicht dem entsprachen, was sie erwartet hatte. Also nickte sie stumm.

»Unser zweiter Bürgermeister Paul Meißner will es daher auf sich nehmen, Eckels hinterlassenes Vermögen und seine Geschäfte zu verwalten, bis zu dem Zeitpunkt, an dem Ihr Euch erneut vermählen werdet.« Der Richter holte tief Luft. »Er teilt mir in seinem Brief auch mit, dass sein Weib, meine Schwester, der Pest erlegen sei.«

Magdalena benötigte Zeit, um die verschiedenen Nachrichten zu verarbeiten, die er wie Brocken fallengelassen hatte. Aber als sie begriff, was Meißner vorhatte, wallte heiße Wut in ihr auf. Sie biss sich auf die Lippen, um nicht herauszuschreien, was ihr als Nächstes in den Sinn kam: Nie wieder würde sie sich in die Ehe mit einem Mann zwingen lassen, der sie weder achtete noch liebte! Selbst dann nicht, wenn sie am Ende als bedürftige Witwe dastehen sollte.

»Mein verehrter Schwager schreibt, Ihr müsstet Euch keine Sorgen machen.« Die Stimme des Richters drang wie aus weiter Ferne in Magdalenas Ohr. »Denn er habe bereits in Joachimsthal um Auskunft ersucht, wegen der dortigen Vermögenswerte Eures Gemahls. Sobald die Pestilenz vorbei sei, käme er zurück nach Pirna, um sich höchstselbst um alles Weitere zu kümmern.« Seiler stieß ein unfrohes Lachen aus. »Versteht sich!« Er schleuderte den Brief auf den Tisch und hieb mit der flachen Hand darauf. Es sah aus, als wolle er ein widerliches Krabbeltier unschädlich machen.

Magdalena beobachtete ihn verstört. Doch dann begriff sie, dass Seilers Zorn nicht ihr galt. Vielmehr schien er sich gegen seinen Schwager zu richten, der, wie alle anderen Ratsherren, die Stadt in der größten Not schmählich im Stich gelassen hatte. Und nun ging es Meißner darum, wie er aus dem Unglück ihrer Bürger den größtmöglichen Vorteil ziehen konnte!

»Es tut mir leid um Eure Schwester«, sagte sie aufrichtig. »Möge Gott ihrer armen Seele gnädig sein!«

Seiler blickte überrascht auf, und ein seltenes Lächeln umspielte seine schmalen Lippen.

»Bitte verzeiht, wenn ich Euch das in der Stunde Eurer Trauer frage, Richtherr, aber könnt Ihr mir raten, was ich tun muss, wenn ich die Geschäfte meines verstorbenen Gemahls als Witwe weiterführen will?« Sie blinzelte erschrocken, denn die Worte hatten ihren Mund beinah ohne ihr eigenes Zutun verlassen. Doch das war kein Wunder, denn schließlich hatte sie den Plan schon vor einiger Zeit gefasst. Und nun hatte sie den ersten Schritt getan, damit er Wirklichkeit wurde.

Seilers Lächeln verglomm. Er kniff die Augen zusammen. Er musterte sie, als würde er sie zum ersten Mal richtig wahrnehmen.

Schon im nächsten Moment bedauerte Magdalena ihre spontane Reaktion. Was hatte sie sich nur dabei gedacht, den Richter um Unterstützung gegen seinen eigenen Schwager zu bitten, den zweitmächtigsten Mann in der Stadt? Gleich würde er sie mit scharfen Worten an ihren Platz als Weib erinnern, und anschließend würde er sie hinauswerfen.

Doch Seiler schwieg. Nach einer Weile, die Magdalena wie eine Ewigkeit vorkam, strich er sich über seinen langen Bart. »Wenn man Euch so anschaut, vermutet man nicht, was in Euch steckt.« Er hob die Augenbrauen. »Aber Ihr habt das Herz einer Löwin, des bin ich mir gewiss.«

Magdalenas Herz stockte, dann begann es hoffnungsvoll zu klopfen.

»Und was Eure Frage betrifft«, Seiler räusperte sich, »die ist auch nicht so einfach zu beantworten.« Er runzelte die Stirn. »Aber da Eckel das Kürschnergewerbe schon vor Jahren aufgegeben und sein Geld hauptsächlich mit Handels- und Bergwerksgeschäften gemacht hat, untersteht Ihr nicht der Ordnung einer Zunft.« Seilers Blick glitt in die Ferne, während er mit den Fingern auf Meißners Brief herumtrommelte. Erst nach einer Weile kehrten seine Augen zurück zu seiner Besucherin. »Darüber hinaus gibt Präzedenzfälle in der Stadt. Die Flinschin zum Exempel«, erläuterte er, als er Magdalenas verständnislosen Blick bemerkte. »Die Flinschin führt den Kleinhandel ihres verstorbenen Ehemanns schon seit vielen Jahren.«

Magdalena nickte, das war auch ihr bekannt. Doch als sie begriff, welchen Einfluss dieser Umstand auf ihre eigenen Pläne haben könnte, hätte sie beinah einen Jubelschrei ausgestoßen.

»Dabei ist es allerdings von Nachteil, dass Ihr nicht bereits zu Lebzeiten Eures Mannes Anteil an seinen Geschäften genommen habt.« Der Richter strich erneut über seinen Bart.

»Aber in den letzten Wochen habe ich mir einen Überblick über alles verschafft«, versicherte Magdalena. »Ich bin fest davon überzeugt, dass ich in der Lage bin, seine Geschäfte künftig allein zu führen!«

»Gut.« Seiler nickte. »Dann werde ich sehen, ob ich in der Angelegenheit etwas für Euch tun kann, Eckelin.«

Mittlerweile drohten Magdalenas Beine vor Erleichterung nachzugeben, aber sie fing sich und verabschiedete sich mit einem rasch gestammelten Dank. Im Hinausgehen hörte sie Seiler leise lachen. »Habe ich es nicht gesagt? Der Mut einer Löwin!«

Beim Verlassen des Rathauses begriff sie, dass sie sich durch ihre heimlichen Nachforschungen in der Fronfeste für Meißner angreifbar machte. Gewiss würde der Mann nicht zögern, ihren Leumund in Frage zu stellen, wenn er herausfände, was sie dort trieb. Er könnte behaupten, dass ihr Verhalten deutlich zeige, dass sie als moralisch ungefestigtes Weib überhaupt nicht in der Lage sei, allein Geschäfte größeren Ausmaßes abzuwickeln. Aber gleichzeitig wusste sie, dass sie es trotz dieser Gefahr nicht übers Herz bringen würde, Conrad im Stich zu lassen und seinen Bruder Valentin zu enttäuschen.

Kapitel 44

Als sie die kleine finstere Gasse in der Nähe des Spitals erreicht hatten, begriff Valentin, dass dies genau der Ort war, an dem ihr Plan gelingen könnte. Während er sich in einem schmalen Durchgang zwischen zwei Häusern verbarg, klopfte Martin an Schwarzes Tür. Der Knecht hielt eine Fackel in der Hand. In ihrem Licht würde Valentin den Bewohner des Hauses erkennen, sobald dieser heraustrat. Die vorderen Fenster des Gebäudes waren dunkel, aber Schwarze konnte sich natürlich auch im hinteren Teil des schmalbrüstigen Hauses aufhalten.

Da alles still blieb, hämmerte Martin erneut an die Tür. »Macht auf!«, rief er. »Ich habe einen eiligen Brief zu überbringen!«

Noch immer rührte sich nichts. Nachdem der Knecht ein drittes Mal gegen die Tür geschlagen und seine Aufforderung gebrüllt hatte, öffnete sich endlich ein Fenster im Nachbarhaus. Ein altes Weib steckte den Kopf heraus. »Gib endlich Ruhe, Schwachkopf«, keifte sie. »Du siehst, dass keiner daheim ist! Warum veranstaltest du weiter so einen Heidenlärm?«

»Der Brief ist wichtig«, rief Martin ungerührt. »Ihr wisst nicht zufällig, wo ich den Schwarze jetzt finden kann, gute Frau?«

»Ne, der ist den ganzen Tag unterwegs, und nachts kommt er erst spät nach Hause. Meist zu einer Zeit, wo anständige Christenmenschen längst schlafen.« Sie spuckte aus. »Also komm gefälligst morgen früh wieder!« Damit schlug sie das Fenster zu, dass die Butzenscheiben klirrten.

Einen Augenblick stand Martin unschlüssig da. Dann riss er sich die Filzkappe vom Kopf, drehte sich einmal im Kreis und ging schließlich hinüber zu der Hauslücke, in der Valentin wartete. »Was machen wir nun?« Seine gesamte Gestalt, vom wirren Haar bis zu den großen Pranken, mit denen er seine Kappe knetete, drückte Ratlosigkeit aus.

»Wir schmieden Pläne«, murmelte Valentin und gähnte verstohlen. »Aber das letzte Wort darüber liegt bei Gott. Und so wird uns nichts übrigbleiben, als zu warten, bis Schwarze heimkommt.« Er verspürte nicht die geringste Lust, noch einmal stundenlang in der Kälte auszuharren, doch er war bereit, sich zu fügen. Schließlich sah es so aus, als wären sie kurz davor, den Mord an Eckel aufzuklären.

Martin zog ein mürrisches Gesicht und scharrte mit den Füßen. Dann erhellten sich seine Züge. »Ja, ich verstehe!« Er hob den Zeigefinger. »Gott will uns mit seinem letzten Wort etwas Wichtiges sagen.«

Valentin zog die Stirn kraus. »Und das wäre was?«

»Na, dass wir uns inzwischen schon mal umschauen sollen, was Schwarze zu verbergen hat!« Er nickte zur Haustür hinüber.

Valentin hauchte auf seine klammen Finger. Wahrscheinlich ist es im Haus wärmer als draußen, dachte er. »Aber wie kommen wir rein?«

»Es gibt doch hinten eine Tür zum Garten. Und die ist wahrscheinlich weniger solide als die Haustür«, erklärte Martin. »Bestimmt kann ich sie aufdrücken.«

Sie gingen die Gasse hinunter, bis sie einen Durchgang fanden, über den sie auf die Rückseite der Häuser gelangten. Der Garten hinter Schwarzes Grundstück war vollkommen verwildert. Das war ein Glücksfall, da ihr nächtliches Tun durch allerlei Gestrüpp verborgen blieb.

Tatsächlich gelang es Martin im Handumdrehen, die leichte Brettertür zu öffnen. Schnell traten sie in die kleine Diele. Direkt neben der Tür lag die Küche, kaum mehr als ein winziges Gelass mit Herd und Rauchfang. Dahinter führte eine hölzerne Treppe ins obere Stockwerk hinauf.

»Du gehst am besten wieder raus und behältst die Gasse im Blick«, sagte Valentin. »Falls Schwarze vorzeitig nach Hause kommt, musst du ihn aufhalten, bis ich wieder rauskomme.«

Martin holte Luft, um zu widersprechen, aber dann nickte er und verschwand.

Valentin ging zuerst in die Küche. Wie er es erwartet hatte, fand er neben dem Herd eine Lampe. Er entzündete sie und erklomm dann die knarrende Treppe ins obere Stockwerk. Dort gab es zwei Räume: die Schlafkammer und eine winzige Stube, in der sich außer einem Tisch und zwei Stühlen nur noch ein Schrank befand, dessen schmucklose Tür quietschte, als Valentin sie öffnete. Mit der Lampe beleuchtete er die beiden Fächer im Inneren, doch zu seiner Enttäuschung beherbergten sie außer Staub und Spinnenweben nur ein paar blind gewordene Trinkgläser.

Die Kammer mit dem Bett war ähnlich karg eingerichtet. Aber neben einem wackeligen Schemel, auf dem ein paar Kleider lagen, entdeckte Valentin noch eine schwere Truhe. Sie war mit Eisenbändern beschlagen und mit einem großen Schloss versehen. Zu den zweifelhaften, aber mitunter nützlichen Fertigkeiten, die Valentin während seiner Wanderzeit bei den Gauklern gelernt hatte, gehörte auch das Öffnen von Schlössern. Er hatte den kleinen gebogenen Draht, den er dazu benötigte, stets dabei. Sicher war sicher! Leider war seine Fingerfertigkeit mangels regelmäßiger Übung bescheiden. Aber für dieses Schloss, das nur von außen imposant aussah, würde sie reichen, davon war Valentin überzeugt. Und tatsächlich konnte er den Truhendeckel bereits nach wenigen Augenblicken aufklappen. Im Schein der Lampe begann er mit der Durchsuchung des Inhalts.

Obenauf lagen Beutel mit Silbermünzen, unter denen zwei unhandliche Steinschlosspistolen zum Vorschein kamen. Auf dem Grund der Truhe stand eine Kassette, die Valentin öffnete. Im Inneren befanden sich allerlei Papiere, von denen einige bereits so alt waren, dass sie zu zerfallen drohten. Neben ihnen lag ein Buch. Es war in altes beschriebenes Pergament eingebunden. Valentin schlug es auf und keuchte überrascht. »Salzregister der Stadt Pirna – anno 1518« stand in schwungvollen Buchstaben auf dem ersten Blatt. Der Schreiber hatte sogar die Jahreszahl mit ein paar Schnörkeln versehen.

Valentins Gedanken überschlugen sich, während er die Truhe in aller Eile wieder einräumte. Ihm dämmerte, dass er keinen weiteren Beweis benötigte. Mit dem Salzregister würde er schnurstracks zum Bürgermeister von Joachimsthal gehen, um Schwarzes Verhaftung zu fordern. Schon morgen konnte er zurück nach Pirna reiten! Und mit Gottes Hilfe würde er rechtzeitig ankommen, um Conrad vor weiterer Unbill zu bewahren.

Im Bestreben, sich zu beeilen, achtete er nicht auf seine Finger, als er den schweren Deckel der Truhe zuschlug. Keuchend vor Schmerz sog er an seinem gequetschten Daumen. Dabei sah er sich nach einem Stück Stoff um, mit dem er den malträtierten Finger umwickeln konnte, schließlich durften keine verräterischen Blutspuren auf den Holzdielen entstehen. Da entdeckte er unter den Kleidern auf dem Schemel ein leidlich sauberes Halstuch, das er sich um seine Hand schlang. Er machte einen Knoten und zog ihn mit den Zähnen fest. Dann klemmte er sich das Salzregister unter den Arm und verließ das Haus, so schnell er konnte. Auf der Gasse packte er den verblüfften Martin am Ärmel.

»Schnell«, drängte er. »Ich habe, was ich brauche!«

Im Laufschritt erreichten sie kurze Zeit später das Haus des Doktors.

»Wenn Ihr Euch bei alledem so sicher seid, müssen wir auf der Stelle zum Bürgermeister gehen!« Der Doktor, der ihre Rückkehr bereits mit Spannung erwartet hatte, sprang auf, kaum dass Valentin seinen Bericht beendet hatte. »Notfalls lassen wir ihn aus dem Bett holen. Er muss veranlassen, dass die Stadtwache Schwarze sofort festsetzt.«

Als der Nachtwächter eine Viertelstunde später die erste Runde durch die Gassen der Stadt machte, klopften Valentin und Agricola an die Tür des Bürgermeisters. Es dauerte eine Weile, bevor sie eingelassen wurden, und die gerümpfte Nase der Hausmagd ließ den Bader vermuten, dass sie ihn abgewiesen hätte, wäre er nicht in Begleitung des stadtbekannten Doktors erschienen.

Oben in der Stube trafen sie den wichtigsten Mann der Stadt bei einem späten Nachtmahl an. Doch kaum hatte Agricola erklärt, ihr Besuch diene dem Zweck, einen gefährlichen Mörder dingfest zu machen, schob der Mann seinen halbvollen Teller zur Seite. Valentin überreichte ihm das gesiegelte Schreiben von Richter Seiler. Der Bürgermeister machte nicht viele Worte, stattdessen ließ er sich Papier und Tinte bringen. Dann schrieb er eine knappe Nachricht an den Hauptmann der Stadtwache und eine zweite an den Richter. Und nachdem zwei Hausknechte mit seinen Briefen verschwunden waren, lud er die unverhofften Gäste ohne große Umstände an seinen Tisch. Valentin folgte der Einladung widerwillig. Er fürchtete, dass er vor Aufregung keinen Bissen hinunterbringen würde. Außerdem hätte er den Brief an den Hauptmann lieber selbst überbracht. Anschließend hätte er die Wachen begleiten können, um sich an Ort und Stelle davon zu überzeugen, dass Schwarze unverzüglich ergriffen und festgesetzt wurde. Untätig herumzusitzen, obwohl gerade so viel auf dem Spiel stand, erschien ihm unerträglich.

Zum Glück bestand ihr Gastgeber nicht darauf, dass er sich

wie der Doktor von den Platten mit Käse, Braten und Brot bediente. Den Becher mit frischem Bier, den die Magd ihm reichte, nahm Valentin dagegen gerne an.

Der Bürgermeister, dem all das offenbar nicht entgangen war, nickte ihm wohlwollend zu. »Sobald der Kerl im Gewahrsam sitzt, könnt Ihr den Richter zum ersten Verhör begleiten, Meister Arnold«, sagte er. »Und sollte sich zeigen, dass Schwarze der von Euch gesuchte Mann ist, setzen wir einen Brief auf. Den übergebt Ihr Eurem Richtherrn, damit wir das weitere Vorgehen in dem Fall mit dem Rat zu Pirna abstimmen können.« Wie zur Bekräftigung seiner Worte erhob er seinen Becher.

Valentin bedankte sich. Er trank ebenfalls von seinem Bier und spürte, dass er sich tatsächlich ein wenig entspannte.

Der Bürgermeister lächelte selbstgefällig. »Und nun, Bader, erzählt, wie es kommt, dass man ausgerechnet Euch zu uns geschickt hat, um einen Mörder zu stellen!«

Valentin hatte seine Geschichte beendet, und auch der Tisch war längst abgedeckt, als die Boten endlich zurückkehrten. Sie brachten die Nachricht, dass die Stadtwache Schwarze daheim nicht angetroffen habe. Der Hauptmann habe aber zwei Männer vor dem Haus postiert, während andere auf der Suche nach Schwarze die Stadt durchstreiften.

Angesichts dieser Neuigkeiten kehrte die Unruhe, die von Valentin Besitz ergriffen hatte, seit er das Pirnsche Salzregister in Schwarzes Haus entdeckt hatte, mit Macht zurück.

Auch dem Bürgermeister schien die Verzögerung bei der Aufklärung der Angelegenheit nicht zu gefallen. Er sah seine Knechte so ungnädig an, als würde er sie persönlich dafür verantwortlich machen. »Du«, sein ringgeschmückter Finger deutete auf den Jüngeren der beiden, »wirst dem Hauptmann auf der Stelle ausrichten, dass ich erwarte, dass Schwarze gefunden und in Gewahrsam genommen ist, noch bevor der Morgen graut!«

Nachdem die Männer gegangen waren, erhob sich Agricola. Valentin folgte seinem Beispiel. Sie verabschiedeten sich und kehrten zurück ins Haus des Doktors. Valentin hatte vor, wach zu bleiben, bis die Nachricht kam, dass man Schwarze gefasst habe. Doch Agricola bestand darauf, dass er zu Bett ging. »Ihr könnt vorerst nichts ausrichten, und den Schlaf habt Ihr bitter nötig.«

Valentin ging hinauf in seine Kammer und legte sich angezogen aufs Bett. Er wusste, dass der Doktor recht hatte, denn er fühlte sich wie zerschlagen.

Trotz seiner Erschöpfung fand er nur schwer in den Schlaf. Das lag einerseits an seinem gequetschten Daumen, der mittlerweile schmerzhaft pochte, aber auch an den Erlebnissen des Tages und seinen bangen Hoffnungen. Wenn er die Augen schloss, hatte er immer wieder das Gefühl, in der Finsternis über dem Abgrund zu hängen. Und der Gedanke daran, dass er bald dem Mörder begegnen würde, hinter dem er seit vielen Wochen her war, reizte seine ohnehin schon strapazierten Sinne noch mehr. Erst weit nach Mitternacht sank er in einen unruhigen Schlummer, in dem ihn rasch wechselnde Traumbilder plagten. Gegen Morgen träumte er von Laurenz. Valentin hatte einen Arm von hinten um dessen Kehle gelegt und ihm mit der anderen Hand den Arm auf dem Rücken verdreht, genauso wie bei ihrer letzten Begegnung in Tschernas Diele. Wie damals war der kräftige Mann ihm wehrlos ausgeliefert, und Valentin genoss dieses Gefühl ebenso wie den herb-würzigen Duft, den Laurenz verströmte. Er presste sich noch enger an den muskulösen Körper, als Laurenz höhnisch lachte. »Dann hat es also gewirkt? Ist sie das Balg los, das der Pfeffersack ihr noch kurz vor seinem Tod in den Leib gepflanzt hat?«

Valentin erwachte schlagartig. Sein Kopf hämmerte, während er zugleich schwitzte und fror. Sein Hals fühlte sich so wund an, als hätte er mit Nägeln gegurgelt, und das helle Sonnenlicht, das durch das Fenster auf sein Bett fiel, stach ihm in die Augen. Er hatte eine böse Erkältung. Aber das war nebensächlich. Sein Traum, der der Wirklichkeit erschreckend nahegekommen war, hatte etwas zu bedeuten. Nur was? Während Valentin grübelte, knotete er das Tuch von seiner Hand. Er wollte den malträtierten Daumen begutachten, doch stattdessen blieb sein Blick an dem Stück Stoff hängen. Dessen eigenwilliges Muster war bei Tageslicht gut zu erkennen, und Valentin wusste in dem Moment, dass er es nicht zum ersten Mal sah. Er drückte das Tuch gegen seine Nase, und da war er wieder, der unverwechselbare Geruch aus seinem Traum. Valentin warf den Stoff fort, als habe er sich daran verbrannt. Mit fliegenden Fingern griff er nach seinen Kleidern. Mittlerweile kochte er vor Wut, und während er sich anzog, fragte er sich, wie er die ganze Zeit über nur so blind gewesen sein konnte. Fluchend rannte er die Treppe hinab.

Als er die Tür zur Küche aufriss, ließ die Köchin vor Schreck die Kupferpfanne fallen, die sie gerade polieren wollte.

»Wo sind Martin und der Doktor?«, brüllte Valentin in das Scheppern hinein.

»Der Knecht versorgt gerade die Pferde, und der Herr ist noch im Bett!« Die Frau starrte ihn vorwurfsvoll an, bevor sie sich bückte, um die Pfanne aufzuheben. »Schließlich ist er erst spät in der Nacht heimgekommen.«

»Der Herr ist wach«, sagte Agricola, der in Hemd und Nachtmütze in die Küche trat. »Bei dem Lärm möchte man glauben, die Türken wären dabei, die Stadt zu erobern!« Nach einem Blick in Valentins Gesicht setzte er sich auf den nächsten Schemel. »Was ist los, Bader?«

»Ich kenne Schwarze«, erklärte Valentin zerknirscht. »In Pirna nannte er sich Laurenz Tscherna!«

»Tscherna – das böhmische Wort für Schwarz«, murmelte Agricola.

Valentin nickte. »Er lebte dort seit dem Sommer als Kräuterhändler, zusammen mit einem blinden Apotheker. Ich kann Euch jetzt nicht alle Einzelheiten erklären, daher nur so viel: Ich glaube, sein Ziel ist es nicht nur, Eckel und Meißner zu töten. Nein, er will sich auch an ihren Nachkommen rächen! Meißners Sohn und Eckels Tochter hat er schon umgebracht.«

»Und jetzt fürchtet Ihr, Wenzel könnte der Nächste sein?« Wie immer hatte der Doktor schnell begriffen. Die Köchin gab einen erstickten Schrei von sich. Valentin fühlte sich hundeelend. »Ich glaube, von Wenzels Existenz hat er bisher nichts geahnt. Aber durch meine Nachforschungen habe ich ihn vielleicht unabsichtlich auf die Spur des Jungen gebracht.«

»Und die Wachen haben ihn offenbar noch immer nicht aufgespürt«, sagte Agricola. »Sonst hätte der Bürgermeister einen Boten geschickt, um Euch zu holen.«

»Ich reite nach Pfaffengrün hinauf, um die Fiedlers zu warnen.« Valentin wollte sich an Agricola vorbei durch die Küchentür drängen, doch der hielt ihn am Arm fest.

»Das kommt nicht in Frage! Ihr müsst hierbleiben und abwarten, bis der Kerl festgesetzt wird. Ihr seid in Vertretung des Pirnschen Rates hier. Ihr könnt als Einziger bezeugen, dass Schwarze tatsächlich Laurenz Tscherna ist«, sagte er bestimmt.

»Aber wer weiß, wie lange das noch dauert«, rief Valentin. »Was ist, wenn Schwarze bereits auf dem Weg zu Wenzel ist?«

»Dann wollen wir hoffen, dass Martin vor ihm ankommt! Aber keine Angst, der Bursche kennt hier jeden Schleichweg.« Mit diesen Worten rannte der Doktor barfuß und im Hemd in die Halle und von dort hinaus auf den Hof. Valentin folgte ihm. Nachdem sie Martin mit knappen Worten ins Bild gesetzt hatten, sattelte der Knecht in Windeseile sein Pferd und galoppierte davon.

Mit einem unguten Gefühl sah Valentin ihm nach.

Während Agricola wenig später aufbrach, um Patientenbesuche zu machen, wartete der Bader im Haus auf Martins Rückkehr oder eine Nachricht des Bürgermeisters. Um ihn zu beschäftigen, hatte der Doktor ihm den Auftrag erteilt, einige Pflastermischungen auf Vorrat herzustellen.

Als Erstes machte sich Valentin daran, Gips, Weizenmehl und Hasenhaare im Mörser zu vermahlen. Agricola hatte ihm erklärt, dass er das so entstandene Pulver später mit Eiweiß vermischen würde, um es als Pflaster bei Blutstürzen zu verwenden. Leider erforderte die Arbeit nur wenig Konzentration. So kehrten sich Valentins Gedanken schon bald nach innen, und ihm wurde bewusst, dass ein Sturm widerstreitender Gefühle in ihm tobte. Einerseits wünschte er sich, Laurenz Schwarze hätte tatsächlich die Morde begangen, derer er ihn verdächtigte, und das Salzregister war ein fast unwiderlegbarer Beweis dafür. Valentins Ermittlungen wären damit beendet, und Conrad würde freikommen. Andererseits fühlte er, dass er in einem Winkel seines Herzens dennoch die aberwitzige Hoffnung hegte, Laurenz könne für alles eine harmlose Erklärung liefern, obwohl dies für Conrad das Ende bedeuten könnte. Wo sollte Valentin dann einen neuen Verdächtigen hernehmen? Kruzitürken, dachte er, während er den Stößel immer heftiger in den Mörser stieß, es kann doch nicht sein, dass ich mich in einen Mann verliebt habe, der in seiner Rachsucht nicht einmal davor zurückschreckt, Unschuldige zu meucheln! Aber dann kam ihm ein Gedanke, der ihn mit den Zähnen knirschen ließ: War Tschernas Zuneigung am Ende nur vorgespielt? Hatte er sich ihm in der Absicht genähert, mehr über den Stand der Ermittlungen zu erfahren? Valentin spürte, wie seine Augen zu brennen begannen. Er schüttelte unwillig den Kopf. Zu spät bemerkte er, dass er dabei mit dem schweren Stößel hart auf den Rand des Mörsers traf. Das Gefäß kippte um. Es stieß gegen ein Fläschchen mit Vitriolöl, das vom Tisch rollte und zerbrach. Sogleich spürte Valentin ein widerwärtiges Stechen in Augen,

Rachen und Nase. Einen Moment starrte er entsetzt auf den weißen Rauch, der wie Nebel vom Boden aufstieg. Dann hielt er die Luft an und kniff die Augen zusammen. Halbblind rannte er zum Fenster und riss es auf. Kühle Luft strömte herein. Japsend und hustend lief Valentin zur Tür. Er stürzte hinaus und schlug sie hinter sich zu. Nachdem er wieder zu Atem gekommen war, wies er die Küchenmagd an, den Raum in den nächsten Stunden unter keinen Umständen zu betreten.

Martin kehrte erst am späten Vormittag zurück. Valentin sah ihm an, dass er keine guten Nachrichten mitbrachte.

»Als ich auf dem Hof ankam, wollte mir die Fiedlersche gleich wieder ihren Köter auf den Hals hetzen. Erst nach langem Hin und Her konnte ich dem verrückten Weib begreiflich machen, dass ihr Wenzel in Gefahr ist. Schließlich kam ihr anderer Sohn zurück, der einfältige. Er hatte, wie jeden Morgen, den Kleinen nach Joachimsthal zur Schule gebracht. Ich schlug vor, dass ich ihn dort abholen und ins Haus des Doktors bringen würde. Hier wäre er sicher vor Schwarze. Aber davon wollte die Fiedlersche nichts hören.« Martin verdrehte die Augen. »Also hat sie ihren Simpel wieder losgeschickt, damit der den Wenzel zurück zum Hof bringt. Natürlich bin ich mitgegangen.« Ihm war anzuhören, dass er Fiedler nicht das Geringste zutraute. »Aber in der Schule sagte uns der Lehrer, dass der Junge nach der Frühstückspause nicht mehr vom Hof zurückgekehrt sei. Gemeinsam haben wir die Gegend um die Schule abgesucht, aber nicht die kleinste Spur von Wenzel gefunden.«

Martin schwieg. Es bedurfte auch keiner weiteren Worte. Sie wussten beide, dass das nur eins bedeuten konnte: Laurenz Schwarze hatte den Jungen in seine Gewalt gebracht.

»Wir werden nicht zulassen, dass er ihm etwas antut!« Valentin ballte die Fäuste. »Wir gehen ihn suchen!«

»Natürlich tun wir das. Aber wo sollen wir damit anfangen?«

Martin stöhnte. »Ich frag mich, warum sie die armen Buben in der Schule nicht gleich anketten, die müssen dort sowieso den ganzen Tag stillsitzen. Aber wir hätten jetzt nicht solche Scherereien!«

Valentin hörte ihm kaum zu. Er überlegte, was er an Schwarzes Stelle tun würde, nachdem er das Kind in die Finger bekommen hätte. Laurenz hatte seine anderen Opfer an Ort und Stelle getötet, schnell und lautlos. Und er hatte sie dort liegen gelassen, wo er die Tat begangen hatte. Dass er diesmal anders vorging, mochte verschiedene Gründe haben.

»Vielleicht bringt er es doch nicht übers Herz, dem Kleinen was anzutun?« Martin sprach aus, was Valentin kaum zu hoffen wagte.

»Vielleicht. Aber andererseits war er Soldat im Türkenkrieg. Gott allein weiß, wozu ein Mensch fähig ist, der solche Gräuel miterlebt hat!«, gab Valentin zu bedenken. Dennoch betete er insgeheim, dass Laurenz kein eiskalter Mörder geworden war, dem es nichts ausmachte, ein Kind zu töten.

»Egal was er vorhat, er muss mit dem Jungen irgendwo hingegangen sein. Da er nicht in sein Haus zurückgekehrt ist«, überlegte er laut, »wird das ein anderer Ort sein, an dem er sich gut auskennt.« Valentin blickte zu Martin, der unglücklich an einem Daumennagel knabberte. »Was ist mit der Grube, in der seine Brüder ums Leben gekommen sind?«

»Was soll damit sein?« Martin spuckte ein Stück Nagel aus. »Die ist auf dem Pfaffenberg, nicht weit von Maria Lichtmess entfernt. Ihr meint doch nicht, er könnte mit dem Jungen dort sein?«

»Ist das eine von den größeren Gruben oder eine kleine, in der nur wenige Bergleute arbeiten?«

»Sie hat den Namen ›Hoffnung bessrer Zeiten‹. Man mag es kaum glauben!« Martin schüttelte den Kopf. »Schwarzes Brüder haben dort jahrelang allein gearbeitet. Vielleicht weiß Strunz, der Schreiber des Schichtmeisters, mehr über die genaue Lage der Gänge. Wir sollten ihn mitnehmen.«

»Nein, wir dürfen keine Zeit verlieren, wenn wir Wenzel retten wollen!«, rief Valentin und warf sich seinen Umhang über. »Aber wir schicken eine Nachricht an Strunz. Ich bin mir sicher, er wird uns folgen. Immerhin ist Wenzel der Sohn seiner Schwester.«

KAPITEL 45

Gnadenlos trieben sie ihre Pferde den steilen Pfad zum Pfaffenberg hinauf. Dabei konnten sie kaum Rücksicht auf die Hökerweiber und Hausierer nehmen, die ihren Weg kreuzten, und auch die empörten Rufe der Bergleute, die unterwegs zur nächsten Schicht waren, ließen sie unbeachtet. Dennoch war die Mittagszeit bereits vorbei, als sie die Fundgrube der Schwarzes erreichten.

Rasch banden sie ihre Pferde an einem Pfahl neben dem Mundloch des Stollens fest, bevor sie die nähere Umgebung in Augenschein nahmen. Ein Pferd war nicht zu finden, und auch sonst wies nichts darauf hin, dass sich jemand hier aufgehalten haben könnte. Der Eingang zum Stollen war durch eine Tür aus Eichenbohlen versperrt. Sie wirkte neu und war wohl erst angebracht worden, nachdem man vor einigen Wochen auf die neue Ader gestoßen war. In den Türstock war ein stabiler Riegel eingelassen. Doch das eiserne Schloss, das verhindern sollte, dass sich Fremde Zutritt verschafften, fehlte. Der Riegel stand ein Stück ab, wie Valentin sogleich bemerkte.

Er winkte Martin zu sich, wobei er einen Finger auf die Lippen legte. Sollte sich Laurenz mit dem Jungen tatsächlich im Inneren des Stollens befinden, durften sie ihm ihre Anwesenheit nicht vorzeitig verraten. Valentin hatte sich unterwegs den Kopf darüber zerbrochen, wie sie vorgehen sollten, um Wenzel zu befreien. Aber er war bisher zu keinem vernünftigen Ergebnis gekommen. Sie hatten keine Ahnung, was sie im Inneren des

Bergwerks vorfinden würden, konnten aber auch nicht warten, bis Strunz sich einfinden würde. Ob Laurenz es merken würde, wenn sie diese Tür öffneten? Gab es drinnen Nischen, Höhlen oder Nebengänge, in denen er sich mit dem Kind versteckt hatte? Auf jeden Fall mussten sie davon ausgehen, dass Schwarze bewaffnet war. Doch über welche Waffen mochte er verfügen? Martin hatte sich vor dem Aufbruch den Knüppel gegriffen, mit dem er Valentin bei ihrer ersten Begegnung auf der Landstraße bedroht hatte und der anscheinend seine Lieblingswaffe war. Aber konnte er ihn unter den beengten Verhältnissen im Berg auch treffsicher einsetzen? Valentin hatte seinen Dolch dabei. Doch wenn er einem Gegner damit schaden wollte, musste er sich selbst in dessen Reichweite begeben. Dabei würde Schwarze ihn unweigerlich entdecken, und dann bestand die Gefahr, dass er Wenzel etwas antat. Valentin schauderte bei dem Gedanken, dass dies längst geschehen sein könnte und sie am Ende nur den Leichnam des Kindes bergen würden.

Ein Blick in Martins Gesicht zeigte ihm, dass seinem Begleiter ganz ähnlich zumute war. Aber sie hatten keine andere Wahl, sie mussten es riskieren, die Tür zu öffnen!

»Lass mich vorgehen, Bader«, sagte Martin, während er die mitgebrachten Grubenlampen entzündete. »Ich werde auch mit einem großen, starken Mann fertig. Und während ich ihn beschäftige, kannst du dich darum kümmern, den Jungen in Sicherheit zu bringen.«

Valentin verzichtete darauf, Martin zu erklären, dass er sich Laurenz mit Recht ebenbürtig fühlte. Das Angebot des Knechts zeugte von Mut. Daher nickte er, zumal er aus Erfahrung wusste, dass es bei einem Kampf eher darauf ankam, den eigenen Instinkten zu vertrauen, als einen vorher ausgeklügelten Plan zu verfolgen.

Sie verdeckten das Geleuchte mit ihren Umhängen, bevor sie die schwere Tür mit vereinter Kraft aufstemmten. Dabei hielten sie immer wieder inne, um auf jeden Laut zu horchen, der aus der Finsternis zu ihnen herausdrang. So leise wie möglich schoben sie sich schließlich durch den entstandenen Spalt ins Innere des Stollens. Damit der permanente Luftzug ihre Anwesenheit nicht verriet, schlossen sie die Tür hinter sich.

Dann standen sie reglos lauschend in der Dunkelheit. Valentin atmete schneller, als er die feuchte Luft auf seinem Gesicht spürte und erneut die eigentümliche Mischung aus Stein und Moder roch. Irgendwo tropfte Wasser. Aber weder ein Lichtschimmer noch das leiseste Geräusch kündeten von der Anwesenheit eines anderen Menschen – obwohl der offene Riegel an der Tür etwas anderes bezeugt hatte. Valentin sah nicht, wie hoch der Gang war und wie tief er sich in den Berg erstreckte. Aber wenn er die Arme ausbreitete, konnte er zu beiden Seiten die Wand berühren. Als Martin ihn anstieß, setzten sie sich vorsichtig in Bewegung.

Sie ertasteten sich ihren Weg mit Händen und Füßen, stets bemüht, keine Geräusche zu verursachen. Freilich konnten sie nicht vermeiden, dass es unter den Sohlen ihrer Stiefel leise knirschte oder dass lose Steinchen beiseiterollten, wenn sie auftraten. Valentin hatte obendrein den Eindruck, man würde seinen keuchenden Atem meilenweit hören. Nach einer gefühlten Ewigkeit erreichten sie das Ende des Stollens, wo Martin überraschend strauchelte. Schmerzhaft krallten sich seine Finger in Valentins Arm. Doch immerhin wurde Martin auf diese Weise davor bewahrt, in einen Schacht zu stürzen, der an dieser Stelle jählings in die Tiefe führte.

Nachdem Valentins Herz wieder ein wenig ruhiger schlug, ließ er sich auf die Knie nieder, um die Öffnung genauer zu untersuchen. Seine Finger fanden das obere Ende eines Baumstammes. Er beugte sich vor, tastete tiefer und stellte fest, dass der Stamm als primitive Leiter diente. In regelmäßigen Abständen gab es Tritthilfen in Form gekürzter Äste. Als er von unten ein Geräusch vernahm, beugte er sich noch ein Stück weiter vor und hielt den Atem an.

Einige Augenblicke blieb es still, dann hörte er es wieder: Von unten drang das Schluchzen eines Kindes zu ihm. Es endete in einem erstickten Laut, gerade so, als hätte jemand dem Kleinen eine Hand auf den Mund gepresst. Aus dem leisen Keuchen, das Martin ausstieß, schloss Valentin, dass der Knecht es ebenfalls gehört haben musste. Lautlos robbten sie ein Stück rückwärts.

»Wie kommen wir dort runter, ohne dass Schwarze es merkt?«, flüsterte Valentin.

»Vielleicht durch den Schacht, über dem die Haspel hängt«, entgegnete Martin ebenso leise. »Aber dazu müssen wir wieder nach draußen.«

Es gefiel Valentin nicht, noch mehr Zeit zu verlieren. Aber wenn sie den vor ihnen liegenden Einstieg in den tieferen Stollen benutzten, würde Laurenz sie gewiss bemerken. Außerdem wären sie leicht angreifbar, während sie sich an dem Trittbaum hinabhangelten. Darum verkniff er sich jeden Widerspruch und folgte Martin zurück ins Freie.

Der Schacht mit der Haspel befand sich ungefähr fünfzig Schritte westwärts. Valentin war er zuvor nicht aufgefallen. Am Seil der Winde baumelte ein lederner Eimer, mit dem Wasser oder Gestein nach oben befördert wurde. In der Maria-Lichtmess-Grube waren sie durch mehrere solcher Schächte über endlose Leitern wieder nach oben gestiegen. Doch hier war die Öffnung gerade so groß, dass der Eimer heraufgezogen werden konnte, ohne irgendwo hängenzubleiben. Valentin schätzte, dass er selbst um Haaresbreite hindurchpasste. Agricolas hünenhafter Knecht würde bei dem Versuch mit Sicherheit steckenbleiben.

Valentin holte tief Luft. »Ich binde mir das Seil um, und du lässt mich langsam runter«, sagte er zu Martin, während er den Eimer vom Haken nahm.

Der junge Knecht nickte, obwohl ihm deutlich anzusehen war, dass ihm die Vorstellung, draußen zu bleiben, überhaupt nicht schmeckte. Rasch griff er nach dem Seil und band es um Valentins Mitte.

»Du brauchst nur einmal kräftig zu ziehen, dann löst sich der Knoten sogleich«, erklärte er leise.

Valentin packte den Dolch, ein Seil und eine Lampe in seinen Umhang. Dann reichte er Martin das Bündel, setzte sich auf die hölzerne Einfassung und griff mit beiden Händen nach dem Seil. »Na, dann los!« Er hatte die Worte kaum ausgesprochen, da vernahmen sie Hufschlag, der schnell lauter wurde.

»Halt! Wartet!« Karl Strunz keuchte, als er von seinem schweißnassen Pferd sprang.

»Wir müssen uns sputen, Schwarze ist mit dem Jungen da unten«, drängte Martin.

»Wisst Ihr vielleicht, wie es dort aussieht?«, fragte Valentin sogleich. »Wir waren bereits im oberen Stollen, kamen aber nicht unbemerkt hinunter.« Aufatmend sah er, wie Strunz ein Papier unter seinem Wams hervorzog.

»Ich war vor ein paar Wochen bei der Befahrung durch den Bergmeister dabei und habe Euch hier aufgezeichnet, woran ich mich erinnere.« Er entfaltete das Blatt und legte es auf die Einfassung des Schachts. Valentin beugte sich darüber.

»Es gibt nur zwei Stollen. Und der Schacht wurde erst kürzlich bis in den unteren abgeteuft. Er mündet genau dort in den unteren Stollen, wo Schwarzes Leute auf die neue Ader gestoßen sind.«

»Dann ist hier der Schacht, an dem wir vorhin waren.« Valentin legte seinen Finger auf das Papier. »Schwarze muss sich mit Wenzel ganz in der Nähe befunden haben. Wir hörten ein Kind weinen.«

Strunz keuchte entsetzt. »War das hier?« Er zeigte einen kurzen Nebengang auf der Karte.

»Ja, da könnte es gewesen sein«, bestätigte Valentin, und Martin nickte.

»Das ist die Stelle, an der seine Brüder beim Feuersetzen ums Leben kamen«, flüsterte der Schreiber.

»Bedeutet das, der Schweinehund will den Jungen dort töten, wo seine Brüder starben?« Martin spuckte aus und ballte die Fäuste.

Valentin sah, wie Strunz erbleichte und die Augen schloss. Auch durch seinen Kopf spukten sofort schreckliche Bilder. Aber sie durften jetzt nicht daran denken, was Schwarze dem Kind zufügen könnte oder womöglich schon zugefügt hatte. Nur wenn sie kühles Blut bewahrten, würde es ihnen gelingen, den kleinen Wenzel zu retten!

»Wie wollen wir vorgehen?«, fragte er und blickte in die Runde.

Strunz öffnete die Augen. »Die Sache hat auch ein Gutes«, sagte er. »Dort bemerkt er vermutlich nicht sofort, wenn jemand von hinten in den Stollen kommt.«

»Vor allem wenn ihn jemand hier ablenkt.« Valentin deutete auf die Stelle, bis zu der er und Martin in den Stollen vorgedrungen waren. Er blickte Strunz an. »Ihr geht hinein, um ihn zu beschäftigen, während Martin mich in den Schacht hinablässt. Ihr müsst ihn glauben lassen, dass Ihr ganz allein gekommen wärt.«

»Wird er mir das abnehmen?« Der schmächtige Schreiber knetete seine Finger, auf seinem blassen Gesicht zeigten sich rote Flecken.

»Das kommt einzig und allein darauf an, wie überzeugend Ihr auftretet. Ihr kennt Euch hier aus und wisst um alle Zusammenhänge. Also könntet Ihr auch allein herausbekommen haben, wo er mit dem Jungen steckt. Außerdem seid Ihr Wenzels Onkel und habt ein großes Interesse, das Kind zu retten«, erklärte Valentin. Aus seinem Alltag als Bader war er es gewohnt, verunsicherten Menschen Mut zuzusprechen. Seine ruhige Entschlossenheit schien auch jetzt den Ausschlag zu geben.

»Ich werde mein Bestes geben!«, sagte der Schreiber.

»Aber wird Schwarze den Jungen nicht sofort töten, wenn dessen Onkel auftaucht?«, gab Martin zu bedenken.

Vehement schüttelte Valentin den Kopf. »Ich glaube, dass er Wenzel hierhergebracht hat, zeigt, dass er diesmal nicht mit der kalten Gründlichkeit morden kann wie in Pirna.«

»Amen!«, flüsterte Strunz. Dann nickte er Valentin zu und marschierte erhobenen Kopfes auf den Eingang des Stollens zu.

Valentin blickte Martin an. »Los«, forderte er und ergriff das Seil.

Der Schacht war kaum tiefer als fünfzehn oder zwanzig Fuß, doch Valentin hatte das Gefühl, es ginge hinab ins Bodenlose. Er machte sich so lang und schlank wie möglich und vermied es, einzuatmen. Trotzdem kam er an einigen Stellen nur weiter, indem er sich mit aller Kraft durch die Öffnung zwängte, die ihn umschloss wie eine harte Faust. Als er endlich mit den Füßen den Boden berührte, holte er vor Erleichterung so tief Luft, dass ihm schwindlig wurde. Dann zog er an dem Knoten, der sich tatsächlich sofort löste. Während Martin das Seil wieder nach oben holte, lauschte und spähte Valentin reglos in die Dunkelheit.

Vom anderen Ende des Stollens vernahm er gedämpftes Murmeln und Scharren, auch glaubte er kurz, einen Lichtschein zu erkennen. Hastig machte er sich daran, das Bündel zu öffnen, das Martin mittlerweile heruntergelassen hatte. Den Umhang legte er beiseite. Hier war es deutlich wärmer als draußen, und wenn es zum Kampf kommen würde, wäre das Kleidungsstück hinderlich. Den Dolch steckte er in seinen Gürtel, das Seil wickelte er sich um den Leib. Mit fliegenden Fingern entzündete er die Grubenlampe.

Während er vorwärtsschlich, vernahm er gedämpfte Rufe.

Das konnte nur bedeuten, dass Strunz den anderen Schacht erreicht hatte. Valentin beschleunigte seine Schritte. Dabei betete er, dass es dem Schreiber gelingen möge, Laurenz lange genug abzulenken. Doch seine Sorge war unbegründet, denn im Näherkommen hörte er, dass Strunz seine Sache wirklich gut machte.

»Ihr könnt haben, was Ihr wollt, Schwarze, aber lasst den Jungen frei! Wenn ihm ein Leid geschieht«, lamentierte der Schreiber, »wie könnte ich meiner Schwester dann jemals wieder unter die Augen treten? Sie liebt den Kleinen über alle Maße. Es würde sie umbringen, und auch ich selbst würde nie wieder einen frohen Tag erleben!«

»Hör auf zu jammern, Schreiberling, und benimm dich wie ein Mann!« Valentin lief ein Schauer über den Körper, als er Laurenz' Stimme vernahm, die hier unten diabolisch verzerrt klang. »Wenn du den Jungen haben willst, musst du schon zu mir herunterkommen!« Sein höhnisches Lachen wurde von den Felswänden zurückgeworfen.

Valentin hoffte, dass Strunz sich nicht dazu hinreißen ließe, der Aufforderung nachzukommen. Schwarze würde dem Schreiber ein Messer zwischen die Rippen jagen, noch bevor er die letzten Sprossen der Leiter erreicht hätte. Bei dem Gedanken schritt Valentin noch schneller aus und bemerkte schließlich, dass der Gang fünf Fuß voraus eine kleine Biegung machte. Das Licht, das von dort schimmerte, kündigte an, dass er Laurenz sehen würde, sobald er da war. Flink löschte er die eigene Lampe und stellte sie auf den Boden. Er wollte die Hände frei haben, wenn er ihm gegenübertrat. Schwarze versuchte noch immer, Strunz zu sich herunterzulocken.

»Na, was ist nun, Schreiber? Wenn du deiner Schwester ihr geliebtes Kind zurückgeben willst, musst du dir schon ein bisschen mehr Mühe geben! Also komm endlich runter! Du willst den Buben doch retten, oder?«

»Bei Gott, das will ich! Ja! Aber ich verstehe nicht, was Ihr von Wenzel wollt. Wenn es Euch um Geld geht, dann könnte ich …«

Erleichtert stellte Valentin fest, dass Strunz nicht vorhatte, dem Entführer freiwillig ins Messer zu laufen. Aber Schwarze musste mittlerweile ahnen, dass sein Plan nicht aufgehen würde.

»Halt dein dummes Maul, Schreiber!« Ihm war deutlich anzuhören, dass er keinerlei Absicht hegte, sich zu gedulden. »Ich will kein Geld!«

»Was wollt Ihr dann?«, versuchte Strunz das Gespräch weiter in Gang zu halten. Seine Stimme klang verzweifelt.

Valentin hastete voran. Dabei stolperte er über eine Unebenheit und stürzte. Seine Knie schlugen hart auf dem felsigen Untergrund auf, und er schaffte es nur mit Mühe, einen Schmerzensschrei zu unterdrücken. Es war Laurenz' Stimme, die ihn sofort wieder auf die Beine brachte.

»Ich will das Strafgericht zu Ende bringen, das ich in Pirna begonnen habe. Ich werde die Familien jener Männer, die meinen Vater zugrunde gerichtet haben, ausmerzen, und zwar bis ins letzte Glied! Nichts von ihnen soll auf Erden übrig bleiben!«, rief er. »Darum, Schreiberling, merke auf! Dein Neffe wird sterben, weil er Eckels Samen entsprungen ist! Meinetwegen kannst du dir von da oben anhören, wie es geschieht.«

Dicht an die Felswand gedrückt, bewegte sich Valentin auf die Stimme und auf den immer heller werdenden Lichtschein zu.

»Nein! Bitte nicht!«, flehte der Schreiber. »Tut ihm nichts! Ihr könnt Euch doch nicht derartig gegen Gottes Gebote versündigen!«

»Ich handle nach Gottes Geboten! Der Herr selbst hat mir aufgetragen, Pirna, das Sündenbabel, mit der Geißel der Pestilenz zu schlagen und die Sippen derer, die sich einst gegen Recht und Ordnung erhoben, mit Stumpf und Stiel auszurotten«, entgegnete Laurenz in einem beinahe feierlichen Tonfall.

Valentin erschauderte beim Klang der Stimme, die frei von Zweifel und Angst zu sein schien. Inzwischen konnte er Laurenz sehen. Wie ein dunkler Schattenriss ragte er neben dem Trittbaum auf. Er hatte den Kopf in den Nacken gelegt und schaute zu Strunz hinauf.

Einen Atemzug lang glaubte Valentin, er hätte einen jener bösartigen Geister vor sich, die in den Tiefen der Berge hausten und Menschen mit Trug und Gaukelei in ihr Verderben führten.

Es schien ihm unmöglich, Schwarze mit dem anziehenden, humorvollen Mann in Einklang zu bringen, den er in Pirna kennengelernt hatte – mit dem er in der Küche seiner Mutter gelacht und gescherzt und dessen Hände auf seiner Haut er als unwiderstehlich erlebt hatte.

Valentin hatte den kleinen Seitengang erreicht und schlüpfte hinein. Im Schein der dicken Altarkerzen, die dort aufgestellt waren, erblickte er den gefesselten und geknebelten Jungen. Wie er dort lag, erinnerte er an das Lamm Gottes, dem die Sünden dieser Welt auferlegt wurden, bevor es sterben musste. Sobald er Valentin bemerkte, riss Wenzel die Augen auf und begann so heftig zu zappeln, dass er fast eine der Kerzen umgestoßen hätte. Valentin hob die Hand und bedeutete ihm, still liegen zu bleiben. Lauschend vergewisserte er sich, dass Laurenz noch mit Strunz beschäftigt war.

»Woher wollt Ihr wissen, was Gott von Euch will, Schwarze? Hat er Euch etwa ein Zeichen gesandt?«

Fast schien es Valentin, als würde der Schreiber Spaß an dem Fragespiel finden. Auch Laurenz hatte mit einem Mal alle Zeit der Welt. Und offenbar war er begierig darauf, jemandem seine Überzeugungen kundzutun.

»Selbstverständlich hat Gott mir sein Zeichen geschickt! Jeder weiß doch, dass Krankheiten eine Strafe Gottes für die Sünden der Menschen sind! Und als die Pest kurz nach Walpurgis in Böhmen auftauchte, wusste ich sofort, was ich tun musste.«

In der Zwischenzeit hatte Valentin den Dolch aus seinem Gürtel gezogen und die Arme und Beine des Knaben befreit. Da Wenzel am ganzen Leib zitterte, streichelte er ihm über den Kopf, sah ihm in die Augen und legte einen Finger auf die Lippen. Der Junge schien zu begreifen, was sein Retter vorhatte. Er nickte zaghaft.

Unbeirrt redete Strunz auf Laurenz ein. »Ihr dachtet also, die Pestilenz wäre ein Zeichen für Euch, Euren Rachefeldzug zu eröffnen?«

Valentin entfernte den Knebel aus dem Mund des Knaben. Der schaute sehnsüchtig in die Richtung, aus der er die Stimme seines Onkels vernahm. Doch Valentin schüttelte den Kopf. Er drückte Wenzel eine Kerze in die Hand, zeigte nach links und gab ihm einen sanften Schubs. Er hoffte, der Junge würde das Seil am Ende des Stollens finden. Martin konnte ihn hinaufziehen und in Sicherheit bringen, während Valentin selbst dafür sorgen würde, dass Schwarze nicht entkam.

»Selbstverständlich war das Zeichen für mich, was denn sonst? Zumal der Herr zur gleichen Zeit auch meinen Körper mit Krankheit schlug. Alle Mittel dagegen versagten, bis ich endlich begriff, dass ich nur davon erlöst werden würde, wenn ich mich zum Werkzeug des göttlichen Willens machte«, rief Laurenz.

Valentin erinnerte sich daran, was Agricola ihm erzählt hatte: Schwarze hätte ihn aufgesucht, weil er sich im Feldlager mit der Franzosenkrankheit angesteckt hatte. Er schüttelte sich bei dem Gedanken daran, dass er mehrmals dicht davor gewesen war, der Versuchung nachzugeben, die Laurenz für ihn gewesen war. Doch während er sich dem Kräuterhändler von hinten näherte, schob Valentin die Erinnerung entschlossen beiseite.

Schwarze hatte die Arme ausgebreitet, seine Stimme dröhnte.

»Nun lass mich endlich das Urteil Gottes an diesem Kind der Sünde vollstrecken, Schreiber!« Er drehte sich um, und seine Augen weiteten sich. Dann erschien ein Lächeln auf seinem Gesicht. »Valentin! Ich wusste doch gleich, dass du Sehnsucht nach mir haben würdest!« Mit geöffneten Armen kam er näher.

Valentin, der seinen Dolch bereits erhoben hatte, hielt inne. Er konnte nicht anders, obwohl er wusste, dass er damit wahrscheinlich einen tödlichen Fehler beging. Aber Laurenz sah genauso aus, wie er ihn in Erinnerung hatte. Sein braunes Haar war ein wenig zerzaust, und in seinen Augen tanzten keine dämonischen Flammen, sondern goldene Fünkchen. Der vertraute Geruch seines Körpers drang sogar durch den schweren Duft der Altarkerzen in Valentins Nase.

»Schon als ich dich das erste Mal sah, wusste ich, dass wir füreinander bestimmt sind.« Das Leuchten seiner Augen wurde intensiver. »Und du spürst es auch, nicht wahr, Liebster?« Er streckte seine Hand aus, um Valentins Gesicht zu streicheln. »Was hast du denn?«, fragte er, als Valentin auswich.

Wie in einem grotesken Tanz umkreisten sie einander, doch das brachte Valentin immer weiter in Nähe des Trittbaums, an dessen oberem Ende Karl Strunz hockte. Wenn der Schreiber mitbekam, was Laurenz faselte, würde Valentin in Erklärungsnot geraten. Nicht nur, dass er um seine eigene Sicherheit fürchten musste, wenn in Joachimsthal bekannt würde, dass er ein gottverfluchter Sodomit war – auch Conrads Leben hing einzig und allein davon ab, dass er seine Aufgabe ohne weitere Verzögerungen erledigte! Daher musste er der gefährlichen Unterhaltung unverzüglich eine andere Richtung geben.

»Dein Vater war keineswegs das unschuldige Opfer einer bösartigen Verschwörung«, sagte er laut. »Das weißt du genau, Laurenz! Schließlich habe ich das verschwundene Salzregister in deinem Haus gefunden.«

Doch Schwarze, der inzwischen vollkommen in einer Welt

aus Wahrvorstellungen festzustecken schien, ging nicht darauf ein. Sein Lächeln wurde breiter. »Ich werde mir Zeit für dich nehmen, sobald ich das Werk Gottes vollendet habe, mein Liebling.« Dann drehte er sich zu dem Gang um, in dem er den Jungen noch immer vermutete.

Valentin hob seinen Dolch. Jetzt oder nie, dachte er. Um Laurenz dingfest zu machen, musste er ihn nicht unbedingt töten. Es reichte schon, wenn er ihn so verwundete, dass er nicht mehr aus eigener Kraft aus der Grube herauskommen würde.

Im Augenblick, in dem Schwarze bemerkte, dass ihm seine Beute entwischt war, brüllte er auf. Mit wutverzerrtem Gesicht wirbelte er herum. Doch anders, als Valentin geglaubt hatte, stürzte er sich nicht auf ihn, sondern rannte in die entgegengesetzte Richtung. Valentin setzte ihm nach, als er begriff, was Schwarze vorhatte. Doch bereits nach wenigen Schritten war die Jagd zu Ende.

Zu Valentins Entsetzen war es Wenzel nicht gelungen, sich in Sicherheit zu bringen, und nun zappelte der Junge hilflos wimmernd im unerbittlichen Griff seines Verfolgers. Ohne zu zögern, schleuderte Valentin seinen Dolch nach Laurenz. Auch diese Fertigkeit hatte er bei den Gauklern erlernt, und dabei hatte sich sogar herausgestellt, dass er ein besonderes Talent dafür besaß. Schwarze kippte nach hinten wie ein gefällter Baum. Wenzel entwand sich der erschlaffenden Hand seines Peinigers und rannte zu Valentin, der ihn auffing und an sich drückte.

»Die Kerze ist runtergefallen. Im Dunklen hatte ich Angst weiterzugehen«, schluchzte das Kind.

»Schon gut«, murmelte Valentin, während seine Augen zwischen Laurenz, der am Boden lag und sich nicht rührte, und dem Trittbaum hin und her flogen. Er wusste, am oberen Ende des Schachtes wartete noch immer Strunz, bei dem Wenzel in Sicherheit wäre. Aber würde das Kind es schaffen, die Sprossen, die für die Beine ausgewachsener Männer gemacht waren, zu erklimmen? Vielleicht, denn für sein Alter war der Junge kräftig und groß gewachsen. Außerdem konnte Valentin ihm nachsteigen, um zu helfen.

Sanft schob er das Kind von sich. »Hör mir zu, Wenzel! Du musst dort hinaufklettern.« Er deutete auf den Trittbaum. »Oben wartet dein Onkel. Du hast ihn vorhin gehört, nicht wahr?«

Wenzel schniefte, die zitternde Unterlippe verriet seine Angst. Tränen strömten über sein schmutziges Gesicht, Rotz lief aus seiner Nase, aber er nickte.

»Du brauchst keine Angst haben, dass du herunterfällst, denn ich werde dicht hinter dir sein. Hast du mich verstanden?«

»Habe ich.« Der Junge wischte sich mit dem Ärmel übers Gesicht. Seine Unterlippe bebte, doch er grub die Zähne hinein und nickte abermals.

»Gut!« Valentin legte ihn die Hand auf die Schulter und führte ihn zum Fuß des Trittbaums.

»Strunz«, rief er. »Ich schicke den Jungen jetzt nach oben!«

Aus dem Schacht über ihren Köpfen ertönte die atemlose Stimme des Schreibers. »Wenzel? Geht es dir gut?«

»Onkel Karl!« Wenzel klammerte sich an die unterste Sprosse, wagte sich aber nicht hinauf. Er legte den Kopf in den Nacken und sah zu Strunz auf, dessen Gesicht er in der Dunkelheit kaum erkennen konnte.

»Dann zeig deinem Onkel mal, dass du es schaffst, die nächste Sprosse zu erreichen«, forderte Valentin.

Wenzel stellte tatsächlich seinen Fuß auf die unterste Sprosse und streckte sich, so hoch er konnte, um sich an der nächsten nach oben zu ziehen. Zu Valentins Erleichterung gelang es ihm. »Gut so!«, lobte er. »Weiter!«

Während er das Kind anspornte, blickte er noch einmal zu der Stelle, wo Laurenz unbeweglich lag. Dann folgte er dem Jungen, der langsam, aber stetig nach oben kletterte. Ein paar

Mal musste Valentin ihm von unten Halt geben, damit er die nächste Sprosse erreichte. Als er sah, wie Strunz beide Arme ausstreckte, Wenzel am Kragen packte und ihn das letzte Stück nach oben hievte, wurde ihm vor Erleichterung ganz flau in Magen. Er schloss die Augen und lehnte seine Stirn an die raue Rinde des Baumstamms. »Dem Herrn sei Dank«, flüsterte er.

»Wo bleibst du denn, Bader?«, rief Strunz ungeduldig.

Valentin hob den Kopf. »Ich klettere wieder runter, um Schwarze zu fesseln«, erklärte er. »Sicher ist sicher!«

»Gut. Ich bringe derweil den Jungen nach draußen«, tönte es von oben.

Valentin stieg wieder hinab, wobei er die ungleichen Sprossen vor jedem Schritt mit den Füßen ertasten musste. Er hatte gesehen, dass der Dolch sein Ziel gefunden hatte. Womöglich war Laurenz bereits tot, aber das konnte er nicht beschwören. Auf keinen Fall durfte er zulassen, dass ihm der Mann, den er wochenlang gejagt hatte und dem er bis in den finsteren Schoß der Erde nachgekrochen war, im letzten Augenblick durch die Finger schlüpfte. Seiler sollte den wahren Mörder bekommen, den er mit gutem Gewissen an Conrads Stelle richten konnte. Und damit würde der Gerechtigkeit in Pirna Genüge getan.

Unten angekommen, knotete Valentin das Seil ab, das er um die Hüfte gebunden hatte. Es war lang genug, um Laurenz damit nicht nur an den Händen, sondern auch an den Füßen zu fesseln. Das Ächzen, das er nun aus der Richtung vernahm, in der Schwarze liegen musste, mahnte ihn, dass Vorsicht angebracht war. Wahrscheinlich war sein Dolch an den Rippen abgeglitten oder im Brustbein steckengeblieben, wo er keine tödliche Verletzung verursacht hätte. Obwohl Schwarze sich noch immer nicht regte, tastete Valentin den Boden nach einem handlichen Stein ab, der ihm notfalls als Waffe dienen konnte.

Für einen Moment ließ er den Verwundeten dabei aus den Augen – und schon war Schwarze über ihm und riss ihn zu

Boden. Valentin schlug mit dem Kopf gegen eine Kante. Ihm wurde schwarz vor Augen, und als er wieder zu sich kam, kniete Laurenz auf ihm. In der Hand hielt er Valentins Dolch.

»Warum wendest du dich gegen mich, Valentin? Warum nur?« Seine Stimme klang eher erstaunt als vorwurfsvoll. »Hast du etwa noch immer nicht begriffen, dass wir füreinander bestimmt sind?« Mit seiner freien Hand strich er Valentin eine Haarsträhne aus dem Gesicht. »Ich werde es dir beweisen, sobald ich meinen Auftrag erfüllt habe.« Seine Augen glommen wie zwei Kohlenstücke in seinem bleichen Gesicht.

Valentin vernahm die Worte wie aus weiter Ferne, denn sein Schädel dröhnte, als hämmerten hundert Bergleute darin. Das Einzige, was er begriff, war, dass Schwarze nicht die Absicht hatte, ihn zu töten. Doch das konnte sich jederzeit ändern, denn der Mann schien vom Wahnsinn befallen zu sein. Als Laurenz sich herabbeugte, um ihn zu küssen, riss Valentin instinktiv den Kopf herum, was er sogleich bitter bereute. Die Wände des Stollens begannen sich um ihn zu drehen, sein Magen krampfte sich zusammen. Beinah hätte er sich übergeben, und da Schwarze mit seinem gesamten Körpergewicht auf ihm lag, bekam er kaum Luft.

»Red nicht so unsinnig daher!« Er hustete und kämpfte gegen die aufsteigende Übelkeit an. »Vor allem aber geh runter von mir!«

Zu Valentins grenzenloser Erleichterung stemmte sich Schwarze tatsächlich hoch und kniete sich neben ihn. Valentin rollte sich auf die Seite. Um die Übelkeit zurückzudrängen, atmete er langsam ein und aus. Dabei sehnte er sich verzweifelt nach frischer Luft, denn durch die vielen Kerzen war es im Schacht so heiß und stickig, dass sich Valentin wie im Vorhof zur Hölle fühlte.

»Aus deiner Sicht mag es vielleicht so aussehen, als sei ich närrisch geworden.« Laurenz gab sich weiterhin versöhnlich.

»Schließlich kennst du kaum ein paar Bruchstücke meiner Geschichte.« Seine Stimme klang versonnen. »Ich will dir das Übrige erzählen, damit du endlich begreifst, worum es geht.«

Valentin stöhnte und schloss gequält die Augen. Er verfluchte sein Ungeschick und wünschte sehnlich, er hätte zuvor besser achtgegeben. Dann fiel ihm ein, dass Strunz und Martin sich bestimmt schon fragten, wo er so lange blieb. Vermuteten sie bereits, dass etwas schiefgegangen war? Dann würden sie bald kommen, um nach ihm zu sehen, tröstete Valentin sich, und wenn Gott es wollte, dann brachten sie gleich die Männer der Stadtwache mit. Es war also vernünftig, Zeit zu gewinnen. Je mehr, desto besser. »Na schön«, sagte er, während er sich langsam aufsetzte. »Dann erzähl es mir!«

Was er zu hören bekam, erfüllte ihn mit einem solchen Grauen, dass er darüber sowohl seinen schmerzenden Schädel als auch seine missliche Lage vergaß.

»Wie du inzwischen weißt, war mein Vater Ratsherr in Pirna. Unsere Familie gehörte zu den Alteingesessenen«, begann Laurenz. »Die Schwarzes verdienten ihr Geld schon seit vielen Generationen mit dem Tuchhandel.«

Valentin konnte sich eine Bemerkung dazu nicht verkneifen. »Mir hast du aber erzählt, dass du armer Leute Kind gewesen wärst.«

»Das stimmt ja auch.« Laurenz nickte ihm begütigend zu. »Als ich mit meinen Brüdern die Stadt verließ, besaßen wir kaum mehr, als wir auf dem Leib trugen. Unsere Eltern und unser ältester Bruder waren tot. Vaters Tuchmacherei, einst die beste in der Stadt, gab es nicht mehr. Um unsere Schulden zu begleichen, waren wir gezwungen, unser Vaterhaus ausgerechnet an den Mann zu verkaufen, der, abgesehen von Meißner, der ärgste Feind unseres Vaters gewesen war.« Er spie den Namen aus wie eine faulige Frucht. »Thomas Eckel!«

»Wie kannst du ihn und Meißner für den Untergang deines

Vaters verantwortlich machen?«, hakte Valentin ein. »Ich habe den Eindruck, dass es seine alten Ratsfreunde waren, die ihn anno 1520 zum Sündenbock stempelten. Indem sie deinen Vater opferten, gelang es ihnen, selbst in Amt und Würden zu bleiben.«

»Glaubst du etwa, das wüsste ich nicht!« Laurenz schnaubte verächtlich. »Und ich habe auch nie vergessen, dass die ganze Stadt schweigend dabei zusah. Doch damals war ich zu jung, um etwas dagegen ausrichten zu können.« Seine Stimme klang gepresst. »Meine Brüder, die bereits im Mannesalter waren, ließen sich aus Pirna vertreiben wie geprügelte Hunde. Sie kamen hierher und vergruben sich in den Tiefen der Erde, anstatt Sühne zu fordern für das Unrecht, das an uns begangen worden war.« Er erhob sich und begann auf und ab zu gehen. Dabei spielte er mit Valentins Dolch. »Ich dagegen konnte die Enge und Finsternis unter Tage nur schwer ertragen. Ich bekam Beklemmungen, sobald ich ins Bergwerk musste. Und des Nachts hatte ich Albträume, in denen mich die Geister meiner Mutter und meines Vaters heimsuchten. Immer wieder forderten sie von mir, sie zu rächen.«

Schwer atmend setzte er sich neben Valentin und lehnte sich mit dem Rücken gegen die Wand. Seine Augen starrten in die Finsternis, während er weitersprach. »Als die Werber des Grafen kamen, um junge Männer für den Feldzug des Kaisers gegen die Türken zu rekrutieren, meldete ich mich als einer der Ersten. Nichts, so dachte ich, könnte schlimmer sein als die Hölle, durch die ich ging, seit wir unsere Heimatstadt verlassen hatten.« Er stieß ein höhnisches Lachen aus. »Wie sehr hatte ich mich geirrt!«

Valentin richtete sich auf. Trotz seiner Missetaten empfand er Mitgefühl für Laurenz, denn das Schicksal hatte ihm und den Seinen übel mitgespielt.

»Später glaubten alle, ich hätte im Krieg mein Glück gemacht, nur weil ich am Leben geblieben bin und reichlich Beute machen konnte.« Er ließ den Kopf sinken. »Niemand ahnt, dass mich seither auch noch die Geister all meiner gefallenen Kameraden heimsuchen!« Ein verzweifeltes Stöhnen entrang sich seiner Brust. »Und als ich wieder nach Hause kam, musste ich erfahren, dass meine Brüder beim Feuersetzen in dieser verdammten Grube erstickt waren. Seither frage ich mich jeden Tag, ob sie noch am Leben wären, wenn ich hiergeblieben wäre.«

Valentin stützte sich mit den Händen ab, um bequemer sitzen zu können. Dabei spitzte er die Ohren und lauschte in die Dunkelheit jenseits des Kerzenlichts. Die unheimliche Stille deutete darauf hin, dass er sich mit Laurenz noch immer allein in der Tiefe des Berges befand. Er musterte Schwarze von der Seite, um abzuschätzen, wie schwer die Verwundung war, die er ihm mit dem Dolch beigebracht hatte. Unterhalb des Schlüsselbeins entdeckte er einen Blutfleck auf Schwarzes Wams. Doch es sah aus, als sei die Blutung zum Stillstand gekommen.

»Verzweifelt trieb ich mich eine Zeitlang in der Stadt herum«, nahm Laurenz seinen Bericht wieder auf. »In den ersten Tagen fühlte ich nichts, außer einer abgrundtiefen, kalten Leere in meinem Inneren. Dann bemerkte ich an meinem Körper die ersten Zeichen jener Seuche, die man die Franzosenkrankheit nennt. Und kurz darauf erreichte mich die Kunde, dass südwestlich von hier die Pest ausgebrochen sei. Da wusste ich, dieses zweifache Zeichen konnte nur eines bedeuten«, er drehte den Kopf und sah Valentin eindringlich in die Augen. »Gott hat mich auserwählt! Ich sollte sein Werkzeug sein, und anschließend würde er mich von meinen Qualen erlösen.«

Valentin fragte sich, was als Nächstes käme, und trotz der überhitzten Luft begann er zu frösteln.

»Ich nahm einen Teil des Geldes, das ich aus dem Krieg mitgebracht hatte, und begab mich auf die Reise in jene Gegend

Böhmens, in der die Pest am heftigsten wütete. Nach ein paar Tagen ritt ich in ein Dorf, in dem der schwarze Tod bereits zahlreiche Opfer gefordert hatte. Ich kam dazu, als der Totengräber die entstellte Leiche eines jungen Mädchens auf seinen Karren lud. Gerade als er mit seiner schaurigen Fracht davonfahren wollte, kam die Mutter aus dem Haus gerannt. Liebevoll verhüllte sie das Gesicht ihres Kindes mit einem schimmernden bunten Tuch. Ich erkannte sofort, dass es sich um einen Stoff von außergewöhnlicher Qualität handelte. Da wusste ich, dass ich gefunden hatte, wonach ich suchte!«

Valentin rutschte unruhig hin und her. Er wollte nicht hören, was Schwarze mit dem Tuch vorgehabt hatte, denn er ahnte Schreckliches. Doch da sich noch immer keiner seiner Verbündeten blicken ließ und er auch nicht darauf zählen konnte, dass Schwarze demnächst vom Blutverlust in die Knie gezwungen würde, musste er wohl oder übel ausharren und dem Wahnsinnigen weiter zuhören.

»Ich folgte dem Totengräber bis zum Friedhof. Als der Mann in einer kleinen Hütte verschwand, um sein Werkzeug zu holen, schlich ich mich zum Karren. Ich streifte mir Handschuhe über, zog das Tuch von der Toten und verstaute es in einem Lederbeutel. Unterwegs ins Sächsische kaufte ich noch ein paar Bänder, Borten und anderen Tand, den Weiber im Allgemeinen mögen. Als ich in Pirna ankam, war gerade Markttag. So konnte ich mich mit meiner Kiepe ohne weiteres unter die anderen Kleinkrämer mischen, die rund um das Rathaus ihre Waren feilboten. Das bunte Tuch verkaufte ich für einen Spottpreis an einen jungen Schiffer, der es sogleich seiner schönen Braut umlegte.« Er kicherte und beugte sich näher zu Valentin. »Weißt du, wenn ich mir was aus Weibern machen würde, hätte mir so eine gewiss gefallen. Zierlich und biegsam war die wie ein junges Bäumchen. Sie hatte schwarzes, lockiges Haar und Augen wie dunkle Kirschen. Ich dachte zuerst, sie wäre eine Welsche, doch sie versicherte mir, sie wäre in Pirna geboren, droben auf dem Turm von St. Marien.«

Valentin stieß ein entsetztes Keuchen aus. Neben dem Tod der drei Menschen, die durch Schwarzes eigene Hand starben, verschuldete er auch das Sterben unzähliger anderer Menschen in Pirna und das maßlose Leid derer, welche die Seuche überleben würden. Wie ätzende Säure fraß sich die Wahrheit in Valentins Herz und zerstörte jedes andere Gefühl, das er jemals für Laurenz empfunden hatte. Er schmeckte Galle auf seiner Zunge und musste erneut würgen. Seine Sicht verschwamm.

»Nachdem ich die Saat gelegt hatte, kehrte ich noch einmal nach Joachimsthal zurück.« Schwarze schien nichts von dem Kampf zu bemerken, den Valentin mit sich ausfocht. »Es widerstrebte mir nun, dass die Arbeit in dem Bergwerk, für das meine Brüder ihr Leben gegeben hatten, nicht fortgesetzt wurde. Ich bezahlte ein paar erfahrene Bergleute dafür, dass sie hier weitermachten, während ich in Pirna dem göttlichen Strafgericht beiwohnen wollte. Doch zuvor …« Schwarze brach plötzlich ab, er hob den Kopf und lauschte.

Auch Valentin glaubte nun, aus dem höher gelegenen Stollen Stimmen zu hören. Als er sah, wie Schwarze sich erhob und ein paar Schritte in Richtung des Trittbaums machte, hievte er sich mit Mühe auf. Er hatte das Gefühl, in seinem Kopf würde ein Messer stecken, das sich bei jeder Bewegung tiefer in sein Hirn bohrte. Wieder schwappte Übelkeit wie eine Welle in ihm hoch, aber diesmal war er nicht in der Lage, sie hinunterzuschlucken. Er krümmte sich zusammen und erbrach sich wieder und wieder. Dabei hörte er zwar, dass Martin irgendwo in der Tiefe des Stollens seinen Namen rief, war aber nicht in der Lage zu antworten.

Sein rebellierender Körper beschäftigte ihn so, dass er nicht einmal bemerkt hatte, dass Schwarze zu ihm zurückgekehrt war. Erst als der ihn am Arm packte und hinter sich herzerrte, konnte Valentin wieder Luft holen. Sein Magen war nun leer, aber seine Beine zitterten und drohten jeden Augenblick unter ihm nachzugeben.

Schwarze, der mit einer Hand Valentins Arm umklammerte und in der anderen noch immer dessen Dolch hielt, baute sich gut sichtbar mitten im Gang auf. Einem Jagdhund gleich, der die Witterung eines Wildes aufnahm, bewegte er den Kopf nach allen Seiten.

Da hörte Valentin, dass sich nicht nur im oberen Stollen Schritte näherten, sondern auch aus der Richtung, aus der er gekommen war.

»He, Bader!« Das war unverkennbar Martins Stimme. »Was treibst du dort unten so lange?«

Valentin öffnete den Mund, um Martin zu warnen, doch Schwarze riss ihn zu sich herum und hielt ihm den Dolch an die Kehle. »Sag ihm, dass alles in Ordnung ist und dass er herkommen soll«, flüsterte er, während er aufmerksam über Valentins Schulter ins Dunkel spähte.

Doch Valentin hatte in dem Augenblick, als Schwarze ihn herumwirbelte, das Blinken von Metall wahrgenommen und blitzschnell zugegriffen. Nun hielt er in seiner Linken Schwarzes eigenen Dolch, den dieser im Gürtel getragen hatte.

»Martin, komm her!«, rief er laut und rammte gleichzeitig mit aller Kraft die Klinge in den Leib seines Gegners.

Er sah, wie sich Schwarzes Augen entsetzt weiteten, und spürte einen scharfen Stich in der Brust, bevor ihm die Sinne schwanden.

Kapitel 46

Mit einem mulmigen Gefühl im Bauch erklomm Magdalena die Treppe zum Ratssaal. Dass Richter Seiler sie nach dem Läuten der Feierabendglocke herbestellt hatte, konnte nichts Gutes bedeuten.

Dabei hatte noch tags zuvor alles viel besser ausgesehen. Nicht nur, dass Conrad am Morgen deutlich lebhafter gewirkt hatte, er hatte sich auch an etwas erinnert, das seinem Schicksal womöglich eine neue Wendung geben konnte.

»Seit Tagen habe ich in Gedanken jeden Schritt, den ich in der Nacht von Eckels Tod gegangen bin, noch einmal zurückgelegt. Wieder und wieder habe ich mir alles vorgestellt, und gestern Nacht durchzuckte mich die Erinnerung gleich einem Blitz.« Seine heisere Stimme sank zu einem Flüstern herab. »Während ich in dem Durchgang stand und auf deinen Mann lauerte, ist jemand über den Markt gekommen. Zuerst habe ich nur einen dunklen Umriss gesehen. Aber dann ist der Mann unter der Laterne über einem Hauseingang vorbeigegangen, und für einen Moment fiel das Licht auf sein Gesicht unter der Kapuze.«

Magdalena biss sich auf die Lippen. Sie konnte es kaum erwarten, dass er weitersprach.

»Den Rest der Nacht blieb ich wach. Immer wieder rief ich mir seine Züge vor Augen. Ich wusste, dass ich ihn kannte. Nur woher? Unablässig durchsuchte ich mein Gedächtnis. Und auf einmal wusste ich …«

Leider hatte genau in dem Augenblick Henels Gehilfe die Tür geöffnet. »Der Fronmeister wird gleich hier sein«, verkündete Jorge. »Meister Henel meint, du hättest in den letzten Nächten nicht mehr so viel gehustet.« Er machte einen zögernden Schritt ins Innere der Zelle, wobei er die Fackel wie einen Schutzschild vor sich hielt. »Weil der Richtherr ihn heut auf's Rathaus bestellt hat, will er sich zuvor sein eigenes Bild machen. Also los! Zieh dich aus, damit er dich begutachten kann.« Dann wurde er Magdalenas Gegenwart gewahr. »Verschwindet, Weib!«

»Da gibt es nichts, was ich nicht schon gesehen hätte«, begehrte Magdalena auf. »Schließlich habe ich den Kerl in den letzten Tagen gewaschen und versorgt!« Es ging ihr darum, Zeit zu gewinnen, denn sie hoffte auf einen Einfall, wie sie die Begutachtung verhindern könnte. Der gründliche Henel, das stand außer Frage, würde sofort erkennen, dass es dem Gefangenen besserging, und erst recht, dass sich keine Pestbeulen an seinem Körper gebildet hatten. Um den Moment der Wahrheit hinauszuzögern, hatte sie Conrad in den letzten Tagen nach einem Mittel gefragt, das geeignet wäre, eine Pesterkrankung glaubhafter vorzutäuschen. Er hatte nur mit den Schultern gezuckt und gesagt, so etwas gäbe es nicht. Aber nun, da die Schritte des Fronmeisters im Gang ertönten, war es ohnehin zu spät dafür.

Magdalena warf Conrad einen hilflosen Blick zu, bevor sie die Zelle verließ.

Kurz darauf, Jorge war im Hof, um Holz zu hacken, und Henel rumorte ein Stockwerk höher in seiner Wohnung, hatte sie sich noch einmal zu den Zellen geschlichen. Zumindest den Namen des Mannes, den Conrad beobachtet hatte, wollte sie noch in Erfahrung bringen. Dabei hätte sie der Fronbote um ein Haar erwischt. Nur mit knapper Not war es ihr gelungen, in die Küche zu schlüpfen, wo sie sich hastig daranmachte, einen

Topf zu scheuern. Womöglich hatte Henel dennoch einen Verdacht geschöpft? Magdalena war das Gefühl, er und Jorge würden jeden ihrer Schritte verfolgen, für den Rest des Tages nicht mehr losgeworden. Hin- und hergerissen zwischen Neugier und Angst, hatte sie in der Nacht kaum Schlaf gefunden.

Dennoch hatte sie noch einmal all ihren Mut zusammengenommen und war in der Stunde nach dem Mittagessen zu Conrads Zelle geschlichen. Aber ihr Einsatz war nicht belohnt worden. Conrad hatte sich rundheraus geweigert, ihr den Namen des Mannes zu nennen, den er in der Mordnacht beobachtet hatte. Das, so meinte er, würde sie nur unnötig in Gefahr bringen. Ihm wäre des Nachts klargeworden, dass sie schon viel zu viel für ihn gewagt habe, und damit sei nun endgültig Schluss. All ihre Beteuerungen, sie habe nicht vor, sich dem Kerl zu nähern, prallten an ihm ab. Conrad glaubte, allein die Tatsache, dass sie sich in die Fronfeste eingeschlichen habe, zeige, wie waghalsig und unbedacht sie sei. Außerdem könne er sich noch immer keinen Reim darauf machen, welchen Grund der Mann gehabt haben könnte, Eckel und dann auch noch Justina zu töten. Sich mit dieser Frage zu befassen, sei Aufgabe des Richtherrn, weshalb er sein Wissen einzig und allein diesem enthüllen werde. Kurz darauf waren tatsächlich zwei Männer der Stadtwache erschienen und hatten Conrad aufs Rathaus mitgenommen. Bei ihrer Heimkehr am Abend hatte Magdalena von Liese erfahren, dass der Richter sie ebenfalls zu sprechen wünsche.

Magdalena hatte die letzte Stufe erreicht, als sich die Tür des Ratssaals öffnete. Der Hauptmann der Stadtwache trat heraus. Er grüßte sie und wartete mit zuvorkommendem Lächeln, bis Magdalena die Schwelle überquert hatte.

Wie gewöhnlich saß der Richter allein hinter dem großen Tisch, auf dem sich Akten und Papiere stapelten. »Ah, Witwe Eckel, da seid Ihr ja!« Wie es seine Gewohnheit war, musterte

Seiler sie eindringlich von Kopf bis Fuß. Dann deutete er auf einen der Sessel. »Setzt Euch, denn ich möchte mich mit Euch unterhalten.«

Zögernd ließ sich Magdalena auf der vorderen Kante des schweren Ratsherrenstuhls nieder. Dass der gestrenge Richtherr ihr einen Sitzplatz anbot, verwirrte sie, doch gleichzeitig machte ihr die Geste Hoffnung. »Worüber möchtet Ihr Euch unterhalten?«, fragte sie mit einem höflichen Lächeln. Vielleicht würde sie durch Seiler erfahren, was Conrad wusste.

»Über die Verbindung des Hauses Eckel zu einem Kräuterhändler namens Laurenz Tscherna«, entgegnete Seiler.

Magdalenas Lächeln erlosch. »Tscherna?«, hauchte sie. Der Schreck jagte Feuer und Eis zugleich durch ihre Glieder. Jemand musste sie dabei beobachtet haben, wie sie das Haus des Mannes betreten oder verlassen hatte, all ihrer Vorsicht zum Trotz! Aber ahnte Seiler auch, was sie dort gewollt hatte?

»Ja, Tscherna. Der Mann handelt mit Kräutern und verschiedenen Arzneien. Er hat ein Haus in der Holdergasse.« Eine gewisse Ungeduld zeichnete sich in den scharfen Zügen des Richtherrn ab. »Erinnert Ihr Euch daran, ob Euer verstorbener Gemahl Geschäfte mit ihm gemacht hat oder sonst Umgang mit ihm pflegte?«

Magdalena spürte, wie die Luft, die sie unwillkürlich angehalten hatte, aus ihren Lungen wich. Sie bemühte sich, ihre Erleichterung nicht allzu offenkundig zu zeigen, indem sie energisch den Kopf schüttelte.

»Nicht das ich wüsste«, sagte sie.

»Seid Ihr ganz sicher?« Seilers Adleraugen ließen nicht von ihr ab.

»Falls Eckel sich mit Tscherna traf, dann nicht in seinem Haus. Das hätte ich bemerkt. Und falls er Geschäfte mit ihm getätigt hat, hätte ich das aus seinen Büchern ersehen können. Aber da taucht der Name ganz gewiss nicht auf«, versicherte sie.

War Tscherna womöglich der Mann, den Conrad in Eckels Todesnacht gesehen hatte? Wenn es so war, dann hatten sie sich davon nur etwas zu erhoffen, wenn sie eine Verbindung zwischen ihm und Eckel herstellen konnten.

»Hm.« Der Richter strich über seinen Bart. »Andererseits betreibt der Mann in unserer leidgeprüften Stadt einen umfangreichen Handel mit geschmuggelten Waren. Wenn ich mit so einem Geschäfte machte, würde ich das auch nicht schriftlich niederlegen.«

»Habt Ihr ihn denn dazu befragt?«, erkundigte sich Magdalena.

»Er ist vor ein paar Wochen aus der Stadt verschwunden«, erklärte Seiler. »Angeblich ist er nach Sankt Joachimsthal gereist. Zumindest sagte das der blinde Alte, der mit ihm im Haus wohnt. Den Namen Eures verstorbenen Gemahls hatte er allerdings noch nie gehört. Der Hauptmann der Stadtwache hat das Haus vorhin von oben bis unten durchsuchen lassen. Aber bisher deutet nichts auf eine Verbindung zu Eckel oder Meißner hin.« Der Richter rieb sich die Augen. Er wirkte alt und erschöpft.

Magdalena hingegen war mit einem Mal hellwach. »Sankt Joachimsthal im Böhmischen?«

Seiler nickte.

»Aber dorthin ist Valentin Arnold gereist!« Sie konnte ihre Aufregung kaum verbergen. »Vielleicht hat er eine Verbindung entdeckt!«

»Hm.« Seiler strich erneut über den Bart. »Dann sollte der Bader sich mit der Heimreise beeilen. Heute kehrten die Ratsherren Horndorf und Promnitz nach Pirna zurück. Sie haben gehört, die Pestilenz sei auf dem Rückzug.« Er warf Magdalena einen wissenden Blick zu. »Und mein Schwager, der zweite Bürgermeister, kündigte mir ebenfalls seine baldige Rückkehr an.« Magdalena glaubte, einen Hauch Verachtung in Seilers

Stimme zu hören. »Ist der Rat erst wieder vollzählig, werde ich nicht umhinkönnen, die hochnotpeinliche Befragung aller Verdächtigen in den Mordfällen anzuordnen.«

Vom Rathaus eilte Magdalena direkt in die Marienkirche. Sie hatte Glück, denn obwohl das Gotteshaus seit Jahren eine Baustelle war, konnte sie heute an einem der Nebenaltäre ungestört Zwiesprache mit dem Allmächtigen halten. Im unmittelbaren Gebet wollte sie sich ihm anvertrauen. Wenn sie schon nicht in der Lage war, ihre Sünden aufrichtig zu bereuen, so wollte sie dem Herrn zumindest erklären, warum sie so gehandelt hatte und nicht anders. Und anschließend würde sie ihn um Gnade bitten. Nicht für sich selbst, denn das erschien ihr vermessen angesichts ihrer mangelnden Bußfertigkeit. Aber für Conrad Arnold wollte sie bitten, trotz der Wut, die seit dem Gespräch am Morgen in ihr rumorte. In den letzten Monaten hatte sie begriffen, dass sie selbst Mut und Klugheit besaß – mehr als so mancher Mann. Der scharfsichtige Richtherr hatte das längst erkannt. Und Conrads Art, Entscheidungen für sie zu treffen, zumal in einer Situation, in der er um sein eigenes Leben fürchten sollte, ging ihr gegen den Strich. In Zukunft, das hatte sie sich nach Eckels Tod geschworen, würde sie allein darüber entscheiden, was gut für sie war! Doch es wäre gelogen, wollte sie behaupten, dass Conrads Fürsorglichkeit sie vollkommen ungerührt ließ, denn außer ihm hatte sich noch nie jemand sonderlich für ihr Wohlergehen interessiert.

Magdalena betete lange und inbrünstig. Sie schloss ihre stille Andacht mit dem Wunsch, der ihr im Augenblick am dringlichsten erschien: Möge der Herr seine schützende Hand über Conrads Bruder halten, wo immer der sich gerade befand, und möge er Valentin so schnell wie möglich nach Pirna zurückführen!

KAPITEL 47

Das hier, mein Freund«, Agricola ließ Vater Werners Amulett vor Valentins Nase baumeln, »hat Euch mit ziemlicher Sicherheit das Leben gerettet. Was immer das auch sein mag.« Er beäugte das Amulett – ein Triangel aus weiblichen Beinen, in dessen Mitte ein von Schlangen umzüngeltes Frauengesicht zu sehen war. »Auf mich wirkt es ausgesprochen heidnisch.« Er schüttelte den Kopf. »Nun, vermutlich war es doch eher Gottes Beistand, der Euch rettete«, erklärte er. »Aber der Dolch, den der verrückte Meuchelmörder in Eure Brust rammen wollte, ist an dem Amulett abgerutscht. Und so konnte die Klinge lediglich die Haut über Euren Rippen verletzen.«

Valentin schwieg, denn die einzige Frage, die ihn jetzt interessierte, war, wann er dieses überaus lästige Krankenlager endlich verlassen durfte.

Der Doktor drückte ihm das Amulett in die Hand und beugte sich noch einmal über die wulstige Narbe, aus der er vorhin die letzten Fäden gezogen hatte. Die Wunde heile erstaunlich gut, ließ er Valentin wissen.

»Derjenige, der Euch den Talisman gegeben hat, muss weit herumgekommen sein«, plauderte Agricola, während er die Narbe mit einer scharf riechenden Salbe bestrich und einen frischen Verband auflegte. »Der schwarze Stein, aus dem er gefertigt wurde, stammt aus der Tiefe eines Vulkans, eines feuerspeienden Berges. Ich habe solches Gestein während meiner

Studienzeit in Bologna und Padua gesehen, obwohl die Vulkane noch viel weiter südlich liegen.«

Valentin schien die Erklärung passend. Das Amulett erinnerte ihn an die wilden schwarzen Locken, die Urs von seiner sizilianischen Mutter geerbt hatte. Er streifte sich das Lederband über den Kopf, bevor er sein Hemd überzog. Alles in ihm drängte zum Aufbruch. Schließlich hatte er schon zu viel Zeit verloren, weil Agricola ihn nach seinem Kampf mit Laurenz zusammenflicken und aufpäppeln musste.

Der Schnitt auf der Brust war nichts gewesen im Vergleich zu dem Brummschädel, den Valentin sich beim Sturz im Stollen zugezogen hatte. Ihm war es geschuldet, dass er nach dem Nähen der Wunde noch vier Tage unter den strengen Augen des Doktors das Bett hüten musste. Valentin gestand sich ein, dass er im Grunde keine Wahl gehabt hatte. Anfangs hatte er sich ständig übergeben und später die meiste Zeit geschlafen. Erst tags zuvor war er in der Lage gewesen, das Bett ohne fremde Hilfe zu verlassen und mehr als Brühe bei sich zu behalten.

Wie Agricola ihm berichtete, hatten Martin und die Männer der Stadtwache Schwarze zwar noch lebend aus dem Bergwerk geborgen. Doch er war nicht mehr ansprechbar gewesen und einen Tag später gestorben.

»Bedauerlich, dass es unserem Richtherrn nicht möglich war, ein Geständnis von Schwarze zu erhalten. Allerdings ist das zur Wahrheitsfindung auch nicht zwingend notwendig«, sagte Agricola. »Ebenso wie Strunz könnt Ihr bezeugen, welch teuflischen Rachefeldzug er hier und in Pirna geführt hat.« Der Doktor wusch seine Hände und drehte sich dann mit einem Lächeln zu Valentin um. »Übrigens hat Euch der Schreiber vor dem Joachimsthaler Rat in den höchsten Tönen für die Rettung des kleinen Wenzel gelobt. Ohne Euch, so schwor er, wäre der Junge ein weiteres Opfer des Mörders geworden. Nach seinen Worten musste der Mann vollkommen von Sinnen gewesen sein.«

Valentin atmete erleichtert auf. In den wenigen klaren Momenten der letzten Tage hatte er sich gesorgt, dass Strunz mitbekommen haben könnte, dass zwischen ihm und Schwarze etwas gewesen war, das nicht sein durfte.

»Wisst Ihr«, fuhr der Doktor fort, »ich glaube, dass wir es bei Laurenz Schwarze mit einem jener seltenen Fälle zu tun hatten, bei denen die Lustseuche nicht so sehr den Körper angreift, sondern vielmehr den Geist. Wahnvorstellungen sollen bei einem solchen Krankheitsverlauf üblich sein, habe ich gelesen. Allerdings habe ich noch nie davon gehört, dass dies bereits nach so kurzer Zeit geschieht.«

Valentin, der das Gespräch unter anderen Umständen außerordentlich anregend gefunden hätte, schlüpfte hastig in seine Kleidung. In der Halle wartete bereits Martin auf ihn. Agricolas Knecht hatte den Auftrag, ihn zur Aussage aufs Rathaus zu begleiten und ihm anschließend bei den Vorbereitungen für die Abreise zu helfen.

Noch vor dem Mittag verließ Valentin die Bergstadt. An seiner Seite ritt, stolz wie ein Spanier, Hans, der Botengänger. Der Joachimsthaler Rat hatte den Alten beauftragt, den Bader zu begleiten. So wolle man sicherstellen, dass der Bevollmächtigte der Pirnschen heil und zügig auf die andere Seite des Gebirges käme. In seiner Tasche hatte Valentin ein Schreiben des Richtherrn, das den perfiden Plan bezeugte, den Laurenz Schwarze in Joachimsthal verfolgt hatte. Es bekundete auch, dass Schwarze vor Ohrenzeugen sowohl die Morde an Thomas und Justina Eckel als auch den an Matthes Meißner gestanden hatte. Zum Schluss hatte der Joachimsthaler Richter noch lobende Worte für den offiziellen Gesandten des Pirnaer Rates gefunden. Mit Klugheit und Mut, so hieß es, sei es Meister Arnold gelungen, die mörderischen Absichten des Laurenz Schwarze zu vereiteln und so das Leben eines unschuldigen Kindes zu retten.

Hin- und hergerissen zwischen Hoffen und Bangen trieb Valentin sein Pferd bergauf. Alles hing nun davon ab, dass er es rechtzeitig nach Pirna schaffte! Wollte er Conrad retten, musste er mit seiner Botschaft schneller sein als der Henker. Noch im Haus Agricolas hatte er darum eine Auseinandersetzung mit seinem Wegführer gehabt. Valentin war der Meinung gewesen, dass der Weg über den Pass bei Wiesental der nächste und damit schnellste sein müsse.

»Da merkt man gleich, dass du nicht aus dem Gebirge stammst, Bader«, hatte Hans seelenruhig erklärt. »Auf dem Wiesentaler Pass liegt der Schnee schon so hoch, dass dort bis weit nach Ostern kein Durchkommen ist, weder zu Fuß noch mit den Pferden. Nicht einmal über den Rittersgrüner Pass können wir es zu dieser Zeit schaffen.«

»Du verstehst nicht!« Aufgebracht war Valentin in Agricolas Halle umhergelaufen. »Das Leben meines Bruders hängt davon ab, dass ich so schnell wie irgend möglich nach Hause komme.«

»Eile macht Weile«, hatte der Alte mit erhobenem Zeigefinger gesagt. »Das solltest du dir hinter die Ohren schreiben, Bader!«

Doch erst, als auch der Doktor dem erfahrenen Botengänger zugestimmt hatte, war Valentin bereit gewesen, dessen Führung zu vertrauen. Und Hans hatte entschieden, dass ihre Aussichten auf eine sichere Passage am Pressnitzer Pass am besten wären.

Obwohl er es kaum erwarten konnte, seinen Weg fortzusetzen, drehte sich Valentin hinter der Stadtgrenze noch einmal um. Der Rat hatte Schwarzes Leichnam zur Abschreckung und Mahnung an einen der Galgen auf dem Richtberg hängen lassen. Selbst aus dieser Entfernung konnte Valentin die Silhouette des toten Körpers erkennen, der im eisigen Winterwind hin und her schwankte, und wie bei seiner Ankunft kreiste auch jetzt ein Schwarm Krähen über der einsamen Richtstatt.

Kapitel 48

Mit geradem Rücken und zusammengepressten Lippen saß Magdalena auf dem unbequemen Stuhl. Sie fragte sich, warum sie die kostspieligen Sitzmöbel, mit denen Eckel zu Lebzeiten seinen Reichtum zur Schau zu stellen pflegte, nicht längst aus dem Haus geworfen hatte. Und wenn es nach ihr ginge, würde sie mit dem Mann, der ihr gegenübersaß, dasselbe tun. Leider stand es nicht in ihrer Macht, das zu veranlassen, aber gegen sein heimtückisches Ansinnen würde sie sich mit aller Kraft wehren.

»Schaut Euch nur um, meine Liebe!« Der zweite Bürgermeister deutete zur Tür, durch die Liese verschwunden war. »Ihr lebt hier ganz allein mit diesem Kind, das nicht einmal in der Lage ist, bei Tisch richtig zu bedienen.« Anklagend wedelte seine Hand über dem leeren Glas, und es dauerte eine Weile, bis Paul Meißner begriff, dass auch Magdalena nicht die Absicht hatte, ihm einzuschenken. Mit empörtem Schnauben griff er schließlich selbst nach dem Weinkrug. Der missbilligende Ausdruck auf seinem Gesicht verschwand jedoch, nachdem er den ersten Schluck getrunken hatte. »Ah, Euer verstorbener Gemahl hielt seinen Keller stets gut versorgt. Gott sei seiner armen Seele gnädig!« Meißner leckte sich über die Lippen, lehnte sich zurück und faltete die Hände über dem Bauch. »Als sein ältester und liebster Freund ist es nun meine Pflicht, mich darum zu kümmern, dass es seiner Witwe auch weiterhin an nichts mangelt. Genauso, wie er es sich gewünscht hat, meine Liebe.«

Magdalena konnte seine freundliche Herablassung kaum ertragen. »Ich bin durchaus bestens versorgt!«, sagte sie lauter als beabsichtigt.

Paul Meißner hob die Augenbrauen. Obwohl er und Eckel im gleichen Alter gewesen waren, wirkte der zweite Bürgermeister um Jahre jünger, zumal er keinen Bart trug. Er war ein stattlicher Mann, und sein kurzgeschnittenes Haar begann gerade erst zu ergrauen. Das kantige Gesicht mit dem kräftigen Kinn zeugte von Durchsetzungskraft, und die durchdringend blauen Augen blickten mit einer Spur Arroganz auf die Welt um ihn herum. Magdalena fand, dass Matthes neben dem guten Aussehen auch diesen Zug von seinem Vater geerbt haben musste. Sie dachte daran, dass Meißner in den letzten Monaten nicht nur Matthes, sondern auch seine beiden jüngeren Söhne verloren hatte und natürlich seine Frau. Eigentlich müsste sie Mitleid empfinden. Doch der zweite Bürgermeister wirkte keineswegs wie ein gramgebeugter Wittwer und Familienvater.

Nun wurde sein selbstgefälliges Lächeln noch eine Spur breiter. »Mir müsst Ihr doch nichts vormachen, Magdalena. Ich weiß, dass Ihr mit Eurer Lage vollkommen überfordert seid. Darum will ich Euch ein Angebot machen.« Er beugte sich nach vorn und stützte die Ellenbogen auf den Tisch. »Zieht in mein Haus! Platz ist dort inzwischen genug. Bei mir würde es Euch an nichts fehlen, und meine Töchter würden Euch angemessen Gesellschaft leisten, bis Eure Trauerzeit vorüber ist.« Während er von seinem Wein trank, beobachtete er sie mit der Aufmerksamkeit eines Katers, dem es gelungen war, einer Maus den Weg in ihr Schlupfloch abzuschneiden.

Magdalena schwieg. Nicht dass sie sich von Meißners Besuch etwas Gutes erhofft hätte, aber die Dreistigkeit seines Vorgehens verschlug ihr die Sprache.

Der Ratsherr schien keine Antwort zu erwarten, denn er

setzte seinen Monolog fort: »Angesichts der Tatsache, dass die furchtbare Pestilenz unsere arme Stadt zu einem Drittel entvölkert hat, bin ich allerdings der Ansicht, dass keine Frau ihre Zeit mit langer Trauer verschwenden sollte, wenn sie stattdessen Kinder gebären könnte. Und ebenso hat jeder Witwer die Pflicht, möglichst rasch wieder in den heiligen Stand der Ehe zu treten.«

Magdalena fühlte seine Blicke über ihren Körper tasten wie klebrige Spinnenbeine. Ihr Widerwillen gegen den Mann wuchs mit jedem Augenblick.

»Damit Ihr seht, dass ich nicht nur mit schönen Worten zu Euch komme, meine Liebe, habe ich eine Aufstellung der Vermögenswerte mitgebracht, über die Euer Gemahl verfügte. Ich werde sie nun mit den Büchern aus seinem Kontor vergleichen, um sicherzugehen, dass …«

Meißners Glas kippte um, als Magdalena aufsprang. Sie ignorierte, dass sich der Wein teils über die Tischplatte, teils über das Beinkleid ihres Gastes ergoss. »Ich werde nicht in Euer Haus ziehen, und ich werde Euch auch keinen Blick in Eckels Bücher gestatten!«, stieß sie hervor. »Als seine Witwe habe ich die Absicht, seine Geschäfte selbst weiterzuführen, wozu ich mich bestens gerüstet fühle.« Zu ihrem eigenen Erstaunen fühlte sie, wie sie ruhig wurde, kaum dass sie die Worte ausgesprochen hatte.

Meißner sah sie an, als habe sie in der Sprache der Osmanen mit ihm geredet. Dabei zog er ein Tuch aus seinem Ärmel, mit dem er den feuchten Fleck auf seiner Hose betupfte. Als er fertig war, ließ er es achtlos zu Boden fallen und stand auf. Ein harter Glanz trat in seine Augen, als er auf Magdalena zukam.

Unwillkürlich wich sie einen Schritt zurück. Zu sehr erinnerte sein Ausdruck sie an Eckel, wenn er kurz davorgestanden hatte, sie zu schlagen. Aber dann zwang sie sich stehenzubleiben. »Verlasst mein Haus«, forderte sie. »Auf der Stelle!«

Meißner verzog die Oberlippe und entblößte seine Zähne.

Magdalena holte Luft. Sie war sicher, dass ihr erster Schrei Liese herbeirufen würde, und gemeinsam würden sie ihre neue Freiheit verteidigen. Aber noch bevor sie dazu kam, den Mund zu öffnen, flog die Stubentür auf.

Meißner fuhr herum, als Liese mit einem Besen bewaffnet hereinstürmte. Mit ihren weitaufgerissenen brauen Augen wirkte sie wie ein verschrecktes Reh, doch die Haltung ihres Körpers machte deutlich, dass sie zu allem bereit war. Zuerst sah es so aus, als wolle Meißner sich auf sie stürzen, doch dann begann er zu lachen.

»Weiberregiment nimmt kein gutes End!«, rief er, während er zur Tür ging. »Wir sprechen uns schon bald wieder, meine Liebe. Verlasst Euch darauf!«

Magdalena hörte sein Gelächter, bis die schwere Haustür hinter ihm zuschlug.

Herrin und Magd standen in der Stube und schauten einander an. Schließlich nahm Magdalena Liese den Besen aus der Hand, lehnte ihn an den Tisch und drückte das zitternde Mädchen an sich. »Danke«, flüsterte sie.

Nachdem sie sich gegenseitig ausreichend Halt gegeben und Trost gespendet hatten, nötigte Magdalena die widerstrebende Liese auf einen der Stühle. Sie holte zwei frische Gläser aus dem Schrank, füllte sie mit Wein und drückte ihrer Magd eins in die Hand. »Trink!«, verlangte sie, bevor sie selbst einen kräftigen Schluck nahm. »Es wird alles gut, du wirst schon sehen«, ermutigte sie sowohl das Mädchen als auch sich selbst. »Ich gehe gleich aufs Rathaus und spreche mit Meister Seiler.«

Liese wirkte nicht überzeugt. Sie nagte an ihrer Unterlippe und sah dabei auf das Glas in ihren Händen.

»Der Richter hat gesagt, dass er mir hilft, mich gegen Meißners Ansprüche zur Wehr zu setzen«, erklärte Magdalena.

»Ich fürchte, der Richtherr hat zurzeit andere Sorgen.« Liese starrte weiter in ihren Wein, und Magdalena überlief ein kalter Schauer.

»Herrgott, Liese«, stieß sie hervor. »Was verschweigst du mir?«

Zaghaft hob das Mädchen den Blick. »Heute Morgen auf dem Markt war die Rede davon, dass ein Bote nach Dresden aufgebrochen sei.« Liese schaute wieder auf ihr Glas. »Mit einer Nachricht für Meister Hans«, fügte sie leise hinzu.

Magdalena stellte ihr Glas auf den Tisch. »Und wann wolltest du mir das erzählen, Mädchen?« Sie wartete nicht auf eine Antwort, sondern erhob sich hastig. »Ich gehe sofort zum Rathaus!«

Kurze Zeit später stand sie irritiert vor der verschlossenen Tür des Ratssaals.

»Falls Ihr den Richter sucht, der arbeitet jetzt wieder in seinem eigenen Haus«, beschied ihr ein mürrischer hagerer Mann. Er hatte das Gesicht einer Spitzmaus und ebenso mausgraues Haar. Magdalena hielt ihn für den Ratsdiener, der die Stadt vor einigen Monaten zusammen mit dem Bürgermeister verlassen hatte. »Nach der Rückkehr der Ratsherren wird dieser Saal wieder für die Sitzungen genutzt.« Er rümpfte die Nase, als hätte Seiler den Ort in der Zwischenzeit entweiht. »So wie sich das gehört!«

Magdalena würdigte den Mann keines Wortes, stattdessen machte sie sich auf den Weg zum Haus des Richters. Es lag am Untermarkt, gleich neben den Schuhbänken.

Eine schmallippige ältere Magd ließ sie ein und führte sie in Seilers Arbeitsstube. Auch hier begnügte sich der Hausherr nicht mit seinem ausladenden Schreibtisch, und so stapelten sich die Akten auf dem Boden sowie an jeder anderen denkbaren Stelle – auch auf den beiden Stühlen vor Seilers Tisch.

»Ihr habt nach dem Henker geschickt?«, fragte Magdalena, kaum dass sie den Raum betreten hatte. Sie wusste inzwischen, dass der Richter keinen Wert auf Höflichkeit legte und es schätzte, wenn man sein Anliegen rasch vorbrachte.

Seiler legte den Federkiel beiseite und sah sie an. »Ich habe getan, was meine Pflicht ist!«, herrschte er sie an. »Wenn ich mich recht entsinne, habe ich Euch nie etwas anderes versprochen, Weib.«

Magdalena fragte sich, wie er es schaffte, auf sie herabzublicken, obwohl sie diejenige war, die stand. Sie wunderte sich, dass es ihr gelang, ihm dennoch in die Augen zu sehen. »Aber Meister Arnold könnte jeden Tag aus Joachimsthal zurückkommen und Beweise für eine Verbindung zwischen Tscherna und Eckel mitbringen. Was dann?«

»Dann werde ich die Beweise dem hohen Gericht zur Begutachtung vorlegen. Aber seht selbst«, er deutete zum Fenster, »Es schneit schon wieder! Bekanntlich hält der Winter im Gebirge früher Einzug als hier. Wenn die Pässe verschneit sind, könnte Arnold auch die nächsten Monate in Joachimsthal festsitzen.«

Diese Möglichkeit hatte Magdalena bisher ausgeschlossen. Sie blickte den Richter trotzig an.

»Oder aber er kehrt mit leeren Händen zurück.« Seiler schlug mit der flachen Hand auf den Tisch. »Weil es keine Beweise zu finden gab!«

Magdalena schüttelte den Kopf. Auch daran mochte sie nicht glauben.

»So oder so, das Gesetz muss sich Geltung verschaffen, weil es die Ordnung in Stadt und Land aufrechterhält!« Seilers dunkle Augen bohrten sich unnachgiebig in Magdalenas. »Und das Gesetz schreibt vor, dass der nächste Schritt die hochnotpeinliche Befragung durch den Henker ist, ob Euch das nun passt oder nicht!«

»Es passt mir nicht«, erklärte Magdalena unumwunden. »Aber davon abgesehen habt Ihr versprochen, mir zu helfen.«

»Was?« Seiler fuhr auf. »Wie könnt Ihr es wagen, so etwas zu behaupten!« Seine Augen funkelten zornig.

»Ich meine die Verteidigung meiner Witwenrechte«, sagte Magdalena schnell.

Der Richter stutzte, und dann verzog er seine schmalen Lippen zu einem ironischen Lächeln. »Wisst Ihr eigentlich, wie unverschämt Ihr seid, Eckelin? Zuerst stehlt Ihr meine wertvolle Zeit, indem Ihr meine Befähigung als Richter in Frage stellt, und dann verlangt Ihr im nächsten Atemzug, dass ich Euch gegen meinen Schwager beistehe?«

Magdalena schaute ihn an, ohne mit der Wimper zu zucken. Sie war davon überzeugt, dass Georg Seiler sein Versprechen unter keinen Umständen brechen würde. Darüber hinaus wusste sie, dass der Richter Paul Meißner ebenso verabscheute wie sie selbst.

»Dann war Meißner also bereits bei Euch?«, erkundigte er sich.

»Gerade eben. Er wollte, dass ich ihm Eckels Bücher vorlege und in sein Haus ziehe!« Magdalena spürte, wie die Wut erneut in ihr aufstieg.

»Nun, zu beidem kann er Euch nicht zwingen, das wisst Ihr hoffentlich. Allerdings kann er einiges tun, um Euch das Leben schwer zu machen.«

Magdalena nickte. Sie erwog einen Augenblick, ihre Arbeit in der Fronfeste aufzugeben, denn ab jetzt würde Meißner sie nicht mehr aus den Augen lassen. Andererseits würde sie damit ihrer Furcht vor einem Mann erneut Raum geben, und das fühlte sich an wie ein Verrat an ihrem eigenen Selbst. Dazu war sie nicht bereit. Und so beschloss sie, künftig noch vorsichtiger zu sein, wenn sie ihr Haus in der Verkleidung der Küchenmagd verließ.

»Auf die Vermögenswerte Eures verstorbenen Gemahls hat er keinen Zugriff, solange Ihr nicht mit ihm verheiratet seid.

Anders sieht es allerdings mit den Handelsgeschäften aus, bei denen er Eckels Partner war.« Seiler stützte die Ellenbogen auf den Tisch und legte die Fingerspitzen zusammen. »Ihr solltet wissen, dass er nichts unversucht lassen wird, Euch aus diesen Geschäften hinauszudrängen. Ich werde Euch gern mit Rat und Tat zur Seite stehen, wenn es so weit ist. Aber es wird nicht leicht werden.«

Magdalena nickte wieder, sie hatte nichts anderes erwartet.

»Nun geht!« Der Richter wedelte mit der Hand. »Und betet, dass der Bader vor dem Henker in Pirna eintrifft!«

»Beten, beten!« Liese, die daheim ungeduldig gewartet hatte, schüttelte den Kopf. »Das habt Ihr schon zur Genüge getan!«

»Das denke ich auch!« Magdalena lief ziellos in der Küche umher. »Dennoch scheint es das Einzige zu sein, was einem studierten Mann wie unserem Richtherrn letztlich einfällt. Er klammert sich an das Gesetz und hofft auf ein Wunder!« Sie blieb vor dem Fenster stehen und schlug mit der Faust gegen den Rahmen, dass die Scheiben in ihren Fassungen aus Bleiglas klirrten. Dann drehte sie sich zu Liese um, die auf der Tischkante hockte und zu Boden sah. »Und Conrad Arnold ist auch nicht besser! Wie ein einfältiges Schaf will er sich dem Henker ausliefern, anstatt bis zum Schluss zu kämpfen.«

Liese hob den Kopf. »Mein Großvater sagte immer, Gott hilft denen, die sich selbst helfen. Wenn Meister Arnolds Bruder keine Hilfe annehmen will, müsst Ihr ihn dazu zwingen.«

»Aber wie?« Verzweifelt schüttelte Magdalena den Kopf.

»Darüber habe ich den ganzen Abend nachgedacht. Und vorhin, als ich neues Feuerholz geholt habe, hat Gott mir den Weg gewiesen.« Liese spitzte die Lippen. »Kommt mit!«

Rasch entzündete sie einen Kienspan und führte Magdalena hinaus in den dunklen, feuchten Garten. Neben dem Schuppen, dort, wo das Feuerholz im Verschlag lagerte, beleuchtete sie ein paar unansehnliche alte Pilze, von deren dunkelgrauen Hüten schwarzer Schleim tropfte.

Angewidert verzog Magdalena das Gesicht. »Willst du mir nahelegen, dass ich Conrad vergiften soll, um ihm wenigstens die Folter zu ersparen?« Die Frage war nicht ernst gemeint, doch das Lachen blieb ihr im Halse stecken.

»Aber nein! Tintlinge sind nicht giftig – im Gegenteil, sie schmecken gut, solang sie noch jung und fest sind.« Liese zeigte auf ein paar Exemplare, deren Hüte noch geschlossen waren. »Aber wenn Ihr nach der Mahlzeit einen ordentlichen Schluck Branntwein trinkt, denkt jeder, Ihr würdet bald das Zeitliche segnen.« Liese grinste verschwörerisch. »Ihr bekommt Schweißausbrüche und Herzrasen und könnt Euch kaum noch auf den Beinen halten. Aber das Beste ist«, begeistert schwenkte sie ihre Fackel über den unappetitlichen Gewächsen, »Euer Gesicht läuft lila an!« Magdalena holte Luft und verschränkte die Arme unter ihrem Busen. Liese merkte nichts von ihrer Entrüstung. »Das Ganze ist nicht besonders angenehm, aber längst nicht so gefährlich, wie es aussieht«, versicherte sie. »Ich habe es selbst schon einmal ausprobiert. Aber mein Bruder, der hat es viele Male gemacht – zumeist sonntags, wenn er keine Lust hatte, zur Kirche zu gehen und stundenlang die Messe zu hören.«

Kapitel 49

Weißt du, dass du teuflisches Glück hast, Bader?«
Valentin, der im Augenblick ganz anderer Auf-
fassung war, schwieg. Unter seinem dicken Wollumhang trug er fast alles, was er an Kleidung mitgenommen
hatte. Um den Kopf hatte er sich einen Schal gewickelt, sodass
nur noch seine Augen hervorschauten. Trotzdem war ihm
eiskalt, und er hatte das Gefühl, schon seit Wochen unterwegs
zu sein. Dabei hatten sie Joachimsthal erst zwei Tage zuvor verlassen. Zunächst waren sie nach Süden geritten, aber ein gutes
Stück vor Kaaden waren sie nach Westen abgebogen. Seitdem
ging es stetig bergauf. Gegen Mittag hatten sie Reischendorf
passiert. Nun konnte Valentin in der Ferne bereits die Dächer
des Bergfleckens Pressnitz ausmachen. Traulich schmiegten sie
sich an die Flanke eines schneebedeckten Hanges. Dort wollten
sie die Nacht verbringen, um am nächsten Tag die Überquerung
des Gebirges in Angriff zu nehmen. Valentin fürchtete allerdings, dass er es in Pressnitz nicht mehr schaffen würde, aus
eigener Kraft vom Pferd zu steigen. Dem Botengänger konnte es
kaum anders gehen, dennoch redete der Kerl munter drauflos.

»So wenig Schnee Anfang Dezember, das gab es seit Menschengedenken nicht mehr in der Gegend! Im letzten Jahr, da
war um diese Zeit selbst am Pressnitzer Pass kein Durchkommen mehr.« Er stieß ein raues Gelächter aus. »Aber so wie
mein armes Sitzfleisch schmerzt, wünschte ich, unsere Reise
wäre hier schon zu Ende!«

Das sah Valentin ähnlich. Genau wie Hans war auch er es gewohnt, zu Fuß durchs Leben zu gehen. Obwohl sich Eckels Pferde bisher als genauso lammfromm, trittsicher und zuverlässig zeigten, wie Magdalena sie beschrieben hatte, misstraute er den Vierbeinern nach wie vor. Aber er wusste auch, dass er es nur mit ihrer Hilfe – und selbstverständlich der des Allmächtigen – schaffen konnte, rechtzeitig nach Pirna zu gelangen.

In diesem Augenblick schoss ein schwarzer Schatten, der unmittelbar vom Himmel zu kommen schien, vor ihnen über die Straße. Valentin zuckte zusammen, sein Pferd machte einen Satz nach vorn. Instinktiv zog er den linken Zügel an und presste sein rechtes Bein unnachgiebig gegen die Flanke des Pferdes. Mehrfach drehten sich Ross und Reiter im Kreis, bevor es ihm endlich gelang, das verstörte Tier unter Kontrolle zu bringen. Schnaufend stand es da und ließ den Kopf hängen. Valentin, dessen Atem ebenso rasch ging, schaute sich um. Er war so damit beschäftigt gewesen, den Gaul zu bändigen, dass er Hans aus den Augen verloren hatte.

Nun entdeckte er dessen Pferd in einiger Entfernung. Es stand mitten auf der Straße, ganz still, als wäre nichts geschehen. Doch von seinem Reiter fehlte jede Spur.

Valentin klopfte seinem Pferd den Hals. »Komm, mein Guter, lass uns nachsehen, wo der Kerl steckt«, murmelte er. »Geb's Gott, dass er sich nichts gebrochen hat!« Er ließ das Tier im Schritt gehen, während seine Augen den Straßenrand absuchten. Schon nach kurzer Zeit entdeckte er die Filzkappe des Botengängers. Sie lag neben einer Schneewehe, aus der sich Hans nun stöhnend erhob. Valentin sprang vom Pferd und begann Kopf, Arme und Beine des Mannes zu betasten. Doch Hans schob ihn mit einem unwilligen Schnauben fort.

»Lass mich in Frieden, mir fehlt nichts! Sieh lieber nach dem armen Gaul. Der ist so panisch losgerannt, dass er ins Stolpern geriet und vorn in die Knie brach.« Er hob seine Kappe auf und klopfte sich damit den Schnee vom Umhang. »Dabei bin ich leider kopfüber aus dem Sattel geflogen.«

Valentin musterte ihn skeptisch. »Und du bist auch ganz sicher nicht verletzt?« Die Kleider des Botengängers waren schneeverkrustet, und auch im roten Barthaar des Mannes hingen Schneeklümpchen.

Hans schüttelte den Kopf und lachte. »Nicht einmal in meinem Stolz, denn auf meine Reitkünste habe ich mir noch nie was eingebildet.« Er setzte die Kappe auf und zog sie tief über seine roten Ohren.

»Irgendetwas hat die Pferde erschreckt.« Valentin blickte nach oben.

Hans stellte sich neben ihn, kniff die Augen zusammen und streckte den Arm aus. »Schau mal da!« Er deutete auf die schwarze Silhouette eines Raubvogels, der unter dem blassblauen Himmelszelt seine Kreise zog. »Ich nehme an, da hast du den Übeltäter.«

Valentin betrachtete die kurzen breiten Flügel und den relativ langen Schwanz. »Ein hungriger Habicht, der am Straßenrand eine Beute ausgemacht hat«, schlussfolgerte er.

Hans' Kopf fuhr nach links, wo sich am Waldrand ein winziges Gehöft befand. »Hoffentlich haben sie dort drüben ihre Hühner schon in den Stall gesperrt.«

Valentin nahm sein Pferd am Zügel und ging die Straße hinauf. »Lass uns erst mal dein edles Ross einfangen! Vielleicht schaffen wir es dann noch vor der Dunkelheit bis Pressnitz.«

Beim Näherkommen erkannte er allerdings, dass daraus nichts werden würde. Das Pferd des Botengängers kam ihm entgegen, es lief dabei nur noch auf drei Beinen. Sein rechtes Vorderbein schlenkerte unterhalb des Knies so unkontrolliert wie die Gliedmaßen einer Lumpenpuppe.

Selbst Hans, der mit Pferden noch weniger Erfahrung hatte als Valentin, begriff sofort, was geschehen war. »Teuflischer

Unglücksvogel, du!« Er stieß die Faust gen Himmel. »Hast den armen Gaul auf dem Gewissen!« Seine Stimme brach, Tränen traten ihm in die Augen.

Auch Valentin wurde das Herz schwer, denn er wusste, dass es nur noch eins gab, das er für das leidende Tier tun konnte. Er drückte Hans die Zügel seines eigenen Pferdes in die Hand und zog seinen Dolch.

»Besser, wir bringen es schnell hinter uns«, murmelte er. Dabei wunderte er sich, dass es ihm überhaupt etwas ausmachte, ein Tier zu töten – bei all dem Leid und Blut, mit dem er sich in den letzten Wochen Tag für Tag befasst hatte.

Mit festen Schritten ging er zu dem verletzten Pferd. Es hatte die Augen vor Schmerz weit aufgerissen, sodass er das Weiße darin sehen konnte. Valentin zerrte mit den Zähnen an seinen vereisten Fäustlingen. Nachdem er sie endlich abgestreift hatte, wickelte er sich den Zügel ums linke Handgelenk. Dann legte er die Hand auf den bebenden Hals des Tieres. Er flüsterte beruhigende Worte, während er über das warme, braune Fell strich. Ganz langsam ließ er seine Hand tiefer gleiten und tastete nach der pochenden Halsschlagader unter der Kehle. Dort setzte er den Dolch an, um dann rasch und kraftvoll zuzustoßen. Das Pferd sackte zusammen. Es fiel auf die Seite und hob noch ein letztes Mal den Kopf, bevor seine Augen brachen. Valentin ließ den Dolch fallen und sank heftig atmend auf die Knie. Er schüttelte den Kopf, um das Bild loszuwerden, das ihm vor Augen stand. Es war nicht das Pferd gewesen, das tödlich getroffen vor ihm zusammenbrach – sondern Laurenz Schwarze.

»He, Bader! Komm, steh auf!« Hans rüttelte an Valentins Schulter und zeigte nach links. »Wir sollten verschwinden, bevor die hier ankommen!«

Verwirrt sah Valentin zum Waldrand, in die Richtung, in der das Gehöft lag, an dem sie vorhin vorbeigeritten waren. Von dort näherte sich eine kleine Schar dick vermummter Gestalten. Einige trugen Körbe auf dem Rücken, andere hatten Kessel und Töpfe dabei. »Wer sind die und was wollen sie?«, fragte er.

»Den Gaul.« Hans warf einen traurigen Blick auf den Kadaver. »Das sind bitterarme Bergbauern, und sie beobachten uns schon eine ganze Weile. Sie warten darauf, dass wir verschwinden, damit sie das Pferd zerlegen und das Fleisch mitnehmen können. Es wird ihnen über den Winter helfen.«

Valentin wollte sich erheben, hatte jedoch Schwierigkeiten, weil seine Beine eingeschlafen waren. Er musste schon eine Zeitlang neben dem Pferd gehockt haben, ohne dass er sich dessen bewusst gewesen war. Doch jetzt griff Hans ihm unter die Arme und zerrte ihn hoch. »Jetzt mach schon! Die Leute sind nicht zimperlich, wenn sie den Eindruck gewinnen, du würdest ihnen den Gaul nicht gönnen.«

Hans drehte sich um, nahm Valentins Pferd beim Zügel und marschierte die Straße hinauf. Benommen trottete Valentin hinterher.

Kapitel 50

Magdalena war eben dabei, den Hirsebrei für das Morgenmahl in Schüsseln zu füllen, als Henel in die Küche polterte.

»Ich will, dass Ihr die Kammer unterm Dach aufräumt und saubermacht.« Sein Daumen deutete nach oben. »Vorhin kam ein Bote aus dem Rathaus mit der Nachricht, dass morgen der Henker aus Dresden eintrifft.«

»Morgen schon?« Um ein Haar wäre die schwere eiserne Kelle ihren Fingern entglitten.

»Schon?« Der Fronbote schaute sie an, als sei sie nicht ganz bei Verstand. »Das hier ist der Bürgergewahrsam, gute Frau, und nicht das Hospital! Wer hier reinkommt, bleibt für gewöhnlich nicht lange.« Er fuhr sich mit dem Zeigefinger quer über die Kehle und grinste. »Ihr beeilt Euch besser mit dem Putzen, denn gewiss wird sich der Meister gleich morgen ans Werk machen.«

Magdalena erschauderte. Der Schrecken, der sie bei Henels Worten überkam, traf sie ins Mark. Dabei hatte sie genau gewusst, dass der Augenblick kommen würde. Bisher hatte sie nur davon gehört, dass sich im Dachgeschoss der Fronfeste ein fensterloser Raum befand, in dem die hochnotpeinlichen Befragungen durchgeführt wurden. Nun würde sie ihn zu Gesicht bekommen und all die grässlichen Instrumente, derer sich der Henker bedienen würde, um Conrad ein Geständnis zu entreißen.

Zum Glück ahnte Henel nichts von ihrer inneren Verfassung. Während sie das Morgenbier in die Becher goss und versuchte, das Zittern ihrer Finger zu verbergen, erging er sich in weitschweifigen Erklärungen.

»Ihr wisst das wahrscheinlich nicht, aber die schmerzhaften Grade der Folter werden nur bei schweren Verbrechen angeordnet. Und zwar immer dann, wenn der Angeklagte kein Geständnis ablegt, es keine Zeugen und auch keinen vollständigen Beweis für die Täterschaft gibt. So etwas kommt in Pirna nicht allzu oft vor. Deshalb ist schon lange keiner mehr oben in der Kammer gewesen. Da hat sich wahrscheinlich eine Menge Dreck angesammelt, der nun wegmuss.« Er sah sie auffordernd an.

»Meint Ihr tatsächlich, den Henker würde ein bisschen Dreck stören?«, fragte Magdalena verbittert.

»Womöglich nicht. Aber außer ihm werden bei der Befragung auch der Richtherr und ein, zwei Herren vom Rat anwesend sein. Und die, Weib, bezahlen mich dafür, dass ich hier auf Zucht und Ordnung achte.« Er bedachte sie mit einem strengen Blick und zeigte auf die Tür. »Also schert Euch nach oben, um zu tun, was Euch aufgetragen wurde!«

Kurz darauf stellte Magdalena fest, dass die Kammer durchaus ein Fenster besaß. Sie stellte den Wassereimer ab, den sie neben Besen und Lappen mit hinaufgenommen hatte. Dann riss sie das Fenster auf. Es war eisig hier oben. Aber ihr Bedürfnis nach Licht und Luft war so groß, dass sie dafür gern eine Gänsehaut in Kauf nahm. Eine Zeitlang ließ sie den Blick über die Dächer der morgendlichen Stadt schweifen und lauschte den Alltagsgeräuschen, die aus den Gassen heraufschallten. Erst dann wagte sie es, sich umzudrehen und den Raum genauer in Augenschein zu nehmen.

Neben dem Fenster stand ein Tisch, auf dem neben allerlei Zangen auch zwei hölzerne Schraubzwingen standen. Magdalena rieb sich fröstelnd die Arme, während sie wie gebannt auf die unregelmäßigen dunklen Flecke starrte, mit denen das Holz der Tischplatte gesprenkelt war. Seile von unterschiedlicher Länge und Beschaffenheit hingen an der Wand. Unter dem Tisch waren, ordentlich der Größe nach, steinerne Gewichte aufgereiht. An der Decke befand sich ein simpler Flaschenzug, neben dem an einem Haken rostige Ketten mit Handschellen baumelten. Im Hintergrund entdeckte Magdalena einen klobigen Holzstuhl. An die Armlehnen, die Vorderbeine und die hohe Rückenlehne hatte man lederne Gurte genagelt, die wohl dazu dienten, Hände, Füße und Kopf zu fixieren. Wer dort festgeschnallt wurde, war vollkommen wehrlos. Neben dem monströsen Stuhl stand eine große Feuerschale. Magdalena schluckte, denn sie hatte sofort den Gestank verbrannten Fleisches in der Nase. Die Bilder und Geräusche, die sie dabei heimsuchten, drohten ihren Geist zu überwältigen.

Am ganzen Körper zitternd drehte sie sich zu ihrem Wischeimer um. Der Kälte zum Trotz tauchte sie ihre Arme bis über die Ellenbogen in das eiskalte Nass. Doch erst nachdem sie sich eine Handvoll Wasser ins Gesicht gespritzt hatte, konnte sie freier atmen.

Hastig begann sie, den Boden zu wischen und die schaurigen Gerätschaften mit einem feuchten Lappen zu reinigen. Eigenartigerweise halfen die einfachen Verrichtungen, ihren Verstand zu klären. In Gedanken ging sie noch einmal die Einzelheiten des Plans durch, den sie ein paar Tage zuvor mit Liese geschmiedet hatte. Sollte er gelingen, mussten sie ihn noch heute in die Tat umsetzen. Magdalena betete, dass sich unter den Tintlingen in ihrem Garten noch ein paar verwertbare Exemplare befanden. Andererseits, dachte sie mit einem bitteren Lächeln, ist es wahrscheinlich egal, ob ich Conrad mit verdorbenen Pilzen vergifte oder ob der Henker ihm unter der Folter alle Knochen bricht.

Nachdem sie das schmutzige Wasser im Hof ausgeschüttet hatte, machte sie sich auf die Suche nach Meister Henel. Sie fand ihn im Vorratskeller, wo er mit bekümmerter Miene auf einen Haufen schrumpeliger Knollen und Wurzeln blickte.

»Rüben und Pastinak! Und das ist auch schon unser gesamter Gemüsevorrat für den Winter«, nörgelte er. »Das Einzige, was wir außer den Scheißrüben im Überfluss haben, sind Bohnen und Salz.« Er schlug mit der Faust gegen ein Fass. Dann drehte er sich zu Magdalena um. »Falls Ihr also gekommen seid, um nach Schinken und Speck für das Mittagsmahl zu fragen, könnt Ihr wieder gehen!«

Magdalena nickte mitfühlend. Innerlich jedoch frohlockte sie, denn Henels Sorge um den Wintervorrat begünstigte ihren Plan.

»Ich wollte Euch nur sagen, dass ich die Kammer gereinigt habe. Ich könnte noch auf den Markt oder zum Hafen gehen, bevor ich die Mittagssuppe koche. Jetzt, wo die Pest zurückgeht, kommen wieder mehr Bauern in die Stadt. Vielleicht habe ich Glück und bekomme Kohl. Mit dem vielen Salz könnte ich daraus Kraut machen, das sich bis zum Frühjahr hält.«

»Meinetwegen«, knurrte Henel. »Nehmt den Jorge mit, der kann Euch tragen helfen!«

Henels neugierigen Knecht konnte Magdalena im Augenblick gar nicht brauchen, darum schüttelte sie rasch den Kopf. »Ach, nein! Es ist ja gar nicht gewiss, ob ich überhaupt so viel bekomme. Falls doch, kann Euer Knecht es später abholen.«

Ohne eine Antwort abzuwarten, raffte sie ihre Röcke und hastete die Kellertreppe hinauf. In der Küche hüllte sie sich in den einfachen Umhang und schlang sich das Wolltuch um Kopf und Schultern. Mit dem großen Weidenkorb über dem Arm verließ sie die Fronfeste.

Kurze Zeit später kauerte sie mit Liese im Garten hinter dem Eckel'schen Haus. Gemeinsam begutachteten sie die Pilze, die trotz der Kälte noch immer neben dem Holzstoß wuchsen. Die Luft war geschwängert von einer Mischung aus altem Laub, feuchtem Holz und Pilzaroma. Magdalena sah mit Schrecken, dass sich die Hüte der meisten Pilze schon zersetzten und die schleimige schwarze Tinte an ihren Stielen herabtroff.

»Seht nur!« Liese hatte tatsächlich ein paar jüngere Exemplare entdeckt. »Die können wir nehmen. Sie sehen noch genießbar aus.«

»Bist du sicher?« Magdalena stippte mit dem Zeigefinger gegen einen der flockig besetzten Hüte.

»Nu, klar doch!« Mit ein paar sparsamen Handgriffen drehte Liese die Pilze aus dem Boden und legte sie in Magdalenas Korb. »Und nun kommt mit!«

Verwundert ließ sich Magdalena von ihrer jungen Magd zum Schuppen in der anderen Ecke des Gartens führen. Unter ihren Füßen raschelte das Laub, und über ihren Köpfen zankte sich eine Schar Spatzen in den kahlen Ästen des Apfelbaumes. Magdalena wünschte sich plötzlich, eines der unschuldigen Federbällchen zu sein, die sich um nichts als ihr Futter sorgen mussten.

Inzwischen hatte Liese einen großen Korb aus dem Verschlag geholt, den sie vor Magdalenas Füße stellte. »Austernpilze, genug für ein ordentliches Mittagsmahl für den Fronmeister, seinen Knecht und alle Gefangenen!« Die haselnussbraunen Augen des Mädchens leuchteten, und auf ihren Wangen bildeten sich zwei verschmitzte Grübchen.

»Dann warst du also heute schon in unserem Obstgarten vor der Stadt? Doch wie konntest du wissen …«

»Dass Ihr die Austernsaitlinge von der alten Rotbuche heute brauchen würdet?«, unterbrach Liese ihre Herrin. »Weil ich in der Früh auf dem Markt meine Augen und Ohren offengehalten habe.« Sie lächelte. »Ihr wisst doch, dass alles, was im Rathaus geschieht, dort bald die Runde macht!«

Magdalena konnte nicht anders, als das stolze Lächeln des Mädchens zu erwidern. Dann zog sich ihr Herz erneut zusammen. »Was meinst du, wie lange wir Seiler und den Henker auf diese Weise hinhalten können?«

»Nu, zwei, drei Tage wird es schon gehen.« Liese furchte die Stirn und grub die Schneidezähne in ihre Unterlippe. »Vielleicht vier.«

»Vorausgesetzt, ich kann Conrad dazu bringen, die Tintlinge und den Branntwein freiwillig zu schlucken«, fügte Magdalena hinzu. »Schließlich kann ich den Männern nicht jeden Tag eine Pilzmahlzeit vorsetzen.« Seufzend bückte sie sich nach dem Korb mit den Austernpilzen.

Kapitel 51

V alentin fror. Er fror so erbärmlich, dass er glaubte, sein Körper würde niemals wieder warm werden. Er hatte sein Gesicht bis zur Nasenspitze in einem dicken Wollschal vergraben und sich die Filzkappe so tief in die Stirn gezogen, dass er kaum noch darunter hervorlugen konnte. Trotzdem hatte er das Gefühl, der feine Schneegriesel, den der Wind vor sich hertrieb, raspelte ihm allmählich die Haut vom Gesicht. Die eisigen Böen fanden ihren Weg auch unter die Kleiderschichten, die seinen restlichen Körper bedeckten, und drangen bis in sein Inneres. Dabei müsste er schwitzen, denn schon seit Stunden ging es bergauf, und die Muskeln seiner Waden brannten von der ungewohnten Belastung. Frustriert starrte Valentin auf den gebeugten Rücken von Hans, der vor ihm her stapfte. Es wurmte ihn, dass dem Botengänger, der deutlich älter war als er selbst, weder der Aufstieg noch das Wetter viel ausmachte. Seit sie im Morgengrauen in Pressnitz aufgebrochen waren, hatte Hans nicht einmal angehalten. In ruhigem, gleichmäßigem Tempo schritt er voran, und Valentin blieb nichts anderes übrig, als ihm zu folgen. Die ganze Zeit über führten sie ihre Pferde am Zügel, denn die Räder der schwer beladenen Salzkarren, die hier seit Menschengedenken von West nach Ost das Gebirge überquerten, hatten im Hohlweg tiefe Rinnen hinterlassen. Die Gefahr, dass eins der Tiere fehltrat, war groß. Noch immer zog sich Valentins Magen zusammen, wenn er an den Augenblick drei Tage zuvor dachte, als er dem verletzten Pferd die Klinge in den Hals rammen musste. Der schwere Geruch des Blutes und die Todesangst in den brechenden Augen des Tieres verfolgten ihn bis in seine Träume, wo sie sich mit anderen Schreckensbildern mischten. Seit Conrads Festnahme und erst recht seit dem Tod ihrer Mutter hatte Valentin nur selten friedlich geschlafen. Doch nun kämpfte er Nacht für Nacht in den Tiefen eines Bergwerks mit Laurenz um sein Leben. Morgens erwachte er schweißgebadet und zerschlagen. Unter diesen Umständen ist es kein Wunder, dass ein Vierzigjähriger besser vorankommt als ich, dachte er kopfschüttelnd.

Dann kniff er die Augen zusammen und spähte angestrengt nach vorn. Er hatte den Eindruck, dass der Wind etwas nachließ. Doch der leichte Schneegriesel war nun in dichten Schneefall übergegangen, und im Wirbeln der Flocken konnte Valentin den Umriss des Botengängers kaum noch ausmachen. »Nun komm schon!«, ermunterte Valentin mehr sich selbst als das Pferd. »Wir müssen uns sputen. Erstens dürfen wir Hans nicht aus den Augen verlieren, und zweitens sollten wir den Pass noch vor Sonnenuntergang hinter uns bringen.«

Kurze Zeit später hatten sie Hans eingeholt. Der Botengänger stand mitten auf dem Weg, hatte die Zügel seines Pferdes fahrengelassen und reckte die Fäuste anklagend in den Himmel. »Herr, warum tust du uns das an?«, stöhnte er, riss sich die Kappe vom Kopf und schleuderte sie in den Schnee.

Das kleine stämmige Pony, das sie bei einem Gastwirt in Pressnitz erworben hatten, machte einen Sprung zur Seite. Valentin näherte sich vorsichtig und griff sich die Zügel. Das Pony ließ es geschehen.

»Was ist denn los?« Valentin zerrte die widerstrebenden Pferde hinter sich her. Unter keinen Umständen würde er riskieren, sie zu verlieren. Dann sah er, was die Ursache für die Verzweiflung seines Bergführers war: Mitten auf dem Weg lag eine umgestürzte Fichte. Sie hatte rechts gestanden, dort, wo der Wurzelballen wie ein riesiger Teller aufragte. Der Wipfel befand sich irgendwo hinter dem linken Wegrand, wo er wegen des dichten Schneefalls kaum zu erkennen war. Der Baum war so ungünstig gefallen, dass es unmöglich war, mit den Pferden daran vorbei- oder darüber hinwegzukommen. Das Gewirr aus Ästen und Zweigen bildete eine Barriere, über die ein Mensch zwar klettern konnte, ein Pferd jedoch nicht.

»Kruzitürken!«, fluchte Hans. »So ein Mist aber auch!« Dann stieß er einen tiefen Seufzer aus und bückte sich nach seiner Kappe.

»Jetzt brauchen wir das Beil, das der dicke Wirt in Pressnitz uns verkauft hat«, sagte Valentin und knotete die Zügel an einem Zweig fest.

»Genau«, brummte Hans, »jenes, das du ursprünglich gar nicht haben wolltest.«

Tatsächlich war Valentin der Meinung gewesen, der rührige Wirt habe nur ein gutes Geschäft gewittert, als er ihnen neben dem Pony auch noch das Beil und eine Windlaterne mit echten Glasscheiben aufgeschwatzt hatte.

»Als Buße dafür werde ich mich jetzt daranmachen, die Äste abzuhacken, damit die Pferde über den Stamm steigen können«, erklärte er reumütig. »Du kannst inzwischen ein kleines Feuer machen und Schnee schmelzen. Die Pferde müssen saufen, und ich gäbe auch sonst was für einen Becher warmen Tee mit einem Schuss Schnaps!«

»Nichts da!«, erklärte der Botengänger mit Nachdruck. »Dir wird von selbst warm werden, sobald du das Beil schwingst. Dabei werden wir uns abwechseln, dann geht es schneller.« Er warf einen besorgten Blick auf die tiefhängenden Wolken, die immer mehr Schnee aus ihren grauen Bäuchen schüttelten. »Ich will die Nacht nicht im Freien verbringen!«

Aber es dauerte eine ganze Weile, bis die beiden Männer das

Astwerk so weit gelichtet hatten, dass sie mit den Pferden hindurchkommen konnten. Erschöpft ließ sich Valentin neben Hans auf einen der dickeren Äste sinken. Immerhin hatte der Botengänger recht behalten: Ihm war von selbst warm geworden, er hatte sich sogar seines Schals entledigt.

»Hier, iss!« Hans reichte ihm einen Kanten Brot und ein Stück Schafskäse.

Während Valentin abwechselnd große Stücke vom Brot und Käse abbiss, die er heißhungrig hinunterschlang, bemerkte er, dass der Wurzelteller der Fichte am rechten Wegesrand kaum mehr zu sehen war.

Auch Hans blickte mit gerunzelter Stirn in das dichte Schneegestöber. Dabei schob er sich den letzten Bissen in den Mund. Nachdem er ihn heruntergeschluckt und die Krümel aus seinem struppigen Bart geklaubt hatte, seufzte er. »Es hilft alles nichts, wir müssen hier übernachten.«

Valentin, der das Gleiche gedacht hatte, schnaubte dennoch frustriert auf. »Hattest du nicht vorhin verkündet, du würdest die Nacht auf keinen Fall im Freien verbringen?«

»Was schert mich mein Geschwätz von vorhin?«, brummte Hans. »Es wird schon nicht so schlimm werden. Immerhin haben wir genug Holz für ein Feuer und jede Menge große Zweige, aus denen wir einen Unterschlupf bauen können.«

»Und die Pferde?« Valentin warf einen Blick auf die beiden Tiere, die eng aneinandergedrängt Schnee und Kälte trotzten.

Hans sah ihn verständnislos an. »Aber die sehen doch aus, als würden sie allein zurechtkommen.«

Valentin war sich nicht so sicher. Das Pony schien mit seinem dichten, zotteligen Fell jedem Wetter trotzen zu können. Daneben wirkte Magdalenas Pferd regelrecht verhätschelt. »Nein, wir nehmen sie zu uns!«, entschied er. »Dann sind sie vor dem Schnee geschützt und spenden uns Wärme.«

Das schien den Botengänger zu überzeugen, denn er nickte ergeben. Nach einigem Hin und Her einigten sie sich darauf, dass die Stelle, an der der Wurzelteller eine Art Wand bildete, für ihr Vorhaben am besten geeignet sei. Mit vereinten Kräften zerrten sie die größten Äste auf die rechte Seite des Weges und rammten sie senkrecht in den Schnee. Das obere Ende lehnten sie gegen das Wurzelgeflecht, wo sie die Zweige zu einem schützenden Dach verflochten.

Während sie ein Feuer entzündeten und in einem Kessel Schnee schmolzen, um Mensch und Tier mit Wasser zu versorgen, brach bereits die Dunkelheit herein. Nachdem sie die Pferde in den Unterstand geführt hatten, gab es dort gerade noch so viel Platz, dass sich die beiden Männer eng nebeneinander auf dem Boden ausstrecken konnten. Das Gute daran war, dass Valentin schon nach kurzer Zeit spürte, wie es wärmer wurde. Das Schlechte war, dass Hans offenbar Angst hatte, die Pferde könnten ihn im Schlaf zertrampeln. Valentin war todmüde und hätte gern geschlafen, doch immer wenn er gerade eingenickt war, knuffte Hans ihn in die Seite. Anschließend folgte stets die gleiche Unterhaltung:

»He, Bader! Schläfst du schon?«

»Jetzt nicht mehr.«

»Glaubst du nicht, dass die Pferde uns treten könnten?«

»Wird schon nicht passieren.«

»Aber wenn sie sich nun erschrecken?«

»Warum sollten sie sich erschrecken?«

»Weiß ich doch nicht.«

»Schlaf endlich!«

»Gut, wenn du meinst.«

So ging es mindestens eine Stunde lang. Als Hans dann endlich ruhig war und selig zu schnarchen begann, konnte Valentin nicht mehr einschlafen. Aber zumindest fror er nicht. Sie hatten den Boden mit einer dicken Schicht junger Fichtenzweige gepolstert und die Satteldecken darüber ausgebreitet. Inzwischen strahlten die Leiber der Pferde und auch ihre eigenen Körper genug Wärme ab, um den Frost draußen zu halten.

Zum wahrscheinlich hundertsten Mal in den letzten Tagen schob Valentin seine Finger unter die Kleidung, um nach dem wertvollen Dokument auf seiner Brust zu tasten, das Conrads Unschuld bezeugte.

Das Pirnsche Salzregister konnte als weiterer Beweis in der Sache dienen, doch Valentin hatte bisher niemandem von dem Fund erzählt. Bei seiner Befragung in Joachimsthal hatte er es schlichtweg vergessen, und für die dortige Obrigkeit war es ohnehin nicht von Bedeutung. In Pirna hingegen könnte es jede Menge Sprengkraft entwickeln. Valentin hatte nur einen kurzen Blick in das Register geworfen. Aber selbst ein Laie konnte erkennen, dass es nicht so geführt worden war, wie es sich gehörte. Tintenkleckse, Streichungen und Seiten, auf denen nur ein paar kümmerliche Einträge zu lesen waren, zeigten, dass sich sowohl der Salzherr als auch sein Schreiber nur wenig Mühe damit gegeben hatten.

Ob sich Hinweise auf Unterschlagungen zum Schaden der Stadt darin finden ließen, vermochte Valentin nicht zu sagen. Doch er vermutete es. Warum sonst hatte Schwarze das Register aus dem Rathaus mitgenommen? Gewiss war Laurenz' Vater in die unlauteren Machenschaften verwickelt gewesen. Er fragte sich nur, warum der alte Ratsherr das belastende Dokument nicht einfach vernichtet hatte.

Irgendwann drehte er sich gähnend auf den Rücken. Der intensive Geruch nach Pferd, Rauch und Fichtennadeln, der den kleinen Unterstand erfüllte, wirkte beruhigend auf sein Gemüt. Da das Schnarchen des Botengängers mittlerweile leiser geworden war, hoffte Valentin, nun auch ein paar Stunden Schlaf zu bekommen. Er schloss die Augen und lauschte in die Dunkelheit. Bis auf die Atemgeräusche seines Weggefährten sowie das leise Schnauben und Scharren der Pferde war es still. Wahrscheinlich hielt der Schneefall noch immer an. Würden sie es unter diesen Witterungsbedingungen morgen tatsächlich bis zum nächsten Ort schaffen?

Kapitel 52

Magdalena hatte in der vergangenen Nacht kaum Schlaf gefunden. Dabei hatte sie ihren Plan am Abend zuvor genauso umgesetzt, wie sie und Liese es geplant hatten: Sie hatte die Tintlinge für Conrad unter die Pilzmahlzeit gemischt, die sie sowohl für die Gefangenen als auch für den Fronboten und seinen Knecht zubereitet hatte. Allerdings war es ihr nicht möglich gewesen, Conrad anschließend den Branntwein zu verabreichen, denn abends erhielten die Gefangenen nur Wasser. Liese hatte ihr jedoch versichert, dass die Wirkung auch einsetzen würde, wenn er den starken Alkohol erst mit dem Morgenbier zu sich nahm. Magdalena hatte schon vor Tagen mit dem Mädchen darüber gesprochen, wie das am besten zu bewerkstelligen sei. Am Ende waren sie sich einig gewesen, dass Magdalena das Bier gleich im Fass mit einer ordentlichen Portion Schnaps versetzen musste. Schließlich konnte sie nicht genau wissen, ob sie morgens Brei und Bier zu den Zellen bringen würde oder ob Jorge die Aufgabe übernahm. Darum hatte sie sich tags zuvor in den Vorratskeller unter der Fronfeste geschlichen. Aus ihren heimischen Vorräten hatte sie einen Krug mit dem stärksten Branntwein abgefüllt, den sie finden konnte. Den entleerte sie in das halbvolle Fass mit dem Dünnbier für die Gefangenen. Magdalena wusste aus Erfahrung, dass die Zungen der meisten Männer weniger geschult waren als die von Frauen, zu deren täglichen Aufgaben das Abschmecken der Speisen gehörte. Sie war zuversichtlich, dass weder Henel und Jorge und erst recht nicht die Gefangenen selbst ihre heimliche Bierpanscherei bemerken würden. Dennoch hatte sie die halbe Nacht wachgelegen und sich von einer Seite auf die andere gewälzt. Ihre größte Sorge war, ob die Pilze zuverlässig wirken würden, ohne Conrad ernsthaft zu schaden.

Tatsächlich übernahm der Wachmann es an diesem Tag selbst, das Morgenmahl zu den Zellen zu bringen. So blieb Magdalena nichts anderes übrig, als in der Küche auszuharren und abzuwarten. Um sich abzulenken, schrubbte sie Kessel und Töpfe mit besonderer Hingabe und begab sich anschließend in die Vorratskammer, wo sie die Truhen und Schränke auswischte und die Vorräte auf Schimmel und Ungezieferbefall kontrollierte. Damit war sie gerade fertig geworden, als sie hörte, wie jemand heftig ans Tor der Fronfeste klopfte. Mit bangem Herzen eilte sie zur Tür der Vorratskammer. Sie glaubte zu wissen, wer Einlass begehrte.

Der Wachmann öffnete zunächst die Sichtklappe, schlug sie aber gleich wieder zu und entriegelte das Tor. Indes polterte der Fronmeister die Treppe herab.

»Gott zum Gruße, Meister Bolz!« Jorges Stimme klang abweisend und ehrfürchtig zugleich. Magdalena beobachtete, wie er zurückwich, um einem großen breitschultrigen Mann Platz zu machen. Der Dresdener Henker war in einen schwarzen Umhang gehüllt, der ihm bis zu den Knöcheln reichte und dessen Kapuze sein Gesicht verbarg. In der Hand trug er einen langen Gegenstand. Der war sorgfältig in eine Decke gewickelt und schien recht schwer zu sein. Hinter Bolz trat ein hochaufgeschossener Junge mit sandfarbenem Strubbelhaar in die Halle. Er schleppte auf dem Rücken eine hölzerne Kiste.

»Gott zum Gruß«, brummte Bolz. Der Henker war mitten in der Eingangshalle stehengeblieben und sah sich um. Dabei stützte er sich mit beiden Händen auf den deckenumwickelten

Gegenstand, den er vor sich auf den Boden gestemmt hatte. Magdalena lief ein kalter Schauder den Rücken hinab, sie ahnte, was die Stoffumhüllung verbarg.

»Meister Bolz.« Der Fronmeister begnügte sich mit einem knappen Nicken. Dann deutete er mit dem Daumen zur Treppe. »Ihr wisst sicher noch, wo bei uns die Befragungen durchgeführt werden. Wollt Ihr Euch gleich oben einrichten?« Dann fiel sein Blick auf Magdalena. Er winkte sie heran. »Holt für Meister Bolz einen Trunk Bier aus dem Keller!«

»Immer mit der Ruhe«, entgegnete Bolz. »Wie üblich werfe ich zuerst einen Blick auf die Delinquenten. Wenn Ihr also so freundlich wärt …« Er hob die Hand, um dem Fronmeister zu zeigen, dass er vorangehen solle. Dann drehte er sich zu dem Jungen um. »Du lässt dir derweil vom Fronknecht die Kammer zeigen und bringst das Werkzeug hoch. Ich weiß noch von meinem letzten Besuch, dass sie hier nur über das Allernötigste verfügen.«

»Ja, Meister!« Der Junge nickte und folgte Jorge, der mit ausdruckslosem Gesicht zur Treppe ging.

Magdalena blieb an der Kellertür stehen. Still betete sie, dass die Wirkung der Pilze bei Conrad bereits eingesetzt haben möge. Derweil hörte sie, wie der Fronmeister die Zellentür aufschloss.

»Das ist Conrad Arnold, der Bader. Er hat den Ratsherrn Eckel auf dem Gewissen, so heißt es. Vielleicht hat er den Gerichtsschreiber ebenfalls ermordet«, sagte Henel. »Aber es könnten auch die beiden Halunken in der Nachbarzelle gewesen sein.«

»Die Wahrheit wird sich bald erweisen«, erwiderte Bolz gelassen. Magdalena schloss die Augen.

»He, Bader!« Henel klang empört. »Steh gefälligst auf! Ich bringe dir hier …« Seine Stimme brach ab. Magdalena vernahm ein gedämpftes Stöhnen.

»Was ist mit dem Mann?«, fragte der Henker ungeduldig. »Lasst mich sehen!«

»Ist es die Pest?« Henel keuchte.

»Ganz gewiss nicht.« Conrad stöhnte so gequält, dass Magdalena auf der Stelle ein schlechtes Gewissen bekam. »Auch wenn es sich so anfühlt.«

»Nein, die Pest ist das nicht«, bestätigte der Henker Conrads Worte.

»Was ist es dann?« In Henels Stimme hörte Magdalena blankes Entsetzen.

Obwohl sich ihr Herz vor Mitleid zusammenkrampfte, stahl sich ein Lächeln auf ihre Lippen. Bisher verlief alles nach Plan!

»Ich habe ja schon allerhand gesehen«, murmelte Bolz. »Aber so was?« Nach einem Augenblick ratlosen Schweigens räusperte er sich. »Zeigt mir die anderen Gefangenen, rasch!«

Wieder rasselten die Schlüssel.

»Das hier sind Fritz und Conz, zwei Totengräber.« Die Zellentür öffnete sich mit lautem Quietschen. »He, Galgenvögel, zeigt Euch! Meister Bolz will Euch sehen!«

Während Fritz keinen Mucks von sich gab, begann der alte Conz wie immer zu lamentieren. »Aber wieso denn? Wir haben nichts gemacht. Gar nichts! Alles, was uns zur Last gelegt wird, ist nichts als üble Nachrede! Brave, rechtschaffene Leute sind wir. Haben der Stadt in schweren Zeiten treulich Dienst geleistet. Gott ist mein Zeuge!«

»Halts Maul und komm her!«, donnerte Bolz. Augenblicklich wurde es still. Magdalena vernahm das Schlurfen von Schritten, das Rascheln von Stroh und den keuchenden Atem des Alten.

»Nun gut!«, verkündete Bolz kurz darauf. »Bei den beiden hier können wir morgen wie geplant mit der Befragung beginnen. Doch was den Bader betrifft«, er schnaubte ungehalten,

»bei dem müssen wir wohl warten, bis er sich ein wenig erholt hat. Gebt ihm inzwischen ein Brechmittel!«

Magdalena schüttelte den Kopf. Das musste sie, wenn irgend möglich, verhindern! Dann fiel ihr wieder ein, dass Henel sie nach einem Trunk für den Henker geschickt hatte. Sie eilte die Treppe in den Keller hinab.

Als sie mit dem Bier nach oben kam, kehrten Henel und Bolz von den Zellen zurück.

»Hier, Euer Bier!« Brüsk streckte sie dem Henker den gefüllten Krug entgegen. Der nahm ihn und nickte ihr zu. Er hatte die Kapuze mittlerweile zurückgeschlagen. Sein kurzes Haar war ebenso sandfarben wie das seines Lehrjungen. Einen Augenblick starrte Magdalena dem Henker ins Gesicht, verwundert darüber, dass es so gewöhnlich aussah. Seine braunen Augen blickten sie wissend an. Unwillkürlich wich sie einen Schritt zurück. Im Gegensatz zu Henel oder Jorge war Bolz kein Mann, der sich leicht täuschen ließ. Ab heute musste sie noch vorsichtiger sein!

Der Henker trank den Krug in einem Zug leer, dann gab er ihn Magdalena zurück. »Habt Dank, gute Frau.« Er drehte sich zu Henel um. »Sagt Eurem Richtherrn, dass wir morgen mit den beiden Totengräbern beginnen können«, verkündete er, bevor er die Treppe hinaufstieg.

»Haben wir bei den Vorräten in der Küche irgendein Brechmittel?«, erkundigte sich Henel. »Vielleicht Alaun?«

»Ich schaue gleich nach. Geht es Euch schlecht?«, fragte Magdalena mit gespieltem Mitgefühl.

»Mir nicht, aber dem Bader.« Der Fronbote verzog das Gesicht. »Der kann sich kaum auf den Beinen halten, hat Schüttelfrost und schwitzt gleichzeitig. Und zu alldem ist er im Gesicht so blau wie ein Veilchen im Mai!« Henel schüttelte fassungslos den Kopf. »Selbst Meister Bolz sagt, so was hätte er noch nie gesehen.«

Magdalena bemühte sich, hinreichend besorgt dreinzuschauen. »Das klingt schlimm. Soll ich mich wieder um ihn kümmern?«

»Tut das, Weib! Ich werde Jorge sagen, dass er Euch die Zelle öffnen soll.« Henel seufzte erleichtert. »Erstattet mir Bericht, sobald es dem Mann bessergeht! Ihr wisst ja: Jeder Tag, den der Henker hier verbringt, kostet unsere Stadt bares Geld«, zitierte er sich mit wichtiger Miene selbst.

Kurz darauf bereitete Magdalena das gewünschte Brechmittel zu. Dafür vermischte sie erneut Bier mit Branntwein, fügte jedoch statt Alaun einen Löffel Honig hinzu. Kaum hatte sie das Gebräu fertig, steckte Henels Knecht den Kopf in die Küche.

»Hab Ihr, was Ihr braucht?«, erkundigte er sich missmutig. »Ich soll Euch bei dem Bader zur Hand gehen.«

»Ist nicht nötig«, versicherte sie. »Das schaffe ich allein. Ihr braucht nur die Zelle aufzuschließen.«

Jorge atmete sichtbar auf. »Na, dann kommt!« Magdalena folgte ihm zu den Zellen und wartete, bis er die Tür geöffnet hatte. Conrad hockte zitternd auf seinem Lager aus Stroh. Der Schweiß lief ihm übers Gesicht, und das hatte in der Tat einen ungesund bläulichen Farbton. Obwohl Magdalena genau wusste, woher er rührte, war ihr Erschrecken darüber echt.

Der Wachmann keuchte entsetzt auf.

»Holt mir einen Eimer mit frischem Wasser«, bat sie. Jorge nickte und verschwand.

Kaum hatte er die Zellentür geschlossen, kniete sich Magdalena neben Conrad. »Hier!« Sie streckte ihm den Becher entgegen. »Trink das!«

Conrad griff nach dem Becher und schnupperte misstrauisch. »Was ist das?«

»Bier mit Honig. Aber Henel denkt, ich hätte dir ein Brechmittel gemischt«, stieß sie hastig hervor. »Du tust später einfach so, als müsstest du dich übergeben. So ein Mittel wirkt schließlich nicht immer, das weiß jeder.«

Er sah sie an. »Magdalena!« Eine steile Falte erschien zwischen seinen Augenbrauen. »Was hast du angestellt?«

»Ich?«, fragte sie entrüstet. »Was ist denn das für eine Frage?«

»Halt mich nicht zum Narren! Ich bin Bader, und ich erkenne die Zeichen einer Vergiftung.« Schwer atmend zerrte er an der Verschnürung seines Hemdes. Schweiß perlte auf seiner Stirn, und die Hand, in der er den Becher hielt, zitterte.

»Es ist harmlos«, versicherte sie. »Tintlinge und Branntwein.«

»Was?« Conrad hielt inne. Es war offensichtlich, dass er von dieser Mischung noch nie etwas gehört hatte.

»Vertrau mir!«, forderte sie, statt ihre Zeit mit Erklärungen zu vergeuden. »Und trink!« Sie deutete auf den Becher. »Solang Bolz denkt, du wärst krank, bist du vor ihm sicher.«

Conrad schüttelte den Kopf. »Nein!« Er griff nach ihrer Hand und drückte sie schmerzhaft. »Du hast mich einmal überlistet, aber hoffe nicht darauf, dass ich den Mummenschanz nun ein zweites Mal freiwillig mitmache. Man hat mir meine Freiheit genommen und meinen guten Ruf. Vielleicht wird man mir auch das Leben nehmen. Aber lass mir wenigstens meine Würde, Weib!«

Magdalena zerrte ihre Hand aus seiner Umklammerung. »Deine Würde? Die wird dir Meister Bolz schon zu nehmen wissen!« Sie sprang auf und blickte wütend auf ihn herab. »All das, was dein Bruder Valentin in den letzten Wochen auf sich genommen hat, wird dann umsonst gewesen sein. Ebenso wie …« Sie schluchzte auf und presste die Hand vor den Mund. Sie hatte nicht vor, ihm jetzt davon zu erzählen, dass sie ihr Kind getötet hatte, und vielleicht würde er nie davon erfahren.

Doch ihr Ausbruch schien etwas bei Conrad zu bewirken. Er stieß die Luft aus, dann nickte er und trank den Becher aus.

»Aber falls du glaubst, die Vergiftungserscheinungen, die du mir bescherst, wären besser als die Folter, hast du dich geirrt.« Er stellte den Becher auf den Boden, dann rollte er sich auf die Seite und drehte ihr den Rücken zu.

Noch bevor sie etwas erwidern konnte, kehrte Henels Knecht mit dem Wassereimer zurück.

»Verschwindet«, knurrte Conrad. »Lasst mich in Frieden sterben.«

Jorge wurde blass, stellte den Eimer ab und stolperte rückwärts aus der Zelle. Magdalena folgte ihm.

Kapitel 53

Schau, dort vor uns liegt Marienberg!« Die Stimme des Botengängers riss Valentin aus seinen Gedanken. »Und hier trennen sich unsere Wege nun.«

»So ist es. Aber ich bin froh, dass du mich bis hierher begleiten konntest.« Valentin lenkte sein Pferd so dicht an das von Hans, dass er seine Hand auf die Schulter des Mannes legen konnte. »Wer weiß, ob ich sonst so rasch und sicher ins Sächsische zurückgefunden hätte.«

»Das glaub ich gern! Wo du das Gebirge allen Ernstes am Wiesenthaler Pass überqueren wolltest!« Hans lachte, während er steifbeinig von seinem Pony stieg. »In der Höhe hättest du auch bei dem ungewöhnlich milden Winter keine Aussicht gehabt durchzukommen. Aber hier führt nicht ohne Grund schon seit Jahrhunderten die alte Salzstraße entlang.«

Valentin stieg ebenfalls ab. Er half Hans, der sich den Beutel mit seinen wenigen Habseligkeiten auf den Rücken lud. Das Pony band Valentin am Sattel seines eigenen Pferdes fest. Er kniff die Augen zusammen, während er die Ansammlung von Dächern betrachtete, die vor ihnen lag. »Du bist dir sicher, dass ich die Pferde dort irgendwo tauschen kann?« Er wollte so schnell wie möglich nach Pirna weiterreiten. Daher konnte er es sich nicht leisten, den Pferden nach der anstrengenden Gebirgsüberquerung eine Ruhepause zu gönnen. Am liebsten hätte er die Sache bereits vor zwei Stunden in Annaberg erledigt. Aber Hans hatte ihn gedrängt, das spärliche Tageslicht zu nutzen und weiterzureiten. Es war wärmer geworden, seit sie den Kamm des Gebirges verlassen hatten. Doch die Sonne verbarg sich hinter einer dicken Wolkendecke, und der tauende Schnee hüllte das Land in dichte weiße Nebelschleier. Valentin hatte den Eindruck, dass sich ihr Sichtfeld immer weiter einengte. Deshalb hatte er sich überreden lassen, den Pferdewechsel erst in Marienberg vorzunehmen. Er hatte ohnehin vorgehabt, dort zu übernachten, während Hans eine Zeitlang bei Verwandten bleiben wollte, die in der Gegend einen kleinen Bauernhof ihr Eigen nannten.

Jetzt sah ihn der Botengänger belustigt an. »Man merkt wirklich, dass du jahrelang auf Wanderschaft in der Fremde warst! Herzog Heinrich hat Marienberg zwar erst vor einem Jahrzehnt aus dem Erdboden stampfen lassen, aber es dürfte inzwischen annähernd so viele Einwohner haben wie dein Pirna. Und dank des Silbers wird es ebenso wie Joachimsthal weiterwachsen, verlass dich drauf! Ob du dort Pferde wechseln kannst?« Hans kratzte sich unter seinem roten Bart und lachte. »Was für eine Frage!«

Valentin musste zugeben, dass seine Vorstellungen von den Silberstädten im Gebirge bisher nur vage waren. Von dem, was sich in Sachsen ereignet hatte, während er tief im Westen weilte, hatte er kaum eine Ahnung. Doch das war etwas, womit er sich später beschäftigen konnte, denn jetzt stand die Rettung seines Bruders an erster Stelle. Sobald er Georg Seiler den Brief ausgehändigt hatte, würde der Richter Conrad freilassen, vorausgesetzt, dass die Engel des Herrn ihre Flügel auch weiter schützend über ihm ausbreiteten. Doch unter günstigen Umständen konnte er Pirna in fünf Tagen erreichen.

Der Botengänger hob die Hand. »Jetzt lass uns Abschied nehmen, Bader! Wer weiß, ob wir uns in diesem Leben noch einmal begegnen.« Ein Lächeln huschte über sein wettergegerbtes Gesicht. »Möge Gott deinen Heimweg beschützen und auch das Leben deines Bruders!«

Valentin spürte Wehmut in sich aufsteigen, denn Hans war ihm ein treuer Weggefährte gewesen. »Gottes Segen auf all deinen Wegen, Botengänger!« Er griff nach der Hand des Mannes und drückte sie zum Abschied. »Hab Dank für alles!«

»Ach, was! Schließlich hast du mich gut dafür bezahlt.« Hans lachte verschmitzt. »Und der gute Doktor hat mir noch ein paar Taler zusätzlich versprochen, wenn ich heimkehre!«

Lachend stieg Valentin wieder auf sein Pferd. Er sah zu, wie Hans grüßend seinen schweren Knotenstock hob und losmarschierte. Als der Botengänger sich noch einmal umdrehte, winkte Valentin ihm ein letztes Mal zu. Dann drückte er seinem Pferd die Hacken in die Flanken.

Als er kurz darauf zwischen den ersten Häusern in die Bergstadt einritt, kam er aus dem Staunen kaum heraus. Auch wenn es noch keine schützende Stadtmauer gab, die schnurgeraden Gassen der Stadt waren so breit wie die Annaberger Landstraße, die er gerade verlassen hatte. Als ihm ein schwer beladener Planwagen entgegenkam, den vier kräftige Gäule zogen, musste er mit seinen beiden Pferden keinen Schritt zur Seite weichen. Selbst die beiden Zimmerleute, die rechts neben ihm einen gehobelten Balken zu einer Baustelle schleppten, hatten noch reichlich Platz. Ähnlich wie in Joachimsthal waren die meisten Häuser in einfacher Fachwerkbauweise errichtet worden. Die Dächer deckte man in Marienberg hauptsächlich mit Holzschindeln, schließlich reichte der Wald noch fast bis zur Stadtgrenze. Schon bald gelangte Valentin auf den Marktplatz, der ein exaktes Quadrat bildete. Selbst hier, im Zentrum der Stadt, konnte er nur ein einziges Haus entdecken, das aus Stein erbaut war. Es stand direkt neben dem Rathaus und übertraf das bescheidene Gebäude sowohl an Größe als auch an Pracht. Zahlreiche geschwungene Giebel und Erker zierten die Fassade des dreistöckigen Bauwerks. Das Dach aber war weder mit Schindeln noch mit Ziegeln gedeckt, sondern mit dünnen grauen Schieferplatten. Valentin zügelte das Pferd, um seine Augen an dem prunkvollen Anblick zu weiden. Dabei kam ihm in den Sinn, dass das Haus in einer Stadt wie Antwerpen, inmitten anderer stolzer Bauten, vielleicht gewöhnlicher wirken würde. Doch vor dem Hintergrund der bescheidenen Marienberger Holzhäuser verwies es auf die herausragende Rolle seines Besitzers.

»Sagt, guter Mann, wer wohnt denn in dem prächtigen Haus?«, erkundigte er sich bei einem vorbeikommenden Bäcker mit mehlbestäubter Kappe.

Der Mann blieb stehen und musterte ihn neugierig. Valentin bemerkte Spuren von Mehl auch auf dem dunklen Bart und den Augenbrauen des Bäckers, die nun belustigt zuckten. »Man merkt gleich, dass Ihr hier fremd seid!« Der Mann grinste. »Es ist das Fürstenhaus, das Herzog Heinrich für sich und seine Familie bauen ließ, als er unsere Stadt gründete.«

Herzog Heinrich war, wie Valentin wusste, der jüngere Bruder Herzog Georgs, der Sachsen schon seit mehr als dreißig Jahren regierte. »Ich dachte, Herzog Heinrich lebt in Freiberg«, sagte er.

»Das stimmt wohl«, der Bäcker nickte, und Mehl rieselte aus seinem Bart. »Aber Marienberg, das ist seine eigene Stadt. Und deswegen ist er auch oft hier, zusammen mit Herzogin Katharina und den sechs Kindern.« Valentin konnte deutlich sehen, wie stolz der Mann auf die besondere Gunst war, mit welcher der Landesherr seine Stadt bedachte. Der Bäcker machte eine weit ausholende Geste mit dem Arm. »Als man hier in der Gegend immer mehr Silber fand, hat er den alten Ulrich Rülein aus Leipzig herkommen lassen, damit der ihm eine Stadt entwirft.« Der Bäcker grinste respektlos. »Es sollte alles noch schöner werden als Sankt Annaberg, das Rülein für Herzog Georg gebaut hat.«

Valentin blickte sich um. Er zählte zwölf Gassen, die ebenso schnurgerade vom Markt wegführten wie jene, durch die er eben geritten war. Wobei ihm Gasse nicht das passende Wort zu sein schien, denn alle waren so breit wie anderenorts nur die Landstraßen. Obwohl die meisten davon nicht gepflastert waren und es der Stadt, abgesehen vom Haus des Herzogs, noch an prächtigen Bauten mangelte, konnte man die Idee, die hinter Rüleins Plan steckte, bereits gut erkennen.

»Wart's nur ab!«, verkündete der Bäcker. »Wenn das Silber weiter so fließt, haben wir in ein paar Jahren hier alles, was eine richtige Stadt braucht: ein Rathaus aus Stein, eine schöne große Kirche und eine Stadtmauer mit Toren und Türmen.« Dabei warf er sich in die Brust, als habe er vor, all das mit eigener Hand zu errichten. »Schön und licht soll unsere Stadt werden, hat Herzog Heinrich versprochen, ganz so wie im Welschen hinter den Alpen. Nur wärmer haben sie es dort, versteht sich.«

Valentin nickte. Das mochte alles sein, aber er hatte erstmal andere Sorgen. »Wo finde ich hier inzwischen einen anständigen Gasthof und eine Möglichkeit zum Pferdewechsel?«, unterbrach er den Redeschwall des Mannes.

Der Bäcker deutete nach rechts. »Dort drüben an der Freiberger Landstraße findest du alles unter einem Dach. Der Fuhrherr Raschke betreibt eine gutbesuchte Schänke, vermietet darüber ein paar Zimmer und wechselt auch deine Pferde.«

Valentin bedankte sich und ließ sein Pferd antraben, etwas, das sich in den engen Gassen von Pirna kein Reiter erlauben durfte, ohne sofort den Unmut der Passanten zu erregen.

Er fand Raschkes Fuhrhof auf Anhieb. Noch bevor das spärliche Licht des trüben Tages gänzlich erlosch, hatte er Magdalenas Pferd und das Pony einem Stallknecht übergeben und ein Kämmerchen über der geräumigen Schänke gemietet. Der Fuhrherr, ein kleiner stämmiger Mann mittleren Alters, hatte die blanken Silbertaler aus Magdalenas Börse mit wohlgefälligem Schnauben entgegengenommen. »Morgen früh könnt

Ihr Euch die besten Tiere aussuchen, die in meinem Stall stehen!«, hatte er versichert.

Sein Weib, das ein paar Jahre älter zu sein schien, hatte Valentin anschließend die Kammer gezeigt. »In einer Stunde kriegt Ihr unten in der Schänke außer Bier auch Braten und Suppe.« Sie hatte seinen schmutzigen Umhang und die schlammigen Stiefel gemustert. »Und falls Ihr ein Bad wollt, wird Euch die Magd eins richten, auf der Tenne neben dem Stall.« Als Valentin verzückt nickte, ließ sie ein zahnloses Lächeln sehen. Dann streckte sie die Hände aus. »Gebt mir Euren Umhang und auch die Stiefel. Unser Jüngster wird sie säubern und ordentlich einfetten.«

Nachdem Valentin das Gepäck unter dem Bett verstaut hatte, ließ er sich für ein paar zusätzliche Münzen das Bad richten. Nach all den Tagen, in denen höchstens sein Gesicht und seine Hände mit Wasser in Berührung gekommen waren, war es eine unbeschreibliche Wohltat für ihn, in den Zuber mit dem warmen Nass zu tauchen. Allerdings währte das Vergnügen nur kurz, da die kalte Luft, die durch die Bretterwände zog, das Wasser rasch abkühlte. Trotzdem fühlte er sich so gut wie lange nicht mehr, als er sich zum Abendmahl hinab in die Schänke begab. Der langgestreckte Raum mit der niedrigen Balkendecke war bereits mit Gästen gefüllt. Es roch nach Bier, Schweiß, nasser Wolle, Pferdemist und Rübensuppe. Valentin zwängte sich durch die eng beieinanderstehenden Tische. Dabei musste er sich ducken, um nicht mit dem Kopf gegen einen der eisernen Leuchter zu stoßen, die an Ketten von der Decke hingen. Die Wirtin hatte dem gut zahlenden Gast ein Tischlein in der hintersten Ecke frei gehalten, auf dem schon ein Humpen mit dunklem Bier stand. Valentin nahm einen gehörigen Schluck, dann lehnte er sich zurück und streckte wohlig seufzend die Beine von sich. Wie es ihm zur Gewohnheit geworden war, tastete er dabei nach den Briefen, die er nach dem Bad wieder unter seinem Wams verborgen hatte. Während er auf das Essen wartete, schloss er die Augen und lauschte dem Stimmengewirr, das in dem Schankraum an- und abschwoll wie Brandung am Meeresstrand. Auch hier mischten sich die verschiedensten Dialekte, obwohl die erzgebirgischen und sächsischen überwogen. Valentin glaubte aber, auch vogtländischen und thüringischen Zungenschlag herauszuhören.

Die Rübensuppe, die ihm eine flinke Schankmagd kurz darauf vorsetzte, war schmackhaft, der Schweinebraten fett und saftig. Gerade als Valentin sich die erste Scheibe davon in den Mund schieben wollte, bemerkte er den hungrigen Blick eines jungen Burschen, der am Nachbartisch bei einem kleinen Becher Bier saß. Der schlichte dunkle Rock mit dem weißen Kragen und das lange Haar, das ihm in seidigen Locken bis auf die Schultern fiel, aber vor allem das kleine Bündel Bücher unter seinem Stuhl wiesen ihn als Studenten aus. Der Junge hatte braunes Haar und graue Augen. Aber die geschmeidigen Bewegungen und das feingeschnittene Gesicht erinnerten Valentin schmerzhaft an Urs. Er spürte ein Brennen in den Augen. Als ihm bewusst wurde, dass er den jungen Kerl geradezu schamlos anstarrte, senkte er rasch den Blick. Doch als er wieder aufsah, lächelte der Student ihn an. Vielleicht lag es an der wohligen Stimmung, in die das Bad und das Bier ihn versetzt hatten, vielleicht aber auch daran, dass der Bursche hier ebenso fremd zu sein schien wie er selbst, jedenfalls erhob Valentin sich kurz und machte eine einladende Geste. Der Student verstand sofort. Er stand auf und kam mit seinen Büchern zu Valentins Tisch. »Darf ich?« Seine Stimme hatte einen singenden Tonfall, den Valentin nicht genau einzuordnen wusste.

»Aber sicher«, erwiderte er lächelnd. »Ich würde mich über ein wenig Gesellschaft freuen.« Der Student nickte erfreut und nahm Platz. Valentin schob den Teller mit dem Braten in die Mitte des Tischs. »Nur zu!«, forderte er seinen Gast auf. »Es ist genug da.« Er winkte der flinken Magd. »Bring uns noch zwei Humpen Bier und mehr Brot!«

Der Bursche zog ein Messer aus seinem Gürtel und spießte damit eine Scheibe Braten auf. Doch dann hielt er inne, und während Bratensaft und Fett auf den Teller tropften, erklärte er: »Verzeiht, dass ich vergaß, mich vorzustellen.« Seine schön geschwungenen Lippen verzogen sich zu einem Lächeln. »Ich bin Heinrich Schmidt aus Chemnitz. Ich studiere in Prag, will Weihnachten aber daheim bei meiner alten Mutter verbringen.«

»Dann greif zu und lass es dir schmecken, Heinrich«, forderte Valentin, bevor er sich selbst vorstellte. Den Zweck seiner Reise verschwieg er wohlweislich. Abrupt zog er seine Finger, die sich allein beim Gedanken daran wieder auf Wanderschaft unter sein Wams begeben hatten, zurück. Dann beobachtete er Heinrich, der sich den Braten schmecken ließ und zwischendurch von dem süffigen Bier trank. Nachdem sie Brot und Braten verzehrt hatten, bestellte Valentin eine weitere Runde Bier. Sie tranken und tauschten sich währenddessen über ihre Eindrücke vom wunderschönen Prag aus, wo Valentin das erste seiner Wanderjahre verbracht hatte. Aber noch bevor er seinen zweiten Humpen geleert hatte, überkam ihn bleierne Müdigkeit. Er überlegte kurz, ob er an die frische Luft gehen sollte, da spürte er schon, wie sein Kopf auf den Tisch sank. Sein letzter Gedanke war, dass irgendetwas mit ihm nicht stimmte, dann umfing ihn tiefe Stille.

Als er wieder erwachte, lag er vollständig angezogen auf dem Bett der kleinen Kammer. Die Sonne stand bereits hoch am Himmel, und von unten aus dem Schankraum war die Stimme der Wirtin zu hören, die ihren Mägden Anweisungen zurief. Valentin fuhr hoch. Sein Kopf schmerzte, und in seinem Mund war ein widerlicher Geschmack. Schlagartig fiel ihm der vorangegangene Abend ein. Er sah an sich herab: Sein Wams war aufgeknöpft, die Briefe und Magdalenas Börse waren verschwunden.

Kapitel 54

Am nächsten Morgen konnte Magdalena es kaum erwarten, dass Jorge ihr Conrads Zelle öffnete. Sie hatte ihm gestern mit dem Abendmahl eine weitere Portion Tintlinge verabreicht. In welchem Zustand würde sie ihn vorfinden? Zumindest war Meister Bolz, der sich den Gefangenen kurz zuvor angeschaut hatte, bei der Empfehlung geblieben, die hochnotpeinliche Befragung des Baders zu verschieben.

Glücklicherweise wollte Henels Knecht auch heute keinen Augenblick länger als unbedingt nötig in der Nähe des Erkrankten bleiben, und so begnügte er sich mit einem Blick von der Türschwelle aus. »Klopft, wenn Ihr fertig seid«, befahl er.

Magdalena hörte hinter sich das Rasseln der Schlüssel, dann war sie mit Conrad allein.

Ihm schien es nicht allzu schlecht zu gehen, denn er lachte leise. »Hat mehr Angst als Verstand, der Kerl!«

In dem spärlichen Winterlicht, das durch die schmale Fensteröffnung drang, sah Magdalena, dass die Blaufärbung seines Gesichts ein wenig nachgelassen hatte und sein Anblick nicht mehr ganz so erschreckend war. Aber dem würde sie gleich abhelfen. In einem kleinen Beutel, den sie sich unter ihren Röcken um die Taille gebunden hatte, trug sie ein weiteres Tontöpfchen mit gebratenen Tintlingen bei sich. Liese hatte die Mahlzeit in aller Frühe zubereitet und dafür ihren letzten Vorrat an Butter verbraucht. »Wenigstens soll's ihm schmecken«, hatte sie gesagt.

Conrad stöhnte gequält, als sie den Bierkrug vor ihm absetzte und mit verlegenem Lächeln das Töpfchen hervorholte.

»Ich mag keine kalten Pilze zum Frühstück«, erklärte er. »Und ich hasse, was die Dinger mit mir anstellen!« Er zog seinen Löffel aus dem Hosenbund und sah sie vorwurfsvoll an. »Weißt du, wie sich das anfühlt?«

Magdalena presste die Lippen zusammen und schüttelte den Kopf. Im Grunde wollte sie das gar nicht hören. Doch Conrad war unerbittlich.

»Es ist, als würdest du erst die Treppen zum Sonnenstein hinaufrennen und dann oben auf der Palisade am Schloss stehen, um herunterzuspringen. Du bist klitschnass, hast Angst, dein Herz wummert und du kriegst kaum Luft. Dann fängt sich alles um dich herum an zu drehen, bis dir speiübel wird.«

Magdalena wusste, dass sie kein Mitleid zeigen durfte. »Ach was, hab dich nicht so!«, sagte sie stattdessen. »So ähnlich würdest du dich auch fühlen, wenn Meister Bolz oben in der Kammer Hand an dich legte. Und blaue Flecken hättest du hinterher außerdem.«

»Wohl wahr«, brummte Conrad, bevor er sich mit angeekeltem Gesicht den ersten Löffel Tintlinge in den Mund stopfte. Magdalena beschloss, Liese nichts davon zu erzählen. Sie setzte sich zu Conrad ins Stroh und sah zu, wie er die Pilze hinunterwürgte und anschließend das schnapsversetzte Bier trank.

Später, sie hatte längst mit den Vorbereitungen für das Mittagessen begonnen, hörte sie den Fronboten von seinem Gang aufs Rathaus zurückkehren. Offensichtlich brachte er einen Besucher mit. Sie zuckte zusammen, denn sie erkannte Richter Seilers energische Stimme. Mit klopfendem Herzen schlich sie zur Küchentür. Sie beobachtete den Richtherrn, der sich gleich zu den Zellen der Gefangenen begab. »Aufschließen!«, befahl er knapp. Henel murmelte eine unterwürfige Antwort, dann rasselte sein Schlüsselbund. Seiler brauchte nicht lange, um sich ein Bild zu machen, denn noch bevor Magdalena die nächste Zwiebel geschält und gehackt hatte, kehrten die Männer zurück in die Halle.

»Holt mir Bolz«, verlangte Seiler. »Ich will hören, wie er über die Angelegenheit denkt!«

»Gewiss, Richter! Sofort!« Magdalena, die wieder durch den Türspalt lugte, sah, dass Henel eine einladende Handbewegung machte. »Wenn ich Euch dazu hinauf in meine bescheidene Stube bitten dürfte?«

Ohne ein weiteres Wort stieg Seiler die Treppe hinauf. Magdalena eilte zurück zu den Zwiebeln. Sie hatte gesehen, dass Henel, anstatt seinem Besucher zu folgen, die Küchentür ansteuerte.

Tatsächlich steckte der Fronmeister einen Augenblick später den Kopf in die Küche. »Weib, bringt ein Glas Wein für den Richter!« Auf seinem Gesicht lag ein gehetzter Ausdruck. »Den Rheinwein aus dem kleinen Fässchen in meinem eigenen Keller, rasch!« Er ließ die Tür offen, und Magdalena hörte ihn die Treppen hinaufpoltern.

Angesteckt von seinem Eifer, sprang sie auf, wischte sich die Hände an der Schürze ab, nahm eins der besseren Gläser vom Bord und lief hinunter in den Keller, wo sie die kleine Tür aufschloss, die zum Privatkeller des Fronmeisters führte. Doch als sie den Wein gezapft hatte und mit dem Glas in der Hand wieder in der Halle stand, zögerte sie. Durfte sie es tatsächlich wagen, dem Richtherrn in ihrer Verkleidung gegenüberzutreten? Männer gönnten einer Magd unbestimmten Alters in einem verwaschenen Kleid kaum einen Blick, so viel wusste Magdalena inzwischen. Aber Richter Seiler war kein gewöhnlicher Mann! Wie Conrads Bruder Valentin besaß er mehr Scharfblick als die meisten und eine außerordentlich gute Beobachtungsgabe. Aber Magdalena hatte keine Wahl. Sie fasste sich und stieg die Treppe hinauf. Oben vergewisserte sie sich mit einem raschen Handgriff, dass sich keine Locke unter ihrem streng geknoteten Tuch hervorgestohlen hatten, dann klopfte sie an die Tür des Fronmeisters.

Der Richtherr saß auf dem einzigen gepolsterten Stuhl am Tisch. Henel und Meister Bolz standen vor ihm. Auf einen Wink des Fronmeisters näherte sich Magdalena mit gesenktem Kopf. Sie knickste schnell, stellte das Glas auf den Tisch und huschte wieder hinaus. Tatsächlich hatte niemand von ihr Notiz genommen, dennoch hämmerte ihr Herz, und ihre Hände zitterten. Draußen blieb sie noch ein paar Augenblicke vor der angelehnten Tür stehen.

»Na gut«, sagte Seiler. »Dann werde ich dem hochwohllöblichen Rat also nahelegen, die weitere Befragung des Baders zu verschieben, zumindest so lange, bis man sicher sein kann, dass er sie übersteht.«

Magdalena atmete auf.

»Ich könnte derweil mit den beiden Friedhofsgehilfen beginnen«, schlug der Henker vor.

Seiler schien sich einen Augenblick zu besinnen. »Nein. Ihr sagtet vorhin selbst, dass Ihr nicht ausschließen könnt, dass sich die seltsame Krankheit weiter ausbreitet«, erklärte er. »Ich kann mir nicht vorstellen, dass einer unserer Ratsfreunde seine Gesundheit aufs Spiel setzen würde, nur um einer Befragung beizuwohnen«, fügte er trocken hinzu. »Nicht, nachdem sie eben erst glücklich der Pestilenz entronnen sind. Angesichts der Tatsache, dass wir mit der endgültigen Aufklärung der Mordsache monatelang warten mussten, kommt es auf ein paar Tage mehr auch nicht an.« Magdalena fand, dass der Richtherr bei den letzten Worten beinah fröhlich klang. Doch da täuschte sie sich wohl, da sie selbst große Erleichterung über den Aufschub empfand.

KAPITEL 55

V alentin stand neben der Pferdetränke auf Raschkes Fuhrhof. Er starrte auf den Reisesack zu seinen Füßen und überlegte, welche seiner Habseligkeiten er entbehren konnte, um sie zu Geld zu machen. Auf keinen Fall die Decken oder seinen warmen Umhang. So wie die Dinge standen, würde er in den nächsten Tagen wieder in Scheunen und Heuschobern nächtigen. Der wertvollste Gegenstand, den er bei sich hatte, war ein Dolch. Die Waffe mit dem kreisrunden, gezackten Handschutz war schön und tödlich zugleich. Sie zu verkaufen, kam allerdings nicht in Frage. Bevor Laurenz Schwarze die Klinge in Joachimsthal gegen Valentins Brust gerichtet hatte, war sie Eigentum von Matthes Meißner gewesen. Schwarze hatte den Gerichtsschreiber damit ermordet. Nach dem Verlust des Dokuments, das der Joachimsthaler Rat ausgestellt hatte, war die Waffe, abgesehen von dem wiedergefundenen Salzregister, das einzige Beweisstück, das Valentin vorzeigen konnte, um Conrads Freilassung zu erwirken. Ob das reichen würde, wusste Gott, der Herr, allein!

Wütend trat Valentin mit dem Fuß gegen den Granitblock, der ungeübten Reitern das Aufsteigen erleichtern sollte. Der Stallknecht, der soeben das Pferd eines frühen Gastes tränken wollte, gab einen empörten Laut von sich, weil das Tier den Kopf zurückwarf und unruhig tänzelte. Dadurch geriet es der Küchenmagd vor die Füße, die einen Eimer mit Abfällen zum Misthaufen trug. Das Mädchen sprang kreischend zur Seite und ließ den Eimer fallen. Eierschalen, faulige Kohlblätter und andere unappetitliche Reste ergossen sich über die frisch geputzten Stiefel eines Freiberger Kaufmanns. Die Wirtin, die den Aufruhr von der Tür der Schänke aus verfolgt hatte, versetzte dem Mädchen eine schallende Ohrfeige, bevor sie mit einem Küchentuch, das sie aus ihrem Schürzenbund zog, eilfertig über die Stiefel des vornehmen Gastes wischte. Sie entschuldigte sich wortreich, während sie Valentin einen giftigen Blick zuwarf. Der zuckte mit den Schultern. Was sie in diesem Räubernest von ihm hielten, war ihm herzlich egal.

Dabei war er vor allem auf sich selbst wütend. Wäre er gestern Abend nicht so rührselig und dumm gewesen, hätte Heinrich, der diebische Wicht, keine Gelegenheit bekommen, ihn zu bestehlen! Andererseits zeugten die Zielstrebigkeit und Frechheit, mit der das Bürschchen seine Räubereien in aller Öffentlichkeit beging, von einiger Übung. Heinrich Schmidt, der vermutlich noch andere Namen hatte, war trotz seiner Jugend ein gewiefter Dieb und Betrüger. Allein die Tatsache, dass er es geschafft hatte, Valentin, der selbst Erfahrung mit Betäubungstränken hatte, gänzlich unbemerkt ein Schlafmittel ins Bier zu kippen, bewies, wie gut er sein Handwerk beherrschte. Meister Raschke, peinlich berührt, dass ein Gast unter seinem Dach beraubt worden war, hatte Valentin zur Entschädigung ein reichhaltiges Frühstück auftischen lassen und ihm auch noch Wegzehrung aufgedrängt. Im Übrigen waren der Fuhrherr und sein Weib erleichtert darüber, dass Valentin aus Zeitgründen auf eine Anzeige beim Marienberger Rat verzichten wollte. So ein Vorfall war schlecht fürs Geschäft. Da Heinrich kein Marienberger Kind war, hatte er die Stadt inzwischen gewiss verlassen. Wahrscheinlich verübte er seine Diebstähle an verschiedenen Orten. Valentin blieb indes nichts anderes übrig, als den Verlust des Geldes und der Dokumente zu akzeptieren und seine Heimreise so schnell wie möglich fortzusetzen. Er entschloss sich, seinen eigenen Dolch bei einem Trödler zu verkaufen. Die schlichte Waffe würde ihm kaum dreißig Groschen einbringen, doch er benötigte das Geld dringend. Raschke hatte ihm dafür einen Händler an der Straße nach Zschopau empfohlen.

Da es selbst für einen Fremden kinderleicht war, sich in der übersichtlich angelegten Stadt zu orientieren, fand Valentin das beschriebene Haus im Handumdrehen. Der Handel war bald geschlossen, und eine halbe Stunde später befand sich Valentin an der Stadtgrenze auf der Straße nach Sayda. Von dort wollte er über Frauenstein und Dippoldiswalde nach Pirna weiterreiten. Mit Glück war er in fünf Tagen daheim.

Da ihn inzwischen die Blase drückte, sah er sich nach einer Möglichkeit um, sein Wasser abzuschlagen. Soeben hatte er das letzte Haus an der Straße passiert. Dahinter lag ein Garten, an den ein weiteres Grundstück grenzte. Das winzige Häuschen darauf schien leerzustehen, denn die Fensterläden waren geschlossen und der Garten mit allerlei Gestrüpp bewachsen. Valentin band die Pferde an einem Baum fest, öffnete seinen Hosenlatz und verschaffte sich mit einem wohligen Seufzer Erleichterung. Er wollte sich wieder in den Sattel schwingen, da vernahm er aus der Scheune nebenan Stimmen. Zwei betrunkene Männer stritten lautstark miteinander. »Und darauf wette ich mit dir um drei Gulden«, erklärte der eine mit schwerer Zunge.

Valentin verpasste die Antwort, denn er kannte die Stimme, hatte den singenden Tonfall noch deutlich im Ohr. Sie gehörte keinem anderen als Heinrich, dem räuberischen Bürschchen! Er schlich näher und suchte in der dünnen Bretterwand nach einem Astloch. Dabei betete er, dass Gott ihm Gelegenheit geben möge, seine Dummheit von gestern Abend ungeschehen zu machen. Kaum hatte er ein Löchlein gefunden, presste er die Wange gegen das morsche Holz und spähte mit einem Auge ins dämmrige Innere der Scheune. Dort erblickte er tatsächlich

Heinrichs schlanke Gestalt. Der junge Dieb stand schwankend vor einem Kerl mit bärtigem Gesicht, auf dessen Kopf ein breitkrempiger Hut mit bunten Hahnenfedern thronte. Aber noch ein Dritter kam in Valentins Sichtfeld. Der war kräftig gebaut, aber der rechte Ärmel seiner geflickten Jacke schlenkerte leer an seiner Seite. In der Linken trug er einen Knüppel, der mit Nägeln beschlagen war und den er jetzt mit einem warnenden Knurren erhob.

Valentin hatte keine Zweifel mehr, dass er hier eine Räuberbande vor der Nase hatte, und sollten die Kerle ihn erwischen, wie er sie beobachtete, würde er vom Regen in die Traufe kommen. Mit einer solchen Situation hätte er irgendwo auf dem Land vielleicht gerechnet, aber nicht hier, unmittelbar in Stadtnähe! Die Kerle schienen sich auf dem verlassenen Grundstück sicher zu fühlen, wenn sie sich hier betranken und rumkrakeelten. Valentins erster Impuls war, sich zurückzuziehen und mucksmäuschenleise zu verschwinden. Doch dann sah er, wie der Kerl mit dem Hut eine klobige Steinschlosspistole aus seinem Gürtel zerrte. Dabei grinste er dem Einarmigen frech ins Gesicht. »Jeder Simpel weiß doch, dass ein Stück vom Galgenstrick einen Mann schussfest macht.«

»Ganz genau«, mischte sich Heinrich ein. »Was sind schon ein paar lumpige Silbertaler, wenn man dafür so einen guten Talisman haben kann.« Er kratzte sich am Gemächt und kicherte. »Und das restliche Geld sollten wir benutzen, um uns die Hand eines Säuglings zu beschaffen. Die ist ein noch viel mächtigerer Zauber und kann einen sogar unsichtbar machen. Stell dir vor, damit könnten wir überall einsteigen und den reichen Leuten ihr Silberzeug vor der Nase wegklauen!«

»Ich werde nicht zulassen, dass ihr Schafsköpfe weiter unser sauer verdientes Geld aus dem Fenster werft!«, knurrte der Einarmige gereizt. »Hast du das verstanden, Hänfling?!« Er baute sich vor Heinrich auf und starrte ihn wütend an.

Doch der blieb unbeeindruckt. Stattdessen stieß er den Einarmigen mit dem Zeigefinger vor die Brust. »Der Schafskopf hier bist du, Jeronimy!« Er kicherte trunken und wankte ein Stück zurück. »Jeder anständige Dieb weiß, dass Galgenstricke einen unverwundbar machen. Jeder! Genau wie der Gockel es gesagt hat.«

Er drehte sich Beistand suchend nach dem Kerl mit dem Hut um. Der hatte die Pistole inzwischen geladen. Er nickte und legte sie ins Stroh. Dann holte er eine zweite hervor, die er ebenso umständlich mit Kugeln und Pulver zu stopfen begann. »Das werden wir jetzt ein für alle Mal beweisen«, brummte er.

»Was soll das?« Jeronimy runzelte die Stirn und deutete auf die beiden Pistolen.

»Hab ich doch grad gesagt«, lallte der Gockel. Er kniff seine Schweinsäuglein zusammen und fixierte den Einarmigen. »Ich setze drei Gulden, dass es der Hänfling nicht schafft, mich zu erschießen, solange ich das hier umhabe!« Er zerrte einen fingerdicken Strick unter seinem Hemd hervor, während er Heinrich die geladene Waffe hinhielt. Der griff danach, ohne zu zögern.

»Und ich setze auch drei Gulden, dass der Gockel mich nicht erschießen kann.« Er grinste Jeronimy herausfordernd an. »Danach wirst du uns nie wieder Schafsköpfe nennen. Hast du verstanden?«

Der Einarmige stieß einen resignierten Seufzer aus. Er setzte sich auf einen Strohballen und legte den Knüppel über seine Knie. »Na, dann los, Schafsköpfe! Aber falls ihr es überlebt, liegt es nicht an eurem beschissenen Talisman, sondern daran, dass die dämlichen Pistolen sowieso nie treffen.« Er verdrehte die Augen. »Ich habe keine Ahnung, warum du die schweren Dinger in Annaberg unbedingt mitgehen lassen musstest.«

Valentin keuchte leise auf, als er sah, wie sich die beiden Räuber auf Armlänge voreinander aufbauten, ein siegessicheres

Lächeln auf den Lippen. Sollte er das Glück haben, dass sich das abergläubische Räuberpack gegenseitig über den Haufen schoss? Die Überlegung führte ihn zu der Entscheidung, zu bleiben, um das makabre Schauspiel weiterzuverfolgen.

Kaum hatte er seinen Entschluss gefasst, knallte es zweimal kurz nacheinander ohrenbetäubend. Die Scheune füllte sich mit Qualm, und Valentin, der nichts mehr sehen konnte, rieb sich das brennende Auge. Als er wieder durch das Loch spähte, war es in der Scheune still geworden.

Der Einarmige hockte auf dem Strohballen und wackelte mit dem Kopf. Dabei legte er die Stirn in Falten, was ihm das Aussehen eines traurigen alten Hundes verlieh. Schließlich erhob er sich und ging zu seinen beiden Kumpanen hinüber, die auf dem Boden lagen und sich nicht rührten. Er stieß mit seinem Knüppel zuerst Heinrich an, dann den, den sie Gockel nannten. »He, lebt ihr noch, Schafsköpfe?«

Heinrich stöhnte gequält. Seine Augen waren geschlossen, und auf seiner Brust breitete sich ein immer größer werdender dunkler Fleck aus. Der Gockel wälzte sich zur Seite und kam mühsam auf die Knie. Er hielt sich den linken Arm – zwischen seinen Fingern quoll Blut hervor.

Valentin zuckte es in den Händen. Nur mit Mühe konnte er sich davon abhalten, in die Scheune zu rennen, um den Verletzten zu helfen. Dabei arbeiteten seine Gedanken fieberhaft. War es jetzt Zeit, das Weite zu suchen, oder konnte er sich die verzweifelte Lage der Räuber irgendwie zu Nutze machen? Glücklicherweise befand sich das Tor der Scheune auf der gegenüberliegenden Seite, sodass sie ihn nicht sofort bemerken würden, wenn sie herauskamen. Davon abgesehen, würden sie anderes zu tun haben, als das Grundstück abzusuchen. Es sprach nichts dagegen, dass er wartete, wie sich die Dinge weiterentwickelten.

»Lass mal sehen«, verlangte Jeronimy ungeduldig. Er kniete sich hin und begutachtete Gockels Arm. Was er sah, schien ihm nicht zu gefallen, denn die Falten auf seiner Stirn vertieften sich. »Du musst zu einem Bader, und zwar schnell!« Er stieß ein grimmiges Lachen aus und wedelte mit dem leeren Ärmel vor Gockels Nase. »Mit einer Hand kann ich dich nicht verbinden.« Dann griff er dem Gockel unter die Achsel und hievte ihn hoch. Der schrie vor Schmerz und umklammerte seinen Arm. »Sei nicht so zimperlich, du Trottel! Bist schließlich selbst schuld an deinem Unglück«, schimpfte Jeronimy. »Also halt das Maul und komm!«

»Aber was machen wir mit dem Hänfling?«, jammerte der Gockel.

»Der?« Jeronimy stieß Heinrich mit dem Fuß in die Seite. Der Bursche gab keinen Ton von sich, seine Augen waren geschlossen. »Den lassen wir hier. Der wird nicht wieder, glaub es mir«, erklärte der Einarmige im Brustton der Überzeugung. »Wir begraben ihn, wenn wir zurückkommen.« Er zerrte den Gockel zum Scheunentor. »Komm schon, sonst kannst du dich bald danebenlegen!«

Valentin brach der Schweiß aus. Er hielt die Luft an und lauschte den Schritten der beiden Räuber, die sich auf der anderen Seite der Scheune langsam entfernten. Als sie verklungen waren, atmete er tief ein. Schnell umrundete er die Scheune und zwängte sich durch das angelehnte Tor ins Innere. Seine geübte Nase bemerkte unter dem anheimelnden Geruch des Strohs sofort den kupfrigen Geruch frischen Blutes. Er warf einen Blick auf die lang hingestreckte Gestalt am Boden. Heinrich atmete noch, doch die wächserne Blässe seines Gesichts und die bläuliche Färbung um Mund und Nasenlöcher zeigten, dass tatsächlich jede Hilfe zwecklos war. Valentin schüttelte betrübt den Kopf. Dann machte er sich daran, das Stroh systematisch zu durchwühlen. In einer Ecke fand er seinen Sack und zwei lederne Satteltaschen. In einer davon steckte der Brief aus Joachimstahl zusammen mit Seilers Vollmacht. Während

Valentin die Dokumente unter seinem Wams verstaute, begannen seine Knie vor Erleichterung zu zittern. Da vernahm er hinter sich einen Laut und schnellte herum. Heinrich hatte die Augen geöffnet, er blickte ihn an.

»Bitte!« Der junge Räuber streckte seine Hand mit einer flehenden Geste aus. »Lass mich nicht allein.« Sein Flüstern klang wie das eines Kindes, das sich vor der Dunkelheit fürchtet.

Valentin zauderte, aber dann stieß er ein verärgertes Schnauben aus und ließ sich neben dem Jungen auf die Knie sinken. Selbstverständlich wäre es gescheiter, gleich zu verschwinden, und außerdem hatte er durch die Schuld dieses kleinen Diebs schon genug Zeit verloren. Doch er brachte es einfach nicht fertig, den Burschen, der jetzt noch jünger und gänzlich verloren wirkte, mutterseelenallein in der kalten Scheune verbluten zu lassen. Niemand sollte so sterben müssen! Und so griff er nach der schmutzigen Hand und drückte sie. »Keine Angst, ich bleibe hier«, versicherte er. Heinrich verzog die Lippen zu einem zittrigen Lächeln. Dann schloss er die Augen und lag ganz ruhig da.

Kurze Zeit später bemerkte Valentin, dass die Seele des Jungen ihre leibliche Hülle verlassen hatte. Er dachte an die vielen Male, die er diesen Moment bereits erlebt hatte, und überlegte, ob er sich jemals daran gewöhnen würde. Schließlich erhob er sich, sprach ein Gebet und schlug das Kreuz über dem Leichnam. Dann schlich er zum Tor, spähte hinaus und lauschte. Der Wind raschelte im trockenen Laub einer Eiche. Ein Rabe, der auf dem untersten Ast des Baumes hockte, erhob sich krächzend. Mit trägem Flügelschlag entschwand der Vogel ins nahe Wäldchen. Valentin verließ die Scheune. Er band die Pferde, die ihn mit erfreutem Schnauben begrüßten, los und stieg in den Sattel. Während er die Tiere zurück auf die Landstraße trieb, sah er sich aufmerksam um. Ein Bauer, der eine Schubkarre vor sich herschob, kam ihm entgegen, gefolgt von zwei Weibern mit Klaubholz auf dem Rücken. Valentin wusste inzwischen, dass die freie Nutzung des Waldes eines der Privilegien war, mit denen die Landesherren ihre einträglichen Bergstädte beschenkten. Er stellte sich in die Steigbügel, drehte den Kopf und blickte noch einmal zurück nach Marienberg. Zwei Planwagen verließen die Stadt. Vor jeden waren vier starkknochige Gäule gespannt. Die eisenbeschlagenen Räder und die stabile Bauart der Wagen ließen Valentin vermuten, dass es sich um einen Silbertransport handelte, zumal je ein Trupp bewaffneter Knechte an der Spitze und am Ende des Zuges ritt. Von den beiden Räubern entdeckte er keine Spur. Erleichtert ließ er die Pferde antraben. Er hatte hier schon viel zu viel Zeit verloren.

KAPITEL 56

Seit einer halben Stunde stand Magdalena nun schon am Spülstein. In dem eisernen Topf klebten noch immer die Reste des Morgenbreis, aber ihre Hände zitterten so stark, dass sie ihn kaum festhalten konnte. Sie starrte ins Leere, während sie nicht nur mit den Ohren, sondern mit allen Fasern ihres Köpers den Lauten nachspürte, die durch die Sandsteinmauern der Fronfeste drangen. Zu ihrem Leidwesen wusste sie genau, wie es in der Kammer unterm Dach aussah, in der die hochnotpeinlichen Befragungen durchgeführt wurden. Vor nicht einmal einer Woche hatte der Fronmeister ihr befohlen, dort oben Ordnung zu schaffen. Ein Schauer rann ihr über den Rücken, während sie an die grausigen Gerätschaften dachte, die sie dabei von Staub und Spinnweben befreit hatte, ganz zu schweigen von den dunklen Flecken auf dem Boden, die auch nach mehrmaligem Wischen nicht verschwunden waren. Daran, dass Meister Bolz das Inventar als notdürftig bezeichnet und darum eine Kiste mit zusätzlichem Handwerkszeug mitgebracht hatte, wollte sie erst gar nicht denken.

Mit Conrads widerwilliger Unterstützung war es ihr tatsächlich eine Zeitlang gelungen, sowohl den Kerkermeister als auch den Henker glauben zu machen, dass der Bader schwer erkrankt sei. Nun allerdings, vier Tage später, war die Gnadenfrist endgültig verstrichen. Die Wirkung der Tintlinge hatte sich erschöpft, und vorgestern Abend hatte Meister Bolz erklärt, der Gefangene sei tauglich zur Befragung.

Gestern hatte Conrad die Folterinstrumente das erste Mal zu Gesicht bekommen. Nackt und gefesselt war er unters Dach geführt worden, wo der Meister aus Dresden ihm in Gegenwart von Richter Seiler jedes einzelne Gerät zeigte. Gewissenhaft erklärte der Henker, wie es angewendet wurde und welche Qualen es dabei verursachte. Er schloss die kleine Vorführung damit, dass er dem Delinquenten die Daumenschrauben anlegte und sie so weit zuzog, dass Conrad den Schmerz gerade spüren konnte. Seilers neuer Gerichtsschreiber hatte währenddessen alles akribisch festgehalten – für die Akten. Anschließend hatte der Richtherr Conrad noch einmal all jene Fragen gestellt, die er mit ihm bereits etliche Male durchgegangen war, und der Schreiber hatte Fragen und Antworten notiert. Magdalena wusste davon, weil sie sich in der Mittagspause zu den Zellen geschlichen hatte. Während sich in ihrem Magen die Suppe vom Mittag in lauter spitze Steine verwandelte, hatte Conrad ihr die Prozedur beschrieben. Er hatte wohl geglaubt, dass er sie damit beruhigen würde.

»Letzten Endes wollen sie nur erreichen, dass ich mir vor lauter Angst schon jetzt in die Hosen mache. Aber den Gefallen tue ich ihnen nicht«, hatte er mit einem Lächeln erklärt.

Magdalena hatte geschwiegen und die Hände unter ihrer Schürze so fest ineinandergekrallt, dass die Nägel blutige Halbmonde hinterließen.

»Ich konnte mich lange auf den Tag vorbereiten. Und nachdem ich nun weiß, was auf mich zukommt, bin ich sicher, dass ich die Schmerzen ertragen werde.« Conrad hatte ihr fest in die Augen gesehen. »Habe ich die Tortur erst überstanden, ohne zu gestehen, muss Seiler mich freilassen. So will es das Gesetz!«

Auch dazu hatte Magdalena geschwiegen. Was sollte sie schon sagen? Etwa dass Conrad als Bader am besten wissen musste, welch zerbrechliches Gefäß der menschliche Körper war? Dass er die Fronfeste vielleicht frei, aber als Krüppel verlassen könnte, unfähig, seinen Lebensunterhalt zu verdienen? Sie wusste, dass Georg Seiler kein grausamer Mann war. Der Richtherr würde Maß halten, wie es das Gesetz des Kaisers verlangte. Aber sie hatte auch den Henker gesehen, noch größer und breitschultriger als Conrad selbst, mit Pranken wie ein Bär. Sie hatte keine Ahnung, was im Kopf eines solchen Mannes vor sich gehen mochte, und wollte es auch gar nicht wissen. Aber sie hatte Eckel gekannt und ihren Vater, der im Zorn ebenfalls hart zugeschlagen hatte, egal wohin er dabei traf.

Vor einer halben Stunde hatte der Fronmeister Conrad erneut aus der Zelle geholt. Aus den Schritten und dem Klang der Stimmen hatte sie geschlossen, dass außer dem Richter und seinem Schreiber auch heute wieder einer der Ratsherren der Befragung beiwohnte.

Inzwischen war es Magdalena gelungen, den Topf mit Hilfe von Sand und Wasser leidlich sauber zu schrubben. Ihre Erstarrung war emsiger Geschäftigkeit gewichen. Es war gut, dass sie heute auch für den Henker und dessen Lehrling kochen musste, denn durch Arbeit gelang es ihr, die Angst ein wenig einzudämmen. Während sie tat, was getan werden musste, hatte sie dennoch vor Augen, was unterm Dach geschah. Dort oben unterzogen sie Conrad soeben dem ersten schweren Grad der Folter. Der sah vor, dass der Henker ihm die Daumenschrauben nicht nur anlegte, sondern so fest zuzog, dass die Fingerglieder schmerzhaft gequetscht wurden. Magdalena, die als Kind einmal mit den Fingern in eine Türangel geraten war, konnte sich lebhaft ausmalen, was Conrad dabei ertragen musste und wie seine Daumen hinterher aussehen würden. Nur wenn er Glück hatte, würden die Gelenke keinen dauerhaften Schaden davontragen.

Sosehr Magdalena ihre Ohren anstrengte, während sie Linsen aussortierte und einweichte, Zwiebeln hackte und das Feuer im Herd schürte, aus der Folterkammer drang kein Laut in die Küche herunter. Als die Schritte der Männer und das Rasseln der Schlüssel ihr endlich verrieten, dass Meister Henel den Gefangenen wieder in seine Zelle gesperrt hatte, war ihr, als würde jemand einen Mühlstein von ihrer Brust heben.

Diesmal konnte sie sich in der Mittagspause nicht zu den Zellen schleichen, denn der Henker war bei Conrad. Vorher hatte er seinen Lehrling in die Küche geschickt, um warmes Wasser zu besorgen. Dabei hatte der junge Bursche Magdalena ungefragt erzählt, wie vorbildlich sich sein Meister darum kümmern würde, dass die Delinquenten in guter Verfassung blieben. Nur dann, so hatte er ihr erklärt, wäre es möglich, mit dem nächsten Grad der Tortur schon wenige Tage später zu beginnen. Und je schneller er und sein Meister ihre Pflicht in Pirna erfüllt hätten, desto eher könnten sie wieder in Dresden oder anderenorts Hand anlegen. Magdalenas entsetzte Blicke schienen ihn ebenso wenig zu stören wie ihr verbissenes Schweigen. »Letzen Endes«, hatte er mit einigem Stolz verkündet, »dienen wir Henkersleute damit dem Wohle aller. Denn nur durch Abschreckung und Strafe werden schwache, sündige Menschen davon abgehalten, Verbrechen zu begehen!«

Magdalena wurde das Gefühl nicht los, der Henkersjunge wolle damit Eindruck bei ihr schinden. Hatten seine wachen grauen Augen womöglich entdeckt, dass sich unter Ruß und Asche der unscheinbaren Küchenmagd eine hübsche junge Frau verbarg? Magdalena tat den Gedanken dann aber als eine Ausgeburt ihrer überreizten Sinne ab. Nachdem es ihr vor ein paar Tagen sogar gelungen war, Richter Seiler zu täuschen, fühlte sie sich in ihrer Verkleidung vollkommen sicher. Solche Bürschlein, die den Kinderschuhen kaum entwachsen sind, dachte sie, prahlen nun mal gern, egal vor wem.

Am Nachmittag brachte Meister Henel nacheinander die beiden Friedhofsgehilfen hinauf in die Folterkammer. Offenbar ließ der dicke Fritz die Tortur mit den Daumenschrauben ebenso stoisch über sich ergehen wie Conrad am Morgen. Dafür erfüllten die Schreie des alten Conz die Mauern der Fronfeste eine geschlagene Stunde, sodass Magdalena ihre Arbeit am liebsten stehengelassen und die Flucht ergriffen hätte.

Sie wünschte, sie hätte dem Impuls nachgegeben, als sich kurze Zeit später die Tür öffnete. Paul Meißner nahm sich in der verrußten Küche reichlich seltsam aus: Er trug eine pelzverbrämte Schaube, unter deren offener Vorderseite ein samtenes, dunkelblaues Wams zu sehen war. Auf seiner Brust prangte die schwere goldene Amtskette. Magdalena, die sich kaum traute, die Augen zu heben, starrte genau auf den Anhänger, der als feine Emaillearbeit den Pirnschen Birnbaum mit dem roten Löwen zeigte.

Zu ihrem maßlosen Entsetzen legte Meißner ihr zwei Finger unters Kinn und zwang sie, ihm ins Gesicht zu sehen. Mit zusammengekniffenen Augen musterte er sie, dann verzogen sich seine Lippen zu einem selbstgefälligen Grinsen. »Tatsächlich!« Seine Stimme klang trügerisch sanft. »Der Henkersjunge hat nicht übertrieben, als er davon sprach, dass unser Fronbote ein Juwel in seiner Küche verbirgt.« Er ließ sie los, trat einen Schritt zurück und hakte die Daumen unter seinen Gürtel. Schweigend betrachtete er sie, von den groben Holzpantinen über die fleckige Schürze bis zu dem grauen Tuch, das sie um ihren Kopf gewickelt hatte.

Magdalenas Herz flatterte wie ein Vögelchen, das sich in eine Kammer verirrt hatte und das Fenster nicht wiederfand, durch das es hereingekommen war. Gedanken zuckten durch ihren Kopf wie Blitze und ließen sich ebenso wenig fassen. Zum Schluss blieb nur einer hängen: Nun ist alles aus!

»Na, na!« Meißner hob seinen Zeigefinger und lächelte. »Ihr solltet nicht immer gleich das Schlimmste annehmen, Magdalena!« Er tippte mit dem Finger an seine Unterlippe und schüttelte dann entschieden den Kopf. »Natürlich könnte ich es an die große Glocke hängen, dass ich Euch hier entdeckt habe. Jeder Mann in der Stadt würde darin eine Bestätigung der unschönen Gerüchte sehen, die mein törichter Sohn über Euch in die Welt gesetzt hat.«

Magdalenas Herz verkrampfte sich, und Angst rieselte wie Eis durch ihre Adern.

»Auch wenn ich nicht die Jurisprudenz studiert habe wie mein lieber Schwager, so habe ich mich in den vergangenen Jahren doch ausgiebig mit Fragen des Rechts befasst. Schließlich will ich bald erster Bürgermeister werden, und da ist es wichtig, den anderen stets eine Nasenlänge voraus zu sein.« Er stieß ein herzliches Lachen aus. »Ehebruch ist zwar kein so schweres Verbrechen wie Mord, aber auch darauf steht die Todesstrafe, wie Ihr wisst. Selbstverständlich müsste die Sache angesichts eines solchen Beweises in die Untersuchung gegen Conrad Arnold einbezogen werden. Während Euch als schwachem Weib die Folter vermutlich erspart bliebe, würde man die seine daraufhin gewiss verschärfen.« Er ließ Magdalena nicht aus den Augen, während er weitersprach. »Dabei ist es erlaubt, im dritten Grad das Aufziehen mit verschärfenden Prozeduren, insbesondere dem Anhängen von Gewichten an den Beinen, zu verbinden.«

Magdalena fühlte, wie ihre Lippen taub wurden und es in ihrem Hinterkopf zu kribbeln begann.

»Denkbar ist auch der zusätzliche Gebrauch von Hitze und das Zufügen leichterer Verbrennungen durch offenes Feuer. Weil ein solches Vorgehen selbstverständlich *atrocissimus et horribilissimus* ist, darf es nur in besonders schweren Fällen verwendet werden, insbesondere bei Ausnahmeverbrechen, den *crimina excepta atrocissima*, und selbst dann nur bei Vorliegen besonders schwerer Indizien.« Meißner hob die Hände und legte die Fingerspitzen aneinander, ebenso wie Richter Seiler es zu tun pflegte. »Ich denke, dass Ihr die Indizien durch Euer leichtfertiges Verhalten geliefert habt.« In väterlichem Tadel schüttelte er den Kopf. »Also, ich bitte Euch! Absichtlicher Mord in Tateinheit mit Ehebruch? Da haben wir eindeutig ein *delictum atrocissimum*, auf das eine verschärfte Todesstrafe steht! Sollte der Delinquent nicht geständig sein, lässt das Gesetz in solch einem Fall sogar die zweimalige Wiederholung der gesamten Tortur zu.«

Gerade hatte Magdalena noch befürchtet, sie würde im nächsten Augenblick umkippen, doch dann wurde ihr mit einem Mal bewusst, dass Meißner nichts als Gedankenspiele veranstaltete. Sie holte tief Luft, verschränkte die Arme vor der Brust und sah ihn hasserfüllt an.

»Was wollt Ihr wirklich?«, stieß sie hervor.

Meißner schenkte ihr ein anerkennendes Nicken. »Als Erstes werdet Ihr Eure Arbeit«, er dehnte das Wort, um zu unterstreichen, was er davon hielt, »an diesem unpassenden Ort aufgeben! Sagen wir innerhalb der nächsten zwei Tage. Bis dahin dürftet Ihr es geschafft haben, Euch einen plausiblen Grund auszudenken, den Henel Euch ohne weiteres abkauft. Wir wollen schließlich nicht, dass er Verdacht schöpft, nicht wahr?« Er lächelte schmal. »Einen Tag später werdet Ihr in mein Haus ziehen. Dort können meine beiden Töchter Euch die angemessene Gesellschaft leisten, die Ihr bitter nötig habt, wie ich inzwischen klar erkenne.«

Magdalena begriff, dass sie sich geirrt hatte. Was Meißner trieb, waren keineswegs Gedankenspiele. Er zeigte ihr, dass sie ihm auf Gedeih und Verderb ausgeliefert war. Schlagartig hatte sie das Gefühl, keine Luft mehr zu bekommen.

Meißner kam auf sie zu und griff nach ihren Händen. »Ich will Euch nichts Böses, Magdalena, auch wenn Ihr das aus einem unerfindlichen Grund zu glauben scheint. Ganz im Gegenteil! Ich vergebe Euch Eure Schwäche, schließlich seid Ihr ein Weib. Aber ich habe vor, wieder eine ehrbare, tugendsame

Frau aus Euch zu machen. Noch vor Ostern wird Hochzeit sein! Und habt Ihr mir erst einen Sohn geboren, werde ich Euch auf Händen tragen, das verspreche ich!« Er drückte ihr einen feuchten Kuss auf die Stirn. »Sind wir uns einig?«

Magdalena nickte. Sprechen konnte sie nicht, denn der Ekel schnürte ihr die Kehle zu.

Kapitel 57

Schon von weitem sah Valentin, dass die Stadt dabei war, zu ihrem alltäglichen Leben zurückzukehren. Er fand den Schlagbaum vor dem Dohnaischen Tor geschlossen, und als er von seinem Pferd stieg, kam ein Mann in den rot-gelben Farben der Stadtwache auf ihn zu. Valentin präsentierte Seilers Schreiben und wurde ohne weitere Fragen durchgewunken.

Kurz hinter dem Tor lenkte er das Pferd nach links in die Tuchmachergasse. Bevor er zum Rathaus ritt, um dem Richtherrn den Brief aus Joachimsthal vorzulegen, musste er wissen, wie es um Conrad stand. War er noch am Leben und körperlich unversehrt? Valentin hatte sich bisher geweigert, etwas anderes anzunehmen. Es wäre ihm sonst kaum möglich gewesen, die Strapazen der mühsamen Reise zu überstehen. Doch jetzt, unmittelbar vor dem Ziel, brachen die Ängste mit der Macht einer Sturmflut über ihn herein. Valentins Hände zitterten so stark, dass es ihm erst beim dritten Versuch gelang, sein Pferd am Eisenring neben dem Tor der Fronfeste anzubinden.

Der Knecht, der das vergitterte Fensterchen in der Tür öffnete, machte ein abweisendes Gesicht. »Was immer Ihr wollt, kommt später wieder!«, brummte er.

»Ich muss den Fronboten sprechen, sofort!« Valentin wies ihm Seilers Schreiben.

Doch der Kerl zuckte nicht mal mit der Wimper. »Ihr müsst trotzdem warten!«

»Worauf?« Valentin spürte, wie sich seine Angst in Wut verwandelte. »Darauf, dass der Fronbote zu Mittag gegessen hat? Hol ihn her! Oder kannst du nicht sehen, dass dies das Siegel des hochwohllöblichen Rates ist? Der Richtherr selbst hat das Schreiben ausgestellt!«

»Hm.« Der Knecht zog die Nase hoch, und Valentin, der schon fürchtete, er würde ihm auf die Füße spucken, wich einen Schritt zurück. Doch der Kerl schluckte den Rotz und kratzte sich am Kopf. »Aber der Richter ist doch schon drin.« Er wirkte deutlich überfordert. »Ist mit dem Fronboten oben in der Kammer, wo der Henker grad dabei ist, einen der Kerle, die hier schon seit Monaten rumhocken, aufzuziehen.«

Aus Valentins Kehle stieg ein Knurren, das ihn selbst erschreckte. Er sprang vor und umklammerte die Gitterstäbe vor dem Fensterchen. Seine Nase berührte dabei fast die des Mannes auf der anderen Seite der Tür. »Du bringst mich auf der Stelle zu Richter Seiler!«, brüllte er. Später konnte er sich nicht mehr genau erinnern, welch abwegige Folter- und Hinrichtungsmethoden er dem Knecht angedroht hatte, als der nicht sofort Anstalten machte, ihn einzulassen.

Er wusste nur noch, dass er kurz darauf in einer düsteren Kammer stand und auf seinen Bruder starrte, der mit verrenkten Armen an einem Strick hing, der an der Decke befestigt war. Ein bulliger Kerl mit offenem Hemd war dabei, Conrads nackten Körper an dem primitiven Aufzug noch ein Stück weiter nach oben zu zerren.

»Halt!« Ohne nachzudenken, stürzte sich Valentin auf den Mann, um ihm das Seil zu entreißen.

Der ließ tatsächlich los. Doch im nächsten Augenblick versetzte er dem Störenfried einen Kinnhaken, der ihn zurückschleuderte und zu Boden warf. Während Valentin sich benommen aufsetzte, hörte er den Richtherrn wie aus weiter Ferne auf den Kerl einreden. »Losbinden« war alles, was er verstand. Vorsichtig betastete er seinen Unterkiefer. Der Knochen schien heil zu sein. Allerdings hatte sich einer der Vorderzähne gelockert. Als Valentin aufsah, erblickte er Seilers ausgestreckte Hand. Er griff danach, kam schwankend auf die Beine, spuckte das Blut, das sich in seinem Mund gesammelt hatte, auf den Boden und wischte sich mit dem Ärmel übers Kinn. Anschließend zerrte er den Brief aus Joachimsthal aus seinem Wams.

»Lest!«, nuschelte er.

Anerkennend hob der Richter die Augenbrauen, bevor er das Schreiben entgegennahm und das Siegel brach.

Während Seiler las, nahm Valentin seinen Umhang ab und umhüllte damit den geschundenen Körper seines Bruders. »Lass uns heimgehen!« Er schob ihn zur Tür. Steif und stumm, wie eine Marionette, ließ Conrad alles mit sich geschehen.

Niemand stellte sich ihnen in den Weg, als sie die Fronfeste verließen. Draußen band Valentin sein Pferd los und half Conrad, der heftig zitterte und sich kaum noch auf den Beinen halten konnte, aufzusteigen. Er nahm die Zügel und führte das Tier quer über den Markt am Rathaus vorbei in Richtung Badergasse. Die gaffende Menge, die sich hinter ihnen sammelte, nahm er kaum wahr.

Als sie an Magdalenas Haus vorbeikamen, ging ein Ruck durch Conrads schlaffen Körper. Seine Hand tastete nach Valentins Schulter. »Wir müssen nach Magdalena sehen«, krächzte er. »Bitte!«

Valentin drehte sich um und schaute in das blasse, ausgezehrte Gesicht seines Bruders. Obwohl es zur Hälfte von einem zotteligen Bart verdeckt war, bemerkte er die roten Flecken, die sich auf Conrads Wangen bildeten. Seine Augen glänzten, als hätte er Fieber. Valentins Sorge stieg.

»Sie ist seit zwei Tagen nicht mehr zu ihrer Arbeit in der Fronfeste erschienen«, erklärte Conrad und schluckte mühsam. »Ich fürchte, dass ihr etwas passiert ist!«

Valentin fragte nicht erst, wie es kam, dass Eckels Witwe eine Arbeit in der Fronfeste angenommen hatte. Er nickte sofort. »Ich werde mich darum kümmern, versprochen! Aber zuerst bringe ich dich nach Hause.«

Conrad lächelte schwach. Dann sackte er in sich zusammen, und Valentin musste all seine Kraft aufbringen, um zu verhindern, dass sein Bruder vom Rücken des Pferdes rutschte. Er war heilfroh, dass es bis nach Hause nur noch ein kurzer Weg war.

Als er in die Badergasse bog, entdeckte er eine magere Gestalt, die sich vor dem Tor des Badehauses herumdrückte. Im ersten Augenblick vermutete er einen Betteljungen, aber dann riss das Bürschchen die Arme hoch, stieß einen Jubelschrei aus und rannte ihm entgegen.

»Meister Arnold!« Nickel verlor einen seiner Holzschuhe und ließ ihn achtlos liegen. »Ihr seid wirklich wieder da!« Er warf einen scheuen Blick auf Conrad, der teilnahmslos über dem Hals des Pferdes hing. »Und Ihr habt Euren Bruder gerettet!«

Valentin nickte. »Ja, Nickel, das habe ich. Aber weshalb bist du hier?«

»Meister Jobst hat mich hergeschickt. Er hat Gerüchte gehört, dass Ihr heute Morgen in der Fronfeste aufgetaucht seid.« Nickel strahlte über sein ganzes schmutziges Gesicht. »In der Vorstadt erzählten sich die Leute, Ihr hättet den Henker mit einem gewaltigen Kinnhaken niedergestreckt, um Euren Bruder aus seinen Klauen zu befreien!«

Valentin riss die Augen auf. Die Geschwindigkeit, mit der Gerüchte in der Stadt die Runde machten, war ihm schon immer unheimlich gewesen. »Ich kann dir versichern, das ist eine maßlose Übertreibung, denn in Wahrheit musste ich dem Richtherrn nur einen Brief geben, in dem alles über den wahren Mörder stand.« Er berührte unauffällig die Schwellung an seinem Kinn. »Aber bevor du dem Schinder davon berichtest, kannst du mir helfen, meinen Bruder ins Haus zu bringen.«

»Nu, klar doch!« Nickel sah sich nach seinem Holzschuh um, las ihn auf und schlüpfte hinein. Dann rannte er zur Haustür und schlug mit aller Kraft dagegen. Anschließend hielt er das Pferd am Zügel, während Valentin seinen Bruder vom Rücken des Tieres hievte.

»Jesus und Maria!« Agnes schlug die Hände vor den Mund. Wie zur Salzsäule erstarrt stand sie in der geöffneten Tür, und es dauerte einige Augenblicke, bevor sie in der Lage war, Valentin behilflich zu sein. Gemeinsam stützten sie Conrad, der immer stärker zitterte und sich kaum aus eigener Kraft auf den Beinen halten konnte. Nickel folgte ihnen mit Valentins Gepäck.

»Ist er schwer verletzt?«, erkundigte sich Agnes atemlos.

»Das kann ich nicht sagen. Aber wie es aussah, wollte der Henker eben erst mit dem zweiten Grad der Tortur beginnen. Das konnte ich grade noch verhindern«, erklärte Valentin, während sie Conrad ins Behandlungszimmer bugsierten und auf einen der Tische legten.

»Welch ein Glück!« Agnes schloss erleichtert die Augen. Dann lief sie zur Tür. »Ich habe heißes Wasser in der Küche.« Sie fasste Nickel, der unschlüssig dastand, am Arm. »Komm, Junge! Du kannst Meister Arnold gleich einen Eimer davon bringen!«

»Branntwein wäre auch gut!«, rief Valentin ihr hinterher. Dann drehte er sich zu Conrad um. Sein Bruder hatte sich auf die Seite gerollt und die Knie angezogen. Seine Augen waren offen, doch Valentin hatte das Gefühl, dass er trotzdem nicht wahrnahm, was um ihn geschah. Das machte ihm weit mehr Sorgen als die körperliche Verfassung seines Bruders. Der Henker, für den Valentin auf seiner Wanderschaft gearbeitet hatte, hatte ihm davon erzählt, dass sich manche Menschen nach einem furchtbaren Erlebnis wie einer Folterung eine Weile an einen Ort tief in ihrem Inneren zurückziehen würden. Je länger sie dort verweilten, desto größer wäre allerdings die Gefahr, dass sich ihr Geist auf Dauer verirrte. Doch das würde Valentin nicht zulassen!

Er legte eine Hand auf Conrads Wange. »Du bist daheim, Conrad. Und du wirst von aller Schuld freigesprochen, denn Seiler weiß inzwischen, wer die Morde begangen hat.«

Zuerst sah es aus, als hätten die Worte seinen Bruder nicht erreicht. Aber nach einigen Augenblicken verzogen sich Conrads Lippen zu einem Lächeln. »Das ist wahrhaft die beste Nachricht, die ich seit Langem gehört habe, Bruder!«

Die Tür zum Behandlungszimmer wurde aufgestoßen, und Agnes kam herein. Sie trug einen Stapel Wäsche auf dem Arm. Nickel schleppte einen Eimer mit dampfendem Wasser hinterher.

»Hier sind Tücher und Kleidung.« Die Magd legte den Stapel auf einen Schemel neben dem Tisch. Dann holte sie eine Tonflasche aus ihrer Schürzentasche. »Und hier ist der Branntwein. Ich gehe dann mal wieder in die Küche und koche einen kräftigen Eintopf fürs Mittagessen.«

Valentin nickte. Dann half er Conrad, sich aufzurichten. Er zog mit den Zähnen den Korken aus der Flasche und hielt sie seinem Bruder hin. »Nimm einen Schluck! Das wird dir guttun.« Als Conrad die Hände ausstreckte und ungeschickt danach griff, bemerke Valentin die steifen, geschwollenen Daumen seines Bruders. Das Fleisch hatte sich lila verfärbt, die Nägel waren schwarz.

Nickel stieß einen Laut des Entsetzens aus und ließ den Lappen, den er soeben nass gemacht hatte, zurück in den Eimer fallen. Das heiße Wasser spritzte auf den Steinboden, wo es eine dampfende Lache bildete.

Valentin sog die Luft zwischen den Zähnen ein. Doch er verkniff sich jede Äußerung. Stattdessen setzte er die Flasche an

Conrads Mund und kippte sie vorsichtig an. Conrad schluckte, dann musste er husten. Ein Teil des Branntweins rann in seinen Bart. Der scharfe Geruch des Alkohols breitete sich im Behandlungsraum aus und überdeckte den Dunst aus Angstschweiß und Urin, der Conrad umgab, für einen Moment. Ohne eine Miene zu verziehen, streifte Valentin seinem Bruder den Wollumhang vom Leib. Dann unterzog er den abgemagerten Körper einer gründlichen Musterung.

Conrad hob abwehrend die Schultern.

Valentin biss sich auf die Lippen. Er war erschüttert, wie dünn sein Bruder in den letzten Monaten geworden war. Doch immerhin, er lebte, und bis auf die gequetschten Daumen schien er einigermaßen gesund zu sein. Valentin griff nach Conrads rechter Hand und begutachtete den verletzten Daumen. »Damit wirst du mir in den nächsten Wochen keine große Hilfe sein. Ob du ihn wieder richtig gebrauchen kannst, wird sich zeigen, wenn die Schwellung abgeklungen ist.«

»Hilf mir, die Zotteln loszuwerden!« Conrad zerrte an seinem verfilzten Bart. »Und ein Bad wäre auch schön.« Er schloss die Augen und stieß einen tiefen Seufzer aus.

Valentin nahm Nickel den Lappen aus der Hand. »Hol Holz vom Hof und füll den großen Kessel in der Badestube mit Wasser. Ich komme gleich und heize ihn an.« Dann fiel ihm auf, dass er über den Jungen verfügte, als stünde der in seinen Diensten. »Das heißt natürlich, falls du nicht längst auf dem Friedhof erwartet wirst.« Er sah Nickel fragend an.

»Nu, da müsst Ihr Euch kene Sorgen machen, Mester.« Nickel winkte großmütig ab. »Zurzeit gibt es da nicht viel zu tun. Meister Jobst und ich wohnen jetzt in der Kavillerei an der Gottleuba und nicht mehr auf dem Friedhof. Und außerdem hat er ja selbst gesagt, ich soll unbedingt rauskriegen, was hier los ist. Muss ich ihm später alles haarklein erzählen!« Er grinste und verschwand, ehe Valentin etwas erwidern konnte.

»So ein kleiner Halunke«, murmelte Conrad. Seine Mundwinkel zuckten. »Vielleicht sollten wir den als Lehrling einstellen.«

Valentin lächelte. Es sah so aus, als müsse er sich keine Sorgen
um den seelischen Zustand seines Bruders machen.

Am späten Nachmittag, Nickel war längst in die Nikolaivorstadt zurückgekehrt, machte sich Valentin auf den Weg zum
Eckel'schen Haus. Nach dem Mittagessen hatte er Conrad gebadet und dessen gequetschte Daumen mit Arnikatinktur und
einer Salbe aus Beinwell und Zaubernuss versorgt. Er hatte ihm
Bart und Kopfhaar gestutzt und ihn dann in seine Kammer
hinaufgebracht. Bevor Conrad erschöpft ins Bett fiel, hatte er
Valentin an sein Versprechen erinnert. »Bitte, geh zu Magdalena und sieh dort nach dem Rechten!«

Kurze Zeit später blickte Valentin sich verwundert in
Magdalenas Halle um. Überall standen Kisten und Kästen, auf
dem Boden lagen Kleider und Haushaltsgegenstände herum.
»Will deine Herrin ausziehen?«, fragte er Liese, die ihm erst
nach mehrmaligem Klopfen die Tür geöffnet hatte.

»Von wollen kann nicht die Rede sein, Meister Arnold!«
Liese rang die Hände. »Gezwungen hat der zweite Bürgermeister sie! Er hat sie letzte Woche in der Fronfeste erwischt.«

»Erwischt?« Valentin runzelte die Stirn. »Wobei?« Was
hatte sich hier abgespielt, während er fort gewesen war?

Liese senkte den Blick. »Sie hat dort als Küchenmagd gearbeitet.« Ihr schossen Tränen in die Augen, die sie energisch
wegblinzelte. Trotzig hob sie den Kopf. »Was sollte meine arme
Herrin denn machen, nachdem Ihr weg wart! Tagein, tagaus
daheim sitzen und für Eure erfolgreiche Rückkehr beten?«

Empört öffnete Valentin den Mund. Aber bevor er dazu kam,
dem Mädchen zu sagen, dass genau das vernünftig gewesen
wäre, sprach Liese weiter. »Das konnte sie nicht: Wo Ihr doch
auch alles drangesetzt habt, die Morde aufzuklären und Euren

Bruder zu retten! Und zuerst lief ja auch alles, wie wir es geplant hatten.«

»Was ist schiefgegangen?«, wollte Valentin wissen.

»Ratsherr Meißner kam mit dem Richter zur hochnotpeinlichen Befragung in die Fronfeste und erkannte meine Herrin. Da hat er sie vor die Wahl gestellt: Entweder wird sie als Ehebrecherin verurteilt, oder sie wird noch vor Ostern sein Weib!« Liese schniefte wütend und wischte sich mit dem Schürzenzipfel die Nase.

Valentin brauchte einige Augenblicke, um die Nachricht zu verdauen. Dann stieß er einen deftigen Fluch aus, mit dem er dem zweiten Bürgermeister die Pest an den Hals und zahlreiche Furunkel an den Arsch wünschte. Die Skrupellosigkeit, mit der Meißner seinen Vorteil suchte, hatte ihn schon in Joachimsthal angewidert. Auf keinen Fall würde er zulassen, dass der feige Raffzahn seinen Gewinn auch aus Magdalenas Unglück schlug!

»Du kannst getrost alles wieder auspacken, Liese. Deine Herrin wird nirgendwo hingehen, es sei denn, sie wünscht das selbst«, erklärte er, nachdem er seiner Wut ausreichend Luft gemacht hatte.

Das Mädchen ließ den Schürzenzipfel fallen und strahlte ihn an, als wäre er der Heiland selbst, von Gott gesandt, sie alle zu erlösen.

Valentin lächelte zurück, und ein warmes Gefühl breitete sich dabei in seiner Brust aus. Eitelkeit!, gestand er sich ein wenig verlegen ein. Schaudernd addierte er diese Sünde zur Summe all derer, die er in seinem Leben schon begangen hatte.

Dann stieg er die Treppe hinauf, um sich mit Magdalena zu beraten. Es galt jetzt, zu überlegen, wie sie den Spieß umdrehen konnten, den Meißner ihr an die Kehle gesetzt hatte. Und dafür war Valentin soeben ein Gedanke gekommen!

KAPITEL 58

D er Richtherr sitzt noch beim Abendmahl«, verkündete die ältere Magd. »Kommt später wieder!«
Sie verschränkte die Arme vor der Brust. »Oder
besser morgen früh.«

»Ihr werdet nach oben gehen und Eurem Herrn ausrichten,
dass Meister Arnold ihn zu sprechen wünscht! Noch heute!« Es
war nicht Valentins Art, laut zu werden. Doch die Erschöpfung
nach der langen, beschwerlichen Reise forderte ihren Tribut.
Das kurze Hochgefühl, das er empfunden hatte, nachdem er
Conrad nach Hause gebracht hatte, war einer bleiernen Müdigkeit gewichen. Bevor er sich um die Bedürfnisse seines Leibes
kümmern konnte, würde er jedoch das Versprechen einlösen,
das er Magdalena gegeben hatte.

»Nun bring ihn schon hoch, den sturen Bader!«, erklang die
Stimme des Richters aus dem oberen Stockwerk.

Die Magd warf Valentin einen Blick zu, der deutlich machte,
was sie vom Befehl ihres Herrn hielt. Aber sie gab die Tür frei,
indem sie vor ihm die Stufen hochstapfte.

»Hier ist er«, mit einem unwilligen Schnauben ließ sie
Valentin den Vortritt an der Stubentür.

Georg Seiler saß allein an einem großen Tisch. Vor sich hatte
er einen Teller mit Brot und Käse, dazu ein Kännchen Bier.
Valentin erschrak. Der Richter schien um Jahre gealtert. Die
dunklen Augen lagen tief in ihren Höhlen, seine Wangen waren
eingefallen, die Gesichtsfarbe gelblich.

»Bring noch ein Gedeck und eine Kanne Bier!«, befahl Seiler seiner Magd.

Wortlos verschwand sie, während Seiler ungeduldig mit der Hand wedelte. »Setzt Euch, Bader! Und starrt mich nicht so an! Ich weiß selbst, dass ich ein alter, kranker Mann bin.«

Valentin legte seinen Umhang ab. »Es scheint, als würde Euch die Galle plagen«, sagte er. »Doch um das genauer zu wissen, müsste ich …«

»So krank, dass ich Euch an mir herumhantieren ließe, bin ich längst noch nicht!«, unterbrach ihn der Richtherr ärgerlich.

»Wie Ihr meint.« Valentin zog einen der schweren Eichenstühle unter dem Tisch hervor und nahm Platz.

»Ich hoffe, Ihr seid gekommen, um Euch dafür zu entschuldigen, dass Ihr heute Vormittag die Befragung eines Verdächtigen gestört und den Mann dann einfach mitgenommen habt, ohne eine richterliche Entscheidung abzuwarten?« Seiler warf Valentin, der es nicht für nötig hielt, darauf zu antworten, einen prüfenden Blick zu. »Aber ich sehe schon, das ist es nicht, was Euch zu dieser unchristlichen Zeit in mein Haus treibt.«

Er wartete, bis die Magd, die das zusätzliche Gedeck und eine weitere Kanne Bier auf den Tisch gestellt hatte, wieder gegangen war.

»Greift zu, Arnold! Es ist nur ein einfaches Mahl, denn üppige Speisen bekommen mir nicht mehr. Aber so, wie Ihr ausseht, dürftet Ihr in den letzten Wochen auch nicht geschlemmt haben.« Er stieß ein trockenes Lachen aus.

»Nein, Richtherr …« Valentin nahm einen Schluck Bier. Das Mahl mochte einfach sein, aber am Bier sparte Seiler keineswegs. Statt des klebrig süßen Pirnschen Stadtbieres lagerte in seinem Keller das spritzige Freibergische.

»Gut. Dann sollt Ihr zunächst wissen, dass Euer Bruder nun auch mit dem Segen des hohen Rates auf freiem Fuß ist. Das Gericht hat ihn von jeglicher Schuld freigesprochen.« Der Richter säbelte ein paar Scheiben Käse ab, legte eine davon zu dem Brot auf seinem Teller und schob die übrigen zu Valentin.

»Ich bedauere es allerdings, dass wir den Pirnaern keine ordentliche Hinrichtung bieten können, weil der Erzbösewicht bereits tot ist. Noch nicht einmal seinen Gehilfen, den blinden Alten, konnten wir belangen. Die Wachen fanden ihn mit gebrochenem Genick am Fuß der Treppe in Schwarzes Haus.« Der Richtherr schnaubte ungehalten auf. »Schließlich ist nichts besser für die Aufrechterhaltung von Recht und Ordnung als ein abschreckendes Spektakel mit einem vorzugsweise reumütigen Sünder.« Seiler strich sich über seinen Bart. »Aber wie ich dem Schreiben aus Joachimsthal entnahm, starb der Mordbube durch Eure Hand. Man könnte also sagen, Ihr, Meister Arnold, wart der verlängerte Arm der Pirnschen Gerichtsbarkeit.« Ein Lächeln huschte über sein hageres Gesicht.

Valentin erschauderte. Unwillkürlich wischte er seine Hände unterm Tisch an der Hose ab.

Seiler räusperte sich. »Na ja, zumindest haben wir noch die beiden Friedhofsgehilfen! Den räudigen Hunden wird Meister Bolz morgen vorm Rathaus die Ohren abschneiden und die rechte Hand abhacken. Anschließend wird er sie mit Ruten aus der Stadt peitschen.«

Valentin sah noch immer auf seinen Teller, ohne wahrzunehmen, was sich dort befand.

»Esst!«, verlangte Seiler. »Ich kann Euren Magen knurren hören. Wie wollt Ihr den Verpflichtungen, die ein vom Rat bestellter Bader hat, nachkommen, wenn Ihr nicht ausreichend bei Kräften seid, hm?«

»Vom Rat bestellt?« Valentin blickte auf. »Was soll das heißen?«

»Das heißt, schon bald könntet Ihr der Bader sein, auf dessen Fähigkeiten die Herren vom Rat am meisten vertrauen – sowohl bei ihren eigenen Wehwehchen als auch, wenn sie Eures

Rates in städtischen Angelegenheiten bedürfen. Bei allen zweifelhaften Todesfällen würdet Ihr zur Leichenschau herangezogen.« Seiler lehnte sich zurück und blickte Valentin an. »Das Angebot steht! Ihr müsst Euch nur entscheiden, es anzunehmen.«

Valentin ließ sich mit einer Antwort Zeit. Zuerst belegte er sein Brot mit Käse. Dann nahm er einen großen Bissen, den er gründlich kaute und anschließend mit mehreren Schlucken Bier hinunterspülte. Dabei bedachte er das Für und Wider. Seilers Angebot war verlockend, keine Frage, und verdient hatte er es auch. Aber was wurde dann aus seinem Plan, in eine der großen Städte zu ziehen, dorthin, wo es unzählige Möglichkeiten gibt und wo der Einzelne in die schützende Anonymität der Masse eintauchen kann? Hier in Pirna war er mittlerweile bekannt wie ein bunter Hund, so viel stand fest. Und als Diener des Rates würde er auch noch tagaus, tagein unter den aufmerksamen Augen der Obrigkeit arbeiten. Wollte er das wirklich? Bei seinen Neigungen? Andererseits konnte er seine Pläne ohnehin nicht verwirklichen, solange Conrad ihn brauchte. Es würde eine Zeit dauern, bis sein Bruder wieder über seine früheren körperlichen Kräfte verfügte. Wie er mit den Erlebnissen von Haft und Folter umgehen würde, war eine ganz andere Frage. Im Baderhaus war in nächster Zeit viel zu tun. Erst vorhin war ihm aufgefallen, dass einer der Öfen in der Badestube einen Riss hatte und nicht befeuert werden konnte. Der Holzvorrat, den sie im Herbst nicht mehr aufgestockt hatten, ging zur Neige, ganz zu schweigen von Seifen, Ölen und Birkenruten. In welchem Zustand sich die Tücher und Laken seit dem Tod der Mutter befanden, konnte er nur mutmaßen. Er setzte seinen Becher ab und wischte sich mit dem Handrücken über den Mund.

»Wie stünde es mit der Bezahlung für meine Dienste?«, fragte er unverblümt.

»Nun, darüber habe nicht ich zu entscheiden. Die Ratsfreunde, insbesondere der Kämmerer, werden dazu das letzte Wort haben. Aber Ihr dürft mir Eure Vorstellungen nennen, damit ich sie mit in die nächste Ratssitzung nehmen kann.« Seiler hob seinen Becher und prostete Valentin zu, bevor er trank.

»Zehn Groschen für jede Leichenschau und sieben, wenn Ihr mich wegen anderer Angelegenheiten aufs Rathaus kommen lasst«, verlangte Valentin.

Seiler hob die Augenbrauen

»Und die Befreiung vom Geschoss!«

Die Brauen des Richtherrn zogen sich grimmig zusammen.

»Das wäre alles«, setzte Valentin rasch hinzu und stopfte sich ein Stück Brot in den Mund. Er war sich noch nicht sicher, ob er das Angebot annehmen wollte, aber es konnte nicht schaden, zu prüfen, wie ernst es dem Rat damit war.

Der Richtherr griff nach seinem Becher. Nachdem er ihn geleert hatte, zuckte er mit den Schultern. »Ich werde den Herren vom Rat Eure unverschämten Forderungen mitteilen«, knurrte er. »Was sie davon halten, erfahrt Ihr später.«

»Der Vorschlag, ich solle in den Dienst des Rates treten, kam von Euch«, entgegnete Valentin gelassen. »Ich kam wegen einer anderen Angelegenheit.«

»So, so. Und das wäre?« Der Richter spielte mit einem Rest Käse auf seinem Teller. Dabei ließ er seinen Gast nicht aus den Augen.

Valentin knöpfte sein Wams auf. Er zog das zerfledderte Salzregister unter seinem Hemd hervor und schob es über den Tisch. »Das habe ich in Schwarzes Haus gefunden.«

Der Richtherr wischte seine Finger an einem bereitliegenden Tuch ab. Dann griff er nach dem Dokument. Während er darin blätterte, zogen sich seine Augenbrauen zu einer dicken schwarzen Linie zusammen. Sein Atem beschleunigte sich, und schließlich begannen die Spitzen seines Bartes zu zittern. »Das«, er keuchte, »das ist schlimmer als die schlimmsten Gerüchte, die darüber, was sich damals im Rathaus abgespielt haben soll, im Umlauf sind.« Seine knochige Faust krachte auf den Tisch. »Hätte der Herzog davon anno 1519 Kenntnis gehabt, säße keiner der Ratsherren aus jener Zeit heute noch auf seinem Stuhl!« Er ließ das Register fallen, als hätte er sich daran verbrannt. »Mein Gott, was soll ich nur damit tun?«, stöhnte er und hob die Augen zur Decke. »Wenn das bekannt wird, gibt es Aufruhr in der Stadt! Aber wenn ich es verschweige, leiste ich damit nicht weiterem Betrug Vorschub?«

Valentin empfand fast so etwas wie Schuldgefühle, weil er den alten, kranken Mann in dieses Dilemma brachte. Doch dann erinnerte er sich daran, wie Seiler ihn vor wenigen Monaten für seine richterlichen Aufgaben eingespannt hatte. Der Richtherr hatte Valentins Notlage ausgenutzt und ihm damit eine Last aufgebürdet, an der er bis zum Ende seines Lebens tragen würde. Seiler hatte auch billigend in Kauf genommen, dass sein laienhafter Ermittler mehr als einmal in Gefahr für Leib und Leben geraten und dem Tod nur um Haaresbreite entronnen war.

Ohne zu fragen, füllte Valentin seinen Becher erneut mit dem vorzüglichen Freibergischen Bier. »Ob das in der Stadt bekannt wird, liegt genau genommen nicht in Eurer Hand, Richtherr!«

An der Art, wie sich Seilers Augen zu Schlitzen verengten, erkannte Valentin, dass der Richter sofort verstanden hatte, worauf sein Gast hinauswollte.

»Das würdet Ihr nicht wagen!«, flüsterte er.

»Mag sein.« Valentin zuckte mit den Schultern. »Aber ich bin ja auch ein vernünftiger Mann, der Euch von Herzen zustimmt, wenn Ihr sagt, dass unsere Stadt gerade jetzt keinen Aufruhr brauchen kann.«

Seiler beugte sich vor. »Wer weiß noch von diesem vermaledeiten Register?«, zischte er.

»Die Witwe Eckel«, entgegnete Valentin ungerührt. »Schließlich hatte die gute Frau ein Recht darauf, zu erfahren, warum ihr Mann und ihre Stieftochter sterben mussten.«

Der Richter lehnte sich zurück und verschränkte die Arme. Nur sein heftiger Atem verriet, welche Mühe es ihn kostete, die ruhige Pose zu bewahren.

»Leider traf ich die Eckelin vorhin in einem äußerst aufgewühlten Zustand an. Sie hatte das Gefühl, man wolle ihr Unrecht tun. Und Ihr wisst ja, dass Weiber ihr Herz auf der Zunge tragen.« Valentin setzte ein entschuldigendes Lächeln auf.

»Was verlangt Ihr, Bader? Ihr und dieses gerissene Weibsstück?« Die dunklen Augen des Richters brannten sich in Valentins. »Nicht einen Augenblick glaube ich, dass die Eckelin etwas aus Versehen ausplappern würde! Wenn unsere werten Ratsfreunde nur halb so viel Verstand und Mut hätten wie diese Frau, säßen wir jetzt nicht hier!«

Valentin lehnte sich nun ebenfalls zurück. Er streckte die langen Beine unter dem Tisch aus und trank einen Schluck Bier. Vorsichtig stellte er den Becher ab, dann faltete er die Hände vor seinem Bauch. »Statt dieses Zeugnis der Raffgier zu vernichten, verstecken wir es an einem sicheren Platz. Dann könnt Ihr Eure Sorgen um einen Aufstand getrost vergessen. Sollten Euch oder uns«, er lächelte fein, »jedoch erneut Unterschlagungen oder andere Missetaten der alteingesessenen Ratsherren zu Ohren kommen, können wir die Schuldigen damit zur Strecke bringen. Es dürfte Euch freuen zu hören, dass Euer Schwager, Paul Meißner, der Erste sein wird, der eine Kostprobe von der Sprengkraft des Dokuments bekommt.«

Seilers finsterer Gesichtsausdruck wich einem grimmigen Lächeln, bevor sich seine Stirn erneut in Falten legte. »Ich hoffe,

Ihr wisst, was Ihr da tut, Bader? Ich bin ein alter Mann, dem unser Herr vielleicht noch ein paar Jährchen gönnt. Ihr dagegen habt noch Euer ganzes Leben vor Euch. Falls Ihr das genießen wollt, dürft Ihr es niemals an der nötigen Vorsicht fehlen lassen.«

Valentin seufzte. »Das weiß ich nur allzu gut!«

KAPITEL 59

rüfend sah Magdalena an sich herab. Sie hatte das hochgeschlossene schwarze Kleid durch einen weißen Spitzenkragen aufgelockert. Auf ihrer Brust trug sie eine goldene Kette mit einem Anhänger aus böhmischen Granaten, den sie von ihrer Mutter geerbt hatte. Liese half ihr das Gebände zu schnüren. Statt des steifen Leinens hatte Magdalena heute zarten Batist dafür ausgesucht. Auch die Haube, die sie sich anschließend aufsetzte, war leicht und anmutig.

»Ich verstehe nicht, warum Ihr Euch für den Besuch bei diesem Mann so herausputzt«, murmelte Liese missbilligend.

Magdalena hob die Augenbrauen. »Ich wüsste auch nicht, was es dich angeht«, sagte sie spitz. Doch dann legte sie dem Mädchen einen Zeigefinger unters Kinn. »Aber ich will's dir trotzdem verraten. Nachdem ich Paul Meißner erklärt habe, warum ich gar nicht daran denke, sein Weib zu werden, gehe ich mit Meister Arnold zum Baderhaus und besuche seinen Bruder Conrad.«

»Ach, so!« Liese kicherte. »Nachdem er Euch in den letzten Wochen nur in den verblichenen Kleidern einer Küchenmagd mit schmutzigen Wangen zu Gesicht bekam, soll er heute sehen, was er an Euch hat!«

»Unfug!« Magdalena gab dem Mädchen einen Klaps auf die Wange. Aber sie lächelte dabei.

Unten klopfte es an der Haustür.

»Das wird Meister Arnold sein!« Liese rannte hinaus.

Magdalena folgte ihr gemesseneren Schrittes. Ihr Herz schlug bis zum Hals. Zwar hatte sie eben sehr zuversichtlich mit Liese gesprochen, doch würde das alte Salzregister wirklich reichen, um Meißner von seinen Plänen abzubringen? Immerhin hatte der anno 1518 noch gar nicht im Rat gesessen. Stattdessen hatte er sogar auf der Seite derer gestanden, die sich gegen die selbstgefällige Verschwendungssucht der Ratsherren erhoben hatten.

»Gott zum Gruß!« Valentin Arnold deutete auf der Türschwelle stehend eine Verbeugung an. »Ihr seht bezaubernd aus, wenn ich das sagen darf.« Obwohl tiefe Schatten der Müdigkeit unter seinen Augen lagen, lächelte er ihr aufmunternd zu. Auch er hatte sich herausgeputzt, trug saubere dunkle Hosen, Schuhe mit Messingschnallen, einen silberbeschlagenen Gürtel und einen fast neuen Umhang aus blauer Wolle. Sein schwarzes Haar war frisch gewaschen und glänzte in der Morgensonne wie Rabengefieder.

Liese legte Magdalena den pelzverbrämten Samtmantel um, den Eckel ihr zur Hochzeit geschenkt hatte. Noch vor dem nächsten Winter würde sie ihn verschenken, das schwor sie sich, aber heute würde er ihr von Nutzen sein.

Valentin grinste anerkennend. »Na, wollen wir losziehen, um den Bock zu erlegen?«

»Ja!« Magdalena nickte. »Mit Gottes Hilfe.«

»Amen!« Valentin zwinkerte ihr zu. Dann traten sie aus dem Haus.

Obwohl heute kein Markttag war, herrschte um das Rathaus bereits reges Treiben. An den Wasserkästen drängten sich wie üblich Mägde mit Eimern und Knechte mit großen Fässern. Bürgersfrauen mit Körben über dem Arm eilten vorbei. Zimmerleute schleppten Balken, und ein Fleischergeselle, der ein halbes Schwein auf dem Rücken trug, wurde von zwei kläffenden Hunden verfolgt. Vor den Fleischbänken mussten Magdalena und Valentin einem Karren ausweichen, der hoch mit Heu beladen war und an dem hinten eine Ziege angebunden war. Ein kleines Mädchen versuchte vergeblich, das lauthals meckernde Tier mit einer Gerte vorwärtszutreiben.

»Es ist beinah so, als hätte es die Pest nie gegeben«, bemerkte Meister Arnold.

Obwohl er bewusst ein Stück Abstand von Magdalena hielt, zogen sie die Blicke aller Passanten auf sich. So mancher mochte sich fragen, was die Witwe eines angesehenen Bürgers mit einem Bader zu schaffen hatte. Magdalena drückte das Kreuz durch und schenkte Valentin ein Lächeln. »Das Leben geht weiter.« Sie wusste nicht genau, ob sie ihn oder sich mit dieser simplen Weisheit aufmuntern wollte. Von Meißners Haus, das neben den Schuhbänken stand, trennten sie nur noch wenige Schritte.

Nachdem sie geklopft hatte, wurden sie ohne Umschweife eingelassen und sofort nach oben in die geräumige Stube des Ratsherrn geführt.

Meißner hielt sich nicht mit einer Begrüßung auf. Stattdessen runzelte er die Stirn und blickte Magdalena finster an. »Da seid Ihr ja endlich! Dabei hatten wir Euch bereits gestern Abend erwartet.« Dann entdeckte er Meister Arnold, der sich bisher im Hintergrund gehalten hatte. »Und wer ist der?«

Magdalena hob das Kinn. »Das ist Meister Arnold, der Mann, der die Morde an Eckel, Justina und Eurem Sohn aufgeklärt und der Stadt damit einen großen Dienst erwiesen hat.« Sie zwang sich, Meißner ins Gesicht zu lächeln.

Valentin trat einen Schritt vor und verbeugte sich. »Es war mir eine Freude, meiner Stadt dienen zu dürfen.«

»So, so.« Meißner zögerte. Ihm war anzusehen, dass er nicht wusste, wie er das Erscheinen des Baders einzuordnen hatte. »Nun, dafür gebührt Euch Dank«, sagte er halbherzig.

»Ja, nicht wahr?« Magdalena strahlte ihn an. »Aber stellt

Euch vor, Bürgermeister, Valentin Arnold hat der Stadt sogar noch einen weiteren Gefallen erwiesen!«

»Und das wäre?« Meißner fuhr sich ungeduldig mit der Zunge über die Lippen.

Arnold zog ein Bündel Papier unter seinem Umhang hervor und überreichte es dem verdutzten Ratsherrn mit einer erneuten Verbeugung. »Bei meinen Nachforschungen zu den abscheulichen Morden bin ich auf das verschwundene Salzregister von anno 1518 gestoßen.«

»Ihr solltet gleich mal einen Blick hineinwerfen! Es ist äußerst aufschlussreich, glaubt mir«, versicherte Magdalena.

»Heißt das, Ihr habt es gelesen?« Meißners ungläubiger Blick wanderte von Magdalena zu Arnold und wieder zurück zu den Blättern in seiner Hand.

»Selbstverständlich. Ich habe mir die lückenhaften Abrechnungen über die Einnahmen für das Salz gründlich angesehen.« Sie lächelte fein. »Und nun weiß ich, warum es den damaligen Ratsherren so gelegen kam, dass das Register verschwand.«

Meißner hob die Augenbrauen. »Aber was, bitte schön, haben Eure Rechenspielchen mit mir zu tun? Oder gar mit unserer Abmachung, die Ihr gestern nicht eingehalten habt?« Während der zweite Bürgermeister die Anwesenheit des Baders nun endgültig ignorierte, starrte er auf Magdalena herab wie der Habicht auf die Taube. »Ich überlege schon die ganze Zeit, was ich deswegen mit Euch machen soll, meine Liebe.«

Magdalena ließ sich nicht beirren. Kerzengerade stand sie da und schaffte es sogar, ihr Lächeln zu vertiefen. »Die Taschen, in die das unterschlagene Geld damals floss, gehören heute noch immer zu Herren mit Sitz im Rat. Ich kann Euch Namen und Summen nennen, wenn Ihr es wünscht.« Sie zuckte anmutig mit der Schulter. »Auch wenn Eure Taschen davon unbefleckt blieben, mit einigen der Herren habt Ihr inzwischen verwandtschaftliche Bande geknüpft, mit anderen geschäftliche.« Sie hob den rechten Zeigefinger und ließ ihn vor ihrem Mund verharren. »Ist Eure Älteste im letzten Jahr nicht sogar mit dem Sohn des Salzherren vermählt worden?« Sie schwieg einen Augenblick und hob dann beide Hände in einer unschuldigen Geste. »Nun, wie dem auch sei! Die Herren haben Euch gewiss zum zweiten Bürgermeister gewählt, weil sie Großes von Euch erwarten.«

Voller Genugtun beobachtete sie, wie Meißners Gesichtsfarbe, eben noch rosig und gesund, zu einem käsigen Gelb verblasste.

»In Köln wurde im letzten Jahr der Kämmerer wegen Unterschlagung gehängt«, brachte sich Meister Arnold in Erinnerung. »Als ich auf meiner Wanderschaft dort vorbeikam, baumelten die verwesenden Reste seines Körpers noch am Galgen vor der Stadt.«

Der zweite Bürgermeister starrte den Bader an, bevor er sich wieder auf Magdalena konzentrierte. Verschwunden war der Habichtsblick. Jetzt ähnelte er viel mehr einer Maus, die entdeckt hatte, dass sie sich zwischen zwei Katzen befand.

Magdalena riss die Augen auf, und ihre Stimme klang selbst in ihren Ohren ehrlich überrascht. »Aber womöglich seid Ihr auch einer der ganz und gar unbestechlichen Männer im Rat, wie unser Richtherr. Dann sorgt Ihr sicherlich nachträglich für Gerechtigkeit …«

»… ungeachtet aller Folgen, die das für Euch selbst haben könnte!«, ergänzte Arnold.

»Seiler weiß davon?«, stieß Meißner hervor.

»Selbstverständlich!« Magdalena nickte. »Er ist der Richter in unserer Stadt.«

Meißner keuchte. Sein Gesicht wurde puterrot. Er schleuderte die Blätter zu Boden, mit beiden Händen zerrte er an seinem bestickten Kragen. Ein Knopf sprang von seinem Wams und prallte wie ein Geschoss gegen Arnolds Brust, bevor er unter eine der geschnitzten Truhen neben dem Fenster rollte.

Magdalena trat so nah an den Ratsherrn heran, dass sie seinen Angstschweiß riechen konnte. Sie legte ihre Hand auf seinen Arm. »Ich verstehe, dass Ihr wegen all dieser Dinge in großer Sorge seid, und würde Euch wirklich gern helfen«, sagte sie. »Ich kann Euch versichern, dass Euer Schwager, der Richtherr, das Original des Registers an einem sicheren Ort aufbewahrt. Natürlich hat er nicht die Absicht, davon Gebrauch zu machen, solange keiner der Ratsfreunde zu gierig wird und alle ausreichend auf das Wohl der Stadt achten.« Sie senkte ihre Stimme zu einem Flüstern. »Gern würde ich Euch versprechen, dass auch niemals ein Wort über die unselige Angelegenheit über meine Lippen kommt! Schließlich ist mir ebenfalls nicht daran gelegen, dass es nach der schrecklichen Pestilenz zu einem Aufruhr in Pirna kommt. So etwas schadet dem Ansehen der Stadt und all jenen, die hier ihren Geschäften nachgehen wollen. Nicht wahr?«

Meißner schüttelte ihre Hand ab und wankte zum Tisch. Er sackte auf einen der Stühle, stützte die Ellenbogen auf die Tischplatte und vergrub den Kopf in seinen Händen »Was wollt Ihr?«, fragte er dumpf.

Magdalena setzte sich ihm gegenüber auf einen der hohen Stühle. Nachdem sie einige Zeit damit verbracht hatte, ihre Röcke zu sortieren, hob sie bestimmt den Kopf. »Ihr zieht auf der Stelle Euren unverschämten Heiratsantrag zurück!«, forderte sie.

Meißner nickte. »Einverstanden.«

»Außerdem nehmt Eure Finger aus sämtlichen Geschäften meines verstorbenen Gemahls!«

Meißners Kopf zuckte nach oben. Er blinzelte, als habe er Schwierigkeiten, scharf zu sehen.

»Stattdessen werdet Ihr Euch dafür einsetzen, dass ich alle Geschäfte als Eckels Witwe unbehelligt fortführen kann. Ihr werdet jedem, der es hören will, versichern, dass ich die nötigen

Fähigkeiten dazu besitze und darüber hinaus eine äußerst ehrbare Frau bin!«

Meißner schnappte nach Luft. Es war deutlich zu sehen, was er von alldem hielt, doch er schwieg und neigte schließlich seinen Kopf als Zeichen des Einverständnisses. Magdalena spürte ein rauschhaftes Hochgefühl. So etwas hatte sie noch nie in ihrem Leben gefühlt, und sie wollte, dass es anhielt.

»Und was ist mit ihm?« Meißner würdigte den Bader keines Blicks. »Wird er sich ebenfalls an die Vereinbarung halten?«

»Da müsst Ihr Meister Arnold schon selbst fragen«, entgegnete Magdalena und verschränkte die Arme unter ihrer Brust.

Mühsam, als leide er unter einer schweren Krankheit, erhob sich der zweite Bürgermeister. Er drehte sich zu Arnold um, der mit gelassener Miene neben der Tür stand. »Dann frage ich Euch also, Meister Arnold, Bader, werdet Ihr Schweigen bewahren über das, was Ihr erfahren habt?« Seine Stimme hatte einen drohenden Unterton, doch der Bader ließ sich nicht aus der Ruhe bringen.

»So habe ich es Georg Seiler, dem Richtherrn dieser Stadt, geschworen«, erwiderte er kühl.

Magdalena erhob sich, strich ihre Röcke glatt und zupfte die spitzenbesetzten Manschetten ihres Kleides zurecht. »Meister Arnold, lasst uns gehen! Ich habe hier nichts mehr zu tun!«

Arnold verbeugte sich vor ihr. Dann bot er ihr seinen Arm, und Magdalena legte ihre Hand darauf. Ohne ein Wort des Abschieds verließen sie den Raum.

Schweigend legten sie die kurze Strecke bis zur Badergasse zurück. Es war erst wenige Tage her, seit Magdalena Conrad in der Fronfeste zum letzten Mal gesehen hatte. Aber nun spürte sie, dass sie in der kurzen Zeit eine andere geworden war. Noch gestern Morgen hatte sie geglaubt, sie hätte Conrad endgültig an den Henker verloren, während sie selbst erneut das Joch der

Ehe mit einem verabscheuungswürdigen Mann auf sich nehmen sollte. Dann war Valentin bei ihr erschienen, hatte ihr von Conrads Befreiung berichtet und ihr die Rettung vor der Heirat mit Meißner in Aussicht gestellt. Und nun war es ihr tatsächlich gelungen, sich erfolgreich gegen den zweitmächtigsten Mann der Stadt zu behaupten. Zähneknirschend hatte Meißner all ihren Forderungen zugestimmt, und damit hatte Magdalena sich nicht nur ihre persönliche, sondern auch ihre finanzielle Unabhängigkeit erkämpft. Sie wusste, dass das eine ohne das andere für eine Frau nicht zu haben war. Doch während sie im Kontor über Eckels Geschäftsbüchern gesessen hatte, war ihr auch bewusst geworden, wie sehr ihr die Aussicht gefiel, ihr Geld in neue Geschäfte zu investieren. Sie hatte den Kopf voller Pläne, als sie die Schwelle des Arnold'schen Hauses überschritt.

»Einen Augenblick, ich sage nur schnell unserer Magd, dass Ihr hier seid!«, erklärte Arnold. Dann öffnete er die Tür zur Küche. »Agnes, die Witwe Eckel möchte nach meinem Bruder sehen. Bitte, geleite sie zu Conrads Zimmer.«

»Könnt Ihr das nicht selbst machen?«, vernahm Magdalena Agnes' ungehaltene Stimme. »Ich habe gerade den Kessel mit der Suppe fürs Mittagsmahl über den Herd gehängt!«

»Ich muss nochmal los«, beschied Arnold seiner Magd. »Aber bis zum Mittag bin ich wieder zurück!« Er verabschiedete sich von Magdalena und verließ das Haus.

Agnes wischte sich die Hände an der Schürze ab und eilte zur Treppe. »Na, dann kommt mal mit!«

Magdalena folgte ihr. Meister Arnold hatte ihr erzählt, dass Conrad seine Begegnung mit dem Henker ohne bleibende Schäden überstanden hatte und, mit der Hilfe Gottes, schon bald vollständig genesen würde. Nun konnte Magdalena es kaum erwarten, ihm von ihrem Sieg über Meißner zu berichten. Mit klopfendem Herzen wartete sie, dass Agnes ihren Besuch ankündigte.

Conrad hatte sich in seinem Bett aufgerichtet, und Magdalena, die ihn bisher noch nie glattrasiert gesehen hatte, verharrte auf der Schwelle. Im hellen Licht der Wintersonne, das durch die verglasten Scheiben eines winzigen Fensters fiel, betrachtete sie sein blasses Gesicht. Ohne Bart sah es nackt aus und verletzlich, ein Eindruck, der durch den Schorf auf seiner zerbissenen Lippe noch unterstrichen wurde.

»Bitte, setz dich doch!« Conrad deutete auf einen Schemel unter dem Fenster.

Als Magdalena seine bandagierten Daumen sah, musste sie schlucken. Für die Dauer eines Atemzugs fühlte sie sich in die düstere Küche der Fronfeste zurückversetzt. Schweigend stellte sie den Hocker neben das Bett und ließ sich darauf nieder.

»Nun sag schon«, verlangte Conrad, »wie ist Euer Besuch in der Höhle des Löwen verlaufen?« Der muntere Ton, den er anschlug, konnte nicht darüber hinwegtäuschen, dass er noch immer starke Schmerzen zu haben schien, denn seine Pupillen waren geweitet und die Bewegungen, mit denen er das Kissen in seinem Rücken zurechtschob, waren vorsichtig wie die eines alten Mannes.

Magdalena lächelte befangen. Das Hochgefühl, das sie auf dem Weg hierher begleitet hatte, war verschwunden. Doch da ihr bewusst war, dass Ablenkung jetzt genau das war, was sie beide benötigten, begann sie zu erzählen.

Conrad hörte aufmerksam zu, doch als sie von ihrer Enttarnung durch Meißner und dessen Besuch am Tag danach berichtete, verdunkelten sich seine Augen.

»Ich glaube, wir beide verdanken unser Leben allein der Klugheit deines Bruders«, schloss Magdalena ihren Bericht.

Conrad griff nach ihrer Hand. »Nein, mein Leben verdanke ich ebenso deiner Klugheit und der Unerschrockenheit, mit der du darum gekämpft hast!« Mit einer ehrfürchtigen Geste zog er ihre Finger an seine Lippen.

Als Magdalena seinen warmen Atem auf ihrer Haut spürte, kehrte auch das heiße Glücksgefühl zurück, das sie auf ihrem Weg zu Conrads Haus empfunden hatte. Im nächsten Augenblick verlangte es sie mit geradezu schmerzhafter Intensität nach mehr als dieser scheuen Zärtlichkeit. Sie neigte sich nach vorn, schlang die Arme um seinen Hals und presste ihren Mund auf seinen. Im ersten Moment zögerte er, doch dann erwiderte er ihren Kuss mit solcher Heftigkeit, dass der Schorf auf seiner Lippe aufplatzte und Magdalena sein Blut schmeckte. Erschrocken löste sie sich von ihm.

»Bitte verzeih!« Er warf ihr einen zerknirschten Blick zu und sog an seiner Unterlippe.

»In meinen dunkelsten Stunden habe ich Gott geschworen, dass ich dich nie wieder leichtfertig in Gefahr bringen werde, sollte er mein Leben verschonen.«

Magdalena schüttelte den Kopf, denn sie verstand nicht, was er ihr damit sagen wollte. »Nicht du hast mich in Gefahr gebracht«, widersprach sie. »Das war ich selbst! Es war mein freier Wille, zu dir in die Fronfeste zu kommen.«

»Ich spreche nicht davon, Magdalena!« Er schüttelte den Kopf. »Sondern von dem, was vorher geschah. In meiner Zelle hatte ich viel Zeit, darüber nachzudenken.« Er schloss die Augen, und als er sie wieder öffnete, stieß er einen tiefen Seufzer aus. »Ich habe mich zwar vorgesehen, aber du hättest dennoch ein Kind empfangen können, während wir beieinanderlagen. Und was wäre dann geschehen?«

Magdalena hatte plötzlich das Gefühl, keine Luft mehr zu bekommen. Sie sprang auf, lief zum Fenster und riss es auf. Die kalte Winterluft strömte herein, und nach ein paar tiefen Atemzügen war sie wieder in der Lage zu denken: Conrad konnte nicht wissen, was sie getan hatte. Valentin hatte ihr geschworen, dass er ihm nichts davon erzählen würde, und das Gleiche galt für Agnes, seine Magd. Doch als sie sich umdrehte und Conrads entsetztes Gesicht sah, begriff sie, dass sie es ihm gerade selbst verraten hatte. Überwältigt von widerstreitenden Emotionen sank sie auf den Schemel neben seinem Bett und schlug die Hände vors Gesicht. Sie hörte ihn atmen und ahnte, dass er ebenso mit seinen Gefühlen rang wie sie. Nach einer Weile knarrte das Bett, und im nächsten Augenblick schlang Conrad die Arme um sie. Er zog ihren Kopf an seine Brust, während ihm ein Laut entfuhr, der wie ein Schluchzen klang. Sein Hemd roch nach Schafgarbe und Lavendel.

»Ich weiß, dass ich nichts von dem, was du erleiden musstest, ungeschehen machen kann«, flüsterte er mit rauer Stimme, »sosehr ich mir das auch wünsche. Aber indem du mir davon erzählst, könntest du deinen Schmerz vielleicht mit mir teilen.« Er legte seine Hände um ihr Gesicht und blickte ihr in die Augen. »Ich liebe dich, und es gibt kaum etwas, das ich nicht tun würde, um dich glücklich zu machen!«

In seinen vor Schmerz geweiteten Pupillen erkannte Magdalena ihr eigenes Spiegelbild. Sie griff nach seinen Händen und zog sie an sich. »Im Augenblick wäre es schon genug, wenn du mir gestatten würdest, eine Weile neben dir zu liegen und deine Wärme zu spüren«, sagte sie. Sofort rückte er an die Wand, um ihr Platz zu machen. Nachdem sie sich neben ihm ausgestreckt hatte, bettete sie ihren Kopf auf seine Brust. Er schlang den Arm um sie, und während sie seinem Herzschlag lauschte, sickerte die Bedeutung seiner Worte in ihr Bewusstsein. Obwohl sich der Satz wie eine Feststellung angehört hatte, enthielt er eine Frage, auf die sie gegenwärtig keine Antwort wusste. Aber bevor sie imstande wäre, darüber nachzudenken, musste sie die Stärke finden, sich selbst zu vergeben.

Kapitel 60

inige Tage nach Valentins Rückkehr brachen die Brüder zum Nikolaifriedhof vor dem Dohnaischen Tor auf. Conrad ging langsam und vorsichtig, doch die Bewegung tat ihm gut. Erfreut bemerkte Valentin, wie die Wangen seines Bruders wieder ein wenig Farbe bekamen. Während er mit Behagen die klare Winterluft einsog, sah er sich um. Die Pirnaer schienen von einer Art Reinlichkeitswahn befallen zu sein, denn in vielen Häusern waren trotz der Kälte Türen und Fenster weit geöffnet. Frauen und Mädchen schwangen die Besen und klopften Vorhänge, Teppiche oder Betten aus. Indes waren die Männer damit beschäftigt, Ställe, Schuppen und Zäune instand zu setzen. Größere Kinder gingen den Erwachsenen zur Hand oder hüteten neben dem Kleinvieh noch die jüngeren Geschwister. Inzwischen hatte man fast überall die Bretter an den Fassaden entfernt, doch an so manchem Haus starrten leere Fensteraugen trostlos auf das neu erwachte Leben. Das waren die Orte, an denen der Schwarze Tod eine besonders reiche Ernte gehalten und keinen einzigen Bewohner übriggelassen hatte.

Auf dem Friedhof standen die Brüder eine Weile schweigend vor dem Grab ihrer Mutter. Valentin sah, wie sich Conrad langsam auf die Knie niederließ, um beide Hände in einer zärtlichen Geste auf den kleinen Hügel zu legen. Leuchtend weiß hoben sich seine bandagierten Daumen von der kahlen schwarzen Erde ab. Conrads Lippen bewegten sich, aber Valentin vermochte nicht zu hören, ob sein Bruder betete oder eine stumme Zwiesprache mit ihrer Mutter hielt. Womöglich berichtete er ihr von seinem Gespräch mit Magdalena? Valentin hoffte es, denn ihm hatte sein Bruder bisher kein Sterbenswörtchen davon anvertraut. Ob Magdalena ihm, entgegen ihrer vorherigen Absicht, doch von dem Kind erzählt hatte? Sie war bereits gegangen, als Valentin nach Hause zurückgekehrt war, und Conrad war den Rest des Tages äußerst wortkarg geblieben.

Nachdem sein Bruder sich erhoben und die Erde von den Händen geklopft hatte, hakte Valentin ihn unter.

»Los, wir machen noch einen kleinen Spaziergang«, forderte er.

»Muss das sein? Ich bin müde!« Conrad wollte seinen Arm befreien, doch Valentin hielt dagegen.

Er führte seinen Bruder am Dohnaischen Tor vorbei zum Ufer der Gottleuba. Links und rechts des Wegs standen ein paar Scheunen inmitten erfrorener Wiesen und kahler Gärten. Unwillig trottete Conrad neben Valentin her. Der trostlose Anblick, den die Gegend bot, spiegelte anscheinend seine Gemütslage wider. Valentin knuffte ihn brüderlich in die Seite. »Komm schon, das wird dir guttun! Bewegung und frische Luft müssen doch zu den Dingen gehören, die du in den letzten Monaten am meisten vermisst hast?«

Conrad zog die Schultern hoch und murmelte etwas Unverständliches.

Valentin ließ sich nicht beirren. »Erst neulich hast du gesagt, dass wir einen Lehrling einstellen müssen, und Nickel käme eventuell dafür in Frage«, erklärte er. »Außerdem will ich dir jemanden vorstellen, der mir ein Freund geworden ist.« Er warf Conrad einen abschätzenden Blick zu, denn er war sich nicht sicher, wie dieser auf Jobst reagieren würde.

Als Bader gehörten sie selbst einem Berufsstand an, der als unehrlich galt und über den viele Leute die Nase rümpften, aber verglichen mit der Verachtung, unter der ein Abdecker zu leiden hatte, war das nichts. Schon die Lage der Kavillerei, weit vor den Toren der Stadt und sogar noch abseits der Vorstädte, sagte einiges darüber aus. Dem Gestank allein, der mit dieser Arbeit einherging, war das nicht geschuldet, denn schließlich roch es im Hinterhof einer Gerberei oder Metzgerei kaum besser.

»Hier?« Conrad blieb stehen. Noch war das Gehöft mit dem windschiefen Fachwerkhäuschen, der Scheune und den kleineren Nebengebäuden hinter einem Wäldchen verborgen. Doch der Geruch nach Fäkalien und Verwesung verstärkte sich, je mehr sie sich dem Flussufer näherten.

»Ja, hier.« Valentin stieß seinen Bruder mit dem Ellenbogen an. »Du solltest inzwischen wissen, dass Sein und Schein nicht immer das Gleiche sind!«

Conrad zog die blonden Augenbrauen hoch. »Und ob ich das weiß!«, knurrte er. »Darüber hinaus weiß ich außerdem, dass ich mich bei dir über nichts wundern darf.« Er schüttelte den Kopf. »Du bist, wie du bist, Bruder!«

Valentin grinste. »Na, dann komm! Oder worauf wartest du?« Er lief los, ohne sich darum zu kümmern, ob Conrad ihm folgte.

Als die Brüder den Hof der Kavillerei betraten, schlugen die Hunde an. Das vielstimmige Gekläff war ohrenbetäubend und alarmierte sämtliche Bewohner des Anwesens. Zuerst öffnete sich das Scheunentor. Der Gehilfe des Schinders kam heraus, eine Mistgabel in der erhobenen Faust. Obschon Kilian die Gestalt eines Riesensäuglings hatte und Augen, die mit kindlichem Staunen in die Welt blickten, verfügte er über die Kraft eines Bären. Daher tat ein jeder gut daran, seine Drohgebärden ernst zu nehmen. Valentin musste an den ältesten Sohn der Witwe Fiedler denken, der von ähnlichem Schlage war.

Warnend legte er seine Hand auf Conrads Schulter. »Gott zum Gruß, Kilian! Das hier ist Conrad, mein Bruder.« Der einfältige Gehilfe brauchte einen Augenblick, um die Neuigkeit zu verarbeiten. Dann verzog sich sein rundes Gesicht zu einem arglosen Lachen. Er senkte die Forke und kam näher. »Du bist der Bruder vom Valentin.« Er tippte Conrad mit dem Zeigefinger vor die Brust und nickte. »Und ich bin der Kilian.«

Noch bevor Conrad etwas sagen konnte, stürmte Nickel auf den Hof. »Meister Arnold!« Der Junge stoppte, weil eine seiner Holzpantinen im Schlamm neben dem Misthaufen steckengeblieben war. Jobst, der ihm aus dem Haus gefolgt war, hob sie auf und warf sie ihm zu.

Kopfschüttelnd kam der Schinder auf Valentin zu. »Ständig höre ich von diesem Kindskopf: Meister Arnold hier, Meister Arnold da, als ob du nicht Bader wärst, sondern der Kaiser selbst!« Er lachte und wischte seine Hände an der blutbesudelten Schürze ab, bevor er sie dem Gast entgegenstreckte. »Ich freu mich trotzdem, dich und deinen Bruder zu sehen!«

Ohne zu zögern, schüttelte Valentin die Hand des Schinders, während sich Conrad mit einem freundlichen Nicken begnügte.

»Kommt mit zum Zwinger. Ich will rasch die verfressenen Köter füttern. Dann geben sie Ruhe, und wir können miteinander reden.« Jobst drehte sich zu seinem Gehilfen um. »Geh wieder an die Arbeit, Kilian! Und du kommst mit, Nickel! Wegen dir sind Meister Arnold und sein Bruder hergekommen.« Er versetzte dem Jungen, der ihn erstaunt ansah, einen Schubs.

Gemeinsam umrundeten sie das Haus. Auf der Rückseite befanden sich zwei Zwinger. In dem größeren tummelte sich eine Meute graubrauner, schlanker Hunde mit hängenden Ohren und kurzen Schwänzen. »Das sind Hunde, die ich im Auftrag der Stadt züchte und ausbilde«, erklärte Jobst, der Conrads interessierten Blick bemerkte. »Sie sind schnell, mutig und gescheit. Bestens geeignet für die Jagd, aber auch zum Aufspüren menschlicher Fährten.« Ein stolzes Lächeln glitt über sein stoppelbärtiges Gesicht. »Die hier«, er zeigte auf den kleineren Zwinger, in dem ein Dutzend Hunde unterschiedlichster Größe, Gestalt und Farbe herumwuselte, »sind herrenlose Köter, die ich in den letzten Wochen in Pirna und den Ratsdörfern gefangen habe. Das heißt, natürlich nur die, die ich nicht gleich erschlagen musste, weil sie krank oder bösartig waren.« Valentin hörte eine Spur Mitleid in der Stimme seines Freundes. »Manchmal kann ich einen davon verkaufen oder verschenken. Der Rest …« Jobst zuckte mit den Schultern. Mit einem Blick auf Nickel, der finster auf seine Holzpantinen sah, schluckte er das Ende des Satzes hinunter. Stattdessen drückte er dem Jungen einen Eimer voll blutiger Eingeweide und unansehnlicher Schlachtreste in die Hand. »Steh nicht rum wie eine Vogelscheuche!«, herrschte er ihn an. »Stopf den Tölen das Maul, damit sie Ruhe geben!«

Er selbst ergriff zwei andere Eimer, sperrte den größeren Zwinger auf und warf den jaulenden Hunden die Fleischstücke vor. Valentin sah zu Nickel hinüber, der die Streuner fütterte. Ein kleiner Hund mit schmutzigem Fell und braunen Knopfaugen wurde von den anderen weggebissen. Zitternd verzog er sich in eine Ecke. Nickel holte ihn hervor, um ihn aus der Hand zu füttern. Dabei kraulte er das verfilzte Fell des Tieres.

»Du siehst selbst, was los ist«, sagte Jobst, der wieder neben Valentin getreten war. »Dabei sollte man meinen, all das Elend, das er erleben musste, hätte ihn hart gemacht.«

Valentin nickte. Er verstand, was Jobst sagen wollte, und er freute sich darüber. Nickel würde es nicht leicht haben in dieser Welt. Aber sein mitfühlendes Herz würde ihn gewiss davor bewahren, ein gottloser, versoffener Lump wie sein Onkel zu werden.

Jobst ging hinunter zum Ufer der Gottleuba. Valentin folgte ihm, während sich Conrad von Nickel die Vorzüge der einzelnen Hunde in dem großen Zwinger erklären ließ.

»Trotzdem verliere ich den Jungen nicht gern. Er ist flink, geschickt und verständig, all das, was dem Kilian vollkommen abgeht.« Der Schinder seufzte. Nachdem er die Eimer ausgespült hatte, wusch er seine Hände im Fluss. »So einen könnte ich als Lehrling und späteren Gesellen gut brauchen. Der Herrgott allein weiß, ob ich jemals wieder so einen finde.« Er stülpte die Eimer um, setzte sich auf den einen und lud Valentin mit einer Handbewegung ein, auf dem anderen Platz zu nehmen.

Valentin setzte sich. »Verstehe.« Er beobachtete, wie Jobst mit einem Messer den Dreck unter seinen Nägeln hervorpulte. »Aber du sagst ja selbst, dass Nickel viel zu weich ist für die Arbeit eines Abdeckers.«

Der Schinder antwortete nicht und konzentrierte sich auf seine Nägel, die er nach der Reinigung mit seiner Klinge kürzte. Valentin verfolgte währenddessen den Sturzflug eines Eisvogels, der blitzschnell ins Wasser des Flusses tauchte und, einem glitzernden Edelstein gleich, daraus emporschnellte. Im Schnabel hielt er ein zappelndes Fischlein. Der Vogel landete auf einem Zweig, wo er seine Beute hastig verschlang.

»Ja, schon«, sagte Jobst schließlich. »Die Hundeschlägerei kann ich dem Kilian überlassen, mit dem ich auch die Senkgruben ausräume. Aber dem Nickel könnte ich all das beibringen, was ich über die Zucht und Ausbildung der Hunde weiß und über das Heilen von krankem Vieh.« Er wischte das Messer an seiner Hose ab, bevor er es wieder in seinem Gürtel verstaute.

»Wenn du die Möglichkeit bekämst, all das hier hinter dir zu lassen und neu zu beginnen«, Valentin blickte Jobst in die Augen, um sicherzugehen, dass der Freund ihn richtig verstand. »Würdest du nicht zugreifen?«

»Ach, verflixt!« Der Schinder schlug sich mit einem wütenden Schnauben auf die Schenkel. Dann sprang er auf und vergrub die Hände in den Taschen seiner Hose. »Du musst nicht an meine Nächstenliebe appellieren, Bader! Du weißt genau, dass ich ihn ziehen lasse, wenn er es will.« Er riss die Hände aus den Taschen und warf sie hoch. »Von mir aus kann er werden, was immer er mag!«

Valentin stand auf und schlug Jobst freundschaftlich auf die Schulter. »Dann fragen wir ihn am besten gleich. Conrad, Nickel!« Er winkte den beiden, die noch immer bei den Zwingern standen, zu. »Kommt mal zu uns rüber!«

Als sie vor ihm und Jobst standen, legte er seinen Arm um Conrads Schulter und blickte Nickel ins Gesicht. »Mein Bruder und ich wollen dir ein Angebot machen. Wir brauchen einen Lehrling. Würdest du gern das Handwerk eines Baders erlernen, Junge?«

Nickel schnappte überrascht nach Luft. Doch dann zuckte er mit den Achseln und senkte den Blick.

Der Schinder schnaubte. »Jetzt red schon!«, verlangte er, indem er ihm einen Stoß vor die Brust versetzte. »Oder glaubst du, ich würde dir den Kopf abreißen?«

»Nein.« Nickel blickte bekümmert auf. »Ich weiß, dass Ihr nicht so einer seid, Meister.« Er schluckte, sah wieder nach unten und suchte offenbar nach den richtigen Worten. »Aber gerade deswegen würde ich nie so undankbar sein und Euch verlassen! Ihr habt mich nicht mit meinem Onkel zusammen in die Fronfeste sperren lassen. Stattdessen habt Ihr mir ein Dach über dem Kopf gegeben und die Möglichkeit, mein Brot zu verdienen.« Ein schüchternes Lächeln erschien auf seinem blassen, mageren Gesicht. »Ihr seid ein guter Mensch, genau wie Meister Arnold!«

Jobst drehte sich kurz weg, bevor er den Jungen an der Schulter packte und ihn rüttelte. »Du wirst mir jetzt in die Augen schauen und meine Frage beantworten, anstatt mir weiter Honig ums Maul zu schmieren«, knurrte er. »Möchtest du wirklich dein ganzes Leben an einem Ort wie diesem verbringen?«

Nickel schüttelte den Kopf. »Aber Bader kann ich auch nicht werden«, flüsterte er.

»Aber warum denn nicht?« Valentin lächelte. »Die Heilkunst ist schließlich keine Hexerei. Ich bin überzeugt, dass du alles lernen kannst, was du dafür wissen musst!«

»Das ist es nicht.« Der Junge trat von einem Fuß auf den anderen. Sein Gesicht war rot angelaufen, und Valentin glaubte sogar, Tränen in seinen Augen zu sehen. »Ich kann niemandem wehtun«, flüsterte Nickel. »Auch nicht, wenn ich ihn dadurch heilen könnte.«

»Herr, schenk mir Geduld«, stöhnte der Schinder und schlug die Hände über dem Kopf zusammen.

Valentin warf seinem Bruder einen hilfesuchenden Blick zu, doch Conrad sah aus, als sei er soeben einem Geist begegnet. Valentin ahnte, was ihm dabei durch den Kopf ging, und im gleichen Atemzug wusste er, was er zu tun hatte. Mit einem Lächeln wandte er sich wieder Nickel zu, der noch immer unglücklich auf seine Holzpantinen starrte. »Ich verstehe. Mit deiner Ehrlichkeit hast du dir und uns eine Menge Ärger erspart. Dafür danke ich dir!« Er legte eine Hand auf die hochgezogene Schulter des Jungen. »Und ich verspreche dir, dass ich nicht ruhen werde, bis ich einen Lehrmeister gefunden habe, der dich ein Handwerk lehren wird, das dich nicht nur nähren, sondern dir auch Freude bereiten kann!«

Auf dem Heimweg hüllte sich Conrad einmal mehr in abweisendes Schweigen. Valentin hatte das bisher respektiert, weil er wusste, dass sein Bruder Zeit brauchte, um alles zu verarbeiten, was ihm in der Fronfeste widerfahren war. Aber als sich Conrad gleich nach ihrer Rückkehr in seiner Kammer verkroch, die er auch zu den Mahlzeiten nicht verlassen wollte, beschloss Valentin zu handeln.

Kaum dass Agnes das Haus am Abend verlassen hatte, begab er sich in den Keller, wo er den letzten Rest Rheinwein in einen großen Krug zapfte. Mit dem Krug und zwei Bechern in der Hand erklomm er die Stiege zur Kammer seines Bruders im zweiten Stock. Ohne anzuklopfen, trat er ein.

»Verschwinde«, brummte Conrad und drehte sich zur Wand.

Valentin stellte Krug und Becher neben die Kerze auf dem Tisch. »Ich habe hier den letzten Krug Rheinwein«, sagte er und füllte die Becher. »Damit werden wir heute Abend auf das Andenken unserer Eltern anstoßen.« Das war ein Ansinnen, dem sich sein Bruder nicht verweigern konnte.

»Du bist und bleibst ein altes Schlitzohr«, knurrte Conrad, während er sich umdrehte und seine nackten Beine über die Bettkante schwang.

Valentin verzog keine Miene, als er ihm den gefüllten Becher reichte.

»Auf unsere Mutter«, sagte Conrad mit belegter Stimme. »Sie hat nie viele Worte gemacht, aber sie hat uns geliebt wie niemand sonst auf dieser Welt.« Er zwinkerte Valentin zu. »Selbst dann, wenn sie uns eins hinter die Ohren gab, weil wir wieder mal etwas ausgefressen hatten.« Er leerte den Becher in einem Zug, und Valentin tat es ihm gleich.

»Auf unseren Vater«, rief Valentin, nachdem er die Becher erneut gefüllt hatte. »Obwohl er uns öfter übers Knie gelegt hat als unsere Mutter, hat er uns nicht weniger geliebt.«

Zum zweiten Mal leerten die Brüder ihre Becher bis auf den Grund. »Doch deine Erinnerung trügt dich«, sagte Conrad mit einem schiefen Grinsen. »Zumeist war ich derjenige, dem Vater das Fell gerbte.«

Valentin seufzte, denn Conrad hatte durchaus recht. Vor allem zu Beginn ihrer Lehrzeit konnte sein Bruder ihrem strengen Lehrmeister nur selten etwas recht machen. Conrad würde nicht mit der Begeisterung lernen wie sein älterer Bruder, hatte der Vater ihm vorgeworfen, und bei der Behandlung von Verletzten würde er so zaghaft zu Werke gehen wie eine Jungfer in der Hochzeitsnacht. »Als Nickel heute erklärte, er könne den Gedanken nicht ertragen, einem Menschen Schmerz zuzufügen, da habe ich auch daran gedacht, wie du dich damals abquälen musstest, um Vaters Lektionen zu lernen«, räumte er ein.

»Und in dem Augenblick, als du sagtest, du würdest Nickel einen Lehrmeister suchen, der ihm etwas beibringt, woran er Freude hat, da hatte ich den aberwitzigen Wunsch, jemand würde mir so ein Angebot machen.« Conrad zuckte mit den Schultern. »Aber was soll's! Der Mensch gewöhnt sich an vieles, sobald er es muss.« Er hob den Krug, den sie noch nicht einmal zu einem Viertel geleert hatten, und schenkte nach. »Selbst mit dem Gedanken an meinen nahen Tod hatte ich mich in den letzten Tagen meiner Haft abgefunden.« Er stieß ein bellendes Lachen aus, bevor er den nächsten Schluck Wein nahm.

In der Hoffnung, dass Conrad nun endlich bereit wäre, sich alles von der Seele zu reden, schwieg Valentin.

»Weißt du, was ich zuvor am meisten bereut habe?«, Conrads Blick glitt in die Ferne. »Dass ich nie die Gelegenheit hatte, etwas von der Welt zu sehen.«

Valentin überraschte das Geständnis nicht sonderlich. »Du könntest es nachholen, sobald du wieder bei Kräften bist«, sagte er.

»Ach, Valentin, ich weiß doch, dass du wieder fortwillst! Als du uns das gleich am Abend nach deiner Rückkehr eröffnet hast, war ich wütend und verletzt. Doch mittlerweile hatte ich viel Zeit, darüber nachzudenken.« Conrad beugte sich vor, um seinem Bruder den Arm um die Schulter zu legen. »Ich war ein ausgemachter Tor und hatte niemals das Recht, dir irgendetwas nachzutragen!«

Valentin lächelte. Für ihn hätte es keiner Worte bedurft, um zu wissen, dass Conrad ihm längst verziehen hatte.

Zwei Wochen später

Jetzt nicht!« Conrads Ruf galt dem schüchternen Klopfen an der Tür zum Behandlungsraum. Dabei drückte er die Schultern von Fuhrmann Franke, der mit runtergelassenen Hosen über dem Behandlungsstuhl hing, nach unten.

Valentin ahnte, wer draußen stand. Doch er hatte sein spitzes Messerchen soeben in das riesige Furunkel am Hintern des Fuhrmanns gestochen. Während er die Klinge langsam nach unten zog, versuchte er zugleich, mit einem Tuch so viel wie möglich von dem stinkenden gelbgrünen Brei aufzufangen, der aus der Wunde quoll. Franke ließ die Prozedur gefasst über sich ergehen, was auch an dem Branntwein lag, den Conrad ihm vorher eingeflößt hatte.

Valentin warf das verschmutzte Tuch zu Boden. Sein Bruder reichte ihm ein Kräuterpflaster, als es zum zweiten Mal klopfte.

»Jetzt nicht!«, brüllte Conrad.

»Wenn der da draußen wüsste, wie mein Arsch sich anfühlt«, lallte Franke, »würde er auf der Stelle Reißaus nehmen!«

»Euer Hintern ist schon bald wie neu!« Conrad half dem Fuhrmann, die Hosen hochzuziehen.

»Ich nehme Nickel mit in die Küche!« Das war die Stimme von Agnes. »Da kann er eine Schüssel Brei essen, während er auf Euch wartet!«

Conrad deutete mit dem Kopf auf Valentin, der sich am Spülstein die Hände wusch. »Mein Bruder hat es sich in den

Kopf gesetzt, dem Jungen vom Schinder zu einem neuen Leben zu verhelfen.«

»Ich will nicht, dass er in der Kavillerei oder auf einem Friedhof verkümmert.« Valentin warf das Handtuch neben den Spülstein. »Er braucht einen Ort, an dem er frei atmen kann.«

Conrad lachte. »Du solltest ihn an Sohnes statt annehmen!«

Valentin zuckte mit den Schultern, denn tatsächlich hatte er auch schon darüber nachgedacht. Doch letzten Endes hatte er jemanden gefunden, der weit besser dafür geeignet war, die Vaterstelle bei dem Jungen zu vertreten, als Valentin selbst. Schweigend verfolgte er, wie Franke sich den Gürtel umschnallte und seinen Geldbeutel öffnete. »Das macht einen Groschen!«

»Zwei!«, rief Conrad und funkelte Valentin an.

Der Fuhrmann stöhnte. »Wird auch immer teurer«, brummte er, kramte aber dennoch eine weitere Münze aus seinem Beutel.

»Wir müssen auch leben, guter Mann«, erklärte Conrad mit Nachdruck. »Aber wenn es Euch lieber ist, könnt Ihr unsere Arbeit auch mit ein paar Eiern oder etwas Speck entlohnen.«

»Sonst noch was!« Franke schüttelte den Kopf. »Wo sollte ich die denn hernehmen? Gibt doch kaum was auf dem Markt. Wir müssen jetzt eben alle den Gürtel enger schnallen!«

Nachdem der Fuhrmann gegangen war, ließ sich Conrad auf einen Schemel fallen. »Mal im Ernst, Valentin: Wenn du Vaters Badestube nicht in den Ruin treiben willst, bevor du einen Käufer dafür gefunden hast, darfst du dich nicht ständig wie ein barmherziger Samariter verhalten!«

»Ich werde mir Mühe geben.« Valentin seufzte. »Aber du warst schon immer derjenige von uns, der besser rechnen konnte.«

»Aber in ein paar Wochen werde ich nicht mehr hier sein.« Conrad erhob sich und klopfte Valentin auf die Schulter. »Also lerne endlich, Einnahmen und Ausgaben miteinander zu vergleichen!«

Valentin sah, wie er sich bückte, um die schmutzigen Tücher aufzuheben. Sein Bruder hatte sich in den letzten Wochen fast vollständig von den Strapazen der Haft erholt. Conrad sah noch immer verteufelt gut aus und zog die Augen vieler Frauen und Mädchen in der Stadt auf sich. Doch der blonde Bader erwiderte keinen dieser Blicke. So manche Klatschbase zerriss sich hinter vorgehaltener Hand das Maul darüber, aber außer Valentin wusste nur noch Liese von dem Versprechen, das er Magdalena gegeben hatte.

»Ich bringe Agnes die schmutzigen Binden und schicke dir den Jungen rüber«, sagte Conrad.

Valentin, der damit begonnen hatte, die Instrumente abzuwaschen, nickte. Die Mutter, so dachte er, würde sich freuen, wenn sie sehen könnte, zu welch gutem Einvernehmen ihre Söhne mittlerweile gefunden hatten.

An jenem Abend, als Valentin mit dem letzten Krug vom Wein ihres Vaters in Conrads Kammer gekommen war, hatten sie die ganze Nacht hindurch miteinander geredet: über Conrads furchtbare Zeit im Gewahrsam, den Tod der Mutter und Valentins Jagd nach dem Mörder. In den Tagen danach wollte Conrad immer mehr über den Bergbau in Joachimsthal wissen. Vor allem von der Wasserkunst und anderen sinnreichen Konstruktionen, welche die Arbeit der Bergleute erleichterten, konnte er kaum genug hören. Valentin hatte es gefuchst, dass er auf viele technische Fragen, die ihm Conrad stellte, keine befriedigende Antwort wusste. »Warum reist du nicht einfach hin, schaust dir alles selbst an und stellst deine Fragen Leuten, die dir alles darüber erzählen können? Ich werde dir einen Brief für Matthes Schmied, den Steiger, mitgeben«, hatte er schließlich gesagt. »Am Geld soll es nicht liegen! Wenn du zustimmst, dass ich Vaters Haus verkaufe, kannst du alles nehmen, was er unter unterm Dach versteckt hat.« Conrad hatte ein paar Tage gebraucht, bevor er sich dazu durchringen konnte, auf den Vorschlag einzugehen. An jenem Morgen war er wie ausgewechselt gewesen. »Ich weiß endlich, welchen Plan Gott für mich vorgesehen hat. Meine Zukunft liegt im Gebirge!«, hatte er verkündet. »Aber der Tag wird kommen, an dem ich zurückkehre, um Magdalena alles zu Füßen zu legen, was ich dort erringen werde.«

»Meister Arnold?« Nickel stand in der geöffneten Tür. Der Junge hatte sein Gesicht so sehr geschrubbt, dass die Haut noch immer ganz rot war. »Der Schinder sagte, Ihr wollt mich sprechen.«

Valentin nickte. »Ja, ich will dich gleich mit jemandem bekannt machen.« Er schüttete das schmutzige Wasser in den Eimer neben der Tür und griff dann nach Schal und Mantel.

Als sie das Haus verließen, konnte er Nickel die Neugier an der Nasenspitze ablesen. Valentin schmunzelte, während sie schweigend die Badergasse hinaufgingen. Es war ein frostiger Tag, doch völlig windstill. Der Himmel war blau, und der Sonnenschein bewirkte, dass Valentin die Kälte kaum wahrnahm.

»Wir gehen zum Kirchhof«, informierte er Nickel, als sie den Markt erreicht hatten. Es war Dienstag, und zwischen den Ständen der Bauern und Händler schien es fast unmöglich zusammenzubleiben. Auch wenn das Wenige, das es heute zu kaufen gab, um ein Vielfaches teurer war als vor der Pest, schien das der Kauflust der Hausfrauen und Mägde kaum Abbruch zu tun.

Sie schoben und drängten sich an den Gemüsebauern vorbei zu den Fleisch- und Brotbänken und von dort weiter zu den Geflügelhändlern und Fischweibern. An der großen Waage neben dem Rathaus kommandierte der Wägmeister die Knechte eines

Salzhändlers, die gewaltige Fässer heranrollten. Valentin sah noch, wie Nickel vor der Nordseite des Rathauses einem Fleischergesellen auswich, der eine Rinderkeule über dem Nacken trug, dann hatte er den Jungen aus dem Blick verloren. Am Eingang zur Töpfergasse wäre Valentin um ein Haar in die Waren einer Töpferin getreten, welche die Frau sorgfältig auf einer Lage Stroh arrangiert hatte. Er wollte sich entschuldigen, doch das Weib ließ ihn gar nicht erst zu Wort kommen. Ihr Keifen verfolgte ihn noch, als er den Kirchplatz erreichte. Dort fand er auch Nickel wieder, der vor dem Portal von St. Marien wartete und dabei vor Ungeduld von einem Bein aufs andere trat.

»Komm mit!« Valentin deutete nach rechts, wo sich die kleine Pforte befand, die auf den Turm führte.

Nickel sah ihn mit großen Augen an. »Wir steigen auf den Turm? Da war ich schon mal. An dem Tag, als wir glaubten, Euch hätte die Pest geholt.« Er grub die Zähne in seine Unterlippe.

»Ich weiß.« Valentin seufzte. »Aber während ich noch am Leben bin, hat der Türmer damals seinen letzten Sohn verloren. Und nun ist er auf der Suche nach einem Lehrling.« Er musterte den Jungen, der noch immer an der Unterlippe kaute. »Was meinst du, würde es dir gefallen, auf dem Turm über die Stadt zu wachen und von Christoph Werner das Trompetenspiel zu lernen?«

Nickels Augen glänzten, und die Röte seiner Wangen vertiefte sich. »Glaubt Ihr denn, der Türmer würde einen wie mich als Lehrling aufnehmen?« Er riss sich die Mütze vom Kopf und walkte sie mit seinen Händen.

»Ich glaube schon.« Valentin zwinkerte ihm zu. »Die wichtigste Voraussetzung ist jedoch, dass du seinem Lenchen gefällst!«

»Seiner Tochter?« Nickel zog die Nase kraus. »Dem dünnen kleinen Mädchen mit den blonden Zöpfen?«

Valentin nickte. »Na, dann komm«, er legte dem Jungen eine Hand auf die Schulter. »Lass es uns herausfinden!«

Bereits auf halber Treppe roch Valentin den Duft von Schweineschmalz und süßen Plinsen. Oben in der Küche des Türmerstübchens stand Lenchen auf einem Hocker vor dem Herd, während der Türmer eben den rotglühenden Feuerhaken in einen Krug mit Bier tauchte. Es zischte, und eine Wolke aromatischen Dampfes schwebte den Besuchern entgegen.

»Gott zum Gruß, Vater Werner! Hier bringe ich Euch den Nickel.« Valentin gab dem Jungen, der vor der Tür stehengeblieben war, einen sanften Schubs.

»Kommt rein«, rief der Türmer, indem er den Schürhaken neben den Herd stellte. »Wärmt euch auf, und esst mit uns!«

Lenchen drehte sich um. »Willkommen, Meister Arnold!«, zwitscherte sie. Doch ihre dunklen Augen waren auf Nickel gerichtet, der stocksteif dastand und dreinschaute, als habe er die eigene Zunge verschluckt.

»Sei gegrüßt, Lene!« Valentin stieß den Jungen mit dem Ellenbogen an.

»Ähm, Gott zum Gruß!« Nickels Blick irrte zwischen Vater und Tochter hin und her, während er die Mütze in seinen Händen zerknüllte.

Lenchen kicherte, was ihr ein mahnendes Räuspern von ihrem Vater eintrug. »Bitte, setzt euch!« Werner stellte den Krug auf den Tisch. »Reden können wir auch beim Essen.«

»Ach, du lieber Schreck!« Lenchen wirbelte zu den Plinsen herum, während sich ein brenzliger Geruch in der Küche ausbreitete. Der Türmer half ihr, die gusseiserne Pfanne vom Herd zu heben.

Valentin schob Nickel auf die Küchenbank, bevor er sich neben ihn setzte. Er war noch damit beschäftigt, seine langen Beine unter den Tisch zu fädeln, als Lenchen mit einem verlegenen Lächeln zwei Plinsen auf seinen Teller legte. »Die hier sind am wenigsten angebrannt«, sagte sie und beugte sich über den Tisch, um ihren Vater zu bedienen.

»Ach, das macht doch nichts!« Der Türmer schenkte Würzbier aus, wobei er Nickels Becher und den seiner Tochter nur zur Hälfte füllte. »Wir streichen einfach mehr Honig darüber.«

Nachdem sich Valentin bedient hatte, schob er den Steinguttopf zu Nickel herüber.

»Honig?« Der Junge blickte zu Werner, der ihm gegenübersaß.

»Greif zu!« Der Türmer nickte. »Nur wer tüchtig gegessen hat, kann hier oben bei Tag und Nacht Wache halten.«

»Ja, Türmer!«, sagte Nickel. Dann begann er, seine Plinsen andächtig mit Honig zu bestreichen. Kaum dass er den ersten Bissen in den Mund geschoben hatte, schloss er die Augen. Er kaute lange und gründlich. Nachdem er geschluckt hatte, verkündete er im Brustton der Überzeugung: »Das schmeckt sogar noch besser als früher bei meiner Mutter!«

Lenchen sah auf ihren Teller und tat, als habe sie nichts gehört. Doch Valentin bemerkte, wie ihre Ohrläppchen vor Freude erglühten.

Das Eis schien gebrochen, und während Nickel aß, schweiften seine Blicke durch das Türmerstübchen. »Ihr esst hier oben zeitig zu Mittag«, bemerkte er zwischen zwei Bissen.

»Das kommt daher, weil ich Punkt elf Uhr die Stundenglocke nachzuschlagen habe«, erklärte der Türmer. »Danach muss ich auf den Austritt hinaus, um meine Weisen zu blasen. Du kannst gleich mit mir hinunter auf den Windenboden kommen und mir zur Hand gehen.«

Als Valentin sah, wie Nickel die Trompete, die zwischen ihnen auf der Bank lag, mit einem sehnsüchtigen Blick bedachte, wusste er, dass es richtig gewesen war, den Jungen herzubringen. Hier war der Platz, an dem Gott ihn haben wollte. Valentin griff nach seinem Becher. Doch anstatt daraus zu trinken, ließ er das

Bier darin kreisen. Während er auf den bernsteinfarbenen Wirbel blickte, wünschte er sich, er könnte mit derselben Sicherheit sagen, wo sein eigener Platz war. Erneut hatte Seiler ihn aufgefordert, auf dem Rathaus zu erscheinen, um seinen Eid zu schwören. Der Kämmerer und die übrigen Herren vom Rat hätten all seinen Forderungen bezüglich der Entlohnung künftiger Dienste zugestimmt.

Nach dem Essen gingen sie zu dritt hinunter zum Läutboden. Während der Türmer Nickel erklärte, wie er das Glockenseil anfassen musste, um den richtigen Zug zu haben, stieg Valentin bereits eine Etage tiefer. Durch eine kleine Tür trat er hinaus auf den Austritt. Von dort blickte er hinüber zum Obertor. Obwohl die ersten Bauern die Stadt schon wieder mit leeren Körben und Karren verließen, warteten noch immer ein paar Kaufmannswagen aus Königstein oder Schandau auf Einlass. Am Dohnschen Tor musste es ähnlich zugehen, denn Valentin konnte sehen, wie belebt es auf den Straßen von Dresden und Dohna war. Er beugte sich über die hölzerne Brüstung und spähte zur Elbe hin. Dort lagen neben einer Menge kleiner Fischerkähne auch einige Zillen vor Anker. Eine davon musste noch ausgeladen werden, denn zwei Schiffsknechte waren an Land gesprungen und begannen, Planken zu verlegen. Am anderen Ufer, auf der Postaer Seite, wartete eine Traube von Menschen darauf, dass die kleine Fähre den Fluss überqueren würde. Valentin vernahm unter sich Stimmen. Er blickte hinab und sah zwei Fleischergesellen, die ihre leeren Mulden zurück zum Kuttelhof in der Kuttelgasse trugen. Das Gewimmel auf dem Markt hatte indes kaum nachgelassen, von hier oben hörte es sich an, als würde ein riesiger Bienenschwarm das Rathaus umschweben. Die Stadt pulsierte wieder in ihrem ursprünglichen Rhythmus, und während Valentin die klare Winterluft in seine Lungen sog, schmeckte er auf seiner Zunge bereits den Frühling.

Er drehte sich um, als er Werner und den Jungen kommen hörte. Der Türmer trat an die Brüstung, und Nickel gesellte sich zu Valentin. Mit blanken Augen beobachtete der Junge, wie der Türmer die Trompete an die Lippen setzte und zu blasen begann. Es war eine heitere Weise, doch Valentin ging sie ebenso ans Herz wie jene, mit der Werner dem Herrn an dem Tag gedankt hatte, an dem seine Tochter von der Pest genesen war. Während er den Tönen lauschte, erkannte Valentin, wie seine Zukunft aussah: Noch heute würde er aufs Rathaus gehen, um den Eid abzulegen, dem Rat und der Stadt als Bader zu dienen und treulich seine Pflicht zu tun, nach bestem Wissen und Gewissen. Doch es würde nicht der Eid sein, der ihn in Pirna hielt, es waren die Menschen, die ihm nahestanden.

DER HISTORISCHE HINTERGRUND

Schreiben als Abenteuer zwischen Fakten und Fiktion

Theresa, eine liebe Kollegin, unterscheidet bei Autoren zwischen »Planern« und »Abenteurern«. Im Gegensatz zu ihr gehöre ich eindeutig zur zweiten Kategorie – das zeigte sich auch beim Schreiben dieses Romans.

»Der Pesthändler« entstand eher zufällig, denn den Charakter des Valentin Arnold hatte ich als Nebenfigur für meinen ersten Roman »Die Fallstricke des Teufels« erdacht. Aber beim Schreiben gefiel mir Meister Arnold immer besser, und im Sommer 2012 ertappte ich mich dabei, dass ich Szenen verfasste, die mit der Handlung um Sophia und das geheimnisvolle Buch kaum noch etwas zu tun hatten. Ich verschob sie in einen anderen Ordner und widmete mich wieder meiner Heldin. Doch Meister Arnold ließ mir keine Ruhe, und in den folgenden Jahren kehrte ich immer dann zu seiner Geschichte zurück, wenn es beim Schreiben der Teufels-Trilogie nicht recht vorangehen wollte.

Interessante und kuriose Fakten, auf die ich bei meinen Recherchen gestoßen bin, konnte ich dabei ebenso verarbeiten wie die eine oder andere Sage aus Pirna und dem Erzgebirge.

häuften sich im 14. Jahrhundert, als die Zünfte in den größeren Städten um eine Beteiligung an der Macht kämpften und in der ersten Hälfte des 16. Jahrhunderts, als die Krise der katholischen Kirche mit Beginn der Reformation für jedermann sichtbar wurde.

Da es in Pirna, im Gegensatz zu den freien Reichsstädten wie Nürnberg oder zu großen landesherrschaftlichen Städten keine Oberschicht aus sehr reichen Patriziern gab, blieb die Stadt von Zunftunruhen verschont. Doch zu Beginn des 16. Jahrhunderts regte sich in der Pirnaer Bürgerschaft Widerstand gegen das Regiment der alten Ratsgeschlechter. Obwohl der Unterschied im städtischen Sozialgefüge nicht so extrem war, rekrutierten sich auch in Pirna die Ratsmitglieder lange Zeit aus einem geschlossenen Kreis alteingesessener Familien. Sie entstammten in der Regel den »vornehmen« alten Zünften wie denen der Schuhmacher, Tuchmacher, Bäcker, Fleischer oder Schneider.

Gegen sie opponiert nun die »Gemeinde« aus kleinen Ackerbürgern, nichtzünftigen Handwerkern und Tagelöhnern.

1512 kommt Herzog Georg persönlich nach Pirna, um die »Irrungen und Zwielauft, so zwischen dem Rate, Handwerkern und gemeinem Manne gewest« auszugleichen. Die »Gemeyne der Stadt Pyrne« hatte ihm eine Beschwerde aus 35 Artikeln vorgetragen, und der Rat soll sich dazu verantworten.

Aber Rat und Bürgermeister beklagen sich nun ihrerseits über die Unterzeichner, vor allem über die beiden Rädelsführer. Eckel und Meißner werden wegen Anstiftung zum Aufruhr in Gewahrsam genommen, und man droht damit, ihren Besitz einzuziehen. Erst das erneute Eingreifen des Herzogs, der die Stadt am 4. Januar 1520 zwingt, eine neue Ratsordnung anzunehmen, beendet den Konflikt.

In der neuen Ordnung wird die Besoldung der Ratsherren

geregelt, die ihre Auslagen bisher offenbar nach eigenem Gutdünken aus den Steuereinnahmen decken durften. Auch »Essen und Gastereien vom gemeinen Gute« sollen abgeschafft werden. Besondere Vorschriften gibt es für die Einnahmen aus dem städtischen Handel mit Salz, Eisen und Malz sowie für das Braurecht. Alle Rechnungen sollen in einheitlicher Form abgefasst und einmal im Jahr den sechs neu verordneten Rechherren sowie den Beamten des Herzogs vorgelegt werden.

Davon, wie schlampig die Kämmereirechnungen in den Jahren vor 1520 geführt wurden, konnte ich mich im Pirnaer Stadtarchiv mit eigenen Augen überzeugen, und auch das Salzregister dürfte nicht ganz zufällig gerade dann verschwunden sein, als der Herzog es haben wollte.

Tatsächlich wurde der Verlust des Dokuments damals dem Ratsältesten, Paul Schwarze, angelastet. So ist es kaum verwunderlich, dass sein Name ab 1520 nicht mehr unter denen der Ratsherren auftaucht. Anders als in meiner Geschichte bleiben Schwarzes Söhne Balthasar und Bernhard jedoch in Pirna. Balthasar führte 1539 und 1541 die Oberaufsicht über die städtische Ziegelscheune und verkaufte 1537 sein Haus in der »Kannegießergasse« an Hieronymus den Balbier.

Ob Paul Meißner, der nach 1520 erstmals als Ratsherr auftaucht und später sogar Bürgermeister wird, mit einem der beiden Beschwerdeführer identisch ist, konnte ich nicht klären. Aber zum Glück habe ich als Autorin nicht nur das Recht, sondern – im Sinne meiner Geschichte – sogar die Pflicht zur Spekulation.

lässt sich anhand der Pirnaer Kämmereirechnungen und anderer Dokumente jener Zeit sicher belegen. Der Lokalhistoriker Reinhold Hofmann zitiert dazu in seiner Arbeit »Die kirchlichen Zustände der Stadt Pirna vor Einführung der Reformation« aus dem Pirnaer Stadtbuch: »Sonntags nach Mariae Magdalenae (28.7.) das Sterben der jährlichen Plage der Pestilenz an der Christoph Wernerin angefangen und hat gewährt bis auf folgende Weihnachten, und sind bei 1300 Menschen gestorben, und in solcher Zeit ist viel Volks aus der Stadt geflohen.«

Hasches Annalen berichten: »…und ist der Bürgermeister Wenzel Heinecke, Paul Meißner, Antonius Horndorf, Mag. Laurenz Fuchs, Siegmund Zieroldt, Balthasar Kimmel und der Stadtschreiber samt anderen Ratsverwandten ausgewichen, so den Leuten sehr schädlich gewesen. Fing an mit der Turmpflegerin Tochter, die man nachher wiederum ausgegraben und ihr das Haupt mit einem Grabscheit abstoßen lassen.« Das ist ein schönes Beispiel für die Vermischung historisch belegbarer Fakten mit den Erzählungen des Volkes. Die daraus entstandene Sage kann man in den »Pirnaer Sagen und Geschichten« zusammengestellt von Justizrat Dr. Flachs nachlesen:

Es hat der Türmer zu Pirna ein schönes Töchterlein gehabt, das aber sehr hoffärtig und stolz auf ihr niedliches Gesicht gewesen. Da ist ein Ungar in die Stadt gekommen, der ist reich, schön und von adliger Geburt gewesen und hat mit dem Mägdlein einen Liebeshandel angefangen. Der strenge Vater ist aber endlich dahintergekommen, allein er hat der Tochter nicht glauben machen können, dass der Ungar sie nicht wahrhaft liebe und ehelichen wolle.

Und als er endlich vor Kummer gestorben, da ist, weil die Mutter die reichen Geschenke des Ungarn gar gerne gesehen, das Mägdlein ganz umgarnt worden und hat sich dem Verführer hingegeben und wie sein ehelich Weib mit ihm gelebt. Als sie aber jener satt be-

kommen, da ist er plötzlich bei Nacht und Nebel verschwunden, und das Mädchen hat aus Not bald all ihren Flitterstaat verkaufen müssen. Weil sie aber an Reichtum und Wohlleben gewöhnt gewesen, auch einmal von allen ihren Bekannten verachtet worden, hat sie sich wieder nach anderen umgesehen und aus ihrer schönen Gestalt möglichst viel Nutzen zu ziehen gesucht. Weil sie aber innerlich sich doch gehärmt, ist ihre Schönheit vergangen und darum sind auch die Liebhaber immer weniger geworden, sodass sie oft in Not gekommen.

Da ist eines Abends ihr alter Freier zurückgekehrt. Der hat getan, als wenn nichts vorgefallen, und ihr selbst ihre Untreue vergeben, ist auch des nachts bei ihr geblieben, des Morgens aber in der Frühe ohne Abschied seines Weges gezogen, weil er eine große Reise vorgehabt. Er hat aber zuvor der Mutter des Mädchens einen großen Beutel voll Gold gegeben und ein verschlossenes Kästlein. Das solle sie ihr geben zu seinem Angedenken.

Das Mädchen hat allsobald das Kästlein geöffnet und darin ein kostbares rotes türkisches Tuch gefunden, so fein, wie sie nie dergleichen zuvor gesehen. Sie hat auch sogleich ihren besten Putz angelegt und sich mit dem Tuche geschmückt und ist auf die Gasse gegangen, um den Leuten zu zeigen, wie sie wieder in besseren Umständen und zu Geld und Schmuck gekommen. Aber sie hat sich der schönen Sachen nicht lange freuen können, denn plötzlich ist ihr übel geworden und sie ist umgefallen. Nach einigen Stunden ist die Pest, welche ihr der Ungar in dem Tüchlein aus Rache für ihre Treulosigkeit zugetragen, ausgebrochen und sie selbst zuerst daran gestorben.

Weil aber die Sache ausgekommen, und man gemeinet, dass sie die ganze Stadt werde nachholen, hat man sie alsbald wieder ausgegraben und ihr das Haupt mit dem Grabscheit abstoßen lassen.

Andere Sagen wie »Der Pesthändler zu Pirna« haben meine Fantasie ebenso angeregt wie die Geschichte über einen Totengräber, der in Plauen während des »großen Landsterbens« (der Pest) »unzählig viele Schelmereien« getrieben haben soll.

Wie der Eintrag im Pirnaer Stadtbuch beweist, war das »Große Sterben« für Menschen der damaligen Zeit eine vertraute Erfahrung. Im Durchschnitt waren sie während ihres Lebens fünfmal davon betroffen, und in der Regel starben bei einer großen Pestwelle 20 bis 50 Prozent der Einwohner einer Stadt. Pirna lag 1532 mit etwa 35 Prozent also genau »im Durchschnitt«. Lediglich 20 bis 30 Prozent der Erkrankten überlebten die Infektion mit dem Pestbakterium. Diejenigen unter ihnen, die nur leicht erkrankten (abortive Pest), erwarben dagegen lebenslange Immunität.

Eine städtische Pestordnung scheint es 1532 in Pirna ebenso wenig gegeben zu haben wie ein Pesthaus oder einen Stadtarzt. Große und reiche Städte wie Augsburg, waren in der Hinsicht Vorreiter, aber wie viele andere zog auch Pirna auf dem Gebiet erst in der zweiten Hälfte des 16. Jahrhunderts nach.

Zu jener Zeit ging man davon aus, dass die primäre Ansteckungsquelle für die Pest »vergiftete« Luft sei – das heißt, die Ansteckung von Mensch zu Mensch erfolgt nicht durch das Berühren eines Erkrankten, sondern durch dessen »vergifteten« Atem. Ärzte empfahlen daher, sich vor allem vor verdorbener Luft zu schützen. Gestank aller Art galt als ebenso gefährlich wie Nebelschwaden. Die versuchte man noch hundert Jahre später in Hannover von den Stadtwällen herab mit Kanonen zu zerschießen.

Der einzig sichere Schutz vor der Pest war damals eine rechtzeitige Flucht. »Fliehe schnell, fliehe weit und kehre erst spät zurück!«, hieß es. Im Umgang mit den Pestflüchtlingen gab es in den einzelnen Städten gravierende Unterschiede. Während man beispielsweise in Breslau die Tore vor ihnen verschloss, befahl Ulm seinen Zünften 1521 ausdrücklich die Aufnahme von Augsburger Pestflüchtlingen. Auch Fragen der Quarantäne wurden sehr unterschiedlich gehandhabt: Während die Kranken mancherorts im Stadtraum streng isoliert wurden und ihre

Häuser auch nach ihrer Genesung wochenlang nicht verlassen durften, gab es solche Vorschriften in anderen Städten nicht. Selbst Badestuben wurden während einer Pestwelle nicht überall geschlossen.

Für das Pirnaer Hurenhaus in der Holdergasse bedeutete die Pest von 1520 allerdings das Aus, und auch das Dominikanerkloster erholte sich nie mehr vollständig von diesem Aderlass. Durch die beginnende Reformation wurde das Schicksal der beiden Institutionen wohl endgültig besiegelt.

Bei der Beerdigung der Pestleichen stand man damals allerorten vor demselben Problem: Es gab zu wenig »nüchterne und redliche« Leute, um sie schnell und würdevoll unter die Erde zu bringen. Daher häufen sich nicht nur in Pirna die Aufzeichnungen über Ermahnungen an die Totengräber, mit Pestopfern bei Androhung von Strafe »ehrlich« umzugehen.

Das Hundehaus oder Hundeloch

in das ich im Roman die zwei frevlerischen Gehilfen des Totengräbers sperren lasse, befand sich in Pirna im 16. Jahrhundert tatsächlich an der Stadtmauer neben dem Schifftor.

In den Ratsprotokollen jener Zeit wird die Strafe des Einschließens im Hundehaus mehrfach erwähnt: So wird Adam der Stadtknecht wegen begangener Exzesse mit Haft im Hundeloch und 2,5 Groschen Lohnabzug bestraft.

Der Stadtgerichtsknecht Martin Flachs sitzt dort, nachdem er dem Schinder Niclassen gedroht hat, er würde ihn mit seiner Pistole erschießen.

Die pflichtvergessenen Gerichtsknechte Hans Ernst und Jakob Grüner, die zwei Wochen lang ihrem Dienst ferngeblieben waren und auch sonst allerlei Frevel getrieben hatten, wurden ebenfalls mit zwei Tagen im Hundeloch bestraft.

Wie die Beispiele zeigen, bediente man sich dieser Örtlichkeit in Pirna mit Vorliebe zur Disziplinierung der städtischen Angestellten.

Der Komet C/1532 R1

versetzte anno 1532 nicht nur in Pirna die Menschen in Angst und Schrecken – Holzschnitte aus der Zeit zeugen davon. So beobachtete der Mathematiker und Astronom Peter Apian den »Haarstern« vom 25. September bis zum 20. Oktober in Leipzig und Dresden. Aber auch ein ungeübter Beobachter konnte den Kometen damals zufällig mit bloßem Auge entdecken, denn seine sichtbare Helligkeit übertraf die der hellsten Sterne. Wie der Halleysche Komet wird C/1532 R1 heute zu den sogenannten großen Kometen gezählt.

Georg Agricola

war 1532 sechsunddreißig Jahre alt und seit fünf Jahren mit der Witwe Anna Meyer aus Chemnitz verheiratet. Agricola betätigte sich Arzt, Apotheker, Alchemist und Bergbautechniker. Im Laufe seines Lebens unternahm er zahlreiche Reisen durch die Bergbaureviere des böhmischen und sächsischen Erzgebirges.

Was wir heute über den Bergbau im 16. Jahrhundert in der Region wissen, verdanken wir hauptsächlich dem zwölfbändigen Werk »De re metallica«, in dem Agricola die Erkenntnisse seiner Reisen und Forschungen niederlegte. Dabei bemühte er sich um eine für seine Zeit erstaunliche Objektivität. Immer wieder prüfte er Überlieferungen in Medizin und Alchemie auf ihren Wahrheitsgehalt. Selbstverständlich war er dennoch ein Kind des 16. Jahrhunderts, und so finden sich in seinen Schriften neben modernen Theorien zur Entstehung von Erzgängen auch Beschreibungen von Kobolden, Drachen und verschiedenen Geistern unter Tage.

Von 1527 bis 1533 arbeitete Agricola als Stadtarzt in Joachimsthal, dann zog er nach Chemnitz. Dort wurde er viermal zum Bürgermeister gewählt. Als er jedoch 1555 starb, verweigerte das inzwischen reformierte Chemnitz dem Katholiken Agricola die Beerdigung auf der Stadtflur. Julius Pfluk, Gelehrter und Bischof zu Zeitz, veranlasste daraufhin, dass sein Freund Agricola in der Zeitzer Schlosskirche eine letzte Ruhestätte erhielt.

Agricolas Beschreibungen verdanken wir auch ein genaues Bild vom Gesundheitszustand der Bergleute seiner Zeit. Ob er allerdings, wie ich es ihn im Roman tun lasse, auch Bergmänner versorgte, die durch Grubenunglücke verletzt wurden, konnte ich nicht ermitteln. Im 16. Jahrhundert überließen studierte Ärzte unangenehme Tätigkeiten wie Amputationen, Aderlässe oder die Versorgung übelriechender Wunden in der Regel ihren Gehilfen oder einem Bader. Wundheiler und Bader besaßen natürlich nicht das gleiche Ansehen wie Ärzte, und zur Zeit meiner Romanhandlung galten sie in Sachsen noch nicht einmal als »ehrliche« Handwerker.

1597 stellt der Stadtschreiber Hans Pfeifer dem Pirnaer Bürgersohn Mathes Junker, der in Freiberg Seifensieder werden will, einen Geburtsbrief aus. Darin schreibt er, Junker sei ehrlicher Leute Kind, keiner Müller, Zöllner, Barbier, Bader, Schäfer, Leineweber, Pfeifer oder Trommelschläger Sohn und gehöre somit nicht zur »meidlichen Art«. Bürgermeister Tobias Zeidler unterzeichnet die Urkunde.

Er macht sich damit einer Verletzung der landesherrlichen Ordnung sowie der Reichpolizeiordnung schuldig, denn nach einem Erlass des Reichstags von 1548 durften Leinweber, Barbiere, Schäfer, Müller, Zöllner, Pfeifer, Trompeter, Bader, ihre

Eltern und Kinder von der Aufnahme in andere Zünfte nicht mehr ausgeschlossen werden.

Die Innungen der Pirnaer Leineweber und Bader, die sich durch die Formulierung in Junkers Geburtsbrief mit Recht in ihrer Ehre verletzt fühlen, erheben lautstark Protest. Es sieht so aus, als sei die Geschichte der berühmte Tropfen, der ein Fass voller Unmut endgültig zum Überlaufen bringt, denn fast fünfzig Jahre nach der Gleichstellung der »meidlichen« Zünfte scheint man ihre Mitglieder in den Städten Sachsens noch immer zu benachteiligen.

Nur so lässt es sich erklären, dass sich der Klage der Pirnaer auch bald die Leineweber- und Baderinnungen aus Dresden, Chemnitz, Leipzig, Freiberg, Wittenberg und Torgau anschließen. Am Ende einer mehrtägigen Verhandlung muss der Rat zu Pirna Junkers Geburtsbrief kassieren. Die Innung der Leineweber erhält 250 Gulden Entschädigung, die der Bader 50 Gulden. Stadtschreiber Pfeifer wird zum Sündenbock gestempelt und muss vor den Meistern Abbitte tun.

»Zubußen zu dem Bergwerke auf dem Pfaffenberg«

lautet ein mehrfach wiederkehrender Eintrag unter dem Punkt »Ausgaben« in den Pirnaer Kämmereirechnungen aus der ersten Hälfte des 16. Jahrhunderts. Zunächst nahm ich an, dass es sich dabei um eine der Gruben in Annaberg, Freiberg oder Marienberg handeln müsse, an denen die Stadt Anteile besaß. Doch als ich an anderer Stelle den Zusatz »in St. Joachimsthal« fand, kam mir die Idee, die finale Konfrontation zwischen meinem Helden und seinem Gegenspieler ins böhmische Erzgebirge zu verlegen.

Wer sich mit der Geschichte Sachsens in jener Zeit beschäftigt, kommt wohl kaum um das »zweite Berggeschrey« herum.

Der Silbersegen aus dem Erzgebirge verhalf dem Land zu einem sagenhaften Aufschwung. Er ermöglichte den mustergültigen Ausbau von Verwaltung, Rechtspflege und Bildung ebenso wie die einzigartigen Bauwerke der sächsischen Renaissance. Noch heute erfreuen wir uns an den Schlössern in Torgau, Görlitz, Moritzburg oder Augustusburg, aber auch an den Bürgerhäusern und den stolzen Hallenkirchen aus jener Zeit.

Welche Bedeutung das Erzgebirge damals hatte, kann man schon daran erkennen, dass der Oberhauptmann für den »Gebirgischen Kreis« nach dem Inkrafttreten der Kanzleiordnung vom 5. August 1547 als Erster berufen und die Stelle mit Heinrich von Gersdorff, einem engen Vertrauten von Kurfürst Moritz, besetzt wurde.

Der Aufschwung, den die Region nahm, war gigantisch. Städte wie Marienberg, Annaberg und Joachimsthal wurden innerhalb weniger Jahre regelrecht aus dem Boden gestampft. Die Fürsten, die diese Städte gründeten, statteten ihre Bewohner mit einzigartigen Privilegien aus. Dadurch sollten von überall her Menschen angezogen werden, die bereit waren, ihre Arbeitskraft und ihr Wissen in die Erschließung der Erzvorkommen zu investieren. Das Konzept funktionierte, und ein wenig von der Aufbruchsstimmung jener Zeit versuchte ich in meinem Roman zu vermitteln.

Für die Recherchen dazu begab ich mich in Archive, Museen und Bibliotheken. Was ich dort zu Tage förderte, wäre – um bei der Bergmannssprache zu bleiben – wohl nur taubes Gestein geblieben, hätte ich es nicht durch sinnliche Eindrücke ergänzen können, die ich direkt vor Ort gewann:

Auf dem Turm der Marienkirche in Pirna durfte ich zu meiner Freude die alte Türmerwohnung besuchen, die leider nicht mehr öffentlich zugänglich ist. Ich stand auf dem Austritt, der heute nur noch von den Turmbläsern benutzt wird, die jeden

Samstagabend mit einem Ständchen an die alte Tradition der Türmer erinnern.

Im mittelalterlichen Stollen Sankt Anna am Freudenstein in Zschorlau konnte ich erleben, wie man sich fühlt, wenn man ohne einen Funken Licht in der Tiefe des Berges hockt.

In Jachymov, dem ehemaligen Sankt Joachimsthal, suchte ich nach dem Pfaffenberg, auf dem die Grube lag, an der die Pirnaer im 16. Jahrhundert Anteile hatten. Anhand der präzisen Wegbeschreibung, die mir eine freundliche Mitarbeiterin des Stadtmuseums gab, fand ich den Berg ohne Schwierigkeiten und entdeckte sogar Hinweise auf den Bergbau und die Besiedlung in früherer Zeit. Übrigens, das kleine Hotel, in dem ich wohnte, liegt direkt am Weg zum Galgenberg.

Jachymov, das heute vor allem als Kurort von sich reden macht, ist in jeder Hinsicht eine Reise wert. Auf Spuren des Bergbaus stößt man beinah auf allen Wanderungen in die wildromatische Umgebung, und nach dem ganzen Rauf- und Runterkraxeln darf man sich auch ohne Reue dem guten Bier und den Genüssen der regionalen Küche widmen. Ich schwöre, nirgendwo habe ich bisher so leckere Plinsen gegessen!

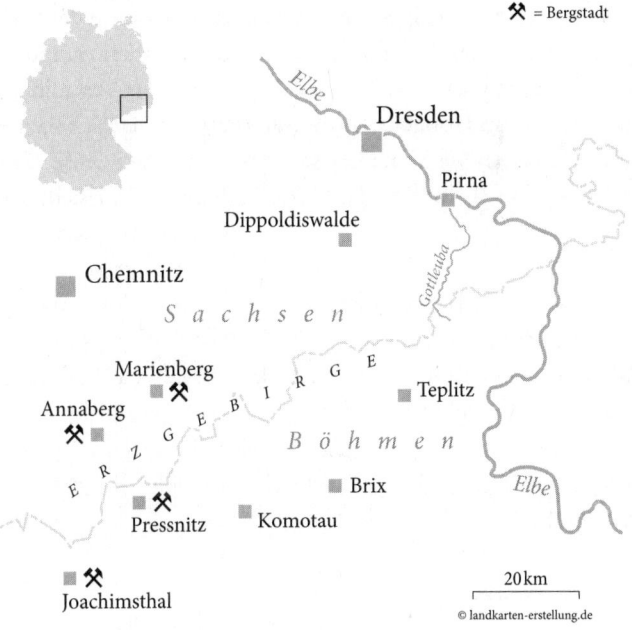

✗ = Bergstadt

Elbe

Dresden

Pirna

Dippoldiswalde

Chemnitz

S a c h s e n

Gottleuba

Marienberg

E R Z G E B I R G E

Teplitz

Annaberg

B ö h m e n

Brix

Pressnitz

Komotau

Elbe

20 km

Joachimsthal

© landkarten-erstellung.de

DANK

Wie immer hat mich meine Familie, allen voran mein Mann Sigurd, auch beim Schreiben dieses Buches durch geduldiges Zuhören, Reisebegleitung, Essen Kochen, unermüdliches Probelesen und zahllose Aufmunterungen in jeder Hinsicht unterstützt. Ihr seid meine Basis, ohne die ich es wohl kaum schaffen würde, zwei anspruchsvolle Jobs nebeneinander zu meistern!

Darüber hinaus bedanke ich mich:

bei Pfarrer Stephan Schmidt-Brücken, der meine Bergwerksszenen mit historischer Sachkenntnis und der Gründlichkeit eines Lektors las, sie mit vielen wertvollen Anmerkungen versah und mein Verständnis für die Religiosität der Bergleute des 16. Jahrhunderts erweiterte

bei den Mitarbeiterinnen und Mitarbeitern des Pirnaer Stadtarchivs, allen voran Angelika Geyer, die mir in ihren letzten Berufsjahren immer wieder bei der Entzifferung der schludrigen Handschrift eines Pirnaer Stadtschreibers half

bei Jens Schwemmer, der sich trotz seiner vielen Verpflichtungen Zeit nahm, all meine Fragen zum Turm von St. Marien und dem Alltag eines Türmers zu beantworten bei meinem Vater, der mich schon in meiner Kindheit beim Pilzesammeln vor der unheilvollen Kombination von Schopftintlingen und Bier warnte

bei Swantje, die erneut ihr Hebammenwissen mit mir teilte

bei meinen Testlesern Jörg, Mathias, Bärbel und Uwe für ihre Leseeindrücke und den vielen guten Zuspruch

Und wie immer:
bei meinem Agenten Uwe Philipp
und bei Hannelore Hartmann und Friederike Zeininger von dtv

© Christine Fenzl

HEIKE STÖHR

1964 in Leipzig geboren und in Pirna
aufgewachsen, studierte Germanistik
und Geschichte und arbeitet als Lehrerin
in Berlin. Ihre Diplomarbeit zur sächsischen Geschichte führte sie ins Pirnaer
Stadtarchiv und direkt auf die Spur ihrer
historischen Romane.

PIRNA, 1532.

Kaum ist der Bader Valentin nach Jahren
der Wanderschaft in seine von der Pest
gebeutelte Heimatstadt zurückgekehrt, wird
sein Bruder Conrad des zweifachen Mordes
beschuldigt und in die Fronfeste gesperrt.
Valentin riskiert alles, um die Unschuld
seines Bruders zu beweisen. Unverhoffte
Unterstützung erhält er dabei von Magdalena,
der Witwe des ersten Opfers. In ihrem
Bestreben, Conrad vor der Hand des Henkers
zu bewahren, bringen sich Valentin und
Magdalena mehr als einmal selbst in Gefahr.

Originalausgabe

dtv www.dtv.de

ISBN 978-3-423-21955-6

€ 13,00 [D]

9 783423 219556